Robert A. Heinlein

므두셀라의 아이들

Methuselah's Children

므두셀라의 아이들

김창규 최세진 옮김

로버트 A. 하인라인 중단편 전집 **4**

Future History IV

ROBERT A. HEINLEIN

아작

차례

므두셀라의 아이들

Methuselah's Children

김창규 옮김

✦ 1941년 7월에서 9월까지 〈어스타운딩 사이언스 픽션(Astounding Science Fiction)〉 세 번에 걸쳐 연재, 1958년 내용을 확장하여 동명의 장편소설로 출간. 이후 미래사 시리즈에서는 장편 판본을 정식으로 인정하고 있어, 한국어판 역시 장편을 옮겼다. 1997년 프로메테우스 명예의 전당 헌정.

1부

1

"보크 배닝과 결혼을 안 하다니 넌 바보야!"

메리 스펄링은 잃은 돈을 합산해서 수표를 쓰고 벤에게 대답했다. "나이 차이가 너무 나." 메리가 전표를 넘겨주었다. "너하고는 내기하지 말아야겠어. 너무 감정적일 때가 있거든."

"무슨 소리야! 말 돌리지 마. 너도 이제 서른이 가까울 텐데… 언제까지나 미인일 거라고 생각하지 마."

메리가 입을 뒤틀며 웃었다. "내가 그걸 몰랐네!"

"보크 배닝은 기껏해야 마흔 조금 넘었을 거야. 게다가 상급 시민이잖아. 결혼하면 단숨에 뛰어오를 수 있다니까."

"너나 뛰어올라. 난 달려야 하니까. 이만 갈게, 벤."

"잘 가." 벤은 그렇게 대답하고 메리가 나간 뒤 좁아지는 문을 보며 인상을 찡그렸다. 벤은 메리가 어째서 보크와 결혼하지 않으려는지 궁금해 죽을 지경이었다. 또한 그에 못지않게 지금 메리가 향하는 목적지에 대해서도 호기심이 일었다. 하지만 사생활 존중이라는 관습 때문에 참아야 했다.

메리는 누구에게든 자신의 목적지를 알리고 싶은 생각이 없었다. 친구의 아파트를 나서자 먼저 탄성 튜브를 타고 지하로 내려가 자동화 주차장에 있는 차에 올라탔다. 그리고 진입로를 올라간 다음 북부 해안으로 진로를 입력했다. 차는 교통 정체 때문에 잠시 멈췄다가 북쪽으로 향하는 고속차량의 물결로 뛰어들면서 속도를 높였다. 메리는 몸을 뒤로 기대고 눈을 붙였다.

지정한 경로가 끝날 때쯤 되자 다음 지시를 기다리는 신호음이 울렸다. 메리는 잠에서 깨어 밖을 바라보았다. 오른쪽에 펼쳐진 어둠 속에서 미시간호(湖)는 더욱 어두운 띠처럼 보였다. 메리는 교통 통제소에 신호를 보내고 지역 차선으로 진입했다. 통제소는 메리의 차를 원하는 곳으로 유입시키더니 수동 조종 상태로 돌려놓았다. 메리는 조수석 앞의 도구함을 뒤졌다.

메리의 차가 자동화 도로를 빠져나오는 순간, 교통 통제소가 기계적으로 촬영했던 차량 등록 번호는 원래의 번호가 아니었다.

메리는 손수 운전대를 잡고 지선 도로로 몇 킬로미터 정도 달린 다음 해안으로 내려가는 먼지투성이 샛길로 접어들고서 차를 세웠다. 그런 다음 전조등을 끄고 귀를 기울이며 기다렸다. 메리의 등 뒤에서는 시카고의 불빛들이 번쩍였다. 내륙 쪽으로 몇백 미터만 들어가면 자동화 도로가 끽끽거리지만 이곳에는 밤벌레들의 수줍은 소음이 전부였다. 메리는 도구함으로 손을 뻗어서 스위치를 켰다. 조종판이 번쩍이더니 보이지 않던 다이얼들이 드러났다. 메리는 주의 깊게 다이얼을 조정했다. 메리는 만족스러워하며 스위치를 끄고는 창문을 닫고 다시 출발했다.

평범한 캠든 스포츠카처럼 생긴 메리의 차는 조용히 떠오르더니 호수 쪽으로 전진해서 수면을 미끄러지다가 물속으로 잠겼다. 메리는 차가 호숫가에서 5백 미터쯤 떨어지면서 수중으로 15미터가량 가라앉자 관제소를 불렀다. "답변하십시오." 누군가가 말했다. "인생은 짧지만…."

"세월은 유구하구나." 메리가 대답했다. "사악한 나날들이 온다면…."

"때로는 궁금하구나." 상대가 대화체로 말을 바꿨다. "됐습니다, 메리. 확인했습니다."

"토미?"

"아니요, 세실 헨드릭입니다. 조종 장치 열어놨습니까?"

"그래요. 이제 그쪽에서 조종하세요."

17분 뒤 메리의 차는 인공 동굴 안을 가득 메우고 있는 연못으로 떠올랐다. 차가 뭍으로 올라섰다. 메리는 밖으로 나와 경비들에게 인사했다. 그러고는 굴을 지나 남녀 5천여 명이 앉아 있는 지하의 커다란 방으로 들어섰다. 메리는 잡담을 나누다가 시계가 자정을 가리키자 연단에 올라서서 군중과 마주했다.

메리가 입을 열었다. "나는 183세입니다. 더 연장자인 분 계신가요?"

대답하는 사람은 없었다. 메리는 한참 기다리다가 말을 이었다. "그럼 관례에 따라서 내가 개회를 선언합니다. 사회 맡으실 분 있나요?"

누군가가 말했다. "당신이 하세요."

이견이 없자 메리가 말했다. "그럴게요." 메리는 명예에 무관심했고 군중의 태도 역시 태평했다. 서두르는 사람은 하나도 없었으며 다들 일상생활의 긴장에서 벗어난 모습이었다.

"우리는 평상시대로 모였습니다." 메리가 선언했다. "우리 자신과 형제자매들의 복지를 논의하기 위해서죠. 전달 사항 있는 일족 대표분 계신가요? 아니면 따로 하실 말씀이 있는 분이라도?"

남자 하나가 메리와 눈을 마주치더니 말했다. "존슨 일족을 대표하는 아이라 위더럴입니다. 우리는 두 달 일찍 모였습니다. 신탁회의가 서둘러 모임을 연 데에는 이유가 있겠죠. 그걸 듣고 싶습니다."

메리는 고개를 끄덕이고, 첫 줄에 앉아 점잔을 빼고 있는 왜소한 남자를 바라보았다. "저스틴, 말씀해주세요."

점잔을 빼던 작은 체구의 남자가 일어서더니 딱딱하게 상반신을 숙였다. 싸구려 킬트 밑으로 비쩍 마른 다리가 드러났다. 그는 늙은 꼰대 공무원처럼 행동했고, 실제로도 그렇게 보였다. 하지만 머리가 흑발이었고 피부 역시 탄탄하며 건강미가 넘쳤기 때문에 지금이 청년기라는 것을 알 수 있었다. "저스틴 푸트입니다." 그는 또렷한 어조로 말했다. "신탁회의를 대표해서 말씀드리겠습니다. 일족들은 11년 전에 대중에게 다음과 같은 사실을 알리는 실험을 하기로 결정했습니다. 예상 평균수명이 일반인의 기대를 훨씬 뛰어넘는 사람들이 그들 속에서 살고 있다는 사실, 그리고 인류의 정상 수명보다 두 배 이상 되는 기간을 살면서 그러한 소망을 과학적으로 증명한 사람들이 존재한다는 사실이 그것입니다."

손에는 아무것도 없었지만 저스틴은 미리 준비해온 쪽지를 큰 소리로 읽는 것처럼 이야기했다. 청중 모두 알고 있는 사실이었지만 얘기의 끝을 재촉하는 사람은 아무도 없었다. 다른 곳에서 흔히 볼 수 있는 열정적인 조급함이 이곳에는 존재하지 않았다. 저스틴이 낮은 소리로 계속했다. "그와 같이, 우리가 기존의 평균적 인류와 다르다는 특별한 사실을 오랫동안 비밀에 부치다가 정책을 바꾸면서, 각 가문은 몇 가지 상이한 이해관계에 따라 움직였습니다. 여기서 본래의 비밀주의가 책정된 이유부터 짚고 넘어가야 할 것입니다.

하워드 재단의 지원을 받은 부부의 첫 자손이 태어난 것은 1875년이었습니다. 그들은 아무런 문제도 일으키지 않았습니다. 정상인과 다른 점이 없었기 때문이지요. 하워드 재단은 공개적인 비영리 단체였고…."

✳

1874년 5월 17일. 의대생인 아이라 존슨은 '딤스, 윈게이트, 앨든&딤스'의 법무실에 앉아서 희한한 제안을 듣고 있었다. 그는 변호사의 얘기를 듣다가 말을 가로막았다. "잠깐만요! 지금 이 여자들 중 하나와 결혼하라고 저를 고용한다는 얘깁니까?"

변호사가 놀라며 말했다. "그럴 리가요, 아이라 씨. 절대로 아닙니다."

"아, 꼭 그렇게 들렸거든요."

"아니요, 아닙니다. 그런 계약은 말도 안 될뿐더러 공공 정책에도 위반되죠. 그저 신탁의 관리자로서 알려드리는 것뿐입니다. 만약 아이라 씨께서 이 목록에 있는 젊은 여성분들 중 한 명과 결혼을 하신다면, 우리는 그 결합 속에서 태어난 모든 아이에게 기쁜 마음으로 지원금을 지급해야 합니다. 조금 이따가 설명하려고 하는 비율에 맞춰서요. 하지만 어떤 형태의 계약서도 작성하지 않을 것이며 우리 쪽에서 '제안'하는 일도 없을 겁니다. 뭔가를 강요하지도 않을 거고요. 그저 사실 그대로를 알려드릴 뿐입니다."

아이라 존슨은 얼굴을 찡그리며 발을 끌어당겼다. "영문을 모르겠네요. 저한테 왜 이러시는 거죠?"

"재단 측에서 정한 일입니다. 조부모님들께 동의를 얻었다고나 할까요."

"제 일을 그분들하고 결정했다고요?" 아이라가 신경질적으로 말했다. 아이라는 조부모들에게 아무런 애정이 없었다. 자린고비 4인조였다. 그들 중 아무나 적당한 나이에 우아하게 죽어줬더라면 아이라는 돈 걱정 없이 의대를 마칠 수 있었다.

"네, 그분들과 상의를 하긴 했습니다. 하지만 아이라 씨에 관해서는 아닙니다."

변호사가 더 이상에 대해서는 입을 다물었기 때문에 존슨 가의 젊은이는 퉁명스럽게 젊은 여성들의 목록을 받아들었다. 아는 얼굴은 하나도 없었다. 아이라는 법무실을 나서자마자 문제의 목록을 찢어버리고 싶었다. 하지만 그날 밤 아이라는 적절한 말을 사용해 고향에 있는 연인에게 이별을 통보하기 위해서 연습문을 일곱 개나 만들어야 했다. 그는 연인이 헤어지는 진짜 이유를 궁금해하지 않았다는 사실에 안도했다. 만약 알았다면 한심하고 어이없게 생각했으리라.

아이라는 (목록에 있던 여성과) 결혼했다. 아내의 조부모 4인방 또한 모두 생존해 있고 건강하며 활동적이라는 사실이 신기했지만 그렇게 대단한 우연의 일치라고는 여기지 않았다.

"…하워드 재단은 공개적인 비영리 단체였고." 저스틴 푸트가 말을 이었다. "건전한 미국 가계 간의 결혼을 장려한다는 재단의 대외적 설립 목적 또한 당시의 풍습과 상충하지 않았습니다. 당시에는 편리하게도 진정한 목적에 대해서만 입 다물면 됐기 때문에 세계대전이 끝나갈 무렵에야 비로소 진실을 숨겨두기 위해 특별한 방법이 필요하게 됐습니다. 그때를 흔히 '광란의 시기'라고 일컫는데….".

1969년 4월부터 6월까지의 머리기사 중 발췌:

아기 빌이 은행을 거덜내다

백만 달러의 누적 상금을 탄 최연소 수상자는 두 살배기

백악관이 축하 전화를 걸다

법원 명령에 따라 위원회 의사당이 매각되다

콜로라도 대법원, '모든 주 재산의 우선 처분권은 노후 연금에 있어'

뉴욕 청년회, 참정권에 연령 상한제 도입 요구

국방부 장관, '미국 출생률은 국가 기밀!'

캐롤라이나주 하원의원이 미인 대회에서 영예의 1위

'대선에 나갈 생각도 있어요' 당선 홍보 여행에 앞서 이와 같이 밝혀

아이오와주, 선거 가능 연령을 41세로 올리다

디모인 대학생들 폭동을 일으켜

흙 먹기 유행, 서부로 번져: 시카고 교구 목사가 연단에서

진흙 샌드위치를 먹다

'흙으로 돌아갑시다' 청중에게 설교

로스앤젤레스 고등학생들, 교육위원회에 저항

'수당 인상, 수업 시간 축소, 숙제 폐지를 요구한다.

교사와 운동부 코치를 직접 선발할 권리를 달라'

9년째 자살률 증가

원자력 위원회는 방사능과의 연관 가능성 부인

"…지금에 와서 돌이켜보면, '광란의 시기'에 당시의 신탁회의는 적절한 결정을 내렸습니다. 그와 같은 의미 상실과 집단 히스테리 상황에서 소수에 속하는 사람들은 박해와 차별적인 법령, 더 나아가 군중 폭력의 희생양이 되게 마련이니까요. 또한 국가 재정이 악화된 데다가 정부의 신임을 얻기 위해 어쩔 수 없이 담보들을 내놓아야 하는 지경에 이르렀기 때문에 신탁의 지급 능력이 크게 위태로워졌습니다.

그에 대처하고자 두 가지 수단을 취했습니다. 우선 재단의 자산을 실물로 바꾸어 각 일족의 구성원들에게 분배하고 그들이 기록상의 소유주가 되도록 했습니다. 그리고 이른바 '위장' 정책을 고정적으로 펼치기로 했습니다. 갖가지 수단을 이용해서 통념상 기능 저하를 겪는 나이에 도달한 일족의 구성원들이 사망한 것처럼 꾸몄고 다른 지역에 가서 살도록 새 신분을 제공했습니다.

몇몇은 진저리를 치기도 했지만 후자의 경우 '예언자'들이 지배한 공백기에 그 효과가 바로 입증되었습니다. 첫 번째 예언자 시대와 때를 같이했던 일족들의 구성원 가운데 97퍼센트는 대외적으로 자신들의 나이가 쉰 살 이하라고 표명했습니다. 예언자들 휘하의 비밀경찰이 철저한 등록제를 시행하는 바람에 신분 위조가 힘들어졌지만 혁명적으로 등장한 카발의 도움으로 몇몇 사람은 신분을 속일 수 있었습니다.

결국 선견지명과 행운의 도움을 받아 우리의 비밀은 공공에 노출되지 않았습니다. 다행스러운 일이었죠. 예언자들이 쉽게 몰수하기 힘들 정도로 부유했던 일족은 꽤나 고역이었을 시기였습니다.

제2차 미국 혁명으로 이어지는 일련의 사건에서 우리 일족들이 특별한 역할을 하진 않았습니다. 하지만 구성원 개개인은 비밀결사 활동과 훗날 뉴예루살렘을 함락시키기에 이르는 투쟁에 참여해 훌륭하게 활약했습니다. 우리는 혼란기의 이점을 살려서 두드러지게 나이를 먹은 친족들의 연령을 재조정했습니다. 그 과정에서 비밀결사의 일원이자 재건에 중추적 역할을 한 일족의 구성원들에게 도움을 받았죠.

'서약'의 해이기도 한 2075년의 일족 회합에서 대규모 논쟁이 있었습니다. 회복된 시민 자유권이 탄탄해졌으니 우리의 정체를 드러내자는 게 주제였죠. 그때만 해도 대다수가 반대 입장이었습니다. 조심성과 비밀주의가 오랜 세월에 걸쳐 습관으로 굳었기 때문이겠죠. 하지만 그 후 50여 년간 문화 부흥이 이어지고, 포용력과 선의가 꾸준히 증가한 데다가 교육의 의미론적 방향이 건전해졌으며 사생활과 개개인을 존중하는 경향이 강해졌습니다. 우리는 이 모든 것을 고려한 뒤에 이제는 정체를 드러내고 사회 속에서 특이하지만 존중받을 가치가 있는 소수자로서 자리를 잡아도 안전하겠다고 결정을 내렸습니다.

어쩔 수 없는 이유가 있는 것도 사실이었습니다. 새롭고 더 나아진 사회 속에서 '위장'을 견디기 힘들다고 생각하는 구성원들이 늘어났습니다. 몇 년에 한 번씩 삶의 기반을 뒤엎고 새 배경을 찾아다니는 것에 지쳐서 그런 것만은 아니었습니다. 대부분의 사람들이 정직하고 공정한 세상에서 거짓 삶을 살아간다는 것이 괴로웠기 때문입니다. 게다가 우리 일족들 전체가 생물학을 연구하며 얻은 결과들이 불행하게도 조금밖에 살지 못하는 동포들에게는 커다란 이익이 될 수 있었습니다. 그들을 도와주기 위해서는 자유가 필요했습니다.

우리는 그와 같은 것들을 두고 논쟁했습니다. 하지만 진짜 신분을 드러내고 사는 관습을 다시 시작한다는 건 '위장'을 포기한다는 뜻이었습니다. 건전하고 평화를 사랑하는 시민이라면 다른 때는 사생활 보장을 선호하다가도 꼭 필요한 상황에서는 분명하게 신분을 밝히는 것이 새 관습이었습니다. 우리도 거기에 거스를 수는 없었습니다. 그랬다가는 주의를 끌 테고 괴팍한 집단으로 찍힐 것이며 결국 동떨어져서 '위장'의 본래 목적이 무색해질 테니까요.

우리는 어쩔 수 없이 신원을 밝혀야 했습니다. 11년 전인 2125년의 회합 때가 되자 대외적 연령과 신체적인 외양의 차가 아주 큰 구성원들이 늘어났기 때문에 신분을 위조하기가 너무나 어려워졌습니다. 그래서 실험적으로 그분들 중에서 지원자를 받아 전체 일족의 구성원 가운데 10퍼센트를 선정하고 진짜 신분을 드러내도록 한 다음 결과를 지켜봤습니다. 일족의 조직에 관한 다른 비밀들은 묻어둔 채 말입니다.

유감스럽게도 결과는 우리의 예상과 달랐습니다."

저스틴이 말을 멈췄다. 침묵이 몇 초간 지속되었을 때 중간쯤 되는 키에 단단해 보이는 남자가 입을 열었다. 남자의 머리에는 다른 사람들과 달리 백발이 섞였고 얼굴 피부는 우주여행으로 그을려 있었다. 메리는 남자를 보았지만 누군지 알 수 없었다. 활달한 표정과 기운찬 웃음이 메리의 주의를 끌었다. 하지만 일족 협의회의 비밀 회합에서 발언할 권리는 누구에게나 있었다. 메리는 그 이상은 신경 쓰지 않았다.

남자가 말했다. "계속해보시오, 친구. 그래서 어떻게 됐다는 겁니까?"

저스틴이 의장을 보며 대답했다. "선임 심리측정학자께서 나머지 부분을 말씀해주실 겁니다. 제 얘기는 서문일 뿐입니다."

"이건 뭐…." 회색 머리의 남자가 소리쳤다. "이것 봐요, 친구. 거기 서서 고작 한다는 얘기가 다 아는 것들뿐이라 이거요?"

"제 얘기는 배경 설명이었습니다. 그리고 제 이름은 친구가 아니라 저스틴 푸트입니다."

메리가 단호한 태도로 끼어들어 남자에게 말했다. "형제님, 일족 대표이시니만큼 성함을 말씀해주시겠어요? 죄송하지만 누구신지 모르겠군요."

"미안합니다. 자매님. 지금 의견을 말하는 사람은 라자러스 롱입니다."

메리가 고개를 저었다. "그래도 누구신지 모르겠네요."

"아, 미안합니다. 라자러스 롱은 첫 번째 예언자 시대에 썼던 '위장'용 이름입니다. 그게 마음에 들다 보니까. 나는 스미스 일족이고 이름은 우드로 윌슨 스미스입니다."

"우드로 윌슨 스미… 나이가 어떻게 되시죠?"

"네? 흠, 최근에 세본 적이 없군요. 백… 아니, 2백이군요. 맞아요. 213세입니다."

갑작스레 청중이 쥐 죽은 듯 고요해졌다. 메리가 조용히 말했다. "아까 제가 저보다 나이 많은 분 찾는 거 못 들으셨나요?"

"들었습니다. 하지만 뭐, 자매님이 잘하고 계시잖습니까. 난 1세기가 넘도록 일족들 회의에 참석한 적이 없단 말입니다. 바뀐 것도 많고."

"지금부턴 형제님이 진행하세요." 메리가 단상에서 물러나기 시작했다.

"싫습니다!" 라자러스가 거부했다. 그러나 메리는 신경도 쓰지 않고 좌석을 찾아가서 앉았다. 라자러스는 주위를 둘러보더니 어깨를 들썩이고는 받아들였다. 그는 의장용 단상 모서리에 엉덩이를 걸치고 말했다. "좋습니다. 계속해보지요. 다음에 말씀하실 분?"

슐츠 일족의 랠프 슐츠는 심리측정학자라기보다는 은행가처럼 보였다. 그는 부끄러워하거나 멍하니 있지 않았고, 일부러 강조하지 않는 그의 평이한 목소리에는 권위가 담겨 있었다. "나는 '위장'을 끝내자고 제안했던 사람 중의 하나입니다. 잘못된 생각이었죠. 나는 현대적인 교육 방식하에 성장한 우리 동료 시민들의 거의 대다수가 감정 때문에 방해받는 일 없이 모든 자료를 객관적으로 평가할 수 있다고 생각했습니다. 우리를 싫어하거나 증오하는 것은 소수의 비정상적인 사람들일 거라고 예상했습니다. 심각한 문제가 발생할 거라고 보지는 않았습니다. 현대적인 생활 태도는 인종 차별을 없애버렸으니까요. 설사 아직 인종적 편견을 가진 사람이라 해도 그걸 입 밖에 꺼내는 것은 부끄러워하잖습니까. 그래서 이제 단명인(短命人)들과 공개적으로 평화롭게 살 수 있을 만큼 관대한 사회가 됐다고 생각했습니다.

하지만 내 생각은 틀렸습니다.

흑인들은 자신들이 피부색 때문에 누리지 못하는 특권을 백인들이 향유하는 한 그들을 증오하고 질시합니다. 이건 건전하고 정상적인 반응입니다. 차별 대우가 사라지자 문제는 저절로 해결되었고 두 문화는 융합되었습니다. 단명인들이 장수인(長壽人)을 질시하는 것도 비슷합니다. 우리는 그런 반응을 예상했고, 일단 우리의 특수성이 유전자 덕분이라는 사실이, 우리가 행한 덕목이나 잘못 때문이 아니라 순전히 조상을 잘 만난 우연 때문이라는 사실이 알려지고 나면 사회적인 문제를 크게 야기하지 않을 거라고 가정했습니다.

그건 희망 사항에 불과했습니다. 사건이 터지고 난 다음이라면 수학적 분석을 자료에 적절하게 적용해서 나온 답도 틀릴 수 있고, 그걸로 분석이 잘못됐다는 걸 밝힐 수 있었다고 얘기하기도 쉽겠죠. 오판이 있었다는 사실을 변호하려는 건 아닙니다. 변호할 수도 없지만요. 우리는 희망 사항 때문에 잘못된 길에 들어섰던 겁니다.

실제로 벌어진 일은 이렇습니다. 우리는 사촌인 단명인들에게 인간이 꿈꿀 수 있는 최고의 축복을 보여주었습니다. 그리고 당신들은 이 축복을 받을 수 없노라고 얘기해준 셈이 됐죠. 단명인들은 풀 길이 없는 모순에 직면했습니다. 견딜 수 없는 사실을 거부하고 우리 얘기를 믿지 않았습니다. 그들은 우리를 질투하다가 증오했고, 우리가 그들의 권리를… 고의적으로, 악의적으로 빼앗았다는 감정적인 유죄 판결을 내렸습니다.

그렇게 팽창한 증오는 넘쳐흘러서 신분을 밝히고 살아가는 형제들을 위협하기에 이르렀고, 잠재적으로 나머지 형제들은 안전하지 않았습니다. 위험성은 아주 크고 절박했습니다." 랠프는 갑자기 자리에 앉았다.

청중들은 몸에 밴 느긋함으로 조용히 기다렸다. 이윽고 여성 대표 한 사람이 일어섰다. "쿠퍼 일족을 대변하는 이브 바스토입니다. 랠프 슐츠 형제, 나는 119세이고, 아마 당신보다는 나이가 많을 겁니다. 나는 당신만큼 인간의 행태나 수학에 밝진 않지만 수많은 사람을 알고 지냅니다. 인간은 근본적으로 선하고 점잖으며 친절합니다. 아, 물론 약점도 있지만 그럴 기회만 조금 준다면 대부분의 사람은 아주 너그러워집니다. 내가 오래 살았다는 이유만으로 그 사람들이 나를 증오하고 해칠 거라고 생각하지는 않습니다. 뭘 더 주장하고 싶은가요? 이미 실수가 한 번 있었다고 인정했지요? 두 번째도 그럴 수 있지 않을까요?"

랠프는 이브를 냉정하게 바라보며 킬트의 주름을 폈다. "자매님 말씀이 맞습니다. 물론 내 얘기가 틀릴 수도 있지요. 그게 심리학의 약점입니다. 지긋지긋하게 복잡하고 모르는 게 너무 많으며 관련된 것들이 부지기수이기 때문에 최대한 노력한다 해도 나중에 밝혀진 사실로 냉정하게 비춰보면 바보처럼 보이기 일쑤지요." 랠프는 다시 일어서서 다른 사람들을 바라보며 단조로운 권위자의 말투로 이야기를 계속했다. "하지만 이번에는 장기적으로 예견하려는 게 아닙니다. 추측이나 희망이 아닌, 사실에 근거해서 아주 단기적인 미래에 관해 얘기하려는 거지요. 바닥을 향해 떨어지는 달걀이 모두가 지켜보는 가운데 분명히 깨질 거라고 말하는 것과 비슷하게 말입니다. 하지만 이브 자매님 말씀이 맞습니다…. 딱 거기까지만요. 개개인은 친절하고 점잖습니다. 개인 대 개인으로는 말이에요. 자매님은 이웃이나 친구들 때문에 위험에 빠지지 않습니다. 저도 마찬가지입니다. 하지만 내 친구나 나의 이웃들은 자매님께 위협이 됩니다. 반대도 성립합니다. 군중 심리는 단순히 개인 심리를 모아놓은 것이 아닙니다. 사회적인 정신역학의 근본 원리지요. 이건 제 개인적인 의견이 아닙니다. 이 원리에 예외란 존재하지 않습니다. 사회 속 집단행동의 규칙이자 군중 히스테리의 법칙이니까요. 군사, 정치, 종교 지도자들은 이미 그것을 잘 알고 이용하고 있습니다. 광고 회사나 예언자들이나 선동가들도 그렇고 목소리 큰 사람이나 배우나 폭력 집단의 두목들도 수학 공식으로 자리 잡기 몇 세대 전부터 그 원리를 써먹었습니다. 아주 잘 먹혀드는 원리이고, 지금도 그렇습니다.

저와 동료들은 우리를 배척하는 군중 히스테리의 흐름이 수년 전부터 등장했다고 보고 있습니다. 다만 증명할 수 없었기 때문에 회의 석상에서 그 문제를 꺼내지는 않았습니다. 아무리 건전한 사회라 해도 우리가 관찰한 것과 같은 극소수 정신 나간 사람들의 불평불만이 있을 수는 있습니다. 그런 조짐은 아주 미미해서 실제로 존재는 하는 건지 확신하기도 어렵습니다. 모든 사회적 흐름이란 다른 흐름과 섞일뿐더러, 접시에 담긴 스파게티처럼 서로 엉키거나 그보다 더 복잡해지게 마련이니까요.

사회적인 힘들 간의 상호작용을 수학적으로 풀기 위해서는 수많은 차원의 추상적인 위상 공간이 필요합니다. 사실 10차원이나 12차원도 그리 많은 건 아닙니다. 이 문제의 복합성은 아무리 강조해도 부족하지요. 그래서 근심하면서 기다리고, 아주 조심스럽게 통계적인 우주를 정립하면서 통계적인 표본을 추출해왔습니다.

확신이 들었을 때는 이미 너무 늦었습니다. 사회심리학적인 흐름은 '효모 성장' 법칙, 즉 복잡성 지수 법칙에 따라 흥하고 소멸합니다. 우리는 우호적인 요소들이 등장해서 흐름을 역전시키기를 바랐습니다. 사회적 상생에 있어서 넬슨이 끼친 영향이라든가, 노인 의학에 우리가 기여한 바라든가, 목성의 위성으로 이주할 수 있는 길이 열리면서 대중이 보였던 지대한 관심 같은 것들 말입니다. 수명 연장에 획기적인 발전이 있다거나 단명인들에게 큰 희망을 줄 사건이 생긴다면 우리를 향해 누적되었던 분노를 잠재울 수 있을 거라고 희망했습니다.

그러는 대신 사무쳤던 감정은 불길로 번져서 걷잡을 수 없이 숲을 태웠습니다. 우리가 관측한 바에 따르면 지난 37일간 그 비율이 두 배로 늘었으며 증가하고 있습니다. 얼마나 더 늘어날지, 얼마나 더 가속될지는 모르겠습니다. 그래서 긴급 회합을 요청한 겁니다. 언제 문제가 터져도 이상하지 않으니 말입니다." 랠프는 피로에 젖어 힘들게 앉았다.

이브는 반론을 펴지 않았고 다른 사람들도 마찬가지였다. 랠프가 전공 분야의 전문가임이 분명해 보여서이기도 했지만, 신분을 드러내고 살아가는 친족들에게 다가오는 흐름의 비극적인 면을 회합에 참가한 개개인이 자각했기 때문이기도 했다. 비록 그 사실을 받아들이는 데에는 이견이 없었지만 어떻게 대처할 것인가에 대해서는 참석자의 수만큼이나 다양한 의견들이 있었다. 라자러스는 2시간 동안 토론이 흘러가는 대로 내버려두고 나서 마침내 손을 들었다. "이래선 끝이 없습니다." 그가 말했다. "오늘 밤에 결론이 날 것 같지도 않고요. 일단 이쯤에서 요약해봅시다."

라자러스가 손가락으로 세며 말했다.

"우선, 아무것도 안 하고 가만히 앉아서 어떻게 되나 지켜본다.

둘째, '위장' 정책을 완전히 폐기하고 전체가 물 밖으로 나간 다음 정치적으로 권리를 주장한다.

셋째, 겉으로는 움직이지 않으면서 조직과 자금을 이용해서 신분이 노출된 형제들을 지키고, 필요하다면 다시 '위장'하도록 한다.

마지막으로, 모두의 정체를 밝히고 우리끼리 살 수 있는 개척지를 요구한다.

아니면 다른 방법도 있습니다. 내가 정리한 네 가지 주장 중에서 하나씩 고른 다음에, 그러니까 예를 들자면 방의 네 구석을 오른쪽 멀리부터 하나씩 할당하고 거기서 모여 죽어라 말싸움을 하면서 일족들에게 전달할 계획을 끌어내는 것이지요. 마음에 드는 주장 없는 사람들은 방 한가운데에 모여서 내 주장이 뭘까 머리를 쥐어짜세요. 자, 반대하는 분 없으시면 이쯤에서 휴회를 선언하고 오늘 밤 자정에 다시 속개하는 걸로 하겠습니다. 괜찮지요?"

아무도 입을 열지 않았다. 사람들은 라자러스가 단숨에 의회 운영절차를 정리하자 조금 놀랐다. 그들은 만장일치를 얻을 때까지 지속되는, 길고 여유작작한 토론에 익숙해져 있었다. 일을 서둘러 처리한다는 것은 어느 정도 충격적인 행위였다.

하지만 라자러스의 개성이 워낙 강렬했고, 그의 나이가 많다는 점이 지위를 높였으며, 약간 고풍스러운 말투가 족장다운 권위에 도움을 주었다. 반대하는 사람은 하나도 없었다.

"좋습니다." 라자러스가 두 손을 꽉 맞잡으면서 선언했다. "교회 문은 오늘 밤까지 걸어두겠습니다."

라자러스는 단상에서 내려왔다.

메리가 그에게 다가섰다. "당신에 대해 좀 더 알고 싶어요." 메리는 라자러스의 눈을 들여다보며 말했다.

"좋습니다, 자매님. 안 될 것 있나요."

"토론하러 머무르실 건가요?"

"아니요."

"저희 집에 가실래요?"

"그거 좋군요. 다른 급한 볼일은 없으니까요."

"그럼 가죠." 메리는 라자러스와 함께 굴을 지나 미시간호와 연결된 지하 연못으로 향했다. 라자러스는 가짜 캠든 스포츠카를 보고 눈을 크게 떴지만 차가 잠수할 때까지 아무 말도 하지 않았다.

"차가 멋지군요."

"그렇죠?"

"특수 기능도 좀 있고요."

메리가 미소를 지었다. "맞아요. 다른 것보다도 누가 안을 뒤질 경우 깔끔하게 자폭하는 기능이 멋지죠."

"좋은데요." 라자러스가 고개를 끄덕였다. "설계 일 하십니까?"

"저요? 말도 안 돼요! 적어도 이번 세기에는 해본 적이 없어요. 그런 종류의 유행을 따라잡는 건 그만뒀어요. 하지만 이런 차를 하나 갖고 싶으시다면 일족들 모임을 통하면 돼요. 누구한테 부탁하느냐면…."

"아닙니다. 필요한 건 아니니까요. 나는 원래 목적 그대로 쓰이는 물건들을 좋아합니다. 조용하고 효율적인 걸로요. 이 차는 공깨나 들였겠네요."

"맞아요." 메리는 그렇게 대답한 다음 수면 위로 떠올라 레이더를 확인하고 주의를 끄는 일 없이 뭍으로 올라가느라 한동안 분주했다.

메리는 집에 도착한 후 라자러스에게 담배와 음료수를 들이밀어 놓고 침실로 가 평상복을 벗은 다음 더 작고 젊어 보이게 해주는 부드럽고 편한 실내복으로 갈아입었다. 라자러스는 메리가 나오자 일어서더니 담배에 불을 붙여 건네다 말고 끈적거리며 상스럽게 휘파람을 불었다.

메리는 짧게 웃고 담배를 받은 다음 커다란 의자에 앉아서 두 발을 모왔다. "라자러스, 당신 덕분에 용기가 생겼어요."

"아가씨, 거울도 안 보십니까?"

"그런 얘기가 아니에요." 메리가 조급하게 대답했다. "바로 당신 때문이에요. 아시겠지만 나는 우리들의 적절한 기대 수명을 넘어섰어요. 지난 10년 동안은 다 그만두고 죽고 싶었어요. 하지만 내 앞에 앉아 있는 당신은… 나보다 훨씬 나이가 많아요. 덕분에 희망이 생겼어요."

라자러스가 등을 폈다. "당신이 죽고 싶다고요? 이것 봐요, 아가씨. 앞으로 한 세기는 더 아름다울 거요."

메리가 지쳤다는 시늉을 했다. "일부러 띄워줄 필요 없어요. 외모 얘기가 아니라는 거 아시잖아요. 나도 죽고 싶진 않다고요!"

라자러스가 진지하게 대답했다. "농담이 아니었습니다, 자매님. 정말로 시체가 될 사람으로 보이지 않으니까요."

메리가 우아하게 어깨를 들썩였다. "생명공학 덕분이죠. 외모를 30대 초반으로 유지하고 있어요."

"내가 보기엔 더 젊은데요. 나는 노화를 속이는 최신 기술은 잘 모릅니다. 내가 사교 모임에 안 나간 지 1세기도 넘었다는 건 아까 들었겠죠. 사실 그동안 일족들하고는 완전히 접촉을 끊었었어요."

"정말요? 이유가 뭔지 물어봐도 되나요?"

"얘기하자면 길고 지루해요. 결론만 말하자면 그자들한테 싫증이 났다는 겁니다. 한때는 매년 있는 모임에 일족 대표로 참석하기도 했죠. 하지만 그 사람들은 갑갑한 데다가 자기네 틀에서 나올 줄을 몰라요. 적어도 내가 보기에는 그랬어요. 그래서 떨어져 나온 겁니다. 그리고 금성에서 대부분의 시간을 보냈어요. '서약'이 체결된 뒤에 잠시 돌아오기는 했지만. 그러고 나서도 지구에서 채 2년을 못 보낸 것 같군요. 난 돌아다니는 걸 좋아하거든요."

메리의 눈이 반짝거렸다. "아, 그 얘기 좀 해주세요! 난 우주 멀리 나가본 적이 없어요. 루나시티에 한 번 가본 게 전부예요."

"그러죠." 라자러스가 대답했다. "때가 되면요. 하지만 지금은 당신의 외모에 대한 얘기를 듣고 싶은데요. 아가씨, 당신은 정말 그 나이로 안 보인단 말씀입니다."

"그럴 거예요. 아, 당연히 그래야죠. 방법에 대해서는 별로 말할 게 없어요. 호르몬에 공생요법에 분비치료에 심리요법 같은 것들을 쓰죠. 일족의 구성원들이 그것들을 한데 사용해서 노쇠를 지연시켜요. 적어도 겉모습의 노화만은 정지시키는 거예요." 메리는 잠시 생각에 잠겼다. "우리는 한때 불로불사의 비밀을, 진정한 젊음의 샘을 찾았다고 생각했어요. 하지만 오산이었죠. 노화는 그저 지연되고, 짧아졌을 뿐이에요. 확실한 징조가 나타나고 90일쯤 지나면 늙어 죽죠." 메리가 몸을 떨었다. "물론 우리네 형제들은 그때까지 기다리지 않아요. 두어 주 동안 이것저것 진단을 해보고 안락사를 선택하죠."

"그럴 수가! 흠, 나는 그러지 않을 겁니다. 사신은 나를 억지로 끌어내야 할 테고, 나는 한 걸음 뗄 때마다 발길질을 하고 그 작자 눈알을 뽑으려 들 겁니다."

메리가 씽긋 웃었다. "그런 식으로 말하는 거 맘에 들어요. 라자러스, 난 나보다 젊은 친구들한테는 이런 식으로 마음을 열어본 적이 없어요. 하지만 당신 얘길 들으니 힘이 나네요."

"우리는 그 친구들 대부분보다 오래 살 겁니다. 메리. 겁내지 마요. 그런데 오늘 열렸던 회의 말입니다. 난 그런 소식에 관심 가진 적도 없을 뿐더러 지구에 돌아온 지 얼마 안 되기도 했지만, 그 랠프 슐츠라는 어린 애는 무슨 소린지 알고서 떠드는 겁니까?"

"그럴 거예요. 그 애 할아버지는 똑똑한 사람이었고 아버지도 그랬으니까요."

"랠프와 아는 사이군요."

"조금은요. 내 손주 중의 하나거든요."

"그거 재밌네요. 당신보다 나이가 더 들어 보이던데."

"랠프는 40대의 외모가 어울린다고 생각하더군요. 그게 다예요. 그 애 아버지는 내 스물일곱 번째 자식이에요. 랠프는 아마… 어디 보자, 나보다 최소한 여든에서 아흔 살은 젊을 거예요. 그러니까 내 자식 중에는 걔보다 어린 애들도 있죠."

"일족들이 당신을 잘 대접하나 보군요."

"그런가 봐요. 하지만 나도 그 사람들한테 할 만큼 했어요. 나는 아이 갖기를 좋아했고 30대 때 신탁에서 이득을 좀 봤어요. 남은 돈은 꽤 많이 불어났고요. 난 사람이 탐낼 수 있는 온갖 사치를 다 누려봤어요." 메리가 다시 몸을 떨었다. "그래서 내가 이렇게 겁이 많은가 봐요. 삶을 좋아하니까요."

"그만해요! 내 듬직한 모습에다가 소년 같은 웃음을 보고 그 말도 안 되는 망상이 치료됐다고 생각했는데."

"아, 어느 정도는 도움이 됐어요."

"흠, 이봐요, 메리. 다시 결혼해서 속 썩이는 애새끼들을 낳아보는 건 어때요? 뒤치다꺼리하느라 딴생각이 안 들 텐데."

"네? 이 나이에요? 말이 되는 소릴 해요, 라자러스!"

"지금 나이가 뭐 어때서요. 나보다 젊지 않습니까."

메리는 잠시 라자러스를 뜯어보았다. "라자러스, 지금 계약을 맺자는 거예요? 그런 거라면 좀 더 직설적으로 얘기해줘요."

라자러스는 입을 열었다가 침을 꿀꺽 삼켰다. "아니, 잠깐만! 진정해요! 난 어디까지나 일반적인 얘길 한 건데… 난 가정적인 인간이 못 돼요. 그러니까, 결혼할 때마다 몇 년 안 가서 마누라들이 내 꼴을 보기 싫어했다고요. 그렇다고 해서 당신이, 음, 내 말은 당신이란 사람은 정말 예쁘니까 남자라면 모름지기…."

메리는 개구쟁이처럼 웃으면서 앞으로 몸을 내밀고 라자러스의 입에 손을 얹어서 말을 막았다. "놀라게 하려던 건 아니었어요, 사촌 양반. 진짜였을지도 모르지만… 남자들이란 함정에 빠졌다고 생각하면 왜 그리

허둥대는지."

"에…" 라자러스가 풀이 죽어서 말했다.

"잊어버리세요. 그 사람들이 무슨 계획을 세울 거 같아요?"

"오늘 밤에 모였던 떼거리들?"

"네."

"당연히 아무 결론도 못 내리지요. 메리, 자고로 위원회라는 것은 위가 수백 개에 뇌는 없는 희한한 동물이에요. 그러다가 뚝심 있는 사람이 밀어붙이면 다들 거기에 따르겠지요. 그게 뭔지는 모르겠지만 말입니다."

"그러면… 당신은 어떤 식이 좋으세요?"

"나요? 흠, 다 싫어요. 메리, 내가 수 세기를 살아오면서 배운 게 딱 하나 있어요. 이런 일들은 지나가게 돼 있어요. 전쟁에 불황에 예언자에 서약 같은 것들은 때가 되면 사라져요. 가만히 앉아서 살아남으면 되는 거지요."

메리가 진지하게 고개를 끄덕였다. "당신 말이 맞는 것 같아요."

"당연하죠. 인생이 얼마나 좋은 건지 아는 데에는 백 년 정도면 됩니다." 라자러스가 일어서서 기지개를 켰다. "하지만 한창 자랄 때인 소년은 좀 자야겠군요."

"나도요."

메리의 아파트는 최상층이었고 하늘을 볼 수 있었다. 메리는 침실에서 거실로 나올 때 실내조명을 끄고 지붕 덮개를 젖혀두었다. 천장을 덮고 있는 것은 투명한 플라스틱판뿐이었고, 그 위로 별이 보였다. 라자러스는 기지개를 켜며 고개를 들어 평소 좋아하는 별자리에 시선을 두었다. "이상하군요." 라자러스가 말했다. "오리온자리의 허리춤에 별이 하나 늘어났는데."

메리가 올려다보았다. "2차 센타우루스 원정대의 대형 함선일 거예요. 움직이나 보세요."

"망원경이 없어서 모르겠군요."

"그렇겠네요." 메리가 동의했다. "우주에서 배를 만들다니 머리 좋죠?"

"다른 방법이 없거든요. 지구에서 조립하기에는 너무 크니까요. 난 그냥 여기서 자도 괜찮아요. 혹시 남는 방이 없다면."

"오른쪽 두 번째 방을 쓰세요. 뭐 필요한 게 있으면 소리쳐서 알려주고요." 메리는 얼굴을 치켜들고 가벼운 키스로 인사했다. "잘 자요."

라자러스는 메리를 따라가다가 안내받은 방으로 들어갔다.

✳

메리는 다음 날 평상시와 같은 시각에 눈을 떴다. 그러고는 라자러스를 깨울까 봐 조용히 일어나서 세면 장치에 들어가 샤워를 하고 마사지를 받은 다음 짧은 잠을 메워주는 수면 보충제를 한 알 삼켰다. 그리고 허리 곡선을 유지하는 데 필요한 만큼의 아침 식사를 최대한 빨리 끝냈다. 그 다음엔 전날 밤 방해받지 않도록 미뤄두었던 전화들을 확인했다. 응답기에서 흘러나온 통화 몇 가지가 그 자리에서 망각 속으로 사라진 후, 메리는 보크의 목소리를 들었다. "안녕." 응답기가 말했다. "메리, 나 보크입니다. 지금 밤 10시예요. 내일 아침 10시에 들르겠습니다. 호수에 가서 수영하고 어디 가서 점심이나 먹죠. 이의가 없다면 데이트 약속입니다. 잘 자요. 이상."

"이상." 메리가 반사적으로 따라 했다. 에라, 이 자식아! 네가 말만 하면 사람들이 전부 승낙할 줄 알지? 메리 스펄링, 너 똑바로 못해? 나이가 4분의 1밖에 안 되는 남자 하나 제대로 처리 못 하네.

전화 걸어서 싫다고 말해. 이런, 너무 늦었네. 조금 있으면 도착하겠어. 아, 귀찮아!

2

라자러스는 자기 전에 킬트를 벗어서 옷장 쪽으로 집어 던졌다. 옷장이 킬트를 낚아채서 흔들더니 단정하게 걸어두었다. "잘 잡았어." 라자러스는 그렇게 말하고 털이 무성한 허벅지를 내려다보며 쓴웃음을 지었다. 킬트는 양쪽 허벅지에 각각 매달린 총과 칼을 가려주었다. 라자러스는 개인용 무기 소지에 관한 현재의 관습이 어떤지 잘 알고 있었지만, 무기가 없으면 발가벗은 느낌이 들었다.

라자러스는 세면 장치에서 나온 후 잠자리에 기어들기 전에 무기를 손 닿는 곳에 두었다.

그리고 순간적으로 잠에서 깨어나면서 양손에 무기를 쥐고는… 자신이 어디에 와 있는지를 떠올리고 긴장을 푼 다음, 무엇 때문에 잠에서 깼는지 살펴보았다.

환풍구에서 흘러나오는 중얼거림이 원인이었다. 방음 설비가 그리 훌륭하지 않은 데다가 메리가 응답기랑 놀고 있는 것이 분명했다. 어쨌든 늦잠을 잘 수는 없었다. 라자러스는 일어나서 몸을 정돈한 다음 절친한 친구들을 허벅지에 묶고 집주인을 찾아 나섰다.

거실로 향하는 출입구가 소리 없이 넓어지자 크고 흥미로운 목소리들이 라자러스의 정면에서 쏟아져 나왔다. 거실은 L자로 꺾여 있었기 때문에 광경이 곧바로 눈에 들어오지는 않았다. 라자러스는 뒤로 물러서서 아무 거리낌 없이 귀를 기울였다. 엿듣는 습관 덕분에 목숨을 건진 적이 여러 번 있었으므로 조금도 마음에 걸리지 않았다. 라자러스는 오히려 즐기기까지 했다.

남자가 말하고 있었다. "메리, 도저히 이해를 못 하겠습니다. 당신도 나를 좋아하고, 나와 결혼하면 큰 득이 된다는 것도 인정하잖습니까. 그런데 왜 싫다는 겁니까?"

"말했잖아요, 보크. 나이 차이 때문에요."

"말도 안 됩니다. 뭘 기대하는 거죠? 청춘기의 낭만? 아, 물론 내가 당신만큼 젊진 않지만… 여자에게는 안정된 생활을 유지하고 보살펴줄 연장자가 필요합니다. 나는 당신보다 그렇게 나이가 많은 것도 아니란 말입니다. 지금 한창때라고요."

라자러스는 그 정도면 저 꼬맹이를 싫어할 이유가 충분하다고 생각했다. 목소리가 음침했다.

메리는 대답하지 않았다. 상대가 말을 계속했다. "어쨌든, 그 문제에 관해서 놀랄 만한 소식이 있습니다. 이 자리에서 얘기할 수 있다면 좋겠지만… 국가 기밀이라서 말입니다."

"그럼 말하지 마세요. 무슨 일이 있어도 내 마음은 바뀌지 않아요, 보크."

"아니요, 들으면 달라질 겁니다! 흠, 말씀드리죠. 당신은 믿을 수 있으니까요."

"그만해요, 보크. 그런 식으로…."

"상관없습니다. 어쨌든 며칠 지나면 공표될 일이니까요. 메리… 나는 더 이상 당신보다 나이를 더 먹지 않을 겁니다."

"그게 무슨 소리죠?" 라자러스는 메리의 목소리에 급작스레 의심이 깃드는 것을 알아챘다.

"방금 말한 그대로입니다, 메리. 드디어 영생의 비밀을 밝혀냈단 말입니다!"

"네? 누가요? 어떻게요? 언제요?"

"아, 이제야 흥미가 좀 생기나 보죠? 어쨌든 다 말씀드리겠습니다. 하워드 일족들이라고 자처하던 사기꾼들 아시죠?"

"네… 물론 들어본 적은 있어요." 메리가 천천히 대답했다. "그게 어쨌는데요? 그 사람들 엉터리잖아요."

"그렇지 않습니다. 난 압니다. 그동안 행정부에서 은밀히 조사하고 있었죠. 그 작자들 중에 몇은 의심할 나위 없이 백 살 이상입니다. 게다가 아직도 젊단 말입니다!"

"믿을 수가 없네요."

"하지만 사실입니다."

"음, 어떻게 그럴 수 있대요?"

"아! 그게 핵심이죠. 그자들은 단순히 유전 문제라고 주장하고 있습니다. 장수하는 일족의 후손이기 때문에 오래 산다는 거죠. 하지만 모순되는 얘기일뿐더러 널리 알려진 사실과 과학적으로 부합되지도 않습니다. 행정부에서 면밀하게 조사한 결과 답이 나왔습니다. 젊음을 유지하는 비법이 있었던 거죠."

"설마 그럴 리가요."

"메리, 제발 좀! 당신이 사랑스럽기는 하지만 그렇다고 해서 전 세계에서 뽑힌 최고의 과학자들이 내린 전문적 견해를 트집 잡을 수는 없습니다. 그게 중요한 건 아니지만요. 진짜 비밀은 지금부터 시작입니다. 아직 그 비밀이 뭔지는 모르지만, 곧 알게 될 겁니다. 소란을 떨거나 대중에게 알리지 않고 그 작자들을 잡아다가 심문할 겁니다. 비밀을 캐내고 나면 당신과 나는 영원히 늙지 않는단 말입니다! 이 얘기를 들으니까 기분이 어때요?"

메리는 아주 천천히, 기어들어 가는 목소리로 대답했다. "모든 사람이 오랫동안 살 수 있다면 좋은 일이겠죠."

"네? 아, 그렇겠죠. 하지만 뭐가 어찌 되든 당신과 나는 그 처치를 받을 겁니다. 그게 뭐든지 간에요. 우리의 미래를 생각해보십시오. 결혼했을 때의 젊음을 1년이 가고 10년이 가도 계속 유지하면서 행복하게 사는 겁니다. 한 세기 이상, 어쩌면 그보다 더 오래…."

"잠깐만요, 보크. 그 '비밀'이 모든 사람에게 돌아가지 않는다고요?"

"흠, 글쎄요. 위에서 어떻게 정하느냐에 따라 다르겠죠. 인구 증가는 오늘날에도 만만한 문제가 아닙니다. 실질적으로는 주요 인물들과 그 부인들에게만 국한할 필요가 있을 겁니다. 하지만 그런 문제로 그 사랑스러운 머리를 쓰지 말아요. 당신과 나는 혜택을 받을 테니까."

"당신과 결혼해야 그렇다는 얘기겠죠."

"흠, 그런 식으로 표현하지 마요, 메리. 당신을 위해서라면 난 가능한 한 어떤 일이라도 할 겁니다. 사랑하니까요. 하지만 나와 결혼한다면 문제가 아주 간단해지겠죠. 그러니까 승낙해주십시오."

"그 문제는 잠깐 제쳐놓죠. 그래서 그 '비밀'을 어떻게 알아낼 생각이에요?"

라자러스는 보크의 잘난 척하는 고갯짓 소리가 들리는 기분이었다. "아, 그자들은 말하게 될 겁니다."

"털어놓지 않으면 코번트리에 보내기라도 하겠다는 뜻인가요?"

"코번트리요? 흠! 상황을 이해하지 못하는군요. 이건 사소한 사회적 범죄가 아닙니다. 배반이죠. 인류 전체에 대한 배반이란 말입니다. 모든 수단을 다 쓸 겁니다! 예언자들이 했던 그대로… 그자들이 자발적으로 협조하지 않는다면 말이죠."

"지금 진심이에요? 세상에, 서약에 위반되잖아요!"

"서약 따위 개나 물어가라고 해요! 죽느냐 사느냐의 문제란 말입니다. 서류 몇 장이 문제가 될 거라고 생각합니까? 근본적인 문제에는 하찮은 위법성 같은 건 신경 쓸 거리도 못 됩니다. 인간이란 목숨 걸고 지켜야 하는 신념 같은 걸로 사는 게 아닙니다. 바로 이 문제가 그런 경우입니다. 저… 저 욕심꾸러기 범죄자들은 생명 그 자체를 우리에게서 빼앗는단 말입니다. 그런 비상시국인데 '관습'에 목맬 거라고 생각합니까?"

메리는 공포에 젖고 한숨이 섞인 목소리로 말했다. "정말 위원회에서 서약을 어길 거라고 생각하세요?"

"'생각'하느냐고요? 어젯밤에 위원회 결의안이 통과됐습니다. 행정관이 '전권'을 이양받았고요."

침묵이 너무 길어져서 라자러스는 귀를 기울여야 했다. 마침내 메리가 입을 열었다. "보크…."

"왜 그러십니까, 내 사랑?"

"가만히 계시면 안 돼요. 막으셔야 해요."

"막는다고요? 무슨 얘깁니까? 그럴 수도 없고… 설사 가능하다 해도 그러지 않을 겁니다."

"하지만 막아야만 해요. 위원회를 설득해야 한다고요. 지금 잘못을, 끔찍한 잘못을 저지르는 거예요. 그 불쌍한 사람들을 억압해봐야 얻을 게 없단 말이에요. 비밀 같은 건 없다고요!"

"네? 흥분하지 마요, 내 사랑. 지금 이 행성에서 가장 현명하고 가장 선한 인물들의 결정이 잘못됐다고 얘기하는 것 아닙니까. 내 말을 믿어요. 우리는 뭘 해야 하는지 잘 알고 있으니까. 우리도 당신과 마찬가지로 좋아서 잔혹한 방법을 쓰는 건 아닙니다. 하지만 전체의 복지를 위해서는 어쩔 수 없는 법이죠. 자, 이런 문제를 끄집어낸 건 미안하게 생각합니다. 당신은 천성적으로 부드럽고 온화하며 착한 사람이고, 바로 그 점 때문에 당신을 사랑합니다. 나와 결혼하고 공공 정책에 관한 것들은 잊으면 됩니다."

"결혼이라고요? 절대로 안 해요!"

"아, 메리, 흥분하지 마요. 안 되는 이유 하나만 말해보십시오."

"이유를 말해주죠! 나야말로 당신이 학대하려는 사람 중의 하나예요!"

이번엔 상대가 말을 멈췄다. "메리… 당신 지금 제정신이 아니군요."

"제정신이 아니라고? 내가? 난 내 나잇대의 다른 사람들만큼이나 제정신이야. 내 얘기 잘 들어, 이 멍청한 놈아! 내 손주 나이가 너보다 배는 많아. 난 첫 번째 예언자들이 나라를 쥐고 흔들 때도 여기 있었어. 해리 먼이 처음으로 달에 로켓을 쏴 올릴 때도 여기 있었고. 넌 그때 아직 속 썩이는 애새끼는커녕… 내가 다 커서 결혼했을 때 너희 조부모님들은 서로 만나지도 못했어. 그런 놈이 내 앞에서 나와 내 동족들을 몰아붙이고 게다가 고문까지 하겠다고 나불거려? 너하고 결혼하자고? 차라리 내 손자하고 결혼하고 말겠다!"

라자러스는 몸의 중심을 옮기면서 킬트 속으로 오른손을 집어넣었다. 금방이라도 문제가 생길 것 같았다. 저러다가 큰일 치르지. 라자러스가 속으로 되뇌었다. 그리고 기다렸다.

보크의 대답은 냉정했다. 권위에 익숙한 남자의 목소리가 굴절된 열정의 자리를 대신했다. "긴장 풀어요, 메리. 우선 앉아요. 내가 돌봐줄 테니까, 진정제를 들도록 해요. 이 도시에서, 전국에서 제일 훌륭한 심리치료사를 불러올게요. 괜찮아질 거예요."

"내 몸에 손대지 마!"

"자, 메리…."

라자러스가 거실로 걸어나가서 보크에게 권총을 겨누었다. "이 원숭이 자식이 문제라도 일으킵니까, 자매님?"

보크가 고개를 홱 돌렸다. "당신 누굽니까?" 그리고 화를 내면서 대답을 요구했다. "여기서 뭘 하는 겁니까?"

라자러스는 여전히 메리에게 얘기했다. "명령만 내리십시오, 자매님. 저놈을 잘게 다져서 흔적도 못 찾게 만들 테니까."

"아니요, 라자러스." 메리가 평정을 되찾고 말했다. "하지만 고마워요. 총은 치우세요. 그런 일이 벌어지는 건 싫으니까요."

"알겠습니다." 라자러스는 총을 총집에 넣었지만, 그 위에 손을 얹어 두었다.

"당신 누굽니까?" 보크가 반복했다. "이 집에 침입해서 뭘 하는 겁니까?"

"나도 똑같은 걸 물을 참이었어, 친구." 라자러스가 부드럽게 말했다. "하지만 그건 제쳐놓자고. 나로 말할 것 같으면 네가 찾아다니는 구닥다리들 중의 하나야. 메리와 마찬가지로."

보크가 라자러스를 날카롭게 노려보았다. "어떻게…." 그리고 메리를 돌아보았다. "말도 안 돼. 그런 터무니없는 일이. 하지만 조사해봐서 나쁠 건 없겠지. 잡아넣을 명목이야 얼마든지 있으니까. 이렇게 확실한 반사회적 환원현상은 본 적이 없어." 보크는 영상 전화 쪽으로 움직였다.

"친구, 전화에서 떨어지는 게 좋을걸." 라자러스가 재빨리 말하고 메리를 향해 덧붙였다. "총은 안 쓰겠습니다. 자매님. 칼을 쓰면 되니까요."

보크가 걸음을 멈췄다. "알겠습니다." 그리고 불쾌한 목소리로 말했다. "그 진동칼은 치우십시오. 여기서 전화를 걸지는 않을 테니까."

"잘 봐. 이건 진동칼이 아니라 강철이라고. 너절한 놈."

보크가 메리를 바라보았다. "난 가겠어요. 나와 같이 가는 게 현명할 겁니다." 메리가 고개를 저었다. 보크는 불쾌한 기색을 드러내더니 어깨를 들썩거리고는 라자러스를 마주 보았다. "선생은 그 야만적인 행동거지 때문에 심각한 곤경을 초래했어요. 곧 체포될 겁니다."

라자러스가 지붕 덮개를 올려다보았다. "비너스버그에서 날 체포하려고 들었던 작자 생각이 나네."

"네?"

"내가 그놈보다 훨씬 오래 살아남았지."

보크는 한마디 하려고 입을 열었다가 갑자기 몸을 돌리더니 무척 빨리 떠나버렸다. 하도 동작이 빨라서 바깥문이 그의 뒷모습을 채 가리지도 못했다. 문이 소리를 내며 닫히자 라자러스가 회한에 잠겨서 말했다. "근 몇 년 동안 본 인간 중에 제일 눈치가 없는 놈이네. 내 장담컨대 저놈은 평생 멸균 수저만 썼을 겁니다."

메리가 눈을 크게 뜨더니 키득거렸다. 라자러스가 메리를 바라보았다. "기운을 되찾은 걸 보니 기분 좋네요. 흥분 상태라고 생각했는데."

"그랬어요. 당신이 듣는 줄은 몰랐죠. 말을 하다 보니 여과 없이 내뱉어버렸네요."

"내가 망쳐놨나요?"

"아니요, 그때 나타나줘서 기뻤어요. 고마워요. 하지만 서둘러야겠어요."

"내 생각도 그렇습니다. 그 친구 진심이었을걸요. 날 찾으러 금세 경찰이 올 겁니다. 당신도 마찬가지일 테고요."

"내 말이 그 말이에요. 그러니 얼른 나가죠."

메리는 얼마 걸리지 않아 떠날 준비를 마쳤다. 하지만 복도로 나서던 두 사람은 한 남자와 마주쳤다. 완장을 차고 주사기를 장비한 것으로 보아 경찰이었다. "실례합니다." 경찰이 말했다. "메리 스펄링이라는 이름의 시민과 그 일행을 찾는 중입니다. 어느 집인지 알려주시겠습니까?"

"물론이죠." 라자러스가 대답했다. "저기가 그 여자 집입니다." 라자러스는 복도의 먼 쪽 끝을 가리켰다. 경찰이 그쪽을 바라보자 라자러스가 권총 손잡이로 뒷덜미의 약간 왼쪽을 주의 깊게 두드렸다. 그리고 무너져 내리는 경찰관의 몸뚱이를 붙잡았다.

메리와 라자러스는 힘을 합쳐서 처치 곤란한 덩어리를 아파트 안에 굴려 넣었다. 라자러스는 경찰관을 깔고 앉아서 주사기 세트를 뒤적이더니 약을 채우고 본래의 주인에게 한 방 놓았다. 라자러스가 말했다. "자, 이러면 몇 시간은 곯아떨어질 겁니다." 그리고 눈을 껌뻑이며 주사기 세트를 바라보더니 경찰관의 허리띠에서 떼어냈다. "또 쓸 일이 생길지도 모르니까요. 어쨌든 가져가서 손해 볼 리는 없겠죠." 라자러스는 잠시 궁리 끝에 경찰관의 완장을 벗겨서 자신의 주머니 속에 집어넣었다.

두 사람은 다시 아파트를 나서서 주차장으로 내려갔다. 라자러스는 차가 비탈을 오르는 동안 메리가 북부 해안으로 향하는 진로를 입력하는 것을 알아챘다. "어디로 가는 거죠?" 그가 물었다.

"일족들의 은신처요. 거기 말고는 신원 확인을 피할 곳이 없어요. 하지만 어두워질 때까지는 어디 다른 곳에 숨어야 해요."

차가 북쪽으로 향하는 자동 유도 신호를 받고 나자 메리가 실례하겠다고 말하고는 잠시 눈을 붙였다. 라자러스도 몇 킬로미터 정도 풍경을 감상하다가 졸기 시작했다.

비상경보가 요란하게 울리는 바람에 두 사람은 잠에서 깼다. 차가 멈추기 위해 속도를 줄이고 있었다. 메리는 팔을 뻗어 경보를 껐다. "모든 차는 지역 통제에 따르십시오." 목소리가 울렸다. "속도를 시속 30킬로미터에 맞추고 가장 가까운 관제탑으로 이동해서 검문을 받으십시오. 모든 차는 지역 통제에 따르십시오. 속도를….”

메리가 방송까지 꺼버렸다. 라자러스가 기운차게 말했다. “흠, 우릴 찾는군요. 계획은 있습니까?”

메리는 대답하지 않았다. 그리고 시선을 밖으로 돌려 주위를 살펴보았다. 자신들이 멈춰 있는 고속 통제로와 제어를 받지 않는 간선도로를 구분해주는 철제 울타리가 우측으로 50미터 가량 뻗어 있었다. 하지만 전방 1킬로미터 정도는 도로 변경용 진입로가 없었다. 진입로가 있는 곳에는 당연하게도 관제탑이 있을 테고 그러면 검문을 받아야 했다. 메리는 차에 시동을 걸더니 속도를 높이면서 수동으로 운전해 정체되어 있는 차들 사이를 빠져나갔다. 라자러스는 울타리에 가까워지면서 점점 좌석 속으로 꺼져들어 가는 기분이었다. 차가 돌진하면서 공중으로 뜨더니 울타리를 한 뼘 정도 찢어놓았다. 메리는 건너편으로 착지하도록 차를 조종했다.

다른 차 한 대가 북쪽에서 다가오는 중이었고 두 사람은 그 차의 차선에 침입해 질주했다. 상대 차의 속도는 시속 150킬로미터 미만이었지만 운전자는 기겁을 했다. 교통이 막히지도 않는 도로 정면에서 다른 차가 갑자기 등장할 까닭이 없었으므로. 메리는 차를 억지로 왼쪽으로 틀었다가 오른쪽으로, 다시 왼쪽으로 방향을 바꾸었다. 차체가 뒤틀리면서 자이로스코프의 강력한 저항에 반발하는 뒷바퀴가 공중에 떴다. 뒷바퀴가 마찰력과 싸우는 동안 메리는 이가 갈릴 정도로 엄청나게 떨리는 유리 소리를 반주 삼아 차를 붙잡고 씨름한 끝에 다시 주도권을 획득했다.

라자러스는 턱 근육의 긴장을 풀고 거친 숨을 내뿜었다. “후유!” 그리고 한숨을 쉬었다. “또 그러지 않았으면 좋겠는데요.”

메리가 씩 웃으면서 라자러스를 바라보았다. “여자가 운전하는 거 싫으세요?”

“오, 아니요. 절대로 그렇지 않아요! 그저 또 그러기 전에 경고나 해주십사 하는 겁니다.”

"나도 그럴 줄은 몰랐어요." 메리가 라자러스에게 동의하고는 걱정스럽게 말을 이었다. "이제 어떡해야 할지 모르겠네요. 도심 밖으로 나와서 저녁까지 숨어 있으면 될 거라고 생각했는데. 하지만 울타리를 보니까 그럴 수밖에 없었어요. 지금쯤이면 관제탑에 보고가 들어갔을 거예요. 흠."

"왜 어두워질 때까지 기다려야 하지요?" 라자러스가 물었다. "이 괴상망측한 차를 몰고 호수에 뛰어든 다음 목적지까지 헤엄쳐 가면 되잖습니까?"

"그러고 싶지 않아요." 메리는 초조했다. "벌써 충분히 이목을 끌었으니까요. 차처럼 보이는 수륙양용 장비가 편하긴 하지만, 이 차가 수중에서 움직이고 그 얘기가 경찰의 귀에 들어가면 결국 진상이 밝혀지고 말 거예요. 그러면 낚시를 시작할 테고 지진파 탐지기에 음파 탐지기에 온갖 것들을 다 동원할걸요."

"하지만 은신처에는 차폐물이 둘러져 있지 않던가요?"

"물론 그렇죠. 하지만 그 정도 크기라면 결국 발각될 거예요. 뭘 찾아야 할지 아는 상태에서 끈질기게 찾는다면 말이죠."

"당연히 그 말씀이 옳겠지요." 라자러스가 천천히 수긍했다. "우리가 시끌벅적하게 경찰들을 끌고 일족의 은신처로 가지 말아야 하는 건 분명하니까요. 메리, 그럼 차를 버리고 다른 데로 숨는 게 낫겠어요." 그리고 인상을 찡그렸다. "은신처 말고 다른 데로요."

"아니요, 은신처로 가야 해요." 메리가 분명하게 대답했다.

"왜죠? 여유를 잡으려면…."

"조용히 좀 해봐요! 생각 중이니까." 라자러스가 입을 다물었다. 메리는 한 손으로 운전하면서 도구함을 뒤적거렸다.

"답변하십시오." 목소리가 말했다.

"인생은 짧지만…." 메리가 대답했다.

두 사람은 암호 문답을 주고받았다. "잘 들어요." 메리가 급하게 말했다. "문제가 생겼어요. 조치를 취해주세요."

"알겠습니다."

"연못에 잠수함이 있나요?"

"네."

"잘됐네요! 내 위치를 확인하고 보내주세요." 메리는 라자러스에게 수영할 줄 아느냐고 묻기 위해 말을 한 번 멈춘 다음 세부 사항을 다급히 지시했다. "이상이에요." 메리가 말을 끝맺었다. "당장 해주세요! 시간이 없어요."

"잠깐만요, 메리!" 목소리가 항변했다. "낮에 잠수함을 내보낼 수 없다는 건 아시잖습니까. 날씨가 험하더라도 위험합니다. 발각되기가 너무 쉽…."

"해줄 거예요, 말 거예요?"

세 번째 목소리가 끼어들었다. "메리, 아이라 바스토입니다. 저도 듣고 있었습니다. 모시러 가겠습니다."

"하지만…." 첫 번째 목소리가 반대했다.

"그만해, 토미. 네 일이나 신경 쓰고 나한테 맡겨. 좀 이따 봐요, 메리."

"알았어요, 아이라!"

메리는 은신처와 통신하면서 간선도로를 벗어나 전날 밤에 와본 적 있는 비포장도로로 접어들었다. 속도도 늦추지 않았고 심지어 앞도 보지 않았다. 라자러스는 이를 꽉 물고 손잡이에 매달렸다. 차는 '오염지역─진입하면 위험함'이라고 적혀 있고 전통적인 자주색 세 갈래 문양이 찍힌 표지판 옆을 지나쳤다. 라자러스는 지금 이 순간보다 중성자 하나만큼이라도 더 위험해질 수가 있는 건가 의심이 들었다.

메리는 격하게 브레이크를 밟아서 인적 없는 길가의 죽은 나무 덤불 속에 차를 세웠다. 높지 않은 절벽 바로 아래에 호수가 펼쳐져 있었다. 메리는 안전띠를 풀고 담배에 불을 붙인 다음 긴장을 풀었다. "이제 기다리면 돼요. 아이라가 아무리 험하게 몬다 해도 도착하려면 30분은 걸릴 거예요. 우리, 여기 오는 도중에 남의 눈에 띄었을까요?"

"메리, 솔직히 말해서 그것까지 살필 정신이 없었어요."

"뭐, 겁 없는 남자애들 빼고는 어차피 아무도 안 올 거예요."

('여자애들도 같이 오겠죠.' 속으로 이렇게 덧붙인 다음) 라자러스가 소리 내 물었다. "오다 보니까 '화끈한' 표지판이 있던데요. 방사능 수치가 얼마나 되지요?"

"그거요? 여기다가 집 짓고 살 게 아니라면 신경 끄세요. 지금 '화끈한' 건 우리예요. 통신기 옆에 붙어 있어야 하는 것만 아니라면 우리는…."

통신기에서 목소리가 흘러나왔다. "메리, 지금 코앞에 와 있습니다."

메리가 놀란 표정을 지었다. "아이라예요?"

"말하는 건 아이라가 맞지만 저는 은신처에 있습니다. 이반스톤 격납고에 있던 피터 하디가 시간이 난다기에 그쪽으로 가달라고 했죠. 더 빠르니까요."

"알았어요. 고마워요!" 라자러스가 팔을 건드리자 메리는 대답하기 위해 고개를 돌렸다.

"뒤를 봐요."

백 미터도 떨어지지 않은 곳에 헬리콥터가 착륙하고 있었다. 남자 셋이 뛰쳐나왔다. 모두 경찰 차림을 하고 있었다.

메리는 차 문을 열어젖히는 동시에 가운을 벗어 던졌다. 그리고 몸을 돌리며 "뛰어요!"라고 외치더니 뒤로 손을 뻗어서 계기판에 튀어나온 손잡이 하나를 뽑았다. 그런 다음 달렸다.

라자러스는 킬트의 허리띠를 풀고 몸을 빼내면서 메리의 뒤를 따라 절벽 쪽으로 뛰어들었다. 메리가 사지를 흔들며 떨어지고 있었다. 라자러스는 그보다 조금 더 조심스럽게, 날카로운 바위들에 대고 욕을 퍼부으면서 떨어졌다. 차가 폭발하면서 충격파가 퍼졌지만 절벽이 가로막아 주었다.

두 사람은 함께 물로 떨어졌다.

소형 잠수함의 에어로크는 한 번에 한 사람만 간신히 통과할 수 있는 크기였다. 라자러스는 메리를 먼저 밀어 넣었다. 그리고 끝없이 흐를 것 같은 시간 속에서 자신이 물속에서 숨을 쉴 수 있던가 고민해보았다. "물고기한테는 있고 나한테는 없는 게 뭐지?" 라자러스는 에어로크의 바깥쪽 빗장이 손 안에서 움직이기 시작하는 것을 느끼면서 그렇게 혼잣말을 했다.

출입구에서 물을 몰아내기까지 기나긴 11초가 흘러갔다. 라자러스는 그런 다음에야 비로소 물 때문에 권총이 망가진 건 아닌지 살펴볼 기회를 얻었다.

메리가 선장에게 긴급하게 얘기했다. "잘 들어요, 피터. 저 위에 골치 아픈 경찰관이 셋 있어요. 우리가 물에 들어오는 순간에 그놈들 면전에서 내 차가 폭발했어요. 하지만 셋 다 즉사하지 않았다면 우리가 빠져나갈 길이 하나뿐이라는 걸 알 거예요. 바로 물속이죠. 공중에 떠서 우리를 찾아내기 전에 여기서 멀리 떠나야 해요."

"힘들 텐데요." 피터 하디가 조종 장치를 두들기며 불평했다. "설사 그놈들이 육안으로만 뒤진다고 해도 전반사 반경*보다 멀리 나아가서 계속 그 상태를 유지해야 하니까요. 경찰들이 높이 올라가서 시야를 넓히는 것보다 더 빨리요. 난 그렇게는 못 해요." 하지만 소형 잠수함은 고무적인 속도로 돌진했다.

메리는 잠수함에서 은신처로 통신을 보내야 하나 고심했지만, 그러지 않기로 결정했다. 잠수함과 은신처 모두의 위기만 초래할 뿐이었다. 그래서 마음을 가라앉힌 다음 두 사람이 앉기에는 너무 좁은 승무원석에서 몸을 웅크리고 기다렸다. 피터는 넓은 곡선을 그리며 깊이 잠수하더니 바닥을 따라가다가 머스키건-게리 연안의 등대들을 탐지하고는 그 사각(死角) 속으로 숨어들었다.

잠수함이 은신처 내 연못의 수면에 떠오를 때쯤 메리는 어떤 종류의 물리적 통신 수단도 사용하지 말아야 하며 심지어 세심하게 위장된 은신

---

* 전반사 반경 너머에는 서로 다른 매질 간의 굴절률 차로 인해 빛이 완전히 반사되어 매질 경계의 건너를 들여다볼 수 없다.

처의 통신 장비들도 써서는 안 된다고 마음먹고 있었다. 대신 은신처에 서 보살핌을 받고 있는 일족의 식구들 가운데 준비 상태인 텔레파시 능력자가 있기를 바랐다. 하워드 일족들은 전체 인구의 일부에 지나지 않았기 때문에 건강한 구성원 중에는 텔레파시 능력자가 드물었다. 하지만 보통 이상으로 긴 수명을 유지하고 강화시켜주었던 근친 교배가 결과적으로는 나쁜 유전자 또한 유지하고 강화시켜주었다. 따라서 일족의 육체적, 정신적 결함의 비율은 비정상적으로 높았다. 유전자 통제 위원회에서는 장수 혈통을 유지하면서 해가 되는 혈통을 제거하는 데에 몰두했지만 수많은 세대가 지나면서 장수의 대가로 결함의 괴임을 감수해야 했다.

그리고 결함을 가진 자들 가운데 약 5퍼센트는 텔레파시 능력자였다.

메리는 보살핌을 받는 구성원들이 머무는 은신처 내의 성역으로 직행했고 라자러스가 그 뒤를 졸졸 따라갔다. 메리가 보모를 다그쳤다. "꼬마 스티븐은 지금 어디 있죠? 만나야겠어요."

"목소리를 낮추세요." 보모가 꾸짖었다. "휴식 시간이에요. 지금은 안 됩니다."

"재니스, 꼭 만나야 해요." 메리가 고집했다. "기다릴 일이 아니에요. 일족들 전체에게 보낼 전갈이 있어요. 지금 당장요."

보모가 엉덩이 위에 양손을 얹었다. "통신과에 부탁하세요. 아무 때나 와서 내 관할하의 아이들을 괴롭힐 순 없어요. 절대로요."

"제발요, 재니스! 다른 것 말고 텔레파시만 쓸게요. 웬만해서는 이러지 않는다는 거 아시잖아요. 당장 스티븐에게 안내해주세요."

"그런다고 해도 소용없어요. 꼬마 스티븐은 오늘 벌써 한 번 발작을 일으켰어요."

"그러면 힘을 쓸 수 있는 사람 중에 제일 능력이 강한 사람에게 데려다주세요. 얼른요, 재니스! 일족 전체의 안전이 걸린 일이에요."

"신탁회의에서 허락을 받았나요?"

"아뇨! 그럴 시간이 없었다니까요!"

보모는 여전히 의심을 거두지 않았다. 라자러스가 마지막으로 사람에게 주먹을 휘두른 게 언제적 일이었는지 기억하려고 애쓰고 있는데 보모가 물러섰다. "알았어요. 이러면 안 되는 일이긴 하지만 가서 빌리를 만나보세요. 명심하세요. 너무 피곤하게 하면 안 돼요." 보모는 계속 신경질을 내면서도 두 사람을 활기 넘치는 방들이 늘어선 복도로 이끌더니 그 가운데 한 방으로 안내했다. 라자러스는 침대 위에 있는 물체를 보고는 시선을 다른 곳으로 돌렸다.

보모가 벽장으로 가더니 피하 주사기를 들고 왔다. "최면 상태여야 능력을 발휘합니까?" 라자러스가 물었다.

"아니요." 보모가 차가운 목소리로 대답했다. "우리 얼굴이라도 알아보게 하려면 각성제가 있어야 합니다." 보모는 괴상하게 생긴 물체의 팔을 문지르더니 주사를 놓았다. "시작하세요." 그녀는 메리에게 말하고는 정색하며 침묵했다.

침대 위의 물체가 움직이더니 천천히 눈동자를 굴렸다. 그리고 주변을 살폈다. 물체가 씩 웃었다. "메리 아줌마!" 그리고 말했다. "오오! 빌리한테 선물 가져왔어요?"

"아니." 메리가 자상하게 말했다. "이번엔 못 가져왔단다. 메리 아줌마가 너무 바빴거든. 다음에 말이지, 깜짝 놀랄 만한 걸 가져올게. 그럼 되겠니?"

"그럼요." 물체가 순순히 대답했다.

"역시 착하구나." 메리가 손을 뻗어서 물체의 머리칼을 어루만졌다. 라자러스는 다시 고개를 돌렸다. "우리 빌리가 메리 아줌마의 부탁 하나 들어줄 수 있을까? 그럼 정말, 정말 고마울 텐데."

"물론이죠."

"친구들 목소리 들을 수 있니?"

"아, 그럼요."

"전부 다?"

"네, 보통은 다들 조용하지만요." 물체가 대답했다.

"불러보렴."

아주 짧은 침묵이 흘렀다. "다들 듣고 있어요."

"잘했어! 자, 이제 놓치지 말고 들으렴, 우리 빌리. 모든 일족은 들으세요. 긴급 경고입니다! 연장자 메리 스펄링의 전갈입니다. 행정관이 위원회 승인하에, 신분을 드러낸 우리 일족들을 체포하려 합니다. 위원회는 행정관에게 '전권'을 이양했습니다. 저의 냉정한 판단에 의하면 그들은 서약 내용에 괘념치 않고 어떤 수단이든 동원해 우리에게서 이른바 장수의 비밀을 뽑아내려고 획책하고 있습니다. 심지어 예언자들 휘하의 이단 심문관들이 고안했던 고문마저 동원하려고 계획하는 중입니다!" 목소리가 갈라졌다. 메리는 잠시 쉬었다가 힘을 모았다. "움직이세요! 신분이 노출된 구성원들을 찾아서 경고를 전하고 숨겨주세요! 몇 분만 꾸물거려도 구할 수 없게 될 겁니다!"

라자러스가 메리의 팔을 건드리더니 무언가를 속삭였다. 메리는 고개를 끄덕이더니 말을 이었다.

"사촌 중에 체포된 사람이 있다면 수단 방법을 가리지 말고 구출하세요! 서약을 내세우면서 호소하지도 말고, 정의를 들이대면서 말싸움할 생각도 마세요! 자, 출발하세요!"

메리가 말을 끝맺고 부드러우면서도 지친 목소리로 물었다. "빌리야, 내 얘기를 다들 들었니?"

"그럼요."

"다른 사람들한테 전달하고 있니?"

"네, 망아지 지미만 빼고요. 지금 나한테 화를 내네요." 물체가 솔직하게 말했다.

"'망아지 지미'? 지금 어디 있는데?"

"원래 사는 데에 있죠."

"몬트리올에요." 보모가 끼어들었다. "거기에 능력자가 둘 더 있으니까 당신 얘기는 전해졌어요. 끝났나요?"

"네…." 메리가 만족하지 못하고 말했다. "다른 은신처에도 얘기해서 전해주도록 해야겠어요."

"안 돼요!"

"하지만 재니스…."

"그건 용납 못 해요. 그래야 한다는 건 알겠지만 당장 빌리에게 해독제를 놔야겠어요. 그러니까 나가세요."

라자러스가 메리의 팔을 잡았다. "그만하면 됐어요. 전해졌든가 아니든가 둘 중 하나 아닙니까. 그만하면 최선을 다한 겁니다. 잘했어요, 아가씨."

메리는 지역 담당관에게 상세 보고를 하러 갔다. 라자러스는 메리와 헤어져 자기 볼일을 보러 움직였다. 그는 왔던 길을 되짚어 가며 그닥 바쁘지 않은 사람을 찾았다. 연못 입구를 지키던 경비원들이 조건에 맞는 첫 번째 사람들이었다. "미안하지만…." 라자러스가 말을 걸었다.

"말씀하십시오." 경비원 가운데 하나가 대답했다. "찾는 사람이 있으십니까?" 그는 옷을 거의 다 벗고 있는 라자러스를 신기한 눈으로 쳐다보는가 싶더니 시선을 다른 곳으로 옮겼다. 남이 어떤 옷을 입건, 또는 아예 입지 않건 그건 개인적인 문제였다.

"비슷해." 라자러스가 내답했다. "저기, 근처에 킬트 좀 빌려줄 만한 사람 없을까?"

"제가 빌려드릴 수 있습니다." 경비원이 밝은 목소리로 대답했다. "자리 좀 봐줘, 딕. 금방 올게." 경비원은 라자러스를 남성 독신자 구역으로 데려가더니 옷을 입히고 주머니와 물건들을 말리도록 도와주었다. 그는 라자러스의 털북숭이 허벅지에 매달린 무기고에 대해서는 한마디도 묻지 않았다. 연장자들의 행동은 그의 관심 밖이었을뿐더러, 대다수의 연장자가 다른 구성원들보다 사생활에 더욱 민감하기 때문이기도 했다. 그는 물에 흠뻑 젖은 메리 고모가 옷을 다 벗은 상태로 도착했을 때도 놀라지 않았다. 아이라가 피터에게 물속에서 접선하라고 지시하는 것을 들었기 때문이었다. 그럼에도 메리와 함께 있던 연장자가 무거운 장비들을 몸에 매단 채 호수에 뛰어들었다는 점이 신기하기는 했다. 하지만 예의 지키는 것을 잊을 만큼은 아니었다.

"더 필요한 게 있으십니까?" 경비원이 물었다. "신발은 잘 맞습니까?"

"이 정도면 됐어. 고맙네, 친구." 라자러스가 빌려 입은 킬트를 매만졌다. 자신의 체형보다 조금 길기는 했지만 편했다. 허리끈도 쓸 만했다. 금성에 있다면 말이지만. 라자러스가 속으로 생각했다. 하지만 그는 금성의 유행에 대해 크게 신경 쓴 적이 단 한 번도 없었다. 얼어 죽을, 옷에나 신경 쓰는 남자놈들이라니. "이제 훨씬 낫네." 라자러스가 말했다. "정말 고마워. 그런데 자네 이름이 뭐지?"

"푸트 일족의 에드먼드 하디입니다."

"그래? 가계는?"

"찰스 하디와 이블린 푸트입니다. 에드워드 하디와 앨리스 존슨 그리고 테렌스 브릭스와 엘리너 워더럴이고요. 그다음이 올리버…."

"그러면 됐어. 그렇겠구나 싶었지. 내 고손주 중 하나군."

"아, 그거 놀랍군요." 하디가 유쾌하게 말했다. "16단계의 혈족이군요, 맞죠? 최상위 분기를 빼고 말입니다. 성함을 여쭤봐도 되겠습니까?"

"라자러스 롱이야."

하디가 고개를 끄덕였다. "착오가 있나 봅니다. 저희 가계에 그런 분은 없는데요."

"우드로 윌슨 스미스는 어때? 원래는 그 이름이었으니까."

"아, 그분이시군요! 네, 확실합니다. 하지만 제가 알기로는…음."

"죽었다고? 흠, 난 멀쩡한데."

"아, 전혀 그런 뜻이 아니었습니다." 에드먼드 하디는 얼른 말을 바꾸다가 퉁명스러운 앵글로색슨풍의 한마디가 튀어나오자 얼굴을 붉혔다. 그는 서둘러서 덧붙였다. "만나 뵙게 돼서 정말 기쁩니다, 조상님. 사실

2012년에 일족 회합에서 있었던 일에 대해 직접 들어보고 싶었습니다."

"그건 자네 태어나기 전 일 아닌가, 에드먼드." 라자러스가 거칠게 말했다. "그리고 나를 조상님이라고 부르지 말라고."

"죄송합니다, 어르신… 죄송합니다, 라자러스. 더 도와드릴 일이 있습니까?"

"화를 내려고 했던 건 아니야. 이제 됐어. 아니, 하나 더 있네. 한 끼 식사를 해치울 만한 곳 없을까? 오늘 아침에 정신이 좀 없었거든."

"물론 있습니다." 에드먼드 하디는 라자러스를 독신자용 식품 저장실로 안내하더니 자동조리기를 조작해주고 자신과 동료가 마실 커피를 뽑은 다음 떠났다. 라자러스는 자신의 기준에 맞는 '한 끼 식사'를 먹었다. 뜨거운 소시지, 달걀, 잼, 갓 구운 빵, 크림을 탄 커피, 기타 등등 해서 3천 칼로리 분량이었다. 그는 자신의 저장 창고를 항상 끝까지 채운다는 원칙에 따라 움직였다. 다음번에 재충전하기 전까지 얼마나 멀리 갈지 모르기 때문이었다. 마침내 라자러스는 뒤로 물러나 앉더니 트림을 하고 그릇들을 모아서는 소각기에 몰아넣은 다음 뉴스 장치를 찾아 나섰다.

라자러스는 휴게실을 지나 독신자용 도서관에 가서 뉴스 장치 한 대를 찾아냈다. 방에 있는 것은 라자러스의 외모와 비슷한 연령대의 남자 한 사람뿐이었다. 두 사람 사이의 비슷한 점은 그게 전부였다. 남자는 늘씬했고 풍채가 온화했으며, 돼지 털처럼 푸석한 라자러스의 백발 머리와는 다르게 붉고 섬세한 모발의 소유자였다. 남자는 뉴스 수신기 위에 몸을 구부린 채 접안경에 눈을 대고 있었다.

라자러스가 큰 소리로 목청을 가다듬으며 말했다. "안녕하시오."

남자가 고개를 뒤로 홱 젖히며 소리쳤다. "워! 미안합니다. 놀랐거든요. 필요하신 게 있습니까?"

"뉴스 장치를 찾던 중이었는데요. 화면에 띄워놓고 봐도 괜찮을까요?"

"물론입니다." 남자는 라자러스보다 키가 작았다. 그는 일어서서 되감기 버튼을 누르고는 기계를 영사 상태로 조절했다. "특별히 찾으시는 주제가 있습니까?"

"어디 보자…." 라자러스가 말했다. "우리, 그러니까 일족들에 관한 뉴스가 없나 보려고 했습니다."

"마침 저도 그걸 찾던 중이었습니다. 음성 검색 기능을 켜서 뒤지도록 하는 게 나을지도 모르겠네요."

"그러지요." 라자러스가 동의하고는 앞으로 나서더니 음성 상태로 설정했다. "검색어가 뭡니까?"

"므두셀라*요."

라자러스가 조종 장치를 두드렸다. 기계가 검색을 하느라 윙윙거리며 수다를 떨더니 조건에 맞지 않는 부분을 건너뛰고 승리감에 젖은 찰칵 소리와 함께 느려졌다. "〈매일소식〉입니다." 기계가 말했다. "모든 주요 기관망에 소식을 공급하는 중서부 유일의 뉴스 서비스입니다. 루나시티에는 영상 채널 또한 제공하고 있습니다. 〈매일소식〉은 태양계 전체에 최상급 기자를 파견합니다. 가장 먼저, 가장 빠르게, 가장 많은 소식을! 네브라스카주 링컨의 학자가 연장자들을 고발했습니다! 브라이언 문화 단체의 수석 명예교수인 위트웰 오스카슨 박사가 스스로를 '하워드 일족들'이라 칭하는 혈족들의 법적 지위에 대한 공식적인 재고를 요청하고 나섰습니다. 박사는 다음과 같이 말했습니다. '이 사람들이 인류의 숙원이던 수명 연장의 비밀을 풀었다는 것이 증명되었습니다. 어쩌면 영원히 사는 방법도 알지 모릅니다. 하지만 당사자들은 유전적인 경향이 비밀의 전부라고 주장합니다. 이는 과학과 상식에 모두 배치됩니다. 이제까지 밝혀진 유전 법칙에 의하면 이 사람들이 현재와 같은 상태에 도달하기 위해서 특별한 기술을 사용했으며, 그 기술을 대중에게 숨기고 있다는 결론에 이릅니다.

과학적인 지식을 소수의 사람들만이 독점하는 것은 우리의 관습에 위

---

* 성경에 등장하는 인물. 969세까지 살았다고 한다.

배됩니다. 생명 자체에 영향을 미치는 이와 같은 지식을 숨긴다는 것은 종족 전체에 대한 배신 행위입니다. 나는 시민의 한 사람으로서 위원회가 이 문제에 대해 공권력을 행사할 것을 요청합니다. 또한 위원회가 다음과 같은 점을 잊지 말아야 한다고 주장합니다. 우리의 기본적인 관습을 명문화하고 서약에 서명했던 현인들은 지금과 같은 상황이 올 것을 예견하지 못했습니다. 인간이 만든 관습은 어떤 것이든지 결국 끝없이 다양한 관계를 규정하기 위한 완전치 못한 시도에 불과합니다. 따라서 언제 어느 때건, 어느 관습이건 예외는 있게 마련입니다. 새로운 상황에 직면해서 예전 서약에 얽매인다는 것은….'"

라자러스가 일시 중지 버튼을 눌렀다. "저놈 얘기는 이 정도면 충분하죠?"

"네, 저는 이미 들은 겁니다." 남자가 한숨을 쉬었다. "저렇게 의미론적 정확성이 완전히 결여된 연설을 들은 적이 없습니다. 깜짝 놀랐어요. 위트웰 박사는 예전에 괜찮은 업적을 남겼거든요."

"망령이 난 게죠." 라자러스가 기계에 검색을 재개하라고 명령한 다음 말했다. "원하는 건 뭐든지 가져야 한다고 믿는 겁니다. 게다가 그게 자연법칙에 맞다는 거죠."

기계가 웅얼거리다가 찰칵 소리를 내더니 말하기 시작했다. "〈매일소식〉입니다. 모든 주요 기관망에…."

"저 광고 좀 건너뛸 수 없을까요?" 라자러스가 물었다.

얘기를 들은 남자가 조종 장치를 들여다보았다. "그런 기능은 없는 것 같습니다."

"바하캘리포니아주 엔세나다 소식입니다. 제퍼스 위더럴과 루시 위더럴 부부가 오늘부로 특별 보호를 요청했습니다. 이 부부는 일단의 시민들이 가택에 침입해 모욕적인 언사를 던졌으며 기타 반사회적인 행동을 했다고 주장했습니다. 위더럴 부부는 악명 높은 하워드 일족의 일원임을 스스로 인정하고 있으며, 앞서 말씀드린 일이 바로 그 사실 때문에 일어났다고 주장하고 있습니다. 지역 경찰은 이 부부가 어떤 증거도 제출하지 않았으며 어떻게 처리할지 논의 중에 있다고 발표했습니다. 저희는 오늘 밤 열릴 예정인 이 지역 공동체 회의를 실시간으로 중계….”

남자가 라자러스를 향해 돌아섰다. “사촌, 지금 내 귀가 잘못된 것 아니죠? 저건 근 20년 동안 처음으로 벌어진 반사회적 집단 폭력인데… 그런데도 날씨 조절 장치가 고장 난 소식을 전하듯 보도하는군요.”

“그렇지 않아요.” 라자러스가 우울한 목소리로 말했다. “우리 쪽을 묘사하는 단어에 숨은 저의가 함축돼 있어요.”

“맞습니다. 하지만 지능적이군요. 저 속보 내용 중에 단 한 단어만 감성 지수가 1.5보다 높은 거 아닌지 의심하는 중입니다. 아시다시피 뉴스 사회자들이 사용 가능한 감성 지수의 최대치는 2.0이죠.”

“심리측정자십니까?”

“아, 아닙니다. 소개가 늦었군요. 앤드루 잭슨 리비라고 합니다.”

“라자러스 롱입니다.”

“알고 있습니다. 어젯밤에 벌어진 회의 자리에 있었습니다.”

“리비… 리비라.” 라자러스가 중얼거렸다. “일족 중에서는 본 적이 없는 것 같은데요. 하지만 어딘가 낯이 익은데.”

“제 경우는 당신하고 약간 비슷….”

“‘공백기’ 중에 이름을 바꿨다는 얘깁니까?”

“그렇기도 하고 아니기도 합니다. 저는 제2차 미국 혁명 이후에 태어났죠. 하지만 제 쪽 사람들은 ‘신십자군’으로 전향하고 일족과 결별한 다음 이름을 바꿨습니다. 성인이 되고 나서야 제가 일족의 구성원이라는 사실을 알았죠.”

“그럴 수도 있군! 흥미롭군요. 그럼 어떻게 해서 일족의 한 사람으로… 물어봐도 괜찮겠지요?”

“네, 저는 해군에 있었고 저보다 상급자인 장교 하나가….”

“알았다! 기억났어! 우주에서 만났을 거라고 짐작했지. 자네 계산자

(計算尺) 리비 맞지? 계산분과에 있던."

리비가 당황하며 미소 지었다. "사람들이 그렇게 불렀죠."

"맞아, 맞아. 내가 마지막으로 몰았던 우주선에는 자네가 만들었던 초중력 정류기가 달려 있었어. 제어부에서 방향 조절 분사를 하는 데에 썼던 미세차동 장치도 자네가 고안한 거였지. 하지만 후자는 내가 직접 설치했어. 자네가 낸 특허에서 살짝 빌려오긴 했지만."

리비는 과거의 도둑질에 괘념치 않는 표정이었다. 그리고 얼굴이 밝아졌다. "기호 논리학에 관심이 있으셨나요?"

"실용적인 부분만. 하지만 말이야, 나는 자네가 열세 번째 방정식에서 배제했던 선택항을 취해서 그 장치를 수정했다고. 그 결과가 어땠는고 하니, 예를 들어서 자네가 밀도 x에 정규 변화도 n차인 장을 항해한다고 쳐봐. 그 상황에서 비행 전체를 자동 설정으로 놓고 벡터 p에 맞춰서 예상 랑데부 지점인 A로 향하는 최적 경로를 구하고 싶다면, 만약에…."

두 사람은 지구 출신의 일반인들이 사용하는 표준 영어로부터 완전히 떨어져 나왔다. 옆에서는 뉴스 장치가 검색을 계속했다. 검색 결과가 세 개 튀어나왔고, 리비는 그때마다 제대로 듣지도 않고 폐기 버튼을 눌렀다.

"무슨 말씀인지 알겠네요." 마침내 리비가 말했다. "저도 어느 정도 비슷하게 수정해볼까 했지만 상업적인 면에서 부적절하다는 결론을 내렸어요. 당신처럼 열성적인 사람이 아니라면 너무 비용이 크니까요. 하지만 말씀하신 대로 하면 훨씬 싸겠네요."

"그걸 어떻게 알지?"

"자료에서 금방 답이 보이잖아요. 당신이 만든 장치에는 구동부가 62개예요. 따라서 표준적인 제작 과정하에서 만든다면 필요한…." 리비는 문제를 프로그래밍해보는 것처럼 잠시 말을 끊었다. "필요한 최적 최대 공정수가 5,211단계예요. 널-서블리그(null-therblig) 자동화를 적용한다고 가정한다면요. 반면에 제 방식은…."

라자러스가 끼어들어 걱정스럽게 물어보았다. "리비, 자네 머리 안 아파?"

리비가 다시 부끄럽다는 표정을 지었다. "제 능력에 비정상적인 점은 없어요." 그가 항의했다. "보통 사람도 이론적으로는 이 정도는 계발할 수 있다고요."

"물론이지." 라자러스가 동의했다. "뱀한테도 맞는 신발만 신겨주면 탭댄스 추는 법을 가르칠 수 있겠지. 신경 쓰지 마. 자네하고 우연히 만나서 기쁘니까. 자네가 어렸을 때 어땠는지 들은 적이 있어. 우주건설군단에 있었다고 들었는데, 맞지?"

리비가 고개를 끄덕였다. "지구-화성 제3지점이었죠."

"맞아, 거기야. 화성 친구 하나가 그 얘기를 해줬지. 드라이워터에 있는 무역업자였어. 자네의 모계 쪽 할아버지도 알아. 고집불통인 영감쟁이였지."

"그랬을 것 같군요."

"그랬다니까. 2012년에 있었던 회합에서 그 영감이랑 논쟁 한번 거하게 했지. 아는 거 정말 많더군." 라자러스가 살짝 인상을 찡그렸다. "이거 재밌군. 리비… 그때 일이 지금도 생생해. 난 기억력이 좋은 편인데, 순서대로 머릿속에 정리하는 게 점점 힘들어지는 것 같아. 특히 이번 세기 들어 심하군."

"수학적으로 볼 때 필연적인 결과예요." 리비가 말했다.

"음? 이유가 뭔데?"

"인생의 경험이라는 건 선형적으로 누적되지만 기억에 남은 인생들의 연관성은 무한히 확장되니까요. 인간의 수명이 천 년 정도로 늘어난다면 자손들에게 선택적으로 경험을 전달하기 위해서 지금과 완전히 다른 기억 조합법이 필요하게 될 거예요. 그러지 않는다면 자신의 기억 속에서 대책 없이 허우적거리면서 판단할 수 없는 지경이 되겠죠. 미치거나 정신지체 상태에 도달할걸요."

"그런가?" 라자러스는 갑자기 근심스러워졌다. "그렇다면 그 방법을 빨리 찾아야겠네."

"아, 그 문제를 해결할 방법이 있어요."

"그럼 해보자고. 덜떨어지진 말아야지."

뉴스 장치가 다시 말을 시작했다. 이번에는 뉴스 속보를 알리는 경고음과 함께 빛이 번쩍거렸다. "새 소식에 귀를 기울이십시오. 속보입니다! 최고 위원회가 서약을 일시 정지시켰습니다! 서약상의 긴급 상황 항목을 근거로 하여 오늘 전례 없는 위원회 결정안이 공표되었습니다. 그에 따라 행정관은 '적절한 모든 수단을 동원해' 일명 하워드 일족의 전체 구성원들을 구금하고 심문할 예정입니다! 행정관은 모든 합법적인 뉴스 매체를 통해 다음과 같은 사항을 고지했습니다. '서약상에 보장된 시민권의 효력이 정지되는 대상은 하워드 일족이라고 알려진 사람들에 한합니다. 또한, 위원회 결정안에 해당하는 인물을 신속히 체포하는 데 필요한 경우라면 정부 요원들의 권한 또한 강화됩니다. 이로 인해 사소한 불편이 발생하더라도 시민들은 기꺼이 받아들여야 합니다. 시민들의 사생활 보장권은 최대한 존중하겠습니다. 자유 이동권이 일시적으로 제한될 수도 있습니다. 하지만 그에 따르는 피해는 금전적으로 완전히 보상해드리겠습니다.'

자, 친애하는 시민 여러분, 이 발표가 무엇을 의미할까요? 거기 이 뉴스를 듣고 있는 당신들에게 말입니다. 〈매일소식〉에서는 인기 사회 해설가 앨버트 라이프스나이더 씨를 이 자리에 모셨습니다. 들어보시죠.

'복종하십시오, 시민 여러분! 전혀 놀랄 필요가 없습니다. 이번 긴급 조치가 일반 자유 시민들에게 미칠 영향은 날씨 조절 장치가 감당하기에 너무 벅찬 저기압만큼도 크지 않습니다. 흥분하지 마십시오! 긴장을 푸시고요! 경찰의 요청이 있을 때는 도와주신 다음 볼일을 보시면 됩니다. 불편하시더라도 관습을 들이대지 마시고 협조하십시오!'

그게 오늘 일어난 일의 의미입니다. 내일은, 또 모레는 어떨까요? 내년은? 이 모든 조치는 시민 여러분의 종복들이 더 길고 행복한 인생의 혜택을 여러분께 나눠드리기 위해 앞으로 일보 전진했다는 의미입니다! 꿈을 너무 크게 가지지는 마십시오. 하지만 새로운 미래의 여명이 다가오고 있는 것 같습니다. 진정으로 그렇습니다! 이기적인 몇몇 소수가 욕심에 눈이 멀어 움켜쥐고 있던 비밀이 곧….”

라자러스가 리비를 보며 눈썹을 치켜 올리더니 뉴스 장치를 껐다.

“제 생각에 저게 바로….” 리비가 씁쓸하게 말했다. “‘사실적이고 공정한 뉴스’의 예인 것 같군요.”

라자러스는 자신의 주머니를 열더니 담배에 불을 붙인 다음 대답했다. “리비, 걱정하지 말게. 나쁜 때가 있으면 좋은 때도 있는 거야. 나쁜 때가 이제야 다가오는 거지. 사람들이 다시 한 번 진군하고 있어… 이번엔 우리를 향해서.”

3

그날이 끝나갈 무렵 일족들의 은신처라고 불리는 동굴은 인파로 북적였다. 인디애나를 비롯해 지상에서 굴을 통해 도착한 구성원들이 속속 모여들었다. 날이 어두워지자마자 지하 연못에는 스포츠용 잠수함들, 메리의 것과 비슷한 자동차들, 수중으로 이동할 수 있도록 개조된 보트들 때문에 정체 현상이 발생했다. 모든 이동 수단에는 피난민들이 가득했고, 그들은 은신처로 숨어들 기회를 기다리느라 거의 온종일 수심 깊은 곳에 있었던 탓에 호흡곤란에 시달렸다.

평상시 사용하던 회의실은 모여든 사람들을 수용하기에 너무 작았다. 상주 직원들은 은신처에서 가장 큰 식당을 비우고 휴게실과의 사이를 가로막았던 칸막이를 치웠다. 자정이 되자 라자러스는 임시 단상으로 올라갔다. 라자러스가 말했다. “자, 입 좀 다뭅시다. 거기 앞자리 사람들은 뒷사람이 볼 수 있게 앉으시고요. 나는 1912년생입니다. 더 나이 많은 분?”

라자러스는 잠시 기다렸다가 덧붙였다. "의장 후보 지명할 분이 계시면 말씀하세요."

후보는 셋이었다. 네 번째 후보가 호명되기 전에 세 번째 사람이 일어섰다. "존슨 일족의 액슬 존슨입니다. 나는 후보에서 사퇴하겠습니다. 그리고 다른 분들도 그래주시면 어떨까 합니다. 라자러스는 어젯밤의 안개 구덩이를 잘 헤쳐나갔습니다. 이번에도 맡겨봅시다. 지금은 일족 간의 정치 놀음을 할 때가 아니니까요."

다른 후보들도 물러났다. 새로 나서는 사람은 없었다. 라자러스가 말했다. "원하신다면 그렇게 합시다. 토론을 벌이기 전에 신탁 대리인에게서 보고를 받았으면 합니다. 재커, 괜찮겠지요? 일족 중에 잡혀 들어간 사람이 있나요?"

재커 바스토가 자신을 소개할 필요는 없었다. 그는 간단히 대답했다. "신탁회의를 대표해서 대답하겠습니다. 보고가 완벽한 건 아니지만 일족 중의 누군가가 체포되었다는 소식은 듣지 못했습니다. 신분을 드러내고 사는 구성원은 9,285명입니다. 그중 9,106명이 일족의 다른 근거지나 숨어 사는 구성원들의 집 또는 기타 장소에 도착했다고 합니다. 10분 전에 통신실을 떠나기 전까지 받은 보고가 그렇습니다. 위원회 결정안이 실행에 옮겨진 시간을 생각해보면 메리 스펄링의 경보가 놀랄 만큼 성공적이었다고 할 수 있습니다. 하지만 신분을 드러낸 179명의 사촌은 아직 어찌됐는지 모릅니다. 그들 대부분은 며칠 안에 모일 겁니다. 나머지도 안전하기야 하겠지만 연락할 방법은 없습니다."

"까놓고 얘기합시다, 재커." 라자러스가 밀어붙였다. "그 사람들 모두가 실제로 안전하게 도착할 수 있습니까?"

"불가능합니다."

"왜 그렇지요?"

"세 사람이 지구와 달을 오가는 대중교통 수단으로 이동 중이기 때문입니다. 진짜 신분으로 여행 중이었죠. 소재를 모르는 나머지 사람들도 비슷한 곤경에 처했을 가능성이 매우 큽니다."

"질문 있습니다!" 앞줄에 있던 작고 거만한 남자가 일어서더니 손가락을 들어 신탁 대리인을 가리켰다. "현재 곤경 상태에 있는 모든 구성원이 최면 암시 처치를 받았습니까?"

"아니요, 그런 일은…."

"왜 안 받았는지 해명을 요구합니다!"

"닥쳐요!" 라자러스가 고함을 질렀다. "당신이 말할 차례가 아닙니다. 지금 재판을 하는 것도 아니고, 엎질러진 우유를 놓고 시간을 낭비할 수도 없습니다. 재커, 계속하십시오."

"알겠습니다. 하지만 질문에 대해서 답은 해두겠습니다. 회합에서 표결에 부친 결과 비밀 유지를 위해 최면 요법을 사용하자는 안이 부결되었다는 점은 다들 아실 겁니다. 그 때문에 '위장' 정책이 느슨해졌죠. 방금 질문하신 사촌 또한 당시 거부에 한 표 던지셨던 것으로 기억합니다만."

"그건 사실이 아닙니다! 강력하게 주장하건대…."

"입 다물라고 했잖아!" 라자러스가 훼방꾼에게 눈을 부라리더니 그를 차근차근 훑어보았다. "친구, 자네야말로 재단이 장수하는 사람 대신에 뇌가 있는 사람들끼리 교배시켰어야 한다는 결정적인 증거야." 라자러스가 청중을 돌아보았다. "누구든지 발언할 권리는 있습니다. 하지만 의장이 지목한 순서대로 해야 합니다. 만약 저 친구가 한 번만 더 끼어들면 이를 박살 내서 재갈을 물리겠습니다. 내 진행 방식에 이의 있습니까?"

충격받은 사람들과 찬성하는 사람들이 중얼거리는 소리가 한데 뒤섞였다. 하지만 반대하는 사람은 없었다. 재커 바스토가 얘기를 계속했다. "랠프 슐츠의 권고에 따라 신탁회의는 지난 3개월 동안 신분을 드러내고 사는 구성원에게 최면 처치를 받으라고 비밀리에 설득했습니다. 결과는 대체로 성공이었습니다." 재커가 말을 멈췄다.

"계속하십시오, 재커." 라자러스가 재촉했다. "우리가 안전한 겁니까, 아닙니까?"

"안전하지 않습니다. 체포될지 모르는 사촌 중에 최소한 두 사람이 최면 처치를 받지 않았습니다."

라자러스가 어깨를 들썩였다. "보안이 뚫렸군. 친척 여러분, 얘기 끝났습니다. 입단속 한번 잘못해서 '위장'은 끝났습니다. 이제 상황은 완전히 바뀌었습니다. 아니면 앞으로 몇 시간 안에 그리 되든가요. 이제 어떻게 할까요?"

＊

사우스플라이트 소속 오스트레일리아 로켓 왈라비호의 조종실에서 통신문이 신호음을 내더니 툭 튀어나왔다. 그리고 건방지게 빼문 혀처럼 생긴 종이받이에 걸렸다. 부조종사가 수평유지 장치에서 몸을 뻗어 통신문을 뽑아서 뜯어냈다.

부조종사는 통신문을 훑어보더니 다시 한 번 더 읽었다. "선장, 마음의 준비를 해야겠어."

"문제가 생겼어?"

"직접 읽어봐."

선장은 부조종사의 말에 따른 다음 휘파람을 불었다. "죽겠군! 사람을 체포해본 적이 없는데. 누가 체포되는 걸 본 적도 없다고. 처음에 어떻게 해야 하지?"

"저는 허리 숙여 선장님의 지시에 절대복종하겠습니다."

"그래?" 선장이 초조한 목소리로 말했다. "그럼 허리를 펴고 후미로 가서 체포해."

"음? 내 말은 그런 뜻이 아닌데. 권위를 가진 인물은 너잖아. 네가 직접 시행해."

"내 말을 못 알아들었군. 나는 권위를 대표하는 거야. 어서 명령대로 해."

"잠깐만, 앨. 서약서에는 그런 일을 해야 한다는 항목이 없…"

"명령에 따르라니까!"

"알겠습니다, 선장님!"

부조종사는 후미로 갔다. 우주선은 대기권 재진입을 끝낸 다음 길고 단조로운 불완전연소 활강을 진행하는 중이었다. 부조종사는 걸어 다닐 수 있었다. 그러면서 자유 낙하 상태에서 어떻게 사람을 체포해야 하는지 상상해보았다. 잠자리채로 잡아야 하나? 그는 좌석 번호를 보고 문제의 승객을 찾아낸 다음 상대의 팔을 건드렸다. "죄송합니다만, 승객님. 사무 착오가 좀 생겼는데요. 표 좀 보여주시겠습니까?"

"아, 물론이죠."

"예약 특실 쪽으로 잠깐 같이 가실까요? 거기가 더 조용하고 우리 둘 다 앉아서 얘기할 수도 있으니까요."

"그럽시다."

두 사람이 개인용 객실에 들어가고 나자 부조종사가 상대에게 앉으라고 권했다. 그러더니 귀찮다는 표정을 지었다. "내 정신 좀 봐! 명단을 조종실에 두고 왔네요." 그는 몸을 돌려서 자리를 떴다. 부조종사가 나가고 문이 닫혔다. 승객은 이상한 찰칵 소리를 들었다. 그는 갑자기 의심이 들어서 문을 확인해보았다. 잠겨 있었다.

승객을 데려가기 위해 멜버른에서 두 사람의 경찰관이 왔다. 그는 경찰관들에게 호송되면서 공항을 통과하는 동안 놀라고 호기심에 차 적의를 보이는 군중의 수군거림을 들었다. "저기 그놈들 중 하나가 있어!" "저 사람이야? 세상에, 안 늙어 보이는데?" "원숭이 분비선 값이 얼마더라?"[*] "쳐다보지 마라, 허버트." "왜요? 무슨 해가 되는 것도 아니잖아요."

경찰관들은 그를 경찰서장 사무실로 데려갔다. 서장은 정중하게 예를 갖추면서 앉으라고 권했다. "자, 그러면." 서장은 지방 억양이 약간 섞인

---

[*] 한때 동물의 분비선을 이식하거나 그 추출물을 투입하여 수명을 늘리려 했던 시기가 있었다. 대표적으로 세르게 보로노프는 원숭이의 분비선을 인간에게 이식하면 회춘할 수 있다고 주장해, 1920년대 '원숭이 분비선' 이식 시술을 유행시켰다. 이 주장은 여러 실험에 의해 근거가 없는 것으로 밝혀졌다.

말투로 얘기했다. "간호사가 팔에 가볍게 주사를 한 대 놓도록 도와주시겠…."

"이유가 뭐죠?"

"사회적인 일에 협조하고 싶으시겠죠? 저도 압니다. 통증은 없을 겁니다."

"그 얘기를 하는 게 아닙니다. 설명해줄 것을 요구합니다. 나는 미국의 시민이니까요."

"물론 시민이시죠. 하지만 연방 정부는 모든 주의 주민에게 동일 사법권을 갖습니다. 저는 연방 정부의 관리고요. 자, 이제 그만 팔을 걷으세요."

"거부합니다. 시민권을 행사하겠습니다."

"이봐, 붙잡아."

그를 붙잡기 위해 네 명이 필요했다. 그는 주삿바늘이 피부를 건드리지도 않는데 이를 악물고 격한 고통의 표정을 지었다. 그러더니 조용히 앉아서는 축 늘어졌다. 경찰들은 약물효과가 나타날 때까지 기다렸다. 마침내 경찰서장이 부드러운 동작으로 죄수의 눈꺼풀을 올려보고는 말했다. "된 것 같네. 체중이 60킬로그램은 넘는 것 같은데 약물이 빨리 퍼졌군. 질문 목록 적은 거 어딨지?"

부관이 용지를 건넸다. 서장이 질문을 시작했다. "호러스 푸트, 제 얘기 들립니까?"

죄수의 입술이 움직이더니 말을 하려는 것처럼 보였다. 그의 입이 열리면서 가슴으로 피가 쏟아졌다.

서장의 크게 소리치며 죄수의 머리를 움켜잡고 재빨리 들여다보았다. "군의관! 이 사람이 혀를 반이나 빼물고 깨물었어!"

✳

루나시티 왕복선 문빔호의 선장은 손에 든 통신문을 보며 인상을 찡그렸다. "이게 도대체 뭐하자는 장난이야?" 그리고 보안담당인 3등 항해사를 노려보았다. "자네가 말해보게."

3등 항해사는 멀뚱거리며 위만 쳐다보았다. 선장은 화를 내면서 팔을 들어 통신문을 들여다보고 소리 내어 읽었다. "…무슨 일이 있어도 해당 인물이 자해하지 못하도록 할 것. 경고를 생략하고 해당 인물을 의식불명 상태에 빠뜨릴 것."

선장이 종잇장을 내저었다. "이것들이 내가 뭘 운영하는 사람이라고 생각하는 거야? 코번트리? 자기들이 뭔데 나한테 내 배의 승객을 어떻게 다뤄야 하는지 명령을 하는 거야? 난 못 해. 그렇게 안 하도록 도와달라고! 내가 그래야 할 의무는 없… 아니, 있던가?"

3등 항해사는 입을 꾹 다물고 배의 구조를 연구하는 중이었다.

선장이 걸음을 멈췄다. "사무장! 사무장! 이 인간은 왜 찾을 때마다 안 보여?"

"저 여기 있습니다, 선장님."

"빨리도 오는군!"

"계속 근처에 있었습니다, 선장님."

"말대꾸하지 말게. 자, 여기 적힌 대로 수행해." 선장은 사무장에게 전문을 건넨 다음 떠나버렸다.

사무장의 지시를 받은 보급 담당과 갑판장과 의무관은 특정 객실로 통하는 환풍구를 살짝 개조했다. 근심에 젖어 있던 승객 두 사람은 인체에 무해한 수면 가스 덕분에 걱정거리를 깔끔하게 잊었다.

✳

"다른 보고가 더 있습니다."

"됐어." 행정관 슬레이튼 포드가 지친 목소리로 말했다.

"그리고 위원회 위원인 보크 배닝 씨가 예를 갖추며 면담을 요청하고 있습니다."

"유감스럽게도 내가 너무 바쁘다고 전해."

"꼭 만나야 한답니다, 각하."

행정관이 퉁명스럽게 대꾸했다. "가서 고귀한 보크 배닝 씨에게 말해. 여기서 명령을 내리는 건 나라고!" 보좌관은 아무 말도 하지 않았다. 행정관은 넌더리를 내면서 손가락으로 이마를 누르고 천천히 덧붙였다. "아냐, 게리. 그렇게 말하면 안 돼. 정치적으로 대하되 들여보내지는 마."

"알겠습니다."

혼자 남은 행정관은 보고서를 집어 들었다. 그의 시선은 표제와 날씨 그리고 문서 번호를 건너뛰었다.

조건부 권리 박탈 상태인 시민 아서 스펄링의 취조 개요. 전체 대화 기록은 별도 첨부함.

취조 시의 상황: 대상은 적당량의 자백제를 투여받은 상태임. 그에 앞서 미상량의 수면 가스를 흡입한 바 있음. 해독제로는….

하위 직원들의 입을 단속하기 위해서 무슨 수를 쓴 거지? 직업적인 시민의 종복들이 마음 한편에선 관료주의를 그리워하고 있었나? 행정관은 더 아래로 눈을 내렸다.

…이름은 푸트 일족의 아서 스펄링이며 나이는 137세라고 진술함(대상의 외견상 연령은 45세에 오차 범위는 ±4세임. 첨부한 의료 기록 참조). 대상은 자신이 하워드 일족의 구성원이라고 인정했음. 그에 따르면 일족의 수는 10만이 조금 넘는다고 함. 사실은 1만 정도가 아니냐고 재차 확인 질문했으나 대상은 자신의 진술이 맞다고 강력하게 주장함.

행정관은 멈칫하고 이 부분을 다시 읽어보았다. 그리고 중요한 부분을 찾을 때까지 계속 건너뛰었다.

…장수의 비결은 유전의 결과이며 그 외의 다른 이유는 없다고 주장함. 나이보다 젊은 외모를 유지하기 위해 인공적인 방법을 사용한 점은 인정했으나 늘어난 수명은 별도로 획득한 것이 아니라 물려받았다는 주장을 굽히지 않음. 친족의 연장자들이 대상의 어린 시절에 본인 모르게 수명을 연장할 수 있는 특수 처치를 한 건 아닌가 질문한 결과 그럴 가능성은 있다고 인정함. 해당 요법을 시술했거나 시술하고 있을 가능성이 있는 인물의 이름을 대라고 압박하자 그런 용법은 없다는 처음 진술을 반복함.

대상은 기존의 보고에서 확인하지 못했던 친족 2백여 명의 이름과(놀랍도록 협조적이었음) 몇몇 경우는 주소까지 실토함(목록 별도 첨부). 대상은 그처럼 과도한 취조를 받은 후 기운이 소진되어 완전한 무감정 상태에 빠짐. 그 결과 예상 가능한 허용 범위 안에서 어떤 자극을 가해도 정신을 차리지 못함(의료 기록 참조 요망).

켈리 홈스 근사치 추정법에 따른 속성 분석으로 얻은 결론:
대상은 우리가 찾는 '목표'를 소지하지 않았으며 그 존재도 믿지 않음. '목표'에 관한 처치를 받지 않은 것으로 기억하고 있으나 대상의 착각임. '목표'에 관한 지식을 알고 있는 것은 20명 정도의 소수에 한정되어 있음. 이 상위 집단을 파악하기 위해서는 최대 3단계의 연속 소거 탐색법이면 충분할 것으로 추정됨(단일성의 확률과 가정법을 활용하면 가능함. 가정 1, 문제가 되고 있는 사회적 위상 공간은 연속적이며 물리적으로 서부 연방에 속해 있음. 가정 2, 구류 중인 대상들과 상위 집단 사이에 최소한 하나의 연쇄적 소통로가 존재함. 이 보고서상에는 앞의 두 가지 가정에 대한 어떠한 증거도 없으나 가정 1은 기존에 드러나지 않았던 하워드 일족 집단의 대상이 제공한 이름들의 목록을 통계적으로 분석한 결과 거의 사실로 보임. 이 분석에 따라 대상이 어림잡은 전체 대상 집단의 크기도 사실일 것으로 추정함. 가정 2의 부정, 즉 상위 집단이 사회적 공간상의 접촉 없이 '목표'를 시술할 수 있다는 것은 어불성설이므로 그 부정인 가정 2 또한 참임).

예상 목표 획득 시간: 71시간±20시간. 이 수치는 해당 분야의 전문 관료들이 제시한 것일 뿐 정확한 예상 시간이 아님. 예상 시간은 다시….

슬레이튼은 어지럽혀진 구식 조종판 위에 보고서를 내던졌다. 한심한 멍청이들! 눈으로 보고서도 부정적인 결과를 알아채지 못하는 주제에 심지학자(心誌學者)랍시고 우쭐대?

그는 피로와 절망감에 완전히 빠져 두 손으로 얼굴을 감쌌다.

＊

라자러스는 권총의 개머리를 의사봉 삼아 옆에 있는 탁자를 두드렸다. "발표자의 말을 끊지 마십시오." 그는 쩌렁거리는 소리로 말한 다음 덧붙였다. "발언을 계속하되 요점만 말씀하십시오."

버트램 하디가 짧게 고갯짓을 했다. "다시 말씀드리겠습니다. 우리는 지금 일족 주변을 배회하는 하루살이들을 존중해줄 필요가 없습니다. 그자들을 대할 때는 비밀스럽고 영리하며 교활해야 합니다. 그러다가 마침내 우리의 지위가 확고해지는 순간, 힘을 발휘해야 합니다. 사냥꾼이 사냥감에게 소리를 질러서 경고하지 않는 것처럼 우리도 더 이상 그들의 복지를 존중할 필요가 없습니다. 그래서…."

누군가가 방 뒤쪽에서 야유의 휘파람을 불었다. 라자러스는 질서를 잡기 위해 다시 한 번 단상을 세게 두드리며 범인이 누군지 찾으려 했다. 버트램은 꾸준히 주장을 펼쳤다. "이른바 인류라는 존재는 둘 중 하나뿐입니다. 이제 그 점을 인정할 때가 됐습니다. 그중 하나는 호모 비벤스＊, 즉 우리이고 나머지 하나는 호모 모리투루스＊＊입니다! 커다란 도마뱀이나 검치호나 들소의 시대는 갔습니다. 우리는 원숭이와 교미하지 않는 것과 마찬가지로 그 사람들과도 피를 섞지 않을 것입니다. 나는 그자들과 일

＊ *Homo vivens*, 살아 있는 사람
＊＊ *Homo moriturus*, 앞으로 죽을 사람

시적으로 타협하고 바라는 대로 지어낸 얘기를 들려주고 우리가 자신들을 청춘의 샘으로 인도하리라고 믿도록 속일 것을 제안합니다. 그리하여 태생적으로 공존할 수 없는 두 종족이 필연적으로 전쟁을 벌이는 날이 오면 최후의 승자는 우리일 것입니다!"

박수갈채는 없었지만 라자러스는 많은 사람들의 표정이 반신반의하며 흔들리는 것을 목격했다. 버트램 하디의 주장은 오랜 세월 동안 점잖게 살아오느라 굳어진 사고방식에 역행하는 것이었지만 그가 쓰는 단어들은 운명이라는 감각을 일깨웠다. 라자러스는 운명을 믿지 않았다. 그가 믿는 것은… 별것 아니었다. 하지만 라자러스는 양팔이 부러진 버트램의 모습이 궁금해졌다.

이브 바스토가 일어섰다. "그게 버트램이 말하는 적자생존이라면." 이브가 씁쓸하게 말했다. "나는 비사교적인 사람들과 함께 감옥에서 지내겠어요. 하지만 버트램이 계획을 제안한 건 사실이니 거기에 반대하자면 나도 다른 걸 하나 내놔야겠죠. 나는 잠깐 살다 가는 우리의 불쌍한 이웃들을 희생물로 삼아 우리의 생존을 보장받는 계획이라면 어떤 것이든 반대예요. 게다가 이제는 분명히 알 수 있어요. 단순히 우리가 존재한다는 것만으로, 우리가 넉넉한 생명이라는 이름의 유산을 물려받았다는 간단한 사실만으로 불쌍한 우리 이웃들의 영혼이 상처를 받았다는 사실을요. 우리에게 남은 시간이 더 길고 기회가 더 많다 보니 자신들이 지금까지 해왔던 훌륭한 일들이 모조리 하찮게 보이는 거예요. 필멸에 반항하기 위해 부질없이 몸부림치는 것을 제외한다면요. 우리가 존재한다는 것만으로도 저 사람들은 힘이 빠지고 판단이 흔들리며 죽음의 공포로 미쳐갈 거예요.

내 제안은 이래요. 우리의 정체를 드러내고 사실을 전부 말하자고요. 그리고 한구석에 떨어져 살 수 있도록 지구의 일부를 내달라고 해요. 그 불쌍한 친구들이 우리가 사는 곳을 코번트리처럼 커다란 장벽으로 둘러싸겠다면 그러라고 하자고요. 두 번 다시 만나지 못하는 것보다는 그게 낮잖아요."

처음에는 회의적이던 사람들이 일부 찬성 쪽으로 기울었다. 랠프가 일어섰다. "이브의 기본안에 선입관이 있는 건 아니지만 전문가적인 입장에서 볼 때 그 심리적 격리법이 그리 쉽지만은 않을 거라는 걸 밝혀둬야만 하겠습니다. 우리가 이 행성에 살고 있는 한 그자들은 머릿속에서 우리를 지울 수 없을 겁니다. 현대 통신 기술이…."

"그럼 다른 행성으로 가면 되잖아요!" 이브가 응수했다.

"어디로요?" 버트램이 답을 요구했다. "금성요? 차라리 증기탕에서 살겠습니다. 화성요? 황무지여서 쓸모없습니다."

"개발하면 되잖아요." 이브가 고집을 부렸다.

"당신이나 내가 살아 있는 동안에는 불가능합니다. 친애하는 이브 자매님, 당신의 따뜻한 마음이 담긴 제안은 듣기에는 좋아도 말이 되질 않습니다. 이 항성계에서 거주에 적합한 행성은 하나뿐입니다. 바로 여기죠."

라자러스의 두뇌가 버트램의 말을 듣던 중 어딘가에서 반응했다가 실마리를 놓쳤다. 뭔가…, 뭔가 엊그제 들었던 얘기하고 관련이 있는데… 아니 그전이었나? 떠올랐던 것은 라자러스의 첫 번째 우주여행과도 어느 정도 관련이 있었다. 족히 1세기는 지난 일이었다. 우라질! 라자러스는 기억과 숨바꼭질을 하느라 미칠 것만 같다가….

마침내 답이 떠올랐다. 항성 간 우주선! 지구와 달 사이의 공간에서 마무리 작업에 한창인 항성 간 우주선이 있었다. "여러분." 라자러스가 점잔을 빼며 말했다. "다른 행성으로 이주하자는 제안을 표결에 부치기 전에 모든 가능성을 다 짚어봅시다." 그는 청중 전체가 주목할 때까지 기다렸다. "행성 중에는 우리 태양의 주변을 돌지 않는 것도 있다는 생각을 해본 적 있습니까?"

재커 바스토가 침묵을 깼다. "라자러스… 지금 진지한 제안을 하는 것 맞습니까?"

"아주아주 진지합니다."

"그렇게 들리지 않는데요. 더 자세히 설명하셔야겠습니다."

"그러죠." 라자러스가 청중을 마주했다. "지금 저 위에는 우주선 한 대가 둥둥 떠 있습니다. 실내도 널찍할뿐더러 항성 간의 장거리 여행을 목적으로 만들어진 물건이지요. 그걸 타고 우리만의 진짜 영지를 찾아 나서는 건 어떨까요?"

제일 먼저 정신을 차린 것은 버트램이었다. "의장이 어두운 분위기를 바꿔보려고 재밌는 농담을 한 건지 아닌지는 모르겠지만, 일단 진지한 얘기라고 가정하고 대답하겠습니다. 나는 이 막무가내의 계획에, 화성안에 반대했던 것보다 열 배 더 반대합니다. 저 밖의 겁 없는 멍청이들이 정말로 우주선에 사람을 태우고 백 년 안에 도약에 성공하기를 기대한다는 건 알고 있습니다. 손자 대에 가서야 뭔가를 얻겠죠. 빈손일 수도 있겠지만요. 어느 쪽이든 나는 관심이 없습니다. 나는 철제 용기 안에 갇혀서 1세기를 보내고 싶지도 않고 그렇게 오래 살 생각도 없습니다. 나는 반대합니다."

"잠깐만요." 라자러스가 버트램을 막았다. "앤드루 리비 어디 있나?"

"여기요." 리비가 일어서며 답했다.

"앞쪽으로 내려오게. 리비, 자네 지금 건조 중인 센타우루스 우주선을 설계하는 데에 참여했나?"

"아니요, 이번도 그렇고 1차 우주선과도 관계없습니다."

라자러스가 군중을 향해 말했다. "그러면 얘기가 다릅니다. 만약 리비가 저 우주선의 엔진 구조에 손을 대게 되면 성능이 비약적으로 향상될 겁니다. 리비, 지금 당장 그 문제에 달려드는 게 좋겠네. 곧 자네 힘이 필요할 거야."

"하지만 설마…."

"이론적으로는 가능하지?"

"그거야 이미 아시잖습니까. 하지만…."

"그럼 그 문제에 최우선으로 집중하게."

"네…, 알겠습니다." 리비의 얼굴이 머리색과 같은 분홍으로 물들었다.

"라자러스, 잠깐만요." 말한 사람은 재커였다. "나는 당신의 제안이 마음에 들뿐더러, 버트램 형제가 내비쳤던 혐오감 때문에 다른 사람들이 움츠러들지 않도록 충분한 시간을 들여 논의할 가치가 있다고 생각합니다. 사실 리비 형제가 추진력을 개선할 거라고 생각지는 않습니다. 나도 장(場)역학에 대해 지식이 조금 있거든요. 하지만 그가 실패한다고 해도 나는 1세기쯤은 견딜 수 있습니다. 냉동수면 요법을 쓰고 우주선을 교대로 조종한다면 우리 대부분은 한 번의 여행이 끝날 때까지 살아남을 수 있습니다. 그리고…."

"다 제쳐놓더라도." 버트램이 물었다. "무슨 근거로 그자들이 우리에게 우주선을 내줄 거라고 생각합니까?"

"버트램." 라자러스가 냉랭하게 말했다. "떠들고 싶으면 먼저 의장의 허가를 받으시오. 게다가 당신은 일족 대표도 아니잖소. 마지막 경고요."

재커가 이야기를 계속했다. "앞서 말한 것처럼, 수명이 긴 사람은 우주를 탐험하기에 적합합니다. 신비주의자라면 그게 우리의 사명이라고 하겠죠." 그리고 생각에 잠겼다. "라자러스가 언급했던 우주선 얘기인데, 아마 저자들이 우리에게 내주지는 않을 겁니다. 하지만 일족들은 부유합니다. 항성 간 우주선이나 선단이 필요할 경우 직접 건조할 수도 있고 돈을 지급할 수도 있습니다. 이 정도는 긍정적으로 봐야 된다고 생각합니다. 왜냐하면 그것 외에 이 난국을 벗어날 방법은 없으며 다른 길이라곤 전혀 안 보이기 때문입니다…. 우리의 멸종을 제외하면요."

재커는 커다란 슬픔을 담아 부드럽게 그리고 천천히 마지막 문장을 발음했다. 단어들이 축축한 냉기처럼 청중들 사이로 스며들었다. 대부분의 사람은 당면한 문제가 너무나 낯설어서 아직 현실감을 느끼지 못했다. 단명인들 대다수가 만족하는 해결책이 나오지 않을 경우 어떤 사태가 발생할지 소리 내어 말하는 사람은 없었다. 선임 신탁 대리인은 다른 사람들을 대신해서 단명인들이 일족을 추적해서 죽이고 멸종시킬 거라는 공포를 침착하게 말해주었고, 그 결과 청중들의 마음속에서 유령이 스멀거렸으나, 그 이야기는 하지 않았다.

"좋습니다." 침묵이 고통스러운 지경에 이르자 라자러스가 기운차게 말했다. "이 안건을 실행에 옮기기에 앞서서 다른 계획이 있는지 들어봅시다. 말씀들 하세요."

전령이 급히 뛰어오더니 재커에게 소식을 전했다. 재커는 깜짝 놀라고는 전령에게 내용을 반복하도록 했다. 그리고 서둘러 단상을 지나 라자러스에게 다가가더니 속삭였다. 라자러스도 놀란 표정이었다. 재커는 급히 방을 나갔다.

라자러스가 청중들에게로 돌아섰다. "휴회합니다." 그가 말했다. "다른 계획도 생각해보시고 기지개도 켜고 담배도 피우시죠." 라자러스가 주머니에 손을 넣었다.

"무슨 일입니까?" 누군가가 소리쳤다.

라자러스가 담배에 불을 붙이고 깊게 들이마신 다음 내뱉었다. "어떻게 되나 좀 지켜봅시다." 그가 대답했다. "잘은 모르겠지만. 하지만 적어도 오늘 밤 제출된 안건 중에서 대여섯 개 정도는 표결에 부칠 필요도 없을 겁니다. 상황이 또 바뀌었어요. 어느 정도인지는 모르겠지만 말입니다."

"무슨 뜻입니까?"

라자러스가 마지못해 대답했다. "흠, 연방 행정관이 재커 바스토와 일대일로 면담하고 싶어 하는 모양입니다. 이름을 직접 지명했다는군요. 게다가 일족들의 비밀 통신망으로 호출했답니다."

"뭐라고요? 그럴 리가 없는데!"

"그럴 리가 있었답니다, 재밌게도."

4

재커는 전화가 있는 곳으로 달려가면서 침착해지려고 애썼다.

영상 전화망의 반대편 끝에서는 저명인사인 슬레이튼 포드 행정관이 마음을 가다듬기 위해 똑같이 노력하고 있었다. 그는 스스로의 가치를 아는 사람이었다. 오랜 기간 공직에 머물면서 책무를 효과적으로 처리한 결과 수년째 위원회의 수장을 맡았으며 서부 행정부 규약하에 활동했다. 그러면서 자신에게 내재된 우수함과 누구보다 깊이 있는 경험의 힘을 알게 되었다. 일반적인 사람과 협상에 나설 때라면 슬레이튼은 절대 열등한 입장에 서지 않았다.

하지만 이 문제는 달랐다.

보통 사람의 두 배를 산 사람이란 어떤 존재인가. 상황은 그보다 더 나빴다. 상대는 슬레이튼 자신보다 성년의 경험이 네댓 배는 더 많았다. 슬레이튼의 개인적인 의견은 소년 시절 이래 끊임없이 변해왔다. 과거 소년 시절의 자신은 물론 한창 젊을 때의 자신이라도 현재의 성숙한 자신과는 적수가 되지 못했다. 그러니 이 재커 바스토란 작자는 어떤 인물일까. 슬레이튼이 앞으로 획득할 것보다 더 많은 경험을 가진 사람들 중에서도 가장 능력 있고, 가장 교활한 인물임이 분명했다. 슬레이튼은 그런 인물의 판단과 의도와 사고방식과 잠재 능력을 자신이 짐작이나 할 수 있을지 의심스러웠다.

슬레이튼이 결심한 것은 단 한 가지였다. 맨해튼섬을 24달러와 위스키 한 상자에 팔 생각은 절대 없었고,* 인류의 선천적 권리를 잡탕 스튜 한 그릇에 내놓을 생각도 없었다.**

---

* 1626년 피터 미누이트가 미국 원주민 인디언들로부터 맨해튼을 매입하고 당시 화폐로 60길더, 약 24달러에 해당하는 물건으로 값을 치렀다고 한다.
** 성경 창세기에 나오는 에서와 야곱의 이야기

슬레이튼은 영상 전화에 떠오른 재커 바스토의 얼굴을 뜯어보았다. 인상은 좋았으며 강해 보였고… 협박은 통하지 않을 것 같았다. 그리고 젊어 보였다. 심지어 슬레이튼 자신보다도 젊어 보였다! 행정관의 잠재 의식 속에 떠올랐던 준엄하고 완고한 조부의 얼굴이 사라지면서 긴장 또한 풀려갔다. 슬레이튼이 조용히 말했다. "당신이 시민 재커 바스토입니까?"

"그렇습니다, 행정관님."

"당신이 하워드 일족의 최고 수장입니까?"

"저는 현재 일족 소유 재단의 신탁 대리인을 맡고 있습니다. 하지만 권위를 갖는다기보다는 사촌들을 책임지고 있는 편입니다."

슬레이튼은 그 문제를 더 파고들지 않았다. "당신이 지도자도 겸한다고 간주하겠습니다. 10만 명을 상대로 협상할 수는 없으니까요."

재커는 눈도 깜짝하지 않았다. 눈앞에서 갑작스러운 힘겨루기가 시작되었다. 행정부는 일족들의 실제 인원수를 알고 있었으며 그 의미를 축소했다. 일족 비밀 본부의 위치가 드러났다는 사실은 충격적이었고 행정관이 비밀 통신망에 접속하는 방법을 알고 있다는 것은 그보다 더 놀라웠다. 하지만 재커는 이미 그 상황에 적응하고 있었다. 결국 하나 혹은 그 이상의 구성원이 체포되어 자백을 강요받았다는 사실을 뒷받침하는 데 불과했기 때문이었다.

따라서 행정부에서 일족에 관한 주요 사실을 모조리 파악하고 있다는 점 또한 자명했다.

그러니 허세는 소용없었다. 하지만 자발적으로 정보를 넘겨줄 필요도 없었다. 지금 단계에서는 미처 파악하지 못한 사실들이 있을 수도 있었다.

재커는 거의 틈을 주지 않고 물었다. "무엇에 대해 논의하고 싶으십니까?"

"당신들 일족에 대한 정책 방향에 관해 얘기하고 싶습니다. 당신 자신과 친족들의 복지 문제 말입니다."

재커가 어깨를 들썩였다. "무슨 얘기가 더 필요합니까? 서약은 힘을 잃었고 당신은 우리를 마음대로 주무를 수 있는 권력을 가졌습니다. 우리가 알지도 못하는 비밀을 쥐어짜낼 힘 말입니다. 우리가 할 수 있는 거라곤 자비를 베풀어달라고 기도하는 일뿐 아닙니까?"

"그러지 마십시오!" 행정관이 곤혹스러운 몸짓을 했다. "왜 벽을 쌓으려 하십니까? 당신과 나는 다 함께 문제에 직면했습니다. 터놓고 의논해서 해결점을 찾는 게 어떻겠습니까?"

재커가 천천히 대답했다. "저도 그러고 싶습니다. 당신도 그럴 거라고 믿고요. 하지만 당신들이 잘못된 가정에서 출발했기 때문에 문제가 생긴 겁니다. 우리는 수명을 연장하는 방법을 모릅니다."

"그런 비밀이 없다는 사실을 제가 알고 있다면 어떻습니까?"

"흠, 저도 당신 말을 믿고 싶습니다. 하지만 그것과 우리를 박해했다는 사실이 어떻게 부합하는 거지요? 당신네는 우리를 토끼 몰듯 했습니다."

슬레이튼이 얼굴을 찡그렸다. "아주 먼 옛날에 신의 사랑과 유아 원죄 사이의 모순을 해결해달라는 요청을 받은 신학자가 있었다지요. 신학자는 이렇게 설명했답니다. '주님께서는 대외적이고 공적인 자격으로 권능을 행하시면서도 개인적이고 은밀한 곳에서는 한탄하신다.'"

재커는 저도 모르게 웃었다. "비유로군요. 이번 일과 관계있다는 얘기지요?"

"제가 보기에는 그렇습니다."

"그럼 단순히 대표자로서 사과하기 위해서 저를 부른 건 아니라는 얘기군요."

"그렇습니다. 그랬으면 좋겠고요. 선이 닿는 정치인들이 있으시죠? 분명히 그럴 겁니다. 그 정도 자리에 있으려면 그래야 할 테니까요."

재커가 고개를 끄덕였다. 슬레이튼이 장황하게 설명했다.

슬레이튼은 서약 체결 이래 최장기 집권자였다. 그가 재직하는 동안 위원회가 네 번 결성되었다. 그럼에도 불구하고 현재 통제력이 불안했기 때문에, 하워드 일족 문제에 대해 신임투표를 맞닥뜨릴 위험을 감수할 수는 없었다. 그 문제에서는 슬레이튼이 행정관임에도 불구하고 처음부터 소수파였다. 만약 지금 위원회가 내린 결정에 불복하고 투표를 감수한다면 사무실에서 쫓겨나 현재의 소수파 우두머리에게 행정관 자리를 내주게 될 것이 분명했다. "이해하시겠습니까? 저는 사무실에 앉아서 동의하지도 않는 위원회 명령이 제한하는 범위 안에서 이 문제를 처리할 수도 있고… 아니면 물러나서 제 뒤를 잇는 사람에게 맡길 수도 있습니다."

"제 조언을 구하시는 건 아니겠지요?"

"아니요, 아닙니다! 이 문제에 관해서는요. 이미 결정은 내렸습니다. 제가 하건, 보크 배닝 씨가 하건 위원회 결정안은 실행에 옮겨질 일이었습니다. 그래서 하기로 했던 겁니다. 남은 문제는 이겁니다. 당신이 저를 도와줄 것인가, 아닌가."

재커는 슬레이튼의 정치 경력을 머릿속에서 재빨리 되새겨보며 머뭇거렸다. 슬레이튼의 긴 집정 기관 중 전반부는 정치적 수완의 황금기였다. 슬레이튼은 현명하고 실용적인 사람이었으며 노박이 서약의 규정에 입각해서 추진했던 인간 자유의 원칙을 구현할 현실적인 규정들을 만들어나갔다. 당시는 선의와 발전적인 확장과 문명화의 시대였으며 그러한 경향은 역행하는 일 없이 영원히 유지될 것 같았다.

그럼에도 불구하고 퇴행이 발생했다. 재커는 그 이유를 최소한 슬레이튼만큼은 이해했다. 시민들이 특정 문제에 대한 견해를 정하고 다른 의견들을 배제할 때마다 깡패와 선동가와 야심가들을 부추기는 상황이 무르익었다. 하워드 일족들은 전혀 의도하지도 않았건만 대중의 도덕심에 위기감을 불러일으켰고 그 결과 스스로에게 고통을 가했으며 예상보다 빨리 단명인들에게 정체를 드러내고 말았다. '비밀'의 존재 여부는 중요하지 않았다. 왜곡된 효과가 분명히 존재했다.

슬레이튼은 적어도 진짜 상황을 인지하고 있었다.

"협조하겠습니다." 재커가 갑자기 대답했다.

"좋습니다. 제시하실 조건은요?"

재커가 입술을 깨물었다. "서약 내용을 무시하고 벌어지는 극단적인 행동들을 끝낼 방법이 없겠습니까?"

슬레이튼이 머리를 저었다. "너무 늦었습니다."

"당신이 대중 앞에서 직접 대면해 진실이 무엇인지를….."

슬레이튼이 재커의 말을 잘랐다. "저는 그런 상황이 닥칠 때까지 자리에 남아 있지도 못할 테고, 그런다 해도 아무도 믿지 않을 겁니다. 그건 제쳐놓더라도, 오해하지 말고 들으십시오. 재커 바스토 씨. 제가 개인적으로 당신과 당신네 일족들을 아무리 동정한다고 해도, 설사 그런 일이 가능하다고 해도 저는 절대 연설하지 않을 겁니다. 이번 일련의 사태는 우리 사회의 생명력을 좀먹는 암과 같습니다. 어떻게든 해결을 봐야 합니다. 제게 힘이 있는 건 사실입니다만… 상황을 되돌릴 수는 없습니다. 끝을 향해 나아가야 합니다."

재커는 적어도 한 가지 면에서는 현명했다. 자신의 의견에 반한다고 해서 무조건 악당은 아니라는 점을 알고 있었다. 그럼에도 불구하고 재커는 항의했다. "저희 일족이 고통을 받고 있습니다."

"당신네 일족은." 슬레이튼이 힘주어 말했다. "전체 가운데 1퍼센트의 10분의 1의 일부에 지나지 않습니다. 그런데 저는 전체를 위한 해답을 찾아야 한단 말입니다! 제가 당신에게 연락한 것은 혹시 모두에게 만족스러운 해결책을 갖고 계신지 궁금해서입니다. 갖고 계십니까?"

"모르겠습니다." 재커가 천천히 대답했다. "당신이 우리를 체포하고 불법적인 방법으로 심문하는 등 추악한 일을 계속할 수밖에 없다는 걸 제가 인정한다고 가정하면, 저에게 선택권이 없긴 하….."

"당신도 저도 선택의 여지가 없습니다." 슬레이튼이 인상을 찌푸렸다. "제 힘이 미치는 한 인도적으로 진행하긴 하겠지만, 저도 묶인 몸입니다."

"고맙습니다. 그런데 당신이 직접 대중 앞에 나서봐야 소용없다고는 해도, 마음대로 사용할 수 있는 선동 기법들을 꽤 많이 갖고 계시죠? 저희 두 사람이 해결책을 찾는 동안 대중에게 진실을 알리는 운동 같은 것을 조직할 수 있겠습니까? 비밀이 없다는 걸 증명하면 어떨까요?"

슬레이튼이 대답했다. "스스로에게 물어보십시오. 그게 통하겠습니까?"

재커가 한숨을 쉬었다. "안 되겠죠."

"설사 통한다고 해도 그건 해결책이 아니라고 생각합니다! 제가 가장 신뢰하는 측근들까지 포함해서 모든 사람이 젊음의 샘이라는 신앙에 매달리고 있습니다. 그것을 포기하면 남는 결론이 너무 절망적이니까요. 사람들이 그 사실을 어떻게 생각할 것 같습니까? 냉정한 진실을 받아들인다는 게 무슨 뜻이겠습니까?"

"말씀 계속하십시오."

"제가 죽음을 받아들이는 것은 죽음이 훌륭한 민주주의자이며 모두를 평등하게 대하기 때문입니다. 그런데 이제 죽음이 편을 가릅니다. 재커 바스토 씨, 보통 사람이, 예를 들어 50대의 보통 사람이 당신네 가운데 한 사람을 보며 얼마나 괴롭고 또 괴로울지 상상이 가십니까? 50대면… 20대 때는 아직 어립니다. 30대가 지나고 한참 있어야 직업상의 전문가가 되죠. 이름이 나고 존경을 받으려면 40이 넘어야 합니다. 50이 되고 나서 어딘가에 도달해봐야 고작 10년만 누릴 뿐입니다."

슬레이튼은 화면 쪽으로 몸을 기울이더니 솔직함을 강조하며 말했다. "마침내 목적지에 도달했다고 합시다. 하지만 그 사람에게 돌아오는 보상이 무엇이지요? 눈은 침침하고 활기찬 젊음의 기운은 사라졌습니다. 그 사람의 심장도 부는 바람도 '예전 같지 않습니다.' 아직 노령은 아니지요… 하지만 첫서리의 차가움을 느낄 수 있습니다. 남은 게 많다는 것을 아는데도 말입니다. 그럼요, 알고말고요!"

"하지만 어쩔 수 없는 일이고 누구나 굴복해야 한다는 것을 알잖습니까."

"이제야 당신도 이해하시는군요." 슬레이튼이 씁쓸한 목소리로 말했다. "그 사람은 당신을 보면 자신의 약점이 드러나서 부끄러울 겁니다. 당신과 함께 있으면 어린아이들 앞에서도 자신이 작아 보이지요. 감히 미래에 대한 계획을 세울 수도 없습니다. 50년이 걸려도 완성하지 못할 계획을 당신은 백 년을 잡아놓고 즐겁게 떠맡으니까요. 그 사람이 아무리 성공하고 아무리 우수해도 당신은 그를 따라잡고 능가하며 더 오래 삽니다. 당신은 그 사람의 약점에 대해 관대하기까지 하지요. 그 사람은 당연히 당신을 증오하지 않을까요?"

재커가 힘겹게 머리를 들었다. "슬레이튼 포드 씨, 당신은 저를 증오하십니까?"

"아니요, 아닙니다. 저는 누군가를 증오할 여유가 없습니다. 하지만 이건 말할 수 있습니다." 슬레이튼이 재빨리 덧붙였다. "비밀이 정말로 있다면 당신을 토막 내서라도 제 것으로 만들겠습니다!"

"네, 이해하겠습니다." 재커는 잠시 말을 멈추고 생각에 잠겼다. "우리 하워드 일족이 할 수 있는 일은 별로 없군요. 우리는 이렇게 되자고 계획을 세우지는 않았습니다. 우리 자신에 대한 계획은 있었지만요. 하지만 한 가지 제시할 것이 있습니다."

"그게 뭐지요?"

재커가 설명했다.

그러자 슬레이튼은 고개를 저었다. "의학적으로라면 말씀하신 것이 가능할 겁니다. 당신들이 물려받은 유산에서 절반만 이득을 취해도 인류의 수명이 늘어나리라는 것도 믿고요. 하지만 여성들이 당신네 남성들의 생식질을 자발적으로 받아들인다 해도 결국 다른 남성들에게는 심리적인 사형선고를 내리는 셈입니다. 좌절과 증오는 폭동으로 발전하고 인류는 분열 끝에 멸망할 겁니다. 우리가 뭘 바라든 관습은 그대로입니다. 인간을 동물처럼 사육할 수는 없습니다. 사람들도 그걸 견디지 못할 테고요."

"알겠습니다." 재커가 동의했다. "하지만 우리가 나눠줄 수 있는 건 그것뿐입니다. 인공적인 수태를 통해 얻은 장점 말입니다."

"네, 감사해야 마땅한 일이겠지만 그럴 마음이 들지도 않고 그러지도 않겠습니다. 이제 실질적인 얘길 해봅시다. 당신들 개개인이 고귀하고 사랑스럽다는 것은 의심하지 않습니다. 하지만 집단으로 놓고 보면 전염병 매개체만큼이나 위험합니다. 따라서 당신들을 격리해야만 합니다."

재커가 끄덕거렸다. "저와 사촌들도 이미 같은 결론을 얻었습니다."

슬레이튼이 마음을 놓았다. "그 정도로 분별력이 있다니 다행입니다."

"우리 힘만으로 해결할 수는 없습니다. 격리된 식민지면 될까요? 멀리 떨어진 곳에 우리만의 코번트리를 세울까요? 마다가스카르 정도면 어떨까요? 아니면 영국 제도로 옮겨 갈 수도 있습니다. 거기서 새 생활을 시작했다가 방사능이 사그라지면 유럽으로 퍼져나가는 거죠."

슬라이튼이 고개를 저었다. "안 됩니다. 그래 봐야 문제를 손자들에게 떠넘기는 것에 불과합니다. 그때가 되면 당신과 당신네 일족들은 힘을 비축하고 강해지겠죠. 우리를 제압할지도 모릅니다. 재커 바스토 씨, 당신과 당신네 친족들은 이 행성을 완전히 떠나야 합니다."

재커는 풀이 죽었다. "그럴 거라 생각했습니다. 그럼 어디로 갈까요?"

"태양계 안의 어떤 행성이든 고르십시오. 마음에 드는 곳으로요."

"어딜 고릅니까? 금성은 별로 달갑지 않습니다만, 설사 그곳을 택한다 해도 그쪽 사람들이 받아들일까요? 금성 사람들은 지구의 명령에 따르지 않을 겁니다. 2020년에 정해진 일이죠. 물론 4행성회의의 결정에 따라 이주민들을 선별적으로 수용하고는 있습니다만, 너무 위험하다고 지구에서 쫓겨난 사람들 10만 명을 받아들일까요? 그러지 않을 겁니다."

"동의합니다. 다른 곳으로 하시죠."

"다른 데가 있나요? 태양계 내에서 특별한 조치 없이 거주 가능한 곳은 없습니다. 가장 나은 후보지라 해도, 최신 기술과 무한대의 자금이 있다 해도 살 만하게 개조하려면 인간의 한계를 넘는 노력이 필요할 겁니다."

"노력하십시오. 성심껏 돕겠습니다."

"물론 도와주시겠죠. 하지만 장기적으로 볼 때 지구에 별도의 거주지를 두는 것과 무슨 차이가 있습니까? 우주여행을 금지시킬 겁니까?"

슬레이튼이 갑자기 등을 곧추세웠다. "아! 무슨 얘기인지 알 것 같습니다, 전부는 아니지만. 더 파고들어봅시다. 안 될 것 있습니까? 상황이 악화되어 전면전을 벌이는 것보다는 우주여행을 포기하는 편이 낫겠죠. 그랬던 경험도 있고요."

"그랬죠. 금성 사람들이 자리에 없는 지주들을 쫓아낼 때였던가요. 그러나 우주여행은 결국 다시 시작됐고 루나시티가 재건됐으며 지금은 당시보다 열 배는 많은 물류가 하늘에 떠다닙니다. 그걸 중단시킬 수 있습니까? 그럴 수 있다 한들 그 상태가 지속될까요?"

슬레이튼은 이리저리 예상해보았다. 그 자신뿐만 아니라 누구도 우주여행을 금지할 수는 없었다. 장수인들이 정착한 행성에 금지령을 내려두면 어떨까? 효과가 있을까? 한 세대가 지나고 둘, 셋이 넘어가면… 차이가 있기나 할까? 고대 일본이 그런 방법을 취한 적이 있었다. 그래도 외국의 악마들은 바다를 건너오고 말았다. 문화란 영원히 격리될 수 없다. 그러다가 접촉하면 강자가 약자를 밀어내게 마련이다. 그게 자연의 법칙이었다.

영구적이고 효과적인 격리란 존재하지 않았다. 그렇다면 남는 결론은 단 하나, 추악한 것뿐이었다. 슬레이튼은 강인한 인물이었다. 필요하다면 무엇이든 수용할 수 있었다. 그는 화면에 떠 있는 재커의 존재를 잊고 계획을 세우기 시작했다. 경찰청장에게 하워드 일족 비밀 본부의 위치를 알려주기만 하면 최소 1시간 안에, 방어가 유난히 튼튼할 경우라도 최대 2시간이면 항복을 얻어낼 수 있다. 무슨 일이 벌어지든 결국 시간문제였다. 일족들의 본부에서 체포된 사람들을 이용하면 구성원 전부를 잡아들일 수 있다. 특별한 일만 없다면 24시간에서 48시간 사이에 전원을 구속할 수 있을 것이다.

슬레이튼이 결정하지 못한 문제는 하나뿐이었다. 저들을 모조리 죽일 것인가, 아니면 불임으로 만들고 끝낼 것인가. 둘 중 하나일 뿐 다른 여지는 없었다. 하지만 어느 쪽이 더 인도적인가?

슬레이튼은 그렇게 함으로써 자신의 경력이 끝장난다는 것을 알고 있었다. 불명예스럽게 자리에서 물러나고 어쩌면 감옥에 갈 수도 있는 일이었지만 그 문제는 신경 쓰지 않았다. 그는 본래 자신의 영달보다 공적인 책무를 더 중시하는 사람이었다.

재커는 슬레이튼의 생각을 읽을 수는 없었지만, 상대가 결정을 내렸으며 그 결정이 자신과 일족에게 얼마나 치명적일지를 정확히 짐작할 수 있었다. 재커는 마지막 카드 패를 내보일 때가 지금이라고 생각했다.

"행정관님."

"네? 아, 미안합니다. 딴생각을 좀 하느라고." 물론 어마어마하게 절제된 말이었다. 슬레이튼은 조금 전까지 자신이 잡아 죽이겠다고 생각하던 사람과 아직도 얼굴을 마주하고 있다는 사실 때문에 엄청나게 당황했다. 그래서 공식적인 태도로 온몸을 감쌌다. "회담에 응해주셔서 감사합니다, 재커 바스토 씨. 유감스럽게도…."

"행정관님!"

"네?"

"우리가 태양계 밖으로 나가도록 해주십시오."

"뭐라고요?" 슬레이튼이 눈을 깜빡였다. "지금 진심입니까?"

재커는 라자러스의 미완성 계획을 빠르고 설득력 있게 설명하면서 세부는 덧붙이고 장애물은 건너뛰어 이득을 강조했다.

"가능하겠군요…." 마침내 슬레이튼이 느릿하게 말했다. "말씀하시지 않은 난관도 있을 테고 정치적인 문제나 상당한 시간상의 위험 요소도 있겠지만요. 그래도 가능성은 있어 보입니다." 그가 일어섰다. "일족에게 돌아가십시오. 이 문제는 아직 꺼내지 마시고요. 나중에 다시 얘기해봅시다."

＊

재커는 일족에게 뭐라고 얘기할지 궁리하면서 천천히 돌아왔다. 사람들은 자세한 보고를 듣고 싶어 할 것이 분명했다. 규정상으로는 그들의 요구를 거절할 권리가 없었다. 하지만 재커는 더 나은 결과가 나올 가능성이 조금이라도 있다면 행정관에게 협조하고 싶은 마음이 굴뚝 같았다. 그는 단숨에 마음을 정하고 돌아서서 사무실에 도착한 다음 라자러스를 부르러 사람을 보냈다.

"안녕하시오, 재커." 라자러스가 방에 들어오면서 말했다. "교섭은 어떻게 됐지요?"

"좋은 소식도 있고 나쁜 소식도 있습니다." 재커가 대답했다. "뭐냐하면…." 그는 간략하면서 빠뜨리는 것 없이 라자러스에게 설명했다. "돌아가서 다른 얘기를 하면서 시간을 좀 끌 수 있겠습니까?"

"흠, 그럴걸요."

"그럼 그렇게 하고 빨리 돌아오십시오."

＊

라자러스가 진행을 지연시키자 사람들은 불쾌한 반응을 보였다. 조용히 기다리려 하지도 않았고 휴회도 마음에 들어 하지 않았다. "재커는 어디 간 거요?" "결과를 알려주시오!" "뭘 감추는 겁니까?"

라자러스가 으르렁거리자 사람들이 입을 다물었다. "이 멍청한 양반들아! 내 얘기 좀 들으란 말이외다. 때가 되면 재커가 얘기할 테니 쿡쿡 찌르지 좀 맙시다. 자기 일은 알아서 하고 있으니까요."

뒤쪽에서 한 남자가 일어섰다. "난 돌아가겠습니다!"

"그러시구려." 라자러스가 싹싹하게 권했다. "경찰관에게 안부도 전해주시고요."

남자가 움찔하더니 자리에 앉았다.

"또 돌아가실 분 있습니까?" 라자러스가 물었다. "막을 생각은 없습니다. 하지만 당신네 닭대가리들도 우리가 지명수배자라는 사실을 슬슬 자각할 때가 됐습니다. 지금 경찰관들과 당신네 사이를 막아주는 건 재커 바스토가 행정관을 구워삶는 능력뿐입니다. 그러니 하고 싶은 대로 하십시오. 휴회를 선언합니다."

몇 분 뒤 라자러스가 재커에게 돌아와서 말했다. "이보시오, 재커. 정리해봅시다. 슬레이튼 포드 행정관이 자신의 권력을 이용해서 우리가 저 위의 우주선을 손에 넣고 꺼지도록 도와줄 예정이다. 이거 맞습니까?"

"실질적으로 그렇게 얘기한 셈입니다."

"흠, 그러자면 행정관은 위원회에 그 모든 일이 다 '비밀'을 쥐어짜기 위해서 필요한 수순이라고 거짓말을 해야 할 겁니다. 말하자면 이중간첩질을 할 셈이라는 것이지요. 맞습니까?"

"그렇게까지 생각해보지는 않았습니다만 내 생각에는…."

"하지만 실제로 그렇잖습니까?"

"그게… 네, 분명히 그럴 겁니다."

"자, 그럼 남은 문제는 이 슬레이튼 포드라는 꼬맹이가 지금 무슨 일에 뛰어드는지 제대로 알 만큼 똑똑하냐는 것과, 끝까지 해낼 만한 배짱이 있는지로군요."

재커는 슬레이튼에 대해 알고 있는 사실을 되새긴 다음 거기에 회담 자리에서 받았던 인상을 더해보았다. "대답은 '네'입니다." 재커가 마음을 정했다. "잘 알뿐더러 그 상황과 정면으로 대결할 만큼 강한 인물입니다."

"좋습니다. 그럼 당신은 어떻죠? 당신도 할 수 있나요?" 라자러스가 힐난조로 물었다.

"나요? 그게 무슨 소립니까?"

"당신도 우리를 이중으로 속이려고 하잖습니까. 그렇지요? 상황이 안 좋아져도 끝까지 밀고 나아갈 배짱이 있습니까?"

"무슨 뜻인지 모르겠습니다, 라자러스." 재커가 걱정하면서 대답했다.

"나는 아무도 속이지 않습니다. 적어도 일족의 구성원에게 거짓말을 하지는 않습니다."

"손에 든 패를 다시 한 번 보는 게 좋을 겁니다." 라자러스가 가차 없이 몰아붙였다. "당신이 맡은 부분은 남자, 여자, 어린아이 할 것 없이 모두가 이번 대탈출극에 참여하도록 만드는 것이겠지요. 그 생각을 모두에게 주입시키면 10만 명이 전부 동의할 거라고 생각합니까? 만장일치로요? 한심하기는. 그렇게 많은 사람이 다 같이 〈양키 두들〉*을 휘파람으로 불게 만들 수는 없을 겁니다."

"하지만 그래야만 합니다." 재커가 반발했다. "선택의 여지가 없습니다. 이주하지 않으면 저자들이 쫓아와서 우리를 죽일 겁니다. 그게 슬레이튼 포드의 의도라고 생각합니다. 그 사람은 충분히 실행에 옮길 겁니다."

"그럼 사람들에게 가서 그렇게 말씀하시지 그랬습니까? 왜 나를 대신 보내서 사람들을 기다리게 만든 거지요?"

재커가 손으로 눈두덩을 문질렀다. "모르겠습니다."

"내가 대신 대답하지요." 라자러스가 말했다. "당신은 다른 사람들의 정신이 최고 상태일 때보다 훨씬 육감이 좋습니다. 진실을 얘기해봐야 통하지 않으리라고 생각했으므로 나를 대신 보내서 얘기를 지어내라고 한 것이지요. 당신이 직접 가서 쫓겨나든가 잡혀 죽든가 둘 중 하나라고 얘기하면 어떤 사람은 미쳐 돌아가고 어떤 사람은 꿋꿋이 버틸 겁니다. 킬트를 걸친 구닥다리들은 집으로 돌아가서 서약상의 권리를 주장하겠지요. 그러면 정부 쪽에서 진행하고 있던 일들을 자신도 모르는 새에 퍼뜨리고 말 겁니다. 내 말이 맞지요?"

재커가 어깨를 들썩거리더니 억지로 웃었다. "맞습니다. 그렇게까지 생각하지는 않았습니다만, 그 말이 딱 맞습니다."

"당신은 그렇게 생각한 겁니다." 라자러스가 재커에게 확신을 불어넣

---

* 독립 전쟁 때 미국인이 애창한 국민가

었다. "정답을 찾은 것이지요. 나는 당신의 육감이 마음에 듭니다. 그 때문에 아직도 여기 붙어 있는 겁니다. 좋습니다. 당신과 슬레이튼 포드가 지구상의 모든 인간을 상대로 잔재주를 부리겠다 이거지요? 다시 한 번 묻겠습니다. 끝까지 밀어붙일 배짱이 있습니까?"

5

일족의 구성원들이 초조하게 무리 지어 서 있었다. "이해가 안 되는군요." 상주 기록관이 근심 어린 얼굴로 둘러서 있는 사람들에게 말했다. "예전에는 선임 신탁 대리인이 내 일에 간섭한 적이 한 번도 없었어요. 그런데 라자러스 롱이란 사람을 뒤에 달고 사무실로 쳐들어오더니 나가라고 명령하는 거예요."

"뭐라고 하던가요?" 듣고 있던 사람 하나가 물었다.

"내가 그랬죠. '도와드릴 일이 있나요, 재커 바스토 씨?' 그랬더니 이랬어요. '있습니다. 다른 사람들과 함께 나가주십시오.' 일상적인 공손함은 한 구석도 없었어요."

"항의할 일이 한두 가지가 아닙니다." 다른 목소리가 울적하게 덧붙였다. 수석 통신기술자인 존슨 일족의 세실 헨드릭이었다. "라자러스 롱이 찾아왔습니다. 예절은 다 어디다 두고 왔는지 원."

"어떻게 했는데요?"

"통신실로 들어오더니 이제 자기가 지휘하겠다고 하더군요. 재커의 명령이라나요. 나와 내 부하들 말고는 아무도 내 장비에 손댈 수 없다고 말했습니다. 도대체 그 사람이 무슨 권한이 있습니까? 그다음에 어쨌는지 아십니까? 내 머리에 총을 겨누다니, 믿을 수가 있겠어요?"

"그럴 리가요!"

"그랬다니까요. 내 분명히 말하는데 그 사람 위험합니다. 정신과 치료를 받아야 한다고요. 눈앞에서 격세유전의 예를 볼 줄은 몰랐습니다."

✳

라자러스는 자신의 화면에서 눈을 떼고 행정관의 화면을 들여다보았다. "전송 잘 됐습니까?" 그가 물었다.

슬레이튼이 책상 위에 있는 팩시뮬레이터를 켰다. "잘 받았습니다." 그리고 확인해주었다.

"좋습니다." 라자러스의 영상이 대답했다. "일단 끊습니다." 화면이 공백으로 바뀌자 슬레이튼이 내부 통신망을 향해 말했다.

"최고경찰청장에게 당장 연락하라고 하게, 본인이 직접."

공중 안전을 책임지는 우두머리가 명령에 따라 화면에 떠올랐다. 청장의 주름진 얼굴에는 귀찮음과 복종심이 동시에 나타나 있었다. 지난밤은 그의 근무 경력을 통틀어 최고로 바쁜 밤이었다. 그럼에도 상관이 지금 즉시 보고하라고 명령을 내린 것이다. 얼어 죽을 놈의 화상전화. 청장은 속을 끓이면서 애당초 경찰직을 택했던 걸 후회했다. 청장은 차갑고 공식적이며 불필요할 정도로 예의 바르게 대함으로써 상관을 힐난했다. "찾으셨습니까, 각하."

슬레이튼은 태도를 무시했다. "그렇소. 자, 여기." 그가 기계를 조작하자 필름 뭉치가 팩시뮬레이터 밖으로 튀어나왔다. "이게 하워드 일족 사람들 전체의 목록이오. 체포하시오."

"알겠습니다." 연방 경찰의 최고권위자는 뭉치를 보며 어디서 얻은 정보냐고 물어볼까 말까 고심했다. 경찰청에서 제공한 정보는 분명코 아니었다. 이 영감이 내가 모르는 정보통을 갖고 있었나?

"알파벳순이지만 지역도 기록되어 있소." 행정관이 말을 계속했다. "정렬기에 넣고 나면 그걸… 아니, 원본은 나에게 돌려보내시오. 심리 취조는 그만둬도 될 거요." 그가 덧붙였다. "그냥 데려와서 잡아두시오. 나중에 더 자세한 지시를 내리겠소."

최고경찰청장은 호기심을 드러내기에 좋은 시기가 아니라고 판단했다. "알겠습니다, 각하." 그는 절도 있게 경례하고 떠났다.

슬레이튼은 책상 위의 조종판을 통해 천연자원부 장관과 교통부 장관을 올려보내라고 지시했다. 그러고는 잠시 생각하더니 소비관리부 장관 또한 만나겠다고 덧붙였다.

✳

일족 은신처의 한구석에서는 신탁 대리인들이 별도로 모여서 얘기 중이었다. 재커 바스토는 그 자리에 없었다. "마음에 들지 않습니다." 앤드루 위더럴이 말했다. "재커가 구성원들에게 보고하는 일을 미룬 건 이해할 수 있었어요. 먼저 우리에게 얘기하려는 줄 알았으니까요. 난 그가 우리의 조언을 들어야 한다고 생각합니다. 필립, 당신 생각은 어때요?"

필립 하디가 입술을 깨물었다. "모르겠습니다. 재커는 빈틈이 없는 사람이니까요. 하지만 먼저 우리를 불러놓고 조언을 구했어야 하는 건 확실합니다. 저스틴, 재커가 당신에게 얘기를 하던가요?"

"아니요, 그런 적 없습니다." 저스틴 푸트가 무뚝뚝하게 대답했다.

"그럼 이제 어떡할까요? 재커를 자리에서 몰아낼 준비를 마친 다음 그가 거절해야 불러다놓고 설명을 요구할 수 있습니다. 개인적으로는 별로 그러고 싶지는 않습니다."

경찰이 들이닥쳤을 때도 그들은 여전히 토론 중이었다.

✳

바깥이 소란스러워지자 라자러스는 그 의미를 제대로 파악했다. 대단할 것은 없었다. 그는 형제들이 습격당할 거라는 정보를 미리 알고 있었기 때문이었다. 저항 없이 이목을 끌며 체포당해서 선례를 보여야 한다는 것도 알고 있었다. 하지만 제 버릇은 남 못 주는 법이었다. 라자러스는 근처에 있는 남성용 세면 장치 밑으로 기어들어서 피치 못할 상황을 피했다.

더 나아갈 곳이 없었다. 라자러스는 환기구를 슬쩍 보았다. 너무 작았다. 그는 머리를 굴리면서 주머니 속에서 담배를 찾았다. 손에 이상한 물건이 걸리자 꺼내보았다. 시카고에서 경찰에게 '빌렸던' 완장이었다.

은신처의 수색을 맡고 있던 진압 부대 소속 경찰 한 사람이 세면 장치 속으로 머리를 들이밀었다. 그런데 그 안에 벌써 다른 '경찰'이 있었다.

"여긴 아무도 없어." 라자러스가 말했다. "내가 뒤져봤어."

"어떻게 나보다 빨리 온 거야?"

"옆으로 돌아왔지. 스토니아일랜드 터널로 가서 환풍구를 타고 나왔어." 라자러스는 진짜 경찰이라면 스토니아일랜드 터널이란 것이 존재하지 않는다는 사실을 모를 거라고 확신했다. "담배 가진 거 있어?"

"흠? 지금 담배 피울 때가 아니잖아."

"제기랄." 라자러스가 말했다. "우리 간부는 한참 멀리 있거든."

"그쪽은 그런지 모르겠지만." 경찰이 대답했다. "우리 간부는 바로 뒤에 있어."

"그래? 그럼 그냥 둬. 어차피 가서 물어볼 말이 있으니까." 라자러스는 경찰을 스쳐 지나가려 했으나 상대는 길을 내주지 않았다. 경찰은 의아한 눈으로 라자러스의 킬트를 바라보았다. 라자러스는 킬트를 뒤집었다. 파란 안감이 드러나자 경찰의 제복과 꽤 비슷했다. 가까이서 살펴보지만 않는다면.

"어느 경찰서 소속이라고 했지?" 경찰이 질문했다.

"여기." 라자러스는 대답하면서 상대의 갈비뼈 밑으로 가볍게 주먹을 꽂아 넣었다. 라자러스의 몸싸움 선생은 턱보다 명치를 내지르는 것이 피하기에 더 어렵다고 가르쳐준 바 있었다. 그 선생은 1966년에 교통사고로 죽었지만 그가 전수해준 기술은 여전히 살아 있었다.

제복 킬트를 입고 왼쪽 팔 아래에 마비탄을 정착한 탄띠를 두르자 라자러스는 조금 더 경찰다워진 기분이었다. 하지만 무엇보다도, 경찰관의 킬트가 몸에 더 잘 맞았다. 오른쪽 바깥 길을 따라가면 성역이었고 막다른 골목이었다. 라자러스는 제복을 빌려준 은인의 상관과 언제든지 마주칠 수 있다는 것을 알면서도 선택의 여지 없이 왼쪽으로 갔다. 강당에 다다라보니 경찰 무리가 일족의 구성원들을 감시하고 있었다. 라자러스는 친족들을 무시하고는 한창 정신이 없는 경위를 찾았다. 라자러스가 재빨리 경례하며 보고했다. "저 뒤쪽에 병원이 있습니다. 들것이 오륙십 개 필요합니다."

"여기서 그러지 말고 그쪽 상관에게 얘기해. 여긴 남는 일손이 없어."

라자러스는 하마터면 대답하지 못할 뻔했다. 군중 속의 메리 스펄링과 눈이 마주쳤기 때문이었다. 메리는 라자러스를 주시하더니 시선을 돌렸다. 라자러스가 정신을 차리고는 말했다. "그럴 수가 없습니다. 지금 연락이 되질 않습니다."

"흠, 밖에 가서 응급치료반에게 얘기하게."

"알겠습니다." 라자러스는 약간 거들먹거리며 킬트의 탄띠에 엄지손가락을 걸고 밖으로 나갔다. 한참을 내려가 워키건 쪽 출구로 통하는 자동도로 터널에 이르렀을 때 등 뒤에서 누군가가 소리쳐 불렀다. 경찰 두 사람이 쫓아오고 있었다.

라자러스는 자동도로 터널로 이어지는 통로에 멈춰 서서 경찰들을 기다렸다. "무슨 일이야?" 그는 두 사람이 다가오자 태연하게 물었다.

"경위가…." 한 사람이 입을 열었지만 그게 전부였다. 마비탄이 딸랑거리면서 발밑에 등장했다. 경찰이 깜짝 놀랐지만 빛이 퍼져나가며 그의 얼굴에서 모든 표정을 지워버렸다. 그의 몸 위로 동료가 쓰러졌다.

라자러스는 통로 구석 뒤에서 기다리며 15까지 세었다. '1번 점화! 2번 점화! 3번 점화!' 그리고 마비 효과가 확실히 사라지도록 2, 3초를 더 기다렸다. 라자러스는 평소보다 더 빨리 수를 세었다. 몸을 신속하게 숨기지 못해 밖으로 삐져나온 왼쪽 발이 따끔거렸다.

라자러스는 그 후에 상황을 살폈다. 두 명의 경찰은 의식불명이었고 다른 사람은 보이지 않았다. 라자러스는 자동도로에 올라탔다. 경찰들이 라자러스의 인상착의를 제대로 파악 못 했을 수도 있고 정체를 눈치채지 못했을 수도 있었다. 하지만 라자러스는 어떤 게 사실인지 알아보기 위해 더 머무를 생각은 없었다. 그리고 속으로 생각했다. '밀고한 작자가 누구건 간에 하늘이 두 쪽 나도 메리가 아닌 것만은 확실해.'

라자러스는 수백 개의 단어로 구성된 순수 창작물을 읊고 마비탄 두 개를 더 소비하고 나서야 지상의 공기로 숨을 쉴 수 있었다. 일단 밖으로 나오자 라자러스는 순식간에 주위를 관찰한 후 완장과 남은 폭탄을 주머니에 넣고 탄띠를 수풀 뒤에 숨겼다. 그리고 워키건으로 가 옷 파는 가게를 찾아다녔다.

라자러스는 판매대 안에 앉아 킬트의 번호를 눌렀다. 그는 목록과 함께 흘러나오는 매력적인 목소리를 무시하면서 깜빡거리는 옷의 디자인들을 넘겨보다가, 경찰복과는 정반대에 파랗지도 않은 상품 목록이 떠오르자 화면을 멈추고 자신의 치수를 입력했다. 라자러스는 가격을 확인하고 지갑에서 공용 전표를 뜯어내어 기계에 넣고 스위치를 눌렀다. 그런 다음 옷이 완성되길 기다리며 맛있게 담배를 피웠다.

10분 후 라자러스는 판매대 옆 쓰레기처리기 입구에 경찰용 킬트를 쑤셔 넣은 다음 말끔하고 화려한 복장으로 그 자리를 떠났다. 그는 1세기 동안 워키건에 와본 적이 없었지만, 길을 묻느라 남의 주의를 끄는 일 없이 적당한 가격의 자동호텔을 찾아냈다. 거기서 숙박계를 두드려 표준형 방을 계약하고 들어가 7시간 동안 달게 수면을 취했다.

라자러스는 방에서 아침을 먹으며 뉴스 장치에 한쪽 귀를 기울였다. 일족을 습격한 사건이 어떤 식으로 보도되는지 약간의 흥미가 있긴 했지만, 그건 어디까지나 제3자로서의 흥미였다. 라자러스의 마음은 이미 이번 사건에서 떠난 상태였다. 그는 일족과 다시 접촉했던 것이 실수라는 사실을 한참 전부터 깨닫고 있었다. 다행히도 그가 현재 사용하고 있는 대외용 신분은 이번 난장판과 완전히 무관했다.

뉴스의 한 구절이 라자러스의 주의를 끌었다. "…그들 일족의 수장이라고 주장하는 재커 바스토도 포함되어 있습니다.

죄수들은 해상으로 호송 중이며, 오클라호마주의 해리먼 추모 공원에서 동쪽으로 40킬로미터가량 떨어진 오클라-올리언스 시의 폐허에 위치한 보호시설에 수감될 예정입니다. 경찰청장은 이곳을 '작은 코번트리'라고 부르며 모든 항공기의 15킬로미터 내 접근을 금지했습니다. 현재 행정관은 아무런 성명도 발표하지 않고 있습니다만, 행정부 내의 믿을 만한 소식통에 따르면 이번 대규모 체포는 '하워드 일족의 비밀', 즉 생명을 영원히 연장할 수 있는 비밀을 조속히 밝히기 위해 취해진 조치라고 합니다. 이처럼 문제의 범법자 집단을 즉각적으로 체포하고 전원 호송함으로써 사회의 정당한 요구에 응하지 않는 공인급 인사의 저항을 분쇄하는 데에 긍정적인 효과가 있을 것으로 보입니다. 또한 이번 일은 훌륭한 시민들이 누리고 있던 권리가 사회 전체에 대한 피해를 가려주는 보호막으로 사용되어서는 안 된다는 것을 강력하게 시사하고 있습니다.

이번 범죄에 가담했던 일원들의 동산과 부동산은 재무장관에게 귀속되며 해당 부처에서 구속 기간 동안 관리할…."

라자러스는 뉴스를 껐다. "염병할!" 그리고 생각했다. '도와주지 못할 거면 안타까워하지도 말라고.' 물론 라자러스 자신도 체포되어야 했지만… 탈출했다. 그걸로 끝이었다. 지금 투항해서 일족에게 득이 될 것은 없었다. 그리고 그는 일족에게 어떤 것도, 눈곱만큼도 빚진 것이 없었다.

다 함께 체포되고 재빨리 보호시설에 들어가는 것이 차라리 나았다. 만약에 한 사람씩 정체가 발각된다면 사적 제재나 대량 학살 같은 사태가 벌어질 수도 있었다. 라자러스는 보기 좋게 문명화된 사회도 한 꺼풀만 벗기면 사적 제재의 법칙이나 군중 폭력이 지배한다는 것을 거친 경험으로 알고 있었다. 재커에게 속임수를 쓰라고 조언한 것은 그것 때문이었다. 재커와 행정관이 일족들을 한꺼번에 모아놓고 계획을 실행하기 위한 기회를 노려야 한다고 말한 것도 같은 이유였다. 시작은 좋았다….

그리고 라자러스 자신과는 상관없는 문제였다.

그러나 라자러스는 재커가 잘하고 있는지, 자신이 사라진 것을 알고 재커가 어떻게 생각하는지 궁금했다. 메리의 반응도 알고 싶었다. 경찰인 양 주의를 끌며 등장한 것을 보고 충격을 받았음이 분명했다. 라자러스는 메리에게 진실을 해명하고 싶었다.

사실 그들이 어떤 생각을 하고 있는지는 하나도 중요하지 않았다. 얼마 안 있어 모두 몇 광년 너머로 가든가… 죽을 것이기 때문이었다. 결말은 정해진 셈이었다.

라자러스는 전화기를 집어 들고 우체국을 호출했다. "에런 셰필드 선장입니다." 그는 이름을 대고 사서함 번호를 불러주었다. "최근 등록지는 고다드 공항 우체국. 우편물을 어디로 보내주시느냐 하면…" 라자러스는 전화에 바짝 다가서서 호텔 방의 우편물 수신기 번호를 댔다.

"알겠습니다." 직원의 목소리가 대답했다. "즉시 보내겠습니다, 선장님."

"고맙습니다."

라자러스의 기억에 따르면 우편물이 도착하기까지 서너 시간쯤 걸린다. 궤도상에서 소요하는 시간은 30분이지만 이런저런 곳에서 낭비하는 시간이 그 세 배쯤이었다. 이곳에서 시간을 보내는 편이 나을 수도 있었다. 그를 찾는 수색은 멀찍이서 중단된 것이 분명했지만 워키건에서는 할 일이 아무것도 없었다. 우편물이 도착하고 나면 '눌러만 주세요' 서비스를 불러 타고….

어디로 가지? 할 일이 있던가?

라자러스는 머릿속에서 몇 가지 가능성을 뒤져봤지만 결론은 공허했다. 태양계 전체를 통틀어봐도 진심으로 하고 싶은 일은 아무것도 없었다.

라자러스는 약간 겁이 났다. 예전에 들었던 얘기가 떠올랐고 점점 믿는 쪽으로 기울었다. 인생에서 흥밋거리를 잃는다는 것은 동화작용과 이화작용 사이의 전쟁이 새로운 국면에 접어드는 증거라고 했다. 즉 늙어간다는 얘기였다. 라자러스는 갑자기 일반적인 단명인들이 부러워졌다.

적어도 그 사람들은 난처한 일을 후손에게 떠넘길 수 있었다. 일족의 구성원들에게 자식을 향한 애정이란 흔한 것이 아니었다. 그런 감정은 1세기나 그 이상 유지하기가 쉽지 않았다. 구성원들 사이는 예외였지만 우정 또한 깊지 않고 일시적인 것으로 간주하는 것이 보통이었다. 라자러스는 만나고 싶은 사람도 없었다.

아니 잠깐… 금성에서 농장을 운영하는 그 사람 이름이 뭐더라? 민요를 많이 아는 데다가 술에 취하면 정말 재밌는 사람이었는데? 라자러스는 그 사람을 찾아가기로 했다. 금성을 좋아하지는 않지만 할 만한 여행인 데다가 재밌을 것 같았다.

그러다가 어떤 사실이 떠올라 라자러스는 충격을 받았다. 그 사람을 마지막으로 본 게 언제인지 기억이 나질 않았다. 어쨌든 그 사람이 살아 있을 가능성은 없었다.

라자러스는 우울한 심정으로 생각했다. 리비의 말이 옳았다. 장수인들에게는 새로운 형태의 기억 연관법이 필요했다. 라자러스는 자신이 손가락으로 수를 세어보는 날이 오기 전에 리비가 연구를 계속해서 해답을 얻기를 바랐다. 그는 1, 2분쯤 그런 생각을 더 하다가 리비를 두 번 다시 볼 일이 없을 거라는 결론에 도달했다.

우편물이 도착했지만 중요한 것은 하나도 없었다. 놀라운 일은 아니었다. 라자러스는 개인적인 편지를 기대하지 않았다. 광고지 뭉치가 쓰레기 처리기로 들어갔다. 라자러스가 읽은 것은 판-테라 선착장 관리회사에서 보낸 우편물뿐이었다. 그의 개조형 순양선 아이스파이호가 정비를 마치고 당장에라도 사용할 수 있는 임대 선착장으로 옮겨졌으며, 주문대로 항행 장치는 전혀 건드리지 않았다는 내용이었다. '취향은 여전하신가 보네요.'라는 인사말도 적혀 있었다.

라자러스는 저녁에 아이스파이호에 올라타고 우주로 나가기로 결정했다. 지구에 주저앉아서 지루하다고 투덜대는 것만큼 한심한 일은 없었다.

숙박 요금을 치르고 임대용 제트기를 빌리는 데에 걸린 시간은 20분이 채 못 되었다. 라자러스는 이륙한 다음 통제소에 비행 계획이 보고되지 않도록 낮은 고도의 간선 항로를 이용해서 고다드 공항으로 향했다. 경찰이 '셰필드 선장'을 찾을 까닭이 없었으므로 의도적으로 피하려 한 것은 아니었다. 단지 습관이었으며, 그렇게 하면 고다드 공항에 더 일찍 도착할 수도 있었다.

하지만 라자러스는 고다드 공항에 도착하기 훨씬 전에 동부 캔자스를 지나다가 착륙하기로 마음먹고 행동에 옮겼다.

그는 경찰이 24시간 감시할 필요가 없을 만큼 작은 마을의 착륙장을 골라 내린 다음 멀리 떨어져 있는 전화 부스를 찾았다. 라자러스는 망설였다. 전체 연방에서 가장 높은 인물과 통화하려면 어떻게 해야 할까? 노박 타워에 전화해서 행정관을 바꿔달라고 하면 연결이 되는 것은 고사하고 공공보안청으로 전화가 돌아가서 세금만큼이나 불친절한 질문들을 받을 것이 분명했다.

이 문제를 해결할 방법은 하나뿐이었다. 보안청에 직접 전화를 해서 어떻게든 경찰청장과 얼굴을 마주하는 것이었다. 그 뒤는 즉흥적으로 처리해야 했다.

"시민안전국입니다." 경쾌한 목소리가 대답했다. "무엇을 도와드릴까요?"

"수고하네." 라자러스가 가장 함장다운 목소리로 말했다. "나 셰필드 선장인데, 청장 좀 대주게." 그의 태도가 지나치게 위압적이지는 않았다. 그저 상대의 복종을 당연시할 뿐이었다.

짧은 침묵이 있은 뒤…. "죄송하지만 무슨 용무이신지요?"

"셰필드 선장이라니까." 이번에는 화를 억누르는 목소리였다.

또 한 번의 짧은 침묵이 있은 뒤에…. "수석 보좌관 사무실로 연결해드리겠습니다."

목소리가 주저하면서 대답했다. 이번에는 화면도 함께였다. "네?" 수석 보좌관이 라자러스를 훑어보며 물었다.

"청장을 바꿔주게, 어서."

"무슨 일이시죠?"

"이것 참, 이봐, 청장을 바꾸라고! 나 셰필드 선장이야!"

수석 보좌관은 전화를 연결하면서 허락을 구해야 했지만, 지난 24시간 동안 잠을 못 잔 데다가 수용 가능한 이상의 일들을 겪다 보니 그러지 못했다. 최고 경찰청장이 화면에 나타나자 라자러스가 먼저 말을 건넸다. "아, 이제야 나오는군! 자네한테 연결하려고 몇 단계를 거쳤는지 알아? 어서 영감님을 바꿔주고 꺼져! 폐쇄회로를 쓰라고!"

"도대체 무슨 말씀이십니까? 누구시죠?"

"이봐, 잘 들어." 라자러스가 화를 감추지 않고 느릿하게 말했다. "통신 장애만 아니었어도 너희 갑갑한 부서를 거치지도 않았을 거야. 어르신한테 곧바로 연결해. 하워드 일족에 관한 얘기니까."

경찰청장이 바짝 긴장했다. "저한테 말씀해보시죠."

"이것 보라고." 라자러스가 지친 목소리로 말했다. "너희가 어르신의 어깨너머를 훔쳐보려는 건 알지만 지금은 그럴 때가 아니야. 꼭 내 앞을 가로막고 2시간을 들여서 처음부터 끝까지 보고하라고 한다면 못할 것도 없지. 하지만 어르신은 왜 늦었는지 궁금해하실 테고 넌 그것 때문에 그 알록달록한 제복을 걸어야 할 거야. 내 꼭 말해주지."

청장은 삼자 대화 방식으로 통신을 도청하기로 했다. 만약 행정관이 이 우스꽝스러운 인물을 3초 안에 화면에서 쫓아내지 않는다면 옳은 선택을 한 셈이고 뜻밖의 수확을 얻을 것이었다. 쫓아낸다면 여느 때와 마찬가지로 통신상의 혼란 탓으로 돌리면 된다. 청장은 그렇게 작전을 짰다.

행정관 슬레이튼 포드는 화면에 떠오른 라자러스의 얼굴을 알아보고 당황했다. "당신은?" 그리고 소리 질렀다. "아니, 어떻게… 재커 바스토가…"

"보안 통신망으로 돌려요!" 라자러스가 말허리를 잘랐다.

경찰청장은 자신의 화면이 검게 변하고 소리도 들리지 않자 눈을 껌

빽였다. 행정관이 경찰청 외에 사적인 비밀 조직을 갖고 있다는 뜻이었다. 흥미롭고 반드시 기억해둬야 할 사실이었다.

라자러스는 자신이 어떤 상황인지 빠르고 비교적 솔직하게, 상세한 부분까지 설명했다. 그런 다음 덧붙였다. "그렇게 해서 들키지 않고 깔끔하게 탈출할 수 있었습니다. 지금도 가능하고요. 하지만 알고 싶은 게 있습니다. 우리를 이주시켜주겠다고 재커 바스토와 맺었던 계약은 아직도 유효합니까?"

"그렇습니다."

"당신의 생각을 들키지 않고 10만 명을 뉴프런티어스호에 태울 방법은 생각해봤습니까? 당신네 부하들을 믿을 수 없다는 건 알고 계시지요?"

"압니다. 현재 상황은 문제를 해결할 때까지만 임시방편으로 유지할 겁니다."

"그리고 그 일을 해낼 사람은 나지요. 지금으로서는 당신들 두 사람이 믿을 수 있는 자유로운 사람은 나뿐입니다. 그 점에는 의심의 여지가 없지요. 그러니 잘 들으십시오…."

8분이 지난 뒤 슬레이튼은 고개를 천천히 끄덕이며 말했다. "통할 수도 있겠군요. 아마도요. 어쨌든 당신은 일을 진행시키십시오. 당신 앞으로 도착하도록 고다드에 수표를 보내놓겠습니다."

"추적당하지 않고 그럴 수 있겠습니까? 행정관이 보낸 수표를 들고 다닐 수는 없습니다. 주의를 끌 테니까요."

"나도 머리를 쓸 줄은 압니다. 당신 손에 들어가는 수표는 은행의 정기 송금처럼 보일 겁니다."

"미안합니다. 그럼 당신에게 직접 연락할 방법은 있습니까?"

"아, 그럼요. 이걸 기록해두십시오." 슬레이튼이 천천히 번호를 불렀다. "그 번호는 중간 과정 없이 내 책상으로 바로 연결됩니다. 아니, 적지 말고 기억해두십시오."

"재커 바스토에게 연락할 방법은 있습니까?"

"나를 찾으면 내가 연결해드리죠. 당신이 보안 통신망을 조작할 수 없다면 직접 연결할 수는 없습니다."

"할 수 있다 해도 보안을 건드려서는 안 되지요. 또 봅시다, 이만."

"행운을 빕니다!"

라자러스는 전화 부스를 나선 다음 초조함을 억누르고 서둘러 돌아가 임대한 제트기에 탔다. 그는 경찰청장이 행정관에게 걸려온 전화를 역추적할 수 있는지 여부를 알지 못했다. 그래서 당연히 그럴 거라고 가정했다. 자신이 청장이었다면 그런 준비를 해놓았을 테니까. 따라서 가장 가까이에 있는 경찰이 추적을 시작했을 것이 분명했다. 움직여서 흔적을 지워야 할 시간이었다.

라자러스는 다시 이륙해서 서쪽으로 향한 다음 교통 통제를 받지 않는 지역 항로에 머물다가 서쪽 지평선을 가로막고 있는 뭉게구름 속으로 들어갔다. 그리고 되돌아 나와서 지역 교통 규정을 어기지 않을 만큼의 낮은 고도로, 속도 제한을 아슬아슬하게 지키며 캔자스시티로 날아갔다. 캔자스시티에 도착하자 그 지역의 '눌러만 주세요' 업소로 제트기를 몬 다음 지상 택시를 잡아타고 통제로를 따라 조플린으로 갔다. 그리고 서부 해안에서 운행 기록을 점검할 때까지 흔적이 남지 않도록 표를 구매하지 않고 세인트루이스발 지역 제트 버스를 탔다.

라자러스는 근심을 키우는 대신 계획을 짜며 시간을 보냈다.

넉넉잡고 평균 중량 70킬로그램인 사람이 10만 명이면…. 라자러스는 수치를 수정했다. 총 7천 톤이었다. 아이스파이호는 1g상에서 그 정도 중량을 싣고 떠오를 수 있었다. 구운 콩처럼 굼뜨긴 하겠지만. 하지만 그건 문제가 아니었다. 사람을 짐짝처럼 쌓을 수는 없었다. 아이스파이호는 죽여주게도 딱 그만큼을 들어 올릴 수 있겠지만, 그 대신 탑승객을 '죽여버리고' 말 것이다.

운송 수단이 필요했다.

지구에서 일족들을 태우고 궤도상에서 건조 중인 뉴프런티어스호까지 갈 만큼 큰 여객선을 구입하는 것 자체는 어렵지 않았다. 4행성 여행사는 그만한 우주선을 기꺼이 적절한 가격에 팔 것이 분명했다. 여객 사업에도 경쟁이 있으므로 관광객들에게 외면당하는 구형 우주선에서 손을 떼고 싶을 것은 자명했다. 그러나 여객선이라는 점이 문제였다. 그 큰 우주선으로 뭘 할 셈인지 불필요한 호기심을 끌 수도 없었고 여객선을 혼자 조종할 수도 없었다. 후자가 관건이었다. 수정 우주예방법령에 의하면 여객선은 비상사태하에서 자동안전장치 없이 사람의 판단만으로 조종할 수 있다는 전제하에 제작해야 했다.

따라서 화물선이 필요했다.

라자러스는 어디서 그런 배를 구해야 할지 알고 있었다. 생태학적으로 자급자족 체계를 충족시키기 위한 노력에도 불구하고 루나시티는 수출보다 훨씬 많은 물자를 수입하고 있었다. 그 결과 지구의 입장에서 볼 때 '빈손으로 돌아올 배'들이 생겨났다. 우주 물류에서는 빈 배를 묵혀두는 것이 더 싸게 먹히는 상황이 있게 마련이었다. 특히 달에서는 빈 화물선을 지구로 돌려보내느니 폐기 처분해 금속이라도 얻는 편이 나은 경우가 많았다.

라자러스는 고다드에 도착한 다음 버스에서 내리고 우주 공항으로 가서 요금을 지급하고는 아이스파이호를 되찾았다. 그리고 가장 빨리 달로 출발하기 위한 수속을 마쳤다. 할당된 시간은 이틀 후였지만 그 때문에 걱정하지는 않았다. 라자러스는 그저 업체로 되돌아가서 출발 시각을 바꿔주면 충분한 비용을 지급하겠다고 암시했다. 20분 후 그는 그날 저녁에 달로 출발할 수 있다는 언약을 받았다.

라자러스는 남은 몇 시간 동안 행성 간 통관 절차를 마치기 위해 관료주의와 미칠 듯이 씨름했다. 우선 슬레이튼이 약속했던 수표를 찾아 현금으로 바꾸었다. 라자러스는 수속 시간을 줄이기 위해서라면 다른 배와 출발 시각을 바꾸기 위해 (아주 합법적으로) 지급했던 만큼의 돈을 쏟아부을 작정이었다. 하지만 그럴 수가 없었다. 그는 2세기 동안 살아남으면서 무릇 뇌물이란 밤을 함께 보내자고 콧대 높은 상대를 꾀는 것처럼 점 잖고 간접적으로 건네야 한다는 점을 알고 있었다. 몇 분 후, 라자러스는 공중도덕과 공공의 정직함이 장애가 될 수도 있다는 우울한 결론에 도달해야 했다. 고다드 공항의 직원들은 사례금이나 갈취나 돈이 일상 업무를 매끄럽게 만들 수 있다는 개념에 대해 아예 무지한 것 같았다. 라자러스는 그들의 청렴함에 경의를 표했다. 하지만 달가워할 수는 없었다. 특히 스카이게이트 룸에서 미식의 향연으로 보내고자 했던 시간에 쓸데없이 서류 양식이나 맞추고 있자니 더욱 그랬다.

라자러스는 심지어 아이스파이호로 돌아가 몇 주 전 지구에 도착하면서 예방접종을 받았다는 증명서를 찾아오는 대신 주사를 다시 맞기까지 했다.

그랬음에도 할당받은 출발 시각 20분 전에 아이스파이호의 조종실에 앉은 라자러스의 주머니는 도장 찍힌 서류들로 불룩했고, 간신히 삼킬 수 있었던 샌드위치는 그의 배를 불룩하게 만들지 못했다. 그는 사용하고자 마음먹었던 '호먼 S' 궤도를 계산한 다음 그 결과를 자동 조종 장치에 입력했다. 관제소에서 카운트다운을 시작할 때 녹색으로 깜빡여야 하는 지시등 말고는 모든 신호가 초록빛이었다. 라자러스는 우주선이 이륙할 때면 언제나 그렇듯 따스한 행복감에 젖은 채 기다렸다.

그러다가 한 가지 생각이 머리를 스쳤고 라자러스는 몸을 일으키다가 안전띠에 걸렸다. 그는 상체 띠를 느슨하게 푼 다음 일어나서 손을 뻗어 〈지구 운항과 교통 위험 요소 목록〉을 집어 들었다.

뉴프런티어스호는 지구 중심으로부터 약 4만2천 킬로미터 떨어진 곳에서 기울기 0에 자오선 각도 서쪽 106도를 유지하며 정확히 24시간 주기로 원궤도를 그리고 있었다.

거기 들러서 상황을 살펴보는 건 어떨까?

아이스파이호에서 탱크를 떼어내고 화물 창고를 비우면 예비 추진을 위한 거리와 시간을 상당량 확보할 수 있었다. 공항이 제공한 항로가 항성 간 우주선으로 가는 길이 아니라 루나시티로 가는 길이긴 했지만⋯ 달이 현재와 같은 상(相)일 경우 예정된 항로에서 이탈하더라도 화면에서는 거의 보이지 않을 테고, 후에 영상 기록을 분석하기 전까지는 들키지 않을 확률도 높았다. 분석 후에는 소환장을 받을 테고 면허가 취소될 수도 있었다. 하지만 라자러스는 교통 법규에 신경 쓴 적이 없었을뿐더러, 정찰해볼 만한 가치 또한 분명 있었다.

그는 이미 탄도 계산기에 새 궤도를 입력하고 있었다. '지구 항로' 목록에서 뉴프런티어스호의 궤도 수치들을 확인해보는 것만 빼면 나머지는 잠자면서도 할 수 있는 계산이었다. 위성 일치 기동이야 조종사라면 눈 감고도 할 수 있었으며, 24시간 궤도에 맞추는 이중 접선 궤도 계산 또한 수습 조종사들도 항상 외우고 다니는 것이었다.

라자러스는 카운트다운이 진행되는 동안 계산 결과를 자동 조종 장치에 입력했다. 다 마치고 나니 3분이 남았다. 그는 안전띠를 다시 조이고 가속효과가 몰려오자 긴장을 풀었다. 우주선이 자유 낙하 상태에 돌입하자 라자러스는 공항 레이더를 통해 위치와 벡터를 확인했다. 결과는 만족스러웠다. 그는 조종 장치를 잠그고 랑데부 시간에 경보가 울리도록 설정한 다음 잠들었다.

6

4시간 후 경보 소리가 라자러스를 깨웠다. 소리를 껐지만 경보는 그치지 않았다. 화면을 슬쩍 보니 이유를 알 수 있었다. 뉴프런티어스호의 거대한 원통형 선체가 눈앞에 떠 있었다. 라자러스는 레이더 경보를 마저 끈 다음 탄도 계산기를 참조하지 않고 육감만으로 뉴프런티어스호와 궤도를 일치시켰다. 조종을 끝내기 전에 통신 경보가 울리기 시작했다. 라자러스는 스위치를 켰다. 기기들이 주파수를 검색하더니 화면이 떠올랐다. 한 남자가 라자러스를 바라보았다. "뉴프런티어스호입니다. 신원을 밝히십시오."

"민간 선박 아이스파이호의 셰필드 선장입니다. 그쪽 지휘관께 안부를 전합니다. 잠깐 승선해도 되겠습니까?"

뉴프런티어스호의 사람들은 방문객을 환영했다. 항성 간 우주선은 점검, 심사, 승인만을 남겨두고 있었다. 배를 건조했던 대규모 인원들은 지구로 돌아갔고 조던사(社)의 직원들과 조던사 하청업체들의 공동체가 고용했던 기술자 십여 명만이 배에 타고 있었다. 남은 사람들은 매일 보는 얼굴과 무료함에 지루했고, 시간 죽이기를 끝내고 지구상의 즐거움 속으로 돌아가고 싶었다. 그러니 낯선 방문객이란 기분 전환용으로 그만이었다.

아이스파이호와 뉴프런티어스호의 에어로크가 연결되었고, 기술 책임자가 라자러스를 맞이했다. 비록 동력은 공급되지 않았어도 뉴프런티어스호는 엄연한 우주선이었으므로 기술 책임자가 곧 선장이었다. 선장은 소개를 마친 뒤 라자러스에게 선내를 구경시켜주었다. 두 사람은 수 킬로미터에 걸친 통로를 떠다니면서 실험실, 창고, 필름으로 가득한 도서관, 식용 작물 재배와 산소 공급을 위해 축구장 몇 배는 될 넓이로 마련한 수경 재배 탱크를 둘러보았다. 승무원 1만 명이 사용할 거주 구역은 아늑하고 널찍했으며 사치스럽기까지 했다. "이번 뱅가드 원정 계획에는 인원이 조금 부족하다고 보고 있습니다만." 기술자 선장이 설명했다. "사회역학자들의 계산에 따르면 이 식민선이 현재의 지구 문화 가운데 기초 수준 정도는 싣고 갈 수 있습니다."

"모자라지 않을까요." 라자러스가 지적했다. "전문 분야가 적어도 1만 가지는 넘을 텐데요?"

"아, 당연하죠! 하지만 중요한 사실은 모든 기초 기술 분야와 필수적인 지식 분야의 전문가들을 구비한다는 점에 있습니다. 추후에 개척지가 확장되면 도서관 자료를 참조해서 추가적인 분야를 넓혀갈 겁니다. 탭댄스에서부터 벽걸이 제작까지요. 기본적으로는 그렇지만 제 전문 분야는 아닙니다. 관심 있는 사람에게는 흥미로운 문제겠지만요."

"빨리 출발하고 싶으십니까?" 라자러스가 물었다.

상대는 충격을 받은 것처럼 보였다. "저요? 제가 이 배에 타고 갈 거라고 생각하십니까? 실례입니다만, 저는 기술자이지 정신 나간 멍청이는 아닙니다."

"미안합니다."

"아, 합당한 이유만 있다면 그에 맞는 공간이 확보되어야 한다는 점에는 저도 불만이 없습니다. 저도 루나시티에는 셀 수 없을 만큼 자주 가봤고 금성에도 가봤으니까요. 하지만 설마 메이플라워호를 만든 사람이 거기 타고 항해까지 했다고 생각하지는 않으시겠죠? 개인적인 생각입니다만, 이 배에 타고 가겠다고 서명한 사람들이 목적지에 도착하기 전까지 미치지 않는다면 그건 그 사람들이 벌써 미친 사람들이기 때문일 겁니다, 분명히."

라자러스는 대화의 주제를 바꿨다. 두 사람은 주동력실이나 대형 원자력 전환기를 보호하는 강화실에서 오래 머무르지 않았다. 그 둘이 완전 자동식이라는 것을 라자러스가 알았기 때문이었다. 차상(次狀)공학 분야의 최신 기술 덕분에 동력 장치 쪽에는 구동부가 전혀 필요하지 않았고, 따라서 내부 작동 원리는 어디까지나 지적 흥미를 위해서나 의미가 있을 뿐 당장 중요한 문제는 아니었다. 라자러스는 조종실을 보고 싶었다. 그는 그곳을 떠나지 않고 꾸물거리면서 집주인이 말 그대로 하품을 하며 예의 때문에 마지못해 들어주는 수준으로 지칠 때까지 수많은 질문을 해댔다.

마침내 라자러스는 입을 다물었다. 집주인을 너무 몰아붙인다는 생각이 들어서가 아니라 우주선을 빼앗을 기회가 왔을 경우 조종할 수 있겠다는 자신이 생겼기 때문이었다.

라자러스는 떠나기 전에 중요한 정보 두 가지를 더 얻었다. 지구 시간으로 9일 후 우주선의 핵심 승무원들이 지상에서 주말을 보낼 계획이었고 뒤이어 승인 심사가 있을 예정이었다. 하지만 사흘 동안은 이 거대한 우주선에 통신 담당자들만이 남을 것으로 보였다. 라자러스는 신중을 거듭하느라 그 부분까지 캐묻지는 않았다. 그러나 경비원이 없을 거라는 사실은 분명했다. 그럴 이유가 없었기 때문이었다. 미시시피강을 경비할 필요가 없는 것과 마찬가지였다.

라자러스는 선내의 도움 없이 밖에서 우주선 안으로 침투할 방법 또한 알아냈다. 그는 우주선을 떠나다가 막 도착하는 우편물 로켓을 보고 그에 대한 힌트를 얻었다.

✳

다이애나 화물 수송의 자회사인 다이애나 운송 주식회사의 대리인인 조지프 맥피는 루나시티에서 라자러스를 따뜻하게 맞이했다. "어서 오십시오, 선장님. 거기 앉으시지요. 마실 것은 뭐로 하시겠습니까?" 조지프는 말을 마치기도 전에 자신이 수제작한 진공 증류기에서 면세 페인트 제거제를 따랐다. "마지막으로 뵌 게… 아무튼 꽤 오래됐군요. 최근에 들르신 곳은 어딥니까? 새로 들은 농담거리라도 있나요?"

"고다드에서 왔습니다." 라자러스는 그렇게 대답한 다음 선장과 귀빈이 등장하는 우스갯소리를 들려줬다. 조지프는 자유 낙하 중인 참새 얘기로 답례했다. 라자러스는 이미 아는 얘기였지만 처음 듣는 척했다. 화제가 정치로 옮겨가자 조지프는 왜 서약이 특정 산업화 단계 이하의 문화로 퍼져나갈 수 없는지에 대한 자신의 복잡한 이론에 기반해서 유럽 쪽 문제들에 관한 '유일한 해결책'을 장황하게 늘어놓았다. 라자러스는 그 이론들의 흠을 잡지 않는 대신 조지프의 연설을 단축시키기 위해 필요한 행동을 취했다. 그는 적절한 문맥에서 고개를 끄덕이고, 상대가 끔찍한 맛의 로켓 주스를 더 권하자 받아 마시면서 딱 맞는 때가 오기를 기다렸다.

"회사 우주선 중에 매물로 나온 것 있습니까?"

"있냐고요? 비명이라도 지를 판입니다. 지금 저기 바깥에 쌓여서 창고의 자리만 차지하고 있는 쇳덩어리들만 해도 지난 10년간 제 손을 거쳐 간 것보다 많을 정도입니다. 하나 구입할 생각이십니까? 가격을 아주 잘 쳐드리죠."

"그럴 수도 있고 아닐 수도 있지요. 제가 원하는 물건이 있다면야."

"말씀만 해보십시오. 뭐든 다 있습니다. 시장이 이렇게 정체된 건 본 적이 없습니다. 이러다가는 하자 없는 수표도 안 통하게 생겼어요." 조지프가 인상을 찡그렸다. "왜 이러는지 아십니까? 제가 알려드리죠. 그놈의 하워드 일족 소요 때문입니다. 앞날이 어찌 될지 모르니 돈을 쓰려는 사람이 없습니다. 남은 날이 10년인지 100년인지 모르는 판국에 누가 미래의 계획을 세우려고 하겠습니까? 제 얘기 귀담아들으십시오. 행정부가 그 사람들의 비밀을 풀면 역사상 최대 규모의 장기 투자판이 벌어질 겁니다. 하지만 그러지 못하면 장기 사업들은 싸구려 취급조차 못 받고 재건축 열풍이 겨우 티 파티로 보일 만큼 엄청난 '젊어서 노세' 광풍이 불 겁니다." 조지프가 다시 얼굴을 구겼다. "원하시는 게 어떤 금속입니까?"

"금속을 구하는 게 아니라 우주선을 찾습니다."

조지프의 얼굴에서 찡그림이 사라졌고 눈썹이 치솟았다. "그래요? 어떤 종류로요?"

"확실치는 않습니다. 저하고 같이 둘러보실 시간은 있습니까?"

두 사람은 옷을 갖춰 입고 북쪽 터널을 통해 돔을 떠난 다음 낮은 중력 속을 활보하며 지상에 놓여 있는 우주선들 주변을 돌아다녔다. 라자러스는 오래지 않아 필요한 만큼의 상승력과 통기 면적을 갖춘 배 두 척을 찾아냈다. 하나는 유조선이고 가격도 쌌지만 라자러스는 유조 탱크들의 바닥판을 감안하더라도 7천 톤의 승객을 태우기에는 갑판 공간이 부족하다는 것을 암산으로 계산해냈다. 다른 하나는 변종 피스톤 방식의 분사계를 정착한 구식 우주선이었다. 하지만 범용 물자를 싣기에는 더 나았고 갑판 공간도 충분했다. 보통 승객은 자신이 차지하는 체적에 비해 무게가 덜 나가기 때문에 한계 하중도 이번 일에 필요한 것보다 여유가 있었다. 하지만 그 덕분에 우주선이 더 자유롭게 움직일 수 있다는 것이야말로 이번 일에서 결정적으로 중요한 점이었다.

분사 장치는 라자러스가 가지고 놀 수 있었다. 그는 더 쓰레기 같은 우주선도 몰아본 적이 있을 정도였다.

라자러스는 조지프와 가격을 흥정했다. 돈을 아끼려 그런 것이 아니라 가격을 깎아야 직성이 풀리기 때문이었다. 두 사람은 결국 3단계 거래에 동의했다. 조지프가 아이스파이호를 사고 라자러스가 소유권을 양도한 다음 조지프가 무담보 어음으로 값을 치른다. 라자러스는 조지프에게서 받은 어음 뒷면에 서명하고 거기에 현찰을 얹어서 문제의 화물선을 구입한다. 그러면 조지프는 아이스파이호를 루나시티의 상업교환은행에 담보로 맡길 수 있고 그 차액에 현찰이나 자신의 이름으로 발행한 수표를 더해 자신의 어음을 해결할 수 있다. 그렇게 하면 아마도 조지프는 회계 감사를 피할 수 있겠지만, 라자러스는 딱히 그 점을 언급하지 않았다.

뇌물과는 차이가 있었다. 라자러스는 그저 조지프가 오랫동안 자가 소유 우주선을 갖고 싶어 했으며, 아이스파이호를 사업상 또는 취미상으로 이상적인 독신남용 장난감으로 염두에 두고 있었다는 사실을 이용할 뿐이었다. 그래서 조지프가 허용할 수 있는 수준으로 가격을 맞춰주었다. 하지만 그렇게 합의함으로써 그가 이번 거래를 떠들고 다니지 않게 할 수 있었다. 적어도 그가 어음을 재평가해보기 전까지는 그럴 것이었다. 라자러스는 조지프에게 담배 무역 시장에 나오는 매물을 주시하라고 귀띔함으로써 계약에 대한 판단이 무뎌지게 만들었고, 조지프는 셰필드 선장의 새 사업이 금성과 관계 있다고 확신했다. 담배의 주요 시장은 금성뿐이기 때문이었다.

라자러스는 후반 추가금과 연장 업무 수당을 약속하면서 나흘 안에 화물선을 우주용으로 개조하도록 준비시켰다. 마침내 칠리코시시티호의 소유주이자 주인인 라자러스는 루나시티를 떠났다. 그는 한참 동안 맛보지 못했던 좋아하는 음식을 기리기 위해 우주선의 이름을 줄여서 칠리호라고 불렀다. 기름기 많은 붉은 콩에 잔뜩 뿌린 칠리 가루에 풍성한 고기에… 그것도 젊은이들이 '고기'라고 부르는 합성 모조품이 아닌 진짜 고기를. 라자러스의 입안에 침이 고였다.

모든 근심거리가 날아가버렸다.

지구에 가까워지자 라자러스는 교통 통제소를 호출해서 상주 궤도를 요청했다. 칠리호에 해를 끼치고 싶지 않아서였다. 연료를 낭비하는 일인데다가 주의를 끌 수도 있었다. 라자러스는 허가 없이 궤도상에 머무른다고 해서 양심에 가책을 받는 사람은 아니었다. 하지만 칠리호가 흥미를 끌고 목록에 오르면 직무 유기로 조사를 받을 수도 있었다. 법을 따르는 편이 안전했다.

허가가 나왔다. 라자러스는 궤도에 접근해서 속도를 낮췄다. 그리고 칠리호의 인식 신호기를 자신의 고유 번호로 맞춰 승하선용 소형정의 레이더가 추적할 수 있도록 한 다음, 소형정을 타고 고다드 공항의 보조 선박용 착륙장으로 내려갔다. 이번에는 모든 구비 서류를 준비하도록 신경을 썼다. 소형정을 보세 격납고에 두어 세관도 피했고 필요한 경우 우주항구로 재빨리 이동할 수 있도록 했다. 우선적인 목적은 공중전화를 찾아 재커 및 슬레이튼과 연락하는 것뿐이었다. 그러고도 시간이 남으면 진짜 칠리 파는 곳을 찾아다닐 수도 있었다. 라자러스가 우주에서 행정관에게 연락하지 않은 것은 우주선과 지상 사이의 통신에 중계 절차가 필요하기 때문이었다. 통신을 연결해주는 교환수가 하워드 일족이라는 말을 엿들으면 사생활 존중의 관습만으로는 안전을 보장할 수 없었다.

노박 타워와 동일한 경도상의 지역들이 모두 늦은 밤이긴 했지만 행정관은 즉시 응답했다. 라자러스는 상대방의 눈이 부은 것을 보고 책상 앞에서 침식을 해결하는 모양이라고 짐작했다. "안녕하시오." 라자러스가 말했다. "재커 바스토와 삼자 통화를 합시다. 보고할 것들이 있으니까."

"당신이군요." 슬레이튼이 우울하게 입을 열었다. "혼자 도망쳤다고 생각하는 중이었습니다. 어디 있었습니까?"

"우주선을 한 척 샀지요." 라자러스가 대답했다. "아시는 대로 말입니다. 재커를 부릅시다."

슬레이튼이 인상을 찡그리고는 책상 쪽을 바라보았다. 화면이 나뉘면서 재커가 등장했다. 재커는 라자러스를 보고 놀라면서도 완전히 안심하지는 않았다. 라자러스가 재빨리 말했다.

"뭔 일 있습니까? 슬레이튼이 내 얘기 안 하던가요?"

"했습니다." 재커가 대답했다. "하지만 당신이 어디 가서 뭘 하는지는 몰랐습니다. 시간은 자꾸 가는데 당신은 연락이 없고… 그래서 그게 끝인가 보다 했습니다."

"젠장." 라자러스가 불평했다. "내가 절대 안 그럴 거라는 걸 알았잖습니까. 여하튼 이제 왔으니까 됐지요. 내가 뭘 했느냐 하면…." 라자러스는 뉴프런티어스호를 정찰했던 일과 칠리호에 대해 얘기했다. "그래서 내 생각은 이렇습니다. 이번 주말에 날을 잡읍시다. 그동안에는 뉴프런티어스호가 저 위에 주저앉아 있고 아무도 없을 테니까. 내가 칠리호를 보호소로 몰고 가면 다들 얼른 올라타고 뉴프런티어스호로 쏜살같이 날아가서 배를 탈취하고 도망치는 겁니다. 그러자면 행정관께서 힘 좀 써주셔야 할 겁니다. 내가 착륙해서 사람들을 태우는 동안 경찰의 주의를 다른 곳으로 끌어주십시오. 우리는 교통 순찰대를 따돌려야겠지요. 해군 함정들이 뉴프런티어스호에 과도한 행동을 못 하도록 멀리 있다면 아주 좋겠고요. 배 안에 통신병이라도 남아 있으면 우리가 처리하기 전에 도와달라고 꽥꽥거릴 수도 있으니까요."

"내가 예상을 조금 해본다고 뭐라 하진 마십시오." 슬레이튼이 깐깐하게 대답했다. "그 배를 몰고 정말로 도망칠 수 있으려면 계획을 바꿔야 할 겁니다. 지금 계획은 아무리 봐도 꿈같으니까요."

"별로 그렇지도 않습니다." 라자러스가 반대했다. "당신이 필요한 때에 비상 권력을 최대한 발휘할 생각만 있다면요."

"그럴 수도 있겠군요. 하지만 나흘은 안 됩니다."

"왜지요?"

"지금 상황이 그때까지 유지되지 않을 테니까요."

"이쪽도 마찬가집니다." 재커가 끼어들었다.

라자러스가 두 사람을 번갈아 보았다. "흠? 문제가 있습니까? 뭐지요?"

두 사람이 설명했다.

슬레이튼과 재커는 세심하고 복잡한 사기극을 진짜처럼 보이게 하는, 불합리하고 불가능한 임무를 수행했다. 일족과 대중과 위원회에 각각 다른 모습을 보이는 삼중 사기극이었다. 그 하나하나마다 구현 불가능할 만큼 어려웠고 별개의 수법을 필요로 했다.

슬레이튼의 경우 신뢰할 만한 사람이 아무도 없었다. 최측근의 수하들이라 해도 '청춘의 샘'이라는 이름으로 망상 속에 존재하는 열병에 걸린 환자일 수 있었고⋯ 아닐 수도 있었다. 하지만 속내를 드러내지 않고는 어느 편인지 알 수 없었다. 슬레이튼은 그런 와중에도 자신이 취하는 대책이 위원회의 목적에 가장 잘 부합한다고 위원들을 설득해야 했다.

다른 한편으로는 정부가 영생의 '비밀'을 눈앞에 두고 있다고 대중을 믿게 할 만한 발표문을 매일 언론에 흘려야 했다. 공표의 내용은 날이 갈수록 세부적이어야 했고, 거짓말은 점점 더 어려웠다. 시간이 흐르자 사람들은 더욱 동요했다. 그들은 문명이라는 옷을 허물처럼 벗고 폭도로 변하고 있었다.

위원회는 대중의 압력을 느꼈다. 슬레이튼을 향한 재신임 투표의 압력은 그 두 배였다. 그는 두 번째 투표에서 두 표 차로 간신히 이겼다. "다음 투표는 이기지 못합니다. 움직여야 합니다."

재커의 문제는 다른 종류였지만 힘들기는 마찬가지였다. 재커는 협조자가 필요했다. 10만 명의 대탈주를 준비해야 했기 때문이었다. 일족은 우주선에 올라탈 때가 오기 전에 조용하고 신속하게 떠날 수 있는지를 알고 있어야 했다. 하지만 그토록 많은 사람들 중에는 멍청하고 고집 센 사람이 반드시 있게 마련이었으므로 사실을 너무 일찍 밝힐 수는 없었다. 바보가 하나만 있어도 감시 중인 경찰들에게 기밀이 누설되어 계획 전체를 망칠 수 있었다.

대신에 의지할 만한 지도자들을 정해서 설득하고, 그들을 통해 다른 사람들을 설득해야 했다. 의지할 만한 '양치기'가 1천 명 정도는 되어야 마침내 때가 왔을 때 사람들을 안정적으로 지휘할 수 있었다. 그러나 필요한 협력자의 수 자체도 너무 많아서 누군가가 약점이 될 가능성은 존재했다.

그보다 더 안 좋은 상황이 있었다. 더욱 민감한 문제 때문에 또 다른 조력자가 필요했다. 슬레이튼과 재커는 시간을 더 벌기 위해 위태로운 계획 하나를 세웠다. 두 사람은 일족들이 노화 현상을 막기 위해 사용하던 기술들의 총합이 문제의 '비밀'인 것처럼 속이며 조금씩 외부로 흘리는 중이었다. 재커가 그 속임수를 이어가기 위해서는 일족들 중에서 생화학자, 생식선 치료사, 신진대사와 공생 용법과 기타 분야의 전문가들이 도와줘야 했으며, 이들은 당연하게도 경찰의 심문에 대비하기 위해 일족 중에서 가장 뛰어난 심리기술자들의 처치를 받아야 했다. 속임수가 심문용 약물의 영향하에서도 통해야 했기 때문이다. 그러기 위해서는 최면요법을 통해 거짓을 주입해야 했고 그 과정은 단순히 입을 막는 것보다 엄청나게 복잡했다. 아직까지는 사기가 먹혀들고 있었다. 그럭저럭은. 하지만 날이 갈수록 모순점을 설명하기가 힘들었다.

재커는 더 이상 이런 문제들로 곡예를 부릴 수가 없었다. 그럴 필요가 있기 때문에 진실을 전달받지 못한 것이건만, 대다수의 일족은 저 바깥에 있는 대중보다 빠른 속도로 통제에서 벗어나고 있었다. 일족이 현재의 대우에 화를 내는 것은 정당했다. 그들은 권위 있는 누군가가 나서서 뭔가 해주기를 바랐다. 그것도 지금 당장!

일족에 대한 재커의 영향력은 위원회에 대한 슬레이튼의 힘만큼이나 빠르게 녹아내리는 중이었다.

"나흘은 안 됩니다." 슬레이튼이 되풀이했다. "12시간이면… 바깥쪽의 경우에는 24시간 정도고요. 내일 오후에 위원회가 열릴 예정입니다."

재커의 얼굴에 걱정이 스며들었다. "일족을 그렇게 빨리 준비시킬 자신이 없습니다. 전부 승선시키는 데에 문제가 있을지도 몰라요."

"그건 걱정 안 해도 됩니다." 슬레이튼이 말을 잘랐다.

"왜요?"

"왜냐하면." 슬레이튼이 퉁명스럽게 말했다. "뒤에 남는 사람은 죽을 테니까요. 운이 좋다면."

재커는 대꾸하지 않고 외면했다. 지금까지 두 사람은 이번 일이 상대적으로 무해한 정치 놀음이 아니라 대량 학살을 면하기 위한 급박하고 희망이 보이지 않는 시도라는 점을 드러내놓고 표현한 적이 없었다. 슬레이튼이 울타리의 양쪽에 발을 걸치고 있다는 점도 마찬가지였다.

"어쨌든." 라자러스가 기운차게 끼어들었다. "거기에 관해서는 결정들을 보신 것 같으니 실행에 옮깁시다. 일단 칠리호는…." 그는 말을 멈추고 칠리호의 현재 위치와 랑데부 시점까지 걸리는 시간을 재빨리 가늠해 보았다. "흠, 그리니치 시각으로 밤 10시까지 끌고 오겠습니다. 안전을 위해서 1시간 여유를 두죠. 오클라호마 시각으로 내일 오후 5시 어떻습니까? 실제로는 오늘이군요."

두 사람은 그 얘기를 듣더니 안심하는 것 같았다. "충분합니다." 재커가 말했다. "최대한으로 준비해놓겠습니다."

"좋습니다." 슬레이튼도 동의했다. "그게 가능한 선에서 가장 빠른 시간이라면." 그는 잠시 생각에 잠겼다. "재커 씨, 경찰과 정부 쪽 사람들을 구속 지대 밖으로 물러나게 하고 당신들만 남겨놓겠습니다. 문이 닫히면 당신네 사람들에게 사실을 말할 수 있을 겁니다."

"알겠습니다. 최선을 다해보죠."

"더 할 말 없습니까?" 라자러스가 물었다. "아, 참. 재커, 착륙 지점을 정해두는 게 좋겠습니다. 안 그러면 엔진 분사에 여러 사람이 다칠 테니까요."

"아, 그렇군요. 서쪽에서 진입하십시오. 표준형 신호 장치를 세워놓죠. 됐습니까?"

"그러면 되겠군요."

"그걸로 안 됩니다." 슬레이튼이 거부했다. "착륙할 수 있도록 유도 광선을 쏴줘야 합니다."

"그럴 필요 없습니다." 이번에는 라자러스가 반대했다. "나는 워싱턴 기념탑 꼭대기에라도 착륙할 수 있으니까요."

"이번엔 그럴 수 없을 겁니다. 날씨 때문에 놀라지나 마십시오."

✳

칠리호와의 랑데부 지점에 접근하자 라자러스는 소형정에서 신호를 보냈다. 칠리호의 무선 장비가 응답을 보내왔고, 라자러스는 안심했다. 그는 제 손으로 정밀하게 검사하지 않은 기계를 거의 믿지 않았다. 게다가 이 시점에서 칠리호를 찾느라 헤매다가는 모든 일을 망칠 위험이 있었다.

라자러스는 상대 벡터를 가늠하고 소형정을 조정해 쏜살같이 튀어나간 다음 제동 장치를 걸었다. 예정 귀환 시간보다 3분이 빨랐기 때문에 우쭐한 기분이었다. 그는 소형정의 위치를 잡고 칠리호 안으로 진입한 다음 착륙시켰다.

성층권으로 들어가서 지구의 3분의 2를 도는 데에 걸린 시간은 예상치보다 길지 않았다. 라자러스는 구형인 데다가 낡은 분사계를 감안해서 미리 산정해두었던 시간의 여유분이 남았음에도 불구하고 우주선을 빠듯하게 몰았다. 그런 다음 대류권으로 진입해 선체의 표면 온도가 지나치게 높지 않도록 조종하며 목적지로 향했다. 이윽고 라자러스는 슬레이튼이 왜 날씨를 언급했는지 깨달았다. 두껍고 깊은 구름이 오클라호마 전체와 텍사스 지역의 절반을 덮고 있었다. 라자러스는 놀라면서도 한편으로는 반가웠다. 날씨가 조절되지 않고 자연적으로 변하던 시절이 생각났기 때문이었다. 그는 날씨 조절 장치들이 날씨에 재갈을 물리면서부터 인생의 풍미 하나가 사라졌다고 생각하는 사람이었다. 그는 일족들이 살게 될 행성의 날씨가 활기차고 멋지기를 바랐다. 물론 그런 곳을 찾은 다음의 이야기이긴 했지만!

구름 속으로 뛰어들자 생각에 잠길 겨를이 없었다. 화물선은 덩치와 상관없이 흔들리고 덜커덩거렸다. 슬레이튼이 이 소박한 난장판을 계획된 시간에 맞춰놓은 것임이 틀림없었다. 그러기 위해서 날씨 조절 장치들이 가까운 곳에 거대한 저기압 지대를 만들어놓은 것이 분명했다.

어디선가 착륙조정기가 요란하게 울렸다. 라자러스는 조정기를 끄고 적외선 정류기에 떠오른 희미한 영상과 근접 레이더에 온 신경을 쏟으며 거기서 얻은 정보와 몸이 느끼는 관성을 비교했다. 우주선은 대지 위에 수 킬로미터 길이로 펼쳐진 흉터를 지나갔다. 오클라-올리언스시의 폐허였다. 지난 번 방문했을 때만해도 생명체가 내는 소리로 소란스럽던 곳이었다. '인류 스스로 그렇게 괴상한 기계를 만들어서 끌어안더니만 결국 기계괴물이 주도권을 차지하고 말았군.' 라자러스가 생각했다.

그리고 계기판에서 터져 나오는 비명 소리가 그의 생각을 방해했다. 우주선이 유도 광선을 감지한 탓이었다.

라자러스는 우주선의 방향을 바꿨고, 땅에 닿는 것을 느끼자 분사를 멈춘 다음 연달아 스위치들을 눌렀다. 대형 화물 수납고가 쿵쾅거리며 열리자 비가 들이치기 시작했다.

＊

엘리너 존슨은 폭풍 때문에 몸을 숙이면서 움츠렸고, 한편으로는 왼팔에 안긴 아기에게 둘러준 망토를 더 바짝 잡아당겼다. 폭풍이 처음 닥쳤을 때는 아기가 끝없이 울어대는 바람에 엘리너의 신경이 날카로웠다. 이제 아기는 조용했지만 그 때문에 또 다른 걱정거리가 생겼다.

엘리너는 참으려고 애써봤지만 눈물이 흐르는 것을 막을 수 없었다. 스물일곱 평생 동안 이런 날씨를 직접 맞닥뜨린 적은 한 번도 없었다. 폭풍은 상징과 같았다. 다른 사람을 신경 쓰지 않고 원하는 온도로 맞출 수 있었던 자동조절 장치, 반짝거리던 서비스 장치, 아늑한 느낌을 주는 구식 벽난로, 그리고 그 모든 것들이 들어 있는, 처음으로 마련한 소중한 제집에서 쫓겨나도록 만든 격변의 상징. 냉혹한 경찰 두 명에게 끌려 나오고, 한심한 정신병자 취급을 받으며 체포되어 끔찍한 모욕을 받은 다음에 오클라호마 지역의 차고 끈적이며 붉은 진흙 바닥에 내동댕이쳐지기에 이르렀던 난리의 상징.

그게 현실이었을까? 그럴 수가 있을까? 아니, 아직 아이는 태어나지 않았고, 이 모든 것이 임신 기간에 꾸곤 했던 기괴한 악몽 중의 하나는 아닐까?

그러나 빗줄기는 너무나 축축하고 차가웠으며 천둥소리는 너무나 컸다. 엘리너는 그런 꿈을 꾸면서 잠들 수 있는 사람이 아니었다. 게다가 선임 신탁 대리인이 말했던 것인만큼 사실일 수밖에 없었다. 그래야 했다. 엘리너는 우주선이 착륙하는 것을, 검은 폭풍우 속에서 터져 나오는 우주선의 섬광을 눈으로 보았다. 그것들은 이제 시야에서 사라졌지만 대신 주위 사람들이 천천히 앞으로 움직이고 있었다. 우주선은 앞쪽에 있는 것이 분명했다. 엘리너는 군중의 뒤쪽 끝에 있었기 때문에 거의 마지막으로 우주선에 타게 될 것 같았다.

우주선에 반드시 타야 했다. 신탁 대리인 재커 바스토는 탑승하지 못할 경우 어떤 운명이 기다리고 있는지 매우 심각한 표정으로 설명해주었다. 엘리너는 진심으로 그 말을 믿었다. 하지만 어떻게 그럴 수 있는지 실감이 나지 않았다. 사람이 그렇게 사악할 수 있을까? 나와 우리 아이처럼 연약하고 무해한 사람을 죽이고 싶을 정도로 뼛속까지 끔찍하게 사악할 수 있을까?

엘리너는 절망적인 공포에 시달렸다. 우주선에 올라탔는데 남는 자리가 없다면 어쩌지? 아기를 안은 팔에 더 힘이 들어갔다. 아이가 갑갑해진 탓에 다시 울기 시작했다.

군중 속에서 한 여인이 다가오더니 말을 걸었다. "피곤하신가 봐요. 제가 잠시 아이를 안고 있을까요?"

"아니요, 아니요. 고맙습니다. 저는 괜찮아요." 번개가 치자 말을 건 여인의 얼굴이 보였다. 엘리너 존슨은 연장자 메리 스펄링을 알아보았다.

하지만 엘리너는 메리가 보여준 친절함 덕분에 침착성을 되찾았다. 엘리너는 앞으로 해야 할 일을 깨달았다. 만약 자리가 모두 차서 여유가 없다면 아기를 앞쪽으로, 사람들의 머리 위로, 손에서 손으로 넘겨주어야 했다. 아무리 사람을 더 태울 수 없다 해도 아기가 들어갈 자리는 있을 것이었다.

어둠 속에서 무언가가 엘리너를 스치고 지나갔다. 사람들이 다시 앞으로 움직이기 시작했다.

＊

앞으로 몇 분이면 사람들이 전부 올라탈 것이 확실해지자 재커 바스토는 화물 수납고 문 옆에 서 있다가 축축한 진흙을 튕기며 전속력을 다해 통신실로 달렸다. 슬레이튼은 우주선이 이륙하기 직전에 반드시 자신에게 알리라며, 유인작전을 위해서 꼭 필요한 일이라고 했다. 재커는 동력이 공급되지 않아 거추장스러운 문을 더듬거리다가 활짝 열어젖히고는 안으로 뛰어들었다. 그는 슬레이튼의 책상으로 직접 연결되는 비밀번호를 입력한 다음 송신 스위치를 눌렀다.

대답은 즉시 돌아왔으나 화면에 떠오른 것은 슬레이튼의 얼굴이 아니었다. 재커는 눈앞의 얼굴을 알아보기도 전에 소리를 질렀다. "행정관은 어디 있지? 그분과 얘길 해야 해."

화면의 인물은 모두가 다 알고 있는 의회 소수파의 지도자 보크 배닝이었다. "내가 행정관인데." 보크가 그렇게 말하며 차갑게 미소 지었다.

"새 행정관이지. 도대체 당신은 누구며 무슨 일이지?"

재커는 자신만 상대방을 알아봤다는 사실에 과거와 현재에 존재하는 모든 신에게 감사드렸다. 그는 주먹을 한 번 휘둘러 통신을 끊고 건물에서 굴러 나왔다.

수납고 두 곳의 문은 이미 닫힌 상태였다. 남은 사람들은 나머지 두 곳으로 움직이고 있었다. 재커는 저주를 퍼부으면서 나머지들을 안으로 몰아넣고 그 뒤를 따라 들어간 다음 조종실의 문을 마구잡이로 두드렸다. "우주선을 띄워요!" 재커가 소리쳤다. "어서!"

"왜 그렇게 난립니까?" 라자러스는 그렇게 물으면서도 수납고의 문을 닫고 잠갔다. 그리고 가속경보 장치를 켠 다음 빠르게 10초를 세고서… 동력을 연결시켰다.

"흠." 6분 후 라자러스가 일상적인 어투로 말했다. "다들 납작 엎드려야 할 텐데, 안 그러면 골절상을 입은 부상자가 나올 테니까요. 아까 무슨 말을 하려 그랬던 겁니까?"

재커가 슬레이튼에게 접촉하려다가 발생한 일에 관해 설명했다.

라자러스는 눈을 껌뻑이더니 〈건초 속의 칠면조〉 몇 구절을 휘파람으로 불었다. "시간이 없다는 얘기 같군요. 정말 그렇겠는데요." 그는 입을 다물고 한쪽 눈은 궤도추적 장치에, 다른 쪽 눈은 후방 레이더에 고정한 채 조종 장치에 집중했다.

7

라자러스는 칠리호를 뉴프런티어스호의 옆면에 정확히 갖다 대기 위해 묘기를 부리느라 바빴다. 기기들이 최고 출력을 발휘한 터라 기술을 조금만 부려도 우주선이 망아지처럼 격하게 날뛰었다. 하지만 라자러스는 성공했다. 자성 닻이 철컹 소리를 내며 들러붙었다. 밀폐 장치가 제자리에 들어맞으면서 칠리호의 기압이 대형 우주선과 일치하자 잠금쇠들이 튀어나왔다. 라자러스는 조종실의 구멍으로 뛰어들어 양손을 사용해 우주선 간 결합부까지 유영한 다음 뉴프런티어스호의 승객용 에어로크에서 기술자 선장과 마주했다.

기술자 선장이 라자러스를 보더니 콧소리를 냈다. "또 당신이군요? 호출에는 왜 답을 안 한 겁니까? 게다가 허가 없이 여기에 우주선을 댈 수는 없습니다. 사유재산이니까요. 도대체 왜 그러신 거죠?"

"왜냐하면." 라자러스가 말했다. "당신하고 당신네 부하들이 예정보다 며칠 앞당겨서 지구로 돌아갈 테니까. 이 화물선에 타고서."

"네? 말도 안 되는 소리를!"

"이봐." 라자러스가 점잖게 말했다. 그의 왼쪽 주먹에서 순식간에 권총이 솟아났다. "당신처럼 친절한 사람을 다치게 하고 싶지 않지만, 겁나게 빨리 항복하지 않으면 그럴 수밖에 없어."

기술자 선장은 믿을 수 없어서 바라보기만 했다. 그의 부하 몇이 뒤로 모여들었다. 그 가운데 한 명이 허공에서 몸을 뒤집고 도망치려 했다. 라자러스는 출력을 낮추고 총을 쏘았다. 상대는 꿈틀하더니 허공을 휘저었다. "그 친구 돌봐줘야 할 거야." 라자러스가 말했다.

그걸로 상황은 정리되었다. 기술자 선장은 승객용 에어로크에 마련된 선내 통신을 통해 부하들을 전부 호출했다. 라자러스는 모든 사람이 도착하자 수를 세었다. 지난번 방문했을 때 주의 깊게 세어뒀던 대로 스물아홉 명이었다. 그는 두 명을 지정해서 나머지를 가두게 시켰다. 그리고 조금 전 총으로 쐈던 남자를 바라보았다.

"심각하게 다친 건 아니야." 라자러스는 짧게 진단을 내리고 기술자 선장에게 시선을 던졌다. "다 옮겨 타면 상처에 방열 연고를 발라줘. 조종실 칸막이 뒤에 보면 구급상자가 있으니까."

"이건 해적질입니다! 배를 갖고 도망갈 수도 없을 겁니다."

"그럴지도 모르지." 라자러스가 진지하게 동의했다. "하지만 성공했으

면 좋겠어." 그리고 하던 일에 주의를 기울였다. "거기 빨리 움직여요! 온
종일 이럴 수는 없으니까."

칠리호의 빈 공간이 조금씩 늘어났다. 이용할 수 있는 출구는 하나뿐
이었지만 반쯤 이성을 잃은 사람들이 두 배를 연결하는 지점에서 일어나
는 병목현상을 억지로 밀어냈다. 사람들은 들쑤셔놓은 벌집에서 뛰쳐나
오는 벌들처럼 부글거렸다.

일족의 대부분은 자유낙하를 경험해본 적이 없었다. 그 때문에 대형
우주선의 널찍한 공간으로 쏟아져 나오자 방향을 잃고 둥둥 떠다녔다.
라자러스는 질서를 잡기 위해 무중력 상태에서 행동할 줄 아는 사람을
보이는 대로 잡아채고는, 어쩔 줄 모르는 사람들을 끌어다가 우주선의
뒤쪽이나 다른 곳에 처박아서 아직 나오지 못한 수천 명이 지나갈 길을
내라고 명령했다. 열댓 명을 골라서 양치기 일을 맡길 때쯤 라자러스는
몰려드는 무리 속에서 재커를 발견하고는 붙잡아다가 지휘를 넘겼다.
"방법을 가리지 말고 계속 움직이게 하십시오. 조종실에 가봐야 하니까
요. 리비를 보거든 그리로 보내고요."

한 사람이 인파에서 빠져나오더니 재커에게 다가왔다. "우리 쪽에 대
려는 우주선이 있습니다. 선착장에서 봤습니다."

"어딥니까?" 라자러스가 물었다.

그 사람은 배의 구조나 선상 용어에 대한 지식이 거의 없었지만 간신
히 설명할 수 있었다.

"곧 오겠습니다." 라자러스가 재커에게 말했다. "계속 옮겨 타게 하고
우리 아가들이 도망치지 못하게 하십시오. 저기 저 손님들 말입니다." 그
는 총을 총집에 집어넣고 좁은 통로에서 물결치는 사람들을 거슬러 나아
갔다.

목격자가 가리킨 곳은 3번 선착장이었다. 정말로 뭔가가 있었다. 선
착장에는 방탄유리로 된 관측창이 있었다. 그러나 라자러스는 창 너머로
별 대신 환한 공간을 볼 수 있었다. 우주선 한 척이 그곳에 붙어 있었다.

우주선의 주인은 칠리호의 선착장을 개방할 생각이 없든가, 방법을 모르는 것 같았다. 선착장은 안쪽에서 잠겨 있지 않았다. 꾸물거릴 까닭이 없었다. 기압만 일치하면 문은 쉽게 열 수 있었고, 잠금쇠 옆에서 녹색으로 빛나는 표시계를 보니 지금이 그런 상태였다.

라자러스는 당혹스러웠다.

교통 통제용 선박이건 해군 함정이건 그 외의 무엇이건 간에 다른 배가 여기 있다는 것 자체가 불길한 사실이었다. 하지만 왜 문을 열고 걸어 들어오지 않는 거지? 라자러스는 선착장 입구를 안에서 잠그고, 서둘러서 다른 것들도 잠근 다음 승선을 끝내고 도망치고 싶은 충동을 느꼈다.

그때 라자러스의 눈에 슬레이튼이 들어왔다.

라자러스는 한쪽 벽에 붙어서 잠금쇠를 발로 차 열고 선착장을 개방하는 스위치를 눌렀다. 그리고 기다리면서, 발가락을 손잡이에 걸고 한 손에는 총을, 다른 손에는 칼을 들었다.

사람 하나가 나타났다. 라자러스는 그 사람이 슬레이튼임을 확인하고 스위치를 다시 눌러 선착장 입구를 닫고는 잠금쇠를 차서 제자리로 돌려놓았다. 그동안 총구의 끝은 계속 손님을 향했다. "도대체 뭡니까?" 라자러스가 물었다. "여기서 뭘 하는 거지요? 누구랑 같이 왔습니까? 순찰대?"

"혼자 왔습니다."

"네?"

"함께 가고 싶습니다. 물론 당신들이 받아들여줄 때의 얘기지만요."

라자러스는 슬레이튼을 바라보며 입을 다물었다. 그리고 되돌아가서 원형 창을 통해 바깥을 관찰했다. 다른 사람이 보이지 않는 것으로 짐작하건대 슬레이튼의 말은 사실인 것 같았다. 하지만 라자러스가 눈을 떼지 못하는 이유는 그 때문이 아니었다.

슬레이튼이 타고 온 배는 우주를 오래 항해하기에 하나도 적합하지 않았다. 제대로 된 에어로크도 없고 더 큰 배에 대기 위한 임시 장치만 달려 있었다. 라자러스는 배의 선체를 주시했다. 마치 유원지용 보트처럼 보이는, 단거리 궤도상 이동에나 쓸 법한 개인용 소형 성층권 요트였다. 기껏 해봐야 돌아가기 위해서 연료를 공급받을 수 있다는 가정하에 인공위성과 랑데부하는 것이 고작일 것 같았다.

이쪽 우주선에는 그 배에 보급해줄 연료가 없었다. 솜씨가 기막힌 조종사라면 동력 없이도 그런 장난감 깡통을 착륙시킨 다음 살아서 걸어 나올 수 있겠지. 선체 표면 온도를 신경 쓰면서, 대기권을 들락거리며 〈내 사랑을 찾아서〉*를 시연할 만큼의 실력이 있을 때의 얘기지만. 하지만 라자러스는 직접 시도해보고 싶은 생각은 없었다. 절대로! 그는 슬레이튼을 향해 돌아섰다. "우리가 당신을 안 받아주면 어떻게 돌아갈 생각이었습니까?"

"그것까지는 생각하지 않았습니다." 슬레이튼이 간략하게 대답했다.

"흠, 무슨 일인지 들어봅시다. 하지만 간단하게 하십시오. 시간이 없습니다."

슬레이튼은 완벽하게 배수의 진을 쳤다. 그는 불과 몇 시간 전 자리에서 쫓겨나면서 한 가지를 깨달았다. 일단 모든 일이 다 밝혀지면 슬레이튼에게 남은 길 가운데에서는 종신형을 받고 코번트리에서 여생을 보내는 것이 그나마 최선이었다. 그것도 군중의 폭력에 맞닥뜨리지 않고 심문으로 정신이 망가지지 않을 때의 얘기였다.

슬레이튼은 유인책을 준비하는 데에 자신에게 아슬아슬하게 남아 있던 통제권을 써버리고 말았다. 위원회는 슬레이튼의 설명을 믿지 않았다. 그는 하워드 일족의 사기를 극도로 저하시키기 위해 폭풍을 일으키고 경찰을 철수시켰다고 말했다. 말이 안 되는 것은 아니었지만 설득력은 없었다. 그는 해군 함정들이 뉴프런티어스호 근처에 있지 않도록 일련의 명령을 내렸다. 그 지시 사항을 하워드 일족 건과 연결 짓는 사람은 없는 듯했다. 그러나 그럴듯한 이유를 댈 수도 없었고, 반대파들은 그 사실 또

* Skip to My Lou, 미국 개척 시대에 널리 불렸던 유행가. 상대를 바꿔 가며 도는 춤과 함께 부른다.

한 슬레이튼을 실각시키기 위한 무기로 사용했다. 반대파들은 슬레이튼을 끌어내리기 위해서 모든 것을 들추었다. 위원들 중에서는 행정관의 임의 자금 중 일부가 간접적인 경로를 통해 에런 셰필드라는 선장에게 지급되었다는 사실을 들고나온 사람도 있었다. 과연 그 돈이 공공의 이익을 위해 사용되었는지가 관건이었다.

라자러스가 눈을 크게 떴다. "그자들이 나까지 추적했다는 얘깁니까?"

"꼭 그런 건 아닙니다. 그랬다면 당신은 지금 여기 없겠죠. 하지만 꽤 근접했습니다. 내 쪽 사람들 대부분이 결국은 반대파에 붙은 걸로 보입니다."

"그럴 수도 있겠지요. 자, 성공적으로 끝났으니 신경 쓰지 맙시다. 일단 사람들이 칠리호에서 큰 우주선으로 전부 옮겨 타고 날아가기만 하면 되니까요." 라자러스가 그 자리를 뜨기 위해 돌아섰다.

"날 데려갈 겁니까?"

라자러스는 마음의 변화를 느끼면서 슬레이튼을 보았다. "다른 방법이 있습니까?" 처음에는 슬레이튼을 칠리호에 태워 내려보낼 생각이었다. 그런 마음을 바꾼 것은 감사가 아니라 존경심 때문이었다. 슬레이튼은 자리에서 밀려나자 노박 타워 북쪽에 있는 헉슬리 공항으로 단숨에 달려가 휴양 인공위성인 몬테카를로로 향하는 여행을 예약하는 대신 뉴 프런티어스호로 뛰어들었다. 그 점이 라자러스의 마음에 들었다. '가진 걸 전부 걸어보기' 위해서는 용기가 필요했고, 그건 아무나 할 수 있는 일이 아니었다. 칫솔도 챙기지 말고, 고양이도 묶어두지 말고 일단 저지르고 보라! "당연히 같이 가야지요." 라자러스가 주저 없이 말했다. "슬레이튼, 당신은 나와 비슷합니다."

칠리호는 절반 이상 비어 있었지만 길목 부근은 아직도 혼란에 빠진 군중으로 그득했다. 라자러스는 밀치고 후벼 파면서 앞으로 나아갔다. 불필요하게 아이나 여성에게 상처를 주지 않도록 주의하긴 했지만 거기에 신경 쓰느라 걸음을 늦추지는 않았다. 라자러스는 허리띠에 슬레이튼을 매달고 연결 통로를 기어올랐고, 다 통과하자 그를 끌어올린 다음 재커의 앞에서 멈춰 섰다.

재커가 라자러스의 어깨너머를 보았다. "그 사람 맞습니다." 라자러스가 확인해주며 말했다. "빤히 쳐다보지 마십시오. 무례한 짓이니까. 우리랑 같이 갈 겁니다. 리비 봤습니까?"

"저 여기 있습니다." 리비가 무리에서 떨어져 나와 자유낙하 지대에서 오랫동안 지냈던 전문가의 솜씨로 다가왔다. 리비의 손목에는 작은 가방이 매달려 있었다.

"잘됐군. 근처에 있으라고. 재커, 다 태우려면 얼마나 걸리겠습니까?"

"모르겠습니다. 얼마나 탔는지 모르니까요. 1시간쯤 걸리지 않을까요."

"서두르십시오. 통로 양 끝에 힘 좋은 친구들을 세워놓으면 직접 이동하는 것보다 빠르게 낚아챌 수 있을 겁니다. 지금 인간의 능력보다 살짝 더 빨리 도망쳐야 할 형편이니까요. 나는 조종실로 가겠습니다. 사람들이 다 타자마자 나에게 연락하고, 손님들은 칠리호에 남겨둔 다음 연결을 푸십시오. 리비! 슬레이튼! 갑시다."

"라자러스…"

"나중에, 리비. 도착하고 나서 말하자고."

라자러스는 슬레이튼을 어떻게 처리해야 할지 모르는 데다가 그를 데리고 다니는 그럴듯한 변명이 생각나기 전까지는 시야에서 숨기는 것이 낫겠다고 생각했다. 지금까지는 슬레이튼을 두 번 쳐다보는 사람은 없었다. 하지만 소동이 가라앉고 나면 유명 인사인 슬레이튼이 왜 여기에 있는지 설명해야 할 필요가 있었다.

조종실은 우주선의 진입로로부터 전방으로 1킬로미터쯤 떨어져 있었다. 라자러스는 그곳까지 안내하는 승객용 벨트가 있다는 사실을 알았지만 어디에 있나 찾아보느라 시간을 낭비할 수가 없었다. 그래서 간단히 앞으로 향하는 첫 번째 통로를 선택했다. 사람들로부터 멀어지자 꽤 속도가 났지만 슬레이튼은 다른 두 사람처럼 무중력 상태 속의 물고기 같은 유영법에 익숙하지 못했다.

일단 조종실에 도착하자 라자러스는 기다려야 하는 시간을 활용해 극도로 천재적이지만 비직관적인 성간 우주선의 조종법을 리비에게 설명했다. 리비는 흥미를 보이더니 스스로 조종법을 연습했다. 라자러스는 슬레이튼을 바라보았다. "어떻습니까? 보조 조종사를 한다고 해서 죽진 않겠죠?"

슬레이튼이 고개를 저었다. "방금 듣긴 했지만 나는 할 수 없습니다. 조종사가 아니니까요."

"네? 그럼 여긴 어떻게 왔습니까?"

"아, 면허야 있지만 실습해볼 시간이 없었습니다. 항상 조종사가 따로 있었으니까요. 궤도를 계산해본 건 수년 전 일입니다."

라자러스가 슬레이튼을 훑어보았다. "그런데도 궤도상 랑데부를 했다고요? 보조 연료도 없이?"

"아, 그거야 어쩔 수 없었으니까요."

"알겠습니다. 고양이도 그런 식으로 수영하는 법을 배우지요. 뭐, 다른 방법도 있겠지만." 라자러스는 리비에게 이야기하기 위해 돌아서다가 통신 장치에서 재커의 목소리가 흘러나오자 행동을 멈췄다.

"라자러스, 5분 남았습니다! 응답 바랍니다."

라자러스는 마이크를 찾아서 하단의 불빛을 손으로 가리고 대답했다. "알겠습니다. 5분." 그리고 말했다. "얼어 죽을. 아직 진로도 못 정했는데. 리비, 자네 생각은 어때? 일단 지구에서 멀어지면서 뒤쫓아오는 파리들을 떨쳐버릴까? 그런 다음에 목적지를 정할까? 슬레이튼, 당신 생각은요? 당신이 해군 함정에 지시한 것과 맞아떨어지겠습니까?"

"그건 안 됩니다, 라자러스!" 리비가 외쳤다.

"흠? 왜 안 되는데?"

"우리는 태양 쪽으로 직진해야 합니다."

"태양? 그게 무슨 소리야?"

"아까 만나자마자 얘기하려고 했습니다. 당신이 저한테 개발하라고 했던 우주추진 장치 때문입니다."

"아직 못 만들었잖나."

"만들었습니다. 여기요." 리비가 갖고 다니던 주머니를 라자러스에게 건넸다.

라자러스가 주머니를 열었다.

리비가 '우주추진 장치'라고 부른 것은 다른 장비에서 남은 부분을 가져다 조합한 물건이었고, 과학자의 실험심에서 만들었다기보다는 어린아이용 작업대에서 뚝딱거린 것처럼 보였다. 라자러스는 그 기계를 꼼꼼히 검사해보았다. 번쩍거리고 정교하게 마무리된 조종실에 비해 문제의 장치는 투박하고 한심해 보였으며 터무니없이 안 어울렸다.

라자러스는 장난처럼 기계를 찔러보았다. "리비, 이게 뭐야? 모형이야?"

"아니요, 그게 본체입니다. 우주추진 장치요."

젊은이를 바라보는 라자러스의 시선은 냉담하지만은 않았다. "이봐." 그가 느린 말투로 물었다. "자네 머리가 어떻게 된 거 아니야?"

"아니요, 절대로 아닙니다!" 리비가 서둘러 말했다. "저는 당신만큼이나 제정신입니다. 이 장치는 근본 개념부터 다릅니다. 그래서 태양 쪽으로 가자고 한 겁니다. 만약 이 장치가 작동하기만 한다면 빛의 압력이 최고인 장소에서 효율도 최고에 달합니다."

라자러스가 질문했다. "작동하지 않으면, 우리는 어떻게 되지? 흑점이 되나?"

"태양의 한가운데로 돌진하라는 게 아닙니다. 일단은 태양 쪽으로 가다가 제가 자료를 뽑고 나면 수정 궤도를 알려드리겠습니다. 제가 바라는 건, 그러니까 수성 궤도 안쪽에서 선체가 견딜 수 있는 한 최대한으로 태양의 광구(光球)에 접근하면서 아주 완만한 쌍곡선을 그리며 통과하는 겁니다. 얼마나 가까이 가야 하는지를 모르기 때문에 가보지 않고 수치를 계산할 수는 없습니다. 하지만 자료는 우주선 안에 남을 테니 날아가면서 수정할 시간은 있겠죠."

라자러스는 경박스러운 고양이 요람처럼 생긴 기계를 다시 한 번 들여다보았다. "리비, 자네 머리 안에 들어 있는 톱니바퀴가 아직도 제대로 돌아가는 게 확실하다면 내 한번 믿어보겠네. 두 사람 다 안전띠를 매도록." 그는 조종석에 몸을 고정한 다음 재커를 호출했다. "재커, 그쪽은 어떻게 돼갑니까?"

"지금 당장 출발하십시오!"

"다들 꽉 붙잡아!" 라자러스는 한 손으로 왼쪽 조종판에 있는 빛을 가렸다. 가속 경보가 비명처럼 우주선 안을 가로질렀다. 라자러스가 나머지 한 손으로 다른 빛을 가리자 시야의 전면에 별빛으로 가득한 하늘이 갑자기 들어차면서 번쩍거렸다. 슬레이튼이 숨을 헐떡였다.

라자러스는 눈앞의 광경을 관찰했다. 지구의 밤 쪽 면이 그중의 20도를 검은색으로 가리고 있었다. "리비, 한 번 크게 꺾어야겠어. 테네시 편차를 이용할 거야." 라자러스는 승객들이 흔들리면서 마음의 준비를 할 수 있도록 0.25g로 가볍게 시작하면서 지구의 그림자에서 빠져나갈 수 있는 방향으로 거대한 우주선을 전진시키는 작업에 착수했다. 가속은 0.5g를 넘어서 1g에 다다랐다.

지구 뒤편에서 하얀 반쪽짜리 원판 모양의 태양이 솟아오르면서 지구의 검은 윤곽은 날씬한 은색 초승달로 급작스럽게 변했다. "1천6백 킬로미터 거리로 스쳐 지나갈 거야, 리비." 라자러스가 긴장한 목소리로 말했다. "가속도는 2g로. 예상 벡터를 뽑아봐."

리비는 잠깐 멈칫하더니 결과를 건넸다. 라자러스는 가속 경보를 다시 한 번 울린 다음 지구 중력 가속도의 2배로 가속했다. 마음 같아서는 비상시 최대 가속도로 날고 싶었지만 신참내기 선원들을 한가득 태우고 그런 모험을 할 수는 없었다. 2g만 장시간 유지해도 몇 사람은 그 긴장을 버티지 못할 것이 분명했다. 추격 명령을 받은 해군 함정들은 목표를 따라잡기 위해서 훨씬 높은 가속도로 날아올 것이고 거기에 탄 선원들은 그런 속력을 견딜 수 있었다. 감수할 수밖에 없는 위험이었다.

라자러스는 한 가지 사실을 떠올렸다. 해군 함정들은 과도한 속도를 장시간 유지할 수 없었다. 그쪽 배들의 속도는 반작용 질량 탱크 때문에 크게 제약을 받았다. 뉴프런티어스호에는 그런 탱크가 없었고, 따라서 옛날식 제약도 받지 않았다. 이 배에 있는 변환기는 어떤 덩어리든 가리지 않고 받아들여서 순수한 에너지 복사로 바꿀 수 있었다. 운석, 우주 먼지, 흡수장(場)에 빨려든 떠돌이 원자는 물론이고 우주선 안에서 나온 쓰레기, 사람의 시체, 갑판에서 나온 오물 등 무엇이든지 사용 가능했다.

질량은 곧 에너지이다. 고문당한 질량은 죽어가면서 1그램당 9×10^{20} 에르그에 해당하는 추진력을 제공한다.

불룩하고 번들거리는 초승달 모양 지구가 반구형 화면의 왼쪽 끄트머리를 향해 미끄러져 갔다. 태양은 정면에 있었다. 20분 남짓 지나자 우주선은 지구에 최고로 근접했고, 지구는 이제 반달 모양이 되어 접시 모양의 화면에서 사라지고 있었다. 그때 우주선 간 통신이 작동했다. "뉴프런티어스호!" 강압적인 목소리가 울렸다. "궤도상으로 들어와 대기하라! 이것은 공식 교통 통제에 따르는 명령이다!"

라자러스가 통신을 껐다. "어찌 됐든." 그의 목소리는 기운찼다. "저자들이 우리를 잡고 싶어도 태양 속까지 따라오지는 않을걸! 리비, 길도 뻥 뚫렸고 시간도 아마 보정했던 그때일 거야. 직접 계산할 건가, 아니면 수치만 나한테 넘겨줄 건가?"

"제가 계산하죠." 리비가 대답했다. 리비는 부조종사 자리에서도 우주 항해와 관련된 뉴프런티어스호의 특성, 그리고 우주선의 흑체*적 성격을 조작할 수 있다는 사실을 이미 파악하고 있었다. 리비는 그것들을 바탕으로 하고 관측장비에서 얻은 자료를 더해 태양을 통과하기 위한 쌍곡면을 계산하기 시작했다. 그는 딱히 내키지 않으면서도 우주선의 궤도 계

---

* Black body, 자신에게 들어오는 복사선을 완전히 흡수하는 이론상의 물체

산기를 쓰려 했으나 곧 당황했다. 지금까지 사용해봤던 계산기와는 전혀 다른 형태로, 구동부가 전혀 없었다. 심지어는 외부 제어기에도 구동부가 없었다. 리비는 시간 낭비라는 생각이 들어 계산기 사용을 포기하고 자신의 머릿속에 있는, 숫자에 관한 특이한 능력으로 되돌아갔다. 그의 두뇌에도 구동부가 없기는 마찬가지였지만 적어도 익숙하기는 했다.

라자러스는 자신의 일행들이 얼마나 인기를 끌고 있는가 알아보기로 마음먹었다. 그는 우주선 간 통신을 다시 켰고, 상대가 여전히 화난 상태로 꽥꽥거리고 있긴 하지만 감이 더 멀어졌다는 사실을 알았다. 상대는 이제 라자러스의 이름을 알고 있었다. 수많은 이름 중의 하나이긴 했지만. 그래서 칠리호에 태워 보낸 자들이 교통 통제부에 즉시 연락했다는 점을 알게 되었다. 라자러스는 '셰필드 선장'의 운항 면허가 취소되었다는 사실을 알고 슬프게 혀를 찼다. 그는 교통 통신을 차단한 다음 해군 주파수를 뒤져보았고⋯ 들리는 거라고는 암호와 주파수 변경에 관한 것뿐이었기 때문에 그 역시 꺼버렸다. 단 한 번, '뉴프런티어스호'라는 말을 분명하게 알아들은 것이 전부였다.

라자러스는 "몽둥이와 돌멩이는 내 뼈를 부러뜨릴 수 있지만 말로는 내게 상처를 줄 수 없지⋯."라고 속담을 중얼거리면서 다른 각도에서 조사를 해보았다. 장거리 레이더와 초중력 감지기를 이용해서 근처에 다른 우주선들이 있는지를 가려낼 수는 있었지만 그것만으로는 아무 뜻도 없었다. 이처럼 지구와 가까운 곳이라면 우주선이 있는 게 당연했고, 그 두 가지 장비에서 뽑은 자료만 가지고는 화가 나서 쫓아오는 해군 순양함을 비무장 여객선이나 적법한 물건을 나르는 화물선과 구분할 수 없었다.

그러나 뉴프런티어스호는 다른 우주선들보다 주위 환경을 분석할 수 있는 장비가 더 많았다. 상상 가능한 범위 내에서 어떤 비정상적인 상황에 처하더라도 홀로 대처할 수 있도록 특수한 장비들이 실려 있었다. 라자러스가 앉아 있는 반구형 조종실은 조종사의 선택에 따라 전방 또는 후방으로 천공의 모습을 복사할 수 있는, 거대한 다중 화면 텔레비전 수

신기이기도 했다. 그보다 더욱 세부적인 면에서도 특수 회로들이 설치되어 있었다. 조종실은 연속적으로나 개별적으로 거대한 레이더 화면처럼 작동하면서 범위 내에 있는 모든 물체의 표지를 나타낼 수 있었다.

하지만 그것은 시작에 불과했다. 우주선에 설치된 비인간적인 센서들은 도플러 효과들을 차별적으로 분석해서 그 결과를 시각적인 양으로 표현할 수 있었다. 라자러스는 왼편의 제어부를 들여다보면서 일전에 들었던 설명들을 기억해내고 설정을 이리저리 바꿔보았다.

영상 처리된 별들과 심지어는 태양까지도 희미하게 작아졌다. 대신 열서너 개의 빛들이 밝아졌다.

라자러스는 그 각각에 대한 각도 비율을 점검하도록 제어부를 설정했다. 밝은 빛들이 체리처럼 붉게 변하더니 점점 분홍에 가까워지는 꼬리를 매단 작은 혜성으로 바뀌었다. 단 하나만 흰색이었으며 꼬리가 없었다. 라자러스는 다른 빛들을 한동안 살펴보고선 벡터로 보건대 뉴프런티어스호와는 영원히 상관없는 자들이라고 판단했다. 그리고 꾸준히 제자리를 지키는 빛의 가시 도플러 효과를 기록하도록 설정했다.

문제의 빛이 보라색 쪽으로 스펙트럼을 이동하더니 푸른색과 녹색 사이에서 멈췄다. 라자러스는 잠시 생각해보고는 그 결과에서 자신들의 가속도 2g만큼을 뺐다. 그러자 빛이 흰색으로 되돌아갔다. 라자러스는 결과에 만족하면서 후방에 대해서도 같은 것을 시험해보았다.

"저기…."

"왜 그러나, 리비?"

"보정한 수치를 지금 알려드리면 방해가 될까요?"

"아니. 그냥 훑어보는 중이었어. 이 마법의 등불들이 뭘 뜻하는지만 안다면 쫓아오는 작자들은 절대 제시간에 맞추지 못할 거야."

"잘됐군요. 자, 수치는…."

"직접 입력해주겠나? 조종 좀 맡고 있으라고. 나는 커피하고 샌드위치 좀 찾아봐야겠어. 자네도 아침 생각이 있나?"

리비는 이미 우주선의 궤도를 수정하고 있었으므로 멍하니 끄덕였다. 슬레이튼이 긴 침묵을 끝내고 열정적으로 입을 열었다. "내가 가져오겠습니다. 그러고 싶군요." 그는 측은하게도 도움이 되기를 바라고 있었다.

"흠, 문제가 생길지도 모릅니다. 재커가 어떤 식으로 얘기를 풀어놨는지는 모르지만 대부분의 사람들은 당신 이름에 앙심을 품을 테니까요. 선미 쪽에 전화해서 다른 사람을 시키지요."

"이런 상황이라면 나를 못 알아볼지도 모릅니다." 슬레이튼이 반박했다. "어쨌든 정당한 용무니까 설명하면 될 겁니다."

라자러스는 슬레이튼의 표정을 보고 사기를 돋우는 데 필요한 일이라고 판단했다. "2g하에서 제대로 움직일 수 있다면… 다녀오시죠."

슬레이튼은 가속용 좌석에서 힘겹게 버둥거리며 일어섰다. "유영법은 익혔습니다. 무슨 샌드위치로 가져올까요?"

"콘비프 샌드위치면 좋겠지만 아마 한심한 합성고기일 테고. 내 것은 치즈에다가 호밀빵이 있으면 그걸로 하고 머스터드를 잔뜩 뿌려주십시오. 커피 한 바가지하고. 리비, 자넨 뭐로 할 건가?"

"저요? 아, 아무거나 되는대로요."

슬레이튼은 두 배로 불어난 체중을 힘겹게 밀어내면서 출발하다가 덧붙였다. "아, 어디로 가야 하는지 알려주면 시간이 절약되겠는데요."

"이것 봐요." 라자러스가 말했다. "이 우주선에 먹을거리가 꽉꽉 채워지지 않았다면 우리는 끔찍한 실수를 저지르고 있는 겁니다. 돌아다녀보면 금세 찾겠지요."

✳

우주선은 1초가 지날 때마다 초당 20미터씩 속도를 높이며 태양을 향해 아래로, 아래로 떨어졌다. 두 배의 무게로 15시간 동안 끊임없이 아래로. 그동안 이동한 거리는 2천7백만 킬로미터였으며 최종 속도는 경이롭게도 초속 1천 킬로미터였다. 수치는 별 의미가 없었다. 대신 성층권 우편배달로도 30분이 걸리는 거리인 뉴욕-시카고 사이를 심장이 한 번 뛸 동안에 이동했다고 생각하면 된다.

재커는 가속 기간 내내 힘든 시간을 보냈다. 다른 사람들은 모두 누워서 억지로 잠을 청하며 힘겹게 숨을 쉬고 버거운 자신의 신체를 쉬게 하려고 자세를 이리저리 바꾸었다. 그러나 재커는 책임감에 시달렸다. 그는 목 위에 바다의 노인*을 태우고 약 160킬로그램으로 불어난 몸을 이끌며 바쁘게 움직였다.

그렇다 해도 재커가 할 수 있는 일은 이 객실에서 저 객실로 옮겨 다니며 문제는 없는지 물어보는 것이 전부였다. 달리 해줄 수 있는 것도 없었고 가속 상태가 계속되는 동안 사람들의 고통을 덜어줄 조직을 구성하는 것도 불가능했다. 사람들은 남자 여자 할 것 없이 수송 중인 소처럼 아무 곳에나 모여서 몸을 펼 자리도 없이, 극단적인 만원 사태를 전혀 염두에 두지 않은 공간 속에 머물러야 했다.

재커가 생각하기에 딱 하나 좋은 점이 있었다. 다들 너무나 힘이 들어서 언제 끝날지 모르는 긴 시간 말고는 다른 걸 걱정할 겨를이 없다는 점이었다. 소동을 일으킬 힘도 없었다. 나중에는 이렇게 도망친 것이 과연 잘한 일이었는지 회의감이 퍼져나갈 것이 분명했다. 슬레이튼이 왜 이 우주선에 탔는지에 대해, 라자러스의 기이하고 종종 수상하기까지 한 행동에 대해, 그리고 재커 자신의 모순적인 역할에 대해 답하기 난처한 질문들이 쏟아져 나올 것이 분명했다. 하지만 아직은 아니었다.

재커는 마지못해 결심했다. 문제가 생기기 전에 선동 운동을 확실히 꾸며놓아야 했다. 무언가 억제책을 마련해놓지 않는다면 분명히 일이 터질 테고 그럴 경우… 상황은 마지막으로 남은 제비뽑기 격이 될 것이었다. 분명히 그랬다.

재커는 눈앞에 서 있는 사다리를 노려보고는 이를 악물고 버둥거리며

---

* '신드바드의 모험' 이야기에 등장하는 노인. 신드바드에게 목말을 태워 강을 건너게 해달라고 부탁하지만, 막상 올라타자 어마어마한 무게로 신드바드를 짓누르며 떨어지지 않는다.

상층 갑판으로 올라갔다. 그는 사람들 사이를 빠져나가다가 아기를 심할 정도로 꽉 끌어안고 있는 여인을 밟을 뻔했다. 아기가 너무나 더럽고 젖어 있었으며 아이 엄마는 깨어 있는 것처럼 보였으므로 재커는 어떻게 좀 해보라고 지시할까 생각했다. 하지만 그러지 않았다. 재커가 아는 한 현재 수백만 킬로미터 내에 새 기저귀란 존재하지 않았다. 바로 위층 갑판에 기저귀가 1만 장쯤 있을지도 모르지만… 그래 봐야 멀기는 마찬가지였다.

재커는 아이 엄마에게 말을 걸지 않고 계속 걸었다. 엘리너 존슨은 재커가 살펴보고 있었다는 것을 알아채지 못했다. 엘리너는 자신과 아기가 안전하게 우주선 안으로 들어왔다는 것을 알고 크게 한시름을 놓으며 나머지 걱정거리를 연장자들에게 맡겨버렸다. 그리고 지금은 어쩔 수 없는 무게감과 무감각 상태에 빠져 있었다. 아기는 지독한 중량이 처음으로 몰아쳤을 때 한 번 운 다음 아주, 심할 정도로 조용해졌다. 엘리너는 기운을 모아서 간신히 아기의 심장박동을 확인했다. 그리고 아기가 살아 있다는 사실을 알자 다시 무감각 상태로 가라앉았다.

15시간이 지나고 금성 궤도가 4시간 거리까지 다가온 지점에서 리비는 가속을 멈췄다. 우주선은 자유낙하 상태로 뛰어들었고, 무시무시한 속도는 꾸준히 증가하는 태양의 인력 때문에 계속 상승했다. 라자러스는 무게감이 사라지자 잠에서 깨어났다. 그는 부조종석을 흘낏 보고는 말했다. "곡선 구간인가?"

"예정대로입니다."

라자러스가 리비를 훑어보았다. "좋았어. 이제 여기서 나가서 눈 좀 붙이라고. 자네 지금 구겨진 수건 같아."

"여기서 쉬겠습니다."

"절대 안 돼. 자네는 내가 조종할 때도 안 잤어. 여기 남아 있으면 계속 관측하면서 숫자 놀음이나 할 게 뻔하지. 그러니까 꺼져! 슬레이튼, 이 친구 좀 쫓아내십시오."

리비는 수줍게 웃으며 떠났다. 그는 사람들이 둥둥 떠다니는 조종실 뒤쪽 공간에서 비어 있는 구석을 찾아내고는 킬트의 허리띠를 손잡이에 묶은 다음 즉시 잠에 빠졌다.

무중력 상태에 돌입했으므로 사람들은 크게 안심해야 정상이었다. 하지만 전체의 1퍼센트에도 훨씬 못 미치는, 우주에 묻혀 살던 사람들 말고는 그러지 못했다. 무중력 멀미는 뱃멀미와 마찬가지로 그것에 걸리지 않은 사람만 웃어넘길 수 있는 증상이었다. 무중력 멀미의 10만 가지 증상을 다 표현하려면 단테 정도는 되어야 한다. 배에 무중력 멀미를 치료하는 약이 있긴 했지만 금세 찾을 수가 없었다. 일족 중에는 의료진도 있었지만 그들 또한 몸이 좋지 않았다. 비참한 상태는 계속되었다.

재커는 그 자신 또한 오랜만에 무중력 상태를 경험하면서도 더 운이 나쁜 사람들의 짐을 덜어주기 위해 허공에 뜬 채 조종실로 향했다. "사람들 상태가 말이 아닙니다." 재커가 라자러스에게 말했다. "우주선을 회전시켜서 발을 디딜 수 있게 해주면 안 되겠습니까? 상당한 도움이 될 텐데요."

"그러면 항해까지 힘들어지겠지요. 안 됩니다. 위기 상황에서는 배 속의 저녁 식사를 가라앉히는 것보다 마음먹은 대로 우주선을 움직이는 것이 더 중요합니다. 멀미 좀 한다고 죽지는 않으니까…. 뭐, 차라리 죽는 게 더 낫다고 생각은 하겠지만요."

우주선은 태양에 가까워질수록 점점 속도를 얻으며 추락했다. 상황에 적응한 몇 사람들은 몸 상태가 좋지 않은 대다수를 신속하게는 아니어도 꾸준히 도와주었다.

리비는 무중력 상태를 즐길 줄 아는 사람들의 사치품인 '자궁 속의 태아' 모양으로 자고 있었다. 그는 일족이 체포된 이래 거의 눈을 붙이지 못했다. 그의 정신 활동은 지나치게 활발해서 그때부터 지금까지 새 우주 추진 장치의 문제를 고민해왔다.

리비를 둘러싸고 있던 거대한 우주선이 전진했다. 그는 부드럽게 몸을 틀었지만 깨지는 않았다. 새로운 비행 상태가 지속되면서 가속 경보가 울리자 리비는 즉시 눈을 떴다. 그는 방향을 틀어 뒤쪽 칸막이벽에 편평하게 몸을 붙이고 기다렸다. 그 직후에 무게감이 리비를 강타했다. 이번에는 3g였다. 리비는 심각한 문제가 발생했다는 것을 깨달았다. 그는 몸을 기댈 곳을 찾기 전까지 4백 미터가량 후미 쪽으로 밀려났다. 그럼에도 불구하고 가까스로 일어서서 세 배로 늘어난 체중을 이끌고 이제는 수직으로 솟아 있는 바닥을 따라 미끄러진 4백 미터를 기어오르기 위해 불가능해보이는 노력을 했다. 그러면서 리비는 조종실을 나가라던 라자러스의 말에 순순히 따른 자신을 질책했다.

리비는 목표로 했던 여행의 일부만을 달성했다. 하지만… 양어깨에 성인 남성을 하나씩 둘러메고 10층짜리 건물을 계단으로 오르는 것과 맞먹는 영웅적인 성과였고… 자유낙하 상태가 돌아오자 리비는 그 책무에서 벗어났다. 그는 고향으로 회귀하는 연어처럼 남은 거리를 단숨에 달려 순식간에 조종실에 도착했다. "무슨 일입니까?"

라자러스가 애석한 투로 말했다. "진로를 바꿔야 했네." 슬레이튼은 아무 말도 하지 않았지만 얼굴에는 근심이 가득했다.

"그건 압니다. 이유는요?" 리비는 항행 상태를 점검하면서 이미 부조종석에 앉아 안전띠를 매고 있었다.

"화면에 뜬 붉은 빛들을 보게." 라자러스가 좌표와 상대 벡터를 불러주면서 영상을 설명했다. 리비가 생각에 잠기며 고개를 끄덕였다.

"해군 함정이군요. 상선이 저런 궤도에 있을 리가 없습니다. 기뢰부설함 종류군요."

"내 생각도 그래. 자네한테 물어볼 시간이 없었네. 저자들이 우리 위치를 잡아낼 만큼 가속하기 전에 속도를 올려놔야 했거든."

"그래야죠." 리비가 걱정스럽게 말했다. "해군이 절대 끼어들지 못할 만큼 왔다고 생각했는데."

"지구 측 배가 아닙니다." 슬레이튼이 끼어들었다. "내가 쫓겨… 내가 떠난 후에 어떤 명령을 받았든지 저게 지구 측 배일 리는 없습니다. 금성 쪽 함선이 분명합니다."

"맞아요." 라자러스가 동의했다. "그럴 겁니다. 당신 친구인 새 행정관이 금성에 대고 한소리 하면서 도와달라고 했을 테고, 금성 쪽에서는 행성 간의 우호를 표시하기 위해서 움직였겠지요."

리비는 이야기를 거의 듣지 않았다. 자료를 확인하고 자신의 두개골 속에 있는 계산기에 집어넣어 처리하는 중이었기 때문이다. "라자러스… 새로 잡은 궤도, 이거 좋지 않은데요."

"알아." 라자러스가 우울하게 동의했다. "방향을 틀어야 했기 때문에… 남아 있는 한 방향으로 틀 수밖에 없었지. 태양 쪽으로 말이야."

"너무 태양 쪽인 것 같습니다."

태양은 그리 큰 항성도 아니고, 그리 뜨겁지도 않다. 하지만 인간에게는 뜨겁다. 그것도 인간이 1억5천만 킬로미터 떨어진 거리에서 부주의하게 열대의 한낮을 맞이할 경우 그대로 뻗을 만큼 뜨거우며, 햇볕을 받고 자랐으면서도 똑바로 쳐다보지 못할 만큼 뜨겁다.

4백만 킬로미터 거리에서 보면 태양은 아덴, 사하라 사막, 데스밸리에서 접할 수 있는 최악의 햇빛보다 1만4천 배는 더 밝은 불꽃을 뿜어낸다. 그 정도의 복사에너지는 열이나 빛의 형태로 감지할 수 없다. 출력이 최고조로 올라간 총에 맞는 것보다 더 빨리 죽을 뿐이다. 태양은 자연적으로 발생한 수소 폭탄이며, 뉴프런티어스호는 그 완전 살상 반경의 끄트머리에 걸쳐 따라가고 있었다.

선내는 뜨거웠다. 장갑 외벽이 일족의 즉사를 막아주고는 있었지만 실내 온도가 계속 상승했다. 사람들은 무중력 상태의 고난에서 벗어난 대신 미친 듯 기울어진 벽과 열 때문에 이중으로 고통을 겪고 있었다. 서거나 누울 수 있는 편평한 바닥이 없는 상태에서 우주선은 중심축을 따라 회전하면서 동시에 가속했다. 그 두 가지 일이 동시에 발생하는 데다가 선형과 원형 가속이 합쳐진 결과 외벽과 후미벽이 서로 만나는 지점으로 힘이 쏠리고 있었다. 의도적인 상황은 아니었다. 우주선이 회전하는 것은 흡수한 복사에너지를 '차가운' 쪽으로 다시 복사하기 위해서고, 전방을 향하는 가속 또한 태양을 가능한 한 멀리서 최대한 빨리 통과하기 위해서였다. 최고조로 근접하는 근일점에서 보내는 시간을 최소화하기 위한 결사적 항행이었다.

조종실도 뜨거웠다. 라자러스조차도 자발적으로 킬트를 벗고 금성식으로 몸을 드러냈다. 금속은 너무 뜨거워서 손을 댈 수 없었다. 거대한 천공 화면 위에는 태양의 원반이 있어야 할 자리에 어마어마하게 큰 검정 원이 떠 있었다. 감지 장치가 한계를 넘는 입력을 자동으로 차단했기 때문이었다.

라자러스가 리비의 마지막 말을 되풀이했다. "근일점까지 37분이라…. 못 견딜 거야, 리비. 선체가 버티지를 못한다고."

"압니다. 이렇게까지 가까이 올 생각은 없었어요."

"물론 그렇지. 어쩌면 내가 우주선을 잘못 몰았는지도 몰라. 기뢰야 어떻게든 피했을지도 모르고. 뭐 어쨌든…." 라자러스가 팔짱을 끼고 어쩔 수 없다는 자세를 취했다. "내가 보기에, 자네 장치를 사용할 때가 온 것 같아." 그는 투박해 보이는 '우주추진 장치'에 엄지손가락을 걸었다. "여기 한 군데만 연결하면 끝이라고 했지?"

"그렇게 만들었습니다. 움직이려는 질량의 아무 곳에나 그 연결부를 붙이기만 하면 되죠. 물론 그게 작동할지 안 할지는 모릅니다." 리비가 인정했다. "시험해볼 방법이 없었거든요."

"작동하지 않으면?"

"세 가지 가능성이 남죠." 리비가 분석적으로 대답했다. "첫째, 아무 일도 안 생긴다."

"그러면 우리는 튀김이 되겠지."

"둘째, 다들 알다시피 우리와 우주선은 존재하기를 그만두겠죠."

"죽는다는 소리군. 그쪽이 더 나을지도 모르지."

"그렇겠죠. 죽는 게 어떤 건지는 모르지만요. 셋째, 제 가정이 정확했다면 광속에 살짝 못 미치는 속도로 태양에서 멀어질 겁니다."

라자러스는 문제의 장치를 노려보더니 어깨에 흐르는 땀을 닦았다. "점점 더워지는군. 리비, 그 장치를 걸게. 잘돼야 한다고!"

리비가 장치를 걸었다.

"계속해." 라자러스가 재촉했다. "버튼 누르고 스위치를 켜고 광선을 차단하라고. 움직이게 하라니까."

"했는데요." 리비가 주장했다. "태양을 보세요."

"뭐? 오!"

천공 화면에서 번쩍이는 별들을 가리고 태양의 위치를 나타내던 커다란 검정 원이 빠른 속도로 작아졌다. 심장이 열 번쯤 뛰자 원의 지름이 절반으로 줄어들었다. 20초가 지나자 원이 원래 너비의 4분의 1로 축소되었다.

"작동하는군." 라자러스가 조용히 말했다. "슬레이튼, 저것 좀 보십시오! 나를 보고 개코원숭이처럼 날뛴다고 할지 몰라도, 정말 작동한단 말입니다!"

"그럴 거라고 생각했습니다." 리비가 진지하게 대답했다. "당연하잖습니까."

"흠, 자네한테야 당연하겠지. 난 아니었어. 우리 속도가 얼마나 되지?"

"뭐에 대한 속도 말입니까?"

"어… 태양에 대한 상대 속도."

"아직 측정해볼 틈이 없었습니다. 하지만 광속 바로 아래겠죠. 그보다 빠를 수는 없으니까요."

"더 빠를 수도 있지 않나? 이론적인 문제는 빼고 말이야."

"아직도 보이잖습니까." 리비가 천공관측 장치를 가리켰다.

"아, 그렇군." 라자러스가 중얼거렸다. "잠깐! 안 보여야 하는 거 아닌가. 도플러 효과가 작아지니까."

리비는 라자러스를 멍하니 쳐다보더니 미소를 지었다. "하지만 도플러 효과는 상쇄됩니다. 태양을 향해 다가가고 있을 때 우리가 보는 것은 가시광선 쪽으로 기울어진 단파 복사였죠. 그 반대편에서는 빛 쪽으로 도플러 효과가 축소된 라디오 파장 정도를 감지하게 됩니다."

"그 사이에는?"

"그만 붙들고 늘어지세요. 당신이 나만큼이나 상태 벡터 계산을 잘한다는 거 알고 있으니까요."

"자네가 하라고." 라자러스가 단호하게 말했다. "난 그냥 여기 앉아서 찬탄을 보낼 테니까. 그렇죠, 슬레이튼 씨?"

"그럼요. 그래야죠."

리비가 공손하게 웃었다. "질량을 모조리 주 추진 장치에 쏟아붓지 않는 편이 좋겠습니다." 리비는 경보를 울린 다음 추진 장치를 정지시켰다. "이제 보통 상태로 돌아갈 수 있겠군요." 그리고 추진 장치의 연결을 해제하기 시작했다.

라자러스가 급히 말했다. "리비, 잠깐만! 아직 수성 궤도 밖으로 나가지도 않았잖아. 왜 제동을 거는 거지?"

"이런다고 멈추지 않습니다. 속도를 얻었으니 계속 가지고 갈 겁니다."

라자러스가 볼을 부풀리며 바라보았다. "보통 상황이라면 나도 자네 말에 동의하네. 운동의 제1법칙이 있으니까. 하지만 이 가상의 속력을 놓고 보자니 그럴 수가 없어. 우리는 공짜로 속도를 얻었고 그 대가를 지급하지 않았지. 에너지 형태로 말이야. 자네는 관성을 핑계 대고 휴일을 선포한 것 같은데, 그 휴일이 끝나면 공짜 속도가 전부 원래대로 돌아가지 않을까?"

"제 생각은 다릅니다." 리비가 대답했다. "우리가 내는 속력은 허상이 아닙니다. 속력은 실재하는 겁니다. 이 분야에는 언어로 표현된 인간 중심적 논리를 적용하면 안 됩니다. 우리가 처음 출발했던, 더 낮은 중력 위치 에너지 상태로 순식간에 이동할 거라 생각하시는 건 아니죠?"

"추진 장치를 연결했던 그 시점으로 돌아갈 것 같냐고? 아니지. 우리는 이동했어."

"따라서 계속 이동할 겁니다. 태양 위로 훨씬 더 올라와서 얻게 된 중력 위치 에너지도 실재하고 지금 우리가 유지하고 있는 속도의 운동 에너지도 그렇습니다. 둘 다 존재합니다."

라자러스는 당혹스러웠다. 리비의 표현을 받아들일 수가 없었다. "내 질문을 이해한 것 같군. 아무리 잘게 쪼갠다 해도 어디선가 에너지를 가져온 건 분명해. 하지만 그게 어디지? 내가 학교에 다닐 때만 해도 국기에 경의를 표하고 정직한 정당에 투표하고 에너지 보존의 법칙을 믿으라고 배웠네. 그런데 자네는 그걸 어기는 것 같거든. 내 말이 틀렸나?"

"그건 신경 쓰지 마십시오." 리비가 제안했다. "이른바 에너지 보존의 법칙이라는 건 그저 잘 통하는 가설에 불과합니다. 증명되지도 않았고 증명할 수도 없으면서 현상 전체를 묘사하기 위해 쓸 뿐이죠. 그 법칙은 더 구식, 그러니까 세계의 동적인 면에나 적용됩니다. 연관성의 정적인 격자로 물질과 세계를 보면 그 '법칙'을 '어긴다'는 것은 불연속 함수를 지적하고 묘사하는 것에 지나지 않습니다. 제가 한 일이 바로 그거예요. 흔히 관성이라고 부르는 질량과 에너지의 양상을 수학적 모형으로 만들고 거기서 불연속성을 찾은 거죠. 그래서 그걸 적용했습니다. 수학적 모형이 실제 세계와 맞는다는 것도 밝혀졌고요. 사실 그게 유일한 장애물이었습니다. 정말로요. 누구든지 실제로 해보지 않고서는 수학 모형이 현실 세계와 흡사한지 알 수 없으니까요."

"맞아, 맞아. 먹어보지 않고서 맛을 알 수는 없지. 하지만 리비, 아직도 원리를 모르겠다고!" 라자러스는 슬레이튼을 쳐다보았다. "당신도 그렇지요?"

슬레이튼은 고개를 끄덕였다. "네, 알고 싶긴 하지만… 이해도 못 할 것 같군요."

"나도 마찬가집니다. 자, 리비, 그래서?"

이번에 당황한 것은 리비였다. "하지만… 인과와 실제 물질 세계는 아무 관계가 없단 말입니다. 그냥 사실이 있을 뿐이죠. 원인이라는 건 그저 과학적 사고 이전에 필요했던 구식 요구 사항에 불과합니다."

라자러스가 느긋하게 말했다. "그러니까 난 구식이라 이거군."

리비는 더 이상 말을 하지 않았다. 그리고 추진 장치를 분리했다.

검은 원반은 계속 작아졌다. 원이 최대 반경의 6분의 1 크기가 되었을 때 갑자기 검은색이 밝게 빛났다. 우주선의 감지 장치가 태양의 본모습을 다시 받아들일 수 있을 만큼 멀리 떨어졌기 때문이었다.

라자러스는 머리를 혹사시켜서 우주선의 운동 에너지를 계산해보려 했다. 광속의 제곱을 반으로 나눈 값에 뉴프런티어스호의 어마어마한 질량을 곱한 것이 답이었다. 라자러스는 그 결과가 마음에 들지 않았다. 단위를 에르그로 하든 뭐로 하든 마찬가지였다.

8

"급한 불부터 끕시다." 재커가 말을 잘랐다. "나도 다른 사람 못지않게 우리의 현재 상황이 과학적으로 얼마나 경이로운지 놀라고 있습니다. 하지만 할 일이 있습니다. 일과를 어떤 식으로 진행할지 지금 당장 정해야 합니다. 그러니 수리물리학은 제쳐놓고 조직에 관해서 얘기해봅시다."

재커의 말을 듣고 있는 것은 신탁 대리인들이 아니라 자신이 뽑은 임시 대리인들이었다. 그 사람들은 재커를 도와 복잡한 항해를 성공적으로 이끌고 탈출이 가능하게 했던 핵심 인물들이었다. 랠프 슐츠, 이브 바스토, 메리 스펄링, 저스틴 푸트, 클라이브 존슨 외에 10여 명이 그들이었다.

라자러스와 리비도 거기 있었다. 라자러스는 슬레이튼을 조종실에 남겨두고 누가 찾아오든 들여보내지 말 것이며 특히 조종 장치에는 절대 손대지 못하도록 막으라고 지시했다. 그저 소일거리가 필요해서 시킨 일이었고, 라자러스식의 임시 치료법이었다. 라자러스는 슬레이튼의 정신 상태가 좋지 않다는 것을 느꼈다. 슬레이튼은 자신의 내부로 침잠한 것 같았다. 누가 말을 걸 때를 제외하고는 입을 열지 않았다. 라자러스는 그 점이 걱정이었다.

"지휘자가 있어야 합니다." 재커가 말을 계속했다. "앞으로 당분간 명령을 내리고 사람들의 등을 떠밀 만큼 폭넓은 능력이 있는 사람 말입니다. 지휘자는 결정도 내려야 하고 조직도 만들어야 하고 임무와 책임도 할당해야 하고 우주선 내의 경제 체계도 세워야 합니다. 아주 중요한 일이기 때문에 형제들이 선거를 해서 민주적으로 선출해야겠죠. 그러자면 시간이 필요합니다. 하지만 지금 당장 명령을 내릴 사람이 있어야 합니다. 식량이 쓸데없이 소비되고 있는 데다가 우주선은… 흠, 오늘 내가 세면 장치를 사용하려고 했을 때 여러분이 옆에 있었다면 금세 이해했을 텐데요."

"재커…."

"이브? 말씀하십시오."

"할 일들은 신탁 대리인들에게 맡기는 게 좋을 것 같아요. 우리는 아무 권한이 없잖아요. 긴급 사태를 해결하기 위해서 임시로 모였던 건데 이제 그 상황은 끝났으니까요."

"어험." 저스틴이 얼굴 생김만큼이나 정중하고 건조한 목소리로 말했다. "저는 자매님과 약간 생각이 다릅니다. 신탁 대리인들은 경력을 완전히 고려해서 정통한 사람들을 뽑은 게 아닙니다. 말하자면, 대리인들에게 일의 판단을 맡기려면 먼저 적재적소에 임명해야 하는데 그럴 시간이 없다는 얘깁니다. 게다가 제가 대리인의 한 사람이기도 하므로 아무 부담 없이 말씀드리건대, 신탁 대리인이란 것은 더 이상 공식적으로 존재하지 않으므로 아무 재량권이 없습니다."

라자러스가 흥미를 보였다. "그걸 어떻게 자신할 수 있습니까?"

"이유는 이렇습니다. 신탁 대리인 회의는 전체 사회의 일부인 동시에 사회와 관계를 맺고 있는 재단의 관리자였습니다. 대리인들은 절대로 집행부가 아니었습니다. 그들의 유일한 임무는 일족들과 나머지 사회와의 상호관계에서 중계 역할을 하는 것이었죠. 일족들과 지구 사회의 교류는 끝났습니다. 따라서 정의에 의해 신탁 대리인 회의는 사라졌습니다. 과거의 유물이죠. 지금 이 배에 탄 우리는 사회를 구성하지 못한 상태입니다. 무정부주의자의 집단이에요. 지금 여기 모인 사람들은 새 사회를 구성하는 데에 있어 다른 어떤 집단과도 동등한 권리가 있습니다."

라자러스가 신이 나서 손바닥을 맞부딪쳐 갈채를 보냈다. "저스틴, 내가 1세기 동안 들어본 것 중에 최고의 말장난이었습니다. 가끔 나랑 만나서 유아론에 관해 토론해봅시다."

저스틴은 감정이 상한 것 같았다. "분명히…." 그가 입을 열었다.

"아뇨! 거기까지만 하십시오! 나에게는 충분히 설득력이 있었으니 더 이상 망치지 마시라 이겁니다. 상황이 그렇다면 어서 일을 벌이고 수사슴을 뽑읍시다. 재커, 당신은 어떻습니까? 당신은 분명히 논리적인 후보감인데요."

재커가 고개를 가로저었다. "나는 내 한계를 잘 압니다. 난 기술자이지 정치적인 실행력은 없습니다. 일족의 대표 일은 그저 취미였죠. 지금 필요한 건 사회 운영의 전문가입니다."

사람들은 재커의 말이 진심임을 깨닫고 나자 다른 후보를 제안했고 그들의 자질에 대해서 오랫동안 토론했다. 일족처럼 거대한 집단에는 정치과학에 정통한 사람들이 많았고 공공 기관에서 덕망을 쌓은 사람들도 적지 않았다.

라자러스는 듣기만 했다. 제시된 후보 중에서 그가 아는 사람은 넷이었다. 라자러스는 마침내 이브의 옆으로 다가가 무언가를 속삭였다. 이브는 깜짝 놀라더니 생각에 잠기고는 결국 고개를 끄덕였다.

이브가 발언권을 요청하고 앞으로 나갔다. "추천할 후보가 있어요." 이브는 평상시대로 부드럽게 이야기를 시작했다. "다른 때라면 떠오르지 않을 사람이지만, 기질도 어울리고 훈련도 받았으며 경험 면에서도 아직 언급되지 않은 다른 사람 중에서 따라올 사람이 없어요. 이 배의 공공 행정관 자리에 제가 추천하는 사람은 슬레이튼 포드입니다."

사람들은 충격을 받아 침묵에 빠졌다가 동시에 다 같이 떠들기 시작했다.

"이브, 정신이 나간 거 아닙니까? 슬레이튼 포드는 지구에 있다고요!" "아니, 아냐. 내가 여기 배 안에서 봤다니까." "말도 안 됩니다." "그 사람을? 일족이 절대 용납하지 않을 겁니다!" "설사 받아들인다 해도 그 사람은 우리가 아니잖습니까."

이브는 사람들이 조용해질 때까지 묵묵히 자리를 지켰다. "제 얘기가 어이없게 들린다는 것도 알고 쉬운 일이 아니라는 것도 인정해요. 하지만 장점을 생각해보세요. 슬레이튼 포드의 명성과 업적은 다들 아시죠. 우리도 알고 일족 모든 구성원이 다 알아요. 그 사람은 자기 분야에서 천재예요. 지금처럼 심각하게 사람이 넘치는 우주선에서 함께 살아갈 계획을 짜는 것은 보통 어려운 일이 아니겠죠. 우리 중에서 가장 재능이 뛰어난 사람에게 맡긴다 해도 충분치 않아요."

이브의 말은 사람들에게 깊은 인상을 주었다. 슬레이튼은 역사상 보기 드문 인재였으며 살아서 거의 전 세계적으로 가치를 인정받은 정치인이었다. 현대 역사가들은 서부 연방이 발전 도상에서 겪었던 두 번의 대형 위기를 슬레이튼이 구한 것으로 평가하고 있었다. 슬레이튼의 경력이 정상적인 방법으로 해결할 수 없었던 위기 때문에 좌초된 것은 개인적인 능력 부족이라기보다 운이 없었던 탓이었다.

"이브." 재커가 말했다. "나는 슬레이튼에 대한 당신 의견에 동의합니다. 나도 그 사람을 지도자로 선출하고 싶고요. 하지만 다른 사람들은 어떻겠습니까? 지금 여기 있는 사람들을 제외하면, 일족은 슬레이튼 포드 행정관이 우리가 지금까지 겪은 박해의 상징으로 보일 겁니다. 그 점 때문에 슬레이튼은 부적격한 후보라고 생각합니다."

이브는 점잖으면서도 고집이 셌다. "내 생각은 달라요. 요 며칠 동안 있었던 사건 속에 숨겨진 난처한 진실들을 설명하기 위해서 모종의 선동이 필요하다는 건 다들 동의했잖아요? 그러는 김에 슬레이튼이 우리를 구하기 위해 자신을 희생한 순교자라고 포장한들 안 될 게 뭐죠? 사실 그렇잖아요, 아시다시피."

"흠, 네, 그건 사실입니다. 우리를 구하고자 했던 게 희생의 일차목표는 아니었지만 슬레이튼이 개인적인 삶을 희생한 덕분에 우리가 살아남은 건 사실이죠. 하지만 우리가 다른 사람들을 설득하건 못 하건, 사람들이 슬레이튼을 받아들이고 그에게서 명령을 받게끔 설득한다 해도… 슬레이튼은 지금 현재 일종의 악마나 다름없는데… 후, 나는 모르겠습니다. 전문가의 조언이 필요하다고 생각합니다. 랠프, 당신 생각은 어떻습니까? 가능하겠습니까?"

랠프는 대답을 머뭇거렸다. "사실, 계획의 진실성은 심리역학과 거의 또는 전혀 무관합니다. '진실은 승리한다'는 말은 단순히 훌륭한 희망 사항에 지나지 않습니다. 역사를 봐도 알 수 있지요. 슬레이튼 포드가 정말로 순교자이며 우리가 그에게 감사해야 한다는 사실은 방금 던진, 순수하게 기술적인 질문과 아무 관계가 없습니다." 랠프는 생각하기 위해 잠시 말을 멈췄다. "하지만 그 계획 자체에는 분명 감성적이고 선정적인 면이 있기 때문에 선동 조작이 가능합니다. 지금 존재하고 있는 강력한 반대 동인에도 불구하고 말입니다. 네… 맞습니다. 통할 것 같습니다."

"그렇게 조작하는 데에 얼마나 걸리겠습니까?"

"흠, 지금 문제가 되는 사회 공간은 이쪽 속어로 '빡빡하고' '뜨거운' 상태입니다. 연쇄 반응에 상당히 긍정적인 k 인자를 넣어야 합니다. 일단 시작이라도 해보려면요. 하지만 통계를 내보지 않은 영역인 데다가 현재 배 안에서 무의식적으로 돌고 있는 소문을 모르는 상태입니다. 만약 이 작업을 하기로 결정이 난다면, 휴회하기 전에 소문을 몇 개 만들어야 합니다. 슬레이튼의 오명을 바로잡을 소문들을요. 그리고 슬레이튼이 정말이 배에 타고 있다는 소문을 퍼뜨리기 위해 지금부터 최소 12시간이 필요합니다. 슬레이튼은 처음부터 우리와 운명을 같이할 생각이었으니까요."

"저기, 슬레이튼이 정말 그럴 생각이었는지는 모르겠는데요."

"확신하십니까?"

"아, 그것이, 글쎄요…."

"보셨죠? 그 사람이 원래 무슨 생각이었는지는 본인과 신만이 압니다. 당신도 모르고 나도 모릅니다. 하지만 계획의 방향은 그것과 별개입니다. 재커, 내가 흘린 소문이 당신에게 서너 번 돌아올 때쯤이면 당신도 회의가 들 겁니다." 심리측정학자는 약 1세기에 걸쳐 누적된 인간 행동의 수학적 연구 결과를 바탕으로 한 직관과 씨름하느라 멍한 눈으로 말을 멈췄다. "네, 가능할 것 같습니다. 다들 그러기를 바라신다면 24시간 안에 정식으로 공표할 수 있을 겁니다."

"동의합니다!" 누군가가 외쳤다.

✳

몇 분 뒤 재커는 라자러스를 시켜 슬레이튼을 모임 장소로 불렀다. 라자러스는 슬레이튼에게 이유를 설명해주지 않았다. 슬레이튼은 심판을 받으러 나오는 사람처럼 선실로 들어섰다. 결과가 자신에게 해로울 거라고 씁쓸하게 확신하는 사람의 모습이었다. 슬레이튼은 꿋꿋한 태도를 보였지만 그 안에 희망은 없었다. 그의 눈은 불행해 보였다.

라자러스는 조종실 안에서 슬레이튼과 함께 오랜 시간 동안 아무 말 없이 있으면서 그 눈을 관찰해보았다. 라자러스는 긴 일생을 보내면서 그와 같은 눈에 담긴 감정 표현을 수도 없이 보았다. 마지막 상고에서 패배한 사형수, 확신을 갖고 자살을 실행에 옮기는 사람, 꿈쩍도 않는 강철 덫에서 빠져나오려다가 지치고 패배한 작은 모피 동물에게서. 그 눈 속에 담겨 있는 것은 단 한 가지, 모든 게 끝났다는 것을 인정하는 절망의 표현이었다.

슬레이튼의 눈이 그랬다.

라자러스는 슬레이튼의 그러한 감정이 커지는 것을 보며 이유가 궁금했다. 모든 이들이 위험한 상태에 처한 것은 사실이었지만, 슬레이튼이 다른 사람보다 특히 더 그렇지는 않았다. 게다가 위험을 감지하면 활기가 도는 게 당연한 이치였다. 슬레이튼의 눈에는 왜 죽음의 신호가 떠 있을까?

라자러스는 슬레이튼의 정신 상태가 탈출구라고는 자살밖에 없는 막다른 골목에 다다랐기 때문에 그럴 수밖에 없는 것이라고 생각했다. 하지만 이유는? 라자러스는 조종실에서 오랫동안 불침번을 서면서 궁리해보고 만족스러운 답을 얻을 때까지 논리를 재구성했다. 지구에 있을 당시 슬레이튼은 동족들, 즉 단명인들 사이에서 중요한 존재였다. 그는 최고의 위치에 있었던 덕분에 평범한 사람들이 장수인들을 보며 느꼈던 패배적 열등감에 거의 영향을 받지 않았다. 하지만 지금 그는 므두셀라의 혈족들에 둘러싸인, 유일한 하루살이였다.

슬레이튼은 연장자의 경륜도 없었고 젊은이의 기대감도 없었다. 슬레이튼은 자신이 양자 어느 쪽보다도 열등하며, 그들이 자신보다 터무니없이 우위에 있다고 생각했다. 그것이 사실이든 아니든 슬레이튼은 자신이 쓸모없는 연금 수령자이며 동정으로 연명하는 무능력자가 된 것처럼 느꼈다.

슬레이튼처럼 바쁘고 의미 있는 삶을 살았던 사람은 그러한 상황을 견디기 힘들었다. 그는 높은 자부심과 활력이 넘치는 성격 때문에 자살을 향해 치닫고 있었다.

슬레이튼은 회의 장소로 들어오면서 빠르게 눈을 돌려 재커를 찾았다. "저를 부르셨다고요."

"그렇습니다, 행정관님." 재커는 지금의 상황과 사람들이 슬레이튼에게 다시 부여하려는 책임에 대해 간략하게 설명했다. "강요하는 건 아닙니다." 재커가 말을 맺었다. "하지만 그럴 생각이 있다면 봉사해주시기 바랍니다. 어떻습니까?"

라자러스는 슬레이튼의 표정이 놀라움으로 바뀌는 것을 보며 마음이 가벼워졌다. "진심이십니까?" 슬레이튼이 천천히 말했다. "농담하시는 것 아니지요?"

"분명히 진담입니다!"

슬레이튼은 즉시 대답하지 않았고, 마침내 입에서 나온 말은 엉뚱했다. "앉아도 되겠습니까?"

사람들이 앉을 자리를 만들어주었다. 슬레이튼은 의자에 무겁게 자리하더니 두 손으로 얼굴을 감쌌다. 아무도 입을 열지 않았다. 이윽고 슬레이튼이 고개를 들더니 흔들리지 않는 목소리로 말했다. "뜻이 그러시다면 기대에 어긋나지 않도록 최선을 다하겠습니다."

✳

우주선에는 공공을 위한 행정관 못지않게 선장도 필요했다. 지금까지 지극히 실용적이고 해적다운 의미에서 선장을 맡고 있던 라자러스는 재커가 그 직위를 공식화하려 들자 난색을 표했다. "뭐라고요? 난 안 할 겁니다. 이번 여행 동안에 체스나 둘 생각이니까요. 리비가 적격입니다. 진지하고 성실한 데다가 예전에 해군 장교였으니까요. 그 자리에 딱 맞습니다."

리비가 라자러스를 돌아보며 얼굴을 붉혔다. "저기요." 리비가 항의했다. "복무 기간 동안에 우주선을 지휘한 적이 있는 건 사실이지만 그 일이 마음에 든 적은 한 번도 없었습니다. 저는 참모가 체질입니다. 지휘관은 싫습니다."

"그런 식으로 빠져나가지는 못할걸." 라자러스가 주장했다. "고속추진 장치를 발명한 데다가 그 작동 원리를 아는 것도 자네뿐이잖나. 할 일은 해야지, 이 친구야."

"그것과는 전혀 관계가 없습니다." 리비가 항변했다. "항해에 관련된 일이라면 꼭 하고 싶습니다. 그게 제 재능하고 어울리니까요. 하지만 저는 지휘관을 모시는 쪽을 더 좋아합니다."

슬레이튼이 그 즉시 끼어들어 주도권을 잡는 모습을 보면서 라자러스는 우쭐하게 기분이 좋았다. 슬레이튼 포드라는 이름의 환자는 사라졌고 그는 행정가가 되어 돌아왔다. "이건 개인적인 기호의 문제가 아닙니다, 리비 선장. 우리에게는 각자 재능이 있습니다. 나는 사회와 내정 조직을 맡기로 했습니다. 내가 받은 훈련과 맞으니까요. 하지만 우주선이 제대로 돌아가도록 지휘할 수는 없습니다. 그런 훈련을 안 받았으니까요. 당신은 받았죠. 당신이 해야 합니다."

리비는 얼굴을 더욱 붉히며 말을 더듬었다. "저밖에 없다면 하겠습니다. 하지만 일족 중의 우주인만 해도 수백 명에 이르고 그중에서 열 명 정도는 뛰어난 경험이 있습니다. 저보다 지휘능력이 뛰어나기도 하죠. 그런 사람을 찾아본다면 적합한 인물을 찾을 수 있을 겁니다."

슬레이튼이 말했다. "라자러스, 당신 생각은 어떻습니까?"

"흠, 리비 말에도 일리는 있습니다. 선장이란 배에 기개를 심어주는 자리지요. 상황에 따라서는 아닐 수도 있지만. 리비가 배를 지휘하고 싶어서 미쳐가는 게 아니라면 다른 후보를 찾아보는 게 좋겠습니다."

저스틴 푸트는 압축 저장된 탑승자 명단을 갖고 있었지만 정렬해서 결과를 뽑아줄 장비가 없었다. 하지만 조건에 맞는 사람을 열 명 이상 기억하고 있었으므로 많은 후보자를 제시할 수 있었다. 마침내 '무자비한' 루퍼스 킹이 선장으로 선출되었다.

＊

리비는 새 상관에게 자신이 발명한 광압(光壓) 추진 장치의 효과를 설명하고 있었다. "우리가 도달할 수 있는 목적지까지의 궤적은 한 다발의 포물면 안에 들어 있고, 그 포물면의 향점*은 현재 우리의 경로와 접합니다. 따라서 우주선이 보통 때의 추진 방식을 이용해서 얻은 가속은, 빛의 속도 이하인 동안에 현재 벡터의 크기를 그대로 유지하도록 해줄 것입니

---

* 본래는 천구상에서 항성의 움직임이 향하는 방향을 말한다. 여기서는 포물면의 꼭짓점을 가리킨다.

다. 그러기 위해서는 전체 가속 항행 동안에 우주선이 천천히 전진하도록 조정해야 합니다. 그러나 현재 벡터와 그에 영향을 주는 가상의 항행 벡터들 간의 크기 차이가 어마어마하다는 점을 떠올려보면 그리 번거로운 작업은 아닙니다. 간단히 우리 경로에 직각이 되도록 가속한다고 봐도 좋을 겁니다."

"그래, 그래. 그 점은 알겠네." 킹 선장이 끼어들었다. "하지만 무슨 근거로 최종 벡터와 현재의 벡터가 동일해야 한다는 거지?"

"아, 선장님께서 달라야 한다고 지시하신다면 꼭 그럴 필요는 없습니다." 리비가 영문을 모르겠다는 표정으로 대답했다. "그러나 최종 벡터를 현재 속도 이하로 떨어뜨릴 만한 요소를 도입하면 그 결과는 단순히, 현재 선택 가능한 목적지로 가는 궤적의 범위를 줄이는 일 없이 약간 뒤처지는 정도입니다. 그래 봐야 우주 항해 시간이 수 세대 정도, 길면 수 세기 정도 늘어나는 것뿐이죠. 만약에 최종…."

"그거야 안다니까! 나도 기본 탄도학은 아네, 사관. 하지만 자네는 왜 다른 가능성을 제쳐놓은 거지? 우리 속도를 높이면 왜 안 되나? 내가 원한다면 현재 경로에서 곧바로 가속해서 안 될 이유가 없지 않나?"

리비가 근심스러운 표정을 지었다. "그렇게 명령을 내리실 수는 있습니다, 선장님이시니까요. 하지만 그러면 광속을 넘어보겠다는 결론인데, 일단 그게 불가능하다는 가정하에서…."

"내가 지적하려는 부분이 바로 그거야. '가정.' 왜 그 가정이 불변인지 항상 궁금했네. 그걸 알아볼 때가 온 것 같군."

리비가 주저했다. 의무감과 과학적 호기심을 충족시켜보자는 황홀한 유혹이 충돌했기 때문이다. "선장님, 만약 이 배가 연구선이라면 저도 그 문제를 밝혀보고 싶을 겁니다. 광속을 넘을 경우 어떤 상황이 될지 상상할 수는 없지만 다른 천체들과 연관된 저자기(低磁氣) 스펙트럼으로부터 완전히 단절되리라 생각합니다. 그러면 어떻게 항해해야 할까요?" 리비가 걱정하는 것은 이론적인 영역 이상이었다. 현재 그들은 '시각'을 전자 영상에 의존하고 있었다. 인간의 눈으로 볼 때 그들이 움직이는 경로의 뒤쪽 반구는 거대한 암흑이었다. 파장이 가장 짧은 복사파들이 도플러 효과에 의해 가시 영역보다 훨씬 긴 파장 쪽으로 편이(編移)되었기 때문이었다. 전방의 별들은 여전히 눈으로 볼 수 있지만 그 '빛'이란 것은 우주선의 불가해한 속도 때문에 밀집된, 파장이 가장 긴 헤르츠파로 구성되어 있었다. 그래서 널리 알려진 별자리조차도 쉽게 판별할 수 없었다. 현재 보이는 영상이 도플러 효과에 의해 왜곡되었다는 것은 스펙트럼 분석으로 확인된 상태였다. 프라운호퍼 선*들은 그저 자외선 쪽으로 이동하는 정도가 아니라 가시광선 바깥으로 멀리 나가버렸고 이전에 볼 수 없었던 양상의 선들이 그 자리를 대신 차지했다.

"흠…." 킹 선장이 대답했다. "자네 말뜻은 알겠네. 그래도 시험해보고 싶어 죽겠단 말이지! 하지만 승객들이 타고 있으니 재고의 여지가 없다는 건 인정하네. 자, 자네가 상정한 나팔꽃 모양의 궤적 안에서 G형 항성**들까지 가는 대략적인 경로를 알려주게. 우선 10광년 범위부터 시작하지."

"알겠습니다. 이미 탐색은 마쳤습니다만, 그 범위 안에는 G형 항성이 없습니다."

"그래? 꽤 한적한 동네군. 그럼 어떡할까?"

"궤적의 범위를 11년까지 늘리면 타우 세티가 들어갑니다."

"G형이지? 아주 적합하지는 않군."

"그렇습니다. 태양과 유사한 항성도 있긴 합니다. G2형이고 항성 목록으로는 ZD9817입니다. 대신에 거리는 두 배 이상입니다."

킹 선장은 손마디를 씹었다. "결정은 연장자들에게 맡겨야겠군. 지금 주관적 시간상으로 얼마나 이득을 본 거지?"

"모르겠습니다."

---

* 항성 등에서 온 전자기파의 스펙트럼에 보이는 어두운 선들. 전자기파가 가져온 대기 속의 물질이 특정 파장의 선을 흡수하면서 생긴다.
** 분광형에 따라 나눈 항성 분류 중 하나. 태양이 G형에 속한다.

"음? 그럼 답을 뽑아봐! 아니면 내가 계산할 수 있도록 자료를 주든가. 나야 자네만큼 대단한 수학자는 아니지만, 사관학교 출신이라면 그 정도는 풀 수 있으니까. 방정식이야 간단하잖나."

"그렇습니다, 선장님. 하지만 시간 단축 방정식에 대입할 만한 자료가 없어서…. 현재로서는 우주선의 속도를 측정할 방법이 없기 때문입니다. 자색 편이는 쓸모가 없습니다. 선들이 뭘 뜻하는지 모르니까요. 기본적인 정보를 좀 더 쌓을 때까지 기다려야 할 것 같습니다."

킹 선장이 한숨을 쉬었다. "사관, 내가 왜 이 일을 맡았는지 가끔 회의가 드네. 어쨌든 근사치라도 짐작해보겠나? 오래 걸릴까? 금방일까?"

"저… 오래 걸릴 겁니다, 선장님. 여러 해가 걸리겠죠."

"그래? 뭐 이보다 더 한심한 우주선에서도 그 정도야 버텼으니까. 여러 해란 말이지. 자네 체스 두나?"

"둡니다." 리비는 자신과 대적할 만한 맞수가 없어서 오래전에 체스를 그만두었다는 사실은 말하지 않았다.

"체스 둘 시간은 차고 넘칠 것 같군. 킹 앞의 폰을 킹의 4로."

"킹 쪽 나이트를 비숍의 3으로."

"변칙형 장기를 두는구먼? 응수는 나중에 하지. 연장자들에게는 시간이 오래 걸리더라도 G2형 항성을 추천해볼 생각이고… 슬레이튼에게는 논쟁이나 그런 것 좀 해보라고 귀띔을 해야겠군. 무기력증에 걸리도록 둘 수야 없지."

"알겠습니다, 선장님. 제가 감속 시간을 말씀드렸던가요? 계산해본 결과 정상 속도까지 도달하기 위해서는 1g로 감속한다고 할 때 주관적 시간으로 1년이 걸립니다."

"음? 감속도 가속과 마찬가지로 자네가 발명한 광압 추진을 쓰는 거 아닌가."

리비가 고개를 저었다. "죄송합니다, 선장님. 광압 추진의 단점은 사용 전에 어떤 경로를 어떤 속도로 움직였건 차이가 없다는 점입니다. 만약 우리가 항성 근처에서 관성 비행 중이었다면 광압은 우리를 물줄기에 튕겨 나가는 코르크처럼 날려버립니다. 기존에 갖고 있던 운동량은 관성을 포기하는 순간 함께 사라지는 거죠."

"그러면." 킹 선장이 마지못해 승인했다. "자네 계획대로 가는 걸로 하자고. 그 문제에 있어서는 아직 자네와 논쟁이 불가능하니까. 광압 장치에는 아직 이해가 안 되는 게 너무 많아."

"이해 불가능한 면이 무척 많죠." 리비가 진지하게 대답했다. "저도 그렇습니다."

＊

우주선은 리비가 광압 장치를 건 지 10분도 되지 않아 지구 궤도를 지나갔다. 리비와 라자러스가 그 장비의 심오한 특성에 대해 토론하는 15분 동안에 우주선은 화성 궤도에 다다랐다. 재커가 조직 회의를 소집하라고 명령을 내렸을 때는 이미 목성을 멀찌감치 뒤로하고 있었다. 하지만 북적이는 우주선 안에서 인원을 전부 모으는 데에 1시간이 걸렸고, 마침내 재커가 지시를 내리기 시작하는 순간 그들은 토성 궤도로부터 16억 킬로미터 떨어진 상태였다. 본격적으로 출발한 지 1시간 반 만의 일이었다.

토성을 지나자 행성 간의 거리는 훨씬 멀었다. 토론은 천왕성을 지나도록 계속되었다. 하지만 해왕성에 도달할 무렵 슬레이튼 포드가 행정 수반으로 통과되었고 그는 결정을 받아들였다. 킹은 선장으로 임명되었고 라자러스를 따라다니며 새로 부임한 우주선 내부를 둘러보았다. 그리고 킹 선장이 항해사와 토의하는 동안 우주선은 명왕성 궤도를 지나 우주 속으로 64억 킬로미터를 나아갔다. 그럼에도 태양광이 우주선을 쏘아 올린 후 6시간이 채 지나지 않았다.

＊

그래도 태양계를 완전히 벗어난 것은 아니었다. 하지만 일족과 다른 항성 사이에는 아무것도 없었다. 태양에 이끌리는 혜성들의 추운 고향, 그리고 태양에서 선택권은 있으되 무조건 상속은 허락되지 않은, 명왕성 바깥에 숨어 있다는 가상의 행성을 제외한다면. 그러나 가장 가까운 항성도 몇 광년 너머에 있었다. 뉴프런티어스호는 그런 항성들을 향해 빛의 끄트머리에 떠밀리는 속도로, 차가운 날씨 속에서 빠르게 이동하고 있었다.

멀리멀리 더더욱 멀리… 세계선(世界線)이 중력의 영향을 받지 않고 거의 직선에 가까운, 외롭고 깊은 우주를 향해서. 날이 가고 달이 가고… 해가 가고… 일족들은 앞날을 알지 못한 채 전 인류로부터 멀리 비행했다.

2부

1

우주선은 밤의 사막 속을 홀로 돌진했다. 지난 광년을 포함한 모든 광년은 공허했다. 일족은 우주선 안에서 나름의 삶을 꾸렸다.

뉴프런티어스호는 대략 원통형이었다. 가속하지 않을 때는 축을 중심으로 회전하여 외벽에 가까이 있는 승객들에게 가상의 중력을 제공했다. 바깥쪽 또는 '아래쪽' 구간은 생활 공간이었고, 안쪽 또는 '위쪽' 구역은 물품 저장이나 기타 용도로 쓰였다. 구역과 구역 사이에는 상점, 수경 농장 등이 자리 잡았다. 우주선의 축에는 선수 쪽부터 선미 방향으로 조종실, 변환기, 주 구동 장치가 위치했다.

우주선의 모양새는 오늘날 운행하고 있는 자유비행 행성 간 우주선을 크게 확장한 것이라고 보면 크게 다르지 않았다. 하지만 그 크기가 어마어마하다는 점을 기억해둘 필요가 있다. 뉴프런티어스호는 하나의 도시였다. 그 안에는 2만 명 규모의 공동체가 들어서고도 남을 공간이 있었고, 덕분에 처음 계획했던 1만 명의 승무원이 센타우루스로 오랜 시간 항해하면서 그 수를 배로 늘릴 수도 있었다.

그렇게 큰 덕분에 10만이 넘는 일족이 다섯 겹으로 뭉쳐 있을 수 있었다.

일족이 그런 상황을 견뎌낸 것은 냉동 수면 설비가 마련될 때까지였다. 아래층에 있는 휴양 시설을 창고로 바꾸자 냉동 수면에 사용할 자리가 생겼다. 깨어 있는 사람들을 위한 장소가 넉넉하다는 가정하에서, 수면자에게 필요한 공간은 활동하고 일하는 사람들이 쓸 거주 공간의 1퍼센트였다. 처음에는 냉동 수면에 자원하는 사람의 수가 많지 않았다. 지원자들은 나름의 전통 때문에 대한 잠에 대한 공포가 보통의 사람들보다 더 컸다. 냉동 수면이 최후의 잠과 너무나 비슷했던 것이다. 하지만 극도로 붐비는 환경이 너무나 불편한 데다가 끝이 보이지 않는 항해가 극도로 단조롭다 보니 사람들의 의식이 빠른 속도로 바뀌었고 그 결과 수용 가능한 한도 내에서 이 작은 죽음을 원하는 수요가 계속 끊이지 않았다.

나머지 깨어 있는 사람들은 생활이 지속되도록 단순노동을 계속했다. 우주선을 유지하고 수경 농장과 우주선의 보조 기관들을 돌보았다. 특히 잠든 사람들을 보살피는 것이 일과였다. 생체공학자들은 신체 저하를 표현하는 복잡한 실험식을 유도하고 빠른 가속, 주위 온도, 약물 및 신진대사상의 연령, 체중, 성별 등 다양한 조건하에서 그러한 저하를 상쇄할 방법을 연구했다. 위쪽의 저중력 구역을 이용하면 가속으로 인한 저하(즉, 신체 조직이 스스로의 무게 때문에 받는 부하나 평발, 허리 통증 등으로 이어지는 열화 현상)를 최소한으로 줄일 수 있었다. 하지만 수면자들을 돌보는 일은 모조리 수작업이었다. 수면자를 뒤집고, 문질러주고, 혈당을 검사하고, 느리게 진행되는 심장 활동을 점검하는 등 극도로 위축된 신진대사가 죽음으로 넘어가지 않도록 하는 모든 검사와 봉사가 거기에 속했다. 우주선 내 의무실에 마련된 열 개가량의 요양 설비를 제외하면 냉동 수면 승객을 위해 준비된 것은 없었다. 따라서 그런 목적을 위해 마련된 자동 시설도 없었다. 1만 명의 수면자를 돌보는 지루한 작업은 순전히 사람 손에 의존해야 했다.

엘리너 존슨은 9-D 휴게실에서 친구인 낸시 위더럴을 만났다. 단골 손님들은 그곳을 '클럽'이라고 불렀고, 거의 찾아가지 않는 사람들은 덜 그럴듯한 이름으로 불렀다. 즐겨 찾는 층은 주로 젊은이들과 수다스러운 사람들이었다. 라자러스는 연장자로서는 유일하게 그곳에서 자주 식사했다. 그는 소음을 신경 쓰지 않고 오히려 즐겼다.

엘리너는 친구를 끌어안으며 목 뒤에 대고 입을 맞췄다. "낸시! 또 깨어났구나! 세상에, 너무 반갑다."

낸시가 빠져나오며 말했다. "안녕. 내 커피 엎지르지 말아줘."

"뭐야! 넌 나를 만난 게 반갑지도 않니?"

"물론 반갑지. 하지만 너한테는 1년이었을지 몰라도 나한테는 바로 어제 일이었단 말이야. 게다가 잠도 덜 깼다고."

"깨어난 지 얼마나 됐는데?"

"두어 시간 됐어. 애는 잘 크니?"

"아, 잘 크지!" 엘리너 존슨의 얼굴이 환해졌다. "넌 아마 몰라볼 거야. 1년 동안 훌쩍 컸거든. 키는 거의 내 어깨만큼 자랐고 날이 갈수록 제 아빠를 닮아가."

낸시는 화제를 바꿨다. 친구들은 엘리너의 죽은 남편 얘기를 입에 올리지 않기로 하고 있었다. "내가 코를 고는 동안 넌 뭐 하고 지냈어? 아직도 초등학교 애들 가르치니?"

"응. 아니다, 아니라고 대답해야 하나? 우리 허버트가 속한 연령대 아이들을 가르쳐. 걔는 지금 중등 2학년이고."

"엘리너, 몇 개월 자면서 그 고역에서 해방되는 게 어때? 계속 그런 식으로 반복하면 늙은 아줌마가 될 수도 있는데."

"싫어." 엘리너가 거부했다. "허버트가 혼자서도 잘 클 때까지는 안 돼."

"감상적으로 굴지 마. 여성 수면 지원자 가운데 절반은 어린애가 딸려 있어. 난 그 사람들을 조금도 비난하지 않아. 날 봐. 내 시각에서 보면 이번 여행이 고작 7개월 정도밖에 안 됐어. 남은 기간은 물구나무를 서고도 버틸 수 있다고."

엘리너는 고집을 꺾지 않았다. "고맙지만 됐어. 그건 네 방식이고 난 지금 이대로가 아주 좋아."

라자러스는 합성 스테이크의 채끝살에 심각한 손상을 입히면서 같은 테이블에 앉아 있었다. "엘리너는 놓치는 게 있을까 봐 걱정하는 겁니다." 라자러스가 설명했다. "난 엘리너 편입니다. 나도 그렇거든요."

낸시가 방법을 바꿨다. "엘리너, 그럼 애를 하나 더 낳아. 그러면 반복되는 일에서 벗어날 수 있을 거야."

"그게 혼자서 되는 일이니." 엘리너가 지적했다.

"그건 문제도 안 돼. 예를 들어서, 여기 라자러스가 있잖아. 최상급 아빠 감이라니까."

엘리너가 보조개를 지었다. 라자러스는 얼굴을 붉혔지만 검게 탄 피부 때문에 드러나지 않았다.

"사실 말인데." 엘리너가 평이한 어조로 말했다. "저 사람한테 프러포즈했다가 거절당했어."

낸시가 커피 속으로 침을 뿜으며 라자러스와 엘리너를 번갈아 바라보았다. "미안해. 그런 줄 몰랐어."

"신경 쓰지 마." 엘리너가 대답했다. "이유는 다른 게 아니라 내가 라자러스의 손녀 중 하나이기 때문이야. 네 다리쯤 건너서."

"그래도⋯." 낸시는 뻔히 질 것을 알면서도 사생활 존중의 관습에 도전했다. "아니, 도대체 말이야, 그 정도면 크게 문제 될 것도 없는 혈족 범위잖아. 뭐가 문젠데? 아니면 이 얘긴 이쯤에서 그만할까?"

"응, 그만해." 엘리너가 대답했다.

라자러스가 불편하게 꿈틀거렸다. "내가 구식이라는 건 압니다." 그는 인정했다. "하지만 오래전부터 몸에 밴 습관이 몇 가지 있지요. 유전학하고는 상관없이 손녀뻘하고 결혼한다는 게 어딘가 불편할 뿐입니다."

낸시가 놀란 표정을 지었다. "정말 구식이네요!" 그리고 덧붙였다. "그냥 부끄럼을 많이 타시는 거 아니에요? 내가 직접 프러포즈한 다음에 어떤 게 맞나 확인하고 싶어지네요."

라자러스가 눈을 부라렸다. "해보면 깜짝 놀랄 겁니다!"

낸시가 침착하게 라자러스를 바라보았다. "흠…." 낸시는 생각에 잠겼다.

라자러스는 시선으로 낸시를 제압하려다가 결국 눈을 아래로 떨어뜨렸다. "이만 숙녀분들께 인사를 드려야겠습니다." 라자러스가 초조하게 말했다. "할 일이 있어서요."

엘리너가 부드러운 동작으로 라자러스의 팔에 손을 얹었다. "라자러스, 가지 마세요. 낸시는 천성이 고양이 같아서 그래요. 착륙 계획에 대한 얘기나 해주세요."

"그게 무슨 소리야? 착륙할 예정이래? 언제? 어디에?"

라자러스는 낸시를 진정시키기 위해 얘기해주었다. 우주선은 G2형 항성, 즉 태양형 항성을 향해 수년 전에 경로를 변경했고, 이제 남은 거리는 채 1광년도 되지 않았다. 정확히는 7광월이 조금 넘었다. 초간섭 기술을 통해 문제의 항성에(사람들은 ZD9817 또는 단순히 '우리 별'이라고 불렀다) 일종의 행성이 딸려 있다고 추측하는 중이었다.

한 달이 지나 항성이 0.5광년까지 접근하면 감속을 시행할 예정이었다. 우주선은 회전을 멈추고 1년 동안 역방향으로 1g만큼 가속하여, 항성에 도달할 즈음이면 항성 간 속도가 아니라 행성 간 속도까지 다다른 다음 인간이 살기에 적합한 행성을 찾아 나설 계획이었다. 목표로 하는 행성은 지구에서 보는 금성처럼 밝게 빛날 것이 분명했으므로 수색은 빠르고 쉬울 것으로 보였다. 일족들이 관심 있는 것은 해왕성이나 천왕성처럼 머나먼 어둠 속에 깃들어 있는 차갑고 포착하기 힘든 행성도 아니고, 수성처럼 어머니 항성의 불꽃 가장자리에 숨어서 검게 그을린 숯덩이도 아니었다.

지구형 행성이 없다면 낯선 태양에 바짝 근접할 때까지 계속 내려간 다음 다시 광압을 받아 튕겨 나와서는 다른 곳에서 새집을 계속 뒤져야 했다. 귀찮게 구는 경찰이 없기 때문에 신중하게 다음 경로를 선정할 수 있다는 것이 이전과의 차이였다.

라자러스는 어떤 경우든 뉴프런티어스호가 직접 착륙하지는 않는다고 설명했다. 뉴프런티어스호는 땅에 내리기에 너무 컸고, 착륙한다 해도 무게 때문에 파괴될 것이 뻔했다. 만약 적합한 행성을 발견한다면 뉴프런티어스호를 주차 궤도에 올려놓은 다음 탐사대가 착륙선에 타고 내려갈 예정이었다.

라자러스는 틈이 보이자마자 두 여성에게서 벗어나 일족이 신진대사와 노인학을 꾸준히 연구하고 있는 실험실로 향했다. 메리 스펄링을 찾기 위해서였다. 라자러스는 낸시를 보고 나니 메리를 만나고 싶어졌다. 그는 만약 다시 결혼해야 한다면 메리 쪽이 훨씬 마음에 든다고 생각했다. 비록 진지하게 고려한 것은 아니지만, 라자러스는 메리와 연인이 된다면 유별나고 고색창연한 느낌이 들 거라고 생각했다.

메리는 우주선에 갇혀 있는 동안 냉동 수면이라는 이름의 상징적인 죽음을 받아들이고 싶지 않았으므로 지속적인 장수 연구에 보조 실험원으로 지원함으로써 죽음의 공포를 건설적인 방향으로 전환했다. 숙련된 생물학자는 아니었지만 사고가 유연했고 손재주가 좋았다. 메리는 오랜 여행기간에 걸쳐 수석 연구자인 고든 하디 박사의 훌륭한 조수로 변모했다.

라자러스가 메리를 찾아냈을 때, 메리는 닭의 심장에서 채취한 영구조직을 조작하는 중이었다. 연구원들은 그 조직을 '호킨스 부인'이라고 불렀다. '호킨스 부인'은 라자러스를 제외한 일족의 어떤 사람보다도 수명이 길었다. '호킨스 부인'은 20세기에 일족들이 록펠러 연구소에서 얻어온 원래 조직을 배양한 것이었다. 그 조직들은 20세기 초입부터 살아 있었다. 고든 하디 박사와 그의 조상들은 카렐린드버그오샤 요법을 통해 그 조직의 일부를 2백 년 이상 살려오고 있었다. '호킨스 부인'은 여전히 잘 자랐다.

고든 하디는 체포되었을 때에도 조직과 거기에 영양을 공급하는 배양 장치를 구름 시설에 가져갈 수 있게 해달라고 고집했다. 마찬가지로 칠리호에 타고 탈출하는 동안에도 살아 있는 조직을 가져가겠다고 버텼다. 이제 25킬로그램 정도 나가는 '호킨스 부인'의 일부가 뉴프런티어스호에서 살아남아 자라고 있었다. 장님에 귀머거리이고 뇌도 없었지만 그래도 살아 있었다.

메리는 '호킨스 부인'의 크기를 줄이고 있었다. "라자러스, 안녕하세요." 메리가 인사했다. "뒤로 가세요. 탱크를 열어야 하거든요."

라자러스는 메리가 여분의 조직을 잘라내는 모습을 지켜보았다. "메리." 라자러스가 말했다. "그 바보 같은 물건은 어떻게 아직 살아 있는 겁니까?"

"질문이 잘못됐어요." 메리가 시선을 돌리지 않고 대답했다. "제대로 된 질문은 이거죠. 왜 죽어야만 하지? 왜 영원히 살아가면 안 되지?"

"악마한테 부탁해서라도 죽여버렸으면 좋겠다니까!" 두 사람의 등 뒤에서 고든 박사의 목소리가 들렸다. "그래야 관찰하고 이유를 알 수 있지."

"대장님, '호킨스 부인'한테서는 절대 이유를 알아낼 수 없을 거예요." 눈과 손을 바삐 움직이면서 메리가 대답했다. "그 문제에 대한 열쇠는 생식선에 있으니까요. '호킨스 부인'에게는 그게 없잖아요."

"어험! 거기에 대해 전문 지식이라도 있으신지?"

"여자의 직감이에요. 그러는 당신은 거기에 대해 전문 지식이라도 있으신지요?"

"없습니다. 요만큼도 없습니다! 그렇기 때문에 내가 당신이나 당신 직감보다 앞서는 거지요."

"글쎄요. 최소한 저는." 메리가 교활하게 덧붙였다. "당신이 한 가정의 식구가 되기 전부터 당신을 알았어요."

"전형적인 여자들 말장난이군. 메리, 거기 있는 근육 덩어리는 당신과 내가 태어나기 전부터 꼬꼬댁거리고 알을 낳았지만 아는 게 하나도 없잖습니까." 고든이 조직을 노려보았다. "라자러스, 잉어 암수 한 쌍만 가져다주면 저걸 기꺼이 내드리겠습니다."

"하필이면 왜 잉어입니까?" 라자러스가 물었다.

"잉어는 늙어 죽는 것 같지 않으니까요. 다른 동물에게 살해당하거나 잡아먹히거나 굶어 죽거나 감염으로 쓰러지긴 해도 지금까지 알고 있는 바에 따르면 자연사하지는 않습니다."

"이유는?"

"이 한심한 동물원에 등을 떠밀려서 들어왔을 때부터 알아내려고 애쓰는 게 바로 그 점입니다. 잉어의 장 속에는 특별한 공생 박테리아가 있는데 그것과 관련 있지 않을까 싶습니다. 하지만 내 생각에는 성장을 멈추지 않는다는 점에 비밀이 있을 것 같군요."

메리가 들리지 않는 소리로 무언가를 중얼거렸다. 고든이 말했다. "뭐라고 혼잣말을 하는 겁니까? 새 직감이라도 떠올랐습니까?"

"아메바도 죽지 않는다고 말했어요. 현재 살아 있는 아메바들은, 얼마더라, 5천만 년 정도 살고 있는 거라고 당신이 직접 얘기했죠? 하지만 아메바는 무한정 크게 자라지도 않고 공생 박테리아가 없는 것도 확실하잖아요."

"속이 비어 있으니까." 라자러스가 눈을 껌벅이며 말했다.

"라자러스, 농담치고는 너무 썰렁해요. 하지만 내 말은 맞잖아요. 아메바는 안 죽어요. 그저 분열하고 계속 살아남으니까요."

"창자가 있건 없건." 고든이 참지 못하고 말했다. "구조적인 유사점이 있을 겁니다. 하지만 실험 대상이 부족하니 진척이 없을 수밖에요. 그러니까 생각났는데, 라자러스, 잘 오셨습니다. 부탁 좀 들어주십시오."

"얘기해보십시오. 지금 제 기분이 꽤 괜찮은 것 같으니까."

"아시겠지만 당신의 상태는 흥미롭습니다. 다른 사람들과 유전적 양상이 달라요. 그걸 뛰어넘었지요. 당신을 변환기에 집어넣겠다는 건 아닙니다. 검사해보고 싶다는 얘깁니다."

라자러스가 콧방귀를 켰다. "한번 해봅시다, 친구. 하지만 후계자한테 뭘 눈여겨봐야 하는지 미리 일러두는 게 좋을 겁니다. 당신이 나보다 더 일찍 죽을지도 모르니까요. 그리고 한 가지 말해두겠는데, 내 시체를 들쑤셔서 뭔가를 찾겠다는 생각일랑은 아예 때려치우는 게 좋을 겁니다!"

✳

일족들이 바라던 행성은 탐색을 시작하자 눈앞에 나타났다. 그 행성은 녹색이고 매력적이며 신생인 데다가 지구가 아니라는 점만 빼면 지구와 아주 흡사했다. 문제의 행성만 지구와 닮은 것이 아니라 항성계의 다른 부분도 태양계를 상당 부분 복제한 것 같았다. 지구형 행성은 항성에 가까웠고 목성형 행성은 저 멀리 있었다. 우주학자들은 태양계의 존재를 제대로 설명한 적이 단 한 번도 없었다. 그들은 우선 태양계와 같은 항성계가 자연적으로 존재할 수 없다는 수리물리학적 증거도 제대로 내세우지 못하고, 검증하지 못할 생성 이론 사이에서 우왕좌왕했다. 하지만 이제 태양계에 필적할 만한 항성계가 등장했으니 그와 같은 모순이 유일무이하지도 않고, 심지어는 흔하다는 근거가 될 수도 있었다.

그러나 행성에 접근하면서 망원경으로 관찰한 결과 더 놀랍고 더 고무적이기까지 하며 한편으론 마음을 더욱 불안하게 만드는 사실이 발견되었다. 그 행성에는 생명체가, 그것도 지적 생명체, 문명을 이룬 생명체가 있었다.

그들의 도시가 눈에 들어왔다. 인류의 것이 그렇듯 그들의 기술이 만들어낸 물건들도 거대해서 우주에서 관찰할 수 있었다. 모양은 이상했고 용도는 알 수 없었다.

진저리가 나는 이주 생활을 다시 시작해야 한다는 뜻일 수도 있었다. 하지만 이 종족들은 생활 가능한 공간을 가득 채우지 않은 것 같았다. 드넓은 대륙 가운데 어딘가에 작은 이주지를 만들 공간은 있을 것 같았다. 만약에 원주민들이 이주민을 환영하기만 한다면….

"솔직히 말해서." 킹 선장은 안절부절못했다. "이런 일이 벌어질 거라고는 생각도 못 했습니다. 원시적인 토착민 정도야 있을 수 있고 위험한 동물들도 분명히 만날 거라고 생각했지만, 저는 아무래도 무의식중에 인류가 유일하게 문명을 일으킨 종족이라고 생각했던 모양입니다. 아주 조심스럽게 접근해야 할 겁니다."

킹 선장은 탐사단을 조직하고 라자러스를 지휘자로 세웠다. 라자러스의 실용적인 감각과 생존 의지를 신뢰하게 되었기 때문이었다. 사실 직접 탐사단을 이끌고 싶었지만 우주선의 선장에게 따르는 임무를 자각하고 있었기 때문에 포기해야 했다. 하지만 슬레이튼은 참가할 수 있었다. 라자러스는 슬레이튼과 랠프, 그리고 부관들을 선발했다. 나머지 탐사단원은 원주민들을 연구하기 위해 생화학자, 지리학자, 환경학자, 입체영상학자, 일군의 심리학자와 사회학자 등 전문가로 구성되었다. 그 가운데에는 매켈비의 통신 구조 이론에 정통한 사람도 있었다. 그의 임무는 원주민들과 의사소통할 방법을 찾는 것이었다.

무기 소지는 허락되지 않았다.

킹 선장은 일언지하에 무장을 금지했다. "이번 탐사단은 소모품입니다." 킹 선장은 라자러스에게 무뚝뚝하게 말했다. "어떤 이유에서든, 어떤 종류의 싸움이든 간에 원주민들을 공격하는 위험을 무릅쓸 수는 없습니다. 정당방위도 마찬가집니다. 탐사단은 사절이지 군인이 아닙니다. 그걸 잊지 마십시오."

라자러스는 자신의 방으로 갔다가 돌아오더니 진지한 표정으로 킹 선장에게 권총 한 정을 건넸다. 하지만 다리에 묶고 킬트로 가려놓은 또 한 정에 대해서는 일부러 언급하지 않았다.

킹 선장이 탐사단에게 착륙선에 올라타고 지시를 실행에 옮기라는 명령을 내리려는 순간, 이제 일족들의 선천적 기형을 담당하는 수석 간호사를 맡은 재니스 슈미트가 끼어들었다. 재니스는 사람들을 밀치고 나가 선장을 불렀다.

그런 자리에서 그런 행동을 할 권리가 있는 것은 간호사뿐이었다. 게다가 재니스는 킹 선장에 필적할 만큼 직업적으로 완고했을 뿐 아니라 무례함에 있어서도 그보다 반세기만큼은 경험이 많았다. 킹 선장이 재니스를 노려보았다. "무슨 일이 있길래 뛰어든 거지?"

"선장님, 제가 보살피는 아이 얘기를 꼭 들어주셔야 해요."

"간호사, 귀관은 지금 제정신이 아닌 게 분명하네. 나가게. 나중에 내 집무실로 오도록. 우선 수석 의무관하고 얘기를 끝내고 나서."

재니스는 두 손을 엉덩이에 얹었다. "지금 얘기해야 합니다. 이 사람들이 탐사단 맞죠? 이 사람들이 출발하기 전에 알아두셔야 할 일이 있어요."

킹 선장은 입을 열다가 생각을 바꾸고 말했다. "핵심만 간단히."

재니스는 그렇게 했다. 제니스가 돌보는 대상 중에 아흔 살쯤 됐으면서도 가슴샘이 과도하게 활동해서 사춘기의 외모를 한, 한스 위더럴이라는 이름의 젊은이가 있었다. 한스는 지적장애까지는 아니었으나 정신적 문제가 있었고, 만성적으로 무감정 상태이며, 신경 근육 결함이 있어서 제 손으로 음식을 먹지 못할 만큼 약했다. 그리고 텔레파시 감각이 날카로웠다.

한스는 우주선이 머물고 있는 행성에 대해 모든 것을 알고 있노라고 재니스에게 말했다. 행성에 사는 친구들이 모든 것을 얘기해주었으며… 자신을 기다리고 있다는 것이었다.

킹 선장과 라자러스가 사태를 조사하는 동안 탐사단의 출발은 지연되었다. 한스가 그런 얘기를 한 것은 사실이었고 두 사람은 사실 여부를 판단할 수단이 없었다. 하지만 한스는 자신의 '친구들'에 관해 크게 도움이 될 정보를 주지 못했다. "아, 그냥 사람들이죠." 한스가 두 사람의 아둔함에 어깨를 들썩이며 말했다. "고향하고 똑같아요. 좋은 사람들이죠. 일하고 학교에 가고 교회에 가요. 애들도 있고 즐겁게 살고요. 가보면 마음에 들 거예요."

하지만 한스는 한 가지 사실을 분명히 했다. 친구들이 자신을 기다리고 있으니 꼭 가봐야 한다는 것이었다.

라자러스는 반대했으며 자신의 판단이 맞다고 믿었지만, 한스를 태운 들것과 재니스는 라자러스의 탐사단에 합류했다.

✳

탐사단은 사흘 후에 돌아왔다. 라자러스는 전문가들의 보고서가 통합되고 분석되는 동안 킹 선장에게 사적인 보고를 길게 늘어놓았다. "놀랄 만큼 지구와 비슷했습니다, 선장님. 향수병을 일으킬 만했지요. 하지만 차이가 분명해서 겁이 나기도 했습니다. 거울에 얼굴을 비춰봤더니 눈이 셋에 코는 없는 모양으로 변했다고 생각해보십시오. 심란하죠."

"원주민들은 어땠습니까?"

"지금 말씀드리겠습니다. 맨눈으로 살펴보기 위해서 착륙선으로 낮 지역을 빠르게 훑었습니다. 망원경으로 본 것과 다른 점은 없더군요. 그러고 나서 한스가 알려준 지점에 착륙선을 내려놓았습니다. 원주민 도시들 가운데 한 군데였고, 중앙에 공터가 있더군요. 나라면 그런 장소를 고르지 않았을 겁니다. 숲속에 착륙해서 정찰하는 쪽을 좋아하니까요. 하지만 한스의 육감에 따르라고 명령하셨지요."

"언제든지 스스로의 판단대로 해도 된다고도 했지요." 킹 선장이 상기시켜주었다.

"네, 네. 어쨌든 그렇게 했습니다. 기술진들이 공기의 표본을 얻고 위험 여부를 확인하는 동안 군중이 모여들었습니다. 그 사람들은… 흠, 입체 영상을 보셨겠군요."

"네, 놀랍게도 인간형이더군요."

"인간형은 무슨! 사람입니다. 인류는 아니지만 어쨌든 사람이지요." 라자러스는 곤혹스러운 표정이었다. "마음에 들지 않습니다."

킹 선장은 반론을 펴지 않았다. 영상에 떠오른 것은 키가 2미터 40센티미터는 되고 좌우대칭형에 내골격이 있으며 머리가 확실히 구분되는 이족보행체의 존재였다. 눈은 사진기의 렌즈 같았다. 눈이야말로 원주민들의 외양 가운데 가장 인간적이고 인상적인 부분이었다. 세인트버나드종의 개처럼 크고 투명하며 슬픔을 담은 눈이었다.

눈만 보면 별문제가 없었다. 다른 부분들은 그렇지 않았다. 킹 선장은 이가 없이 열린 입과 좌우로 갈라진 윗입술을 보며 눈을 돌렸다. 저 생물들을 좋아하기까지 오랜 시간이 걸릴 거라고 생각했다. "계속하십시오." 킹 선장이 라자러스에게 말했다.

"착륙선의 입구를 열고 나서 나 혼자 밖으로 나갔습니다. 맨손이었고 우호적이며 평화롭게 보이려고 노력했지요. 세 사람이 앞으로 걸어 나오더군요. 태도가 열성적이었다고 할 수도 있겠습니다. 하지만 나에게 금세 흥미를 잃더니 다른 사람이 나오기를 기다리는 것 같았습니다. 그래서 한스를 데리고 나오라고 명령했지요.

선장, 아마 못 믿을 겁니다. 그 사람들은 한스를 보자 오래전에 헤어진 형제를 다시 만난 것처럼 살갑게 굴었습니다. 아니, 그걸로는 표현이 부족하군요. 승전보를 갖고 돌아온 왕을 알현하는 것 같았습니다. 우리한테도 꽤 공손하긴 했지만 어디까지나 의례적이었지요. 하지만 한스에게는 징징거릴 정도였습니다." 라자러스가 주저했다. "선장, 환생을 믿습니까?"

"꼭 믿는 건 아닙니다만, 그 문제에 대해서는 열린 마음으로 보고 있습니다. 물론 프롤링 위원회의 보고서도 읽어봤지요."

"나는 그런 얘기가 전혀 쓸모없다고 생각하는 사람입니다. 하지만 그 사람들이 한스를 열렬히 환영했다는 걸 어떻게 설명하겠습니까?"

"거기에 대해서는 언급하지 않겠습니다. 보고나 마저 들읍시다. 여기 정착하는 게 가능하다고 보십니까?"

"아!" 라자러스가 말했다. "그 점에 관해서는 그 사람들이 확신을 줬습니다. 알다시피 한스는 텔레파시를 통해서 그 사람들과 얘기할 수 있습니다. 그 사람들의 신들이 우리에게 여기 살도록 허락했고, 원주민들 또한 우리를 받아들일 계획을 세워놨다고 하더군요."

"네?"

"그렇다니까요. 우리를 원한다는 얘깁니다."

"흠! 그거 다행이군요."

"그래요?"

킹 선장은 라자러스의 시무룩한 모습을 관찰했다. "당신의 보고는 모든 면에서 긍정적입니다. 그런데 표정이 왜 그렇습니까?"

"모르겠습니다. 나는 우리만의 행성을 찾는 게 낫다고 봅니다. 선장, 일이 너무 쉽게 풀리면 항상 뭔가 있는 법입니다."

2

자캐이라인(人)은 이주자들에게 도시 하나를 통째로 넘겨주었다.

자캐이라인들이 그렇게 놀랍도록 협조적인 데다가, 하워드 일족의 거의 모든 구성원들이 발에 흙을 묻히고 폐로 공기를 들이마시는 것을 얼마나 염원했는가를 스스로 단숨에 깨닫고 나자 우주선에서 지상으로 이주하는 일은 아주 빠르게 진행되었다. 처음에는 지구 시간으로 족히 1년은 걸려야 이주 작업이 완료될 것으로 생각했다. 수면자들 또한 환경에 적응한 다음에나 깨울 예정이었다. 하지만 이제 이주를 지연시키는 요인은 눈을 뜬 10만 명의 사람들을 즉각 나르기에는 너무 부족한 착륙선의 운송 능력뿐이었다.

자캐이라인의 도시는 인간에 맞춰 설계된 곳이 아니었다. 자캐이라인은 인간이 아니었고 육체적인 요구 사항은 어느 정도 차이가 있었으며 기술을 통해 나타난 문화적 욕구는 광범위한 면에 걸쳐 달랐다. 하지만 어떤 종류든 간에 도시란 특정한 실용적 목적을 달성하기 위해 만들어진 기계였다. 그 목적이란 머물 곳, 식량 공급, 공중위생, 소통 같은 것들이었다. 서로 다른 생물이 서로 다른 환경에 이와 같은 근본적인 요구들을 적용하면 그 내적 논리에 따라 해답이 무한히 갈라질 수 있었다. 하지만 온혈동물인 데다가 산소를 호흡하는 인간형 생물이 특정 환경에 적용해본 결과, 비록 낯설기는 해도 필연적으로 지구 출생의 인간들이 이용할 수 있는 물건들이 탄생했다. 자캐이라인의 도시는 어떤 면에서 보면 초현실주의자들의 그림처럼 야생적이었지만 인간은 이글루나 풀로 만든 집은 물론 남극 대륙 아래에 있는 자동화 은신처에서도 살고 있었다. 그렇기 때문에 인류는 자캐이라인의 도시에서 살 수 있었고 이주했다. 물론 그 즉시 살기에 편하도록 재건축에 착수했다.

고칠 부분은 많았지만 그리 어렵지도 않았다. 건물들은 이미 세워져 있었다. 거주지에는 지붕이 있었고 인류에게 기본적으로 필요한 인공 동굴 형태였다. 자캐이라인들이 그 구조물을 어디에 사용했는지는 중요하지 않았다. 인간들은 그 건물을 거의 모든 용도로 활용했다. 그 안에서 자고, 놀고, 먹고, 그 안에 물건을 보관하고 생산하기도 했다. 자캐이라인들은 인간보다 굴 파기를 좋아했기 때문에 진짜 '동굴'도 있었다. 하지만 인간 역시 남극대륙에서건 뉴욕에서건 때에 따라서는 쉽사리 혈거인으로 돌아가곤 했다.

신선한 식수가 배관에서 흘러나왔기 때문에 마실 수 있었고 제한적이긴 하나 씻을 수도 있었다. 가장 부족한 것은 배수 시설이었다. 도시 전체를 아우르는 하수 설비가 없었다. 자캐이라인들은 목욕을 하지 않았고 개인적인 위생에 필요한 것이 인간과 달랐기 때문에 다른 방법으로 해결하고 있었다. 이주자들은 부단한 노력을 들여 우주선의 세면 장치와 흡사한 임시 장비를 만들어야 했고 그것들이 자캐이라식 처리 설비와 연결될 수 있도록 조정해야 했다. 수요를 최소화하는 것은 기본이었다. 수도 공급과 하수 설비가 최소 열 배로 늘어나기 전까지 목욕은 배급제로 할당되는 사치 품목이었다. 하지만 사람은 목욕하지 않고도 살 수 있었다.

그러나 그런 조정들은 수경 농장을 세우기 위한 긴급 작업에 비하면 대단치 않았다. 식량 공급이 확보되기 전에는 대부분의 수면자들을 깨울 수 없었기 때문이었다. 성급한 군중은 뉴프런티어스호의 수경재배 장치들을 당장 낱낱이 분해해서 지상으로 옮겨와 설치해서 일을 진행시키고 싶어 했다. 그동안에는 비축해둔 식량에 의존하면서 말이다. 더 신중한 소수의 사람은 우주선에서 계속 식량을 생산하면서 시험 작물들만 옮겨 오자고 주장했다. 그들은 낯선 행성의 생각지도 않은 균류나 바이러스가 재앙을 가져올 수도 있으며… 그 결과는 기아라는 사실을 지적했다.

슬레이튼과 재커가 강력하게 이끌고 킹 선장이 지지하는 소수파의 의견이 실행에 옮겨졌다. 우주선 안의 수경 농장 하나가 작동을 중단했다. 기계 설비들은 착륙선에 실을 수 있는 크기만큼 작게 분해되었다.

하지만 그것마저도 땅에 도달하지 못했다. 이전부터 행성에서 운영되던 농장의 생산물들이 인간의 식량으로도 적합하다는 사실이 밝혀졌고, 자캐이라인들은 숨을 헐떡이다시피 하며 기꺼이 생산물을 넘겨주었다. 인간들은 그 대신 지구의 작물을 행성의 토양에 맞게 개량하는 데에 남은 힘을 기울였다. 인간이 익숙해져 있는 음식으로 자캐이라산 식량을 보충하기 위해서였다. 자캐이라인들은 거기에도 개입해 인간의 노력이 거의 필요 없도록 해주었다. 그들은 '선천적으로 타고난' 최상급 농부들이었고(행성의 자원이 고갈되지 않은 상태이기 때문에 그들은 합성식품을 사용할 필요가 없었다), 손님이 바라는 것은 무엇이든 제공하면서 기쁨을 느끼는 것 같았다.

슬레이튼은 식량 공급이 개척단의 수요를 넘어서는 것이 확실해지자마자 행정부를 도시로 옮겼다. 하지만 킹 선장은 우주선에 남았다. 수면자들은 시설이 준비되고 작동이 시작되자마자 잠에서 깨어난 다음 지상으로 이동했다. 식량과 거주할 곳과 식수가 확보되었어도 최소한의 안락함과 삶의 품위를 유지하기 위해서는 해야 할 일이 많이 남아 있었다. 두 종족의 문화는 근본적으로 달랐다. 자캐이라인들은 언제든지 끝없이 도움을 주고 싶어 했지만 그런데도 인간들이 하는 일을 보고 눈에 띄게 당황하는 경우가 종종 있었다. 자캐이라의 문화에는 사생활이라는 개념이 없는 것 같았다. 도시 안에 있는 건물에는 하중을 지탱하기 위한 것 외에는 칸막이가 없었으며 그나마도 수가 아주 적었다. 자캐이라인들은 주로 기둥이나 말뚝을 사용했다. 그들은 인간들이 왜 그처럼 아름답게 탁 트인 공간을 작은 방과 통로로 망가뜨리려고 하는지 이해하지 못했다. 목적을 막론하고 홀로 있기를 바라는 개인이 존재한다는 것 자체를 납득할 수 없었기 때문이었다.

(그들과의 소통이 상세한 부분까지 도달하지 못하고 추상적이었기 때문에 분명하지는 않았지만) 자캐이라인들은 결국 혼자 지낸다는 것이 지구인들에게 종교적인 의미가 있는 모양이라고 결론을 내렸다. 그래도 그들은 도와주었다. 칸막이로 사용할 수 있는 얇은 판 모양의 물질을 제공해주었던 것이다. 그들은 판을 다루는 데에 쓸 도구도 주었는데, 오직 그 도구를 써야만 판을 재단할 수 있었다. 지구의 기술자들은 그 판 모양의 물질을 보고 혼란에 빠져 신경쇠약에 걸릴 지경이었다. 지구의 기술상에 존재하는 어떤 부식물도 그 물질을 손상시키지 못했다. 우라늄 화합물을 다루는 데에 사용하는 거친 불소수지마저 해체하는 화학반응들도 그 물질에는 효과가 없었다. 그 물질은 다이아몬드로 만든 톱을 산산조각 냈고 열에도 녹지 않았으며 추위에도 약해지지 않았다. 그 물질은 빛과 소리와 실험해본 모든 종류의 복사를 차단했다. 부술 수 없었기 때문에 인장 강도도 알수 없었다. 그러나 자캐이라산 도구는, 심지어 인간이 사용해도 그 물질을 자르고 재단하고 용접할 수 있었다.

인간 기술자들은 그러한 좌절에 익숙해지는 수밖에 없었다. 기술을 사용해서 환경을 제한한다는 관점에서 볼 때 자캐이라인들은 인간과 동등하게 문명적인 존재였다. 하지만 그들은 기술을 다른 방향으로 발전시켰다.

두 문명 간의 차이점은 공학 기술보다 더 근원적인 곳까지 이어졌다. 전체적으로 보아 친절하고 도움이 되긴 해도 자캐이라인들은 인간이 아니었다. 생각도 다르고 가치 판단도 달랐다. 사회구조와 언어구조는 그들의 비인간성을 반영했으며 두 가지 모두 인류에게는 불가해한 것들이었다.

공통어 연구를 책임지고 있는 의미론학자 올리버 존슨은 한스를 경유해 통신할 경우 자신이 지금 맡은 일을 어이없으리만큼 쉽게 해결할 수 있다는 점을 알았다.

올리버가 슬레이튼과 라자러스에게 설명했다. "물론, 한스가 문자 그대로의 천재는 아닙니다. 지적장애 수준을 간신히 면한 상태지요. 따라서 한스가 이해할 수 있는 개념만 번역이 가능하기 때문에 어휘 수에 제약이 있습니다. 그래도 기본적인 어휘 목록은 만들 수 있습니다."

"그거면 충분하잖습니까?" 슬레이튼이 물었다. "제 생각엔 그렇습니다. 8백 단어만 알면 어떤 개념이든 전달할 수 있다는 말을 들은 적이 있습니다."

"완전히 틀린 말은 아닙니다." 올리버가 인정했다. "일상적인 상황을 다루는 데에는 천 개 미만의 단어로도 충분할 겁니다. 저는 자캐이라어 가운데 7백 개가 채 못 되는 어구, 숫자, 명사를 골라서 실용적인 공통어를 만들었습니다. 하지만 미세한 구분과 정확한 판단이 가능하려면 자캐이라인들을 더 잘 알고 더 깊이 이해해야 할 겁니다. 어휘가 부족해서는 고도의 추상성을 다룰 수 없습니다."

"젠장." 라자러스가 말했다. "단어 7백 개면 충분할 거라고 봅시다. 우선 나만 해도 저자들과 연애할 생각은 없고, 시에 대해서 토론하지도 않을 거니까요."

라자러스의 의견은 정당해 보였다. 일족 구성원의 대부분은 지상에 내려온 지 2주일에서 한 달 사이에 기본적인 자캐이라어를 익혔고 마치 평생 그래왔던 것처럼 행성의 주인들과 재잘거렸다. 지구인들 모두는 기억법과 의미론 분야에 대해 평균적이고 정상적인 기초 지식을 갖추고 있었다. 어휘 수가 제한적인 보조 언어는 그 필요성에 자극을 받은 데다가 연습할 기회가 넘쳐났기 때문에 금세 퍼져나갔다. 물론 '원주민'들이 영어를 배워야 한다고 믿는, 어디서나 볼 수 있는 만큼의 고집불통 시골 사람들은 예외였다.

자캐이라인은 지구인의 언어를 배우지 않았다. 우선 눈곱만큼이라도 관심을 갖는 자캐이라인이 없었다. 소수가 쓰는 언어를 수백만 인구가 배워야 한다는 것도 말이 되지 않았다. 하지만 무엇보다도 자캐이라인들은 윗입술이 갈라졌기 때문에 'm', 'p', 'b' 발음에 대처할 수 없었다. 반면에 인간의 목은 자캐이라인들이 쓰는 연구개음, 치찰음, 치음과 찰칵 소리를 흉내 낼 수 있었다.

라자러스는 처음 자캐이라인을 보면서 품었던 나쁜 인상을 수정해야만 했다. 낯선 외모에 익숙해지고 나면 그들을 좋아하지 않을 수가 없었다. 자캐이라인은 아주 호의적이고 너그러웠으며 친근했고 기쁨을 열망했다. 라자러스는 일족과 자캐이라인 사이에서 일종의 연락장교 역할을 맡은 자캐이라인 크릴 살루와 특별히 붙어 다니게 되었다. 살루가 동족들 사이에서 맡는 역할은, 번역하자면 크릴 일가 또는 부족의 '우두머리', '아버지', '성직자', '지도자'였다. 살루는 이주지 가까이에 있는 자캐이라인의 도시로 라자러스를 초대했다. "우리 사람들이 당신을 보고 살 냄새를 맡고 싶어 합니다." 살루가 말했다. "그러면 행복한 일이 될 겁니다. 신들도 기뻐하실 테고요."

살루는 한 번이라도 신들을 언급하지 않으면 말을 끝맺을 수 없는 것 같았다. 라자러스는 개의치 않았다. 그는 다른 사람의 종교에 대해서 신경을 쓰지 않았고 관대했다. "친구 살루, 가겠습니다. 나에게도 행복한 일이 될 겁니다."

살루는 라자러스를 자캐이라인들이 흔히 타고 다니는, 수프 접시와 아주 비슷하게 생긴 바퀴 없는 수레에 태웠다. 수레는 분명하게 땅에 닿았다가 위로 튕겨 오르기를 반복하면서 조용하고 빠르게 지상을 달렸다. 눈물이 나올 정도의 속력으로 살루가 수레를 모는 동안, 라자러스는 바닥에 웅크리고 앉아 있었다.

"살루." 바람 소리 때문에 들리지 않을까 봐 라자러스는 소리쳐서 물어보았다. "이거 어떻게 움직이는 겁니까? 무슨 힘으로 움직이지요?"

"신들이…." 살루가 공통어에 없는 단어를 사용했다. "…에 숨결을 불어줍니다. 그렇게 수레가 장소를 바꿀 수 있도록 해줍니다."

라자러스는 더 자세히 설명해달라고 하려다가 입을 다물었다. 라자러스는 살루가 해줄 대답을 어느 정도 이미 알고 있다는 사실을 깨달았다. 금성에 사는 수중 사람들 가운데 한 명이 라자러스에게 초기형 늪 경운기에 들어 있는 디젤 엔진을 설명해달라고 요구한 적이 있었다. 라자러스는 그때 살루와 아주 비슷한 대답을 했다. 일부러 신비롭게 대답하려고 한 것은 아니었다. 부족한 공통어로는 설명할 수 없었기 때문이었다.

해결할 방법이 없는 것은 아니었다.

"살루, 수레 안이 어떻게 되어 있는지 그림을 보고 싶습니다." 라자러스가 손가락으로 가리키며 계속 물었다. "그림이 있습니까?"

"그림은 사원에 있습니다." 살루가 말했다. "하지만 당신은 사원에 들어갈 수 없습니다." 살루는 슬픔에 잠긴 커다란 눈으로 라자러스를 보았다. 라자러스는 자캐이라인의 우두머리가 품위가 부족한 친구의 모습을 보며 안타까워한다는 느낌을 강하게 받았다. 라자러스는 그 문제에 관한 대화를 얼른 포기했다.

하지만 금성인들을 생각하자 또 다른 의문점이 머리에 떠올랐다. 금성의 수중 사람들은 영원히 사라지지 않는 구름 때문에 바깥세상과 격리되어 살면서 천문학의 존재 자체를 믿지 않았다. 지구인이 도착하자 우주관을 조금 수정해야 할 필요가 생겼지만, 설명을 수정한다고 해서 사실에 조금이라도 더 가까이 다가서지는 않았다고 생각할 만한 근거가 있었다. 라자러스는 자캐이라인들이 우주에서 온 방문객을 어떻게 생각하고 있는지 궁금했다. 자캐이라인들은 지구인을 보고 놀라지 않았다. 아니, 혹시 놀랐을까?

"살루." 라자러스가 물어보았다. "우리 형제들과 내가 어디서 왔는지 알고 있습니까?"

"압니다." 살루가 대답했다. "멀리 떨어진 태양에서 왔지요. 아주 멀어서 빛이 그 거리를 여행하는 동안 수많은 계절이 오고 가는 곳입니다."

라자러스는 약간 놀랐다. "누가 그러던가요?"

"신들께서 말씀하셨습니다. 그리고 당신네 형제 리비가 강연을 했습니다."

라자러스는 리비가 크릴 살루에게 그 문제를 설명하기 전까지는 신들이 그 문제를 언급할 생각도 없었을 거라고 말하고 싶었다. 하지만 라자러스는 평화를 택했다. 하늘에서 내려온 방문객을 보고 놀랐느냐고 물어보고 싶은 생각도 있었지만, 라자러스는 놀라움이나 경이로움을 뜻하는 자캐이라어 단어를 알지 못했다. 라자러스가 그 문제를 꺼내기 위한 표현을 생각하고 있는데 살루가 입을 열었다.

"우리 사람들의 아버지들은 당신네처럼 하늘을 날아다녔습니다. 신들께서 오시기 전의 일이었습니다. 신들께서는 지혜롭게도 그것을 그만두라고 명하셨습니다."

'그거야말로 완전히 놀라서 지어낸 거짓말이지.' 라자러스가 생각했다. 자캐이라인들이 단 한 번이라도 행성의 표면을 떠난 적이 있다는 증거는 전혀 없었다.

라자러스는 그날 저녁 살루의 집에 앉아서 영예로운 손님, 즉 라자러스 자신을 즐겁게 해주려는 것으로 보이는 긴 회합을 견뎌야 했다. 라자러스는 크릴 일족이 공동으로 사용하는 거대한 방 중에서 솟아올라 있는 부분에 살루와 함께 앉아 몸을 웅크리고 2시간 동안 울부짖는 소리를 들어야 했다. 그 울부짖음은 노래의 일종인 것 같았다. 서로 다른 품종의 개 50마리를 모아놓고 꼬리를 밟아도 그보다는 나은 음악이 나올 것 같았다. 하지만 라자러스는 그 노래가 영혼에 호소하는 것이라고 생각하고, 그렇게 느껴보려고 애를 썼다.

라자러스는 리비가 한 말을 떠올렸다. 그에 따르면 자캐이라인들이 탐닉하는 이 집단적인 울부짖음은 사실 음악이며, 인간도 음정 간의 관계를 파악하면 즐기는 법을 배울 수 있다고 했다.

라자러스는 그 말을 믿지 않았다.

하지만 라자러스도 리비가 특정 분야에서 자신보다 자캐이라인을 더 잘 이해한다는 것은 인정했다. 리비는 자캐이라인이 정교하고 훌륭한 수학자들이라는 것을 알고 기뻐했다. 그들은 특히 리비의 재능과 맞먹을 정도로 수를 잘 이해했다. 자캐이라인의 셈은 평범한 인간에게는 너무나 복잡했다. 그들에게 있어서 숫자란 어떤 것이든 간에 유일무이한 실체였고, 단순히 작은 수들의 집합이 아니라 그 하나하나를 자체적으로 이해해야 하는 대상이었다. 그 결과 자캐이라인들은 편리한 대로 진법을 골라 썼고 지수를 표기할 때에도 마음대로 밑수를 골랐다. 유리수건 무리수건 또는 변수건 관계없이 자유로웠다. 때로는 그중 어느 것도 쓰지 않았다.

라자러스는 생각했다. '리비가 자캐이라인과 일족들 사이에서 수학적인 통역 역할을 할 수 있는 게 얼마나 다행인가. 그러지 않았다면 자캐이라인들이 보여주었던 그 수많은 신기술을 전혀 이해하지 못했을 것 아닌가.'

라자러스는 지구인들이 보답으로 내어놓은 인류의 기술에 자캐이라인들이 어째서 무관심한지 궁금했다.

울부짖는 불협화음이 사라지자 라자러스는 주변 상황으로 주의를 돌렸다. 음식이 나왔다. 크릴 일족들은 다른 모든 사물을 대할 때와 마찬가지로 경쟁적인 열정을 갖고 음식에 덤벼들었다. '품위란 건 찾아볼 수가 없군.' 라자러스가 생각했다. 지름 60센티미터의 커다란 접시가 크릴 살루의 앞에 놓였고, 그 안에는 특정한 형태가 없는 음식이 넘치도록 담겨 있었다. 십여 명의 크릴가 사람들이 접시 주위로 모이더니 윗사람에게 먼저 권하는 법도 없이 손으로 음식을 집기 시작했다. 그러나 살루는 아무렇지도 않게 몇 사람을 밀쳐낸 다음 그릇에 손을 담그고는 음식 덩어리를 가져오더니 엄지손가락이 두 개인 손 안에서 재빨리 반죽해 공 모양으로 만들었다. 그리고 라자러스의 입안으로 밀어 넣었다.

라자러스는 깔끔을 떠는 편은 아니었다. 하지만 먹기 전에 다른 인간들도 자캐이라의 음식을 먹고 있다는 사실을 떠올려야만 했다. 그리고 그다음으로 그들이 내민 음식을 한입 베어 물기 전에는 아무것도 얻어낼 수 없다는 사실을 상기해야만 했다.

라자러스는 크게 한입을 물었다. 아주 나쁜 맛은 아니었다. 부드럽고 끈적거렸으며 별다른 냄새는 없었다. 특별히 맛있지도 않았지만 삼킬 수는 있었다. 라자러스는 우울한 기분으로 자신이 속한 종족의 명예를 유지하기로 결정하고는 계속 씹었다. 가까운 시일 안에 제대로 된 음식을 먹겠다고 다짐하면서. 한입만 더 삼켰다가는 물리적이고 사회적인 재앙을 초래할지도 모른다는 생각이 들자 라자러스는 빠져나갈 방법을 모색했다. 그는 공용 그릇으로 손을 뻗어서 커다랗게 한 움큼을 떠낸 다음 공모양으로 만들어서는 살루에게 내밀었다.

영감의 도움을 받은 외교술이었다. 라자러스는 식사 시간 내내 팔이 아프도록 살루에게 음식을 먹였다. 그리고 마지막에는 집주인이 먹어치우는 솜씨에 감탄했다.

식사가 끝나자 자캐이라인들은 잠이 들었고 라자러스도 문자 그대로 그들과 함께 잤다. 자캐이라인들은 음식을 먹던 곳에서 잠을 잤고, 침대도 없이, 우리에 있는 강아지나 길에 떨어진 나뭇잎처럼 아무 생각 없이 자리를 잡았다. 라자러스는 놀랍게도 깊이 잠들었고 가짜 태양이 다음 날의 새벽에 신비로운 연민을 표하며 굴의 지붕을 뚫고 비출 때가 되어서야 깨어났다. 살루는 인간과 거의 똑같이 코를 골면서 옆에서 잠들어 있었다. 라자러스는 자캐이라인 어린애가 배를 끌어안고 수저 모양으로 구부러져 있는 것을 보았다.

라자러스의 등 뒤에서 무언가가 움직이더니 허벅지를 스쳤다. 라자러스는 조심스럽게 몸을 돌렸고, 인간으로 치자면 여섯 살 된 자캐이라인 아이가 총집에서 총을 뽑아 호기심에 찬 눈으로 총구를 들여다보는 것을 알았다.

라자러스는 총을 쥐고 놓지 않으려는 아이의 손에서 재빠르고 조심스러운 동작으로 위험한 장난감을 빼앗았다. 다행히 안전장치는 걸려 있었다. 그는 총을 총집에 집어넣었다. 그러자 책망하는 듯한 눈길이 느껴졌다. 아이가 울 것 같았다. "쉿." 라자러스가 속삭였다. "잘못하면 어른들이 깨겠다. 자…." 그는 왼팔로 아이를 안고 옆에 뉘었다. 작은 자캐이라인은 라자러스에게 들러붙더니 부드럽고 촉촉한 입을 그의 피부에 대고는 금세 잠에 빠졌다.

라자러스가 아이를 내려다보았다. "작고 귀여운 악마로구나." 그는 부드럽게 말했다. "냄새에 익숙해질 수만 있다면 좋아할 수도 있을 텐데 말이지."

✳

심각한 문제로 비화할 가능성만 없다면 두 종족 사이에서 일어난 몇 가지 사건들은 사소한 우스개로 치부해도 상관없는 것들이었다. 예를 들어 엘리너의 아들인 허버트의 일이 그랬다. 허버트는 사춘기였고 키가 컸으며 항상 작업을 구경하곤 했다. 어느 날 허버트는 자캐이라인의 동력원을 지구형 기계에 사용하기 위해 조정 중인 기술자 두 사람을 구경하고 있었다. 한 사람은 인간이었고 다른 한 사람은 자캐이라인이었다. 자캐이라인은 소년에게 눈에 띄게 흥미를 갖더니, 분명히 우호적인 뜻으로 소년을 안아 올렸다.

허버트가 비명을 지르기 시작했다.

항상 아이 근처에 머무르던 아이 엄마가 실랑이에 참가했다. 엘리너는 힘이 부족했고 싸움의 대상을 완전히 쳐부술 만한 기술이 없었다. 덩치가 크고 인간이 아닌 상대는 다치지 않았지만 난처한 상황이 발생했다.

슬레이튼과 올리버 존슨은 깜짝 놀라 자캐이라인들에게 우발적인 사고임을 필사적으로 설명했다. 다행히도 자캐이라인들은 원한을 품기보다는 슬퍼하는 것 같았다.

그런 다음 슬레이튼이 엘리너를 불렀다. "당신의 아둔함 때문에 이주

172

민 전체가 위험에 빠졌습니다."

"하지만 저는…."

"조용히 하세요! 당신이 애를 과보호하며 키웠기 때문에 아이가 저렇게 행동한 겁니다. 당신이 감상적인 바보였기 때문에 생각 없이 손을 휘두른 것이고요. 앞으로 저 아이는 정규 성장 학급에 들어가야 하고 당신은 아이와 떨어져 있어야 합니다. 만약에 당신이 원주민들 중 한 사람에게 조금이라도 앙심을 품는 기미가 보인다면 몇 년 동안 강제로 냉동 수면기에 집어넣겠습니다. 이제 가보세요!"

슬레이튼은 재니스 슈미트에게도 마찬가지로 강력한 조치를 취해야 했다. 자캐이라인들은 한스에게 보이던 관심을 텔레파시 능력이 있는 모든 장애인에게로 확장했다. 원주민들은 텔레파시 능력자들이 자신들과 직접 교신할 수 있다는 사실 하나만 가지고도 몸을 떨며 숭상의 대상으로 삼기로 한 것 같았다. 크릴 살루는 텔레파시 능력자들을 다른 장애인들과 분리해서 지구인의 도시 안에 있는 텅 빈 사원에 데려다놓으라고 슬레이튼에게 알려왔다. 자캐이라인들이 능력자들을 손수 돌보고 싶다는 것이었다. 이와 같은 전달은 요청이라기보다 명령에 가까웠다.

재니스는 이번 일을 자캐이라인들이 지금까지 베풀어준 것에 대한 보답으로 간주해야 한다는 슬레이튼의 주장에 마지못해 승복했다. 자캐이라인 간호사들은 재니스의 질투 어린 눈길을 받으면서 아이들을 인도받았다.

정신지체인과 정상인의 경계에 있는 한스보다 지능이 높은 텔레파시 능력자들은, 자캐이라인들의 보살핌을 받는 순간부터 정신이상이 끊임없이 지속되고 그 정도가 심해졌다.

그 결과 슬레이튼에게는 해결해야 할 골칫거리가 하나 더 생겼다. 재니스의 앙심은 엘리너보다 더 깊고 더 지능적이었다. 슬레이튼은 하는 수 없이, 말을 듣지 않으면 사랑스러운 '아이들'로부터 완전히 차단시키겠다고 재니스를 협박해서 평화를 유지해야 했다. 크릴 살루는 지친 데다가 눈에 보일 정도로 진절머리를 내더니 재니스와 그 밑의 보조 간호사들이 가련한 정신병자들을 다시 맡고 자캐이라인들이 정신지체인과 그 이하 수준의 텔레파시 능력자들을 보살핀다는 타협안에 합의했다.

그러나 가장 큰 문제는… 성(姓)을 둘러싸고 벌어졌다.

모든 자캐이라인들은 개인의 이름과 성이 있었다. 하워드 일족들이 그렇듯이 자캐이라인들의 성도 개수에 한계가 있었다. 원주민들의 성은 그들이 속한 부족과 그들이 숭상하는 사원을 동시에 가리켰다.

크릴 살루는 슬레이튼과 그 문제를 논의했다. "이상한 형제들의 높으신 아버지여." 살루가 말했다. "당신과 당신의 어린아이들이 성을 선택해야 할 때가 왔습니다." (살루의 이야기를 영어로 번역하는 데에는 당연히 오류가 포함되어 있었다.)

슬레이튼은 자캐이라인들을 이해하는 데에 장애가 있다는 사실에 익숙해 있었다. "살루, 형제이자 친구여." 슬레이튼이 대답했다. "말씀을 듣긴 했지만 무슨 얘긴지 모르겠습니다. 더 자세히 얘기해주십시오."

살루가 이야기를 되풀이했다. "이상한 형제여, 계절이 오고 계절이 가고 때가 무르익습니다. 신들께서 말씀하셨습니다. 당신네 이상한 형제들이 교육을(?) 충분히 받았으니 부족과 사원을 골라야 한다고요. 나는 당신들 모두가 성을 고를 수 있도록 준비(의식?) 절차를 돕기 위해 왔습니다. 나는 신들을 대신해 이 얘기를 전하는 것입니다. 그러나 개인적인 의견을 말하자면 당신이, 내 형제 슬레이튼이 크릴 사원을 택했으면 좋겠습니다."

슬레이튼은 말 속에 숨은 뜻을 파악하려고 애쓰면서 시간을 끌었다. "당신과 같은 성을 가졌으면 좋겠다는 얘기를 들으니 나도 행복합니다. 하지만 우리는 이미 성이 있습니다."

살루는 입술을 튕겨 보이며 그 얘기를 무시했다. "당신들이 지금 쓰는 성은 그저 단어일 뿐입니다. 이제는 진짜 성을, 앞으로 숭상할 사원과 신의 이름을 선택해야 합니다. 성장하고 나면 더 이상 아이가 아니니까요."

슬레이튼은 다른 사람들의 의견을 들어야겠다고 결정했다. "지금 즉시 선택해야 합니까?"

"오늘 해야 하는 것은 아니지만 조만간 해야 합니다. 신들은 인내심이 깊으십니다."

슬레이튼은 재커 바스토, 올리버 존슨, 라자러스 롱, 랠프 슐츠를 소집하고 살루와 나눈 얘기를 설명했다. 올리버는 녹음된 대화를 다시 돌려보며 단어들의 뜻을 가려내기 위해 애를 썼다. 그는 다른 식으로 해석될 여지를 찾아보았지만 해당 문제에 새로운 해결책을 가져다주지는 못했다.

"내가 보기에는." 라자러스가 말했다. "교회에 가입하든가 나가라는 얘긴 것 같군요."

"맞습니다." 재커가 동의했다. "요약하자면 그런 얘기인 것 같습니다. 흠, 못할 일은 아니라고 봅니다. 전체의 복지를 위해서 원주민의 신들에게 말을 맞춰주는 것도 못할 만큼 종교적인 선입관이 강한 사람은 우리 중에 거의 없을 겁니다."

"내 생각도 당신과 같습니다." 슬레이튼이 말했다. "예를 들어, 나만 해도 평화롭게 사는 데에 도움만 된다면 내 이름에 크릴이란 말을 붙이고 저 사람들과 함께 무릎을 꿇는 데에 반대하지 않습니다." 그는 말하며 인상을 찡그렸다. "하지만 우리 문화가 자캐이라 문화와 합쳐지는 것은 보고 싶지 않습니다."

"그건 걱정 안 해도 될 겁니다." 랠프가 자신 있게 말했다. "우리가 저 사람들을 기쁘게 하려고 무슨 짓을 한다 해도 실제로 문화가 동화될 가능성은 전혀 없습니다. 우리의 두뇌는 저 사람들과 다릅니다. 사실 이제 겨우 얼마나 다른지를 깨닫기 시작했습니다."

"맞아요." 라자러스가 말했다. "얼마나 다르던지…."

슬레이튼이 라자러스를 바라보았다. "무슨 뜻입니까? 마음에 걸리는 점이라도 있습니까?"

"아니요. 다만." 라자러스가 덧붙였다. "나는 다른 사람들처럼 이 동네에 열광한 적이 한 번도 없다는 얘깁니다."

일동은 우선 한 사람을 정해 뛰어들어 보게 한 후 보고를 듣기로 결정했다. 라자러스는 나이순으로 정하자고 했고 랠프는 전문가에게 맡겨야 한다고 주장했다. 슬레이튼은 두 사람의 안을 기각하고 스스로를 지명했다. 행정적인 책임을 지는 것이 자신의 의무라는 이유에서였다.

라자러스는 영입 의식이 벌어질 예정인 사원의 입구까지 슬레이튼을 따라갔다. 슬레이튼은 자캐이라인들과 마찬가지로 옷을 벗었다. 그러나 라자러스는 사원에 들어갈 필요가 없었으므로 킬트를 걸치고 있었다. 이 주자 가운데 많은 사람들은 우주선에서 수년을 보내느라 햇볕에 굶주렸다. 그래서 사정이 허락하는 대로 자캐이라인들과 마찬가지로 벌거벗고 다녔다. 하지만 라자러스는 절대로 그러지 않았다. 습관 때문이기도 했지만 무엇보다 맨허벅지에 달린 권총이 무척 눈에 띄기 때문이었다.

크릴 살루가 두 사람에게 인사하더니 슬레이튼을 안으로 안내했다. 라자러스가 두 사람의 등 뒤에서 소리쳤다. "고개를 들어요, 친구!"

라자러스는 기다렸다. 담배에 불을 붙이고 피웠다. 그리고 오르락내리락했다. 라자러스는 얼마나 오래 걸릴지 아는 바가 없었다. 뒤에 안 사실이지만, 결과적으로 원래보다 훨씬 오랜 시간이 지났다.

마침내 문이 미끄러져 열리더니 원주민들이 몰려나왔다. 그들은 이상하게도 무언가에 흥분한 것 같았고, 그중 누구도 라자러스에게 가까이 오지 않았다. 커다란 출입문에 몰려 있는 군중은 여전히 둘로 갈라져 통로를 이루고 있었고 그림자 하나가 그 통로를 통과하며 달려오더니 밖으로 나왔다.

라자러스의 눈에 슬레이튼이 보였다.

슬레이튼은 라자러스의 앞에서 멈추지 않고 맹목적으로 스쳐 지나갔다. 그는 다리가 꺾이더니 쓰러졌다. 라자러스가 그에게 달려갔다.

슬레이튼은 일어나려고 하지 않았다. 그는 얼굴을 아래로 하고 사지를 뻗었다. 어깨가 격하게 흔들렸고 전신이 흐느낌에 맞춰 떨렸다.

라자러스는 슬레이튼의 옆에 무릎을 꿇고 앉아 그의 몸을 흔들었다. "슬레이튼." 라자러스가 불렀다. "무슨 일입니까? 뭐가 문젭니까?" 슬레이튼은 땀과 공포에 젖어 놀란 눈으로 라자러스를 보더니 잠깐 동안 흐느낌을 억눌렀다. 말은 하지 않았지만 라자러스를 알아보는 것 같았다. 그는 라자러스에게 몸을 던지더니 매달리고는 조금 전보다 더 격렬하게 울었다.

라자러스는 몸을 빼내고 슬레이튼의 뺨을 세게 때렸다. "정신 차려요!" 라자러스가 명령했다. "무슨 일인지 말하라니까."

슬레이튼은 따귀를 맞고 고개를 꺾더니 울부짖음을 멈췄다. 하지만 아무 말도 하지 않았다. 그의 눈에는 초점이 없었다. 라자러스의 시야에 그림자가 들어왔다. 라자러스는 권총으로 앞을 막으며 몸을 돌렸다. 크릴살루가 몇 걸음 떨어진 곳에 서 있었고, 더 다가오지 않았다. 무기 때문은 아니었다. 살루는 이전에 무기를 본 적이 없었다.

"너!" 라자러스가 말했다. "이런 젠… 슬레이튼에게 무슨 짓을 한 거야?"

라자러스는 마음을 가다듬고 살루가 알아들을 수 있는 말로 다시 물었다. "우리 형제 슬레이튼에게 무슨 일이 일어난 겁니까?"

"데려가십시오." 살루가 입술을 뒤틀며 말했다. "안 좋은 일입니다. 아주 안 좋은 일입니다."

"그걸 말이라고 해!" 라자러스가 말했다. 그는 번역하는 수고를 들이지 않았다.

3

지난번과 같은 구성원들이 최대한 신속하게 모였다. 의장만이 빠진 상태였다. 라자러스가 이야기를 끝내자 랠프가 슬레이튼의 상태에 대해 보고했다. "의료진들에 의하면 신체적으로는 아무 이상이 없답니다. 제가 확답할 수 있는 것은 행정관이 원인을 알 수 없는 극도의 정신이상에 시달리고 있다는 것입니다. 행정관과 의사소통을 할 수가 없었습니다."

"전혀 말이 없습니까?" 재커가 물었다.

"음식이나 물을 달라고 한두 마디는 했습니다만, 뭣 때문에 그리됐는지 묻기만 하면 이성을 잃고 광란 상태에 빠집니다."

"상태 분석도 불가능합니까?"

"흠, 일상적인 말로 전문적이지 못한 짐작만이라도 얘기하자면, 겁에 질려서 혼쭐이 나간 상태입니다." 랠프가 덧붙였다. "공황증후군은 이전에도 본 적이 있습니다만, 지금 같은 경우는 처음입니다."

"비슷한 일을 본 적이 있습니다." 라자러스가 갑자기 말했다.

"봤다고요? 어디서요? 어떤 상황이었습니까?"

"딱 한 번." 라자러스가 말했다. "어릴 때였습니다. 2백 년쯤 전이지요. 다 자란 코요테를 잡아다가 우리에 가둔 적이 있었습니다. 훈련시키며 사냥개로 바꿀 수 있다는 얘길 들었거든요. 뜻대로 되지 않았습니다. 그 코요테가 딱 지금의 슬레이튼 같았습니다."

불쾌한 침묵이 한동안 계속됐다. 랠프가 끼어들었다. "무슨 말씀인지 잘 모르겠습니다. 어디가 비슷하다는 겁니까?"

라자러스가 천천히 대답했다. "흠, 이건 그냥 내 짐작입니다. 진실을 아는 것은 슬레이튼뿐인데 말을 할 수가 없으니까요. 내 의견은 이렇습니다. 우리는 처음부터 자캐이라인들을 완전히 잘못 생각하고 있었습니다. 대체로 우리처럼 생겼고 우리만큼 문명화되어 있었기 때문에 그자들이 사람이라고 잘못 생각했던 것이지요. 하지만 그자들은 절대 사람이 아닙니다. 그자들은… 가축입니다."

"잠시만요!" 라자러스가 덧붙였다. "서두르지 마십시오. 이 행성에는 분명 사람이 있습니다. 진짜 사람 말입니다. 그 사람들은 사원에 살고 있으며 자캐이라인들은 그 사람들을 신이라고 부릅니다. 그 사람들은 신입니다!"

라자러스는 다른 사람이 말을 끊기 전에 주장을 계속 펼쳤다. "무슨 생각들을 하는지 알고 있습니다. 잊어버리십시오. 지금 추상적인 얘기를 하려는 게 아닙니다. 내 능력의 한도 내에서 최선을 다해 표현하는 것뿐입니다. 내 얘기는, 저 사원들 안에 무언가가 살고 있으며 그게 뭐든 간에 아주 대단한 주술 능력이 있어서 신의 대타 역할을 할 정도라는 것입니다. 그러니 신들이라고 부를 수도 있겠지요. 정체가 뭐든, 그자들이 이 행성의 진정한 지배 종족입니다. 거주민 말입니다! 그들에게 다른 존재들이란, 그러니까 자캐이라인이나 우리는 그저 동물입니다. 야생이냐, 가축이냐의 차이만 있을 뿐이지요. 우리는 지역 종교가 미신에 불과할 거라고 잘못 생각했던 겁니다. 사실은 그렇지 않았고요."

재커가 천천히 말했다. "그래서 슬레이튼이 저렇게 됐다는 겁니까?"

"네, 슬레이튼은 진짜 거주민을 만난 겁니다. 그자의 이름이 크릴이지요. 그자가 슬레이튼을 미치게 한 겁니다."

"난 그 의견에 한 표 던지겠습니다." 랠프가 말했다. "당신 이론에 따르면 누구든 저… 저 존재와 만나면… 정신이 이상해진다는 얘기지요?"

"꼭 그렇지만은 않을 겁니다." 라자러스가 대답했다. "내가 그것보다 더 무서운 건, 어쩌면 나는 미치지 않을 수도 있다는 점입니다!"

그날 자캐이라인들은 지구인과의 모든 접촉을 중단했다. 다행스러운 일이었다. 그러지 않았다면 폭력 사태가 발생할 수도 있었다. 죽음보다 더 두려운 공포가, 끔찍하고 이름 모를 것에 대한 공포가, 인간을 정신 나간 동물로 탈바꿈시킬 수 있다는 존재에 대한 공포가 도시 전체를 덮었다. 자캐이라인들은 더 이상 무해하거나, 그 과학적인 수준에도 불구하고 촌스러워 보이는 친구가 아니었다. 그들은 '사원'에서 어슬렁거리며 모습을 드러내지 않는 강력한 존재들이 보낸 꼭두각시였고 함정이었으며 미끼였다.

투표를 할 필요도 없었다. 지구인들은 불붙은 건물에서 도망쳐 나온 군중처럼 한마음이 되어 이 끔찍한 장소를 떠나고 싶어 했다. 재커가 지휘를 맡았다. "킹 선장을 부르십시오. 움직일 수 있는 착륙선을 모조리 보내라고 하고요. 최대한 빨리 여기서 빠져나가야겠습니다." 재커는 걱정스러운 표정으로 머리칼을 매만졌다. "라자러스, 한 번에 최대한 몇 명까지 실을 수 있습니까? 전부 탈출하자면 얼마나 걸릴까요?"

라자러스가 뭐라고 중얼거렸다.

"지금 뭐라고 하셨습니까?" 재커가 물었다.

"시간은 중요하지 않다고 했습니다. 저쪽에서 놓아줄 것인지가 문젭니다. 사원에 사는 존재가 가축의 수를 늘리려고 할지도 모릅니다. 우리 말입니다!"

라자러스는 착륙선을 조종해야 했지만 그보다 군중을 통솔할 수 있는 능력이 훨씬 더 중요했다. 재커는 긴급 경찰 병력을 뽑으라고 지시했다. 그때 라자러스가 재커의 어깨너머로 보더니 소리쳤다. "잠깐만요! 기다리십시오, 재커. 수업 시간 끝났습니다."

재커는 재빨리 고개를 돌렸다. 당당하고 위엄 있게 의회 복도를 가로질러 오는 이가 있었으니 크릴 살루였다. 살루의 앞을 막는 사람은 아무도 없었다.

그 이유는 머지않아 분명해졌다. 재커는 인사하기 위해 앞으로 나아갔지만 자캐이라인으로부터 3미터가량 떨어진 곳에서 걸음을 멈췄다. 원인은 알 수 없었다. 그저 더 전진할 수가 없었다.

"안녕하십니까, 불행한 형제여." 살루가 입을 열었다.

"안녕하십니까, 크릴 살루."

"신들께서 말씀하셨습니다. 당신들은 절대 문명화(?)될 수 없습니다. 당신과 당신의 형제들은 이 세계를 떠나야 합니다."

라자러스는 안도의 한숨을 깊게 내쉬었다.

"크릴 살루, 우리는 떠나겠습니다." 재커가 침착하게 대답했다.

"신들은 당신들을 떠나보내라고 요구하십니다. 당신의 형제 리비를 데려오십시오."

재커는 리비를 부르러 사람을 보내고 살루에게 돌아섰다. 하지만 자캐이라인은 아무 말도 하지 않았다. 그는 다른 사람들의 존재에 무관심한 것 같았다. 지구인들은 기다렸다.

리비가 도착했다. 살루는 리비와 긴 대화를 나누었다. 재커와 라자러스는 말소리가 충분히 들릴 만한 거리에 있었고 두 사람의 입술이 움직이는 것도 보았지만 아무것도 듣지 못했다. 라자러스는 현재의 상황이 매우 걱정스러웠다. '눈이 조금만 더 좋았더라면.' 라자러스가 생각했다. '적절한 장비만 있었다면 저 사기극을 파헤칠 방법을 여남은 개는 찾아냈을 텐데. 하지만 정답은 못 찾을 것 같은 예감이군. 게다가 장비라고는 전혀 없으니.'

고요한 토론이 끝났다. 살루는 작별 인사도 없이 조용히 물러났다. 리비가 기다리는 사람들에게 돌아서더니 이야기했다. 이제는 다른 사람들이 그의 목소리를 들을 수 있었다. "살루가 얘기하기를." 리비가 의아함 때문에 눈썹을 구기며 입을 열었다. "여기서 32광년 떨어진 행성으로 가야 한답니다. 신들이 그렇게 결정했다는데요." 리비는 말을 멈추더니 입술을 깨물었다.

"거기에 대해서는 고민하지 말게." 라자러스가 조언을 했다. "떠나게 내버려둔다는 것만도 고맙게 생각하자고. 마음만 먹으면 우리를 얼마든지 납작하게 뭉갤 수도 있을 테니까. 일단 우주로 나가면 목적지를 우리 마음대로 고를 수 있을 거야."

"제 생각도 그렇습니다. 하지만 제가 마음에 걸리는 것은, 이 항성계에서 나가는 데에 3시간이면 될 거라고 한 점입니다."

"세상에, 말도 안 되는 소리 아닌가." 재커가 항의했다. "불가능한 일이야. 아직 착륙선도 다 안 왔는데."

라자러스는 아무 말도 하지 않았다. 그는 대안을 생각하는 일을 포기했다.

＊

재커는 자신의 의견을 재빨리 바꿨다. 라자러스는 경험에서 우러나오는 대책을 세웠다. 그는 사촌들을 재촉해서 승선이 이뤄지고 있는 장소로 내몰았다. 그리고 라자러스의 몸이 땅에서 떠올랐다. 사지를 버둥거렸지만 팔과 다리에 걸리는 것은 없었고 지상은 멀어졌다. 라자러스는 눈을 감고 열을 센 다음 다시 떴다. 그는 3천 미터 이상 되는 허공에 떠 있었다.

라자러스의 아래쪽으로는 햇빛을 받아 빛나는 지면과 대조적인, 어두운 점과 형제들이 동굴에서 나오는 박쥐들처럼 도시 위로 무수히 끓어올랐다. 몇몇은 라자러스가 눈으로 식별할 수 있을 만큼 가까웠다. 그것들은 인간, 지구인, 즉 일족들이었다.

지평선이 아래로 잠기더니 행성은 구형이 되었고 하늘이 검게 변했다. 하지만 라자러스는 정상적으로 호흡할 수 있었고 혈관도 부글거리지 않았다.

일족들은 여왕벌 주위에서 웅웅거리는 벌들처럼 뭉쳐서 뉴프런티어스호의 열린 선착장으로 빨려 들어갔다. 라자러스는 우주선 안에 들어서자마자 한동안 사시나무처럼 몸을 떨었다. 그는 속으로 한숨을 내쉬고 조심스럽게 걸음을 내디디며 생각했다. '휴, 이거 멋지군!'

리비는 우주선에 오르자마자 킹 선장을 찾아내고는 정신을 차렸다. 그리고 살루의 얘기를 전했다.

킹 선장은 마음을 정하지 못한 것 같았다. "잘 모르겠군." 선장이 말했다. "나야 지상에 내려가보지도 못했으니 자네가 나보다 원주민들에 대해서 잘 알겠지. 하지만 사관, 우리끼리 얘긴데, 그자들이 내 승객들을 돌려보낸 방법을 보면서 혼잣말을 하지 않을 수가 없었네. 이거야말로 내가 지금까지 참여해본 것 중에 가장 멋진 기동 훈련이었어."

"직접 체험해봐도 멋졌다고 할 수 있습니다, 선장님." 리비가 진지하게 대답했다. "하지만 저는 스키를 타고 도약하는 편이 더 좋습니다. 선장님께서 선착장을 열어두셔서 다행입니다."

"내가 연 게 아닐세." 킹 선장이 간결하게 말했다. "알아서 열린 거야."

두 사람은 우주선을 가속시키고 자신들을 몰아낸 행성으로부터 멀리 떨어지기 위해서 조종실로 향했다. 그리고 나서 행선지와 경로를 결정할 생각이었다. 킹 선장이 말했다. "살루가 얘기했다는 행성 말인데, G형 항성에 속해 있나?"

"네." 리비가 확인해주었다. "태양형 항성에 소속된 지구형 행성입니다. 좌표가 있기 때문에 목록에서 확인할 수 있었습니다. 하지만 무시해도 될 겁니다. 너무 멀거든요."

"그러면…." 킹 선장이 천공영상 장치를 켰다. 두 사람은 한동안 아무 말도 하지 못했다. 천체들의 모습이 그 자체만으로 무언가를 말하고 있었다.

킹 선장이 명령을 내린 적도 없고 조종판에 손댄 사람도 없었지만 뉴 프런티어스호는 살아 있는 것처럼 우주를 향해 긴 항해를 다시 시작했다.

✳

"달리 드릴 말씀이 없습니다." 몇 시간 뒤 리비는 킹 선장, 재커, 라자러스를 앞에 두고 인정했다. "우리가 광속을 넘기 전만 해도, 아니면 그렇게 보이기 전만 해도 우리의 경로가 살루가 얘기했던 행성으로, 그러니까 살루네 신이 명령했던 행성으로 향하는 길과 일치한다고 결론 내릴 수 있었습니다. 우주선은 가속을 계속했고 별들은 사라졌습니다. 이제는 우주 항행성의 지표가 아무것도 없기 때문에 우리가 어디에 있는지, 어디로 가는지를 알 수가 없습니다."

"리비, 긴장 풀게." 라자러스가 제안했다. "추측이라도 해보라고."

"흠, 근거 자료가 없긴 합니다만, 만약에 우리의 세계선이 연속 함수라면 PK3722 항성의 근처에 도착할 수 있을 겁니다. 크릴 살루가 우리의 목적지라고 얘기했던 그 항성 말입니다."

"흠!" 라자러스가 킹 선장을 바라보았다. "속도를 줄여봤습니까?"

"네." 킹 선장이 짧게 말했다. "조종이 안 됩니다."

"흠, 리비. 도착 시간이 언제쯤이지?"

리비가 어찌할 바를 몰라 어깨를 들썩였다. "기준 좌표계가 없습니다. 참조할 공간이 없는데 시간이 무슨 의미가 있겠습니까?"

시간과 공간은 하나라서 따로 뗄 수 없지. 리비는 다른 사람들이 모두 떠나고 한참을 지나자 생각해보았다. 우주선의 공간 체제는 존재했기 때문에 필연적으로 우주선의 시간도 존재하는 것이 분명했다. 우주선 안의 시계들은 째깍거리고 윙윙거렸으며 그도 아니면 조용히 움직였다. 사람들은 배고픔을 느끼고 음식을 먹으며 피로해졌고 휴식을 취했다. 방사능은 줄어들었으며 물리화학 작용은 엔트로피가 증가하는 상태로 이동했고 리비 자신의 의식은 시간의 흐름을 감지했다.

그러나 별들로 이루어진 배경은, 인간이 역사 속에서 시간과 연계된 모든 활동을 측정하는 데에 기준이 되었던 별들은 사라졌다. 리비 자신의 눈과 우주선 안에 있는 모든 장비가 보여주는 바에 따르면 일족은 우주의 나머지 부분과 별개로 움직이고 있었다.

우주라니?

우주는 존재하지 않았다. 사라졌다.

'우리가 움직이기는 하는 걸까, 지나쳐 갈 것이 없는데 운동이 가능할까?'

하지만 우주선이 회전하기 때문에 발생하는 가짜 중력은 존재했다. '무엇과 비교해서 회전한다는 거지?' 리비가 생각했다. '우주에 절대적이고 상대적이지 않은, 독립적인 진짜 조직이 있다는 걸까? 필요에 의해 도입되었다가 오래전에 폐기되고 마이클슨 몰리 실험*으로도 찾을 수 없

---

* 가상의 물질 '에테르'가 존재하지 않으며 빛의 속도가 항상 일정하다는 것을 밝힌 실험

었던 '에테르' 같은 것이? 아니, 그보다 더했지. 에테르는 존재할 가능성도 없다고 하지 않았던가?

…그런 식으로 치면 광속보다 빠르게 움직이는 것도 불가능하다고 했지. 이 우주선이 정말로 광속보다 빨리 움직이고 있는 걸까? 차라리 이게 우주선이 아니라 유령을 가득 담은 관이고 시간이 존재하지 않으며 아무 데로도 움직이지 않는다고 보는 편이 더 그럴듯하지 않을까?'

그러나 리비는 어깨뼈 사이가 가려워서 긁지 않을 수 없었다. 오른쪽 다리는 피로해서 자는 중이었고 위는 음식을 넣어달라고 소리를 내기 시작했다. 리비는 결론을 내렸다. '이게 죽은 상태라면 물리적으로 볼 때 살아 있는 것과 별로 다르지 않군.'

리비는 다시 평정을 찾고 조종실을 떠나 평소에 자주 찾던 휴게실로 향했다. 그러면서 새로 발견한 현상들을 모조리 수용할 수 있는 수학 체계를 만드느라 씨름했다. 리비는 자캐이라인들이 숭상한다는 가설상의 신들이 어떻게 일족을 지상에서 우주선으로 이동시켰는가 하는 의문은 접어두었다. 의미가 있거나 측정 가능한 자료를 얻을 기회가 없었기 때문이었다. 정직하고 인식론적으로 엄격한 과학자가 할 수 있는 최선의 행동은 사실을 기록해두고 설명이 불가능하다고 주석을 다는 것뿐이었다. 이 일은 실제로 벌어졌다. 리비 자신이 얼마 전까지 그 행성 위에 있었다. 랠프의 조수들은 어이없는 경험을 하고 감정적으로 충격 상태에 빠진 수천 명의 사람들에게 진정제를 투여하기 위해 아직도 초과 근무를 하고 있었다.

하지만 리비는 그 일을 설명할 수도 없었고, 참고할 자료도 부족했으며, 서둘러 설명할 필요도 느끼지 못했다. 리비는 물질 공간상에서의 세계선과 장역학의 기본 문제를 처리하고 싶었다.

수학에 푹 빠졌다는 점을 제외하면 리비는 단순한 사람이었다. 리비는 9-D 휴게실, 즉 '클럽'의 시끌벅적한 분위기를 좋아했다. 이유는 라자러스와 달랐다. 리비는 자신보다 어린 사람들과 함께 있으면 자신감이 생겼다. 리비가 마음 편하게 마주할 수 있는 연장자는 라자러스뿐이었다.

리비는 아직 클럽에서 음식을 먹을 수 없는 상황이라는 것을 알았다. 식량 분배기는 급작스러운 상황 변화 때문에 조정 중이었다. 그러나 라자러스와 다른 지인들이 거기 있었다. 낸시가 음식을 소리 내어 씹으며 자리를 내주었다. "딱 맞춰서 왔네요." 낸시가 말했다. "라자러스는 아무 도움이 안 되던 참이거든요. 이번엔 어디로 가고 언제 도착하죠?"

리비는 최선을 다해서 당면한 문제를 설명했다. 낸시가 콧등에 주름을 만들었다. "그것참 대단히 발전적인 상황이네요! 흠, 결국 이 불쌍한 낸시는 또 단순 작업에 시달려야 한다는 얘긴가 보군요."

"무슨 얘깁니까?"

"수면자들을 돌본 적 있으세요? 물론 없으시겠죠. 따분한 일이에요. 수면자를 뒤집고 팔을 구부리고 발을 돌리고 머리를 움직여주고 탱크를 닫고 다음 사람한테 가는 거예요. 사람 몸에 진저리가 나서 금욕 서약이라도 하고 싶을 정도예요."

"업무량을 좀 줄이시지요." 라자러스가 충고했다.

"늙은 겁쟁이 양반께서 무슨 상관이에요?"

엘리너가 말했다. "다시 우주선으로 돌아와서 다행이에요. 그 진흙투성이 자캐이라인들은… 우웩!"

낸시가 어깨를 들썩였다. "엘리너, 그건 편견이야. 자캐이라인들은 나름대로 잘살고 있는 거야. 물론 우리하고는 다르지만 그건 개도 마찬가지라고. 너도 개를 싫어하는 건 아니지?"

"그게 그자들의 정체입니다." 라자러스가 진지하게 말했다. "개죠."

"네?"

"그자들이 전체적으로 개와 닮았다는 건 아닙니다. 생김새는 개와 비슷한 구석이 없고 어떤 면에서는 우리와 동등하거나 더 뛰어나기도 합니다만… 결국은 개와 마찬가지입니다. 그자들이 '신들'이라고 부르는 존재는 그들의 지배자이고 주인이지요. 우리를 길들일 수 없었기 때문에 문제의 주인들이 우리를 쫓아낸 겁니다."

리비는 자캐이라인 또는 그 지배자들이 사용했던 불가해한 염력에 대해 생각하고 있었다. "저는 과연 무슨 일이 생겼을지 궁금합니다." 리비가 심사숙고하며 말했다. "그자들이 우리를 길들였다면 말입니다. 신기한 것들을 잔뜩 가르쳐줬을지도 모릅니다."

"그런 건 잊어버려." 라자러스가 날카롭게 말했다. "남의 소유물이 된다는 건 인간답게 사는 게 아니야."

"인간답게 사는 게 무얼까요?"

"본래의 모습대로 사는 게 인간이 할 일이지. 그것도 훌륭하게 사는 것이!" 라자러스가 일어섰다. "가봐야겠네."

리비도 자리를 뜨려고 했으나 낸시가 붙잡았다. "가지 마세요. 물어볼 게 있어요. 지구는 지금 몇 년도일까요?"

리비가 대답하려다가 입을 다물었다. 두 번째로 대답을 시도하면서 마침내 입을 열었다. "뭐라고 대답해야 할지 모르겠군요. 그건 말하자면 '위쪽이 얼마나 높아요?'라는 질문과 같은 겁니다."

"질문을 잘못했는지도 모른다는 생각은 했어요." 낸시가 인정했다. "기초 물리에 대해서는 잘 모르거든요. 그래도 시간은 상대적이고 동시성이라는 개념은 같은 체계 안에서 근접한 두 지점에만 해당되는 거라고 알고 있어요. 하지만 그래도 궁금한 게 있어요. 지금까지 상당히 빠른 속도로 여행을 했고 누구보다도 멀리 온 건 맞죠? 우리 시계가 느리게 간다든지 뭐 그런 일이 생기지 않았을까요?"

리비는 문외한들이 수학적이지 않은 말로 물리에 관해 얘기할 때면 수리물리학자들이 내비치곤 하는 아주 당황스러운 표정을 지었다. "로렌츠-피츠제럴드 수축 효과*를 말씀하시는군요. 하지만 실례를 무릅쓰고 얘기하자면, 그걸 말로 표현하면 엉터리가 될 수밖에 없습니다."

---

* 운동하는 물체의 길이가 운동 방향과 평행하게 짧아지는 현상. 광속에 가깝게 운동하지 않고서는 측정하기 힘들다.

"왜요?" 낸시는 물러서지 않았다.

"왜냐하면… 음, 왜냐하면 언어가 그런 용도에 맞지 않으니까요. 그 효과를 나타내는 공식을 대략 말로 표현하자면, 관찰자가 현상의 일부라는 것을 상정한 수축이라고 할 수 있습니다. 하지만 일상적인 언어에는 우리가 모든 일의 바깥에서 뭐가 어떻게 돌아가는지 지켜볼 수 있다는 가정이 명백하게 들어 있습니다. 수학적인 언어는 그런 제삼자의 시각에서 볼 수 있다는 모든 가능성을 배제합니다. 모든 관찰자에게는 별개의 세계선이 있습니다. 따라서 세계선의 바깥에서 분리된 채로 관찰할 수 없는 겁니다."

"그럴 수 있다고 가정하면요? 만약에 지금 당장 지구를 볼 수 있다면?"

"그래서 같은 말을 할 수밖에 없습니다." 리비가 비참하게 말했다. "말로 설명하려고 했지만 결국 혼란만 더한 셈입니다. 두 사건이 하나의 연속체에서 따로 떨어져 있을 때 시간을 측정할 방법은 없습니다. 측정할 수 있는 건 간격뿐이지요."

"그럼 간격이란 건 뭐예요? 이렇게 멀리 떨어져 있고 이렇게 많은 시간이 흘렀는데."

"아니요, 아니요, 아닙니다! 전혀 그런 게 아닙니다. 간격이란… 음, 간격입니다. 공식을 써서 그걸 어떻게 쓰는지 보여드릴 수는 있지만 말로 설명할 수는 없습니다. 낸시, 완전한 편성으로 연주하는 관현악 악보를 말로 표현할 수 있겠습니까?"

"아니요, 뭐, 할 수는 있겠지만 몇천 시간쯤 걸리겠죠."

"게다가 연주자들도 그걸 악보로 다시 옮겨 적지 않는 한 연주할 수 없을 겁니다." 리비가 이야기를 계속했다. "바로 그래서 언어가 이런 용도에 맞지 않는다고 한 겁니다. 광압 추진을 설명하려고 했을 때도 이번과 같은 어려움을 겪었습니다. 그 추진 방법이 손실된 관성과 관련되기 때문에 어떻게 그럴 수 있느냐고 묻더군요. 우주선 안에 있는 사람들은 사라진 관성을 느낄 수 없었으니까요. 말로 하자면 답은 없습니다. 관성은 단어가 아닙니다. 관성이란 물질 공간의 특정 속성을 표현하는 수학적 개념입니다. 그러니 막힐 수밖에요."

낸시는 당황스러웠지만 끝까지 포기하지 않았다. "비록 표현은 잘못됐다고 해도 내 질문은 의미가 있어요. 그저 시키는 대로 따라 하라고 해서는 안 된다고요. 우리가 여기저기 돌아다니다가 지구로 곧장 돌아가면서 똑같은 길을 가되 방향만 반대로 하고… 지금까지 걸렸던 우주선 내 시간의 두 배가 지났다고 쳐봐요. 자, 그럼 지구에 도착했을 때 거기는 몇 년도죠?"

"그렇다면… 어디 봅시다." 리비의 머릿속에서 거의 기계적으로 두뇌가 움직이며 믿을 수 없을 만큼 복잡한 가속과 간격과 가속운동의 문제를 돌려보기 시작했다. 리비는 수학적 공상이 따뜻하게 빛나는 가운데 해답에 접근했다. 그런데 문제가 갑자기 산산조각 나더니 불확정적인 것으로 변해 리비에게 떨어졌다. 리비는 이 문제에 있어서 유효한 대답이 무수히 많이 존재한다는 것을 즉각적으로 깨달았다.

그건 불가능한 일이었다. 수학 세계의 환상 속이 아니라 실제 세계에서 그런 상황은 합리적이지 않았다. 낸시의 질문에는 유일하고 실제적인 단 하나의 해답이 존재해야 했다.

상대성의 아름다운 전체 구조가 하나의 모순덩어리일 수 있을까? 그렇지 않다면 항성 간의 거리를 되짚어간다는 것이 물리적으로 불가능할까?

"그 문제에 관해서 더 생각해봐야겠습니다." 리비는 황급히 말하고는 낸시가 가로막기 전에 그 자리를 떠났다.

하지만 고독과 명상도 그 문제에 대한 실마리를 주지는 않았다. 리비의 수학적 능력이 부족한 것이 아니었다. 리비는 그게 무엇이든 간에 자신이 사실의 한 측면을 수학적으로 표현할 수 있다는 것을 알고 있었다. 문제는 사실에 대해 아는 것이 너무 적다는 점에 있었다. 어떤 관찰자가 광속에 근접한 속도로 항성 간의 거리를 가로질러서 처음 출발한 행성으로 돌아가보기 전까지 해답은 존재하지 않았다. 수학은 그 자체로도 내용도 없고 답도 없었다.

리비는 고향인 오자크가 여전히 푸른지, 땔감을 태운 연기가 여전히 가을 나무 사이에 배어 있는지 궁금해하는 자신을 발견했다. 그리고 그 질문에는 자신이 알고 있는 어떠한 규칙을 사용해도 대답할 수 없다는 것을 상기했다. 리비는 우주건설군단에 들어가 첫 우주 도약을 해본 이래 단 한 번도 경험해본 적이 없는 향수병의 공격을 받고 항복했다.

리비가 느낀 것과 같은 회의와 불확실성의 느낌, 향수와 상실의 느낌이 우주선 전체로 퍼져갔다. 일족들이 첫 구간을 여행할 때는 평원을 기어가는 마차들을 보호해주는 동기가 있었다. 하지만 이제는 목적이 사라졌고 그저 하루하루가 계속될 뿐이었다. 오랜 수명도 무의미한 짐이 되어갔다.

오래전 하워드 재단을 세웠던 아이라 하워드는 1825년에 태어나 1873년에 수명을 다하고 죽었다. 그는 샌프란시스코에서 골드러시 당시 모여들었던 사람들에게 잡화를 팔다가 미국의 남북전쟁 때 군대 매점 상인이 되었고 비극적인 남부 통합 시기에 재산을 몇 배로 불렸다.

하워드는 죽음을 극도로 두려워했다. 그는 자신의 수명을 연장하기 위해 당시의 가장 유명했던 의사들을 고용했다. 그럼에도 불구하고 노령이 그의 목숨을 앗아 갔다. 하지만 남은 재산은 그의 의지에 따라 '인간의 수명을 연장하는 데에' 쓰였다. 신탁의 관리자들은 선천적으로 장수하는 가계의 사람들을 찾아 그들끼리 다음 세대를 생산하도록 하는 것이 하워드의 유지를 받드는 유일한 길임을 알았다. 그들이 택한 방법은 루터 버뱅크*의 연구보다 앞선 것이었다. 그들이 그레고어 멘델 신부의 빛나는 연구를 알고 있었는지는 확인할 길이 없다.

* Luther Burbank(1849-1926), 미국의 육종학자

＊

메리는 독서를 하다가 라자러스가 방에 들어오자 책을 내려놓았다. 라자러스가 그 책을 집었다. "자매님, 무슨 책을 읽으십니까? 《전도서》라… 흠, 자매님이 종교를 가지신 줄은 몰랐습니다." 라자러스는 소리 내어 읽었다.

"'저가 비록 천 년의 갑절을 산다 할지라도 낙을 누리지 못하면 마침내 다 한 곳으로 돌아가는 것뿐이 아니냐.'"

"메리, 정말 우울한 얘기 아닙니까. 더 신나는 말 없습니까? 하다못해 전도서 속에서라도요?" 라자러스의 눈이 책을 훑었다. "이건 어떻습니까? '무릇 산 자 중에 참예한 자가 소망이 있음은….' 아니면… 음, 기운을 북돋을 만한 부분이 별로 많지 않군요. 이건 어떨까요. '그런즉 근심으로 네 마음에서 떠나게 하며 악으로 네 몸에서 물러가게 하라. 어릴 때와 청년의 때가 다 헛되니라.' 나는 이게 더 마음에 드는군요. 초과 근무 수당을 받아서 다시 젊어질 수는 없을 테니까요."

"난 그럴 수 있어요."

"메리, 뭣 때문에 그럽니까? 여기 앉아서 성경 중에서도 죽음과 장례식 얘기밖에 안 나오는 가장 음침한 부분만 읽고 있잖습니까? 왜 그래요?"

메리는 피곤에 지쳐 손으로 눈을 쓰다듬었다. "라자러스, 난 늙어가고 있어요. 그러니 생각할 게 뻔하잖아요?"

"당신이? 거 참, 당신은 생기가 넘칩니다."

메리가 라자러스를 바라보았다. 메리는 그가 거짓말을 한다는 사실을 알고 있었다. 거울에 비치는 것은 하얗게 세어가는 머리와 생기를 잃은 피부였다. 뼈에서도 노화가 느껴졌다. 하지만 라자러스는 메리 자신보다 더 나이가 많았다. 물론 메리는 장수 연구를 수년간 도우면서 생물학을 배웠고, 그 덕분에 라자러스의 현재 수명이 예상 밖이라는 점을 알고 있었다. 라자러스가 태어났을 당시 재단의 계획은 겨우 3세대에 도달했을 뿐이었고 덜 영속적인 유전적 소질을 제거하기에 3세대는 너무 짧았다. 우연히 아주 낮은 확률로 유전자들이 적절하게 섞이는 경우를 제외한다면 말이다.

하지만 라자러스는 존재했다. "라자러스." 메리가 물었다. "당신은 얼마나 더 살 것 같으세요?"

"나요? 그것참 괴상한 질문이군요. 내가 어떤 녀석한테 똑같은 질문을 했던 게 기억납니다. 내 얘기는 그 사람의 수명이 아니라 나에 관해 물어봤다는 거죠. 휴고 피네로 박사라고 들어본 적 있습니까?"

"피네로… 피네로… 아, 있어요. '돌팔이 피네로' 말이군요."

"메리, 그 사람은 돌팔이가 아니었습니다. 사기가 아니라 정말로 할 수 있었어요. 그 사람은 인간이 언제 죽을지 정확하게 예견할 수 있었습니다."

"하지만… 계속하세요. 그 사람이 뭐라던가요?"

"잠깐만요. 우선 그 사람이 진짜였다는 점을 믿어야 합니다. 그 사람의 예견은 아주 정확했습니다. 그 사람이 살아 있었다면 생명보험 회사들은 사라지고 없었을 겁니다. 당신이 태어나기 전의 일이지만, 나는 그 자리에 있었기 때문에 압니다. 어쨌든 피네로는 나에 관련된 보고서를 읽고 마음에 걸리는 구석이 있었던 모양입니다. 다시 한 번 읽어보더군요. 그러더니 내 돈을 돌려줬습니다."

"무슨 말을 하던가요?"

"한마디도 하지 않았습니다. 그 사람은 나를 보고 자신이 만든 기계를 보더니 그저 인상을 찡그리고는 입을 꾹 다물었습니다. 그래서 당신 질문에 제대로 대답할 수가 없군요."

"하지만 당신 생각은 어떤데요? 영원히 살 거라고 생각하진 않으시죠?"

"메리." 라자러스가 부드러운 목소리로 말했다. "나는 죽음을 미리 준비하지 않을 겁니다. 아예 생각도 하지 않을 겁니다."

침묵이 흘렀다. 마침내 메리가 말했다. "라자러스, 나는 죽기 싫어요.

하지만 우리가 장수한다고 해서 무슨 의미가 있죠? 나이를 먹는다고 더 현명해지는 것 같지도 않아요. 때가 지났는데도 그냥 매달려 있는 것뿐일까요? 떠나야 하는데도 유치원에서 어슬렁거리는 걸까요? 죽고 다시 태어나야 하는 것 아닐까요?"

"모릅니다." 라자러스가 말했다. "그 답을 얻는 방법도 모를뿐더러… 그런 일을 걱정해봐야 아무런 쓸데가 없습니다. 당신도 마찬가지고요. 나는 가능한 한 이번 생에 오래 머물면서 배울 수 있는 만큼 배워볼 생각입니다. 어쩌면 지혜와 지식은 다음 생을 위해 축적되는지도 모르고 어쩌면 우리에게는 아예 쓸모가 없을지도 모릅니다. 어쨌든 나는 살아 있다는 사실에 만족하고 그걸 즐깁니다. 사랑스러운 메리, 노년을 즐겨요! 할 수 있는 일은 그것뿐입니다."

✳

우주선은 첫 번째 여행의 지친 나날 동안 확립되었던 단조로운 일상 속으로 다시 빠져들어 갔다. 일족 구성원들의 대부분은 냉동 수면을 시작했다. 남은 사람들은 그들을 돌보고, 우주선을 관리하고, 수경 시설을 가꾸었다. 슬레이튼도 수면자였다. 냉동 수면은 기능성 정신질환에 대한 최후의 치료법이었다.

PK3722 항성에 도착하기까지는 우주선 내의 시간으로 17개월과 사흘이 걸렸다.

우주선의 장교들은 여행의 시작과 마찬가지로 마지막에 대해서도 선택권이 거의 없었다. 목적하는 항성에 도착하기 서너 시간 전에 천공 화면에 별의 영상들이 돌아오기 시작했고 우주선은 행성 간 속도로 빠르게 감속했다. 속도가 줄어들면서 느꼈어야 할 체감 효과는 전혀 없었다. 정체불명의 힘은 사람뿐 아니라 모든 사물에 똑같이 작용했다. 뉴프런티어스호는 항성으로부터 수백 킬로미터 떨어진 녹색의 활기찬 행성을 도는 궤도로 미끄러져 들어갔다. 리비는 얼마 지나지 않아 킹 선장에게 안정된 상주 궤도에 진입했다고 보고했다.

킹 선장은 출발 당시부터 작동하지 않았던 조종 장치를 조심스럽게 건드려보았다. 우주선의 동력이 작동했다. 보이지 않는 조종사는 사라졌다.

리비는 그 비유가 정확하지 않다고 생각했다. 이번 여행이 일족을 위해 계획된 것임에는 의심의 여지가 없었지만 그렇다고 해서 누군가가 또는 무언가가 인도했다고 단정 지을 수는 없었다. 리비는 개-사람들의 '신들'이 물질 공간을 정적인 것으로 간주하는 것은 아닌가 하고 의심했다. 그 존재들은 축출이 실제로 수행되기 전부터 이미 완료된 사건으로 단정을 내리고 있었다. 유감스럽게도 설명할 수 없는 구석이 너무 많았지만 적절한 단어가 없었다. 부정확하고 부적절하게나마 말로 옮겨보자면 리비가 생각한 것은 '우주 캠*'과 같았다. 일족들에게 마련된 세계선은 정상 공간을 떠났다가 다시 돌아왔다. 우주선이 '캠'의 끝에 도달하자 모든 기능도 정상으로 돌아왔다.

리비는 자기 생각을 라자러스와 선장에게 설명하려고 노력했지만 그리 성공적이지는 못했다. 자료가 부족했고 수학적으로 우아하게 재정립해서 표현할 만한 시간이 없었다. 리비나 나머지 두 사람이나 모두 불만족스럽기는 마찬가지였다.

킹 선장이나 라자러스는 그 문제에 많은 시간을 할당할 여유가 없었다. 재커의 얼굴이 내부 통신 화면에 떠올랐다. "선장!" 재커가 소리를 질렀다. "7번 입구 쪽으로 오실 수 있습니까? 손님들이 있습니다!"

재커의 얘기는 과장이었다. 손님은 하나뿐이었다. 라자러스는 문제의 생물을 보며 토끼로 분장하기 위해 가장무도회 의상을 입은 어린아이를 떠올렸다. 그 작은 생물은 자캐이라인보다 더 인간형에 가까웠지만 포유류는 아닌 것 같았다. 옷은 입고 있지 않았지만 맨몸도 아니었다. 어린아이 같은 몸에 짧고 윤기 나는 금빛 털이 아름답게 덮여 있었기 때문이다.

---

* 회전운동을 왕복운동으로 바꿔주는 장치

눈은 밝게 빛났으며 즐거움과 지성이 함께 담긴 것처럼 보였다.

하지만 킹 선장은 생각에 잠겨 있느라 그런 세부 사항에 주의를 기울이지 못했다. 목소리가, 아니 생각이 킹 선장의 머릿속에 울렸다.

「당신이 지도자군요.」 목소리가 말했다. 「우리 세계에 잘 오셨습니다. 기다리고 있었습니다. (공백)이 당신네들이 올 거라고 얘기했습니다.」

원격조종 텔레파시였다.

너무나 점잖고 너무나 문명화되어 있으며 모든 적과 위험과 투쟁으로부터 완벽히 자유로운 데다가 다른 이들과 생각까지 나눌 수 있는, 하나의 생물 혹은 하나의 종족이었다. 그들은 생각만 공유하는 것이 아니었다. 그 생물들은 아주 온화하고 아주 관대해서 인간에게 자신들의 행성에 있는 대지까지 나눠주려 했다. 중계자가 온 것은 그런 제안을 내놓기 위해서였다.

킹 선장은 이것 역시 자캐이라인들이 주려고 했던 상품과 아주 흡사하다고 생각했다. 그는 이번 제안에는 어떤 함정이 숨어 있는지 궁금했다.

중계자는 킹 선장의 생각을 읽은 것 같았다. 「우리의 마음속을 보십시오. 우리에게는 어떤 악의도 없습니다. 우리는 당신들의 생에 대한 사랑을 나눠 가지며 당신들 안에 들어 있는 생명을 사랑합니다.」

"고맙습니다." 킹 선장이 공식적으로 목소리를 내어 대답했다. "회의를 해야겠습니다." 킹 선장은 재커를 보며 말한 다음 뒤를 돌아보았다. 중계자는 보이지 않았다.

선장이 라자러스에게 물었다. "어디로 갔습니까?"

"네? 나한테 묻지 마십시오."

"하지만 당신이 입구 앞에 서 있었잖습니까?"

"나는 계기판을 보고 있었습니다. 이 입구 바깥에는 어떤 착륙선도 없었습니다. 적어도 계기판에는 그렇게 나타났습니다. 고장 난 곳이 있나 살펴봤는데 정상이었습니다. 그 사람은 어떻게 우주선 안으로 들어왔을까요? 그 사람이 타고 온 소형정은 어디에 있지요?"

"어떻게 떠났습니까?"

"내 옆을 지나가지는 않았습니다!"

"재커, 그 사람이 이 입구를 통해서 들어온 것은 맞습니까?"

"모릅니다."

"하지만 여길 통해서 나갔을 것 아닙니까."

"아닙니다." 라자러스가 부정했다. "이 입구는 열린 적이 없습니다. 진공 밀폐는 제대로 작동 중입니다. 직접 보시지요."

킹 선장은 그렇게 했다. "설마." 킹 선장이 천천히 말했다. "그 사람이 여길 뚫고 지나간 것은…."

"나한테 묻지 마십시오." 라자러스가 말했다. "나는 이번 일에 붉은 여왕*만큼의 적대감밖에 없습니다. 통신 회로를 차단하면 전화 영상은 어디에 남지요?" 라자러스는 낮게 휘파람을 불면서 그 자리를 떠났다. 킹 선장은 그게 무슨 노래인지 알지 못했다. 라자러스가 생략한 가사는 다음과 같이 시작한다.

어젯밤에 나는 계단 위를 쳐다봤지.
존재하지 않는 작은 남자가 있었어….**

4

숨은 저의는 없었다. 그 행성에 사는 작은 생물들은 진심으로 일족을 환영했고 도와주었다. 그들은 말을 사용하지 않았기 때문에 이름이 없었다. 지구인들은 그들을 그저 '작은 사람'이라고 불렀다. 작은 사람들과의 사이에는 자캐이라인의 경우와 달리 의사소통에 전혀 문제가 없었기 때

---

* 루이스 캐럴의 소설 《거울 나라의 앨리스》에 나오는 인물
** 윌리엄 휴즈 먼스가 작곡한 노래 〈앤티고니시〉의 가사를 변용한 것

문에 일족은 작은 사람들의 진심을 받아들였다. 작은 사람들은 미묘한 생각까지도 지구인에게 직접 전달할 수 있었고 그들 자신을 향하는 생각은 모두 정확히 감지할 수 있었다. 그들은 자신을 향한 생각이 아니라면 무시하거나 또는 읽을 수 없는 것 같았다. 그들과의 통신은 대화와 마찬가지로 통제가 가능했다. 또는 지구인들이 그 과정에서 아무런 텔레파시 능력도 얻지 못한 것일 수도 있었다.

작은 사람들의 행성은 자캐이라 행성보다 더 지구와 닮았다. 지구보다는 약간 컸지만 표면 중력은 약간 낮았으며 때문에 평균 밀도도 낮은 것으로 보였다. 작은 사람들의 문화권에서 많은 금속을 사용하지 않는 것으로 보아도 그 점을 짐작할 수 있었다.

행성은 똑바로 선 채 궤도를 돌았다. 즉 자전축이 지구처럼 날렵하게 기울어지지 않았다. 공전 궤도는 거의 원형에 가까웠다. 원일점과 근일점의 차이는 1퍼센트도 되지 않았다. 계절 변화는 없었다.

지구의 달과 같은 크고 무거운 위성도 없었다. 따라서 위성이 바다와 힘을 겨루지도 않았고 지표면의 지각 평형을 방해하지도 않았다. 산지는 낮았으며 바람은 온화했고 바다는 고요했다. 라자러스는 새 고향의 날씨가 활기차지 않자 실망했다. 사실 날씨라고 할 만한 것이 없었다. 기후는 있었지만, 그 기후란 캘리포니아 애호론자들이 지구상의 다른 사람들에게 "우리 고향 기후는 이래."라고 거짓으로 꾸며대는 그런 종류의 기후였다.

하지만 작은 사람들의 행성에는 실제로 그런 기후가 존재했다.

그들은 지구인들에게 착륙할 곳을 지정해주었다. 바다에 면하면서 길게 뻗어 있는, 넓은 모래사장이었다. 낮은 비탈이 경계를 이루고 있었고 그 너머에는 싱그러운 목초지가 몇 킬로미터고 펼쳐졌다. 목초지의 여기저기에는 나무와 덤불이 듬성듬성 모여 있었다. 지형은 계획적으로 조성한 공원처럼 자연스럽고 깔끔했다. 하지만 경작지의 흔적은 보이지 않았다.

중계자가 첫 번째 탐사단에 말한 바에 따르면 그곳이 일족에게 제공된 지역이었다.

도움이 필요할 때면 언제나 한 명의 작은 사람이 옆에 있는 것 같았다. 작은 사람은 자캐이라인처럼 밀치고 들어와 도망갈 수도 없게 지나친 친절을 베푸는 것이 아니라 전화나 주머니칼처럼 겸손하게 준비하고 있었다. 라자러스와 재커는 첫 번째 탐사단과 동행한 작은 사람이 우주선 안으로 들어와 한 번 만난 적이 있는 작은 사람과 당연히 같은 사람일 거라고 자연스럽게 가정했다가 혼란을 겪었다. 첫 번째 탐사자와 동행한 작은 사람의 털은 금빛이라기보다 짙은 마호가니 색이었으므로 재커는 착각 때문에 실수를 저지른 것이라고 결론지었다. 하지만 마음속으로는 작은 사람들이 카멜레온처럼 색을 바꿀 수 있을지도 모른다는 가능성을 남겨두었다. 라자러스는 판단을 보류했다.

재커는 안내인에게 지구인들이 어디에 건물을 지으면 좋겠는지 생각해놓은 바가 있느냐고 물었다. 재커는 사전에 우주선에서 지상을 관측했을 때 도시가 전혀 보이지 않았기 때문에 그 문제를 계속 고심하고 있었다. 원주민들은 지하에서 사는 것 같았다. 따라서 재커는 원주민들의 정부가 불결하다고 생각할 만한 건물을 지어서 첫발을 잘못 내디디고 싶지 않았다.

재커는 안내인을 향해 소리 내어 물었다. 지구인들은 원주민들이 확실하게 질문자의 생각을 집어내게 하려면 그게 가장 좋은 방법이라는 것을 이미 알고 있었다.

재커는 작은 사람이 되돌려준 생각 속에서 놀라움의 감정을 발견했다. 「꼭 아름다운 지역을 방해해서 망쳐놓아야만 하겠습니까? 건물을 짓는 것은 무슨 목적 때문입니까?」

"우리는 건물을 여러 가지 용도로 사용합니다." 재커가 설명했다. "우리는 거기서 매일 머물고 밤에는 거기서 잠을 잡니다. 그 안에서 곡물을 키우고 음식으로 바꾸기도 합니다." 재커는 수경 재배와 음식 가공과 요리에 대해서 설명하려다가 '청취자'가 미세한 텔레파시 능력을 통해 이해했으리라고 믿고 포기했다. "다른 목적도 많습니다. 작업장이나 실험실로도 쓰고 통신할 수 있는 기계를 보관하는 등 매일매일 거의 모든 일을 거기서 합니다.」

「자꾸 물어봐도 이해하십시오.」 생각이 날아왔다. 「당신들에 대해 아는 것이 거의 없으니까요. 하지만 알려주십시오. 저렇게 자는 편이 더 좋습니까?」 작은 사람은 일족이 타고 내려왔던 착륙선을 가리켰다. 낮은 비탈 위에 놓인 착륙선의 불룩한 부분이 보였다. 작은 사람이 착륙선을 가리키며 보낸 생각은 너무 강력해서 말과 연결할 수가 없었다. 라자러스의 머릿속에 생기가 없고 밀폐된 공간의, 자신이 한때 갇히기도 했던 감옥과 냄새나는 공중 전화 부스의 영상이 주는 느낌이 떠올랐다.

"그게 우리의 관습입니다."

그 생명체는 아래로 몸을 구부리더니 풀을 두드렸다. 「여기서 자는 것은 불편합니까?」

라자러스는 풀 위가 잠자기 좋은 것은 사실이라고 속으로 생각했다. 지면을 덮고 있는 봄철의 부드러운 풀이었다. 잔디와 비슷했지만 잔디보다 가늘고 더 부드러웠으며 더 편평했고 더 조밀하게 모여 있었다. 라자러스는 샌들을 벗고 발가락을 펴서 꼬물거리며 맨발로 그 감촉을 즐겼다. 라자러스가 생각했다. '이건 풀밭이 아니라 두꺼운 털 융단 같군.'

「식량 문제는….」 안내인이 생각을 계속 보냈다. 「좋은 토양이 얼마든지 있는데 왜 그런 것에 매달리십니까? 이리 오십시오.」

안내인은 목초지를 건너서 구불구불한 시내 위로 낮은 관목들이 늘어져 있는 곳으로 일행을 데려갔다. '잎사귀'들은 어른의 손만 한 크기였고 모양은 불규칙했으며 두께는 3센티미터가 넘었다. 작은 사람은 그 가운데 하나를 뽑더니 맛있게 뜯어 먹었다.

라자러스는 잎 하나를 뽑아서 맛을 보았다. 잎은 잘 구운 케이크처럼 쉽게 부서졌다. 속은 노랗고 크림 같았으며 푹신하면서도 바삭거렸다. 그리고 망고를 연상시키는 기분 좋은 향기가 강하게 흘러나왔다.

"라자러스, 먹지 마십시오!" 재커가 경고했다. "아직 분석해보지 않았습니다.”

「그건 당신들의 신체에 잘 맞습니다.」

라자러스가 다시 쿵쿵거리며 냄새를 맡았다. “재커, 나는 기꺼이 시험대가 되겠습니다.”

“나 원.” 재커가 어깨를 들썩였다. “난 분명히 경고했습니다. 당신이야 그래도 먹었겠지만.”

라자러스는 먹었다. 잎은 묘하게 마음에 들었고 씹는 느낌도 적당했으며 향기는 입맛을 돋우었지만 말로 정의하기가 힘들었다. 먹은 것은 기분 좋게 위에 안착했으며 집에 온 것 같은 기분이 들게 했다.

재커는 라자러스에게 음식을 먹은 효과가 나타날 때까지 다른 사람은 손대지 못하도록 했다. 라자러스는 위험에 몸을 던진 대신 얻은 우선권을 마음껏 즐기며 배를 채웠다. 몇 년간 먹어본 음식 중에 최고였다.

「당신들의 식생활에 대해서 말씀해주시겠습니까?」작은 친구가 물었다. 재커는 대답하려 했으나 작은 생물이 그의 생각을 읽었다. 「당신들 모두… 생각해보십시오.」한동안 아무 생각도 흘러오지 않더니 다시 계속되었다. 「알 것 같습니다. 내 아내들이 알아서 해줄 겁니다.」

라자러스는 그 심상이 '아내들'이었는지 확신할 수 없었지만 그것과 비슷하게 가까운 관계를 뜻하는 것은 분명했다. 작은 사람들이 양성 생물인지 아니면 다른 무엇인지는 아직 알지 못했다.

라자러스는 그날 밤을 별들 아래에서 보내면서 그 비인간적인 별빛이 그의 몸에서 우주선의 밀실 공포증을 씻어내도록 했다. 밤하늘의 별자리는 쉽게 알아볼 수 없을 만큼 왜곡되어 있었지만 라자러스는 차갑고 푸른 베가와 오렌지색으로 빛나는 안타레스를 찾아냈다. 확실한 것은 은하수였다. 은하수는 구름처럼 호를 그리며 고향에서와 마찬가지로 하늘을 가로지르고 있었다. 라자러스는 설사 태양의 위치를 알고 있다고 해도 맨눈으로는 찾을 수 없다는 것을 알고 있었다. 태양은 절대등급이 낮았기 때문에 수 광년을 넘어서 보일 리가 없었다. 라자러스는 졸음과 싸우면서 리비를 시켜 태양의 좌표를 계산하고 장비를 사용해 찾아봐야겠다고 생각했다. 그리고 자신이 왜 지구를 신경 쓰는지 궁금해하기도 전에 잠이 들었다.

밤에 건물에 들어가야 할 필요가 없었기 때문에 일족은 착륙선의 사정이 허락하는 대로 모두 지상으로 내려왔다. 인간들은 친근한 토양 위에 내린 다음 이주지가 마련될 때까지 소풍하는 식으로 쉬도록 허락을 받았다. 처음에 사람들은 우주선에서 가져온 음식을 먹었지만 라자러스의 건강에 이상이 없었기 때문에 원주민들의 자연 음식을 먹지 말라는 규정은 곧 느슨해졌다. 그 이후로 사람들은 식물들이 끊임없이 베푸는 것을 주식으로 삼았고 식단이 단조롭다고 느꼈을 때만 우주선에서 가져온 음식을 먹었다.

마지막으로 남았던 일족들이 지상으로 내려온 뒤 며칠이 지나자 라자러스는 야영지로부터 어느 정도 떨어진 곳을 혼자서 탐험했다. 그는 작은 사람들 가운데 하나와 마주쳤다. 원주민은 라자러스의 예상대로 오래전부터 알고 있는 사이처럼 인사하고는 그를 주둔지로부터 더 멀리 떨어진 작은 숲으로 데려갔다. 원주민은 라자러스에게 먹어보라는 의사를 표했다.

라자러스는 딱히 배가 고프지 않았지만 우정의 표시를 받아들이고 싶은 기분이 들어서 식물의 일부를 뜯어 먹어보았다.

라자러스는 깜짝 놀라 목이 막힐 뻔했다. 으깬 감자와 갈색 육즙 맛 아닌가!

「잘못됐습니까?」 근심스러운 생각이 흘러들어 왔다.

"젊은 친구." 라자러스가 진지하게 말했다. "원래 뭘 계획했는지는 모르지만 이거 아주 마음에 듭니다!"

따스한 기쁨이 라자러스의 마음속으로 흘러넘쳤다. 「다른 나무도 먹어보십시오.」

라자러스는 조심스러우면서도 흥미롭게 그 말에 따랐다. 신선한 갈색

빵과 달콤한 버터의 조합인 것 같았지만 어디선가 흘러온 아이스크림이 얹혀 있는 맛이었다. 라자러스는 그 나무의 조상이 버섯과 숯불구이 스테이크라는 확실한 증거를 발견하고도 거의 놀라지 않았다. 「당신이 가지고 있는 심상을 거의 완전히 사용했습니다.」 동행인이 설명했다. 「당신의 심상은 당신의 아내들 중 그 누구보다도 훨씬 강력합니다.」

라자러스는 자신이 미혼이라는 것을 번거롭게 설명하지 않았다. 작은 사람이 덧붙였다. 「당신의 생각 속에 들어 있는 외양과 색깔까지 흉내 낼 만한 시간이 없습니다만, 그게 중요할까요?」

라자러스는 별로 중요하지 않다는 사실을 근엄하게 납득시켰다.

라자러스는 야영지로 돌아오고 나서 다른 사람들에게 자신이 경험한 것을 진지하게 설명하느라 심한 어려움을 겪었다.

새 고향이 안락하고 도원경에 가깝다는 점 때문에 큰 이득을 본 사람은 슬레이튼이었다. 슬레이튼은 냉동 수면에서 깨어난 후 단 한 가지만 제외하면 신경쇠약 증세에서 완전히 회복했다. 그는 크릴 사원에서 겪었던 일을 전혀 기억하지 못했다. 랠프는 이 증상을, 견딜 수 없는 경험을 자체적으로 수정하는 자연스러운 현상으로 간주하고 더 이상 슬레이튼을 환자로 분류하지 않았다.

슬레이튼은 정신이상 증세를 보이기 전보다 더 젊어지고 더 행복한 것 같았다. 그는 더 이상 일족들 사이에서 공식 직함을 사용하지 않았다. 사실 어떤 종류의 지도부도 필요하지 않았다. 일족은 마음에 드는 행성에서 활기 넘치고 가벼운 무정부 상태를 유지하며 살았다. 하지만 슬레이튼은 여전히 예전의 직함을 가지고 있었고 연장자와 동격으로 대우를 받았다. 사람들은 재커, 라자러스, 킹 선장을 비롯한 다른 연장자뿐 아니라 슬레이튼의 조언을 구했고 그의 판단을 존중했다. 일족은 달력상의 나이에 크게 연연하지 않았다. 한 세기가 지나면 절친한 친구도 변할 수 있다. 사람들은 슬레이튼의 숙련된 지도력 덕분에 수년간 많은 득을 보았다. 따라서 그들 중 3분의 2가 슬레이튼보다 나이가 많았어도 그를 여전히 연장자 정치인으로 대했다.

소풍은 끝나지 않고 수개월간 계속되었다. 사람들은 그동안 우주선 안에서 장기간 입을 다물고 잤거나 일을 했다 보니 오랜 휴가를 보내자는 유혹에 저항할 수가 없었다. 금지해야 할 이유도 없었다. 식량은 풍부할뿐더러 먹기도 좋고 다루기도 쉬웠으며 거의 어디서나 자랐다. 개울은 여러 곳에 있었으며 물은 깨끗하고 먹을 수 있었다. 의복의 경우, 입을 것은 많았지만 대부분의 사람들은 실용적인 이유보다 멋을 위해 옷을 걸쳤다. 기후가 낙원 같았기 때문에 몸을 보호하기 위해 옷을 입는다는 것은 수영하기 위해 수영복을 입는 것만큼이나 어리석었다. 옷을 좋아하는 사람들은 옷을 입었다. 나머지 사람들은 팔찌와 구슬과 머리에 꽂은 꽃으로 충분했으며 해수욕을 하기에도 그편이 훨씬 간단했다.

라자러스는 킬트를 고집했다.

작은 사람들의 문화와 개발 수준은 단번에 이해하기 힘들었다. 그들의 생활 방식이 미묘했기 때문이었다. 지구인의 관점에서는 작은 사람들의 과학기술이 높은 수준에 도달했다는 증거를 찾아보기 힘들었다. 대형 건물도 없었고 복잡한 운송 설비도 없었으며 쿵쾅거리는 발전소도 없었다. 얼핏 보자면 작은 사람들은 자연의 자식들이며 에덴동산에 사는 것 같았다.

그러나 수면 위로 나와 있는 것은 빙산 가운데 8분의 1에 불과했다.

작은 사람들의 물리학 지식은 이주민들보다 못하지 않았다. 오히려 믿을 수 없을 만큼 월등했다. 작은 사람들은 예의 바르게 흥미를 보이며 착륙선의 내부를 견학했다. 그리고 이런 식으로 하면 좋을 텐데 왜 그런 식으로 했느냐고 물으며 안내자를 당황하게 했다. 충격을 받은 지구 기술자들이 작은 사람들의 말을 이해하고 보니… 그들이 제시한 것은 항상 지구식 기술보다 간단하고 또 효율적이었다.

작은 사람들은 기계를 이해했고, 기계가 시사하는 바도 이해했다. 그저 거의 사용하지 않는 것뿐이었다. 그들은 분명 기계가 없이도 통신할 수 있었고, 이동에도 기계가 필요하지 않았다(다만 근본적인 이유를 알게 된 것은 훨씬 나중이었다). 사실 그들의 생활에 있어 기계를 써야 할 일은 거의 없었다. 하지만 특별한 상황이 닥치면 필요한 기계장치를 고안하고, 만든 즉시 사용하고, 파괴할 능력이 있었다. 그들은 인류가 본 적 없을 만큼 자연스러운 협동을 통해 그 모든 과정을 수행했다.

하지만 가장 놀라운 것은 그들이 생물학 분야에 탁월하다는 사실이었다. 작은 사람들은 생명체를 다루는 분야의 거장이었다. 지구인들이 먹던 음식하고 향과 영양소가 똑같은 과실들을 맺는 식물을 며칠 만에 키워내는 것은 기적이 아니라 작은 사람들 가운데 생물공학자라면 누구나 할 수 있는 일상적인 일이었다. 그들은 지구인 원예가가 꽃의 특정 모양이나 색깔만 지니는 품종을 배양하는 것보다 더 쉽게 그 일을 해냈다.

하지만 작은 사람들의 방식은 그 어떤 지구인 육종학자와도 달랐다. 그들은 자신들이 사용하는 방법을 설명하기 위해 노력했다고 하지만 실제로는 전혀 전달되지 않았다. 지구식으로 말하자면 그들은 식물이 원하는 특성과 모양으로 변하도록 '생각'한다고 했다. 지구인들은 그게 실제로 무슨 뜻인지 알지 못했지만 작은 사람들은 인간 학생들이 인지할 수 있는 방식으로 손대거나 조작하는 일 없이 발육 정지 상태의 묘목을 꽃피우고 몇 시간 만에 숙성하도록 만들 수 있었다. 그것도 식물의 부모 대에서 한 번도 나타나지 않았던 특성을 가진 성체로 만들었으며… 그 형질은 당연히 후대로 전해졌다.

그러나 과학적 발전에 있어서 지구인과 작은 사람들이 보이는 간격은 정도 차에 불과했다. 사실 그들은 아주 본질적인 의미로 근본부터 인간과 달랐다.

작은 사람들은 개인이 아니었다.

원주민 한 사람의 몸속에 들어 있는 것은 불연속적인 개별체가 아니었다. 그들은 여러 몸에 걸쳐 존재했다. 그들에게는 집단 '정신'이 있었다. 그들 사회의 기본 단위는 많은 부분이 모여서 이루어진 텔레파시상의 접촉 집단이었다. 하나의 단위를 이루는 몸과 두뇌는 많으면 90개가 넘었고 적은 경우도 30여 개를 밑돌지 않았다.

이주민들은 이 사실을 깨닫고 나서야 전혀 알 수 없었던 작은 사람들의 면모를 상당수 이해할 수 있었다. 마찬가지로 작은 사람들이 지구인들을 이상하게 여긴 것 또한 당연한 일이었다. 작은 사람들은 자신들의 존재 양상이 다른 사람에게 반영된다고 생각했기 때문이었다. 서로 상대방의 진짜 내면을 발견하자마자 상호 정체성에 관한 오해가 생겼고 작은 사람들의 마음속에는 공포가 생긴 것 같았다. 그들은 일족의 정착지 부근에 있다가 물러나더니 며칠 동안 접근하지 않았다.

마침내 중계자가 야영지에 들어오더니 재커를 찾았다. 「그동안 멀리해서 죄송합니다. 우리가 성급해서 당신들의 행운과 단점을 혼동했습니다. 우리는 돕고 싶습니다. 당신들이 우리처럼 되도록 가르쳐드리고 싶습니다.」

재커는 그처럼 관대한 제안에 뭐라고 대답해야 할지 고민했다. "우리를 돕고 싶으시다니 감사드립니다." 재커가 마침내 말했다. "그러나 당신들이 불행이라고 부르는 것이 우리에게는 존재하기 위해 필수적인 요소입니다. 우리와 당신들의 길은 같지 않습니다. 나는 우리가 서로의 길을 이해하지 못할 거라고 생각합니다."

재커의 머릿속으로 되돌아온 생각은 매우 걱정스러운 것이었다. 「우리는 하늘과 땅에 사는 짐승을 도와서 다툼이 사라지도록 했습니다. 하지만 원치 않으시다면 강요하지는 않겠습니다.」

중계자는 떠났고 재커의 마음은 혼란스러웠다. 재커는 생각했다. '어쩌면 연장자들과 시간을 들여 의논해보지도 않고 성급하게 대답한 것은 잘못인지도 몰라. 텔레파시란 분명히 경멸할 능력은 아니지. 어쩌면 저사람들은 인간이 독자성을 잃지 않고도 텔레파시를 익히도록 가르쳐줄지도 몰라.' 하지만 재커는 일족 중에 있는 텔레파시 능력자들을 떠올리면서 그런 희망을 계속 품을 수가 없었다. 능력자들 중에서 정서적으로 건강한 사람은 아무도 없었고 대부분은 정신적으로 결함이 있었다. 인간이 가기에 안전한 길은 아닌 것 같았다.

'나중에 의논하기로 하자.' 재커는 생각했다. 서두를 필요가 없었다.

'서두를 필요가 없다'는 것은 정착지에 널리 퍼진 생각이었다. 무언가를 얻으려 노력할 필요도 없었고 꼭 완료해야 할 일도 없었으며 재촉할 일도 거의 없었다. 태양은 따뜻하고 기분 좋았으며 하루하루가 그리 다르지 않았고 언제나 내일이 기다리고 있었다. 일족은 선천적으로 시야를 멀리 두는 경향이 있었으며, 이제는 영원을 생각하기 시작했다. 시간은 더 이상 의미가 없었다. 심지어 기억 속에서 지속되던 장수 연구조차도 힘을 잃었다. 고든 하디는 작은 사람들이 알고 있는 생명의 본성을 배우고 훨씬 더 유익한 성과를 거두기 위해 현재의 실험들을 재정비했다. 고든은 새로운 지식을 소화하기 위해 긴 시간이 필요했고, 연구를 천천히 진행해야만 했다. 시간이 조금씩 흘러가면서 고든은 생각하는 시간이 점점 더 길어지며 활동적인 연구 활동을 향한 충동이 점점 뜸해진다는 사실을 깨닫지 못했다.

고든은 한 가지 사실을 깨달았고, 그 속에 숨어 있던 의미가 그로 하여금 완전히 새로운 사고의 영역을 열도록 해주었다. 작은 사람들은 어떤 의미에서 보면 이미 죽음을 정복했다는 사실이었다.

작은 사람들의 자아는 여러 개의 신체에 나뉘어 있었고, 그중 하나가 죽어도 자아는 죽지 않았다. 죽은 몸에 들어 있던 모든 기억은 손상되지 않았고 그것과 연관되었던 인격도 사라지지 않았으며 육체적인 손실 또한 젊은 원주민이 그 집단과 '결혼'함으로써 보충되었다. 많은 인격들 중에서 지구인들과 대화를 나누었던 하나, 즉 하나의 집단 자아는 거주 중인 모든 신체가 파괴되지 않는 이상 죽지 않았다. 그들은 아마도 영원히, 계속 존재했다.

그들 가운데 젊은 축은 '결혼'이나 집단 융합의 시기가 오기 전까지 인격이 거의 없이 미성숙하거나 본능 수준의 정신 활동만 유지하는 것 같았다. 연장자들은 인간이 자궁 속에 있는 태아에게 그러듯이 젊은 축에게 대단한 지적 활동을 기대하지 않았다. 어떤 집단 자아에도 속하지 않은 불완전한 개체들은 항상 다수 존재했다. 그들은 아주 사랑스러운 애완동물이나 아무 힘없는 갓난아기처럼 보살핌을 받았지만 지구인의 눈에는 종종 성인만큼 크고 성숙해 보였다.

✳

라자러스는 사촌들 대부분보다 더 빨리 낙원에 싫증을 냈다. 라자러스는 그리 멀지 않은 곳에서 멋진 풀밭에 누워 있던 리비에게 불평을 했다. "차 마시는 시간이 언제나 계속될 수는 없어."

"라자러스, 왜 그렇게 초조해하십니까?"

"특별한 이유는 없네." 라자러스는 오른쪽 팔꿈치에 칼끝을 댔다가 왼손으로 뒤집으면서 칼이 땅에 박히는 것을 지켜보았다. "그냥 여길 보고 있자니 잘 운영되는 동물원이 떠올랐을 뿐이야. 미래에도 계속 이렇겠지." 라자러스가 경멸감을 드러내며 불평했다. "여기는 네버-네버랜드야."

"특별히 어떤 점이 마음에 안 드시는데요?"

"그런 건 없어. 바로 그 점이 걱정스러운 거지. 리비, 자네 정말로 이렇게 목장에서 방목되며 사는 것에 문제가 없다고 생각하나?"

리비가 소심하게 웃었다. "제가 시골 출신이라서 그런지도 모릅니다. '비가 오지 않으면 지붕은 새지 않는다. 비가 오면 절대로 지붕을 고칠 수 없다.'" 리비가 인용했다. "제가 보기에는 그럭저럭 잘 지내고 있는 것 같습니다. 뭣 때문에 지루해하십니까?"

"그러니까…" 라자러스의 옅은 푸른 눈이 먼 곳을 응시했다. 그는 여유롭던 칼장난을 멈췄다. "오래전에 내가 젊었을 때 남쪽 바다의 해변에 내린 적이 있었는데…"

"하와이요?"

"아니, 훨씬 더 남쪽이었지. 나도 거길 뭐라고 부르는지 알고 싶네. 돈이 없었지. 씨가 말랐어. 육분의까지 팔아 치웠지. 얼마 안 가서, 아니 한 참 후였던가, 나는 원주민으로 통했네. 그 사람들처럼 살았지. 별 상관은 없었어. 그런데 어느 날 거울을 들여다본 거야." 라자러스가 크게 한숨을 쉬었다. "나는 생가죽 화물에 숨어서 거길 빠져나왔네. 내가 지금 얼마나 겁을 집어먹고 필사적인지 조금이라도 이해할 수 있겠나?"

리비는 아무 말도 하지 않았다. "리비, 자네 요즘 뭘 하면서 시간을 보내나?" 라자러스가 고집스럽게 물었다.

"저요? 항상 똑같죠. 수학을 생각합니다. 우리를 여기로 보낸 것과 같은 우주추진 장치를 어떻게 하면 만들 수 있을까 하고 말이죠."

"건진 것 좀 있나?" 라자러스가 갑자기 조심스러워졌다.

"아직은 없습니다. 시간이 더 필요해요. 그러지 않으면 그냥 구름이 모이는 것을 구경합니다. 잘 살펴보면 모든 사물에 놀라운 수학적 연관성이 있으니까요. 잔물결에도 있고, 가슴 모양에도⋯ 우아한 5차 함수가 있죠."

"뭐? '4차'겠지."

"5차입니다. 시간 변수를 생략해서 그래요. 저는 5차 방정식이 좋습니다." 리비가 꿈꾸듯 말했다. "물고기에도 5차 함수가 있습니다."

"어흠!" 라자러스가 갑자기 일어서며 말했다. "자네는 그거면 충분할지도 모르겠군. 하지만 내 분야는 아니야."

"어디 가시게요?"

"좀 돌아다니려고."

라자러스는 북쪽으로 걸어갔다. 그날 내내 걷다가 밤에는 평상시처럼 땅에서 잤다. 그리고 일어나서 새벽 동안 북으로 이동했다. 다음 날도 그다음 날도 또 다음 날도, 걷는 것은 공원을 거니는 것처럼 쉬웠고⋯ 라자러스는 너무 쉽다고 생각했다. 라자러스는 화산이나 정말 멋들어진 폭포를 볼 수만 있다면 50센트를 지급하고 덤으로 엔텐사 나이프까지 얹어줄 용의가 있었다.

음식이 열리는 나무들은 때때로 낯설기도 했지만 부족함이 없었고 만족스러웠다. 라자러스는 가끔 정체 모를 볼일을 위해 이동하는 한 명 또는 그 이상의 작은 사람과 마주쳤다. 그들은 절대로 앞길을 방해하거나 라자러스에게 어디로 가느냐고 묻는 법이 없었다. 대신 자연스럽게 이전부터 아는 사이인 것처럼 인사할 뿐이었다. 라자러스는 완전히 낯선 사람을 만나고 싶은 욕구가 생겼다. 마치 감시당하고 있는 기분이 들었기 때문이었다.

이윽고 밤이 더 추워지고 낮은 덜 상쾌해졌으며 작은 사람들의 수도 줄어들었다. 마침내 온종일 단 한 명의 작은 사람도 만나지 못하는 날이 왔다. 라자러스는 그곳에서 밤을 보냈고, 그다음 날도 거기서 머물렀다. 그는 자신의 정신을 꺼내놓고 검사해보았다.

라자러스는 이 행성이나 이곳에 사는 거주민들에게서 논리적으로 잘못된 점을 찾을 수 없다는 사실을 인정해야 했다. 하지만 자신의 취향과 어울리지 않는 것은 분명했다. 라자러스가 지금까지 듣거나 읽어본 어떤 철학도 인간의 존재 목적에 대해서 그럴듯한 해답을 주지 못했고 올바른 행동이 무엇인지에 대해 이성적인 단서를 제공하지 못했다. 햇볕을 쬐는 것은 다른 행동과 마찬가지로 살아가면서 할 만한 일일 수도 있었다. 하지만 라자러스는 그것이 자신에게 어울리지 않는다는 것을 알고 있었다. 그 점을 어떻게 아는지 설명할 수는 없었지만.

일족들이 대규모로 이주한 것은 실수였다. 그러다 죽는 한이 있더라도 지구에 남아서 권리를 주장하며 싸우는 것이 더 인간적이고 더 성숙하며 더 어른스러운 일이었다. 일족들은 그 대신 우주의 절반 거리를 도망쳐 와서(라자러스는 수치의 크기에 신경 쓰지 않았다) 머물 곳을 찾았다. 그리고 썩 괜찮은 곳을 발견했다. 하지만 그곳에는 이미 선점하고 있는 존재들이 있었고 그들이 너무나 우월했기 때문에 인류는 견뎌내지 못했다…. 그러나 그 존재들은 스스로의 우월함에 극도로 무관심해서 인류를 쓸어버리는 것도 귀찮았고, 그래서 지구인들을 이곳, 지나치리만큼 잘

정돈된 골프 클럽으로 쫓아 보냈다.

그것만으로도 참기 힘들 정도로 굴욕적인 일이었다. 뉴프런티어스호는 5백 년 동안 누적된 인간 과학 기술의 결정체였고 인류가 만들 수 있는 최고의 작품이었다. 그럼에도 인간이 아기 새를 둥지에 되돌려놓듯 아무렇지도 않게 깊은 우주를 거쳐 튕겨져 나왔다.

작은 사람들은 지구인을 쫓아낼 생각이 없는 것 같았지만 자캐이라인의 신들이 그랬던 것처럼 나름의 방식으로 인류의 사기를 꺾었다. 그들은 하나씩 떼어놓고 보면 정신이상자일 수도 있었지만 접촉 집단이 모일 경우 인류가 내어놓은 최고의 지성마저도 그림자 속으로 밀어넣어 버릴 만큼 천재적인 존재였다. 리비를 비롯한 인류는 가내 수공업 점포가 자동화된 공장과 경쟁할 수 없듯이 작은 사람들의 조직과 힘을 겨룰 가망이 없었다. 그런 식의 집단 정체성을 획득한다는 것은, 라자러스는 그게 가능이나 할지 회의적이었지만, 인류의 본질을 포기한다는 뜻이었다. 라자러스는 그점을 확신했다.

라자러스는 자신이 편협하게도 인간을 좋아한다는 사실을 인정했다. 그는 인간이었다.

라자러스가 머릿속을 떠나지 않는 문제들과 씨름하는 동안 수많은 나날이 스쳐 지나갔다. 그가 싸우는 것은 첫 번째 유인원이 자의식을 획득한 이래 인간 종족의 정신을 슬프게 만들었던 문제이자, 배를 두둑하게 채우거나 훌륭한 기계의 도움을 받아보아도 절대로 풀리지 않는 의문이었다. 고요하고 끝없는 나날도 그의 조상들이 정신적으로 갈구했던 것보다 더 나은 마지막 해답을 알려주지 못했다. 왜일까? 그런다고 인간에게 무슨 도움이 될까? 돌아오는 대답은 단 한 가지뿐이었다. 라자러스 자신은 이렇게 영원하고 편안하며 아늑한 보금자리를 바란 적도 없고 받아들일 준비도 되지 않았다는, 단호하고 근거 없는 확신.

라자러스는 작은 사람들 가운데 하나의 모습이 나타나자 괴로운 공상에서 벗어났다. 「오랜 친구여, 안녕하십니까. 당신의 아내 킹이 당신의 귀환을 바라고 있습니다. 당신의 조언을 바라고 있습니다.」

"무슨 일입니까?" 라자러스가 물었다.

그러나 작은 생물은 대답하지 않았다. 혹은 대답할 수 없었는지도 모른다. 라자러스는 허리띠를 조이고 남쪽으로 향했다. 「천천히 갈 필요는 없습니다.」 그런 생각이 라자러스의 뒤를 따라왔다.

라자러스는 나무숲 너머에 있는 공터로 이끌려 갔다. 그의 눈에 180센티미터쯤 되어 보이는 달걀 모양의 물체가 들어왔다. 한쪽에 문이 달린 것을 제외하면 아무 특징이 없었다. 원주민은 그 문을 통해 들어갔고 라자러스는 그의 뒤를 따라 커다란 몸집을 억지로 욱여넣었다. 문이 닫혔다.

거의 동시에 문이 열렸고 라자러스와 원주민은 인간들의 정착지 바로 아래쪽의 해변에 서 있었다. 라자러스는 멋진 속임수라는 것을 인정했다.

라자러스는 해변에 내려와 있는 착륙선으로 급히 달려갔다. 킹 선장과 재커가 그곳을 일종의 공동체 본부로 함께 사용하고 있었다. "선장님, 나를 찾으셨다고요. 무슨 일입니까?"

킹 선장의 엄격한 얼굴 표정이 심상치 않았다. "메리 스펄링 때문입니다."

라자러스의 심장이 갑자기 차갑게 조여오는 것 같았다. "죽었습니까?"

"아니요. 꼭 그런 건 아닙니다. 메리는 작은 사람들 쪽으로 넘어갔습니다. 그 사람들의 집단 중 하나와 '결혼'했습니다."

"뭐라고요? 그건 불가능하지 않습니까!"

라자러스의 말은 틀렸다. 지구인과 원주민들 사이에 이종교배가 이루어질 가능성은 전혀 없었지만, 교감이 있을 경우 인간이 작은 사람들의 접촉 집단과 하나로 융합하고 인격을 다수의 자아 속으로 담그는 데에는 장애가 없었다.

메리는 죽음이 임박했음을 확신하고 죽지 않는 집단 자아 속에 탈출구가 있다는 것을 알았다. 메리는 영원한 생과 사의 문제에 직면하자 둘 모두를 선택하지 않음으로써, 즉 분리된 개인임을 포기함으로써 그 문제를 피해나갔다. 메리는 자신을 받아들이고 싶어 하는 집단을 찾았고, 그리고 전향했다.

"그 덕분에 새로운 문제가 잔뜩 생겼습니다." 킹 선장이 결론지었다. "슬레이튼과 재커와 저는 당신이 여기 있는 편이 낫겠다고 생각했습니다."

"네, 당연하죠. 그런데 메리는 어디 있습니까?" 라자러스는 질문을 던지고는 대답도 듣지 않고 밖으로 달려 나갔다. 그는 앞을 가로막는 사람과 인사하는 사람들을 모두 무시하고 정착지 안으로 돌진했다. 그리고 야영지에서 그리 멀지 않은 곳에서 원주민 한 사람과 마주쳤다. 라자러스는 발을 끌며 멈춰 섰다. "메리 스펄링은 어디 있습니까?"

「제가 메리 스펄링이에요.」

"그게 무슨… 그럴 리가 없어."

「제가 메리 스펄링이고 메리 스펄링이 저예요. 라자러스, 저를 모르시겠어요? 저는 당신을 알아요.」

라자러스가 양손을 내저었다. "아니야! 나는 지구인처럼 생긴 메리 스펄링을 보고 싶다고. 나처럼 생긴 사람 말이야!"

원주민이 주저했다. 「그럼 따라오세요.」

라자러스는 야영지로부터 멀리 떨어진 곳에서 메리를 발견했다. 메리는 다른 이주민들의 눈을 피하려고 한 것이 분명했다. "메리!"

메리는 마음에서 마음으로 대답했다. 「힘들게 해서 미안해요. 메리 스펄링은 없고 우리의 일부로 남았어요.」

"아, 메리, 농담은 그만둬요! 그런 말은 하지 말란 말입니다! 나를 못 알아보겠습니까?"

「물론 당신을 알아볼 수 있어요, 라자러스. 나를 못 알아보는 건 당신이에요. 눈앞에 보이는 이 육체 때문에 당신의 정신을 괴롭히거나 마음 아파하지 말아요. 나는 당신네 동족이 아니에요. 나는 이 행성에서 태어났어요.」

"메리." 라자러스가 고집을 부렸다. "다시 돌아가야 합니다. 거기서 나오란 말입니다!"

메리는 고개를 저었다. 인간 같은 몸짓이었지만 괴이했다. 얼굴에 더 이상 어떤 인간적인 표정도 없었기 때문이다. 거기에 있는 것은 낯선 가면뿐이었다. 「그건 불가능해요. 이제 메리 스펄링은 없어요. 당신과 얘기하고 있는 것은 빠져나갈 수 없는 나 자신이고 당신의 동족이 아니에요.」 한때 메리 스펄링이었던 생물은 뒤로 돌더니 걸어갔다.

"메리!" 라자러스가 울부짖었다. 그의 심장은 수 세기를 건너뛰어서 어머니가 죽던 날 밤으로 날아갔다. 라자러스는 두 손에 얼굴을 묻고 슬픔을 주체하지 못하는 아이처럼 울었다.

5

라자러스가 돌아오자 킹 선장과 재커가 기다리고 있었다. 킹 선장이 라자러스의 얼굴을 바라보았다. "내가 얘기해줄 수도 있었지만." 킹 선장이 침착하게 말했다. "그래봤자 기다리지 않았겠지요."

"잊어버리십시오." 라자러스가 냉정하게 말했다. "이제 어쩔할까요?"

"라자러스, 뭐든 얘기를 나누기 전에 당신이 봐야 할 게 또 있습니다." 재커가 대답했다.

"알겠습니다. 뭡니까?"

"직접 가서 보시죠." 두 사람은 본부로 쓰고 있는 착륙선의 선실로 라자러스를 데려갔다. 일족들의 관습에 어울리지 않게 문이 잠겨 있었다. 킹 선장이 문을 열고 두 사람을 들여보냈다. 안에는 여성이 한 명 있었다. 여성은 세 사람을 보자 조용히 나가면서 문을 다시 잠갔다.

"저걸 보십시오." 재커가 가리켰다.

그것은 보육기 안에서 자라는 생물이었다. 어린아이였지만 지금까지

단 한 번도 본 적이 없는 모습이었다. 라자러스가 그것을 들여다보더니 노한 목소리로 말했다. "도대체 저게 뭡니까?"

"직접 확인하십시오. 꺼내보세요. 그런다고 해를 입지는 않을 겁니다."

라자러스는 시키는 대로 했다. 처음에는 조심스러웠지만 호기심이 커지면서 손을 움츠리지 않고 만져보았다. 라자러스는 그게 무엇인지 말로 표현할 수 없었다. 인간은 아니었다. 마찬가지로 작은 사람들의 자손이 아닌 것도 분명했다. 라자러스는 생각했다. 이 행성에도 지난번과 마찬가지로 뜻밖의 종족이 하나 더 있었나? 인간처럼 생기기는 했지만 인간의 아이가 아닌 것은 확실했다. 아기처럼 작았지만 코가 없었고 귓바퀴의 흔적도 없었다. 장기들은 정상적인 위치에 있었지만 두개골이 붉은색이었고 뼈처럼 단단한 융기들이 각 장기를 보호하고 있었다. 손에는 손가락이 너무 많았고 양쪽 손목 부근에는 또 다른 손가락이 커다랗게 달려 있으며 그 끝은 분홍색 벌레 무리 같았다.

아이의 상체에는 어딘가 이상한 점이 있었지만 라자러스는 그게 무엇인지 꼬집어낼 수 없었다. 그러나 전체적으로 두 가지 사실은 분명했다. 다리의 끝에는 인간의 발이 아니라 뿔 같은 것으로 이루어지고 발가락이 없는 삼각형 모양의 무언가가 달려 있었다. 발굽이었다. 그리고 그 생물은 남녀의 생식기를 모두 가지고 있었다. 하지만 기형이 아니라 건강한 발달 단계에 있었다.

"저게 뭡니까?" 라자러스가 다시 물었다. 그의 머릿속에서는 의구심이 활발하게 움직였다.

"저것은…." 재커가 말했다. "메리언 슈미트입니다. 3주 전에 태어났죠."

"네? 그게 무슨 소립니까?"

"작은 사람들이 아주 똑똑해서 식물을 조작하듯이 우리를 조작할 수 있다는 얘깁니다."

"뭐라고요? 하지만 우리를 가만두겠다고 하지 않았습니까!"

"너무 성급하게 그 사람들을 비난하지 마십시오. 우리가 그러겠다고

한 겁니다. 원래는 그저 몇 가지만 개선시키자는 생각이었습니다."

"개선이라고요! 저건 외설입니다."

"그렇기도 하고 아니기도 합니다. 저걸 볼 때마다 나도 속이 뒤틀리지만… 사실… 저건 일종의 초인입니다. 신체 구조는 더 나은 효율성을 얻기 위해 재구성되었고 쓸모없는 유인원의 흔적은 제거되었습니다. 장기는 더 이치에 맞는 형태로 재배열되었고요. 저게 인간이 아니라고는 할 수 없을 겁니다. 왜냐하면… 발전된 형태이기 때문입니다. 손목에 달린 여분의 부속 손가락을 보십시오. 저것은 작게 축소된 손이고… 거기에는 지극히 작은 눈이 달려 있습니다. 개념에 익숙해지고 나면 그게 얼마나 편리한지 알 수 있을 겁니다." 재커가 그것을 바라보았다. "하지만 내 눈에는 무서워 보이는군요."

"누가 봐도 무서울 겁니다." 라자러스가 말했다. "그게 발전인지는 모르겠지만, 얼어 죽을, 내가 보기에 저건 인간이 아닙니다."

"어느 쪽이든 간에 문제입니다."

"당연한 것 아닙니까!" 라자러스가 그것을 다시 쳐다보았다. "저 작은 손 안에 두 번째 눈들이 있다고 했지요? 그럴 것 같지 않은데요."

재커가 어깨를 들썩였다. "나는 생물학자가 아닙니다. 하지만 신체를 구성하는 모든 세포에는 한 벌의 염색체가 전부 들어 있습니다. 염색체 안에 있는 유전자를 조작하는 방법만 안다면 원하는 곳에 눈이든 뼈든 아무거나 만들 수 있을 겁니다. 그리고 작은 사람들은 그 방법을 압니다."

"나는 조작당하고 싶지 않습니다!"

"나도 마찬가집니다."

＊

라자러스는 비탈 위에 서서 넓은 해안에 모인 일족 전원을 내려다보았다. "나는…." 라자러스는 공식적인 발언을 하다 말고 곤혹스러워했다. "리비, 잠깐 이리 와보게." 라자러스는 리비에게 속삭였고, 리비는 괴로

위하더니 다시 라자러스에게 속삭였다. 라자러스는 화난 표정을 짓더니 다시 속삭였다. 그리고 마침내 몸을 곧게 펴더니 얘기를 시작했다.

"나는 최소한… 241세입니다." 라자러스가 말했다. "더 나이 많은 분 계십니까?" 별 뜻은 없는 공식 절차였다. 라자러스는 자신이 최연장자라는 것을 알고 있었다. 기분상으로는 그 두 배쯤 나이를 먹은 것 같았다. "회의를 시작합니다." 라자러스가 이야기를 계속했다. 그의 커다란 목소리는 착륙선에 달린 스피커의 도움을 받아 우렁차게 해변에 울렸다. "의장은 누구로 할까요?"

"그냥 진행하십시오." 군중 속에서 누군가가 요청했다.

"알겠습니다." 라자러스가 말했다. "재커 바스토!"

라자러스의 뒤에 있던 기술자가 지향성 마이크를 재커에게 향했다. "재커 바스토입니다." 그의 목소리가 웅웅거렸다. "제 의견을 말씀드리겠습니다. 우리 중 몇 사람은 사실 꽤 훌륭한 이 행성이 더 이상은 우리에게 맞지 않다고 믿게 되었습니다. 메리 스펄링의 얘기는 다들 들으셨을 테고 메리언 슈미트의 입체 영상도 보셨을 겁니다. 그 밖에도 더 있지만 따로 설명하지 않겠습니다. 하지만 다시 옮겨 가자면 문제가 생깁니다. 어디로 가야 하겠습니까? 라자러스 롱은 지구로 돌아가자고 제안했습니다. 그럴 경우…." 재커의 말은 사람들의 소음에 묻혀버렸다.

라자러스가 소리쳤다. "떠나자고 강요하는 것은 아닙니다. 하지만 우주선을 가져갈 수 있을 만큼 떠나려는 사람이 많다면 그래야 합니다. 나는 지구로 돌아가자고 주장합니다. 다른 행성을 찾자고 하는 사람도 있습니다. 이 문제는 결론을 내려야 합니다. 하지만 우선… 나처럼 돌아가고 싶은 사람이 얼마나 됩니까?"

"나는 떠나겠습니다!" 누군가가 소리치자 많은 사람들의 목소리가 메아리를 이뤘다. 라자러스는 가장 먼저 대답이 나온 쪽을 응시하더니 그 사람을 찾아내고는 고개를 돌려 기술자를 보고 방향을 알려주었다. "얘기하십시오, 친구." 라자러스가 지시를 내렸다. "다른 사람들은 조용히 하십시오."

"올리버 슈미트입니다. 나는 누군가 다른 사람이 이 얘기를 꺼내주었으면 하고 몇 개월 동안 기다렸습니다. 나는 일족 중에서 끓는점이 낮은 사람이 나뿐인 줄 알았습니다. 내가 떠나려는 데에는 아무 이유가 없습니다. 나는 메리 스펄링 사건이나 메리언 슈미트를 보고도 겁을 먹지 않았습니다. 그런 일들이 마음에 드는 사람이 있다면 그것대로 좋습니다. 그러라고 합시다. 하지만 나는 신시내티가 죽도록 다시 보고 싶습니다. 여기에는 싫증이 났습니다. 무위도식하는 게 지겹단 말입니다. 염병할, 나는 내 손으로 일해서 벌어먹고 싶습니다! 일족의 유전학자들에게 물어봤더니 나는 앞으로 1세기는 더 건강하게 살 수 있다고 합니다. 그 긴 시간 동안 햇볕을 쬐고 누워서 백일몽이나 꿀 수는 없습니다."

올리버가 말을 마치자 최소한 1천 명은 넘는 사람들이 발언권을 얻으려 들었다. "조용히 하시오! 조용히!" 라자러스가 고함을 쳤다. "다들 한마디씩 하겠다면 일족의 대표자들에게만 범위를 한정할 수밖에 없습니다. 하지만 무작위로 얘기를 들어봅시다." 라자러스는 다른 사람을 지명하고 이야기해보라고 했다.

"짧게 말하겠습니다." 새 발언자가 말했다. "올리버 슈미트의 말에 동의하니까요. 그저 개인적인 이유를 말하고 싶을 뿐입니다. 달이 그리워진 사람 없습니까? 나는 고향에 있을 때 여름밤이면 발코니에 앉아서 담배를 피우며 달을 보곤 했습니다. 그게 소중한 것인 줄 몰랐는데, 이제는 압니다. 나는 위성이 있는 행성에서 살고 싶습니다."

그다음 발언자가 한 얘기는 간단했다. "나는 메리 스펄링 사건 때문에 신경증에 걸렸습니다. 내가 저쪽 편으로 전향하는 악몽을 꿉니다."

논의는 끝없이 계속되었다. 누군가가 자신들이 지구로부터 쫓겨났다는 점을 지적했다. 그리고 무슨 근거로 다시 돌아갈 수 있다고 생각하는지 물었다. 라자러스는 그 질문에 직접 대답했다. "우리는 자캐이라인 때문에 많은 것을 배웠고 이제는 작은 사람들 덕에 더 많은 것을 배웠습니다. 지구에 있는 과학자들은 꿈도 못 꿔본 것들 때문에 쫓겨났으니 말입니다. 우리는 싸울 준비를 하고 지구로 돌아갈 수 있습니다. 우리는 권리를 주장할 태세를 갖추고, 그것을 지킬 만큼 강해질 것입니다."

"라자러스 롱." 다른 목소리가 불렀다.

"네." 라자러스가 대답했다. "거기 계신 분, 말씀하십시오."

"나는 너무 늙어서 더 이상의 항성 간 여행을 견딜 수 없고 너무 늙어서 여행이 끝난 뒤에 싸울 수도 없습니다. 다른 사람들이 어떻게 하든 나는 남겠습니다"

"그런 경우라면." 라자러스가 말했다. "토론할 필요도 없지 않습니까?"

"나는 발언할 권리가 있습니다."

"알겠습니다. 이제 발언했으니까 다른 사람에게 기회를 주십시오."

태양이 저물고 별들이 나타났지만 이야기는 여전히 계속되었다. 라자러스는 자신이 매듭을 짓지 않는 한 끝나지 않겠다고 생각했다. "좋습니다." 라자러스가 발언권을 요청하는 많은 사람들을 무시하고 소리쳤다. "이 문제는 다시 일족 회의에 맡겨야 할 것 같습니다. 그래도 현재 상황이 어떤지 알아보기 위해서 시험적으로 표결에 부쳐봅시다. 지구로 돌아가고 싶은 사람들은 올라와서 내 오른쪽에 서십시오. 여기 남고 싶은 사람들은 해변 쪽으로 내려가서 내 왼쪽에 서십시오. 다른 행성을 탐험하고 싶은 사람들은 여기 바로 내 앞에 모이십시오." 라자러스는 뒤로 물러나서 음향 기술자에게 말했다. "사람들이 빨리 움직이게 음악을 틀어줍시다."

기술자는 고개를 끄덕였고 향수를 불러일으키는 시벨리우스의 〈슬픈 왈츠〉의 선율이 한숨처럼 해변 위로 넘실거렸다. 다음 노래는 라이슬링이 지은 〈지구의 푸른 언덕〉이었다. 재커가 라자러스를 쳐다보았다. "당신이 저 음악을 골랐군요."

"내가요?" 라자러스가 차분하고 천진난만한 얼굴로 대답했다. "재커, 내가 음악에 문외한이라는 거 알잖습니까."

218

음악이 있어도 편 가르기는 오래 걸렸다. 베토벤의 불후의 〈5번 교향곡〉의 마지막 악장이 끝나고도 한참이 지나서야 사람들은 간신히 세 무리로 나뉘었다.

왼쪽에 모여 이곳에 남겠다는 의사를 표명한 사람의 수는 전체 인원 가운데 10분의 1 정도였다. 대부분 시계의 모래가 얼마 남지 않은 노약자들이었다. 지구를 본 적이 없는 어린아이들도 조금 있었으며 많지는 않지만 다른 연령대의 사람도 있었다.

가운데에 자리 잡은 사람들은 극히 소수였으며 3백 명을 넘지 않았다. 거의 남자들이었고 젊은 여성들도 조금 있었다. 또 다른 개척지에 한 표를 던진 사람들이었다.

하지만 라자러스의 오른쪽에 선 군중의 규모는 거대했다. 라자러스는 그 사람들을 주시하면서 얼굴에 떠오른 생기를 볼 수 있었다. 라자러스는 그 광경을 보며 심장이 쿵쾅거렸다. 떠나기를 희망하는 사람이 자신과 몇 사람밖에 없을까 봐 몹시도 두려웠기 때문이었다.

그는 가장 가까운 곳에 있는 소수의 집단을 돌아보았다. "당신들은 득표수에서 진 것 같습니다." 라자러스는 스피커를 쓰지 않고 그들에게만 말했다. "하지만 걱정하지 마십시오. 기회란 언제나 또 찾아오는 법이니까." 그리고 기다렸다.

가운데 있던 사람들이 천천히 흩어지기 시작했다. 그들은 삼삼오오 무리 지어 움직였다. 이곳에 남겠다는 편으로 옮겨 간 사람은 매우 적었다. 대부분은 오른편 무리에 합세했다. 두 번째 분할이 끝나자 라자러스는 수가 더 적은 왼편 사람들에게 말했다. "좋습니다." 그의 목소리는 매우 온화했다. "그러면… 당신들 연로한 분들은 초원으로 돌아가서 자는 편이 좋겠습니다. 나머지 사람들은 계획을 세워야 하니까요."

그러고 나서 라자러스는 리비에게 연단을 넘기고, 이번 귀환 여행은 지구를 떠날 때처럼 피곤하지 않을 것이며 두 번째 여행처럼 단조롭지도 않을 것이라는 점을 다수 쪽 사람들에게 설명하게 했다. 리비는 공로의 대부분을 기술 제공자, 즉 작은 사람들에게 돌렸다. 작은 사람들은 광속을 넘는 속도 문제 때문에 어려움을 겪던 리비의 고민을 단박에 해결해 주었다. 만약 작은 사람들이 리비가 믿는 바대로 제대로 된 정보를 제공한 것이라면, 리비가 '이상가속'이라고 이름 붙인 항법에는 한계가 없는 것으로 보였다. '이상(異狀)'이라는 말을 붙인 것은 이 항법이 리비의 광압 추진처럼 전체 질량에 균일하게 작용하고 그러면서도 인간의 감각을 통해서는 중력 이상의 것을 느낄 수 없기 때문이었다. 우주선이 정상적인 공간을 '가로지르는' 것이 아니라 우회하거나 공간과 '분리되어서' 이동하기 때문에 붙인 이름이기도 했다. "이 항법은 우주선을 모는 것이 아닙니다. 왜냐하면 n 더하기 1의 가능성 수준을 가진 n차원의 초물질 공간에서 알맞는 위치 수준을 고르고…."

라자러스는 리비의 말을 단호하게 끊었다. "그건 자네가 알아서 하게. 그 문제에 관해서는 다들 자네를 믿으니까. 우리는 세세한 부분을 토론할 수준이 안 되잖나."

"저는 그저…."

"알아. 하지만 내가 말을 막았을 때 자네는 이미 다른 세상에 가 있었어."

군중 속의 한 사람이 소리쳐서 다른 것을 물어보았다. "언제 도착하겠습니까?"

"저도 모릅니다." 리비는 오래전에 낸시가 질문했던 내용을 떠올리면서 대답했다. "도착했을 때 지구가 몇 년도인지도 모르지만… 지금부터 약 3주가 지나면 도착할 겁니다."

✳

준비하는 데에 걸린 시간은 착륙선들이 승객을 태우기 위해 수도 없이 왕복하는 데에 필요한 며칠뿐이었다. 남기로 결정한 사람들이 떠나는 사람들을 피했기 때문에 이렇다 할 만한 송별회는 많지 않았다. 두 집단 사이에는 냉정함이 흘렀다. 해변에서 드러났던 구분은 우정을 갈라놓았고 심지어는 혼인 중인 사람들마저 깨지게 만들었다. 그 결과 많은 사람들이 마음에 상처를 입었고 풀 길 없는 비통을 맛보았다. 그날 일어난 일 중에 단 하나 바람직한 것은 돌연변이인 메리언 슈미트의 부모가 남기로 결정했다는 사실이었다.

라자러스는 가장 나중에 출발하는 착륙선의 지휘를 맡았다. 이륙하기 직전에 누군가가 라자러스의 팔꿈치를 건드렸다. "죄송합니다만." 젊은이가 말했다. "제 이름은 허버트 존슨입니다. 저도 함께 가고 싶지만 어머니께서 발작을 일으키실지 모르기 때문에 다른 사람들과 같이 남아야 합니다. 혹시 마지막 순간에 도착하면 따라갈 수 있을까요?"

라자러스가 젊은이를 훑어보았다. "나한테 물어보지 않아도 혼자 결정할 수 있을 만큼 나이가 들어 보입니다만."

"이해를 못 하시는군요. 저는 독자여서 어머니께서 계속 따라다니셨습니다. 저를 찾으시기 전에 돌아가야 합니다. 시간이 얼마나…."

"착륙선은 아무도 기다려주지 않습니다. 당신은 절대로 더 젊어지지 않을 거고요. 타십시오."

"하지만…."

"한심한 놈!" 젊은이는 라자러스가 시키는 대로 따르며 딱 한 번 걱정스러운 눈으로 비탈 쪽을 돌아보았다.

＊

라자러스는 뉴프런티어스호에 승선하자 조종실로 가서 킹 선장에게 보고했다. "전부 탑승했습니까?" 킹 선장이 물었다.

"네, 몇 사람은 결정을 늦게 내렸고 출발하기 일보 직전에 탄 사람이 하나 더 있습니다. 엘리너 존슨이라는 이름의 여성입니다. 출발하시지요!"

킹 선장이 리비에게 말했다. "사관, 출발하게."

별들이 사라졌다.

일족들은 리비의 탁월한 재능에만 의존한 채 장님이 되어 날았다. 리비는 다른 우주에서 형체가 없는 암흑을 뚫고 일족을 인도할 수 있다고 자신했기 때문에 그 자리에 있었다. 우주선의 시간으로 항해를 시작한 지 23일째 되고 이상가속을 한 지 11일째 되는 날 별들이 다시 나타났다. 친숙한 천체들이 모두 제자리 부근에 있었다. 북두칠성, 거대한 전갈좌, 기울어진 남십자성, 우아한 플레이아데스성단이 보였고 그 바로 앞에서 싸늘한 은하수를 배경으로 하며 금빛으로 번쩍이는 것은 태양이었다.

라자러스는 이달 들어 두 번째로 눈물을 흘렸다.

무턱대고 지구의 중력권으로 들어가 상주 궤도에 진입하고 상륙할 수는 없었다. 그러기에 앞서 모자를 벗어 보여야 했고, 무엇보다도 지금이 몇 년인지 알 필요가 있었다.

리비는 가까운 곳에 있는 항성들의 운동을 적절히 계산한 후 아직 서기 3700년은 지나지 않았다고 계산했다. 리비는 정확한 관측 장비 없이 더 자세한 결론을 내리는 것은 거부했다. 그러나 일단 태양계의 행성들을 눈으로 볼 수 있을 만큼 접근하자 리비는 다시 계산할 수 있었다. 태양계의 행성들은 그 자체로 바늘이 아홉 개 달린 시계이기 때문이었다.

이 '시계바늘'들의 특정 조합은 유일무이한 시간을 나타낸다. 행성의 공전 주기가 모두 다르기 때문이다. 명왕성은 천 년의 사분기를 '1시간'으로 가리킨다. 목성이 한 번 찰칵거리면 12년이라는 우주의 1'분'이 지나간다. 수성은 윙윙거리면서 9년을 1'초'로 나타낸다. 나머지 '시곗바늘'들은 이 시간을 더 정밀하게 조정해준다. 해왕성의 공전 주기는 명왕성의 주기와 아주 사이가 안 좋기 때문에 그 둘이 아주 흡사한 조합을 만들어내는 것은 758년 만에 한 번이다. 이 거대한 시계는 어떤 기간이건 필요한 정밀도로 나타낼 수 있다. 하지만 읽기에 쉬운 시계는 아니었다.

리비는 모든 행성의 위치를 확인할 수 있게 되자 시간을 읽기 시작했다. 그는 그 어려움에 대해 중얼거렸다. "명왕성으로는 어림도 없겠습니다." 리비가 라자러스에게 불평했다. "해왕성도 안 될 것 같고요. 내행성들을 선택하면 무한 개의 근사치가 나올 겁니다. '무한'이라는 게 논점 회피용 용어라는 건 알고 계시죠? 짜증 나네요!"

"이봐, 너무 어렵게 생각하는 거 아닌가? 실용적인 답은 구할 수 있잖아. 아니면 나한테 넘겨. 내가 할 테니까."

"실용적인 답이야 물론 구할 수 있죠." 리비가 성질을 부리며 말했다. "거기에 만족할 수만 있다면요. 하지만….."

"나한테 '하지만'은 필요 없어. 도대체 지금이 몇 년도야?"

"네? 그럼 이렇게 말해보죠. 우주선의 시간 비율과 지구에서 지속된 시간은 지금까지 세 번에 걸쳐서 별도로 움직였습니다. 그러나 지금은 다시 효과적으로 동조하고 있죠. 따라서 우리가 출발한 후 74년보다 조금 더 지났을 겁니다."

라자러스가 한숨을 쉬었다. "진작 그렇게 얘기했어야지!" 라자러스는 지구를 알아보지 못할까 봐 초조한 상태였다. 뉴욕 같은 곳들이 파괴되어 남아 있지 않을 수도 있었다. "젠장, 리비. 사람 좀 놀라게 하지 말라고."

"흠…." 리비가 말했다. 리비는 그런 것에 관심이 없었다. 그에게 필요한 것은 겉으로 보기에 모순되는 두 군(群)의 사실들을 우아하게 설명할 수 있는 수학을 만들어내는 흥미로운 문제뿐이었다. 마이클슨-몰리 실험과 뉴프런티어스호의 항해 기록이 바로 그 두 군이었다. 리비는 기분 좋게 그 문제에 착수했다. '흠, 공리 한 무더기를 이용해서 새로 추가된 물리 공간을 포함하려면 꼭 필요한 이상 차원의 최소 개수는….'

리비는 만족스러운 상태로 상당한 시간을 보냈다. 물론 주관적인 시간이었다.

우주선은 황도면에 수직인 동경 벡터를 유지하며 태양으로부터 8억 킬로미터 떨어진 임시 궤도에 머물렀다. 일족들은 태양계의 편평한 팬케이크에 대해 직각을 유지하며 멀리 떨어져서 머물렀기 때문에 장기적으로 보아도 발각될 위험은 없었다. 단기 항행을 하는 동안 리비가 개발한 새 추진 장치가 착륙선에 장착되었고 협상단이 출발했다.

라자러스는 따라가고 싶었지만 킹 선장이 거부했다. 라자러스는 그 때문에 부루퉁해 있었다. 킹 선장은 퉁명스럽게 말했다. "라자러스, 이건 공격대가 아닙니다. 이번 임무는 외교적인 것입니다."

"하, 이보시오. 나도 대가만 충분하면 외교적이 될 수 있단 말입니다!"

"물론 그러시겠죠. 하지만 무장한 채로 세면 장치에 들어가지 않는 사람을 보내야겠습니다."

랠프가 협상단의 대표였다. 지구에 갔을 때 가장 중요한 것은 정신역학적인 요소들이기 때문이었다. 그러나 법조, 군사, 기술 분야의 전문가들이 랠프와 함께했다. 만약 일족들이 생활 터전을 얻기 위해 싸워야 한다면 어떤 종류의 기술 및 무기와 대면하게 될지 알아야 했다. 하지만 평화적으로 착륙할 수 있는지를 확인하는 것이 더욱 중요했다. 연장자들은 랠프에게 협상권을 주고 일족들이 인구가 희박하고 쇠락한 유럽 대륙에 거주지를 만들겠다고 제안하도록 했다. 하지만 방사능의 반감기를 고려해볼 때 일족이 지구를 떠난 동안 다른 사람들이 그곳에 정착했을 가능성도 상당히 컸다. 랠프는 현지의 상황에 따라서 즉흥적인 절충안을 내놓아야 할 수도 있었다.

아무것도 하지 못하고 기다려야만 하는 시간이 다시 찾아왔다.

라자러스는 손톱을 씹으며 불안 속에서 그 시간을 견뎠다. 라자러스는 일족이 과학 기술상으로 훨씬 앞섰기 때문에 지구 측이 최고 수준의 군사력을 내놓는다 해도 물리칠 수 있다고 공공연히 장담했다. 하지만 속으로는 그 주장이 억지라는 것을 알고 있었으며 상황을 판단할 능력이 있는 일족의 구성원들도 마찬가지였다. 지식만 가지고는 전쟁에서 승리할 수 없었다. 중세 유럽의 무지한 광신자들은 비교가 안 될 정도로 수준 높은 이슬람 문화를 쳐부수었다. 아르키메데스를 쓰러뜨린 것은 일개 병사였다. 로마를 약탈한 것은 야만인들이었다. 리비 같은 사람은 잔뜩 쌓여 있는 신기술을 이용해서 무적의 무기를 만들 수 있지만 그러지 못할 수도 있었다. 게다가 한 세기의 4분의 3에 해당하는 기간 동안 지구의 군사 기술이 얼마나 진일보했는지 아는 사람은 아무도 없었다.

군사 훈련을 받은 바 있는 킹 선장은 같은 문제를 놓고 걱정하고 있었으며 함께 싸워야 할 사람들 때문에 더욱더 근심이 컸다. 일족은 훈련받은 군대와 정반대되는 사람들이었다. 킹 선장은 괴팍스러운 개인주의자들을 채찍질해서 통솔에 잘 따르는 전투 기계와 비슷한 수준으로 만들어놓아야 한다는 생각에 잠을 설쳤다.

킹 선장과 라자러스는 그러한 의심과 공포를 서로에게조차 언급하지 않았다. 두 사람은 그런 일을 입 밖으로 꺼내자마자 공포라는 이름의 독이 우주선 전체로 퍼질까 봐 두려워했다. 하지만 그런 걱정을 하는 것은 두 사람만이 아니었다. 승무원의 절반 정도는 자신들이 처한 상황이 취약함을 알고 있었다. 하지만 무슨 일이 벌어지든지, 어떤 위험이 닥치든지 무릅쓰고 고향으로 돌아가겠다는 비장한 결심이 섰기 때문에 침묵을 지키고 있었다.

✳

"선장." 라자러스는 랠프가 이끄는 협상단이 지구를 향해 출발한 지 2주 후에 킹 선장에게 말했다. "지구 사람들이 뉴프런티어스호 자체에 대해서 어떻게 생각할지 궁금하지 않습니까?"

"네? 그게 무슨 얘깁니까?"

"그러니까, 우리가 이 우주선을 탈취했잖습니까. 해적질 말입니다."

킹 선장은 충격을 받은 것 같았다. "세상에, 그랬지요! 알다시피 하도 오래전 일이라 이 우주선이 내 배가 아니라는 사실을 깨닫지 못했을 뿐 아니라… 해적 행위를 통해서 이 배에 처음 들어왔다는 것도 잊었습니다." 킹 선장은 생각에 잠기더니 험악하게 미소를 지었다. "코번트리는 요즘 상황이 어떨까요?"

"식량이 극도로 부족하겠지요, 내 생각이긴 하지만." 라자러스가 말했다. "하지만 힘을 합쳐서 헤쳐나갈 겁니다. 걱정 마십시오. 아직 안 잡혔잖습니까."

"슬레이튼도 그 일로 처벌을 받을 거라고 생각합니까? 지금까지 힘든 일을 겪어왔으니 견디기 힘들 텐데요."

"어쩌면 그 문제는 그냥 넘어갈지도 모릅니다." 라자러스가 진지하게 대답했다. "변칙적인 방법으로 우주선을 손에 넣기는 했지만, 우리는 우주선을 본래의 용도대로 사용했습니다. 별들을 탐험했지요. 게다가 결과가 나올 거라고 예상했던 때보다 훨씬 일찍, 멀쩡하게 도로 가져왔을뿐더러 멋들어진 새 우주추진 장치까지 달아놓았습니다. 돈을 투자하면서 기대했던 것보다 더 큰 성과지요. 그러니 과거는 다 잊고 살찐 송아지를 꺼내서 자랑할지도 모릅니다."

"그랬으면 좋겠습니다." 킹 선장이 반신반의하며 대답했다.

정찰단은 이틀 늦게 돌아왔다. 그들은 뉴프런티어스호와 랑데부하기 전, 정상 시공으로 돌입하기까지 어떤 신호도 보내지 않았다. 아직 이상 공간에서 정상 공간으로 신호를 보내는 방법을 발견하지 못했기 때문이다. 정찰단이 랑데부하기 위해 이동하는 동안 킹 선장은 조종실이 화면을 통해 랠프의 얼굴을 볼 수 있었다. "선장님, 안녕하십니까! 얼른 올라타고 보고하겠습니다."

"지금 당장 얘기해보십시오!"

"뭣부터 얘기해야 할지 모르겠습니다. 하지만 다 잘됐습니다. 집에 갈 수 있습니다."

"네? 어떻게요? 얘기하라니까요!"

"모든 일이 해결됐습니다. 서약이 다시 효력을 발휘하고 있습니다. 그러니까 차이점은 더 이상 존재하지 않습니다. 이제 모든 사람들이 일족의 일원입니다."

"무슨 소립니까?" 킹 선장이 물었다.

"지구 사람들이 발견했습니다."

"뭘 말입니까?"

"장수의 비밀요."

"네? 말이 되는 소리를 하십시오. 비밀은 없습니다. 처음부터 그런 건 없었잖습니까."

"우리한테는 비밀이 없었죠. 하지만 저 사람들은 있다고 생각했습니다. 그래서 찾아낸 겁니다."

"설명해보십시오." 킹 선장이 고집을 부렸다.

"선장님, 우선 안에 들어가고 나서 하면 안 되겠습니까?" 랠프가 항의했다. "저는 생물학자가 아닙니다. 여기 행정부 측 대리인을 데려왔으니까 직접 질문해보십시오."

6

킹 선장은 선장용 선실에서 지구 측 대리인을 맞이했다. 킹 선장은 일족의 대표로 재커 바스토와 저스틴 푸트를 대동했고, 놀랄 만한 소식이 생물학의 영역이라는 점을 감안해 고든 하디 박사를 참석시켰다. 리비는 우주선의 수석 장교 자격으로 동참했다. 슬레이튼은 크릴 사원에서 신경 쇠약에 걸린 이래 공식적인 직함이 없었지만 상황의 특수성을 고려해서 함께했다.

라자러스는 스스로 희망했기 때문에 순전히 자신의 개인적인 역량을 내세워 그 자리에 끼었다. 라자러스는 초대받지 않은 사람이었지만 킹 선장조차도 일족 최고 연장자의 암묵적인 특권을 가로막을 만큼 대담하지는 못했다.

랠프는 그렇게 조직된 일동에게 지구 측의 사절을 소개했다. "이분은 킹 선장이십니다. 지휘관이시죠. 이쪽은 연방 위원회를 대표하시는 마일스 로드니 씨입니다. 전권 공사이자 특명 사절로 생각하시면 될겁니다."

"그렇게 대단하지는 않습니다만." 마일스가 말했다. "'특명'이라는 부분에는 동의합니다. 이런 상황은 전례가 없으니까요. 뵙게 되어 영광입니다. 선장님."

"모시게 돼서 기쁩니다."

"이분은 재커 바스토 씨로 하워드 일족의 신탁회의를 대표하는 분이시고, 이쪽은 신탁의 간사이신 저스틴 푸트 씨…."

"반갑습니다."

"반갑습니다, 여러분."

"수석 항해 장교 앤드루 잭슨 리비, 그리고 고령과 죽음에 관한 연구를 책임지고 계시는 생물학자 고든 하디 박사십니다."

"처음 뵙겠습니다." 고든이 공식적으로 인사했다.

"처음 뵙겠습니다. 당신이 수석 생물학자이시군요. 한때 당신이 전 인류에게 기여할 수 있는 때가 있었는데 말입니다. 생각해보십시오. 그랬다면 상황이 얼마나 달라졌겠습니까. 하지만 다행히도 인류는 하워드 일족들의 도움 없이 수명 연장의 비밀을 밝혀낼 수 있었습니다."

고든은 화난 표정이었다. "그게 무슨 말씀이십니까? 말하자면 지구 측 사람들은 아직도 원한다면 나눠줄 수도 있는 기적적인 비밀을 우리가 보유하고 있다는 망상을 갖고 애를 쓴다는 얘깁니까?"

마일스가 어깨를 들썩이며 양손을 벌렸다. "뭐, 이젠 연극을 계속하실 필요가 없지 않습니까? 우리는 독자적으로 당신들과 같은 결과를 얻었습니다."

킹 선장이 끼어들었다. "잠깐만 기다리십시오. 랠프, 연방 사람들은 아직도 우리가 '비밀'을 가졌기 때문에 장수한다고 생각하는 겁니까? 사실을 전달하지 않았습니까?"

랠프는 어쩔 줄을 몰랐다. "그게, 상황이 좀 복잡합니다. 그 문제는 거의 언급되지도 않았습니다. 지구 사람들은 자체적으로 수명 조절법을 발견했습니다. 따라서 거기에 관련해서는 우리에게 아무 흥미가 없습니다. 아직도 우리가 오래 사는 이유가 유전이 아니라 특별한 처치 때문이라고 믿는 사람들이 있는 것은 사실입니다. 하지만 저는 그 오류를 바로잡았습니다."

"마일스 씨의 말씀으로 미루어보건대 완벽하지는 않았던 것 같군요."

"맞습니다. 거기에 많은 시간을 들이지 않았거든요. 죽은 개에 대고 발길질하는 격이니까요. 하워드 일족과 그들이 장수하는 이유는 지구에서 더 이상 입에 오르지 않습니다. 흥미롭게도 정부와 대중 모두 우리가 항성 간 여행을 성공리에 마쳤다는 사실에 집중하고 있습니다."

"그건 제가 확인해드릴 수 있습니다." 마일스가 동의했다. "태양계 안에 있는 모든 기관, 모든 언론, 모든 시민, 모든 과학자들이 뉴프런티어스호의 귀환을 최대한 열망하고 있습니다. 이번 일은 최초의 달 여행 이래 가장 위대하고 눈부신 업적입니다. 이제 유명 인사입니다. 모두 다 말입니다."

라자러스가 재커를 끌어당기더니 속삭였다. 재커는 동요하더니 신중하게 고개를 끄덕였다. "선장님." 재커가 킹 선장에게 말했다.

"네?"

"손님께 양해를 구하고 랠프 슐츠의 보고를 받았으면 합니다."

"이유는?"

재커가 마일스를 흘낏 보았다. "우리 쪽 대표의 얘기를 들어봐야 여러 가지 일들을 더 잘 준비할 수 있을 테니까요."

킹 선장이 마일스에게 말했다. "실례해도 되겠습니까?"

라자러스가 끼어들었다. "그만두십시오, 선장. 재커의 말이 틀린 건 아니지만 너무 표현이 부드럽습니다. 마일스 동지를 옆에 두고 얘기를 꺼내는 편이 낫겠습니다. 마일스 로드니 씨, 대답해보십시오. 당신과 당신네 친구들이 우리처럼 오래 사는 방법을 터득했다는 증거가 있습니까?"

"증거요?" 마일스는 말문이 막혔다.

"왜 그런 걸… 질문하는 분은 누구시지요? 성함이 어떻게 되십니까?"

랠프가 참견했다. "죄송합니다. 제가 소개를 끝내지 못했군요. 마일스

로드니 씨, 이분은 선임자 라자러스 롱이십니다."

"안녕하십니까, 무슨 '선임자'이십니까?"

"말 그대로 연령상 '선임자'입니다." 라자러스가 대답했다. "나는 일족 중에서 가장 나이가 많습니다. 그 점을 제외하면 그냥 보통 시민입니다."

"하워드 일족 중에서 최고령자시라고요! 세상에, 살아 있는 사람 중에서 가장 나이가 많은 분 아닙니까, 맙소사!"

"그건 알아서 생각하십시오." 라자러스가 대꾸했다. "나는 두어 세기 전부터 그 문제에 관해서는 신경 쓰지 않으니까요. 내 질문에 대한 답은 뭡니까?"

"하지만 놀라지 않을 수가 없습니다. 저는 아이가 된 기분이 들었거든요. 젊은 사람이 아닌데도 말입니다. 저는 올 6월이면 105세가 됩니다."

"그걸 증명할 수 있다면 내 질문에 대한 대답이 되겠군요. 내가 보기에는 마흔쯤 돼 보이는데, 아닙니까?"

"아, 이런. 이 시점에서 심문을 받을 거라고는 예상하지 못했습니다. 제 신분증을 보여드릴까요?"

"장난하십니까? 나는 한창때 50개가 넘는 신분증을 갖고 다녔습니다. 생년월일은 전부 가짜였고요. 다른 건 없습니까?"

"라자러스, 잠깐만요." 킹 선장이 끼어들었다. "질문의 목적이 뭡니까?"

라자러스가 마일스에게서 눈을 뗐다. "이런 겁니다, 선장. 우리는 목숨을 부지하기 위해서 태양계 밖으로 달려 나갔습니다. 남아 있던 촌놈들이 우리가 영생하는 법을 발명했다고 생각한 데다가, 우리를 모조리 죽여서라도 그 비밀을 짜내기로 했기 때문이었지요. 이제는 만사가 다 아름답고 밝답니다. 그런데 우리와 함께 평화의 담뱃대를 빨겠다고 온 녀석이 아직도 이른바 우리에게 비밀이란 게 있다고 믿잖습니까.

그래서 의심이 생긴 겁니다.

저 사람들이 아직 늙어 죽는 것을 막을 방법을 찾지 못했고 우리에게는 그 방법이 있다는 생각에 매달린다고 가정해봅시다. 우리를 안심시키고 의심을 잠재운 다음, 질문하기에 좋은 장소로 다시 끌고 가는 것보다 더 좋은 방법이 있을까요?"

마일스가 코웃음을 쳤다. "터무니없는 생각입니다! 선장님, 나는 이런 얘기를 듣기 위해서 여기까지 온 게 아닙니다."

라자러스가 차갑게 노려보았다. "이전에 일어났던 일도 터무니없었지만 결국 벌어지고 말았어, 젊은 친구. 불에 데어본 아이는 조심성이 많아지는 법이지."

"두 사람 다 기다려보십시오." 킹 선장이 명령했다. "랠프, 당신 의견은 어떻습니까? 사기극에 말려들었다고 생각합니까?"

랠프는 고통스럽게 생각해보았다. "그렇지 않다고 봅니다." 그는 말을 쉬었다. "그래도 단정하기 어렵군요. 물론 외모만으로 구분할 수는 없었습니다. 일족의 구성원들도 보통 사람들의 무리 속에 섞여 있으면 골라내기 힘들죠."

"하지만 당신은 심리학자 아닙니까. 사기적인 요소가 있었다면 조짐을 발견할 수 있었을 겁니다."

"나는 심리학자이기는 하지만 기적을 일으키는 사람도 아니고 텔레파시 능력자도 아닙니다. 사기를 찾고 있는 것도 아니었고요." 랠프가 소심하게 웃었다. "다른 요소도 있었습니다. 집에 돌아왔다는 사실에 너무 흥분한 나머지 모순점을 발견할 만큼 정서적으로 최상의 상태가 아니었습니다. 설사 그런 게 있었더라도요."

"그럼 확신할 수 없다는 겁니까?"

"네, 감정적으로는 마일스 로드니 씨의 말이 사실이라고 믿습니다만…."

"사실입니다!"

"몇 가지 질문을 해보면 밝혀낼 수 있을 거라고 봅니다. 105세라고 주장했으니 그걸 시험해보면 되겠죠."

"알겠습니다." 킹 선장이 동의했다. "흠, 랠프, 직접 질문하시겠습니까?"

"좋습니다. 마일스 씨도 괜찮으시겠지요?"

"해보십시오." 마일스가 딱딱하게 대답했다.

"당신은 우리가 지구를 떠날 당시 대략 50세였을 겁니다. 우리가 없는 동안 지구 시간으로 거의 75년이 흘렀으니까요. 그 일을 기억하십니까?"

"아주 뚜렷하게 기억합니다. 저는 그 당시 노박 타워의 서기였습니다. 행정관 사무소에 있었죠."

슬레이튼은 토의 내내 뒤로 물러서 있으면서 주의를 끌 만한 행동은 아무것도 하지 않았다. 그는 로드니의 대답을 듣자 일어섰다. "선장님, 잠시만요."

"네?"

"내가 이 문제를 금세 매듭지을 수 있을지도 모르겠습니다. 괜찮겠지요, 랠프?" 슬레이튼은 지구 측 대리인을 마주 보았다. "내가 누굽니까?"

마일스는 약간 곤혹스러운 표정으로 슬레이튼을 바라보았다. 그는 이상한 질문을 받은 탓에 조금 놀랐다가 완전히 당황하며 믿을 수 없다는 표정을 지었다. "세상에, 슬…슬레이튼 행정관님 아니십니까!"

7

"한 번에 한 사람씩 합시다! 한 번에 한 사람씩." 킹 선장이 말했다. "전부 한꺼번에 얘기를 꺼내지 마시고요. 슬레이튼, 계속하십시오. 발언권은 당신에게 있습니다. 이 사람을 아십니까?" 슬레이튼이 마일스를 살펴보았다. "아니요, 못 알아보겠습니다."

"그러면 가짜입니다." 킹 선장이 마일스를 보았다. "입체 영상으로 슬레이튼 씨를 본 적이 있겠죠. 그렇지 않습니까?"

마일스 로드니는 화를 터뜨릴 참이었다. "아닙니다! 저는 알아볼 수 있습니다. 달라지시긴 했지만 아는 분입니다. 행정관님, 저를 보십시오,

제발요! 모르시겠습니까? 제가 밑에서 일했잖습니까!"

"슬레이튼이 못 알아보는 게 분명하군요." 킹 선장이 냉담하게 말하자 슬레이튼이 고개를 저었다.

"어느 쪽이건 증명된 건 아무것도 없습니다, 선장님. 내 사무실에는 2천 명이 넘는 행정부 직원들이 있었습니다. 마일스 씨는 그중 한 사람이었을 수도 있습니다. 희미하게 낯이 익은 것 같기도 하지만 그런 얼굴은 많으니까요."

"선장님." 고든 하디 박사가 말했다. "제가 마일스 씨께 질문을 해본다면 지구 사람들이 정말로 노령과 죽음에 관해 새로운 사실을 발견했는지 의견을 낼 수 있을 텐데요."

마일스가 머리를 저었다. "저는 생물학자가 아닙니다. 그러니 얼마든지 흠을 잡을 수 있을 겁니다. 킹 선장님, 저를 최대한 빨리 지구로 돌려보내주시기를 요청합니다. 저는 더 이상 이 문제에 관여하고 싶지 않습니다. 한마디 덧붙이자면 저는 당신과 당신네… 당신네 전체 승무원들이 문명 세계로 돌아가건 말건 눈곱만큼도 관심이 없습니다. 도움을 드리러 왔지만 이제는 정나미가 떨어졌습니다." 마일스가 일어섰다.

슬레이튼이 앞으로 나왔다. "마일스 로드니 씨, 제발 진정하십시오! 저 사람들의 처지를 이해하십시오. 당신도 저 사람들과 같은 일을 겪었다면 똑같이 조심스러웠을 겁니다."

마일스가 멈칫거렸다. "행정관님, 행정관님은 여기서 뭘 하고 계신 겁니까?"

"얘기하자면 길고 복잡합니다. 나중에 말씀드리지요."

"행정관님께서도 하워드 일족의 일원이셨군요. 틀림없습니다. 그러면 이상했던 일들이 전부 설명되니까요."

슬레이튼이 고개를 저었다. "마일스 로드니 씨, 그렇지 않습니다. 제발 나중에 합시다. 다 설명할 테니까요. 한때 나와 같이 일했다고 했지요? 언제였습니까?"

"2109년부터 행정관님께서, 음, 실종되셨을 때까지입니다."

"업무가 뭐였습니까?"

"2113년의 위기 때 저는 통제부 산하 경제 통계과에서 상호 서기 보조로 일했습니다."

"부서 책임자가 누구였습니까?"

"레슬리 월드런이었습니다."

"늙은 월드런 말이지요? 그 사람 머리가 무슨 색이었습니까?"

"머리요? 레슬리 월드런은 달걀처럼 완전한 대머리였습니다."

라자러스가 재커에게 속삭였다. "재커, 내 생각이 틀린 것 같습니다."

"기다려보십시오." 재커가 다시 수군거렸다. "저것도 미리 준비된 것일 수 있습니다. 슬레이튼이 우리와 함께 탈출했다는 걸 알지도 모르죠."

슬레이튼이 질문을 계속했다. "《신성한 소》가 뭔지 아십니까?"

"《신성한 소》는… 행정관님, 행정관님께서는 그런 책자가 있었다는 것 자체를 모르셔야 하는데요."

"최소한 내 휘하 정보부원들의 공로는 인정해야겠군요." 슬레이튼이 담담하게 말했다. "매주 사본을 받아서 보고 있었습니다."

"그게 뭡니까?" 라자러스가 물었다.

마일스가 대답했다. "사무소 직원들끼리 돌려보던 만화와 가십 책자입니다."

"상관들을 놀리는 내용이었지요." 슬레이튼이 덧붙였다. "특히 나를요." 그는 마일스의 어깨를 감싸 안았다. "여러분, 의심의 여지가 없습니다. 마일스와 나는 직장 동료였습니다."

✳

"저는 아직도 새 회춘 과정에 대해서 듣고 싶습니다." 조금 시간이 흐른 뒤 고든이 고집을 피웠다. "다 같은 생각일 겁니다."

킹 선장이 동의했다. 그는 팔을 뻗어서 손님의 포도주 잔을 채웠다.

"말씀해주시겠습니까?"

"해보겠습니다." 마일스가 대답했다. "고든 박사님께서는 제 설명이 서툴러도 참아주십시오. 그것은 단일 과정이 아니라 여러 단계를 거칩니다. 기본 과정은 하나이고 여러 가지 보조 과정이 있습니다. 그중의 일부는 순전히 미용을 목적으로 합니다. 특히 여성용으로요. 기본 과정 자체도 완전한 회춘은 아닙니다. 노화가 진행되는 것은 막을 수 있지만 눈에 띄게 되돌릴 수는 없습니다. 노년기에 접어든 사람을 소년으로 바꿀 수는 없다는 얘깁니다."

"그렇지, 그럼요." 고든이 맞장구를 쳤다. "당연합니다. 그런데 기본 과정이라는 건 뭡니까?"

"나이 든 사람의 혈액 조직을 젊은 피로 완전히 대체하는 것이 과정의 대부분입니다. 저도 들은 얘기입니다만 노화란 일차적으로 신진대사의 노폐물이 점점 누적되는 현상이라고 합니다. 혈액이 그것들을 운반하다가 독성 때문에 걸쭉해지면서 하수 과정이 정상적으로 일어나지 않는 것이 노화라고 하더군요. 고든 박사님, 맞습니까?"

"표현법이 이상하긴 하지만 그래도…"

"말씀드렸다시피 저는 생체공학자가 아닙니다."

"…본질적으로는 맞는 말입니다. 확산 압력 부족의 문제입니다. 세포벽과 혈액이 맞닿는 부분의 확산 압력 저하는 아주 급격하게 이뤄져야 합니다. 그러지 않으면 각 세포들이 더 강한 자가중독 증상을 겪게 됩니다. 하지만 마일스 씨, 조금 실망스럽다는 말씀을 드리지 않을 수 없군요. 노폐물을 제대로 내버려서 죽음을 지연시킨다는 기본 개념은 새로운 게 아닙니다. 저는 비슷한 기술을 이용해서 닭의 심장 조직 일부를 두 세기 반 동안 살아 있는 상태로 유지하고 있습니다. 젊은 피를 공급한다는 문제는… 네, 효과가 있을 겁니다. 그런 식으로 혈액을 공급해서 실험용 동물들을 평균 수명보다 두 배 되는 기간 동안 살려봤으니까요." 고든은 말을 멈추고 난처한 표정을 지었다.

"말씀 계속하십시오."

고든이 입술을 씹었다. "나는 그쪽 연구를 그만두었습니다. 한 사람의 노화를 막기 위해서는 젊은 혈액 기증자가 여러 명 필요하다는 사실을 발견했기 때문입니다. 모든 기증자들이 대단치는 않아도 눈에 띄게 불쾌한 반응을 보였습니다. 종족적인 관점에서 볼 때 그건 자멸입니다. 상태를 유지할 만큼 기증자가 충분하지 않을 테니까요. 제 생각이 맞다면 그 기술은 전체 인구 중에서 혜택 받은 소수만 사용할 수 있을 겁니다. 맞습니까?"

"오, 아닙니다! 제가 설명을 제대로 못 한 겁니다, 고든 박사님. 기증자는 필요 없습니다."

"네?"

"새 피는 신체 바깥에서 배양하기 때문에 모든 사람에게 돌아갈 만큼 충분합니다. '공중 보건과 장수 기관'에서 모든 형의 혈액을 필요한 양만큼 공급합니다."

고든 하디는 충격을 받은 것처럼 보였다. "그렇게 해답에 근접했더랬는데… 결국 그거였군요." 고든은 머뭇거리다가 말을 계속했다. "우리는 시험관에서 골수 조직을 배양하려 했습니다. 중단하지 말았어야 하는 건데."

"상심하지 마십시오. 결과가 제대로 나오기까지 그 계획에 수십억의 자금이 들어갔고 수만 명의 기술자가 매달렸습니다. 그 분야에 결집된 기술의 양이 원자력 기술보다도 많다고 들었습니다." 마일스가 미소를 지었다. "그거 아십니까, 눈에 띄는 결과를 반드시 얻어야만 했습니다. 정치적인 이유 때문이었습니다. 그래서 총력을 다했던 겁니다." 마일스가 슬레이튼을 바라보았다. "행정관님, 하워드 일족이 탈출했다는 소식이 대중에게 알려지자 행정관님의 대단한 후임자께서는 폭도들로부터 보호를 받아야 했습니다."

고든은 보조적인 기술들, 즉 치아 재생, 생장 억제, 호르몬 치료법 등

많은 것에 대해서 계속 질문했다. 킹 선장이 나서서 이번 방문의 1차 목적은 일족의 지구 귀환에 대한 세부 일정을 잡는 것이라는 점을 상기시키고 나서야 마일스는 풀려날 수 있었다.

마일스가 고개를 끄덕였다. "본론으로 돌아가야겠습니다. 선장님, 제가 잘못 안 게 아니라면 일족의 다수가 온도 저하 수면 상태에 있는 것 맞죠?"

("왜 '냉동 수면'이라고 안 하는 거지?" 라자러스가 리비에게 말했다.)

"네, 그렇습니다."

"그러면 한동안 그 상태를 유지하는 데에 큰 어려움은 없겠군요."

"네? 왜 그런 말씀을 하십니까?"

마일스가 양손을 벌렸다. "행정부도 나름대로 곤란한 처지에 놓여 있습니다. 솔직하게 말하자면 주택 공급이 부족합니다. 추방됐던 사람들 11만 명을 하룻밤 새에 수용할 수는 없습니다."

킹 선장은 다시 한 번 사람들을 말려야 했다. 그리고 재커에게 고갯짓을 했다. 재커는 마일스에게 질문을 했다. "정확히 이해를 못 하겠습니다. 현재 북미 대륙의 인구가 얼마나 됩니까?"

"약 7억 명입니다."

"그런데 그 1퍼센트의 70분의 1에 해당하는 사람들을 모아둘 공간이 없단 말입니까? 이치에 맞지 않는군요."

"잘못 이해하고 계신 겁니다." 마일스가 이의를 제기했다. "지금 우리의 당면 과제는 인구 성장률입니다. 거기다가 마침 자택이나 자기 소유의 아파트에서 방해받지 않고 생을 즐길 수 있는 권리가 모든 시민권 중에서도 가장 우선시되고 있습니다. 적절한 생활공간을 제공해드리기 전에 늘어나는 황야를 고쳐보든가 대규모 조정을 해야 합니다."

"알겠습니다." 라자러스가 말했다. "정치 때문이군요. 사람들이 항의할까 봐 무서워서 건드리지 못하는 것 아닙니까."

"이 상황을 그런 식으로 표현하는 건 아주 부적절합니다."

"부적절하다고요? 아마 연방 선거가 얼마 안 남았나 보지요?"

"솔직히 말하면 그렇습니다. 하지만 그것과 이 일은 아무 관계가 없습니다."

라자러스가 코웃음을 쳤다.

저스틴이 말했다. "제가 보기에는 행정부가 이 문제를 대단히 피상적인 관점에서 대하는 것 같습니다. 우리는 실향민과 사정이 다릅니다. 일족 구성원들의 상당수는 자기 소유의 집이 있습니다. 분명히 아시겠지만, 일족들은 재산이 있을뿐더러 부유하기까지 합니다. 그리고 확실한 이유가 있어서 집을 튼튼하게 지었습니다. 그 건물들은 아직도 거의 대부분 남아 있을 겁니다."

"물론입니다." 마일스가 마지못해 인정했다. "하지만 이미 사람이 살고 있습니다."

저스틴이 어깨를 들썩였다. "그게 우리와 무슨 상관입니까? 그건 사람들이 우리 집을 불법적으로 점유할 수 있도록 내버려둔 정부가 해결할 문제입니다. 우선 나부터 최대한 빨리 착륙해서 가까운 법원에서 퇴거 명령서를 받고 내 집을 되찾겠습니다."

"그렇게 간단한 문제가 아닙니다. 달걀에서 오믈렛을 만들 수는 있지만 오믈렛에서 달걀을 만들 수는 없는 법입니다. 당신들은 법적으로 오래전에 사망했습니다. 현재 당신들의 건물에 거주하는 사람들은 정상적인 소유권을 가지고 있습니다."

저스틴이 일어서더니 연방의 사절을 노려보았다. 라자러스의 눈에는 마일스가 궁지에 몰린 쥐처럼 보였다. "법적으로 사망했다고! 누가 그렇게 결정했습니까? 누가 그렇게 결정했난 말입니다! 납니까? 나는 존경받는 법무관이었고, 묵묵하게 명예심을 갖고 직업에 충실했습니다. 누구에게도 해를 끼치지 않고요. 그러다가 이유도 없이 체포당하고 목숨을 걸고 도망쳤습니다. 그런데 이제 와서 내 재산이 차압됐고 하나의 인격이자 하나의 시민으로서의 법적 존재가 그런 일들 때문에 없어졌다고 사근사근하게 말한다 이겁니까? 무슨 놈의 정의가 이런 식입니까? 서약이 아직 유효하기는 한 겁니까?"

"오해가 있으신 것 같은데 저는….."

"오해한 것 없습니다. 정의가 편의를 봐가며 구현된다면 서약은 종이 쪼가리보다도 쓸모가 없습니다. 나는 나 자신을 선례로, 모든 일족들의 관례로 만들겠습니다. 내 재산이 온전하게 반환되지 않는다면 나는 앞을 가로막는 모든 공무원들을 상대로 개인적인 소송을 걸겠습니다. 이번 일을 유명 재판 사건으로 만들고 말 겁니다. 나는 긴 시간에 걸쳐서 불편과 모욕과 위험을 겪었기 때문에 말만 가지고 참지 않고 온 세상에 떠들겠습니다." 저스틴은 숨을 쉬기 위해 말을 멈췄다.

"그 말이 맞네, 마일스." 슬레이튼이 조용히 끼어들었다. "정부에서 이 문제를 해결할 적절한 방법을 찾는 게 좋을 거야. 그것도 빨리."

라자러스가 리비의 시선을 끌더니 아무 말 없이 입구를 가리켰다. 두 사람은 밖으로 빠져나왔다. "저스틴 때문에 1시간 동안 정신없을 거야." 라자러스가 말했다. "클럽에 내려가서 칼로리나 보충하자고."

"정말 가도 괜찮겠습니까?"

"걱정 마. 우리가 필요하면 선장이 소리를 지를 테니까."

8

라자러스는 샌드위치 세 개와 두 층으로 쌓은 아이스크림과 과자를 먹어치웠고 리비는 그보다 약간 적은 음식에 만족했다. 라자러스는 더 먹을 수 있었지만 클럽의 단골손님이 퍼붓는 질문 공세에 대답하느라 멈춰야 했다.

"식량 배급부 사람들은 크게 당황해본 적이 없군." 라자러스는 커피를 세 컵째 쏟아부으며 불평했다. "작은 사람들 때문에 너무 나태해졌어. 리비, 칠리콘카르네 좋아하나?"

"그거 괜찮죠."

라자러스가 입가를 훔쳤다. "지금까지 먹어본 것 중에 최고의 칠리를 만드는 식당이 티후아나에 있었네. 아직도 남아 있는지 궁금하군."

"티후아나가 어디죠?" 마거릿 위더럴이 물었다.

"마거릿, 지구를 기억 못하지? 티후아나는 남부 캘리포니아에 있어. 그게 어딘지 아나?"

"제가 지리 공부를 안 했다고 생각하세요? 로스앤젤레스에 있잖아요."

"가깝긴 하지. 지금은 그 말이 맞을지도 모르겠네."

우주선의 안내 방송이 크게 울렸다. "수석 항해사는 조종실에 계신 선장님께 보고하십시오."

"저를 부르네요!" 리비가 그렇게 말하고 허겁지겁 일어났다.

호출이 되풀이되고 다음 지시가 흘러나왔다. "전원 가속에 대비하십시오! 전원 가속에 대비하십시오!"

"얘들아, 또 가봐야겠구나." 라자러스가 자리에서 일어나 킬트를 털고 리비의 뒤를 따라가면서 휘파람을 불었다.

캘리포니아여 내가 간다
떠나왔던 곳으로 돌아간다

우주선이 움직였고 별들이 사라졌다. 킹 선장은 지구의 사절인 손님과 함께 조종실을 떠났다. 마일스는 넋이 나간 것 같았다. 마실 것이 필요해 보였다.

라자러스와 리비는 조종실에 남아 있었다. 우주선은 지구 근처의 정상 공간으로 돌아가기 전까지 이상 공간에 남아 있을 예정이었으므로 우주선 내 시간으로 약 4시간 동안 할 일이 없었다.

라자러스는 담배에 불을 붙였다. "리비, 돌아가면 뭘 할 생각인가?"

"생각해본 적이 없습니다."

"생각해두는 게 좋을 거야. 세상이 바뀌었을 테니까."

"한동안 고향에 돌아가 있어야겠습니다. 오자크가 크게 변했을 것 같진 않군요."

"내 생각에도 산들은 그대로일 것 같군. 하지만 사람들은 바뀌었을지도 몰라."

"왜죠?"

"내가 일족들한테 질려서 1세기 동안 접촉을 끊고 살았다고 얘기한 거 기억하나? 간단하게 얘기하자면 일족들이 너무 잘난 척하고 일 처리 방식도 주정뱅이 같아서 견딜 수가 없었지. 그 사람들은 영원히 살고 싶어 했기 때문에 나중에는 모든 인간이 그렇게 되는 건 아닐까 하고 겁이 난 거야. 장기적으로 투자를 하고, 비가 오면 장화 신는 걸 잊지 말고… 그런 것들 있잖나."

"그런 영향을 받지 않으셨군요."

"내 접근 방식은 달라. 나는 영원히 살아야 할 이유가 단 한 가지도 없었지. 고든 하디가 지적한 대로, 나는 고작해야 하워드 계획의 3대째 결과물에 불과하니까. 나는 앞으로 나아가면서 먹고살았고 그런 일에 골머리를 썩이지 않았어. 하지만 일반적인 태도는 다르지. 마일스 로드니를 보라고. 전례를 뒤집고 확정된 특권을 망칠까 봐 두려워서 전력을 다해 새로운 상황에 뛰어드는 걸 죽도록 꺼리잖아."

"저스틴이 그 사람에게 맞서는 걸 보고 기뻤습니다." 리비가 키득거렸다. "저스틴에게 그런 면이 있는 줄 몰랐거든요."

"작은 개가 큰 개한테 자신의 앞마당에서 꺼지라고 하는 걸 본 적이 없단 말인가?"

"저스틴이 이길 거라고 생각하십니까?"

"당연히 이기지. 자네가 도와줄 테니까."

"제가요?"

"자네가 나한테 가르쳐준 걸 제외하면 이상 추진에 대해서 아는 사람이 누가 있나?"

"세부 사항을 전부 구술해서 남겨놨습니다만."

"하지만 아직 그 기록을 마일스 로드니에게 넘겨준 건 아니잖나. 리비, 지구는 자네의 우주선 추진 장치가 필요해. 리비가 인구 증가에 대해서 얘기하는 건 들었겠지. 랠프가 그러는데 요즘은 애를 낳으려면 정부에서 허가를 받아야 한다더군."

"말도 안 됩니다!"

"사실이야. 이주하기에 알맞는 행성만 나타난다면 이주민 수요가 어마어마하게 늘어날 건 불을 보듯 뻔하지. 그래서 자네의 추진 장치가 필요한 거야. 그것만 있으면 별들 사이로 퍼져나가는 일도 현실로 다가오니까. 그러니 거래를 해야만 할걸."

"사실 제가 개발한 것도 아니잖습니까. 작은 사람들이 했죠."

"겸손 좀 그만 부리라고. 그건 자네 거야. 자네도 저스틴을 돕고 싶지?"

"아, 물론입니다."

"그러니까 추진 장치로 거래하면 돼. 내가 직접 거래에 나설 수도 있겠지. 하지만 그건 중요한 게 아니고. 대규모 이주가 시작되기 전에 누군가가 밖에 나가서 탐험을 할 필요가 있어. 부동산 사업에 뛰어들어보자는 얘기야, 리비. 은하계의 이쪽 구석을 흔들어놓고 나서 뭐가 나오나 보자고."

리비는 콧등을 긁으면서 그에 관해 생각했다. "괜찮아 보이는군요. 우선 고향에 들르고 나서요."

"급한 건 없어. 내가 1만 톤급 나가는 멋지고 깔끔한 소형 쾌속선을 구해 올 테니까 거기다가 자네의 추진 장치를 장착하자고."

"돈은 어떻게 마련합니까?"

"벌면 되지. 때가 되면 자네랑 내가 아무거나 마음대로 할 수 있게 아주 여유로운 면허장을 하나 받아놓고 모회사를 세울 거야. 그리고 다양한 목적으로 자회사들을 만든 다음에 얼마 안 되는 이윤들을 나눠놓는 거야.

그다음엔….”

“라자러스, 그렇게 말씀하시니까 꼭 사업처럼 들립니다. 재밌는 일이라고 생각했는데요.”

“젠장, 그 일에 목을 매는 게 아니라니까. 사람을 하나 데려다가 본점에 앉혀놓고 장부와 합법적인 처리를 맡기는 거야. 저스틴 같은 사람이면 되겠지. 어쩌면 저스틴 본인이 할 수도 있고.”

“아, 그럼 괜찮네요.”

“자네와 나는 사방팔방 돌아다니면서 볼거리가 있나 확인하는 거야. 아주 재밌을걸.”

＊

두 사람은 한동안 말이 없었다. 말할 필요가 없었기 때문이다. 이윽고 라자러스가 입을 열었다. “리비….”

“네?”

“그 ‘늙은 피를 새 피로’ 장난질을 할 생각 있나?”

“결국 그렇게 되겠죠.”

“거기에 대해 생각하고 있었네. 이건 비밀인데, 내 주먹이 1세기 전만큼 빠르지를 않아. 자연적인 수명이 끝나가는지도 모르지. 하나 확실한 건, 그 신종 처치법 얘기를 듣고 나서 부동산 사업 계획을 세웠다는 거야. 그 덕분에 새로운 시야가 열렸지. 나는 어느새 수천 년에 대해서 생각하게 됐어. 예전에는 다음 주 수요일로부터 일주일 이상은 전혀 걱정한 적이 없는데 말이지.”

리비가 다시 키득거렸다. “철이 드시는 것 같은데요.”

“그럴 때가 됐다고 하는 사람도 있겠지. 리비, 이건 농담이 아닌데, 그동안 내가 해온 게 바로 그거였어. 지난 두 세기 반은, 이를테면 내 청춘기였던 거야. 그렇게 오래 돌아다녔어도 마지막 해답을, 중요한 해답을 모르는 건 마거릿 위더럴과 마찬가지야. 인간은, 우리 종족은, 지구인은 중요한 문제에 뛰어들 만큼 충분한 시간이 없었어. 재능은 잔뜩 있는데 그걸 활용할 시간이 없는 거야. 중요한 문제 앞에서 우리는 아직도 원숭이들이지."

"중요한 문제들에 어떻게 뛰어드실 생각이십니까?"

"내가 어떻게 아나? 5백 년 쯤 지나고 나서 다시 물어보게."

"그러면 차이가 있을 거라고 생각하십니까?"

"그래, 어쨌든 여기저기 찔러보고 재미있는 사실들을 배울 시간은 생길 거야. 예를 들어서 그 자캐이라인의 신들은…."

"그것들은 신이 아닙니다. 라자러스. 그렇게 부르시면 안 되죠."

"물론 아니라고 생각하네. 짐작이긴 하지만, 그것들은 조금 어려운 생각을 해볼 만큼 시간이 넉넉했던 생물일 거야. 언젠가, 지금으로부터 천 년쯤 지나고 나면 난 크릴 사원으로 달려가서 똑바로 눈을 바라보면서 이렇게 말할 거야. '안녕, 젊은 친구. 네가 나보다 더 많이 아는 게 뭐야?'"

"별로 건전한 생각은 아니군요."

"어쨌든 결판은 지어야지. 난 거기서 맞이한 결말이 전혀 마음에 안 드네. 우주 전체에 인간이 코를 들이밀 수 없는 일은 있어선 안 되지. 우리는 그렇게 태어났고 거기에는 어떤 이유가 있다는 생각이 든다네."

"이유가 없을지도 모릅니다."

"맞아. 어쩌면 그냥 어마어마하게 규모가 큰 농담일지도 모르지. 아무 의미도 없는." 라자러스는 일어서서 기지개를 켠 다음 갈빗대를 긁었다. "하지만 이건 말할 수 있네, 리비. 해답이 뭐건 간에 나무가 서 있는 한 계속 기어올라서 구경거리가 뭐 있나 하고 끝없이 둘러볼 원숭이 한 마리가 여기 있다는 사실 말이야."

우주

Universe

최세진 옮김

✦ 1941년 5월 〈어스타운딩 사이언스 픽션(Astounding Science Fiction)〉에 발표, 1963년에 후속작 〈상식〉
과 함께 묶어 장편소설 《조던의 아이들》로 출간

2119년 조던 재단의 후원을 받은 프록시마 센타우리 탐험대는 우리 은하계의 가까운 항성으로 가려는 첫 시도로 기록되었다. 탐험대의 불행한 운명에 대해서는 추측만 할 수 있을 뿐이다.

— 프랭클린 벅의《현대 천문도 이야기》중,

럭스 트랜스립션즈 출판사, 3.50 cr.

"뮤티다! 조심해!"

휴 호일랜드는 경고 소리가 들리자마자 꾸물거리지 않고 머리를 획숙였다. 달걀 크기의 철탄이 두개골을 박살 낼 기세로 날아와 머리 위를 살짝 스치며 격벽에 텅그렁 부딪혔다. 호일랜드가 몸을 빠르게 숙인 탓에 발이 바닥에서 떠올랐다. 갑판 바닥으로 몸이 서서히 내려앉는 동안, 호일랜드는 뒤의 격벽을 발로 차서 밀어냈다. 그는 통로를 따라 길게 수평으로 다이빙하듯 빠르게 날아가며 칼을 꺼내 싸울 준비를 했다.

호일랜드는 공중에서 몸을 틀었다. 그리고 뮤티가 그를 공격했던 통로 모퉁이의 반대편 격벽을 발로 디디며 속도를 줄이고 가볍게 몸을 세우며 떠올랐다. 다른 쪽으로 갈라진 통로에는 아무도 없었다. 친구 두 명이 어정쩡한 자세로 미끄러지며 통로를 가로질러 그와 합류했다.

"갔어?" 앨런 머호니가 물었다.

"응." 호일랜드가 대답했다. "뮤티가 윗갑판 승강구에서 아래로 고개를 쑥 내미는 게 살짝 보였어. 내 짐작에는 암놈이야. 다리가 네 개 달린 거 같았어."

"다리가 두 개든 네 개든, 이제 잡기는 글렀네." 모트 타일러가 한마디 했다.

"이 허프 같은 놈아, 누가 잡고 싶대냐?" 앨런이 따졌다. "난 싫어."

"뭐, 난 잡고 싶어. 조던님께 맹세코, 그놈이 5센티미터만 제대로 겨눴으면, 지금쯤 난 변환기로 실려 갈 준비를 하고 있었을 거야." 호일랜드가 말했다.

"너희 두 녀석은 조던님을 함부로 들먹거리지 않고는 단 세 마디도 못 하냐?" 모트가 못마땅한 표정으로 말했다. "선장님이 들으시면 어떡할래?" 모트는 선장을 언급할 때 경건하게 이마를 두드렸다.

"아, 조던님 맙소사." 호일랜드가 투덜댔다. "너무 딱딱하게 굴지 마, 모트. 넌 아직 과학자도 아니잖아. 나도 너만큼 독실해. 가끔 감정을 드러내는 게 심각한 죄악은 아니야. 과학자들도 그러잖아. 그 사람들이 그러는 소리를 들은 적이 있어."

모트는 뭔가 잔소리를 하려고 입을 열었다가 곧 생각을 바꾼 모양이었다.

앨런이 호일랜드의 팔을 툭 치며 졸랐다. "이봐, 호일랜드. 여기서 내려가자. 이렇게 높이 올라온 건 우리도 처음이잖아. 난 좀 불안해. 발바닥에 묵직한 무게가 느껴지는 아래로 내려가고 싶어."

호일랜드는 칼집에 넣어놓은 칼 손잡이에 손을 걸친 자세로 공격했던 놈이 사라진 위쪽 승강구를 아쉬운 눈빛으로 쳐다보고는 앨런을 돌아보며 동의했다. "그러자, 인마. 어쨌든 내려가려면 한참 걸릴 거야."

호일랜드가 몸을 돌려 미끄러지듯 나아가며 아래쪽 승강구로 돌아갔다. 그 승강구는 그들이 지금 있는 층으로 올라올 때 이용했던 통로였다. 다른 두 명도 그를 따랐다. 호일랜드는 올라올 때 이용했던 사다리를 무시하고 승강구 아래로 한걸음에 뛰어 4미터 정도 아래의 갑판으로 서서히 내려갔다. 모트와 앨런도 바로 뒤에 따라붙었다. 그들은 처음 승강구에서 몇 미터 엇갈려서 나 있는 다음 승강구를 통해 조용한 아래의 갑판으로 내려갔다. 아래로, 아래로, 아래로, 조용하고 음침하고 비밀에 싸인 갑판들을 아직도 수십 층이나 더 내려가야 했다. 갑판을 하나 내려갈 때마다 조금씩 더 빨라지고, 조금씩 더 세게 착지했다.

이윽고 앨런이 불평을 늘어놓았다. "호일랜드, 이제부터 걸어서 내려가자. 아까 마지막에 뛸 때 발이 아프더라."

"좋긴 한데, 그러면 오래 걸릴 거야. 얼마나 더 가야 하지? 몇 층 남았는지 아는 사람 있어?"

"농업 지역까지 내려가려면 70층 정도 남았어." 모트가 대답했다.

"네가 어떻게 알아?" 앨런이 미심쩍은 말투로 따졌다.

"올라올 때 셌으니까 알지, 멍청아. 그리고 갑판을 내려가면서 하나씩 뺐어."

"네가 셌을 리가 없어. 그렇게 셀 수 있는 사람은 과학자들밖에 없어. 읽고 쓰는 거 배웠다고 세상만사 다 아는 척하지 마."

싸움이 커지기 전에 호일랜드가 끼어들었다. "앨런, 입 닥쳐. 모트는 셀 수 있을 거야. 얘가 그런 쪽으로는 똑똑하잖아. 어쨌든 내 짐작에도 70층 정도 남은 것 같아. 그 정도 무게가 느껴져."

"이놈은 층수보다 내 칼날이 몇 개나 되는지 세고 싶은 모양이야."

"칼 집어넣어. 내가 그만하랬잖아. 마을 밖에서 싸우는 건 금지되어 있어. 그게 율법이야." 그들은 조용히 내려갔다. 계속 이어지는 갑판의 중력이 점차 커져서 걷는 속도로 움직여야 할 때까지 사다리를 가볍게 달려 내려갔다. 이윽고 그들은 불빛이 눈부시게 비추고, 갑판 사이의 간격이 위에 있던 층들보다 두 배는 높은 층까지 내려왔다. 이 층의 공기는 습하고 따뜻했다. 그리고 빼곡한 식물들이 시야를 가렸다.

"자, 드디어 내려왔다. 이 농장이 어디쯤인지는 잘 모르겠네. 우리가 올라갔던 곳과 다른 데로 내려왔나 봐." 호일랜드가 말했다.

"저기 농민이 있다." 모트가 말했다. 모트는 입술에 손가락을 대고 휘파람을 불더니 소리쳤다. "이봐요! 동료 승무원! 여기가 어딘가요?"

농부는 천천히 고개를 들어 그들을 쳐다보더니 귀찮다는 듯 퉁명스러운 단음절로 그들의 마을로 돌아갈 수 있는 중앙 통로를 가리켰다.

널찍한 터널로 이루어진 2.5킬로미터 길이의 통로는 전등이 환하게 비추고 오가는 사람들로 적당히 붐볐다. 여행자와 짐꾼들, 가끔 손수레도 지나다녔다. 위세 좋은 과학자는 덩치 큰 당번병 네 명이 짊어진 가마를 탄 채 흔들거렸고, 가마 앞에서는 과학자의 부사관들이 일반 승무원들을 길옆으로 밀어냈다. 일행은 2.5킬로미터를 걸어 마을 광장에 도착했다. 널찍한 광장은 다른 층보다 세 배 높았고, 열 배 정도 더 넓었다. 그들은 헤어져 각자의 길로 갔다. 호일랜드는 사관후보생 막사에 있는 숙소로 갔다. 부모와 함께 살지 않는 젊은 독신자들을 위한 숙소였다. 호일랜드는 몸을 씻은 후 삼촌네 선실로 갔다. 그는 생계를 위해 삼촌 밑에서 일했다. 호일랜드가 삼촌네에 들어갈 때 숙모가 힐끗 쳐다봤지만, 다른 여자들처럼 아무 말도 하지 않았다.

삼촌이 물었다. "어서 와, 호일랜드. 또 탐험하고 다녔냐?"

"네, 식사 잘하세요, 삼촌."

우직하지만 현명한 삼촌이 사람 좋은 표정으로 쳐다보며 물었다. "이번에는 어디에 가서 뭘 찾은 거야?"

숙모는 조용히 선실 바깥으로 나갔다가 저녁거리를 들고 와서 호일랜드 앞에 놓았다. 호일랜드가 저녁을 먹기 시작했다. 그러나 숙모에게 고맙다는 인사를 해야 한다는 생각은 들지 않았다. 호일랜드는 한입 우걱 우걱 삼키고 나서야 삼촌에게 대답했다. "위에요. 친구들이랑 거의 무게가 없는 층까지 올라갔는데, 뮤티한테 머리통이 박살날 뻔했어요."

삼촌이 껄껄 웃었다. "너 그러다 그런 통로에서 죽는 수가 있어, 이 녀석아. 내가 죽어서 사라질 날에 대비해서 이 사업에 더 신경 쓰는 게 나을 거야."

호일랜드가 고집 센 얼굴로 말했다. "삼촌은 안 궁금하세요?"

"나? 나야 젊었을 때 충분히 들쑤시고 다녔지. 중앙 통로를 따라 온갖 길로 싸돌아다니다 마을로 돌아오곤 했어. '어둠의 구역'을 통과할 때는 뮤티들에게 쫓기기도 했단다. 내 흉터 봤지?"

호일랜드는 삼촌의 흉터를 건성으로 힐끗 쳐다봤다. 그 흉터도 여러 번 봤고 이야기도 지겹도록 듣고 또 들었다. 어쩌다 한번 우주선을 돌아봤겠지. 쳇! 호일랜드는 모든 곳에 가보고 싶고, 모든 것들을 보고 싶었다. 그래서 사물의 이치를 깨닫고 싶었다. 그런데 저 위층은… 사람이 저 위에 올라가도록 예정된 게 아니라면, 조던님은 왜 위층을 창조하셨을까?

그러나 호일랜드는 그런 생각을 입에 올리지 않고 저녁을 계속 먹었다. 삼촌이 화제를 바꿨다. "증언자 님을 뵈러 가보려고 해. 존 블랙이 내가 자기한테 돼지 세 마리를 빚졌다고 떼를 쓰고 있거든. 같이 갈래?"

"아니요, 별로… 잠깐만요! 갈게요."

"그러면 서둘러."

두 사람은 후보생 막사 앞에 멈춰 섰다. 호일랜드가 후보생에게 용건이 있어서 왔다고 말했다. 증언자는 광장 건너편에 있는 작고 냄새나는 선실에 살아서, 그의 재능을 필요로 하는 사람들이 쉽게 찾아갈 수 있었다. 두 사람은 문 앞에 기대앉아 손톱으로 이빨을 쑤시고 있는 증언자를 알아봤다. 증언자의 뒤에는 사춘기의 어린 여드름투성이 견습생이 쪼그려 앉아 골똘히 집중해서 무언가를 들여다보고 있었다.

"식사 잘하세요." 삼촌이 인사했다.

"자네도 식사 잘하게, 에더드. 일 때문에 온 겐가, 아니면 이 노인네랑 말동무를 해주러 온 겐가?"

"둘 다예요." 삼촌은 슬쩍 둘러대더니, 곧 자신의 찾아온 이유를 설명했다.

"그렇다면…." 증언자가 말했다. "뭐, 계약 내용은 대체로 명확하군. 존이 귀리 열 말을 가져다줬고, 자네는 새끼 돼지 두 마리로 갚아주기로 했어. 자네는 돼지를 기르려고 존의 암돼지를 가져왔어. 돼지들이 자라자, 존이 빚을 받으려고 해. 에더드, 지금 돼지가 얼마나 큰가?"

"꽤 큽니다. 그런데 존은 두 마리가 아니라 세 마리를 달랍니다." 삼촌이 답변했다.

"존한테 증언자의 말을 전하게. 웬만큼만 하고 꺼지라고."

증언자는 가늘고 높은 목소리로 낄낄거리며 웃었다.

두 사람은 잠시 잡담을 나눴다. 삼촌은 세세한 설명을 몹시 좋아하는 노인을 만족시켜주기 위해 최근 자신이 겪은 일들을 자세히 이야기해줬다. 호일랜드는 삼촌과 증언자가 이야기를 나누는 동안 조신하게 침묵을 지켰다. 그러다 삼촌이 돌아가려 할 때 용기를 내서 말했다. "삼촌, 저는 조금 더 있다가 갈게요."

"그래? 맘대로 해. 증언자 님. 식사 잘하세요."

"식사 잘하게, 에더드."

"증언자 님, 선물을 하나 가져왔어요." 목소리가 들리지 않을 정도로 삼촌이 멀어지자 호일랜드가 말했다.

"어디 한번 보자꾸나."

호일랜드는 자기 숙소의 사물함에서 챙겨온 담배 한 상자를 내밀었다. 증언자는 고맙다는 말 없이 상자를 받아 견습생에게 넘겨줬고, 견습생이 담배 상자를 챙겨두었다.

"안으로 들어가자." 증언자가 호일랜드를 데리고 들어가며 견습생에게 지시했다. "이봐, 이 사관후보생에게 의자 좀 가져다줘라."

둘 다 자리에 앉자 증언자가 말했다. "자, 애야, 요즘 어떻게 지내는

지 이야기해주렴."

호일랜드는 증언자에게 최근 탐험하면서 일어난 온갖 사건들을 꼼꼼하게 반복해서 말해줘야만 했다. 증언자는 이야기를 들으면서 자신이 봤던 모든 것들을 정확하게 기억할 능력이 없어졌다며 한탄했다.

"너처럼 젊은 애들은 기억 용량이 끝도 없어." 증언자가 말했다. "이런 무지렁이조차 한계가 없다니까." 그가 견습생 쪽을 고갯짓으로 가리키며 말했다. "너보다 열 배는 나을 게야. 그런데 얘가 하루에 천 문장도 못 외운다는 게 믿겨지니? 그래도 내가 죽고 나면 이 녀석이 내 자리를 차지할 게다. 하, 내가 견습생일 때는 잠자리에서도 천 문장은 간단히 읊을 수 있었는데 말이야. 줄줄 새는 그릇, 그게 바로 너야."

호일랜드는 증언자의 비난에 반박하지 않고, 그가 이야기를 마칠 때까지 기다렸다.

"얘야, 나한테 물어볼 게 있나 보구나."

"네, 조금…."

"괜찮아, 털어놔봐. 우물쭈물하지 말고."

"혹시 무게가 없는 층까지 올라가본 적 있으세요?"

"나? 당연히 안 가봤지. 나는 증언자로서 주어진 소명을 받아 배웠어. 내가 태어나기 이전의 모든 증언을 다 익혀야 했기 때문에 애들처럼 놀 시간은 없었단다."

"저는 거기에 어떤 것들이 있는지 증언자 님께서 말씀해주실 수 있기를 바랐어요."

"글쎄, 그거라면 문제가 다르지. 나는 한 번도 올라가보지 않았지만, 네가 봤던 것들보다는 훨씬 많은 이야기를 먼저 올라갔던 사람들한테서 들어서 기억하고 있단다. 게다가 나는 오랜 세월을 살았어. 네 아버지의 아버지도 알고, 그전의 조상들도 알지. 뭘 알고 싶은 게냐?"

"그러니까…." 뭐가 알고 싶었던 걸까? 어떻게 물어봐야 가슴 속의 고통을 덜어낼 수 있을까? 호일랜드는 나직한 목소리로 물었다. "증언자

님, 이 모든 것들이 무슨 의미인가요? 저 위에 있는 층들은 왜 존재하는
건가요?"

"뭐? 왜냐고? 조던님께 맹세코, 애야, 난 증언자란다. 과학자가 아니야."

"그렇군요…. 저는 증언자 님이라면 아실 줄 알았어요. 죄송합니다."

"그래도 나는 알고 있단다. 네가 알고 싶은 것들은 창세기에 쓰여 있어."

"창세기는 들은 적 있어요."

"다시 들어봐라. 너한테 알아볼 수 있는 지혜만 있다면, 알고 싶은 게
거기에 다 있어. 내가 외울 테니 들어봐. 아니다, 견습생에게 배운 것들을
뽐낼 기회를 줘보자꾸나. 저기, 애야! 운율에 신경 쓰면서 창세기부터 외
워봐라."

견습생이 혀로 입술을 축이고 암송하기 시작했다.

태초에 조던님이 계셨나니, 홀로 외롭다 생각하셨더라.

태초에 어둠과 혼돈과 죽음이 있었으나, 사람은 존재하지 않았느니라.

외로움에서 갈망이 나오고, 갈망에서 통찰이 나오나니,

꿈에서 계획이 나오고, 계획에서 결단이 나오느니라.

조던님이 손을 드시매, 우주선이 태생하였도다!

1킬로미터에 1킬로미터를 보태어 안락한 선실이 되고, 저장고와 저장고가 쌓
여 훌륭한 옥수수를 품었느니라.

사다리와 통로가 되고, 문과 사물함이 되니, 아직 태어나지 않은 자들에게도
그 필요에 맞았더라.

조던님이 그가 하신 일을 보시매 기뻐하시고, 아직 오지 아니한 종족에게 적당
하다 하시니라.

조던님이 사람을 생각하시니 사람이 나온 바, 생각을 살피시고 해답을 찾았
더라.

야만의 사람은 창조자를 부끄럽게 하나니, 율법을 따르지 아니하는 자는 조던
님의 계획을 상하게 하나니라.

그리하여 조던님이 율법을 만드시니, 사람 하나하나에 이를 지키라 명하시었도다.

각각의 임무와 각각의 부서가 조던님의 목적에 맞았으나, 사람의 이해를 넘어서는 일이었더라.

어떤 이는 말하고, 어떤 이는 들으니, 사람들의 계급에 질서가 부여되었느니라.

조던님이 부서에서 일할 승무원과 계획을 이끌어 갈 과학자를 창조하시었다.

조던님이 그 모든 이들 위에 선장을 창조하시고, 그에게 사람 종족을 판단하게 하시었더라.

그리하여 황금시대가 도래하였도다!

조던님은 완벽하시나, 조던님 아래 모든 이가 그 행실에서 완벽하지 못하니라.

질시와 탐욕과 영혼의 교만은 그 씨앗이 머무를 사람을 찾느니라.

이 죄악의 씨앗을 받아준 자가 있었나니, 저주받은 허프, 처음 죄를 지은 자니라!

허프가 마귀의 선동으로 반란을 일으킨 바, 의심이 없던 곳에 의심을 심었더라.

순교자들의 피가 갑판 바닥을 물들이고 선장이 여행에 들었더라.

어둠이 삼키….

노인은 아이의 손등을 때리며 날카로운 목소리로 꾸짖었다. "다시 해!"

"처음부터요?"

"아니! 네가 실수한 데부터."

아이는 잠시 머뭇거리다가 다시 진도를 나갔다.

어둠이 미덕을 삼키고, 죄악이 우주선의 권세를 잡으니….

소년은 엄청나게 길지만 세부적인 면에서는 명확하지 않은 어둠의 시대와 죄악과 반란의 오래되고 어두운 이야기를 한 구절, 한 구절 단조로운 목소리로 암송했다. 마침내 어떻게 지혜가 우주선의 권세를 잡고, 반란군 지도자들을 변환기에 먹이로 바쳤는지, 어떻게 반란군 중 일부가 '여행'을 떠나지 않고 살아남아 뮤티를 낳았는지, 어떻게 기도와 희생 뒤에 새로운 선장이 선발되었는지….

호일랜드는 안절부절못하며 몸을 뒤틀고 발을 뒤척였다. 창세기는 신성한 문장이니 그의 의문에 대한 해답이 그 안에 있으리라는 사실은 의심할 바 없지만, 호일랜드에게는 그 답을 이해할 지혜가 없었다. 왜? 이 모든 것들이 도대체 무엇을 위한 걸까? 삶이라는 것은 먹고 잠이나 자다가 결국 긴 '여행'을 떠나는 것 말고는 정말로 아무 의미도 없는 걸까? 조던님은 일부러 그에게 이해하지 못하게 하신 걸까? 그렇다면 왜 가슴이 아픈 걸까? 식사를 잘해도 이 끈덕진 허기는 왜 사라지지 않는 걸까?

✳

호일랜드가 잠자리에서 일어나 아침을 먹고 있을 때 전령이 삼촌네 선실 입구로 왔다. "과학자께서 휴 호일랜드를 호출하셨습니다." 전령이 전할 말을 읊었다.

호일랜드는 자신을 호출한 과학자가 이 구역의 복지를 맡고 있는 넬슨 대위일거라 짐작했다. 호일랜드는 마지막 숟가락을 급히 삼키고 서둘러 전령을 따라갔다.

"휴 호일랜드 사관후보생입니다!" 전령이 그가 도착했다고 알렸다.

과학자는 아침을 먹고 있다가 고개를 들며 말했다. "아, 그래. 들어와. 얘야, 앉아라. 식사는 했고?"

호일랜드는 그렇다고 말하면서도 상관 앞에 놓인 화려한 과일을 호기심 어린 눈으로 쳐다봤다. 넬슨이 호일랜드의 눈길을 따라갔다. "이 무화과 좀 먹어봐. 새로 발견한 돌연변이야. 내가 멀리 나갔다가 가져왔어. 좀 들어. 네 나이 때는 몇 입 더 집어넣을 공간이 항상 남아 있는 법이잖아."

호일랜드는 몹시 수줍어하며 넬슨의 말을 따랐다. 과학자 앞에서 뭔가를 먹는 것은 처음이었다. 넬슨은 의자에 기대며 셔츠에 손가락을 닦고 수염을 다듬더니 이야기를 시작했다.

"애야. 요즘 너를 통 못 본 거 같구나. 요즘 어떻게 지냈는지 이야기해 줄래?" 호일랜드가 채 대답을 하기 전에 넬슨이 말을 이어갔다. "아니다, 말하지 마라. 내가 말하마. 너는 금지 구역이어도 아랑곳없이 탐험하러 올라갔을 거야, 그렇지 않니?" 넬슨이 호일랜드의 눈을 똑바로 바라봤 다. 호일랜드가 대답을 머뭇거렸다.

다시 과학자가 먼저 말했다. "괜찮아. 내가 알고, 너도 내가 안다는 사 실을 알잖아. 난 별로 화 안 났다. 다만 네가 앞으로 어떻게 살아가려 마음 을 먹었는지, 나는 그게 무척 신경이 쓰이는구나. 무슨 계획이라도 있니?"

"글쎄요…. 아직 확실한 건 없습니다. 대위님."

"그 여자하고는 어때? 에드리스 백스터던가? 그 애랑 결혼할 건가?"

"글쎄요, 음… 잘 모르겠어요. 제가 결혼하고 싶은 것 같기도 하고, 에드리스의 아버지는 원하는 거 같아요. 다만…."

"다만 뭐?"

"글쎄요…. 백스터의 아버지는 저를 농장의 견습생으로 받고 싶은 모 양이에요. 제가 보기에는 좋은 생각 같아요. 그분의 농장과 삼촌의 사업 을 동시에 하면 재산을 많이 모을 수 있을 거예요."

"그런데 확신이 안 서?"

"글쎄요…. 모르겠어요."

"그렇지. 넌 그런 일에 안 맞아. 나한테 다른 계획이 있다. 말해봐, 내 가 왜 너에게 쓰기와 읽기를 가르쳐주었는지 궁금하게 생각해본 적 없 어? 당연히 너도 궁금하게 생각했을 거야. 하지만 넌 다른 사람들에게 네 생각을 떠들어대지 않지. 그건 좋은 태도야.

이제 내 밑으로 들어오너라. 난 네가 어린아이였을 때부터 지켜봤다. 너는 일반 승무원들보다 상상력도 풍부하고, 호기심도 많고, 더 활발하 지. 그러니 넌 타고난 지도자감이야. 너는 심지어 갓난아이였을 때도 다 른 사람들과 달랐어. 하나만 예를 들자면, 넌 머리가 너무 컸어. 그래서 출생 검사 때 너를 그대로 변환기에 집어넣자고 주장하던 사람들도 있었단다. 그런데 내가 그 사람들을 막았지. 나는 네가 어떻게 성장할지 보고 싶었거든. 농사꾼의 삶은 너 같은 사람에게 맞지 않아. 너는 과학자가 될 운명이다."

노인이 말을 멈추고 호일랜드의 얼굴을 살폈다. 호일랜드는 혼란스러워서 말이 없었다. 넬슨이 계속 이야기했다. "아, 그래. 정말이야. 너 같은 기질을 가진 사람들에 대해서는 둘 중 하나다. 장교로 만들거나 변환기로 보내거나."

"대위님 말씀은 제가 뭘 할지 선택할 수 없다는 뜻인가요?"

"단도직입적으로 말하자면, 그래. 승무원 중에 똑똑한 사람들을 방치하는 것은 이단을 키우는 거나 마찬가지야. 우리는 그렇게 할 수 없어. 예전에 한번 그랬다가 인류를 거의 멸절할 뻔했지. 너는 특출한 재능 때문에 특별한 존재가 되었다. 네가 사람들을 타락시키거나 골칫거리가 되지 않고 기력을 보존할 수 있도록 이제 올바로 생각하는 법을 배우고 직업 조합에 가입해야 해."

전령이 다시 나타나서 갑판에 짐들을 잔뜩 내려놨다. 호일랜드는 짐을 힐끗 쳐다보고는 버럭 소리를 질렀다. "아니, 이건 제 물건들이잖아요!"

넬슨이 답했다. "맞아. 내가 가져오라고 보냈어. 넌 이제부터 여기서 자야 된다. 나중에 나하고 다시 만나 공부를 시작하자꾸나. 네가 다른 일을 염두에 둔 게 없다면 말이야."

"아니, 아니요. 없는 것 같아요, 대위님. 제가 조금 혼란스럽다는 점은 인정할게요. 그러면… 그러면 저한테 결혼하지 말라는 말씀인가요?"

"아, 그거." 넬슨은 무관심하게 대답했다. "네가 원하면 그 여자랑 결혼해. 그녀의 아버지도 이제 별말 못 할 거야. 하지만 미리 경고하자면, 너는 점점 그 여자에게 질리게 될 거다."

＊

호일랜드는 스승이 읽도록 허락해준 고대의 책들을 파고들었다. 그러자 하고 싶은 일들이 많이 사라졌다. 여러 날 동안 위층에 올라가지 않았고, 넬슨의 선실 밖으로 나가 돌아다닐 생각조차 들지 않았다. 호일랜드는 때때로 아직 불확실하고 심지어 질문조차 힘든 비밀의 자취를 쫓아보고 싶은 마음이 들기도 했지만, 오히려 더 혼란스러워지기만 했다. 과학자의 지혜에 도달하는 일은 그가 생각했던 것보다 확실히 어려웠다.

한번은 호일랜드가 묘하게 비비 꼬인 고대의 책 때문에 안달복달하다가 이상한 수사법과 익숙하지 않은 용어를 풀어보려 끙끙대고 있을 때, 그를 위해 마련해준 조그마한 선실로 넬슨이 들어와 어깨 위에 자애로운 손을 얹으며 물었다. "얘야, 잘 되어가니?"

"그럭저럭 잘하고 있습니다, 대위님." 호일랜드가 책을 옆으로 치우며 대답했다. "어떤 부분은 잘 이해가 안 돼요. 솔직히 말씀드리자면, 전혀 이해를 못 하겠어요."

"그럴 줄 알았다." 노인이 차분한 목소리로 말했다. "타고난 재치만으로는 빠질 수밖에 없는 함정이 있다는 사실을 깨닫게 하려고 처음에는 너 혼자 분투하도록 내버려두었던 거야. 여기 많은 내용들은 가르침이 없이는 이해하기 힘든 것들이지. 뭘 보고 있었어?" 넬슨이 책을 집어 들고 쳐다봤다. 《현대 물리학 기초》라고 쓰인 책이었다. "자, 이것은 신성한 책들 중에서도 가장 가치 있는 책이지만, 신출내기로서는 도움을 받지 않으면 올바로 이해하기 힘들 거야. 얘야, 네가 무엇보다 먼저 이해해야 할 사항은, 우리 조상들이 완벽한 영혼을 가졌던 덕분에 우리가 보는 방식과 다르게 세상을 봤다는 사실이야.

조상들은 우리처럼 이성주의자가 아니라 못 말릴 정도로 낭만적이었어. 그래서 조상들이 우리에게 전해준 사실들은 전적으로 진실이지만, 자주 우화적인 언어의 외피를 쓰고 있지. 예를 들자면 말이야, 혹시 '중력의 법칙' 부분을 읽어봤니?"

"네, 읽었어요."

"이해가 돼? 아니, 넌 이해하지 못했을 거야."

"글쎄요…." 호일랜드가 변명하듯 말했다. "말이 안 되는 소리 같았어요. 대위님이 용서해주신다면, 저한테는 바보 같은 소리처럼 들렸습니다."

"내 말이 바로 그 말이다. 너는 중력의 법칙을, 이 책의 다른 부분에 있는 전기 장치를 지배하는 법칙처럼 글자 그대로 이해했을 거야. '두 물체는 두 질량의 곱에 비례하고, 거리의 제곱에 반비례하는 힘으로 서로를 끌어당긴다.' 간단한 물리학적 사실에 관한 법칙처럼 들리지, 그렇지 않니? 하지만 이건 그런 이야기가 아니야. 이것은 사랑의 감정을 지배하는 '친밀의 법칙'을 옛사람들이 시적으로 표현한 거란다. 물체는 사람의 신체를 의미하고, 질량은 사랑의 용량을 의미하는 거지. 젊은이는 늙은이보다 사랑할 수 있는 용량이 훨씬 크기 때문에, 젊은이들을 함께 놔두면 사랑에 빠지고, 서로 떨어졌을 때 금세 회복되는 거야. '눈에서 멀어지면, 마음에서도 멀어진다.' 이처럼 간단한 이야기지. 그런데 너는 거기에서 심오한 의미를 찾고 있었던 거야."

호일랜드가 활짝 웃었다. "이 문제를 그런 식으로는 생각해보지 못했습니다. 앞으로 많이 가르쳐주세요."

"지금 또 어떤 게 너를 괴롭히니?"

"음, 네, 엄청 많아요. 지금 딱 떠오르지는 않아요. 아, 하나 생각났어요. 가르쳐주세요, 대위님, 뮤티를 사람으로 볼 수 있나요?"

"네가 쓸데없는 이야기를 들은 모양이구나. 거기에 대한 대답은, 그렇다고 할 수도 있고, 아니라고 할 수도 있다. 뮤티가 본래 사람의 자손인 것은 사실이야. 하지만 이제는 더 이상 승무원이 아니지. 지금 뮤티들은 조던님의 율법을 업신여기기 때문에, 더 이상 인류의 일원이라고 볼 수 없어. 그건 광범위한 주제와 관련된 이야기야." 넬슨이 자리를 잡고 앉으며 이야기를 이어갔다. "'뮤티(mutie)'가 본래 무슨 뜻이었는지에 대한 의

문도 남아 있단다. 뮤티들의 조상 중에는 반란이 일어났을 당시 죽지 않고 도망간 폭도(mutineer)들이 분명히 있었어. 하지만 뮤티들의 몸속에는 어둠의 시대에 태어난 돌연변이(mutant)의 피도 역시 흐르고 있지. 너도 알다시피, 그 시절에는 모든 갓난아기에게 죄악의 증표가 있는지 조사해서 돌연변이가 일어났을 경우 변환기로 돌려보내는, 현재 우리의 현명한 규칙을 실행하지 않았어. 그 괴상하고 끔찍한 것들이 사람이 없는 층에 숨어서 어두운 통로에 우글거리고 있단다.”

호일랜드는 그 이야기를 듣고 잠시 생각하다 질문했다. “왜 아직까지 우리 사람들 사이에서도 돌연변이가 나타나는 건가요?”

“그건 간단해. 아직도 우리에게 죄악의 씨앗이 남아 있기 때문이지. 그 죄악이 때때로 육화되어 나타나는 거란다. 우리는 그 괴물들을 박멸시킴으로써 혈통을 정화하고 조던님의 계획을 완성하는 일에 조금씩 더 다가가게 되는 거다. 우리에게 주어진 천상의 안식처, 머나먼 센타우루스로 가는 ‘여행’을 마치는 거지.”

호일랜드의 이마에 다시 주름이 잡혔다. “저는 그것도 이해가 안 돼요. 고대의 책들에는 ‘우주선’ 그 자체를 마치 손수레 같은 것처럼 묘사하면서 ‘여행’을 실제 어딘가로 움직여 가는 행위인 양 써놨잖아요. 어떻게 그게 가능하죠?”

넬슨이 껄껄 웃었다. “그게 실제로 어떻게 가능하겠니? 다른 모든 움직임의 바탕을 이루는 우주선이 어떻게 움직이겠어? 물론 그 해답도 간단해. 너는 또다시 우화적인 언어를 평상시에 사용하는 말로 오해한 거다. 물리학적인 관점으로 보면, 당연히 우주선은 빈틈없이 고정되어 있어. 어떻게 우주 전체가 움직일 수 있겠니? 하지만 영적인 관점으로 보면 움직이지. 정의로운 일을 할 때마다 우리는 조던님이 계획한 숭고한 목적지에 다가가는 거란다.”

호일랜드가 고개를 끄덕거렸다. “무슨 뜻인지 알 것 같아요.”

“물론, 조던님의 목적에만 맞는다면, 세상을 우주선이 아니라 조금 다른 모양으로 만드셨을 가능성도 있어. 인류가 지금보다 미숙하고 더 낭만적이던 시절, 성자들은 조던님이 창조하셨을지 모르는 기발한 다른 세상들을 경쟁적으로 생각해냈단다. 한 학파는 지금과 거꾸로 된 세상의 신화를 통째로 만들어냈는데, 무형의 신화적 괴물들과 아주 작은 불빛들 외에는 아무것도 없이 텅 빈 공간이 끝없이 펼쳐져 있는 세상이었지. 그들은 그 세상을 하늘이나 천상의 세계라고 불렀단다. 우주선의 이 견고한 실체와는 전혀 다른 세계였지. 그들은 지치지도 않고 그 세계에 대해 끊임없이 사색하고, 자세한 부분을 고안해서, 자신들이 상상한 세계가 어떻게 생겼을지 그림으로 그리기까지 했어. 내 짐작에 그들은 조던님의 영광을 드높이기 위해 그렇게 했던 것 같다. 그러니 조던님께서도 그들의 몽상을 용납하셨을 거야. 그러나 현대에 사는 우리는 훨씬 진지하게 임해야겠지."

호일랜드는 천문학에 관심이 없었다. 아직 미숙한 그조차도 엉뚱하고 터무니없는 그 이야기들이 문자 그대로의 의미가 아니라는 사실을 알 수 있었다. 호일랜드는 다시 현실적인 문제로 이야기를 돌렸다.

"뮤티가 죄악의 씨앗이라면, 우리는 왜 그놈들을 없애려 노력하지 않는 건가요? 뮤티를 없애버리면 조던님의 계획이 더 빨리 진행되지 않을까요?"

노인은 대답하기 전에 잠시 곰곰이 생각했다. "좋은 질문이야. 솔직하게 답을 해주마. 너는 과학자가 될 테니까 답을 알고 있어야 할 거다. 이렇게 한번 생각해보렴. 우주선이 먹여 살릴 수 있는 승무원의 숫자는 분명히 한계가 있어. 우리가 그 한계를 넘어 늘어나면, 우리 모두가 식사를 잘하고 지내기 힘들 때가 올 거야. 우리가 서로를 죽여서 잡아먹을 때까지 숫자가 늘어나기보다는 일부 사람들이 뮤티들과 싸우다가 죽는 게 더 낫지 않을까? 조던님의 섭리는 헤아릴 수가 없어. 뮤티조차도 조던님의 계획에 포함되어 있는 거란다."

그럴듯하게 들렸지만, 호일랜드는 믿음이 가지 않았다.

＊

우주선의 관리를 맡는 하급 과학자의 자리로 근무를 옮겼을 때, 거기에서 호일랜드는 다른 견해를 들었다. 관례에 따라 호일랜드가 변환기의 운영을 지원하는 시기였다. 그 일은 별로 부담스럽지 않았다. 호일랜드는 주로 짐꾼이 마을에서 가져오는 폐기물을 살펴본 후 그들이 기여한 내용을 기록하고, 재활용이 불가능한 금속이 첫 단계의 깔때기에 들어가지 않도록 했다. 호일랜드는 이 근무를 하다 공학 부팀장 빌 에르츠를 만났다. 그는 호일랜드보다 별로 나이가 많지 않았다.

호일랜드는 넬슨에게 배운 내용에 관해 에르츠와 이야기를 나누다가 그의 태도에 충격을 받았다.

"내 말을 새겨들어, 이 녀석아. 이건 현실적인 사람들을 위한 현실적인 직업이야. 낭만적인 허튼소리는 머릿속에서 다 지워. 조던님의 계획이라니! 그런 건 농부들의 입을 틀어막고 분수를 지키게 하려고 지어낸 이야기야. 넌 그런 이야기에 넘어가지 마. 계획 따위는 없어! 우리 자신을 돌보기 위한 우리의 계획이 있을 뿐이야. 우주선에는 요리와 관개를 위해 빛과 열, 에너지가 필요해. 승무원들은 이런 것들 없이 살아갈 수 없으니까. 그 덕분에 우리가 승무원들을 지배하는 거야.

뮤티들을 멍청하게 묵인해주고 있는 문제는 곧 변화가 있을 거야! 너는 입 다물고 우리 말이나 잘 들어." 에르츠가 말했다.

호일랜드는 과학자 중에서도 청년 모임에 최우선으로 충성하겠다는 다짐을 해야만 했다. 청년 모임은 과학자 집단 내부의 조직으로서 체계가 잘 짜였으며, 자신들의 관점대로 우주선 구석구석에서 상황을 개선하기 위해 노력하는, 현실적이고 냉철한 사람들로 이루어졌다. 청년 모임의 관점으로 현실을 보지 못하는 견습생은 오래 버티지 못하고 사라졌기 때문에, 그들의 조직은 탄탄하게 잘 짜일 수밖에 없었다. 그들의 기대 수준에 도달하지 못한 견습생은 곧 농민 계층으로 돌아가거나, 대개 불운

한 사고로 고생하다가 변환기에서 최후를 맞이했다.

호일랜드는 청년 모임이 옳다고 생각하기 시작했다.

그들은 현실주의자였다. 우주선은 우주선일 뿐이다. 그것은 설명이 필요 없는 사실이었다. 조던님에 대한 것이라면, 조던님을 봤거나 이야기해본 사람이 있었던가? 조던님의 그 흐리멍덩한 '계획'은 뭐란 말인가? 삶의 목표는 생존이다. 사람은 태어나서, 주어진 삶을 살고, 그 후 변환기로 간다. 그처럼 간단한 것이다. 수수께끼도 없고, 숭고한 여행도 없고, 센타우루스도 없다. 그 몽상적인 이야기들은 사실을 직면할 용기도 없고 이해할 방법도 없었던 인류의 유년 시절의 잔존물일 뿐이다.

호일랜드는 더 이상 천문학이나 수수께끼 같은 물리학, 그리고 지금껏 공경하라고 배워왔던 다른 많은 신화들로 골치를 썩이지 않았다. 호일랜드는 아직도 창세기의 구절이나 지구(아니, 그런데 그 허프 같은 '지구'는 대체 뭐야?)에 대한 옛이야기들을 그럭저럭 즐겼다. 그러나 이제는 어린애나 얼간이들만이 이런 이야기들을 진지하게 받아들일 것이라는 사실을 깨달았다.

게다가 호일랜드는 할 일이 있었다. 젊은 과학자들은 여전히 겉으로는 연장자들의 권위를 받들었지만, 자신들만의 계획이 따로 있었다. 첫째 계획은 뮤티를 체계적으로 박멸하는 것이었다. 그 뒤의 계획은 아직 유동적이었지만, 위층을 포함해서 우주선의 모든 자원을 완전하게 활용할 방법을 궁리했다. 늙은 과학자들이 우주선의 일상 업무에 그다지 관심을 기울이지 않았기 때문에, 젊은 과학자들은 공공연하게 연장자들과 불화를 일으키지 않고도 자기들의 계획을 추진해나갈 수 있었다. 현재 선장은 너무 뚱뚱해서 선장실에서 나와 돌아다니는 일이 거의 없었다. 그래서 청년 모임의 일원인 선장의 부관이 그의 업무를 처리했다.

호일랜드는 착륙장에 사람들을 배치하는 순수한 종교 행사 때 말고는 공학팀장을 한 번도 본 적이 없었다.

뮤티들을 제거하는 계획을 실행하기 위해서는 위층들에 대해 체계적인 정찰이 필요했다. 호일랜드는 정찰을 나갔다가 다시 뮤티들에게 매복 공격을 당했다.

이번 뮤티는 새총을 훨씬 더 정확하게 쏘았다. 호일랜드의 동료들은 압도적인 수적 열세에 밀려서, 죽어가는 호일랜드를 남겨둔 채 후퇴할 수밖에 없었다.

✳

조/짐 그레고리는 혼자서 체스를 두었다. 본래 지금은 그들이 카드를 하는 시간이었지만, 오른쪽 머리 '조'가 왼쪽 머리 '짐'이 속임수를 쓴다고 의심했다. 그들은 이에 대해 말다툼을 했지만, 곧 그만뒀다. 그들은 한 몸뚱이의 양쪽 어깨에 달린 머리 둘로서 함께 경험을 쌓으면서, 의좋게 살아갈 방법을 찾아야만 한다는 사실을 진작 배웠기 때문이었다.

카드보다는 체스가 나았다. 둘 다 체스판을 볼 수 있으므로 말싸움이 불가능했다.

선실 문을 두드리는 금속성 노크 소리가 크게 울려 체스가 중단됐다. 조/짐은 투척용 칼을 빼어 들고 만지작거리며 재빨리 던질 준비를 했다. "들어와!" 짐이 고함쳤다.

문이 열리자 노크를 했던 사람이 방 쪽으로 등을 돌리고 들어왔다. 모두 알다시피, 이게 조/짐이 있는 장소로 안전하게 들어오는 유일한 방법이었다. 방금 들어온 사람은 거칠고 억세게 생겼는데, 땅딸막한 키가 1미터 20센티를 넘지 않았다. 그는 한쪽 어깨에 축 처진 남자의 몸뚱이를 둘러업고 손으로 꼭 붙잡고 있었다.

조/짐이 칼을 다시 칼집에 집어넣었다. "보보, 그거 내려놔." 짐이 명령했다.

"그리고 문 닫아." 조가 덧붙였다. "자, 뭘 가져왔는지 좀 볼까?"

젊은 남자였는데, 겉으로 보기에는 죽은 것 같았지만, 눈에 띄는 상처는 없었다. 보보가 남자의 한쪽 허벅지를 쓰다듬었다. "그놈 먹을 거야?" 보보가 희망 섞인 목소리로 말했다. 늘 벌어져 있는 입술 사이로 침이 흘렀다.

"그럴 수도 있고." 짐이 어정쩡하게 말했다. "네가 그놈을 죽였어?"

보보가 작은 머리를 흔들었다.

"잘했어, 보보." 조가 칭찬했다. "어디를 맞힌 거야?"

"보보, 그놈 저기 맞혔다." 그 비정상적으로 머리가 작은 보보가 두툼한 엄지손가락으로 누워 있는 사람의 배꼽과 가슴뼈 사이를 쿡 찔렀다.

"잘 쐈어." 조가 칭찬했다. "우리가 칼을 던져도 그보다 잘하기는 힘들었을 거야."

"보보 잘 쏴." 난쟁이가 벙글거리며 동의했다. "보여줄까?" 보보가 새총을 멋지게 잡았다.

"닥쳐." 조가 말했다. 퉁명스러운 말투는 아니었다. "됐어, 우리는 보기 싫어. 저놈이 말하는 걸 보고 싶어."

"보보 고친다." 난쟁이가 말했다. 그리고 목표를 달성하기 위해 거리낌 없이 무자비한 짓을 하기 시작했다.

조/짐이 보보를 철썩 때려서 떼어냈다. 그리고 난쟁이의 방법보다는 훨씬 덜 과격하지만, 고통스러운 방법을 썼다. 젊은 남자가 움찔하더니 눈을 떴다.

"그놈 먹을 거야?" 보보가 다시 물었다.

"아니." 조가 말했다. "네가 마지막으로 먹은 게 언제야?" 짐이 물었다.

보보는 머리를 흔들며 배를 문질렀다. 오랫동안, 그것도 아주 오랫동안 먹지 못했다는 무언의 몸짓이었다. 조/짐은 사물함으로 가서 문을 열고 넓적다리 고기를 하나 꺼내 치켜들었다. 짐이 고기 냄새를 맡았다. 조는 코를 찡그리게 하는 역겨운 냄새 때문에 고개를 돌렸다. 조/짐이 고기를 보보에게 던져줬다. 보보가 행복한 표정을 지으며 공중에서 고기를 낚아챘다. "이제 나가." 짐이 명령했다.

보보는 빠른 걸음으로 나가며 문을 닫았다. 조/짐은 포로를 돌아보고 발로 쿡 찔렀다. "말해봐. 이 허프 같은 네놈은 누구냐?" 짐이 말했다.

젊은 남자가 몸을 떨며 머리를 손으로 짚었다. 그리고 갑자기 주위에 눈의 초점을 맞추더니 일어나려 버둥거렸다. 남자는 이 층의 낮은 중력 때문에 어색하게 움직이며 자신의 칼로 손을 뻗었다.

허리띠에 칼이 없었다.

조/짐이 자신의 칼을 빼서 휘둘렀다. "착하게 굴면 다치지 않을 거야. 네 이름이 뭐지?" 젊은이는 입술을 축이더니, 허둥대며 방을 둘러봤다. "말해!" 조가 말했다.

"왜 저런 놈한테 신경을 쓰고 그래? 저놈은 고깃덩이밖에 안 된다고 했잖아. 보보를 다시 불러오는 게 좋겠다." 짐이 말했다.

"서두를 필요 없어." 조가 대답했다. "난 저놈하고 이야기하고 싶어. 이름이 뭐야?"

포로는 다시 칼을 쳐다보더니 낮게 말했다. "휴 호일랜드."

"그걸로는 잘 모르겠고, 하는 일이 뭐야? 어느 마을에서 왔어? 그리고 뮤티 지역에서 뭘 하고 있었던 거지?" 짐이 물었다. 그런데 이번에는 호일랜드가 대답하지 않았다. 심지어 칼을 갈빗대에 가져다 대도 호일랜드는 입술만 깨물 뿐이었다. "제기랄!" 조가 소리쳤다. "그놈은 멍청한 농부일 뿐이야. 그만 끝내자."

"이놈을 죽이자는 거야?"

"아니, 지금은 말고. 가둬놓자."

조/짐이 옆에 있는 작은 방을 열더니, 칼로 호일랜드를 몰아넣었다. 쌍둥이는 문을 닫은 후 잠그고, 체스판으로 돌아갔다. "짐, 네 차례야."

호일랜드가 갇힌 선실은 깜깜했다. 그는 단단하고 튼튼하게 잠긴 문 외에는 아무것도 없는 매끈한 강철 벽을 만지고 나서야 안심했다. 그리고 이내 갑판에 드러누워 헛된 공상에 빠져들었다.

호일랜드는 오랜 시간 동안 생각하다 잠들었다가 다시 깨어나길 반복했다. 시간이 갈수록 점점 배고프고 더욱더 목이 말랐다.

조/짐이 포로에게 다시 적당한 관심이 솟아서 감옥의 문을 열었을 때, 호일랜드는 바로 모습을 드러내지 않았다. 그는 문이 열리고 기회가 왔을 때 무엇을 할지 수없이 계획을 세웠지만, 막상 문이 열렸을 때는 기력이 너무 없어서 거의 혼수상태였다. 조/짐이 호일랜드를 질질 끌어냈다. 그 소란 탓에 호일랜드가 조금 정신을 차렸다. 그는 몸을 일으켜 앉아서 주변을 둘러봤다.

"말할 준비 됐어?" 짐이 물었다.

호일랜드가 입을 열었지만 말이 나오지 않았다.

"입이 너무 말라서 말 못하는 거 안 보여?" 조가 자기 쌍둥이한테 말했다. 그리고 호일랜드를 쳐다봤다. "물 좀 주면 이야기할래?"

호일랜드가 어리둥절한 표정을 짓더니, 고개를 힘차게 끄덕거렸다.

조/짐이 잠시 후에 물잔을 들고 돌아왔다. 호일랜드는 물을 게걸스럽게 마시다가 멈췄는데, 거의 졸도하기 직전인 듯한 얼굴이었다.

조/짐이 잔을 빼앗았다. "지금은 이 정도면 충분해. 너에 대해 말해 봐." 조가 말했다.

호일랜드는 시키는 대로 했다. 쌍둥이 중 한 명이 질문하며 재촉할 때나 정강이뼈를 찰 때마다 더욱 자세하게 털어놓았다.

✳

호일랜드는 특별히 저항하거나 커다란 마음의 동요 없이 사실상의 노예 상태를 받아들였다. 호일랜드는 '노예'라는 단어를 몰랐지만, 그런 상태는 그가 아는 모든 현실에서 흔했다. 언제나 명령을 내리는 자가 있고 그 명령을 실행하는 자가 있었다. 호일랜드는 다른 상황이나 다른 형태의 사회 조직을 상상할 수 없었다. 그것은 피할 수 없는 현실이었다.

하지만 당연히 호일랜드도 탈출을 생각했다.

그러나 탈출은 생각의 수준을 넘어서지 못했다. 조/짐은 호일랜드의 생각을 눈치채고 공개적으로 그 문제를 끄집어냈다. 조가 그에게 말했다.

"이 녀석아, 헛된 생각 품지 마. 우주선의 이 구역에서는 칼이 없으면 세 층도 못 내려갈 거야. 어찌어찌해서 내 칼을 훔치더라도 무거운 층까지 는 내려가지 못할 거야. 게다가 보보도 있잖아."

호일랜드는 적당히 뜸을 들였다가 말했다. "보보요?"

짐이 씩 웃더니 대답했다. "네가 우리와 동행하지 않고 혼자 선실 밖 으로 고개를 내밀면, 보보에게 내키는 대로 너를 도살하라고 했어. 지금 그놈은 문밖에서 자. 그리고 대체로 거기서 시간을 보내고 있지."

"이래야 공평해지는 거야. 우리가 너를 살려두기로 했을 때 그 녀석이 낙담했었거든." 조가 끼어들었다.

"이봐…." 짐이 그의 형제 쪽으로 머리를 돌리며 제안했다. "재미를 좀 보면 어떨까?" 짐이 호일랜드를 돌아보며 말했다. "칼 던질 줄 알아?"

"그럼요." 호일랜드가 대답했다.

"자, 한번 보자." 조/짐이 자기 칼을 그에게 건네줬다. 호일랜드가 칼 을 받아 무게중심을 잡기 위해 손에 들고 이리저리 흔들었다. "내 과녁을 맞혀봐."

조/짐은 그들이 가장 좋아하는 의자로부터 멀리 떨어진 곳에 플라스 틱 과녁을 설치해놓았는데, 그들은 그 과녁을 이용해 칼던지기 기술을 연마하곤 했다. 호일랜드는 과녁을 노려보고, 눈에 보이지 않을 정도로 빠르게 팔을 휘둘러 칼을 날렸다. 호일랜드는 칼날 위에 엄지손가락을 얹고 다른 손가락을 모은 후 힘을 들이지 않고 아래에서 위쪽으로 던지 는 방식을 즐겼다. 조/짐이 열심히 연습해서 너덜너덜해진 과녁의 중앙 에 칼날이 꽂히며 바르르 떨렸다.

"잘했어!" 조가 칭찬했다. "짐, 무슨 생각해?"

"저놈한테 칼을 주고 어디까지 도망가는지 한번 볼까?"

"안 돼. 난 반대야." 조가 말했다.

"왜?"

"보보가 이기면 우리는 노예를 잃고, 호일랜드가 이기면 보보와 호일랜드 둘 다 잃게 되잖아. 괜한 낭비야."

"아, 뭐, 네가 그렇게 주장한다면야."

"내 생각엔 그래. 호일랜드, 칼 가져와."

호일랜드가 명령대로 했다. 칼로 조/짐을 겨눌 생각은 들지 않았다. 주인은 주인이었다. 노예가 주인을 공격하는 일은 윤리적으로 용납되지 않았고 너무도 엉뚱한 발상이었기 때문에, 호일랜드에게는 그런 생각 자체가 머리에 떠오르지 않았다.

✳

호일랜드는 과학자로서 배운 내용들이 조/짐에게 좋은 인상을 주리라 기대했었다. 하지만 그렇지 않았다. 조/짐은, 특히 짐은 논쟁을 굉장히 좋아했다. 그들은 호일랜드가 가진 지식을 순식간에 흡수한 후 그를 헌신짝처럼 버렸다. 호일랜드는 모욕감을 느꼈다. 어찌 됐든, 그는 과학자가 아니던가. 글을 읽고 쓸 수도 있는데 말이지.

"닥쳐!" 짐이 호일랜드에게 말했다. "읽는 건 쉬워. 난 네 아비가 태어나기 전부터 읽을 줄 알았어. 나를 시중드는 과학자가 네가 처음일 것 같아? 과학자라니… 푸하! 완전히 무식한 패거리들이야!"

호일랜드는 지적인 자부심을 다시 살리기 위해, 모든 종교적인 해석을 거부하고 우주선을 그 자체로 받아들이는 엄격하게 사실적이고 냉정하게 현실주의적인 젊은 과학자들의 이론을 상세하게 설명했다. 호일랜드는 조/짐이 이런 관점에 동의할 것이라 확신했다. 젊은 과학자들의 관점이 그들의 기질에 잘 맞을 것 같았기 때문이었다.

조/짐은 그의 면전에 대고 웃음을 터뜨렸다.

"대단하네." 조가 코웃음을 그치고 말했다. "너희 어린 조무래기들은 전부 다 그렇게 멍청하냐? 네놈들은 너희 늙은이들보다 더 개판이야."

호일랜드가 감정이 상해서 항의했다. "하지만 두목은 우리가 배웠던 종교적인 개념이 죄다 터무니없는 헛소리라고 했잖아요. 이게 바로 내 친구들이 생각하는 거라고요. 우리는 그 케케묵은 헛소리들을 전부 다 쓰레기통에 처박으려는 거예요."

조가 막 입을 열었을 때, 짐이 그의 말머리를 자르며 끼어들었다. "조, 왜 이런 놈한테 신경을 써? 얘는 가망이 없다니까."

"아냐, 아예 없는 건 아니야. 난 즐기는 중이야. 얼마 만인지 잊어먹었지만, 정말 오랜만에 진실을 볼 기회가 전혀 없었던 놈과 이야기를 나누는 거잖아. 한번 해보자고. 난 이놈 목 위에 있는 게 머리인지, 아니면 그냥 귀를 걸어놓는 장신구인지 알고 싶어."

"좋아." 짐이 찬성했다. "그래도 조용히 해. 난 낮잠 잘 거야." 왼쪽에 있는 머리가 눈을 감더니 곧 코를 골았다. 조와 호일랜드는 소곤소곤 이야기를 계속 이어 갔다.

조가 말했다. "너희 애송이들의 문제가 뭐냐면, 뭔가를 단박에 이해하지 못하면 그게 진실이 아니라고 생각한다는 거야. 너희 늙은이들의 문제는, 이해가 안 되면 다른 식으로 의미를 붙여 해석하고는 자신들이 그걸 이해했다고 생각한다는 거지. 너희는 아무도 그 책들에 쓰인 방식대로 그 분명한 말들을 믿으려 하지 않았고, 또 그 내용에 바탕을 두고 이해하려 하지도 않았어. 아! 아니지. 너희는 그렇게 하기에는 너무들 기똥차게 영리하시지. 너희는 당장 눈앞에 안 보이면 존재하지 않는다고 하잖아. 하지만 거기에는 분명히 다른 의미가 있어."

"그게 무슨 말이에요?" 호일랜드가 의심스러운 눈초리로 물었다.

"자, '여행'을 예로 들어보자. 그 말이 무슨 뜻인 것 같아?"

"글쎄요. 내 생각에는 아무 뜻도 없는 것 같아요. 그냥 농민들에게 주입하려고 만든 헛소리예요."

"그러면 농민들은 여행을 어떤 의미로 이해하는데?"

"음, 죽으면 가게 되는 곳이요. 더 정확히 말하자면, 죽을 때 하는 게 '여행'이라고 말해야겠죠. 죽으면 센타우루스로 여행을 가는 거예요."

"그러면 센타우루스는 뭔데?"

"그건… 글쎄, 뭐랄까, 전통적인 답변을 말해줄게요. 난 이런 거 정말로 안 믿어요…. 센타우루스는 여행을 했을 때 도착하는 곳인데, 거기에서는 모든 사람이 행복하고, 항상 식사 잘한대요."

조가 코웃음을 쳤다. 짐은 코골이의 박자가 깨지면서 한쪽 눈을 떴다가 다시 툴툴거리며 잠들었다. "그게 바로 내 말이야." 조가 낮게 소곤소곤 말을 이어갔다. "머리를 쓰란 말이야. '여행'이란 게 옛날 책에 쓰인 대로 우주선과 모든 승무원이 실제로 어딘가로 움직여가는 의미라는 생각은 안 해봤어?"

호일랜드가 그 말을 곰곰이 생각한 후 대답했다. "정말로 진지하게 하는 이야기는 아니죠? 물리학적으로 그건 불가능해요. 우주선은 아무 데도 갈 수 없잖아요. 우주선은 그 자체로 모든 곳을 의미하니까요. 우리는 우주선 안에서만 여행할 수 있어요. 그 '여행'이란 게 혹시 뭔가 의미가 있다면, 그건 정신적인 의미일 수밖에 없어요."

조가 조던님께 도와달라고 간청하며 말했다. "자, 들어봐. 네 돌대가리에 확실히 집어넣어. 우주선보다 큰 공간을 상상해봐. 훨씬 더 큰 공간말이야. 그리고 우주선이 그 안에서 움직이는 모습을 상상해봐. 이해돼?"

호일랜드는 노력했다. 정말 열심히 노력했다. 그러다 머리를 흔들었다. "그건 말이 안 돼요." 호일랜드가 말했다. "우주선보다 큰 공간은 존재할 수 없잖아요. 우주선이 들어갈 장소가 있을 리 없어요."

"아, 이 허프 같은 놈아, 제발! 들어봐, 우주선의 바깥이 있다고, 알겠어? 모든 방향으로 맨 아래층의 바닥을 지나 쭉 뻗어 나가면 바깥이야. 바깥은 텅 비었어. 이해돼?"

"하지만 맨 아래층의 밑에는 아무것도 없어요. 그래서 맨 아래층이라고 부르는 거잖아요."

"이것 봐. 만약 네가 칼을 가지고 맨 아래층의 바닥에 구멍을 파기 시작하면 어디로 가게 될까?"

"하지만 그건 불가능해요. 엄청 단단하거든요."

"그래도 네가 칼로 구멍을 뚫을 수 있다고 상상해보란 말이야. 그 구멍이 어디로 이어질까? 상상해봐."

호일랜드는 눈을 감고 가장 아래층에 구멍을 뚫는 모습을 머릿속에 그려보려 노력했다. 구멍을 팠다. 바닥을 연하게, 치즈처럼 연하게 생각하며.

호일랜드에게 희미한 가능성이 보이기 시작했다. 그 가능성은 마음을 동요시키고, 영혼을 흔들어놓았다. 그는 떨어졌다. 자신이 판 구멍 속으로, 더 이상 아래층이 존재하지 않는 구멍 속으로 떨어졌다. 호일랜드가 눈을 번쩍 떴다. "너무 끔찍해요!" 그가 냅다 소리를 질렀다. "그 이야기를 안 믿을래요."

조/짐이 일어섰다. "내가 믿게 만들어주마." 조가 매섭게 말했다. "설령 네 목을 부러뜨려놓는 한이 있더라도 믿게 해줄게." 그러고는 성큼성큼 걸어가 문을 열었다. "보보!" 조가 외쳤다. "보보!"

짐의 머리가 벌떡 일어났다. "머… 뭔 일이야? 무슨 일이야?"

"호일랜드를 무중력층으로 데리고 갈 거야."

"뭐하러?"

"이놈의 멍청한 대가리에 개념을 좀 박아 넣게."

"나중에 해."

"아니, 난 지금 하고 싶어."

"알았어, 알았어. 흔들어대지 마. 아무튼 일어났잖아."

✳

'그'라고 하든 '그들'이라고 하든, 조/짐 그레고리는 신체적 구조가 독특한 만큼이나 정신적인 능력도 독특했다. 그는 어떤 상황에서도 주도권을 잡았을 것이다. 조/짐은 뮤티들을 괴롭히고, 그들에게 명령하고, 그들의 시중을 받으며 살았는데, 뮤티들도 그것을 어쩔 수 없는 일로 여겼다. 조/짐에게 권력을 잡을 의지만 있었다면, 뮤티들을 조직해 승무원들과 싸워서 완전히 제압할 수도 있었을 것이다.

그러나 조/짐은 그런 방면으로 욕구가 없었다. 그들의 타고난 기질은 지식인이고, 방관자였으며, 관찰자였다. 그는 '어떻게'와 '왜'에는 흥미가 있었지만, 행동하려는 의지는 혼자 지내는 안락함과 편안함 정도로 충족되었다.

그가 만일 승무원 집안에서 평범한 두 명의 쌍둥이로 태어났더라면, 삶의 문제에 대한 가장 쉽고 만족스러운 답변을 찾아서 과학자들 사이로 흘러들어, 과학자로서 가벼운 마음으로 대화와 행정 업무를 즐겼을 것이다. 그러나 현실 속에서 그는 생각을 나눌 동료가 없었기 때문에, 똘마니들이 훔쳐다준 책들을 세 세대가 지나는 동안 읽고 또 읽었다.

두 개의 인격을 가진 두 반쪽이 읽은 내용에 관해 토론하고 논쟁했기 때문에, 거의 필연적으로 물리학적인 세계와 역사에 대해 합리적이고 조리에 맞는 이론에 도달할 수밖에 없었다. 단, 하나만 빼면 말이다. 그들에게는 소설에 대한 개념이 전혀 없었다. 그래서 그들은 조던 탐험대에 제공되었던 소설들을 문서나 자료집을 읽을 때와 똑같은 방식으로 이해했다.

소설에 대한 이런 이해 방식 때문에 조/짐 둘 사이에 중요한 의견 차이가 발생했다. 짐은 소설 《솔로몬왕의 보물》의 주인공 앨런 쿼터메인을 영원히 살아남을 가장 위대한 사람으로 간주했고, 조는 19세기 미국의 전설적인 철도노동자 존 헨리를 최고로 꼽았다.

조/짐은 시를 엄청나게 좋아했는데, 그들은 키플링의 시를 한 줄 한 줄 외울 정도였고, 《지구의 푸른 언덕》에 나오는 우주 항로의 맹인 음유시인 라이슬링을 키플링만큼 좋아했다.

보보가 등을 돌린 채 뒷걸음으로 들어왔다. 조/짐이 엄지손가락으로 호일랜드를 가리켰다. "보보, 얘가 나갈 거야." 조가 말했다.

"지금?" 보보가 즐거운 목소리로 말했다. 그리고 활짝 웃더니, 군침을 흘렸다.

"너하고 너 밥통!" 조가 주먹으로 보보의 머리를 툭툭 치면서 말했다. "안 돼. 저놈 먹지 마. 너하고 저놈은 의형제야. 알았어?"

"저거 안 먹어?"

"안 먹어. 너는 저놈을 위해 싸우고, 저놈은 너를 위해 싸울 거야."

"알았어." 그 소두(小頭)는 어쩔 수 없다는 듯 어깨를 으쓱했다. "의형제. 보보 안다."

"좋아. 우리는 지금 모든 사람이 날아다니는 곳으로 올라갈 거야. 너는 앞서 가면서 정찰을 해."

그들은 한 줄로 올라갔다. 난쟁이는 앞에 달려가며 지역의 상황을 파악했고, 호일랜드가 그 뒤를 따랐다. 조/짐은 후방을 맡았는데, 조는 앞쪽을 보고, 짐은 어깨너머로 뒤쪽을 지켜봤다.

일행이 더 높이, 더 높이 갑판들을 연이어 올라가는 동안 그들의 무게가 조금씩 빠져나갔다. 마침내 더 올라갈 곳이 없는 층에 도착했다. 그들 위로는 더 이상 승강구가 없었다. 그 층의 갑판은 우주선의 진짜 모습이 거대한 원기둥 모양이라는 사실을 암시하듯 완만하게 휘어져 있었다. 하지만 정말로 갑판이 휘어져서 다시 그 자리까지 연결되는지는, 똑같은 각도로 휘어진 머리 위의 금속 천장에 가려져서 알 수 없었다.

그 갑판에 엄밀한 의미의 격벽은 없었다. 엄청나게 크고, 쓸데없이 억세 보이며, 두꺼운 인상을 주는 거대하고 땅딸막한 큰 기둥들이 갑판과 천장 사이에 일정한 간격으로 배치되었다.

무게는 거의 느껴지지 않았다. 한 장소에 가만히 있으면, 알아채기 힘들 정도로 아주 조금 남아 있는 무게 때문에 몸이 '바닥' 쪽으로 부드럽게 내려가겠지만, '위'나 '아래'라는 용어는 이곳에서 거의 의미가 없었다. 호일랜드는 이런 상태를 좋아하지 않았다. 자꾸 숨을 헐떡이게 되기 때문이었다. 하지만 보보는 즐거워 보였다. 이런 상태가 익숙한 모양이었다. 호일랜드는 헤엄이 서툰 물고기처럼 그때그때 형편에 따라 기둥, 바닥, 천장에 이리저리 부딪히며 공기를 헤치고 나아갔다.

조/짐은 천장과 바닥을 이루는 안쪽과 바깥쪽 원통의 축과 평행하게 경로를 잡고, 일정한 간격으로 줄줄이 배치된 기둥 사이에 형성된 통로를 따라갔다. 통로에는 난간이 설치되어 있었는데, 그는 거미줄을 따라가는 거미처럼 난간을 따라 날아갔다. 조/짐이 상당히 빠른 속도로 갔기 때문에, 호일랜드는 따라가려 허우적댔다. 얼마 지나지 않아 호일랜드도 힘들이지 않고 쉽게 난간을 잡아당기며 공기 저항밖에 없는 허공을 길게 활공하는 요령을 알아챘다. 가끔은 발끝이나 손으로 바닥을 가볍게 쳤다. 그래도 조/짐을 따라가는 게 버거워서 얼마나 더 가야 되는지 물어볼 엄두도 나지 않았다. 수 킬로미터는 지난 것 같았지만, 그로서는 알 수 없었다.

일행은 통로가 끝나는 곳에서 멈췄다. 좌우로 뻗어 있는 단단한 격벽이 그들의 길을 막았다. 조/짐이 오른쪽으로 움직이며 격벽을 살펴봤다.

조/짐이 찾던 것을 발견했는데, 그것은 사람 크기의 닫힌 문이었다. 그 문은 희미하게 보이는 테두리의 갈라진 틈과 표면에 그려진 기하학적인 무늬로 겨우 알아볼 수 있었다. 조/짐이 문을 살펴보더니 오른쪽 머리를 긁적였다. 두 머리는 서로 속삭이며 말했다. 조/짐이 이상한 몸짓으로 한 손을 치켜들었다.

"아냐, 아냐!" 짐이 말했다. 조/짐이 움직임을 멈췄다. "이렇게 하면 어때?" 조가 물었다. 둘이 다시 속삭이더니, 조가 끄덕거리고, 조/짐이 다시 손을 들었다.

그는 문에 손을 대지 않고, 표면에서 10센티 정도 떨어진 허공에서 검지로 무늬를 따라 움직였다. 무늬의 선을 계속 따라가는 손가락은 단순하게 대충 움직이는 것처럼 보였다.

조/짐은 손가락으로 무늬를 따라가는 것을 마치더니, 그 부근의 격벽을 손바닥으로 밀었다. 그리고 그로 인한 반동으로 뒤쪽으로 떠내려가서 잠시 기다렸다.

잠시 후, 거의 들리지 않을 정도로 부드럽게 공기를 빨아들이는 소리가 났다. 문이 흔들리더니, 바깥쪽으로 15센티미터 정도 열리다 멈췄다. 조/짐이 곤혹스러운 표정을 지었다. 그는 조심스럽게 열린 틈 사이로 손을 집어넣어 문을 당겼다. 아무 일도 일어나지 않았다. 그가 보보를 불렀다. "문 열어."

보보는 이마를 머리 꼭대기까지 찡그리며 상황을 훑어봤다. 그리고 곧 양발을 격벽에 대더니, 한 손으로 문을 움켜잡으며 몸을 고정시켰다. 보보는 문의 한쪽 모서리를 양손으로 잡고 양발을 단단하게 고정한 후 몸을 구부렸다가 세게 잡아당겼다.

숨을 참은 보보의 가슴이 단단해지고 등이 구부정해졌다. 힘을 들이느라 땀을 뻘뻘 흘렸다. 목의 두꺼운 근육이 불끈 솟아 보보의 머리는 보기 흉한 피라미드 모양이 되었다. 호일랜드는 그 난쟁이의 관절이 삐거덕거리는 소리를 들을 수 있었다. 이 바보는 포기할 줄 모르기 때문에 계속 시도하다가 죽을 수도 있겠다는 생각이 들었다.

그런데 이음새에서 끼익 소리가 나며 문이 벌컥 열렸다. 문이 회전할 때 보보가 손을 놓치는 바람에, 딛고 있던 다리의 힘이 풀려나면서 격벽을 묵직하게 밀어냈다. 보보는 통로에 곤두박질치며 뭐라도 잡으려 버둥댔다. 그리고 곧 쥐가 난 종아리를 문지르며 어정쩡한 자세로 공기를 헤치고 돌아왔다.

조/짐이 앞장서서 안으로 들어갔고, 호일랜드가 그 뒤를 바짝 따랐다. "여기는 뭐하는 데예요?" 호일랜드가 노예로서의 직분을 잊고 호기심에 차서 물었다.

"주 조종실이야."

＊

주 조종실이라니! 우주선에서 가장 신성하고 금기시되던 장소인데, 정확한 위치는 잊혀서 신비에 싸여 있었다. 젊은 과학자들은 주 조종실이라는 게 존재하지 않는다고 확신했다. 늙은 과학자들은 문자 그대로 받아들이거나 신화적인 믿음 정도로 생각하는 등 여러 부류가 있었다. 호일랜드는 스스로 계몽된 사람이라고 생각했음에도 그 단어를 듣자 소스라치게 놀랐다. 주 조종실이라니! 이럴 수가, 그곳은 바로 조던님의 영혼이 깃들어 있는 장소라고 배웠다. 호일랜드가 우뚝 멈춰 섰다.

조/짐이 발길을 멈추고, 조가 돌아봤다. "왜?" 그가 말했다. "무슨 일이야?"

"아니, 그게… 어…."

"말해!"

"그게 아니라…. 여기는 조던님이 나오시는… 조던님의…."

"아, 조던님 맙소사!" 슬슬 짜증이 나기 시작한 조가 분통을 터뜨렸다. "네가 나한테 너희 어린 조무래기들은 조던님에 대해 전혀 관심이 없다고 했잖아?"

"네, 그렇지만… 그래도 여기는….."

"닥치고 따라와. 안 그러면 보보한테 너를 끌고 오라고 할 거야." 조/짐이 돌아섰다. 호일랜드는 사형대에 오르는 사람처럼 마지못해 따라갔다. 두 사람이 나란히 서서 난간을 붙잡고 지날 수 있는 너비의 통로를 그들은 줄지어 갔다. 넓은 호를 그리며 90도 각도로 휘어진 통로는 조종실로 통했다. 호일랜드는 두려웠지만 호기심에 조/짐의 넓은 어깨너머로 들여다봤다.

밝은 불빛이 비치는 공간이 호일랜드의 눈에 들어왔는데, 지름이 족히 60미터쯤 되는 거대한 방이었다. 그 방은 둥글었으며 거대한 구의 내부였다. 구의 내부 표면은 단조로운 무광택의 은색이었다. 구의 중심부 약 5미터 정도 너비의 공간에 놓인 기계들이 보였다. 이런 모습을 처음 본 호일랜드로서는 전혀 이해가 되지 않았다. 그는 어떻게 파악해야 할지 감이 잡히지 않았지만, 그 기계들이 그럴듯한 받침대도 없이 안정적으로 공중에 떠 있다는 사실은 알 수 있었다.

통로에서 구의 중앙부까지는 통로 너비만 한 철망 터널이 연결되었다. 통로에서는 그 터널 외에는 다른 길이 없었다. 조/짐이 보보를 돌아보며 통로에 남아 있으라고 명령하고 터널로 들어갔다.

조/짐은 철망의 막대들을 사다리처럼 이용해서 양손으로 교대로 당기며 터널을 따라갔다. 호일랜드가 그 뒤를 따랐다. 그들은 구의 중심부를 차지하고 있는 기계에 도착했다. 가까이 오니 각각의 제어 장치들을 자세히 볼 수 있었지만, 호일랜드는 아직도 이해가 되지 않았다. 그는 제어 장치들에서 눈을 돌려 그들을 둘러싸고 있는 구의 안쪽 면을 힐끗 쳐다봤다.

실수였다. 구의 내부 표면은 특색이 없는 은백색이기 때문에 원근이 전혀 느껴지지 않았다. 그 표면이 수십 미터, 어쩌면 수백 미터, 아니 수 킬로미터는 떨어져 있는 것처럼 보였다. 호일랜드는 평생토록 두 갑판 사이보다 높거나, 마을 광장보다 넓게 열린 공간을 본 적이 없었다. 그는 공황 상태에 빠져들며 두려워서 정신을 잃을 것 같았다. 그가 지금껏 알았던 두려움의 수준을 훌쩍 뛰어넘는 공포감이었다. 오래전에 잊힌, 정글에서 살았던 조상들의 혼령이 그를 사로잡으며, 추락이라는 원시적 공포가 가슴속까지 얼어붙게 만들었다.

호일랜드는 제어 장치와 조/짐을 꽉 붙잡았다.

조/짐이 손바닥으로 호일랜드의 얼굴을 세게 후려쳤다. "도대체 왜 그래?" 짐이 성내며 말했다.

"모르겠어요." 호일랜드가 겨우 말문을 열었다. "모르겠어요. 하지만 여기가 싫어요. 여기서 나가요!"

짐이 역겨운 표정을 짓더니, 조를 쳐다보며 말했다. "그러는 게 낫겠어. 저렇게 배짱이 없는 녀석은 네가 가르쳐봤자 아무것도 이해 못 할 거야."

"아, 녀석은 괜찮아질 거야." 조가 그 말을 무시하며 대답했다. "호일랜드, 의자에 앉아. 저기, 저 의자."

그사이 호일랜드는 눈길을 바닥으로 향한 채 그들이 조종실로 들어올 때 이용했던 철망 터널을 쳐다봤다. 그리고 터널을 따라 통로 입구까지 눈이 따라갔다. 그들을 둘러싼 구가 순식간에 줄어들며 눈의 초점이 맞았다. 최악의 공황 상태는 넘겼다. 호일랜드는 명령에 복종했다. 아직도 몸이 덜덜 떨렸지만 명령을 따를 수는 있었다.

조종 센터는 조종사들의 신체와 여러 장비, 계기판을 떠받치기 위해 의자들과 틀로 구성된 단단한 뼈대로 이루어졌다. 장비와 계기판들은 대체로 운영자의 허벅지 정도 높이에 설치되어 있었는데, 덕분에 눈에 잘 들어오면서도 다른 것을 볼 때 방해가 되지 않았다. 의자에는 팔걸이와 좌우 받침대 같은 게 높이 달렸는데, 여기에는 담당 승무원에 맞춰진 제어장비가 장치되어 있었지만, 호일랜드는 아직 그런 사실을 몰랐다.

호일랜드가 계기판 아래의 의자로 미끄러져 들어가 등을 기대자, 의자가 기분 좋게 그의 몸을 안정적으로 감쌌다. 의자는 그에게 딱 맞았으며, 머리 받침대부터 발걸이까지 반쯤 드러누운 자세가 되었다.

그런데 그때 조/짐의 앞에 있는 계기판에 뭔가가 나타났다. 그 불빛이 호일랜드의 시선을 끌어서 고개를 돌렸다. 계기판의 윗부분에 붉은 글씨가 밝게 빛났다. "이등 우주항해사 착석." 이등 우주항해사가 뭐지? 호일랜드는 그게 무슨 뜻인지 알지 못했다. 곧 호일랜드는 자신의 계기판 꼭대기에 '이등 우주항해사'라는 표지가 붙어 있다는 사실을 알아채고, 그건 바로 자신을, 아니 이 자리에 앉았어야 하는 사람을 가리키는 말이라고 결론지었다. 호일랜드는 진짜 이등 우주항해사가 나타나서, 자신이 그 사람의 자리를 차지한 사실을 알아채리라는 불편한 생각이 잠깐 들었지만, 곧 마음에서 지워버렸다. 그럴 리가 없었다.

그런데 이등 우주항해사가 뭐지?

조/짐의 계기판에 있던 글자들이 사라지고, 왼쪽 구석에 빨간 점이 나타났다. 그 점은 사라지지 않고 그대로 남았다. 조/짐이 오른손으로 뭔가를 하자, 호일랜드의 계기판에 글자가 표시되었다. '가속도: 0', 곧 '중앙 동력'으로 바뀌었다. 마지막 두 단어가 여러 차례 깜빡거리더니 '보고 사항 없음'으로 바뀌었다. 이 글자들이 희미해지며 사라지고 밝은 녹색

점이 오른쪽 구석에 나타났다.

"준비해." 조가 호일랜드를 쳐다보며 말했다. "불이 꺼질 거야."

"설마 두목이 불을 끈다는 이야기는 아니죠?" 호일랜드가 따지듯 물었다.

"아니, 네가 끌 거야. 왼쪽을 봐. 거기에 작은 하얀 불빛들 보이지?"

호일랜드가 왼쪽을 쳐다보자, 의자 팔걸이에 위아래 두 개의 정사각형 모양으로 배치된 여덟 개의 작은 구슬들이 빛나고 있었다. "각각의 구슬은 구의 한 4분면의 조명을 가리키는 거야." 조가 설명했다. "그것들을 손으로 덮으면 불이 꺼질 거야. 자, 해봐."

호일랜드는 내키지 않았지만, 흥미가 당겨서 그 명령을 따랐다. 그는 손바닥을 작은 불빛들 위에 올려놓고 기다렸다. 은색의 구가 둔한 납빛으로 변하며 서서히 사라져갔다. 계기판 위에서 고요히 빛나고 있는 불빛들 외에는 완전히 어둠 속에 잠겼다. 호일랜드는 불안하면서도 흥분되었다. 그가 손을 치웠다. 구는 여전히 깜깜했고, 여덟 개의 작은 불빛들이 파란색으로 바뀌었다.

조가 말했다. "이제 '별'을 보여주마!"

어둠 속에서 조/짐은 다른 무늬 모양의 불빛 여덟 개에 오른손을 슬며시 올렸다.

✳

천지창조였다.

천체투영관의 벽에 비친 별들이 어두운 심우주에서 빛나는 진짜 별들처럼 그 모습을 충실히 재현하며 차분하고 평화로운 빛으로 호일랜드를 내려다봤다. 보석처럼 빛나는 빛들이 엄청난 장관을 이루며 가상의 하늘을 가로질러 무작위로 흩뿌려졌다. 셀 수 없이 많은 태양이 그의 앞, 그의 위, 그의 아래, 그의 뒤, 모든 방향에 있었다. 호일랜드는 별세계 한가운데에 혼자 떠 있었다.

"오오오호!" 호일랜드는 무의식중에 소리를 냈다. 의자 팔걸이를 너무 꽉 쥐는 바람에 손톱이 부러졌지만, 그는 알아채지 못했다. 그 순간 호일랜드는 두려움을 잊었다. 오직 하나의 감정이 그의 존재 안에 있는 모든 공간을 채워버렸다. 황량하고 무미건조한 생활이 반복되는 우주선 안에서의 삶도 아름다움을 느끼는 그의 타고난 능력을 상하게 하지는 못했다. 호일랜드는 평생 처음으로 순수한 아름다움으로 인한 극도의 황홀경을 맛보았다. 그 황홀경은 마치 첫 섹스의 강렬한 전율처럼 충격적이고 아렸다.

호일랜드는 한참이 지나서야 충격과 잇단 강렬한 몰입에서 깨어나, 짐의 냉소적인 웃음소리와 조가 낄낄대는 소리를 들을 수 있었다. "충분히 봤지?" 조가 물었다. 조/짐은 대답을 기다리지 않고 자신의 왼손 팔걸이에 똑같이 설치된 제어 장치를 이용해 조명을 다시 켰다.

호일랜드가 깊은 한숨을 내쉬었다. 가슴이 아파오고 심장이 두근거렸다. 그제야 그는 불이 꺼지고 난 후 지금까지 내내 숨을 멈추고 있었다는 사실을 깨달았다. "어이, 영리한 꼬마야. 이제 믿겨져?" 짐이 물었다.

호일랜드는 다시 한숨이 나왔다. 왜 그런지 이유는 알 수 없었다. 불이 들어오자, 그는 안도감과 편안함을 다시 느끼면서도 자아의 깊은 상실감에 잠겨들었다. 별을 봤을 때, 그는 다시는 행복해질 수 없으리라는 사실을 무의식적으로 깨달았다. 호일랜드가 아직은 너무 무지해서 그 사실을 제대로 인식하지 못한다 할지라도, 그가 잃어버렸던 열린 하늘과 별이라는 유산에 대한 막연한 갈망과 가슴 속의 무딘 통증은 앞으로 절대로 꺼지지 않을 것이었다. "그게 뭐였어요?" 호일랜드가 가라앉은 목소리로 물었다.

"저게 바로 그거야, 세계. 우주란 말이다. 바로 내가 너에게 이야기하려 했던 거야." 조가 대답했다.

호일랜드는 그 말을 이해하기 위해 어리숙한 머리를 악착같이 쥐어짰다. "두목이 이야기하던 '바깥'이라는 게 저건가요? 그 아름다운 작은 불빛들요?" 그가 물었다.

"그렇지. 하지만 별들은 작지 않아. 별들은 아주 멀리 떨어져 있어. 아마 수천 킬로미터는 될 거야." 조가 말했다.

"뭐라고요?"

"확실해, 그렇고말고." 조가 계속 말했다. "바깥에는 빈 곳이 아주 많아. 공간 말이야. 별은 커. 글쎄, 어떤 별들은 아마 우주선만큼이나 클 거야. 어쩌면 더 클지도 몰라."

호일랜드는 자신의 한계를 넘는 과도한 심상을 감당하느라 참담한 얼굴이었다. "우주선보다 크다고요?" 그는 되뇌었다. "하지만… 하지만…."

짐이 성미를 못 참고 고개를 흔들더니 조에게 말했다. "내가 뭐라 그랬어. 너는 이 멍청이한테 우리 시간을 낭비하고 있는 거야. 얘는 이해할 능력이 안 돼."

"짐, 진정해." 조가 부드럽게 답했다. "기기도 전에 달려가길 기대하지는 마. 우리도 오래 걸렸잖아. 내 기억에 너는 네가 본 것들을 믿는 데 조금 더 오래 걸렸던 것 같은데…."

"거짓말하지 마!" 짐이 불쾌한 투로 말했다. "납득하느라 오래 걸렸던 건 너야."

"알았어. 알았어." 조가 양보했다. "좀 더 지켜보자. 우리도 오랜 시간이 걸려서야 제대로 이해할 수 있었잖아."

호일랜드는 두 형제가 티격태격하는 것에 별로 관심이 가지 않았다. 그건 일상적인 일이었다. 그는 일상적이지 않은 문제에 온 신경을 집중했다. "두목, 우리가 별을 바라보는 동안 우주선은 어떻게 되는 건가요? 우주선을 관통해서 보는 건가요?" 호일랜드가 물었다.

"그렇지는 않아." 조가 그에게 말했다. "넌 별을 직접 본 게 아니야. 일종의 그림 같은 걸 본 거지. 그건 뭐랄까… 음, 반사경 같은 걸로 보여주는 거야. 그 원리를 설명해주는 책이 나한테 있어."

"하지만 별을 직접 볼 수도 있어." 짐은 조금 전에 자신이 짜증을 냈던 사실을 잊어먹고 자진해서 나섰다. "여기서 쭉 가면 선실이 하나 있는 데…."

"아, 그래!" 조가 끼어들었다. "잊어먹고 있었네. '선장의 베란다'. 완전히 유리로 만들어진 방이야. 거기에 가면 밖을 내다볼 수 있어."

"선장의 베란다요? 하지만…."

"지금 선장 말고. 그 사람은 베란다 근처도 가본 적이 없어. '선장의 베란다'는 그 선실 문 위에 붙어 있는 이름이야."

"베란다가 뭐예요?"

"맙소사, 내가 그걸 어떻게 알아! 그냥 그 선실의 이름이야."

"나를 거기에 데리고 갈 건가요?"

조가 그러겠다고 말하려던 참에 짐이 말을 잘랐다. "다음에 가. 난 돌아가고 싶어. 배고파."

그들은 터널을 통해 통로로 돌아와서 보보를 깨웠다. 그리고 다시 내려가느라 긴 여행을 했다.

✳

호일랜드가 조/짐에게 다시 탐험에 데리고 가달라고 설득하기까지는 오랜 시간이 걸렸지만, 그동안 그는 시간을 아주 잘 보냈다. 조/짐은 호일랜드를 그가 평생 봤던 책보다 더 많은 책무더기 사이에 풀어놓았다. 그 책 중에는 이전에 읽은 것들도 있었지만, 이제 호일랜드에게는 그 책들조차 새로운 의미로 읽혔다. 그는 책들을 끊임없이 읽으며 새로운 생각에 잠겼다. 생각에 차여 비틀거리기도 하고, 그 생각들과 싸우며 그 의미를 이해하기 위해 애썼다. 호일랜드는 잠자는 시간조차 아까워했다. 입에서 쉰내가 나고, 횡격막의 고통이 그의 관심을 몸뚱이로 끌어당길 때까지는 먹는 것도 잊었다. 배고픔만 해결되면 그는 다시 돌아와 두통이 나고 눈의 초점이 맞지 않을 때까지 책을 읽었다.

조/짐은 시중을 들라는 요구를 거의 하지 않았다. 호일랜드에게는 쉬는 날이 없었지만, 조/짐은 자신의 말이 들리는 거리에서 대기하며 부를 때 바로 달려가기만 하면, 그가 책을 읽든 말든 신경 쓰지 않았다. 호일랜드가 시중드는 것도 대개는 조/짐 중 한쪽이 체스를 두기 싫어할 때 나머지 한쪽이랑 체스를 두어주는 정도였다. 그것조차도 완전한 시간 낭비는 아니었던 게, 체스 상대가 조인 경우에는 이야기의 주제를 우주선으로 돌려 우주선의 역사, 기계와 장비, 우주선을 건설하고 처음 승선했던 사람들과 그들의 역사 등에 대한 이야기를 나눴다. 지구에 관해서도 이야기했는데, 지구라는 그 황당한 장소는 사람들이 그 내부에 살지 않고 외부에 살았다는 이상한 곳이었다.

호일랜드는 그 사람들이 어떻게 추락하지 않았는지 궁금했다.

그래서 조와 그 문제에 관해 이야기를 나눴다. 이윽고 호일랜드는 중력의 개념을 조금 이해하게 되었다. 하지만 중력의 개념이 불가능하게 느껴져서 감정적으로는 결코 이해되지 않았다. 하지만 한참 후에 탄도학과 우주항해술, 우주선의 조종 방법을 애매하고 어렴풋하게 이해하기 시작하면서 그 중력을 지적인 개념으로 받아들이고 활용할 수 있게 되었다. 그리고 얼마 지나지 않아 우주선 안에서의 중력이 궁금해지기 시작했는데, 이전에는 한 번도 고민해보지 않았던 문제였다. 호일랜드에게는 낮은 층일수록 무게가 커지는 것이 자연의 당연한 이치였으며, 전혀 이상하게 여길 일이 아니었다. 그는 빙빙 돌려서 던지는 새총에 응용된 원심력에는 익숙했다. 하지만 이 개념을 우주선 전체에 적용해서 우주선이 마치 새총처럼 돌고, 그럼으로써 중력이 발생한다고 생각하기에는 넘어야 할 장벽이 너무 많았다. 호일랜드는 그런 주장이 믿기지 않았다.

조/짐은 호일랜드를 주 조종실로 한 번 더 데리고 가서, 그들이 조금 알고 있는 우주항해 제어판을 읽는 방법과 제어 장치 조작 방법을 보여주었다.

오래전에 잊혔지만, 조던 재단은 공학 설계자들을 고용할 때, 예정된 60년보다 더 길게 여행이 진행되더라도 우주선이 망가지지 않도록 설계하라는 지시를 내렸었다. 설계자들은 자신들의 생각보다 훨씬 더 좋은 우주선을 건설했다. 우주선을 사람이 거주할 수 있는 곳으로 만들어주는 주 엔진과 보조 기관들은 거의 자동으로 운영되도록 설계했다. 자동이 아닌 기계를 다루는 데 필요한 제어 장치를 설계할 때는 움직이는 부품이 없도록 했다. 엔진과 보조 장치들은 전기 변압기처럼 기계적인 동작보다는 순수한 힘으로 구동되었다. 그리고 그 기계들을 조종하는 제어 장치와 기관들은 버튼을 누르거나 레버나 캠, 손잡이를 움직이는 식이 아니라, 불빛 위에 손을 올려놓는 것처럼 정전기장의 균형과 전류의 방향, 회로가 끊어지고 이어지는 것에 의해 작동하도록 설계했다.

이런 작동에서는 마찰이 아무런 의미도 없으므로, 마모와 부식으로 인한 피해는 일어나지 않았다. 설령 모든 승무원이 반란군에게 죽임을 당했더라도, 우주선은 여전히 환하게 불을 밝힌 채 우주를 날아갔을 테고, 우주선의 공기는 신선하고 촉촉했을 것이며, 엔진은 준비 상태로 대기 중이었을 것이다. 엘리베이터와 컨베이어 벨트는 고장이 나서 폐기된 후 마침내는 잊힌 기능이 되고 말았지만, 우주선의 핵심 기관들은 무지한 인류라는 화물을 싣고 자동 운행을 계속해나갔다. 어쩌면 우주선은 중요한 실마리를 풀 수 있을 정도로 충분히 영리한 누군가를 기다리며 조용히 준비하고 있던 것인지도 모른다.

우주선의 건설에는 천재적인 재능이 투입되었다. 지구에서 조립하기에는 우주선이 너무 커서 달 너머의 궤도에서 한 조각, 한 조각 조립되었다. 그리고 우주선의 장치들은 바보라도 쓸 수 있어야 하고 내구성을 가져야 한다는 결정에 따라 제기되었던 문제들이 정식화되고 해결되는 15년 동안 그 궤도를 조용히 돌았다. 진행 과정 중 아질량 효과라는 완전히 새로운 분야가 고안되어, 악전고투 끝에 목표를 달성했다.

아직 배우지 않은 호일랜드가 시험 삼아 '가속, 추진'이라고 표시된 불빛의 첫 줄 위에 손을 올려놓았을 때, 불빛은 즉각 반응했지만 우주선은 가속되지 않았다. 선임 조종사의 계기판 꼭대기에 붉은 불빛이 빠르게 깜빡이고, 알림판에 '중앙 동력: 승무원 없음'이라는 문자가 밝게 빛났다.

"저게 무슨 뜻이에요? 호일랜드가 조/짐에게 물었다.

"우리도 몰라." 짐이 말했다. "중앙 동력실에 가서 똑같이 해봤던 적이 있어." 조가 덧붙였다. "거기에 가서 해봤더니 알림판에 '조종실: 승무원 없음'이라고 나오더라."

호일랜드는 잠시 생각하더니 계속 질문했다. "모든 제어 부서에 사람들이 들어가 있는 상태에서 이걸 해보면 어떻게 될까요?"

"글쎄, 모르겠네. 한 번도 시도해볼 수가 없었거든." 조가 말했다.

호일랜드는 아무 말도 하지 않았다. 그의 가슴 속에서 커져가던 모호한 결심이 구체적이고 뚜렷한 결단으로 바뀌었다. 호일랜드는 얼마간 부산하게 보내면서 이리저리 재보고 가다듬으며 자기 생각을 털어놓을 적절한 시기를 찾았다.

＊

호일랜드는 생각을 꺼내기 위해 조/짐 둘 다 기분이 좋을 때까지 기다렸다. 조/짐이 '선장의 베란다'에 있을 때, 호일랜드는 시기가 무르익었다고 판단했다. 조/짐은 배가 부른 상태로 선장의 안락의자에 편안히 앉아 쉬면서 전망창의 두꺼운 유리를 통해 고요한 별들을 바라보고 있었다. 호일랜드가 그의 곁으로 떠갔다. 우주선의 회전으로 인해 전망창으로 보이는 별들은 어렴풋이 원을 그리며 움직였다.

곧 호일랜드가 말했다. "두목…."

"어? 꼬맹이, 무슨 일이야?" 대답한 사람은 조였다.

"정말 멋지네요, 그렇지 않나요?"

"뭐가?"

"전부 다요. 저 별들." 호일랜드는 팔을 휘두르며 전망창을 통해 보이는 광경을 가리켰다. 그리고 의자를 붙잡으며 몸이 반대쪽으로 회전하는 것을 막았다.

"맞아. 그렇지. 너도 보고 있으면 기분이 좋아질 거야." 짐이 이런 말을 하다니 놀랄 만한 일이었다.

호일랜드는 적당한 때라는 판단이 들었다. 그래서 잠시 기다렸다가 말했다. "왜 우리는 그 일을 마무리 짓지 않는 건가요?"

두 머리가 동시에 돌아봤는데, 조는 짐의 머리에 가려 고개를 조금 숙이고 쳐다봤다. "무슨 일?"

"'여행' 말이에요. 왜 중앙 동력에 시동을 걸어서 여행을 계속 진행하지 않는 건가요? 저기 밖에 있는 어딘가…." 그는 조/짐이 말을 중단시키기 전에 끝내려고 서둘러 말했다. "어딘가에는 지구와 같은 행성들이나, 그게 아니라도 최초의 승무원들이 생각했던 뭔가가 있겠죠. 그걸 찾아보자고요."

짐이 호일랜드를 쳐다보며 웃음을 터뜨렸다. 조는 고개를 저었다.

"이 녀석아." 조가 말했다. "네가 지금 무슨 말을 하고 있는지 알아? 너도 보보만큼이나 멍청한 녀석이야. 안 돼. 다 끝난 이야기야. 잊어버려."

"왜 끝난 이야기라는 거죠?"

"글쎄, 왜냐면 말이다, 너무 대규모 작업이야. 그걸 하려면 우주선에 관련된 것들을 전부 이해하고 운영을 위해 훈련받은 승무원이 필요해."

"그렇게나 많이 필요할까요? 사람이 제어해야 하는 곳은, 전부 해봤자, 열 곳 정도에 불과하잖아요. 열 명 정도의 승무원만 있으면 우주선을 운영할 수 있는 거 아닌가요? 두목이 아는 것들을 승무원들에게 가르친다면…." 그가 슬그머니 덧붙였다.

짐이 키득대며 말했다. "조, 네가 졌어. 쟤 말이 맞아."

조가 짐의 말을 무시하고 이야기했다. "넌 우리의 지식을 과대평가하고 있어. 우리가 이 우주선을 조종할 수 있다고 하더라도 아무 데도 못 갈 거야. 우리는 여기가 어디쯤인지도 몰라. 이 우주선은 가늠하기 힘들 정도로 많은 세대를 거치는 세월 동안 표류했어. 우리는 지금 어디로, 얼마나 빠르게 가고 있는지도 몰라."

"하지만, 보세요. 계기판이 있잖아요. 두목이 나한테 보여준 거 말이에요. 그 계기판을 어떻게 사용하는지 우리가 배울 수 있지 않을까요? 두목이 정말로 원한다면, 그 계기판을 이해할 수 있지 않을까요?" 호일랜드가 사정했다.

"아, 난 할 수 있을 거 같아." 짐이 동의했다.

"허풍 떨지 마, 짐." 조가 말했다.

"허풍 아니야." 짐이 매섭게 말했다. "제대로 작동하기만 하면, 난 이해할 수 있어."

"흥!" 조가 투덜댔다.

아슬아슬한 상황이었다. 호일랜드가 그들을 서로 다투게 만들었다. 이게 바로 호일랜드가 원하던 상황이었다. 게다가 까다로운 쪽이 그의 편이 되었다. 이제 지금까지 얻어낸 것에 쐐기를 박아야 한다.

호일랜드가 서둘러서 말했다. "두목, 같이 일할 사람들을 데려올 방법이 있어요. 두목이 그 사람들을 훈련시켜 줄 수 있다면요."

"네 계획이 뭔데?" 짐이 의심스러운 눈초리로 물었다.

"음, 내가 젊은 과학자 모임에 관해 이야기했던 거 기억나세요?"

"그 바보들 말이야?"

"네, 맞아요. 하지만 그들은 두목이 아는 것들을 아직 모르고 있잖아요. 그 친구들도 나름대로 이성적인 사람이 되려고 노력한다고요. 이제 내가 내려가서 두목이 나한테 가르쳐줬던 것들을 그 사람들에게 말해줄 수 있다면, 같이 일할 사람들을 충분히 데리고 올 수 있을 거예요."

조가 말을 잘랐다. "우리를 잘 봐. 뭐가 보여?"

"어…, 두목이 보이죠. 조/짐."

"넌 지금 뮤티를 보고 있는 거야." 조가 비꼬는 말투로 호일랜드의 말을 바로잡았다. "우리는 뮤티야. 알겠어? 너희 과학자들은 우리와 함께 일하지 않을 거야."

"아니, 아니에요." 호일랜드가 따졌다. "그렇지 않아요. 내가 농민을 이야기하는 게 아니잖아요. 농민들은 이해를 못 하겠죠. 하지만 그 사람들은 과학자예요. 승무원 중에 가장 영리한 사람들이라고요. 과학자들은 이해할 거예요. 두목이 해야 할 일은 그 사람들이 뮤티 구역을 지날 때 안전하게 인도하는 것뿐이에요. 그건 할 수 있잖아요, 그렇지 않나요?"

호일랜드는 본능적으로 논쟁의 초점을 좀 더 유리한 쪽으로 끌고 갔다.

"그럼, 당연하지." 짐이 말했다.

"집어치워!" 조가 말했다.

"그럼, 뭐, 알겠어요." 호일랜드는 자신의 고집 때문에 조가 화를 내고 있다는 사실을 알아챘다. "그래도 재미있을 것 같았는데…" 호일랜드는 형제들에게서 조금 멀리 물러났다.

호일랜드는 조/짐이 조용하게 계속 논쟁하는 소리를 들을 수 있었지만 모른척했다. 한 몸으로 합쳐진 조/짐의 가장 큰 단점은 혼자 결정하지 못하고 회의를 해야 한다는 사실이었다. 모든 결정은 토론과 타협의 결과일 수밖에 없으므로, 조/짐은 활동적인 사람이 되기에는 그다지 적합하지 않았다.

잠시 후, 조의 목소리가 높아지는 게 호일랜드에게 들렸다. "알았어. 알았다고. 네 맘대로 해!" 그리고 조가 호일랜드를 불렀다. "호일랜드! 이리 와!"

호일랜드는 옆의 격벽을 박차고 조/짐의 바로 옆까지 쏜살같이 날아가 선장 의자를 붙잡으며 멈췄다.

"우리는 결정했어." 조가 단도직입적으로 말했다. "너를 중력이 높은 지역으로 내려보내서 네 생각을 퍼뜨릴 기회를 주기로." 그가 심술궂게 덧붙였다. "하지만 그래도 넌 바보야."

✳

보보는 뮤티가 자주 출몰하는 위험한 갑판들을 지나는 동안 줄곧 호일랜드를 호위하며 고중력층 위의 무인지대까지 데려다줬다. "보보, 고마워." 호일랜드가 헤어지며 말했다. "잘 먹어." 난쟁이는 활짝 웃으며 꾸 뻑 인사하더니, 빠르게 물러나서 조금 전 그들이 내려왔던 사다리로 기 어 올라갔다.

호일랜드도 몸을 돌려 내려가기 시작하면서 칼을 만지작거렸다. 다시 칼을 찼더니 기분이 좋았다. 하지만 이 칼은 예전에 호일랜드가 차던 칼 이 아니었다. 그 칼은 호일랜드가 잡혔을 때 보보가 전리품으로 가져가 돌려주지 않았다. 그리고 보보는 그 칼로 덩치 큰 놈을 찔렀는데, 그놈을 그만 놓쳐버렸다. 그러나 조/짐이 그에게 대신 준 칼도 균형이 잘 잡혀 있어 꽤 만족스러웠다.

보보는 호일랜드의 요구와 조/짐의 명령으로 과학자들이 이용하는 보조 변환기의 바로 위의 지역까지 안내해서 데려다주었다. 호일랜드는 공학 부팀장이자 젊은 과학자 모임의 지도자인 빌 에르츠를 찾고 싶었 다. 그는 에르츠를 찾기 전에 너무 많은 질문에 답해야 하는 상황이 일어 나지 않기를 바랐다.

호일랜드는 남은 층들을 빠르게 내려가다가 예전에 봤던 중앙 통로에 도착했다는 사실을 깨달았다. 좋았어! 왼쪽으로 돌아 2백여 미터를 걸어 가자 변환기가 배치된 구역의 입구에 도착했다. 문 앞에 보초가 어슬렁 거렸다. 호일랜드는 보초를 밀쳐내고 지나가려 했지만 저지당했다.

"어딜 가려는 거요?"

"빌 에르츠를 찾고 있소."

"공학팀장 말이오? 팀장은 여기 없소."

"팀장이라니? 늙은 팀장한테 무슨 일이 있소?" 호일랜드는 이렇게 물 어본 것을 즉시 후회했지만, 이미 말이 나간 후였다.

"어? 예전 늙은 팀장? 그야, 진작 여행을 떠났지." 보초가 의심스러운 눈초리로 그를 쳐다봤다. "무슨 문제 있소?"

"아무것도 아니오." 호일랜드가 부인했다. "잠깐 착각한 거요."

"거 참, 웃기는 착각이구만. 아무튼 에르츠 공학팀장은 그 사람 사무실에 가면 만날 수 있을 거요."

"고맙소. 잘 먹으쇼."

"잘 먹으쇼."

호일랜드는 잠시 기다린 후 에르츠를 만날 수 있었다. 호일랜드가 들어서자, 에르츠는 책상에서 눈을 들었다. "하, 네가 안 죽고 살아서 돌아왔구나. 놀랍네. 우리는 네가 여행을 떠난 줄 알고 과학자 명단에서 지워버렸어." 에르츠가 말했다.

"응. 그럴 거라 짐작했어."

"아무튼, 앉아서 이야기 좀 해줘. 다행히 지금 시간 여유가 조금 있거든. 근데 있잖아, 다른 데서 너를 봤으면 못 알아봤겠다. 정말 많이 변했어. 머리도 하얗게 셌잖아. 그동안 정말 힘든 시간을 보낸 모양이구나."

흰 머리라고? 내 머리가 하얗게 됐단 말이야? 호일랜드는 에르츠 역시 많이 변했다는 사실을 이제야 알아차렸다. 에르츠는 배가 불룩하게 나오고 얼굴에 주름이 잡혔다. 조던님 맙소사! 얼마나 오래 떠나 있었던 걸까?

에르츠가 책상을 손가락으로 두드리며 입을 오므렸다. "네가 이렇게 돌아와서 문제가 생겼어. 유감이지만, 네가 예전에 하던 일에는 배치하지 못할 거야. 지금 모트 타일러가 그 일을 하고 있거든. 하지만 네 직급에 맞는 자리를 곧 찾게 될 거야."

호일랜드는 모트를 떠올려봤지만, 그다지 좋은 기억은 없었다. 항상 무엇이 율법에 맞는지를 따지는 유달리 까탈스러운 녀석이었다. 결국 모트는 진짜로 과학자가 되어, 호일랜드가 예전에 하던 변환기 일을 하고 있었다. 그건 그렇고, 지금 중요한 문제는 그게 아니다. "괜찮아." 호일랜드가 말하기 시작했다. "너한테 할 이야기가 있는데…."

"그렇겠지. 원로들이 문제야." 에르츠가 계속 말했다. "원로회가 좀 더 신중하게 판단했어야 했는지도 몰라. 전례가 있는지 모르겠네. 그동안 뮤티 때문에 과학자들을 많이 잃었지만, 살아서 탈출한 사람은 내 기억엔

네가 처음이야."

"그건 별로 중요하지 않아." 호일랜드가 말을 잘랐다. "너한테 긴히 할 이야기가 있어. 내가 떠나 있는 동안 정말 놀라운 것들을 알게 됐거든. 에르츠, 이건 정말 중요한 문제이기 때문에 네가 꼭 알아야 해. 그래서 너한테 곧장 찾아온 거야. 들어봐, 나는…."

에르츠가 갑자기 긴장한 표정을 지었다. "그렇지, 내게 해줄 말이 있을 거야! 내가 너무 서둘렀군. 너한테는 뮤티들을 조사하고 놈들의 지역을 살펴볼 엄청난 기회가 있었을 게 틀림없어. 자, 이봐, 털어놔! 나한테 알려줘."

호일랜드가 입술을 축였다. "네가 생각하는 그런 이야기는 아니야. 이건 뮤티에 대한 이야기보다 훨씬 중요해. 물론 뮤티도 관련이 있긴 하지만 말이야. 사실대로 말하자면, 뮤티에 대한 우리의 정책을 모조리 바꿔야 할지도…."

"흠, 그래, 이야기해봐. 듣고 있어."

"좋아." 호일랜드는 신중하게 단어를 선택하고, 에르츠를 설득하기 위해 대단히 노력하면서 우주선의 실질적인 상태에 관해 자신이 알게 된 엄청난 사실들을 그에게 이야기했다. 호일랜드는 새로운 개념에 맞춰 우주선을 재조직화하는 게 얼마나 어려울지에 대해서는 살짝만 언급한 후 그러한 노력을 이끈 사람이 얻게 될 위세와 명예를 대단히 강조했다.

호일랜드는 말을 하면서 에르츠의 얼굴을 계속 살폈다. 처음에 호일랜드가 우주선이 사실은 바깥의 거대한 우주 안에서 움직이는 물체라는 가장 핵심적인 개념을 털어놓았을 때 에르츠는 경악하더니 그 후에는 무표정하게 이야기를 들었다. 그리고 호일랜드가 에르츠야말로 젊고 진보적인 과학자들의 지도자로서 그 일을 해낼 사람이라고 말했을 때 관심을 보였던 것 말고는 도통 속내를 읽어낼 수 없었다.

호일랜드는 이야기를 마치고 에르츠의 대답을 기다렸다. 에르츠는 처음에 아무 소리도 하지 않고, 그의 고약한 습관대로 책상을 손가락으로 계속 두드려대기만 했다. 이윽고 그가 입을 열었다. "호일랜드, 이건 중요한 문제야. 아무 생각 없이 처리하기엔 너무 중요한 문제잖아. 곱씹어 볼 시간이 필요해."

"그래, 당연하지." 호일랜드가 동의했다. "이미 무중력층까지 무사히 올라갈 수 있도록 준비해놨다는 사실도 이야기해줄게. 너를 데리고 올라가서 직접 보게 해줄 수 있어."

"그렇게 하는 게 제일 좋겠지." 에르츠가 대답했다. "그건 그렇고, 배는 안 고파?"

"응. 괜찮아."

"그렇다면 우리 둘 다 하룻밤 자면서 생각해보자. 너는 내 사무실 뒤에 있는 선실을 이용해. 내가 좀 더 시간을 갖고 생각해볼 때까지는 다른 사람들에게 이 이야기를 하지 않는 게 좋겠어. 제대로 준비하지 않은 상태에서 이야기가 새어나가면 사람들을 동요시킬 수 있거든."

"그래, 네 말이 맞아."

"좋았어, 그럼." 에르츠가 휴게실로 이용하는 것으로 보이는 사무실 뒤편의 선실로 호일랜드를 안내했다. "푹 쉬어. 그리고 나중에 이야기하자." 에르츠가 말했다.

"고마워." 호일랜드가 에르츠의 호의에 감사했다. "식사 잘해."

"식사 잘해."

혼자 남게 되자 흥분이 차츰 가라앉으며 피곤함과 졸음이 밀려왔다. 호일랜드는 붙박이 침상에 큰 대자로 누워 곯아떨어졌다.

잠에서 깨어난 후 그는 선실의 하나밖에 없는 문이 밖에서 잠겨 있다는 사실을 알아챘다. 그보다 더 나쁜 일은 그의 칼이 없어졌다는 사실이었다.

호일랜드는 마냥 무한정 기다릴 수밖에 없었는데, 문밖에서 사람들이 움직이는 소리가 들려왔다. 문이 열렸다. 덩치 큰 두 명이 웃지 않는 얼굴로 들어왔다. "따라와." 한 명이 말했다. 호일랜드가 그들을 차분하게 살펴보니 둘 다 칼을 가지고 있지 않았다. 그들의 칼집에서 칼을 낚아챌 기회가 사라졌다는 뜻이었다. 대신 그들로부터 도망칠 수는 있을 것 같았다.

하지만 놈들의 뒤쪽, 방 밖에는 똑같이 덩치가 만만찮은 두 명이 칼로 무장한 상태로 조심스럽게 거리를 두고 서 있었다. 한 사람은 칼을 던질 준비를 했고, 다른 사람은 칼을 쥐고 한판 붙을 경우 찌를 준비를 했다. 호일랜드는 포위당했으며, 그도 그 사실을 알고 있었다. 놈들은 호일랜드가 어떻게 움직일지 예상했다.

호일랜드는 어쩔 수 없는 상황에서는 긴장을 풀어야 한다는 지혜를 오래전에 배웠다. 그는 침착한 얼굴로 얌전히 밖으로 걸어나갔다. 문밖으로 나가자마자 에르츠가 눈에 들어왔다. 에르츠가 이 무리를 이끌고 온 게 분명했다. 호일랜드는 목소리를 차분하게 유지하려 애쓰며 그에게 말했다. "안녕, 에르츠. 아주 거창하게 준비했구나. 무슨 문제라도 있어?"

에르츠는 어떻게 대답할지 몰라 잠시 망설이는 것 같더니, 이윽고 입을 열었다. "널 선장님께 데려갈 거야."

"좋지!" 호일랜드가 대답했다. "고마워, 에르츠. 하지만 사전에 다른 사람들과 준비를 좀 더 갖추지 않은 상태에서 선장님을 설득하는 게 과연 현명한 방식일까?"

에르츠는 너무도 둔한 호일랜드에게 짜증이 나서 화를 냈다. "넌 아무것도 몰라." 그가 성난 목소리로 말했다. "넌 선장님에게 재판을 받으러 가는 거야. 이단 혐의로!"

호일랜드는 이런 상황을 앞서 예상하지 못한 척했다. 그리고 부드럽게 말했다. "에르츠, 너는 지금 잘못 생각하고 있는 거야. 어쩌면 고발하고 재판하는 게 이 문제를 처리하는 최선의 방법일지 모르지만, 나는 농민이 아니어서 선장이 쉽게 처리해버릴 수 없어. 원로회에서만 나를 심판할 수 있잖아. 난 과학자니까."

"지금도 과학자라고?" 에르츠가 너그러운 말투로 말했다. "내가 이야기해췄잖아. 넌 과학자 명단에서 삭제됐어. 지금의 너 정도의 문제는 선장님이 판결할 수 있어."

호일랜드는 더 이상 말하지 않았다. 지금은 불리한 상황이라는 사실을 알 수 있었다. 에르츠에게 항의해봤자 아무 소용이 없었다. 에르츠가 신호하자, 칼을 들지 않은 두 사람이 호일랜드의 팔을 움켜잡았다. 호일랜드는 얌전히 그들을 따라갔다.

✳

호일랜드는 선장을 보자 새로운 흥미가 일었다. 이 노인네는 거의 변하지 않은 것 같았는데, 살짝 더 뚱뚱해진 것 같기도 했다. 선장은 자기 자리에 느릿느릿 앉으며 앞에 놓인 보고서를 집어 들었다. "이게 다 뭐야?" 그가 짜증스러운 말투로 시작했다. "대체 무슨 소리인지 이해가 안 되네."

모트 타일러도 호일랜드의 재판에 참석했는데, 호일랜드로서는 전혀 예상하지 못했던 상황이라 불안감이 더 커졌다. 호일랜드는 어린 시절을 떠올리며 모트의 감정에 호소할 방법을 찾아봤지만, 어느 것 하나 떠오르지 않았다. 모트가 목청을 가다듬고 말했다. "이번 재판은 휴 호일랜드에 대한 건입니다, 선장님. 휴 호일랜드는 전임 하급 과학자로서…."

"과학자라고? 그러면 원로회에서 이 문제를 다루면 되지 않나?"

"호일랜드는 더 이상 과학자가 아니기 때문입니다, 선장님. 호일랜드는 뮤티 쪽으로 넘어갔습니다. 그리고 이제 돌아와 이단을 설파하고 선장님의 권위를 손상시키려 했습니다."

선장은 자신의 권력을 질시하는 녀석과는 언제라도 싸울 자세가 되었다는 듯 호일랜드를 노려봤다. "그랬단 말이야?" 그가 고함을 질렀다. "너는 뭐라고 변명할 테냐?"

"저 말은 사실이 아닙니다, 선장님." 호일랜드가 답변했다. "제가 지금까지 한 이야기들은 모두 우리의 고대 지식이 완벽하게 진실하다고 확언

하는 말이었습니다. 저는 우리의 삶을 떠받치는 진실을 부정하지 않습니다. 오히려 저는 그 진실을 일반적인 관습보다 더 강하게 확신했을 뿐입니다. 저는…."

"난 아직도 무슨 말인지 모르겠다." 선장이 고개를 저으며 호일랜드의 말을 잘랐다. "너는 이단으로 고발당했는데, 조던님의 가르침을 믿는다고 이야기하잖아. 네가 무죄라면 여기는 왜 온 거냐?"

"제가 설명해드릴 수 있을 것 같습니다." 에르츠가 끼어들었다. "휴 호일랜드는…."

"그래, 그럴 수 있길 바라마." 선장이 계속 말했다. "시작해봐, 설명을 들어보자."

에르츠는 상당히 정확하지만 편향된 관점으로 호일랜드의 귀환과 그의 생소한 이야기를 설명했다. 선장은 당혹감과 짜증스러운 표정 사이를 오락가락하며 에르츠의 이야기에 귀를 기울였다. 에르츠가 설명을 마치자 선장은 호일랜드를 쳐다보더니 콧방귀를 뀌었다. "흥!"

즉시 호일랜드가 반론했다. "선장님, 제 주장의 요점은 무중력층에 가면 우주선이 움직인다는 우리의 믿음이 진실이라는 사실을 실제로 확인할 수 있는 장소가 있으며, 그곳에 가면 조던님의 계획이 진행되는 모습을 실제로 볼 수 있다는 겁니다. 이것은 믿음을 거부하는 게 아니라, 오히려 확인하는 겁니다. 제 말을 믿으실 필요는 전혀 없습니다. 조던님이 그 사실을 스스로 증명해 보여주실 겁니다."

선장이 주저하는 모습을 보이자 모트가 끼어들었다. "아무래도 선장님께 알려드려야 한다는 의무감에 말씀드립니다. 이 믿기지 않는 상황에 대해 적절한 설명이 가능합니다. 이 자리에서 바로 말씀드리자면, 호일랜드의 터무니없는 이야기는 두 가지 중 하나로 확실하게 해석할 수 있습니다. 극단적인 이단이 되었거나, 내심으로 뮤티와 한편이 되어서 선장님을 유혹해 그들의 손에 넘겨주려는 음모를 계획했을 수 있습니다. 세 번째 해석도 가능한데, 앞의 해석들보다 더 관대하고, 가장 진실에 가깝다고 느껴지는 해석입니다.

호일랜드는 출생검사 때 변환기로 보내져야 할지 진지하게 검토되었다는 기록이 있습니다. 하지만 다른 아이들에 비해 머리가 크다는 근소한 차이밖에 없었기 때문에 출생검사를 통과했습니다. 뮤티 손에 잡혀서 겪은 끔찍한 경험들이 마침내 불안정한 그의 머릿속을 뒤흔들어 놓은 것으로 짐작됩니다. 이 가련한 놈에게 자신의 행동에 대한 책임을 물을 수는 없습니다."

호일랜드는 모트를 보며 새로운 존경심이 생겼다. 모트는 호일랜드의 죄를 사면해주면서 동시에 '여행'을 떠날 수밖에 없도록 완벽하게 결론지었다. 정말 멋지군!

선장은 그들에게 손사래를 쳤다. "이 문제는 그 정도면 충분하다." 그리고 에르츠를 쳐다봤다. "자네의 권고안은 뭔가?"

"네, 선장님. 변환기로 보내야 합니다."

"아주 좋아. 그런데 에르츠, 정말 이해가 안 되는 건 말이야…." 선장이 퉁명스럽게 말했다. "내가 이런 사소한 일까지 신경을 써야 하나? 내 도움이 없어도 자네 부서에서 징계 정도는 처리할 수 있잖아."

"알겠습니다. 선장님."

선장이 책상을 밀치고 일어나며 말했다. "권고안을 수락한다. 해산."

호일랜드는 이 터무니없이 불공평한 재판에 분노가 치밀었다. 그를 변호할 수 있는 유일한 진짜 증거를 이 사람들은 아예 볼 생각조차도 안 했다. 고함 소리가 들렸다. "잠깐만!" 그것은 호일랜드 자신의 목소리였다. 선장이 멈칫 그를 쳐다봤다.

"잠깐만." 호일랜드는 입에서 나오는 대로 뱉어냈다. "당신들의 눈으로 직접 보라는 정당한 요구를 무시할 정도로, 당신들이 모든 해답을 알고 있다고 그렇게 확신하더라도, 이런 짓으로는 아무것도 바뀌지 않아! 그럼에도, 그럼에도 불구하고… 우주선은 움직여!"

✷

호일랜드는 변환기에 필요한 에너지가 찰 때까지 대기하면서 그들이 가둔 선실에 누워 생각할 수 있는 시간이 많았다. 그는 자신이 저지른 실수를 돌아보고 반성하는 시간을 가졌다. 곧장 에르츠에게 가서 그 이야기를 했던 게 첫 번째 실수였다. 호일랜드는 그리 깊지 않았던 우정에 기대기보다는, 좀 더 기다리면서 에르츠와 다시 친숙해진 후 넌지시 떠봤어야 했다.

두 번째 실수는 모트였다. 호일랜드는 모트의 이름을 들었을 때 그에 관해 조사해서, 모트가 에르츠에게 얼마나 많은 영향을 주었는지 알고 있어야 했다. 호일랜드는 오래전부터 모트를 알았으니, 그를 좀 더 잘 파악했어야 했다.

어찌 됐든, 호일랜드는 돌연변이라는 유죄판결을 받고 여기에 있었다. 어쩌면 이단이라는 판결을 받은 건지도 몰랐다. 이러나저러나 똑같이 진행되었을 것이다. 호일랜드는 돌연변이가 왜 생겨났는지 설명하려 시도했더라면 어떠했을지 생각해봤다. 그는 조/짐이 가진 옛날 기록들을 통해 그 문제에 대해 알고 있었다. 아니, 그래도 소용없었을 것이다. '바깥'이 존재한다는 사실 자체를 믿지 않는 사람들에게, 돌연변이는 '바깥'에서 들어오는 방사능 때문에 발생한다는 사실을 어떻게 설명할 수 있겠는가? 아니, 그는 선장 앞에 끌려가기 전에 이미 상황을 엉망으로 망쳐 놓은 상태였다.

호일랜드의 자책은 한참 후 문 열리는 소리에 중단되었다. 어쩌다 한 번씩 제공되는 식사가 나오기에는 너무 이른 시간이었다. 호일랜드는 마침내 자신을 데리러 왔을 거라 짐작하고, 혼자 죽지는 않겠다는 결심을 새롭게 다졌다.

하지만 그건 호일랜드의 착각이었다. 부드럽고 위엄 있는 목소리가 들려왔다. "애야, 애야, 이게 어떻게 된 일이냐?" 호일랜드의 첫 스승인 넬슨 대위였는데, 예전보다 늙고 허약해 보였다.

두 사람 모두에게 괴로운 면회였다. 자식이 없던 노인 넬슨은 제자에게 큰 희망을 품고, 이 제자가 선장의 직위까지 올라갈 수 있으리라는 꿈을 키웠다. 그러나 젊은 사람을 너무 높게 치켜세우는 것은 좋지 않다고 믿었던 그는 제자를 통해 대신 이루려는 그 야망을 가슴 속에만 감춰놓았다. 그 젊은이가 사라졌을 때 노인은 마음이 너무도 아팠다.

이제 그 제자가 성인이 되어 돌아왔다. 하지만 수치스러운 처지로 사형선고를 받은 상태였다.

그 만남은 호일랜드에게도 못지않게 비참했다. 호일랜드도 나름의 방식으로 노인을 사랑했으며, 그를 기쁘게 하고 인정을 받고 싶었다. 그러나 자신의 이야기를 노인에게 들려주는 동안, 호일랜드는 넬슨 대위에게 설명을 이해할 능력이 없으며 제자가 미쳐서 만들어낸 이야기로 받아들인다는 사실을 깨달았다. 어쩌면 호일랜드를 살려두어 고대의 가르침을 조롱하도록 놔두기보다는, 변환기로 빨리 보내 그를 이루는 원자들이 수소 원자로 분쇄되어 깨끗하고 쓸모 있는 에너지가 되어 사라지는 것을, 넬슨이 더 원할지 모른다는 의심이 들었다.

그런 생각은 이 노인을 부당하게 대하는 짓이었다. 호일랜드는 넬슨 대위의 자비심을 과소평가했지만, '과학'에 대한 그의 열정까지 낮게 보지는 않았다. 자신의 개인적인 안녕 정도만이 문제가 되는 상황이었더라면, 호일랜드는 자기에게 은혜를 베풀었던, 상당히 어리숙하고 낭만적인 넬슨의 가슴을 찢어놓기보다는 차라리 죽음을 택했을 것이다.

곧 노인이 떠나기 위해 자리에서 일어나면서, 두 사람을 힘들게 만든 면회가 끝났다. "얘야, 내가 해줄 수 있는 일이 있을까? 먹는 건 충분하냐?"

"아주 잘 먹습니다, 괜찮아요." 호일랜드가 거짓말을 했다.

"달리 부탁할 일은 없어?"

"없습니다…, 혹시 담배 좀 보내주시겠어요? 오랫동안 못 썹었더니…."

"그렇게 하마. 혹시 누구 보고 싶은 사람은 없니?"

"글쎄요, 아마 저는 면회가 허락되지 않을 거예요. 일반적인 면회는…"

"그럴 거다. 그래도 내가 율법을 조금 느슨하게 해줄 수 있을 것 같아. 하지만 절대로 너의 그 이단적인 주장을 입 밖에 내지 않겠다고 약속해야 돼." 그가 걱정스럽게 덧붙였다.

호일랜드는 머리를 빠르게 굴렸다. 이건 새로운 국면이고 새로운 가능성이었다. 삼촌을 볼까? 아니다, 삼촌하고는 함께 잘 지낼 때조차 마음이 맞지 않았다. 삼촌을 만나더라도 낯선 사람처럼 인사를 나눌 것이다. 호일랜드는 친구를 잘 사귀지 않았다. 에르츠는 예전에 가까운 사이였는데, 지금 하는 짓거리 좀 보라지! 호일랜드는 어렸을 때 함께 놀던 마을 친구 앨런 머호니가 떠올랐다. 호일랜드가 넬슨의 견습생으로 들어간 이후로는 거의 못 만났다. 그렇더라도….

"앨런 머호니가 아직 우리 마을에 살고 있나요?"

"뭐, 그렇지."

"그 친구가 보고 싶어요. 그 친구가 와주기만 한다면…"

앨런이 왔다. 안절부절못하고 불안한 표정이었지만, 호일랜드를 보자 몹시 기뻐했다. 하지만 호일랜드가 '여행' 판결을 받았다는 사실을 알게 된 후에는 몹시 당혹스러워했다. 호일랜드가 앨런의 등을 두드리며 말했다. "넌 좋은 녀석이야. 난 네가 올 줄 알았어."

"당연하지. 네 소식을 듣자마자 왔어." 앨런이 대꾸했다. "우리 마을에서는 네가 돌아왔다는 사실을 아무도 몰랐거든. 아마 증언자 님도 모르셨을 거야."

"아무튼 네가 왔잖아. 그게 중요하지. 네 이야기 좀 들려줘. 결혼은 했어?"

"어… 아니, 안 했어. 내 이야기로 시간을 낭비하지 말자. 아무튼 난 아무 일도 없었어. 조던님 맙소사, 도대체 어쩌다 이런 지경이 된 거야, 호일랜드?"

"앨런, 그 이야기는 못 해. 말하지 않기로 넬슨 대위님과 약속했거든."

"약속이라니, 무슨 그런 약속이 다 있냐? 인마, 넌 지금 궁지에 빠진 거야!"

"내가 그걸 모르냐!"

"누가 널 이 지경으로 만든 거야?"

"그러게. 우리의 오랜 친구 모트 타일러는 전혀 도움이 안 되는 놈이더라. 그 문제에 대해서는 내가 많은 이야기를 해줄 수 있어."

앨런은 휘파람을 불더니 고개를 천천히 끄덕거렸다. "말 안 해도 알 만해."

"어떻게? 뭐 아는 거 있어?"

"어쩌면 알 것도 같아. 네가 떠나고 나서 녀석이 에드리스 백스터와 결혼했거든."

"그랬어? 흠, 그랬구나. 많은 게 이해가 되네." 호일랜드는 침묵에 빠져들었다.

곧 앨런이 입을 열었다. "이것 봐, 호일랜드. 앉아서 그대로 당하지는 않을 거지? 더구나 이건 모트가 개입한 일이잖아. 우리가 널 여기서 내보낼게."

"어떻게?"

"잘 모르겠지만, 기습을 해야 되겠지. 도와줄 만한 칼잡이들을 조금 모을 수 있을 것 같아. 모두 좋은 친구들인데, 싸우고 싶어서 몸이 근질근질하거든."

"싸움이 끝나고 나면, 우리는 모두 변환기로 가게 될 거야. 너와 나, 그리고 네 친구들까지. 안 돼. 소용없어."

"그래도 뭔가 해야 되잖아. 그냥 여기 앉아서 놈들이 너를 태워버릴 때까지 기다릴 수는 없어."

"알아." 호일랜드는 앨런의 얼굴을 골똘히 바라봤다. 이런 일을 부탁하는 게 올바를까? 호일랜드는 자신이 알고 있는 것들에서 용기를 얻어 계속 말했다. "들어봐, 너는 나를 여기서 꺼내기 위해서라면 뭐라도 할 거야, 그렇지?"

"내가 그러리라는 건 너도 알잖아." 앨런이 감정이 상한 목소리로 말했다.

"그래, 좋아. 그럼, 보보라는 난쟁이가 있는데 말이야. 그 친구를 어떻게 찾아가느냐면….."

✶

앨런은 위로 올라가고 또 올라갔다. 어렸을 때 호일랜드에게 이끌려 무모하게 위험 속으로 뛰어들던 때보다 더 높이 올라갔다. 앨런은 이제 나이가 들어 더 신중해졌기 때문에 이렇게 높이 올라가는 게 썩 내키지는 않았다. 자주 돌아다녔던 낮은 층을 떠난 상황으로 인한 실질적인 위험에 미신적인 무지까지 그를 짓눌렀다. 그래도 앨런은 계속 올라갔다.

앨런이 올라오면서 제대로 층을 셌다면 여기쯤일 것이었다. 그러나 난쟁이의 털끝도 볼 수 없었다. 보보가 먼저 그를 봤다. 앨런이 "보보!"라고 소리치는 것과 동시에 새총의 쇳덩이가 그의 명치를 때렸다.

보보는 조/짐의 선실로 뒷걸음으로 들어가, 들고 온 짐을 쌍둥이의 발아래 털썩 떨어뜨렸다. "신선한 고기." 보보가 자랑스럽게 말했다.

"그렇군." 짐이 그러나저러나 관심 없다는 듯 말했다. "그래, 이건 네 거야. 가지고 가."

난쟁이가 엄지손가락으로 일그러진 귀를 후비며 말했다. "재밌다. 그런데 이놈 보보 이름 안다."

조가 읽고 있던 책에서 눈을 들었다. 《브라우닝 시선》, L-프레스, 뉴욕, 런던, 루나시티, 35cr. "그거 재미있는 일이네. 잠깐 기다려."

호일랜드는 조/짐의 모습을 보고 앨런이 놀랄까 봐 미리 그들의 외모에 대해 말해두었다. 앨런은 빠르게 마음을 진정시키고 이야기를 전달했다. 조/짐은 별 말 없이 앨런의 말에 귀를 기울였다. 보보도 이야기에 흥미가 있었지만 거의 이해하지 못했다.

앨런이 이야기를 마치자, 짐이 말했다. "이런. 조, 네가 이겼다. 호일랜드가 실패했네." 그리고 앨런을 돌아보며 덧붙였다. "넌 호일랜드가 하던 일을 대신 하면 돼. 체스 둘 줄 알아?"

앨런이 두 머리를 교대로 쳐다봤다. "아니, 이해를 못 하시나 보네요. 호일랜드를 구하러 가지 않을 건가요?"

조가 의아한 표정을 지었다. "우리가? 도대체 우리가 왜 그래야 되는데?"

"당신들이 구해야죠. 모르겠어요? 호일랜드는 당신들을 믿고 있다고요. 호일랜드는 당신들 말고는 의지할 사람이 없어요. 그래서 제가 온 거예요. 모르겠어요?"

"잠깐만." 짐이 느리게 말했다. "잠깐만, 기다려봐. 우리가 호일랜드를 도와주고 싶어 할 거라 예상한 모양인데, 우리는 그럴 생각이 없어. 이 조던님의 빌어먹을 우주선에서 우리가 뭘 할 수 있을까? 대답해봐."

"그게… 그게…." 앨런은 멍한 얼굴로 더듬거렸다. "당연히 구조대를 조직하고 내려가서 호일랜드를 꺼내야죠!"

"왜 우리가 네 친구를 구하기 위해 죽도록 싸워야 되는데?"

보보가 귀를 쫑긋 세웠다. "싸워?" 보보가 들떠서 물었다.

"아냐, 보보." 조가 대답했다. "안 싸워. 그냥 이야기야."

"아…." 보보는 다시 무표정한 얼굴로 돌아갔다.

앨런이 난쟁이를 쳐다봤다. "보보만이라도 저와 함께 보내주시면…."

"안 돼." 조가 짧게 답했다. "그건 고려할 가치도 없어. 그 문제에 대해서는 더 이상 이야기하지 마."

앨런은 절망한 얼굴로 구석에 가서 앉으며 무릎을 끌어안았다. 그는 여기서 나갈 수만 있다면, 저 아래에서 뭔가 도움이 될 만한 소동을 일으킬 수 있을 것 같았다. 난쟁이는 잠이 든 것 같았지만, 그로서는 확신하기 어려웠다. 조/짐까지 잠든다면 어떻게 해볼 수 있을 것 같았다.

조/짐은 잠들 기미가 보이지 않았다. 조는 계속 책을 읽으려고 하는데, 짐이 이따금 그를 방해했다. 앨런에게는 그들의 말소리가 들리지 않왔다.

마침내 조가 목소리를 높였다. "넌 그게 재미있을 거 같아?"

"글쎄, 체스는 이겼잖아." 짐이 말했다.

"그게 재미있겠냐고! 네 눈에 칼을 맞는다고 생각해봐. 그때 난 어떻게 되는 건데?"

"조, 넌 늙었어. 이제 배짱이 없어." 짐이 말했다.

"너도 나만큼 늙었거든!"

"맞아, 그래도 난 생각은 젊어."

"아, 넌 정말 구역질 나. 네 맘대로 해. 날 원망하지 마." 조가 소리쳤다. "보보!"

즉시 난쟁이가 벌떡 일어났다. "응, 두목."

"나가서 '땅딸보'랑 '긴팔'이랑 '돼지'를 찾아봐." 조/짐은 자리에서 일어나 사물함으로 가더니 칼들을 꺼내기 시작했다.

✳

호일랜드가 잡혀 있는 선실 밖의 복도에서 요란한 소리가 들려왔다. 그를 변환기로 데려가려는 보초들의 소리일 수도 있지만, 그랬다면 저렇게 요란하지 않았을 것이다. 아니, 어쩌면 그냥 그와는 무관한 소란일 수도 있다. 그것도 아니라면 어쩌면….

그랬다. 문이 벌컥 열리더니, 앨런이 들어와 호일랜드에게 소리를 지르며 칼 손잡이를 내밀었다. 호일랜드는 서둘러 문밖으로 나가며 칼을 허리띠에 찼다. 그리고 칼 두 자루를 더 받았다.

밖에 나가니 조/짐이 눈에 들어왔다. 조/짐은 혼자 칼 던지기 연습을 할 때처럼 차분하게 칼을 날리느라 호일랜드를 쳐다보지도 않았다. 보보는 고개를 숙인 채 칼에 베여 크게 벌어진 입으로 씩 웃었다. 그리고 곧 가볍게 움직이며 새총을 장전해 날렸다.

세 명이 더 있었는데, 그중 둘은 조/짐의 패거리에 속한 뮤티들이라 호일랜드도 알아볼 수 있었다. 두 사람은 위층에서 태어났기 때문에 뮤티로 불렸지만, 돌연변이가 아니었다.

갑판에는 더 많은 뮤티들이 있었다.

"갑시다!" 앨런이 소리쳤다. "꾸물거릴 시간이 없어요." 그리고 서둘러 오른쪽 복도로 달려갔다.

조/짐도 싸움을 멈추고 앨런을 따랐다. 호일랜드는 왼쪽으로 도망가는 사람에게 칼을 던졌다. 목표가 된 사람이 불쌍하긴 했지만, 그 사람이 피를 흘리는지 확인할 시간은 없었다. 일행은 서둘러 복도를 따라 뛰었다. 보보가 후방을 맡았는데, 재미있는 일을 두고 떠나는 게 내키지 않은 얼굴이었다. 그들은 중앙 통로와 측면 복도가 엇갈리는 부분에 도착했다.

앨런이 그들을 다시 오른쪽으로 안내했다. "앞쪽에 계단이 있어요!" 그가 소리쳤다.

그들은 계단까지 가지 못했다. 계단이 약 10여 미터 남았을 때, 그들의 바로 앞에 거의 사용하지 않고 밀폐되어 있던 문이 덜컹거렸다. 조/짐의 패거리들이 퇴로를 확인하며, 두목을 어정쩡한 눈으로 바라봤다. 문이 안 열리도록 꼭 붙잡고 있던 보보의 두꺼운 손톱이 부러져나갔다.

뒤쪽에서 그들을 쫓아오는 소리가 선명하게 들려왔다.

"포위당했다." 조가 조용히 말했다. "짐, 네가 이 상황을 즐기길 바랄게."

호일랜드는 그들이 방금 지나쳤던 복도 구석에서 머리 하나가 삐죽 나오는 모습을 봤다. 그가 칼을 던졌지만 거리가 너무 멀었다. 칼은 위협이 되지 못한 채 철판 바닥에 쨍그랑 떨어졌다. 그 머리가 사라졌다. 긴팔이 그쪽에서 눈을 떼지 않은 채 새총을 장전하고 싸울 준비를 갖췄다.

호일랜드가 보보의 어깨를 잡았다. "들어봐! 저기 전등 보여?"

난쟁이가 멍한 눈을 껌뻑거렸다. 호일랜드가 통로 네거리의 바로 윗부분을 가로지르며 설치된 전등의 교차 지점을 가리켰다. "저기 있는 전등 말이야. 전등이 엇갈리는 부분을 맞힐 수 있겠어, 보보?"

보보가 눈으로 거리를 쟀다. 다른 조건에서도 이 정도 거리에서는 맞히기 어려울 듯했다. 낮은 층의 통로라서 보보에겐 움직임이 불편한데도 직선으로 빠르게 던져야 했으며, 자신에게 익숙한 층보다 높은 중력으로 인한 오차까지 고려해야 했다.

보보는 대답하지 않았다. 호일랜드는 보보가 새총을 휘두를 때 바람을 느꼈지만, 철탄은 보지 못했다. 쨍그랑 부딪히는 소리가 나며 통로가 깜깜해졌다.

"지금이야!" 호일랜드가 외쳤다. 그리고 달려가며 일행을 이끌었다. 통로 네거리가 가까워지자 그가 소리쳤다. "숨 쉬지 마! 가스 조심해!" 통로 위의 깨진 전등에서 방사성 증기가 천천히 흘러내려와 통로 네거리를 푸르스름한 안개로 채웠다.

호일랜드는 조명 회로 기술자로서 배웠던 지식에 감사하며 오른쪽으로 달렸다. 부서진 전등 쪽에서 전기를 공급받기 때문에 그쪽 통로는 깜깜했다. 호일랜드가 오른쪽을 선택한 이유였다. 그는 주변의 발소리를 들을 수 있었지만, 그게 적인지 아군인지 알지 못했다.

일행은 갑자기 밝은 곳으로 나왔다. 겁에 질리고 별로 해롭지 않은 농민 한 명이 엄청나게 빠른 속도로 도망갔을 뿐 아무도 눈에 띄지 않았다. 동료들이 금방 모여들었다. 빠짐없이 다 모였는데, 보보가 무척 힘들어했다.

조가 보보를 쳐다봤다. "저놈이 가스를 마셨을 거야. 등 좀 두드려줘."

돼지가 보보의 등을 힘껏 두드렸다. 보보가 크게 트림을 하더니 와락 토했다. 그리고 활짝 웃었다.

"보보는 괜찮을 거야." 조가 장담하듯 말했다.

약간 지체하는 사이에 한 사람이 그들을 따라잡았다. 그자는 싸워야 하는 적의 인원이 얼마나 되는지 알지 못한 채 조심성 없이 어둠 속에서 튀어나왔다. 돼지가 칼을 던지려고 팔을 들자, 앨런이 그의 팔을 잡아 내렸다.

"저놈은 내가 처리할게!" 앨런이 소리쳤다. "저놈은 내 거야!"

모트였다.

"일대일로 한판 붙을까?" 앨런이 칼날을 임지손가락으로 만지작거리며 싸움을 걸었다.

모트는 적들을 하나씩 노려보더니, 앨런에게 돌진함으로써 개인적인 결투 제안을 받아들였다. 그 구역은 너무 좁아 칼을 던질 수 없었다. 두 사람은 가까이 달라붙어 서로 움켜잡고 팔로 주먹을 막았다.

앨런의 덩치가 더 좋았으므로 더 강할 것 같았다. 하지만 모트는 교활했다. 모트가 앨런의 가랑이를 무릎으로 치려 하자, 앨런이 피하며 모트가 딛고 있는 발을 짓밟았다. 두 사람의 움직임이 우스꽝스러웠다. 우두둑 부서지는 소리가 들렸다.

잠시 후, 앨런이 칼을 허벅지에 닦으며 말했다. "자, 갑시다." 그가 투덜댔다. "무서워서 죽는 줄 알았네."

그들은 계단에 도착해 뛰어 올라갔다. 긴팔과 돼지가 층마다 양쪽에서 자리를 잡고 측면을 엄호했으며, 호일랜드가 '땅딸보'라는 이름으로 들었던 세 번째 칼잡이는 후방을 맡았다. 다른 일행은 그들 사이로 이동했다.

호일랜드가 이제 자유로워졌다고 생각하는 바로 그 순간, 위층에서 고함 소리와 던진 칼이 부딪혀 쨍그랑거리는 소리가 들렸다. 그가 위층에 도착했을 때 튕겨 나온 칼에 살이 베이기는 했지만 깊이 찔리지는 않았다.

세 명이 쓰러져 있었다. 긴팔은 팔뚝에 칼날이 꽂혔지만, 별로 개의치 않는 듯했다. 그는 아직도 새총을 돌렸다. 돼지는 날아온 칼을 허둥지둥 챙겼다. 자신의 칼은 다 써버린 상태였다. 그래도 그가 수고한 흔적은 볼 수 있었다. 약 6미터쯤 떨어진 곳에서 한 남자가 한쪽 무릎으로 바닥을 짚고 있었는데, 넓적다리에 칼을 맞아 피를 흘리는 상태였다.

그 사람이 한 손으로 격벽을 짚으며 이미 비어 있는 칼집 쪽으로 다른 손을 뻗을 때, 호일랜드가 그를 알아봤다.

에르츠였다.

에르츠는 다른 길로 한 무리를 이끌고 올라와 뮤티들의 측면을 공격했지만, 결국 자기 무덤을 파고 말았다. 보보가 호일랜드의 뒤쪽으로 와서 새총을 던지려고 힘센 팔을 휘둘렀다. 호일랜드가 보보를 잡았다. "보보, 살살." 그가 지시했다. "배를 겨냥해서 살살 던져."

난쟁이는 어리둥절한 표정이었지만 호일랜드의 말대로 했다. 에르츠가 반으로 접히며 갑판에 쓰러졌다.

"잘 맞혔어." 짐이 말했다.

"보보, 저놈 챙겨서 사람들 중간에 서." 호일랜드가 지시했다. 그리고 지금 계단통 위에 모여 있는 일행들을 빠르게 둘러봤다. "자! 다시 올라가자! 조심해!"

긴팔과 돼지가 다음 계단으로 올라가고, 다른 이들도 평소처럼 자기 자리를 찾아갔다. 조가 불쾌한 표정을 지었다. 지금 당장은 분명하게 드러나지 않았지만, 어떤 면에서 보자면 이 패거리의 지도자 위치에서 밀려난 것이었다. 그의 패거리인데 호일랜드가 명령을 내리고 있었다. 하지만 조는 지금 소란을 피울 여유는 없다고 판단했다. 그랬다가는 그들 모두가 죽임을 당할 수도 있었다.

짐은 별로 신경 쓰지 않는 듯했다. 오히려 이 상황을 즐기는 것 같았다.

그들은 조직된 적들과 부딪히지 않고 10여 층을 더 올라갔다. 호일랜드는 불필요하게 농민들을 죽이지 말라고 명령했다. 세 칼잡이는 그 명령을 따랐다. 보보는 에르츠를 들고 가는 것만으로도 벅차서 그 지시를 어길 수도 없었다. 호일랜드는 30여 층을 더 올라가 무인지대에 도착할 때까지 긴장을 풀지 않도록 했다. 무인지대에 도착한 후 호일랜드가 멈추라는 명령을 내리자 일행이 부상을 치료했다.

긴팔이 팔에, 보보가 얼굴에 깊은 상처를 입었을 뿐 다른 사람들은 괜찮았다. 조/짐은 그 상처들을 살펴보고, 출발하기 전에 준비했던 압박 붕대를 상처에 감았다. 호일랜드는 자신의 부상에 대한 치료를 거부했다.

"피가 멈췄어요." 호일랜드가 우겼다. "그리고 할 일이 많아요."

"넌 위로 올라가는 거 말고는 할 일 없어. 그러면 이 멍청한 짓거리도 끝이야." 조가 말했다.

"꼭 그렇지는 않아요." 호일랜드가 반박했다. "두목은 방으로 가겠지만, 앨런과 저, 보보는 무중력층에 있는 선장의 베란다로 갈 거예요."

"왜 그런 실없는 짓을 해. 뭐하러?" 조가 말했다.

"함께 가고 싶으면 같이 가서 봐요. 자, 가자!"

조가 한마디 하려다 짐이 가만히 있는 모습을 보고 그만뒀다. 조/짐도 그들을 따라갔다.

그들은 둥둥 떠서 베란다 문을 지났다. 호일랜드와 앨런, 보보, 조/짐. 보보가 들고 온 에르츠는 아직 잠잠했다. "저게 그거야." 호일랜드가 찬란한 별들을 향해 손을 흔들며 앨런에게 말했다. "내가 너한테 이야기했던 게 저거야."

앨런은 별들을 보더니 호일랜드의 팔을 움켜잡았다. "조던님 맙소사! 우리는 추락할 거야!" 앨런이 앓는 소리를 내며 눈을 꼭 감았다.

호일랜드가 앨런을 흔들며 말했다. "괜찮아. 정말 굉장해. 눈을 떠봐."

조/짐이 호일랜드의 팔을 쳤다. "대체 뭘 하는 거야?" 그가 따졌다. "쟤는 왜 여기까지 데리고 왔어?" 조/짐이 에르츠를 가리켰다.

"아, 쟤요. 저놈이 깨어나면 별을 보여주고, 이 우주선이 움직인다는 증거를 보여줄 거예요."

"그래? 뭐하러?"

"쟤를 다시 내려보내서 다른 사람들을 설득시킬 거예요"

"흠…. 쟤가 너보다 운이 더 나쁘면 어떡할래?"

"글쎄요, 그러면…." 호일랜드가 어깨를 으쓱하며 말했다. "그러면 처음부터 다시 해야겠죠. 사람들을 설득할 수 있을 때까지요.

아시겠지만, 우리는 이 일을 해야만 해요."

상식

Common Sense

최세진 옮김

✦ 1941년 10월 〈어스타운딩 사이언스 픽션(Astounding Science Fiction)〉에 발표, 1963년에 〈우주〉와 함께
묶어 장편소설《 조던의 아이들》로 출간

조/짐의 오른쪽 머리 조가 호일랜드에게 한마디 했다. "알았어, 영리한 녀석. 공학팀장을 설득한 모양이네." 그는 칼끝으로 빌 에르츠를 가리키더니, 짐의 이빨을 다시 쑤셨다. "그래서? 이제 어떡할 건데?"

호일랜드가 안달이 나서 대답했다. "이미 설명했듯이, 선장부터 풋내기 수습까지 우주선의 모든 과학자가 우주선이 움직인다는 사실을 알게되고, 우리가 이 우주선을 움직이게 만들 수 있다는 사실을 믿을 때까지 계속할 거예요. 그러면 조던님이 바라던 대로 우리는 '여행'을 마치게 되겠죠. 칼잡이들을 얼마나 모을 수 있어요?"

"이런, 조던님 맙소사! 이봐, 넌 그 미친 계획을 우리가 도와줄 거라고 생각하는 거야?"

"당연하죠. 이 계획에는 두목의 도움이 꼭 필요해요."

"그렇다면 다시 생각하는 게 나을 거야. 네 생각은 틀렸어. 보보! 체스판 꺼내."

"알았다, 두목." 머리가 작은 난쟁이는 구부정한 자세로 조/짐의 방을 가로질러 종종걸음으로 걸어갔다.

"잠시만 기다려, 보보." 왼쪽의 머리 짐이 말했다. 난쟁이는 그 자리에 우뚝 멈춰 서서 좁은 이마를 찡그렸다. 보보가 해야 할 일에 관해 두 머리 두목의 의견이 엇갈리는 상황은, 평온하고 무자비한 보보의 삶에서 유일하게 불안감을 일으키는 문제였다.

"뭐라고 하는지 들어보자. 뭔가 재밌는 게 있을지도 모르잖아." 짐이 말했다.

"재미라고? 네 갈비뼈 사이로 칼을 쑤셔 넣는 재미겠지. 그게 내 갈비뼈이기도 하다는 사실을 지적해야겠어. 난 찬성 못 해."

"너한테 찬성해달라는 게 아니야. 이야기를 들어보자는 거잖아. 재미는 제쳐놓고라도, 이게 우리의 갈비뼈로 들어오는 칼을 막을 유일한 방법일지도 몰라."

"그게 무슨 말이야?" 조가 미심쩍은 표정으로 따졌다.

"에르츠가 하는 말을 너도 들었잖아." 짐이 엄지손가락으로 포로를 가리켰다. "우주선의 장교들은 위층을 쓸어버릴 계획을 하고 있어. 조, 변환기로 들어가고 싶어? 우리가 수소로 분해되고 나면 체스는 못 해."

"말도 안 돼! 승무원들은 뮤티를 없앨 수 없어. 예전에도 시도했었잖아."

짐이 에르츠를 향해 고개를 돌렸다. "네 생각은 어때?"

✳

우주선의 선임 장교에서 포로로 신분이 바뀌었다는 사실을 인식한 에르츠는 약간 기가 죽은 모습으로 대답했다. 너무 많은 일이 너무도 순식간에 일어난 탓에 에르츠는 얼떨떨한 상태였다. 에르츠는 납치당한 뒤 선장의 베란다까지 끌려 올라갔다. 그리고 거기에서 별을 봤다. 별들을.

에르츠의 현실적인 합리주의에는 그런 개념이 없었다. 지구의 천문학자가 지구의 회전이 누군가가 축의 크랭크를 돌리기 때문이라며 그 사실을 실제로 보여줬더라도, 이보다 더 혼란스럽지는 않았을 것이다.

게다가 에르츠는 자신의 생존이 아주 아슬아슬한 상태에 놓여 있다는 사실도 잘 알았다. 조/짐은 에르츠가 지금껏 만나서 칼싸움을 벌였던 어떤 뮤티들보다 높은, 처음으로 만난 고위층 뮤티였다. 조/짐은 갑판에 누워 있는 커다랗고 흉측한 난쟁이에게 명령을 내렸다.

에르츠가 신중하게 단어를 골랐다. "이번에는 승무원들이 성공할 것 같습니다. 우리… 아니, 그들은 지금까지 그 작전을 위해 준비해왔습니다. 우리 생각보다 여러분의 숫자가 많고 더 잘 조직된 게 아니라면, 그 작전은 성공할 가능성이 있습니다. 아시겠지만…, 뭐, 어, 제가 준비시켰거든요."

"네가?"

"네, 원로회의 상당히 많은 원로들이 뮤티를 그대로 놔두는 정책에 동의하지 않습니다. 종교적인 교리처럼 생각되기도 하지만 아닐 수도 있습니다. 그러나 어쨌든 저희는 여기서 아이들을 잃고, 저기서 돼지들을 잃고 있는 상황입니다. 화나는 일이죠."

"너흰 뮤티가 뭘 먹을 거라고 생각하는 거야?" 짐이 공격적으로 따졌다. "희박한 공기?"

"아니요, 아닙니다. 어쨌든 새로운 정책이 전적으로 파괴적인 것은 아닙니다. 항복을 하고 교화할 수 있는 뮤티는 교육시켜서 승무원의 일부로 투입해 일을 하게 할 겁니다. 다시 말해, 구제할 수 있는 뮤티는 뭐랄까, 어…, 그게…." 에르츠가 당혹스러운 표정으로 말을 멈추고, 자기 앞에 있는 두 머리의 기형에게서 눈길을 돌렸다.

"나 같은 육체적인 돌연변이가 없는 뮤티를 말하는 거겠지." 조가 심술궂은 말투로 마저 말했다. "그렇지 않아?" 조가 끈덕지게 따졌다. "나 같은 녀석은 변환기로 보낼 거야, 그렇지?" 조가 들고 있던 칼날로 손바닥을 신경질적으로 치며 말했다.

에르츠가 뒤로 물러나며 허리띠로 손을 움직였다. 하지만 거기에는 칼이 없었다. 칼이 없으니 발가벗겨지고 무력한 느낌이었다. "잠깐만요." 에르츠가 방어적으로 말했다. "당신이 나한테 물어본 겁니다. 현실이 그렇다는 겁니다. 이미 내 손을 떠난 문제입니다. 난 사실을 말해줬을 뿐이에요."

"조, 내버려둬. 저 녀석이 정곡을 찔렀어. 내가 너한테 말해준 그대로잖아. 호일랜드의 계획을 함께 진행하거나, 여기서 가만히 앉아서 사냥당하거나 둘 중 하나야. 그러니까 저 녀석을 죽일 생각은 하지 마. 저놈이 필요할 거야." 짐은 그 말을 하면서 칼을 다시 칼집에 집어넣으려 했다. 잠시 동안 오른팔의 운동신경을 장악하려는 조용한 싸움이 쌍둥이 사이에서 진행되었다. 육체적인 활동 아래 깊은 영역에서 일어나는 의지의 충돌이었다. 조가 포기했다.

"알았어." 조가 퉁명스럽게 동의했다. "하지만 내가 변환기로 들어가게 되면 저 녀석이랑 함께 들어가고 싶어."

"닥쳐!" 짐이 소리쳤다. "넌 나랑 함께 들어가잖아."

"넌 왜 저놈을 믿는 거야?"

"저 녀석이 거짓말을 해서 얻을 게 아무것도 없잖아. 앨런에게 물어봐."

✳

호일랜드의 어릴 적 친구인 앨런 머호니는 눈을 동그랗게 뜨고 그 논쟁에 귀를 기울였지만 끼어들지는 않았다. 앨런도 바깥의 별들을 봤던 일이 충격적인 경험이었다. 그러나 무지한 농민이었기 때문에 공학팀장인 에르츠처럼 예민하게 생각하지 않았다. 에르츠는 우주선 밖의 세계가 자신의 계획과 자기가 믿어왔던 모든 것들을 바꿔버릴 것이라는 사실을 거의 즉시 알 수 있었다. 앨런은 그저 경이롭다고 느꼈을 뿐이었다.

"앨런, 뮤티들과 싸운다는 이 계획을 어떻게 생각해?"

"아? 글쎄요, 저는 그 계획에 대해서는 전혀 몰라요. 제기랄, 저는 과학자가 아니잖아요. 저기, 잠깐만요…. 우리 마을의 과학자 넬슨 대위님을 도와주기 위해 파견된 하급 장교가 있었어요…." 앨런이 말을 멈추더니 아리송한 표정을 지었다.

"그게 어쨌다는 거야? 계속 말해봐."

"글쎄요, 그 장교가 얼마 전에 우리 마을에서 사관후보생들을 모집했어요. 결혼한 사람들까지 모집했는데, 별로 많지는 않았어요. 그리고 그 사람들에게 칼과 새총을 훈련시켰죠. 하지만 무엇을 위한 훈련인지는 우리에게 이야기해주지 않았어요."

에르츠가 양팔을 펼치며 말했다. "봤죠?"

조가 고개를 끄덕였다. "알았어." 그가 험상궂은 표정으로 인정했다.

호일랜드가 기대감을 품고 조/짐을 쳐다봤다. "그러면 두목도 저와 함께하는 건가요?"

"그럴 거야." 조가 동의했다. "맞아!" 짐이 덧붙였다.

호일랜드가 에르츠를 돌아봤다. "너는 어때, 에르츠?"

"나한테 선택권이 있어?"

"그럼, 당연하지. 나는 네가 중심으로 나와 함께해주길 바라거든. 대강의 계획은 이렇게 돼. 승무원들은 고려하지 않을 거야. 우리가 설득해야 하는 대상은 장교들이야. 너무 고집이 세거나 우둔하지 않아서 별과 조종실을 보고 이해할 수 있는 사람이라면 누구든 괜찮아. 다른 이들은…." 호일랜드는 입으로 스윽 소리를 내면서 자신의 목을 엄지손가락으로 그었다. "변환기로 보내야지."

보보가 즐거운 표정으로 활짝 웃으며 그 행동과 소리를 따라 했다.

에르츠가 고개를 끄덕였다. "그런 후에는?"

"새로운 선장 아래에서 뮤티와 승무원이 함께 우주선을 머나먼 센타우루스로 움직이는 거야! 조던님의 소망을 이루는 거라고!"

에르츠가 일어나 호일랜드를 마주 봤다. 사람을 흥분시키는 이야기였다. 너무 거대해서 단번에 이해가 되지는 않았지만, 조던님 맙소사! 에르츠는 그 이야기가 마음에 들었다. 에르츠가 양손을 펼쳐 탁자를 짚으며 앞으로 몸을 숙였다. "너와 함께할게, 휴 호일랜드!"

에르츠 앞에 있는 탁자 위에 칼 하나가 덜커덩 떨어졌다. 조/짐의 허리띠에 있던 칼이었다. 조는 깜짝 놀랐다. 자기 형제에게 뭔가 말하려는 것 같더니 이내 생각을 바꾼 듯했다. 에르츠가 눈빛으로 감사를 나타내며 그 칼을 자신의 허리띠에 집어넣었다.

쌍둥이가 잠시 속닥이더니 조가 목소리를 높여 말했다. "차라리 확실하게 해버리자." 그리고 허리띠에 남아 있던 칼을 빼더니, 칼끝만 겨우 보일 정도로 엄지와 검지로 칼날을 잡았다. 그리고 왼팔의 팔뚝을 쿡 찔렀다. "칼에는 칼!"

에르츠가 눈썹을 치켜들었다. 그리고 새롭게 얻은 칼을 꺼내 자기 팔뚝의 같은 위치를 찔렀다. 피가 뿜어 나와 팔오금을 타고 흘러내렸다. "의리에는 의리!" 에르츠는 탁자를 옆으로 밀어내고, 피투성이의 팔뚝을 조/짐의 팔뚝에 가져다 댔다.

앨런과 호일랜드, 보보도 다들 칼을 꺼냈다. 그리고 피부가 벌겋게 벗겨지고 피가 날 때까지 칼자국을 냈다. 그들이 하나로 모여 피가 맺힌 팔뚝을 서로 가져다대자 핏줄기가 모여 갑판으로 뚝뚝 흘렀다.

"칼에는 칼!"

"의리에는 의리!"

"피에는 피!"

"피를 나눈 의형제! 여행 끝까지!"

변절한 과학자와 납치된 과학자, 우둔한 농민, 머리 두 개 달린 괴물, 돌대가리 바보, 그리고 칼 다섯 자루. 조/짐을 하나로 셌을 때 두뇌 다섯, 조/짐을 둘로 세고 보보를 없는 거라고 계산했을 때 두뇌 다섯과 칼 다섯 자루가 모여 문명 전체를 전복하려 하고 있었다.

✳

"그렇지만 난 돌아가고 싶지 않아, 호일랜드." 앨런이 발을 질질 끌며 고집 센 얼굴로 말했다. "여기에서 너랑 함께 있으면 안 될까? 나는 칼도 잘 써."

"그래, 칼 잘 쓰지. 나도 잘 알아, 이 친구야. 하지만 지금 당장은 네가 염탐꾼 역할을 하는 게 훨씬 더 유용해."

"에르츠에게 그 일을 시키면 되잖아."

"그래, 그렇게 할 거야. 그렇더라도 너 역시 필요해. 에르츠는 잘 알려진 녀석이잖아. 그래서 들키지 않고 몰래 빠져나와 위층으로 올라오기 힘들어. 소문이 돌 거야. 그래서 네가 필요한 거야. 네가 중간에서 에르츠와 연결해줘."

"내가 지금껏 어디에 있었는지 설명하려면 허프만큼이나 힘들 거야."

"네가 어쩔 수 없이 설명해야 될 내용만 설명해. 그래도 증언자와는 멀리 떨어져서 지내는 게 좋아." 호일랜드는 이야기를 찾고 세부적인 설명을 몹시 좋아하는 마을의 오랜 역사가를 앨런이 속이려 낑낑대는 모습이 문득 떠올랐다. "증언자는 무조건 피해. 그 늙은이가 널 여행시켜버릴 거야."

"증언자? 어르신 말이야? 그분은 돌아가셨어. 오래전에 여행을 떠나셨어. 신참 증언자는 전혀 문제 없어."

"다행이네. 조심해서 잘 지내면 안전할 거야." 호일랜드가 목소리를 높였다. "에르츠! 내려갈 준비 됐어?"

"대충 그런 것 같아." 에르츠가 몸을 일으키며 읽고 있던 책을 마지못해 내려놓았다. 조/짐이 도서관에서 힘들여 훔친 《삼총사》 삽화판이었다. "호일랜드, 이거 정말 근사한 책이야. 지구가 정말로 저 책에서 이야기하는 것 같을까?"

"물론이지. 책에 그렇게 나오지 않아?"

에르츠가 입술을 깨물며 그 말을 곱씹었다. "그런데 '집'이 뭐야?"

"집? 집은 뭘까…. 일종의 선실 같은 거야."

"나도 처음에는 그렇게 생각했어. 하지만 넌 선실 위에 올라탈 수 있어?"

"어? 그게 무슨 말이야?"

"있잖아, 그 책에는 사람들이 자기 집 위에 올라타고 어딘가로 가는 이야기가 계속 나와."

"그 책을 줘." 조가 명령했다. 에르츠가 책을 건넸다. 조/짐이 책장을 휘리릭 넘겼다. "네 말이 무슨 뜻인지 알았어. 바보 녀석아! 그 사람들은 말(horse)을 탄 거야, 집(house)이 아니라."

"그렇군요. 말은 뭔가요?"

"말은 큰 돼지나 소 같은 동물이야. 그 위에 쪼그리고 앉으면 타고 갈 수 있어."

에르츠가 그 말을 곰곰이 생각했다. "별로 실용적인 것 같지는 않네요. 보세요, 가마에 올라타면 가마꾼에게 가고 싶은 곳을 말할 수 있어요. 하지만 소한테는 어떻게 가고 싶은 곳을 말하죠?"

"쉽지. 소를 끌고 갈 가마꾼이 있으면 돼."

에르츠가 그 의견을 인정했다. "그래도 어쨌든 떨어질 수 있잖아요. 실용적이지 않아요. 저라면 차라리 걷겠어요."

"타려면 꽤 기술이 필요해. 연습을 해야 돼." 조가 설명했다.

"두목은 할 수 있나요?"

짐이 키득거렸다. 조는 짜증스러운 표정을 지었다. "우주선에는 말이 없잖아."

"알았어요, 알았어. 하지만 보세요. 아토스, 포르토스, 아라미스 이 세 사람은 뭔가가 있어요…."

"그건 나중에 이야기하자." 호일랜드가 끼어들었다. "보보가 후방을 맡을 거야. 에르츠, 떠날 준비 됐어?"

"서두르지 마, 호일랜드. 이건 중요한 문제야. 그 녀석들은 칼을 갖고 있어…."

"당연히 갖고 있겠지. 뭐가 문제인데?"

"그런데 그 녀석들은 우리보다 나은 칼을 갖고 있어. 그 칼은 네 팔만 큼 길 거야. 어쩌면 더 길 수도 있어. 우리가 승무원 전체와 싸울 생각이라면, 그게 얼마나 유리할지 생각해봐."

"흠…." 호일랜드가 칼을 꺼내 쳐다봤다. 그리고 손바닥 안에서 이리 저리 가지고 놀았다. "흠, 넌 칼을 던질 수도 없는 상태지."

"던질 칼을 따로 가져갈 수 있어."

"그렇지. 그러면 되겠네."

아무 말 없이 이야기를 듣던 조가 끼어들었다. "에르츠의 말이 맞아. 호일랜드, 칼들을 잘 챙겨. 짐과 나는 읽을 게 있어." 조와 짐의 두 머리는 각자 들고 있는 책에 대해 생각하느라 바빴다. 그 책들에는 인류가 적의 생명을 단축시키는 끝도 없이 다양한 방법들이 잔인하고 자세히 묘사되어 있었다. 조/짐은 '전쟁 전문 역사 연구소'를 설립하려 했지만, 그렇게 화려한 이름으로 부를 생각은 없었다.

"알았어요." 호일랜드가 대답했다. "하지만 두목이 저 친구들에게 한마디 해줘야 해요."

"곧 갈게." 쌍둥이는 방에서 나가 보보가 조/짐의 뮤티 부하들 20여 명을 모아놓은 복도로 걸어갔다. 호일랜드의 구조에 참여했던 긴팔과 돼지, 땅딸보 외에는 모두 호일랜드와 앨런, 에르츠에게 낯선 얼굴이었다. 낯선 자들을 보는 즉시 죽이는 게 상례인 뮤티들이었다.

*

조/짐이 아래층에서 세 사람에게 내려오라고 손짓했다. 그리고 뮤티들에게 호일랜드와 앨런, 에르츠를 가리키며 자세히 살펴보고 잊지 말라고 명령했다. 이제 세 사람은 어디에 가든 안전하게 이동하고, 보호받을수 있게 되었다. 그리고 더 나아가, 조/짐이 없을 때는 이 세 사람으로부터 명령을 받으라고 했다.

부하들이 당황해서 서로 눈길을 주고받았다. 그들은 명령을 받는 데익숙했지만, 그 명령은 조/짐만 내리는 것이었다.

쪼그리고 앉아 있던 코가 큰 녀석이 일어나 그들에게 말했다. 그는 조/짐을 쳐다봤지만, 조/짐에게 하는 이야기는 아니었다. "나는 코쟁이 잭이다. 내 칼은 날카롭고, 눈도 날카롭다. 하지만 지혜로운 두 개의 머리를 가진 조/짐이 내 두목이다. 내 칼도 두목을 위해 싸운다. 중력이 센 아래층에서 온 낯선 놈들이 아니라 조가 내 두목이다. 칼로 결정하면 어때? 그게 규칙 아냐?"

코쟁이 잭이 말을 멈췄다. 다른 이들은 그의 말에 귀를 기울이며 조/짐을 힐끗거렸다. 조가 옆에 있는 보보에게 뭔가 속삭였다. 코쟁이 잭이 계속 말하려 입을 열었다. 곧 이가 부서지고, 목이 부러지는 소리가 났다. 날아온 쇳덩어리가 코쟁이 잭의 입을 틀어막은 것이었다.

보보가 새총을 재장전했다. 아직 코쟁이 잭의 시체는 서서히 갑판으로 내려앉는 중이었다. 조/짐이 그 시체를 향해 손짓했다. "식사 잘해!" 조가 소리쳤다. "그 녀석은 너희들 거야." 뮤티들은 갑자기 멍에에서 풀려난 듯 시체로 모여들었다. 그들은 웅성거리며 분주히 모여들어 시체를 완전히 덮어버렸다. 칼을 꺼낸 그들은 하사품 한 조각을 챙기기 위해 서로 때리고 밀치락달치락했다.

조/짐은 상황이 종료되고 혼란한 상태가 마무리될 때까지 참을성 있게 기다렸다. 코쟁이 잭이 있던 자리는 갑판 위에 흔적만 겨우 남았을 뿐이었다. 각자의 몫을 놓고 벌어졌던 개인적인 말다툼도 가라앉았다. 조/짐이 다시 이야기를 시작했다. "긴팔과 '도끼', '41'은 보보와 앨런, 에르츠를 따라 내려가. 나머지는 여기에 있어."

우주선의 회전축에 가까운 층이라 유사 중력이 낮은 덕분에 보보는 긴 보폭으로 성큼성큼 걸으며 빠르게 멀어졌다. 무리에서 뮤티 셋이 떨어져 나와 그 뒤를 따랐다. 에르츠와 앨런도 허겁지겁 따라갔다.

보보는 가장 가까운 계단에 도착하자, 속도를 늦추지 않고 허공으로 뛰어들어 우주선의 회전에 따른 원심력을 이용해 다음 층으로 내려갔다. 앨런과 뮤티들이 뒤를 따랐다. 하지만 에르츠는 계단 앞에서 발을 멈추고 뒤를 돌아보며 큰소리로 말했다. "조던님이 여러분을 지켜줄 겁니다, 형제들이여!"

조/짐이 그에게 손을 흔들었다. "그래, 너도." 조가 인사했다.

"식사 잘해!" 짐이 덧붙였다.

"식사 잘해요!"

보보가 뮤티들을 이끌고 사십여 층을 내려갔다. 뮤티도, 승무원도 없는 무인지대였다. 보보가 멈췄다. 보보가 긴팔과 41, 도끼를 연이어 가리켰다. "현명한 두 머리가 너희 여기 지키라고 했어. 너가 먼저." 보보가 41을 가리키며 덧붙였다.

"이렇게 하면 돼." 에르츠가 자세히 설명했다. "앨런과 나는 고중력층으로 내려갈 거야. 너희 세 명은 여기에서 보초를 서. 한 번에 한 명씩. 그래야 내가 조/짐에게 메시지를 보낼 수 있으니까. 알겠지?"

"물론, 알았어." 긴팔이 대답했다.

"조/짐이 그렇게 말했다는 거지." 41이 결론을 내리듯 말했다. 도끼가 알았다는 듯 툴툴거렸다.

"좋아." 보보가 말했다. 41이 계단에 앉아 다리를 늘어뜨린 채 왼팔 아래에 숨겨두었던 먹거리로 주의를 돌렸다.

보보가 에르츠와 앨런의 등을 철썩 때렸다. "잘 먹어." 그리고 활짝 웃으며 작별 인사를 했다. 에르츠는 가쁜 숨이 가라앉자, 보보의 인정 많은 인사에 답례하고, 곧 아래층으로 내려갔다. 앨런은 바로 뒤에서 에르츠를 따랐다. '문명사회'까지 가기에는 아직 많은 층을 내려가야 했다.

✳

선장의 보좌관 피니어스 나비 중령은 공학팀장의 책상을 뒤적여보다가, 에르츠가 부적절한 책 몇 권을 몰래 가지고 있었다는 사실을 발견하고는 즐거워했다. 일반적인 성서들도 물론 있었다. 매우 귀중한《보조 4단계 변환기의 관리 및 유지》와《우주선 뱅가드호의 동력, 조명, 그리고 제어 안내서》도 있었다. 이 책들은 조던님의 형적(形跡)을 담고 있는 가장 신성한 책들로서, 공학팀장만이 합법적으로 소장할 수 있었다.

피니어스는 스스로를 회의론자이며 이성주의자라 여겼다. 조던님에 대한 믿음은 승무원들에게나 좋은 것이었다. 그럼에도 불구하고, 표지에 쓰인 '조던 재단'이라는 문구는 그가 과학계에 들어온 이후 오랫동안 느껴보지 않았던, 마음속 깊은 곳에 남아 있는 종교적 경외심을 다시 불러일으켰다.

피니어스는 그 느낌이 비이성적이라고 생각했다. 아마 과거에 '조던'이라는 사람 혹은 집단이 존재했을 것이다. 어쩌면 조던은 우주선을 운영하기 위해 상식적인 의견과 대부분의 직관적인 규칙을 체계적으로 정리한 초기의 공학자나 선장이었는지 모른다. 그게 아니라면, 조던의 신화는 지금 그가 손에 쥐고 있는 이 책보다 훨씬 오래전에 생겼으며, 이 책의 저자는 조던이라는 이름을 사용함으로써 승무원들의 무지한 미신을 이용해 자신의 글에 권위를 부여했을 수도 있다. 이 가정이 더 그럴듯했다. 피니어스는 그런 일이 어떻게 진행되는지 잘 알았다. 그는 때가 무르익으면 뮤티에게도 조던님의 축복을 내리도록 하는 새로운 정책을 계획 중이었다. 그래, 질서와 규율, 권위에 대한 믿음은 승무원들에게나 좋은 일이었다. 그리고 이성적이고 냉철한 상식은 우주선의 안녕을 책임지는 과학자들에게 어울리는 특성인 게 분명했다. 상식과, 오직 사실에 대한 믿음.

피니어스는 들고 있는 책의 각 페이지에 새겨진 정확한 인쇄를 보며 감탄했다. 고대에는 뛰어난 직원들이 있었던 게 틀림없었다. 피니어스가 참고 견뎌야 하는 칠칠치 못한 제도공들과는 달랐을 것이다. 이 녀석들은 단 두 글자도 동일하게 찍어내지 못했다.

피니어스는 그들을 에르츠의 후임으로 세우기 전에 공학팀에 필수적인 이 안내서 두 권을 공부시켜야 한다는 사실을 마음에 새겨두었다. 나중에 피니어스 자신이 선장 자리를 물려받은 후에는 공학팀장의 말에 너무 의존하지 않는 게 좋겠다는 생각이 들었다. 피니어스는 공학자들에 대한 존경심이 별로 없었는데, 그에게는 공학에 대한 특별한 재능이 거의 없었기 때문이었다. 처음 과학계에 들어와 승무원의 영적·물질적 안녕을 지키는 일을 맡고, 조던님의 가르침을 따르기로 맹세했을 때, 피니어스는 변환기를 다루거나 동력을 공급하는 일보다 행정과 인사 관리가 자신에게 더 잘 맞는다는 사실을 금세 깨달았다. 그는 사무원과 마을 행정관, 의회 기록관, 인사 사무관을 거쳐, 이제는 선장의 지휘를 받는 최고 책임자의 자리에 올랐다. 그 자리에 있던 피니어스의 전임자는 불운하고 다소 기괴한 사고로 짧은 삶을 마감했다.

피니어스는 공학팀장이 선임되기 전에 공학을 공부해보려 결심했던 적이 있었기 때문에 새로운 공학팀장을 선임하는 문제에 대해서도 고민이 많았다. 일반적으로 공학팀장이 여행을 떠나면 변환기를 맡은 선임 장교가 공학팀장이 되었다. 그런데 이번에는 선임 장교인 모트까지 동시에 여행을 떠나버렸다. 이단 혐의를 받은 호일랜드를 탈출시키려던 뮤티들의 습격 이후 차갑게 식어 굳어버린 모트의 시체가 발견되었다. 그래서 공학팀장의 선임 결과를 예상하기 힘든 상황이 되었고, 피니어스도 선장에게 누구를 추천하는 게 좋을지 결정을 내리지 못했다.

한 가지는 확실했다. 새로운 팀장은 에르츠처럼 공격적으로 주도권을 행사하려는 사람이어서는 안 된다. 에르츠가 뮤티들을 제거하기 위해 승무원을 조직하는 일을 아주 잘해냈다는 사실은 피니어스도 인정했다. 그러나 에르츠는 너무도 유능했던 탓에 유사시에 선장의 대를 이을 강력한 후보가 되어버렸다. 현 선장의 수명이 과도하게 긴 것은, 에르츠가 후계자로 선택되지 않으리라고 피니어스가 완벽하게 확신할 수 없었기 때문일지도 몰랐다. 피니어스 스스로도 그렇게 여겼다.

피니어스는 늙은 선장이 조던님께 영혼을 내맡길 때가 되었다는 생각이 들었다. 그 뚱뚱한 늙은 바보는 쓸모에 비해 너무 오래 살았다. 그 바보를 살살 구슬려 제대로 된 명령을 내리도록 만드는 일도 이제 지겨웠다. 지금 원로회가 새로운 선장을 선택해야 하는 상황이 된다면, 가능한 후보는 오직 한 명뿐이었다.

피니어스가 책을 내려놓으며 마음을 굳혔다.

피니어스는 늙은 선장을 제거하겠다고 간단히 결정하면서도 수치심이나 죄의식, 배신행위라는 느낌이 없었다. 그는 선장을 무시했지만 싫어하지는 않았으며, 선장을 죽이겠다는 결정에는 어떠한 악의도 없었다. 피니어스의 계획은 고도의 정치적 식견을 바탕으로 세워졌다. 그는 자신의 목표가 전체 승무원의 안녕을 위하는 길이라고 진심으로 믿었다. 모든 사람을 위한 상식적인 운영과 질서, 규율, 그리고 좋은 식사. 피니어스는 자기가 이런 훌륭한 목표를 달성하기에 가장 적합한 인물이라고 확신했으므로, 자신을 선장으로 선택했다. 그는 더 큰 이익을 위해 일부 승무원들을 여행 보내야 한다는 사실을 조금도 애석하게 여기지 않았으며, 그들에게 악의적인 감정도 없었다.

✳

"이 허프 같은 녀석아, 내 책상에서 뭘 하는 거야?"

피니어스가 고개를 들자 죽은 에르츠가 곁에서 자신을 쳐다보고 있었다. 에르츠는 그다지 즐거운 표정이 아니었다. 피니어스는 뭔가 말을 하려다, 에르츠의 모습을 다시 보고는 입을 닫았다. 뮤티들의 급습 이후 에르츠가 모습을 보이지 않았을 때, 피니어스는 그가 여행을 떠났으며 십중팔구 도살되어 잡아먹혔을 것이라고 확신했다. 그런데 자신의 눈앞에 멀쩡히 살아서 있는 에르츠의 모습을 보자 몹시 속이 쓰라렸다. 하지만 곧 정신을 차렸다.

"에르츠! 조던님의 축복을 받았구나. 우리는 네가 여행을 떠나버린 줄 알았어! 앉아, 앉아. 무슨 일이 있었는지 이야기해줘."

"네가 내 의자에서 물러나면 말해줄게." 에르츠가 매섭게 대답했다.

"아, 미안!" 피니어스는 에르츠의 책상 의자에서 허둥지둥 일어나 다른 의자를 찾았다.

"그리고, 이제…." 에르츠는 피니어스가 비켜준 의자에 앉으며 계속 말했다. "네가 왜 내 자료들을 뒤지고 있었는지 설명해봐."

피니어스는 이럭저럭 상처받은 표정을 지었다. "당연한 거 아니야? 우리는 네가 죽은 줄 알았어. 새로운 공학팀장이 임명될 때까지 누군가는 네 부서를 인계받아 처리해야 하잖아. 난 선장님을 위해 일하는 중이었어."

에르츠가 그의 눈을 바라봤다. "나한테는 그런 실없는 소리 하지 마, 피니어스. 선장의 입에서 나온 말들을 누가 만드는지 너도 알고 나도 알아. 우리가 함께 계획했던 적도 많잖아. 아무리 내가 죽었다고 생각하더라도, 내 책상을 뒤져보기 전에 이틀 이상은 기다릴 수 있는 거 아니야?"

"이봐, 친구. 뮤티가 급습을 한 후에 사람이 없어지면, 그 사람이 여행을 떠났다고 가정하는 게 상식이야."

"그래, 그래. 그 이야기는 그만하자. 왜 모트가 내 자리를 맡지 않았어?"

"그 녀석은 변환기로 들어갔어."

"모트가 죽었단 말이야? 그런데 누가 모트의 시체를 변환기에 넣으라고 지시했어? 그 정도의 질량은 변환기에 엄청나게 과부하가 될 거야."

"내가 지시했어. 호일랜드 대신으로. 호일랜드와 모트의 무게가 거의 비슷했거든. 네가 요청했던 호일랜드의 무게가 채워지지 않은 상태였어."

"변환기를 다룰 때는 거의 비슷한 정도로는 부족해. 내가 확인해봐야겠어." 에르츠가 자리에서 일어나려 했다.

"흥분하지 마." 피니어스가 말했다. "내가 공학 분야에 아무것도 모르는 바보는 아니잖아. 네가 호일랜드에게 맞춰 준비해둔 일정에 따라 모트의 질량을 다듬도록 지시했어."

"그렇군. 알았어. 당분간은 그 정도로 괜찮을 거야. 그래도 내가 곧 점검해봐야 돼. 질량을 낭비할 수 없으니까."

"질량 낭비 이야기가 나와서 말인데…." 피니어스가 즐거운 말투로 말했다. "네 책상에서 부적절한 책 두 권을 발견했어."

"그래?"

"너도 알다시피, 그 책들은 동력을 위해 이용할 수 있는 질량으로 분류되잖아."

"그래서? 넌 동력에 질량을 할당하는 관리자가 누구라고 생각하는 거야?"

"물론 너지. 그렇더라도 네 책상에 왜 그런 책들이 있는 건데?"

"너한테 한 가지 말해줄게, 선장의 조수 녀석아. 동력에 쓸 수 있는 질량을 어디에 저장해둘지는 전적으로 내 재량이야."

"흠…. 네 말이 맞겠지. 그렇지만 지금 당장 동력으로 사용하기 위해 그 책들이 필요한 게 아니라면 내가 좀 읽어봐도 될까?"

"그래. 네가 확인하고 싶다면 그렇게 해. 대출 처리를 해서 너한테 빌려줄게. 그렇게 처리해야 해. 이미 원심분리기에 들어가도록 분류된 상태거든. 신중하게 처리해서 나쁠 건 없잖아."

"고마워. 그런 고대의 책들 중에는 강렬한 상상력이 담겨 있는 것들도 있잖아. 물론 완전히 미친 소리지만, 재미있어서 기분전환에 좋아."

✳

에르츠는 책 두 권을 꺼내고 피니어스에게 서명을 받을 수령증을 준비했다. 그러나 에르츠의 정신은 다른 곳에 가 있었다. 그의 머릿속은 피니어스를 언제 어떻게 처리할지에 대한 생각뿐이었다. 에르츠는 자신과 의형제들이 착수한 과업에 피니어스가 중요한 영향을 미치게 되리라는 사실을 알고 있었다. 어쩌면 핵심적인 역할을 할 수도 있다. 만약 피니어스를 설득할 수만 있다면….

"좋았어." 피니어스가 서명을 하자 에르츠가 말했다. "난 호일랜드 문제에 대한 우리의 방침이 과연 최선이었는지 의문이야."

피니어스는 놀란 표정이었지만 아무 말도 하지 않았다.

"아, 내가 호일랜드의 이야기를 믿는다는 뜻은 아니야." 에르츠가 황급히 덧붙였다. "그렇지만 우리가 어떤 기회를 잃어버린 느낌이 들어. 우리가 호일랜드를 좀 더 속였어야 했어. 그 녀석은 뮤티와 관계를 맺고 있잖아. 뮤티 지역을 원로회의 지배 아래로 복속시키려 할 때 가장 큰 걸림돌은 우리가 놈들에 대해 아는 게 거의 없다는 사실이야. 우리는 뮤티가 얼마나 많은지, 얼마나 강력한지, 얼마나 잘 조직되어 있는지 몰라. 그뿐아니라, 우리가 놈들에게 싸움을 걸어야 하는 상황이기 때문에, 그쪽 상황을 모르는 상태에서는 너무 불리해. 우리는 위쪽 갑판으로 어떻게 가야 하는지도 제대로 몰라. 호일랜드에게 협력하면서 녀석의 이야기를 믿는 척해줬더라면, 지금쯤 많은 내용을 알 수 있었을 거야."

"하지만 호일랜드가 말한 이야기들을 어떻게 믿어." 피니어스가 지적했다.

"우리가 그 이야기를 믿을 필요는 없어. 호일랜드가 우리에게 무게가 없는 곳까지 올라가서 둘러볼 기회를 제공하겠다고 했잖아."

피니어스가 깜짝 놀라서 말했다. "진심으로 하는 이야기는 아니지? 해치지 않는다는 뮤티의 약속을 믿고 무게가 없는 층까지 올라갔던 승무원들이 어떻게 됐는지 알잖아? 여행을 떠났다고, 곧장!"

"사실 정말로 그랬는지는 확실하지 않아." 에르츠가 반론했다. "호일랜드는 자기가 하는 말을 믿었어. 나는 그렇게 확신해. 그리고⋯."

"뭐라고! 우주선이 움직일 수 있다는 그 말도 안 되는 소리를? 이 단단한 우주선이?" 피니어스가 칸막이벽을 두드리며 말했다. "그런 소리를 누가 믿어?"

"그런데 호일랜드는 그 말을 믿었어. 그 녀석이 종교적인 광신자인 건 인정하더라도, 그 위에서 뭔가를 보고 그렇게 이해한 게 틀림없어. 우리도 위로 올라가서 그 녀석이 떠들어대는 게 뭔지 확인하고, 뮤티 지역을 정찰할 기회로 이용할 수 있었어."

"너무 무모한 짓이야!"

"난 그렇게 생각하지 않아. 호일랜드는 뮤티들 내에서 꽤 영향력을 확보한 게 틀림없어. 그 녀석을 구출하겠다며 놈들이 벌인 짓을 봐. 호일랜드가 무게가 없는 층까지 안전한 경로를 우리에게 알려줄 수 있다고 했던 이야기는 실제로 그럴 수 있었다는 의미일 거야."

"왜 이렇게 갑자기 생각이 바뀐 거야?"

"내 생각이 바뀐 건 뮤티의 습격 때문이야. 그전에 누군가가 나한테 뮤티 일당이 한 사람의 생명을 구하기 위해 자신들의 목숨을 걸고 무게가 큰 아래층까지 내려올 거라고 말했다면, 난 그 말을 믿지 않았을 거야. 그런데 그런 일이 일어났어. 그래서 내 관점을 수정할 수밖에 없었어. 호일랜드의 이야기는 젖혀두더라도, 뮤티들이 호일랜드를 위해 싸울 거라는 사실은 분명해. 그리고 어쩌면 녀석의 명령을 따를지도 몰라. 만일 그게 맞는다면, 우리는 싸우지 않고 뮤티를 제압할 수 있을 테니, 호일랜드의 종교적인 신념을 이용하는 것도 나쁘지 않아."

피니어스는 어깨를 으쓱하며 그 의견을 대수롭지 않게 받아들였다. "이론적으로는 네 말이 맞을 수도 있겠지만, 왜 일어나지도 않은 과거의 일을 가정하며 시간을 낭비해야 하지? 설령 그런 기회가 있었더라도, 우리는 이미 놓쳤어."

"어쩌면 그렇지 않을 수도 있어. 호일랜드가 아직 살아 있잖아. 돌아가서 뮤티들과 함께 있겠지. 녀석에게 말을 전할 방법을 찾을 수 있다면, 우리에게는 아직 기회가 있을 거야."

"하지만 어떻게 하게?"

"나도 정확히 모르겠어. 애들 두엇을 선발해서 위로 조금 올려보내면 어떨까? 뮤티 하나를 산 채로 잡을 수 있다면 말을 전할 수 있을 거야."

"가능성이 희박해."

"그 정도의 위험은 기꺼이 감수할 수 있어."

피니어스는 그 이야기를 머릿속에서 이리저리 굴려봤다. 그가 보기에는 계획 전체가 거의 가능성이 없고 바보 같은 가정으로 꽉 차 있었다. 그러나 에르츠가 위험을 무릅쓰고 해낸다면, 피니어스의 간절한 야망이 실현되는 것이나 마찬가지였다. 무력으로 뮤티를 제압하는 것은 오래 걸리고 유혈이 낭자한 작업이 될 것이다. 어쩌면 불가능할 수도 있었다. 피니어스는 그 일이 얼마나 힘들지 잘 알았다.

설령 에르츠의 계획대로 되지 않더라도 잃을 게 없었다. 다만 에르츠를 잃을 뿐이었다. 다시 곰곰이 생각해보니 에르츠도 현시점에서는 전혀 잃을 게 없었다. 흐으음.

"그렇게 해." 피니어스가 말했다. "넌 용감한 녀석이야. 이건 해볼 만한 모험이야."

"좋았어." 에르츠가 동의했다. "식사 잘해."

피니어스는 그만 나가라는 말로 알아들었다. "식사 잘해." 그는 대답을 하고 책을 모아서 떠났다. 피니어스는 나중에서야 에르츠가 오랜 시간 동안 어디에 있었는지 이야기하지 않았다는 사실을 깨달았다.

에르츠는 피니어스가 자신에게 전적으로 솔직하게 말하지 않았다는 사실을 알고 있었다. 그러나 피니어스가 어떤 녀석인지 이미 알고 있는 에르츠는 놀라지 않았다. 에르츠는 앞으로 진행할 행동에 대해 즉흥적으로 늘어놓은 이야기가 그 정도로 잘 받아들여졌다는 사실만으로도 충분히 기뻤다. 그는 진실을 말하는 게 더욱 간단하고 효과적일 거라는 생각은 해보지 않았다.

에르츠는 변환기의 일상적인 점검으로 잠시 바쁘게 시간을 보낸 후, 자기를 대신할 선임 당직 사관을 지명했다. 잠시 자리를 비워도 부서가 일을 잘 처리할 수 있게 되자 만족한 에르츠는 가마꾼을 불러 마을로 가서 앨런을 데려오라고 지시했다. 에르츠는 가마를 타고 중간에서 앨런을 만날까 하는 생각도 했지만, 너무 눈에 띄는 짓이라 그만두었다.

앨런은 에르츠에게 열정적으로 인사했다. 동년배들이 모두 집안의 가장이 되고 재산을 넉넉하게 모은 와중에 아직도 미혼인 간부 후보생으로서 훨씬 견실한 사람들 밑에서 일하는 앨런에게는 선임 과학자가 의형제라는 사실이 어떤 일보다 중요했다. 설령 앨런 자신이 최근에 했던 모험과, 그가 거의 이해하지 못하는 그 모험의 의미가 퇴색되는 한이 있더라도.

에르츠가 앨런의 말을 끊고, 바깥의 공학팀 사무실로 통하는 문을 서둘러 닫았다. "벽에도 귀가 있어." 에르츠가 낮게 말했다. "그리고 사무원들에게는 귀뿐 아니라, 입도 달렸어. 넌 나와 함께 여행을 가려고 작정한 거야?"

"아, 이런, 에르츠…. 나는 그런 게 아니라…."

"괜찮아. 우리가 내려왔던 10층의 계단통에서 만나자. 숫자는 셀 줄 알지?"

"그럼, 그 정도는 셀 수 있어. 그 두 배까지도 셀 수 있어. 1 더하기 1은 2, 그리고 1을 더하면 3, 1을 더하면 4, 1을 더하면 5, 그리고…."

"그 정도면 됐어. 네가 셀 수 있다는 건 알겠어. 그래도 나는 너의 산수 실력보다는 네 의리와 칼을 더 믿을게. 최대한 빨리 거기서 만나자. 눈에 띄지 않는 길로 올라가."

✳

에르츠와 앨런이 집결지에 도착했을 때 41이 아직 보초를 서고 있었다. 에르츠는 새총이나 칼의 사거리 바깥에 서서 41을 불렀다. 이는 무기를 재빠르게 사용하도록 훈련받으며 어른으로 성장한 사람을 대할 때 합리적인 예방책이었다. 41이 에르츠를 알아보자, 에르츠는 41에게 호일랜드를 찾아오라고 지시했다. 그리고 에르츠와 앨런은 앉아서 기다렸다.

41은 조/짐의 숙소에서 호일랜드를 찾지 못했고, 조/짐도 없었다. 대신 보보를 찾아냈지만, 그 코딱지만 한 머리통은 별로 도움이 되지 않았다. 보보는 41에게 호일랜드가 사람들이 날아다니는 곳으로 올라갔다고 말해줬다. 41은 그 말이 무슨 뜻인지 몰랐다. 그는 평생 무중력층에 한 번밖에 올라가보지 못했다. 무중력층은 우주선의 중심축을 둘러싼 동심원통으로서(41은 이런 용어로 생각하지 않았다), 우주선의 전체 길이만큼 펼쳐져 있기 때문에, 호일랜드가 무중력층으로 갔다는 정보는 도움이 되지 않았다.

41은 곤혹스러웠다. 하지만 조/짐의 명령은 무시할 수 없으므로, 41은 그다지 똑똑하지 않은 머리로도 에르츠의 명령을 조/짐의 명령과 동일하게 중요하다고 받아들였다. 그가 보보를 다시 깨웠다. "현명한 두 머리는 어디로 갔어?"

"칼 만드는 사람 보러 갔다." 보보가 다시 눈을 감았다.

그나마 괜찮은 정보였다. 41은 도공(刀工)이 어디에 사는지 알았다. 모든 뮤티가 그녀와 거래했다. 그녀는 뮤티 지역에서 꼭 필요한 장인이 자 상인이었다. 그녀는 밑에 아무도 두지 않았고, 그녀의 작업장과 인근 지역은 모든 뮤티들의 중립 지대였다. 41은 서둘러 두 층을 올라갔다.

'열역학 연구실: 출입금지'라고 쓰인 문이 열려 있었다. 41은 글자를 읽을 수 없었기 때문에, 이름표나 금지 명령도 그에게 아무런 의미가 없 었다. 목소리가 들려왔는데, 하나는 쌍둥이 두목의 목소리였고, 다른 하 나는 도공의 목소리였다. 41이 작업실 안으로 들어갔다. "두목…."

41이 막 입을 열었을 때, 조가 말했다. "닥쳐." 짐은 돌아보지 않고 '칼 날의 어머니'와 논쟁을 이어갔다. "당신은 칼이나 만들어. 쓸데없는 소리 하지 말고!"

도공은 딱딱하게 못이 박힌 양손을 널찍한 엉덩이 위에 걸치고 조/짐 을 노려봤다. 그녀의 눈동자는 금속을 달구는 용광로를 쳐다보느라 벌겋 게 달아오른 상태였고, 주름진 얼굴을 타고 흘러내린 땀방울이 윗입술을 덮은 성긴 수염을 지나 가슴 위로 떨어졌다. "그래, 난 칼을 만들지." 그 녀가 날카롭게 말했다. "난 진짜 칼들을 만들어. 네가 만들어달라는 멧돼 지 사냥칼 같은 거 말고 말이야. 네 팔만큼 긴 칼이라니, 츳!" 그녀가 선 홍색으로 이글거리는 용광로를 향해 침을 뱉었다.

"잘 들어, 승무원 잡을 때나 쓸 만한 이 늙다리 미끼야." 짐이 침착하 게 말했다. "내가 말한 대로 칼을 만들어. 안 그러면 용광로에 네 발을 잡 아넣어 구워버릴 테니까. 무슨 말인지 알겠어?"

41은 꼼짝 않고 말없이 서 있었다. 지금껏 칼날의 어머니에게 말대꾸하는 사람은 없었다. 확실히 두목은 힘이 세다!

도공이 퉁명스럽게 갈라진 목소리로 말했다. "하지만 그건 칼을 만드는 올바른 방법이 아니야." 그녀가 새된 소리로 투덜거렸다. "그러면 균형이 맞지 않아. 내가 보여줄게." 그녀가 작업대에서 두 쌍의 칼을 집어 들어 작업실 건너편에 있는 십자가형 표적을 향해 날렸다. 하나씩 잇달아 던지는 게 아니라 네 개의 팔을 모두 휘둘러서 네 개의 칼날이 동시에 허공을 가르도록 했다. 칼끝이 표적을 파고들었다. 각 칼날은 십자가형 가지들의 맨 끝 부분에 하나씩 박혔다. "봤지? 긴 칼로는 이런 걸 할 수 없어. 중심이 제대로 맞지 않아서 똑바로 날아가지 않아."

"두목…." 41이 다시 시도했다. 조/짐은 돌아보지 않고 주먹으로 그의 입을 틀어막았다.

"무슨 말을 하려는지 알겠어." 짐이 도공에게 말했다. "그렇지만 우리는 던질 칼을 원하는 게 아니야. 우리는 가까이에서 베고 찌를 칼이 필요해. 작업 계속해. 당신이 다시 식사를 하기 선에 첫 칼을 보고 싶어."

늙은 도공이 입술을 깨물었다. "평소대로 줄 거지?" 그녀가 날카롭게 물었다.

"당연히 주지." 짐이 그녀를 안심시켰다. "칼 값을 다 지급할 때까지 하나 잡을 때마다 10분의 1씩 줄게. 그리고 당신이 일하는 내내 잘 먹여줄게."

도공이 흉하게 뒤틀린 어깨를 으쓱했다. "좋았어." 그녀는 왼쪽 두 손으로 길고 납작한 쇳조각을 부젓가락으로 집어 들더니 용광로 속에 쑤셔 넣었다. 조/짐이 고개를 돌려 41을 쳐다봤다.

"무슨 일이야?" 조가 물었다.

"두목, 에르츠가 호일랜드를 찾아오라고 저를 보냈어요."

"그렇군. 명령대로 하면 되잖아?"

"호일랜드를 못 찾았어요. 보보 말로는 무중력층에 올라갔대요."

"그럼, 가서 찾아. 아니다, 안 되겠구나. 넌 어디에 가야 호일랜드를 찾을 수 있는지 모를 거야. 내가 직접 찾아야겠다. 에르츠에게 돌아가서 기다리라고 해."

41이 서둘러 떠났다. 두목은 그걸로 만족스러웠지만, 계속 여기서 꾸무럭거리고 있을 수는 없었다.

"이제 네가 우리를 심부름꾼으로 만들어버렸어." 짐이 심술궂게 말했다. "의형제가 되니까 좋아, 조?"

"이렇게 만든 건 너야."

"그렇다고? 피를 나누며 맹세하는 건 네 생각이었잖아."

"젠장, 내가 왜 그랬는지 너도 알잖아. 녀석들은 그 뮤티 소탕 계획을 진지하게 받아들였어. 우리가 몸에 구멍을 내지 않고 그런 공격에서 빠져나가려면, 긁어모을 수 있는 모든 도움이 필요할 거야."

"아? 그러면 너는 그 계획을 전혀 진지하게 생각하지 않는다는 거야?"

"너는?"

짐이 빈정거리는 얼굴로 웃었다. "딱 너만큼 진지하지, 이 귀여운 사기꾼 자식아. 지금으로서는 그 합의를 최대한 지키는 게 너와 내게 훨씬 유익할 거야. '하나를 위한 모두, 모두를 위한 하나!'"

"너 또 뒤마의《삼총사》읽었구나."

"왜, 그러면 안 돼?"

"아냐, 좋아. 그 책에 너무 빠져들지는 마."

"안 그럴 거야. 나도 칼의 어느 쪽 날이 예리한지는 알아."

조/짐은 조종실로 들어가는 입구 바깥에서 자고 있던 땅딸보와 돼지를 만났다. 조/짐이 그 둘을 호일랜드의 개인 경호원으로 배치했으므로, 호일랜드는 안에 있을 게 틀림없었다. 하지만 두 녀석이 없었더라도 그 사실은 이미 알 수 있었다. 호일랜드가 무중력층까지 올라갔다는 이야기는 중앙 동력실이나 조종실로 갔다는 의미였으니까. 동력실보다는 조종실로 갔을 가능성이 컸다. 호일랜드는 조종실에 푹 빠져 있었다. 조/짐에게 잡혀 노예로 지내는 내내, 초기에 말 그대로 조/짐에게 끌려가다시피 조종실로 가서 우주선이 우주 전체가 아니라 훨씬 더 큰 우주에 떠 있는 비행선(추진하고 움직일 수 있는 우주선)일 뿐이라는 사실을 직접 눈으로 보게 되었을 때부터 호일랜드는 움직이는 우주선과 조종실의 자리, 그리고 우주선을 움직이겠다는 생각에 사로잡혀 지냈다.

그것은 지구에서 출발했던 우주비행사보다 호일랜드에게 훨씬 더 의미가 컸다. 최초의 로켓이 지구에서 달까지 작은 도약을 했던 당시부터, 우주비행사는 모든 소년이 닮기를 소망하는 낭만적인 영웅의 표본이었다. 그러나 호일랜드의 야망은 그런 하찮은 수준이 아니었다. 호일랜드는 자신의 우주를 움직이고 싶었다. 지구의 기준과 개념에서 보자면, 태양에 제트엔진을 장착해서 은하계를 누비고 다니겠다는 꿈보다 월등히 야심찬 계획이었다.

젊은 아르키메데스에게는 지렛대가 있었지만, 지렛대를 받칠 지렛목이 필요했다.

＊

조/짐은 조종실을 구성하는 거대한 은색 천체투영구 입구에 멈춰 서서 내부를 살펴봤다. 호일랜드는 보이지 않았지만, 조/짐은 그가 일등 우주항해사 자리의 제어 장치에 있는 게 틀림없다고 생각했다. 누군가가 불빛을 조작하고 있었기 때문이었다. 구의 내부 표면에 흩뿌려진 별들의 영상이 우주선 밖 하늘의 모습을 만들어냈다. 그 영상은 조/짐이 서 있는 문 쪽에서 볼 때는 약간 이상했다. 천체투영상은 구의 중앙에서만 완벽하게 보였다.

호일랜드가 구의 중앙에서 제어 장치를 조작함에 따라 한 구역, 한 구역씩 별들이 꺼졌다. 앞쪽 건너편의 왼쪽 구역만 남아서 빛났다. 그 구역에는 커다랗고 밝은 천체 하나가 두드러졌다. 그 천체는 다른 별들보다 몇 배 더 밝았다. 조/짐은 구경을 그만두고, 한 손씩 교대로 철망을 당기며 제어 장치로 다가갔다. "호일랜드!" 짐이 큰 소리로 불렀다.

"누구야?" 호일랜드가 물으며 의자에서 고개를 내밀었다. "아, 두목이군요. 어서 와요."

"에르츠가 너를 보고 싶대. 거기서 나와."

"알았어요. 그런데 여기로 잠깐 와보세요. 보여주고 싶은 게 있어요."

"바보 같은 소리 작작해!" 조가 말했다. 하지만 짐이 대꾸했다. "아, 가서 뭔지 보자. 오래 안 걸릴 거야."

쌍둥이가 제어구역으로 올라가 호일랜드의 옆 의자에 자리를 잡고 앉으며 물었다. "뭐야?"

"저기 저 별 말이에요." 호일랜드가 밝은 별을 가리키며 말했다. "제가 여기에 마지막으로 왔을 때보다 커졌어요."

"뭐? 당연한 이야기 아니야? 저 별은 오래전부터 계속 밝아지고 있었어. 내가 여기 처음에 왔을 때는 보이지도 않던 별이야."

"그렇다면 우리가 저 별에 다가가고 있다는 거네요."

"당연하지." 조가 동의했다. "난 알고 있었어. 우주선이 움직인다는 증거야."

"그런데 왜 저한테는 이야기 안 해줬어요?"

"무슨 이야기?"

"저 별에 대한 이야기요. 저 별이 점점 커지고 있다는 거요."

"이야기해주면 무슨 차이가 있는데?"

"왜 차이가 없어요! 이런, 조던님 맙소사! 젠장, 저거라고요. 저 별이 우리가 가고 있는 곳이에요. 저기가 이 여행의 목적지라고요!"

조/짐이 화들짝 놀랐다. 그들은 자신의 안전과 안락 외에는 관심이 없었기 때문에 알아차리지 못했지만, 호일랜드는 오래전에 잊혀서 반쯤은 신화가 된 그 머나먼 센타우루스로 가는 여행을 완료해서 조상들의 위업을 달성하는 것을 최우선 목표로 삼은 모양이었다. 에르츠도 아마 같은 꿈을 꾸고 있을 것이다.

짐이 정신을 차렸다. "흠…. 그럴 수도 있겠지. 너는 왜 저 별이 머나먼 센타우루스라고 생각해?"

"아닐 수도 있지만 상관없어요. 아무튼 저 별은 우리와 가까워지고 있고, 우리는 저 별을 향해 가고 있잖아요. 우리가 어느 별이 어느 별인지 알지 못하는 상황에서는, 이 별이나 저 별이나 마찬가지예요. 두목, 고대인들에게는 별들을 구별하는 방법이 틀림없이 있었겠죠?"

"당연히 그랬겠지." 조가 동의했다. "하지만 그게 어쨌다고? 넌 네가 가고 싶은 곳을 골랐잖아. 자, 나는 내려가련다."

"알았어요." 호일랜드가 마지못해 따랐다. 그들은 내려가는 긴 여행을 시작했다.

＊

에르츠는 피니어스와 나눈 이야기를 조/짐과 호일랜드에게 간략하게 설명했다. "좋은 생각이 떠올랐어요." 에르츠가 계속 말했다. "피니어스에게 보낼 전갈을 앨런에게 줘서 고중력층으로 내려보내는 겁니다. 호일랜드와 연락이 닿았다고 피니어스에 알리고, 내가 알아낸 사실을 듣고 싶으면 승무원 구역 위에 있는 어딘가로 와서 우리를 만나라고 구슬리는 거죠."

"그냥 네가 돌아가서 그 녀석을 직접 데리고 오면 안 돼?" 호일랜드가 따졌다.

에르츠에게서 살짝 주저하는 눈빛이 비쳤다. "네가 나한테 시도해봤던 방법이잖아. 그런데 실패했지. 뮤티 지역에서 돌아온 후에 네가 봤던 것들을 나한테 이야기해줬지만, 나는 네 말을 믿지 않았어. 그래서 널 이단으로 고발해버렸잖아. 두목이 구출하지 않았다면, 넌 변환기로 갔을 거야. 네가 나를 무중력층까지 끌고 올라가서 내 눈으로 직접 보게 하지 않았다면, 네 이야기를 절대로 믿지 않았을 거야. 내가 장담하는데, 피니어스는 나보다 설득하기 더 힘들 거야. 그렇기 때문에 녀석을 여기로 데리고 와서 별들을 보여주고 싶어. 녀석이 직접 봐야 해. 가능하다면 평화롭게, 필요하다면 무력을 써서라도."

"난 이해가 안 돼. 그냥 녀석의 목을 그어버리는 게 더 간단하지 않을까?" 조가 말했다.

"그러면 재미야 있겠지만, 별로 현명한 방법은 아닙니다. 피니어스는 우리한테 꽤 큰 도움을 줄 수 있어요. 두목, 우주선의 구조에 대해 저만큼 안다면, 왜 그런지 알 수 있을 겁니다. 피니어스는 원로회에서 다른 장교들보다 훨씬 영향력이 큽니다. 그리고 선장을 대변하고 있죠. 그 녀석을 우리 편으로 끌어들일 수 있다면, 우리는 전혀 싸울 필요가 없을 겁니다. 그렇지 않다면… 글쎄요, 우리가 싸워야 하는 상황이 된다면, 저도 결과를 장담할 수 없습니다."

"내 짐작에 그놈은 올라오지 않을 것 같아. 함정이라고 의심할 거야."

"그런 이유 때문에 나보다 앨런이 가는 게 낫다는 겁니다. 내가 가면 피니어스가 곤란한 질문을 무더기로 퍼붓고, 또 대답해줘도 의심할 거예요. 하지만 앨런에게는 그렇게 많이 기대하지 않을 겁니다." 에르츠가 앨런을 돌아보며 말했다. "앨런, 녀석이 너한테 물어보면, 내가 해준 말 외에는 아무것도 모르는 거야. 무슨 말인지 알지?"

"알았어. 나는 아무것도 모르고, 아무것도 못 보고, 아무것도 못 들었어." 앨런은 솔직하게 덧붙였다. "어차피 난 그다지 알지도 못해."

"좋았어. 넌 조/짐을 만난 적도 없고, 별들에 대해서도 들어본 적이 없는 거야. 넌 그냥 내 전령이고, 내가 도움 삼아 가져온 칼일 뿐이야. 자, 피니어스에게는 이렇게 말해…" 에르츠가 피니어스에게 전할 내용을 앨런에게 알려줬다. 간단한 내용이었지만 자극적인 말들이었다. 그리고 앨런이 그 내용을 제대로 이해했는지 확인했다. "좋았어. 잘 다녀와! 식사 잘해!"

앨런이 칼 손잡이를 툭툭 치며 대답했다. "식사 잘해!" 그리고 빠르게 멀어졌다.

＊

앨런은 일개 농민이 선장의 행정부 근무처에 막무가내로 들어갈 수 없다는 사실을 깨달았다. 그는 피니어스의 숙소 밖에서 보초를 서는 위병에게 제지를 받았다. 계속 들어가겠다고 우기다가 살짝 맞기도 했다. 따분한 표정의 냉담한 사무원은 앨런의 이름을 받은 뒤 마을로 돌아가서 호출할 때까지 기다리라고 했다. 앨런은 한 발도 물러서지 않고, 공학팀장이 피니어스 중령에게 보낸 시급하고 중요한 전갈이 있다고 주장했다. 사무원이 다시 고개를 들더니 말했다. "전언서를 주시오."

"전언서는 없어요."

"뭐라고? 그건 말이 안 돼. 항상 전언서로 전달되는 거요. 그게 규칙이오."

"공학팀장은 통지서를 만들 시간이 없어서 나한테 말로 전달하라고 했어요."

"무슨 내용이오?"

앨런이 고개를 저었다. "이건 사적인 내용이라 피니어스 중령에게만 전달해줘야 해요. 그렇게 지시를 받았어요."

사무원은 화가 난 듯했다. 하지만 아직 수습인 사무원은 이 고집 센 천민을 직접 즉시 징계하는 즐거움을 맛보는 대신 더 높은 사람에 책임을 전가하는 안전한 방식을 선택했다.

사무과장이 짧게 말했다. "전갈 내용을 나한테 말해."

앨런은 마음을 다잡고, 평생 한 번도 해보지 않았던 태도로 이 과학자에게 말했다. 조금 전의 신참 과학자에게도 보이지 않았던 태도였다. "과장님, 제게 과장님에게 부탁드리는 것은, 피니어스 중령님께 에르츠 공학팀장님이 보내신 전갈을 제가 가지고 있다고 전해달라는 것뿐이에요. 만일 이 전갈이 전달되지 못하면, 저 혼자만 변환기로 가지는 않을 걸요! 다른 사람에게는 전갈의 내용을 알려줄 수가 없어요."

그 하위 관리는 입술을 꽉 다물고는 상관을 방해할 위험을 무릅쓰기로 결정했다.

앨런은 바로 문밖에 서 있는 부하 직원들이 듣지 못하게 하려고 낮은 목소리로 피니어스에게 말을 전했다. 피니어스가 그를 노려봤다. "에르츠가 나한테 너를 따라 뮤티 지역으로 올라오라고 했단 말이야?"

"뮤티 지역까지 올라가는 건 아니에요. 중간에서 휴 호일랜드가 중령님과 만날 거예요."

피니어스가 거칠게 숨을 내쉬며 말했다. "그건 터무니없는 짓이야. 칼잡이 부대를 보내서 그 녀석을 잡아와야겠어."

앨런이 남은 전갈을 마저 전했다. 이번에는 일부러 목소리를 높여서 가능하면 다른 직원들이 자신의 목소리를 들을 수 있도록 했다. "에르츠 공학팀장은 당신이 겁을 먹고 가지 않으려 하면 그냥 내버려두라고 합디다. 공학팀장이 직접 원로회에 이야기할 거요."

그런 말을 하고도 앨런이 목숨을 보존할 수 있었던 것은, 피니어스가 직접적인 무력보다는 기민한 판단력에 기대어 살아가는 사람이라는 사실 덕분이었다. 피니어스는 허리띠에 칼을 차고 있었다. 앨런은 자신의 칼을 위병에게 맡겨놓았다는 사실을 깨닫고 속이 쓰라렸다.

피니어스는 말을 자제했다. 그는 지적인 사람이라 이 모욕감을 자기 앞에 있는 무지렁이 탓이라 여기지는 않았지만, 적당한 때가 되면 이 멍청이를 좀 더 특별하게 손봐주겠다고 다짐했다. 불쾌감과 호기심, 그리고 체면이 손상될 가능성과 같은 것들이 그의 판단에 영향을 미쳤다. "너와 함께 가겠다." 피니어스가 몹시 화가 난 목소리로 말했다. "네가 말을 제대로 전한 건지 에르츠에게 직접 물어볼 거야."

피니어스는 경호원을 호출해서 데리고 가려다 그만두었다. 그럴 경우 자신이 이 문제의 정치적인 측면을 판단하기도 전에 불필요하게 사람들에게 널리 알려질 뿐 아니라, 경호원을 동반하는 행위는 그곳으로 가기를 거부하는 것만큼이나 체면을 구기는 짓이기 때문이었다. 하지만 앨런이 위병에게서 무기를 돌려받을 때 피니어스가 약간 초조한 말투로 물었다. "자네는 칼을 잘 쓰나?"

"제일 잘하는 게 칼질이죠." 앨런이 쾌활하게 대답했다.

피니어스는 앨런이 그저 허풍을 떠는 게 아니길 바랐다. 뮤티 놈들! 피니어스는 최근에 무술을 더 익혀두지 않은 것을 후회했다.

피니어스는 앨런을 따라 중력이 낮은 층으로 올라가면서 점차 평정을 되찾았다. 처음에는 아무 일도 일어나지 않았기 때문에 불안할 일이 없었다. 두 번째 층에서는 앨런이 확실히 조심스럽고 능숙하게 정찰을 했다. 앨런은 소리 없이 기민하게 움직였으며, 잠시 멈춰 조심스럽게 살펴본 후에야 갑판으로 나아갔다. 피니어스는 더욱 긴장해서 앨런이 듣고 있는 소리에 귀를 기울였다. 몹시 어두운 통로의 깊숙한 곳에서 작은 소음이 들려왔다. 사방에서 바스락거리는 소리로 볼 때 포위당한 모양이었다. 앨런은 이미 예상을 하고 있었는데도, 그 소리에 무의식적으로 겁이 났다. 호일랜드와 조/짐은 조심스러운 사람들이라 접근하는 이들에 대한 감시를 게을리하지 않았을 것이다. 앨런은 당연히 있어야 하는 정찰대를 알아채지 못했다면 오히려 더 걱정했을 것이다.

가장 문명화된 층으로부터 약 20층 위에 있는 약속 장소가 가까워지자 앨런이 멈춰 서서 휘파람을 불었다. 휘파람이 대답으로 돌아왔다. "난 앨런이야." 그가 소리쳤다.

"나와서 모습을 드러내라."

앨런은 평소의 신중함을 풀지 않은 채 지시를 따랐다. 곧 친구들, 즉 에르츠와 호일랜드, 조/짐, 보보를 알아본 앨런이 피니어스에게 따라오라고 손짓했다.

피니어스는 조/짐과 보보를 보자 회복했던 평정심이 깨지며, 갑자기 함정에 빠졌다는 느낌이 들었다. 그는 칼을 꺼내 들고 더듬더듬 어색한 뒷걸음으로 계단을 향해 물러나다 몸을 돌렸다. 보보가 칼을 빼는 게 더 빨랐다. 어느 쪽으로든 결판이 나게 될 찰나의 순간이었다. 하지만 조/짐이 보보의 뺨을 때리고 칼을 쳐서 바닥에 떨어뜨린 후 새총까지 빼앗았다.

피니어스가 전속력으로 달렸다. 호일랜드와 에르츠가 그의 이름을 불렀지만 소용이 없었다. "보보, 저 녀석 데려와!" 짐이 명령했다. "해치지는 마." 보보가 육중한 덩치로 쫓아갔다.

보보가 금세 돌아왔다. "빨리 달렸다." 보보가 말했다. 그리고 피니어스를 바닥에 떨어뜨렸다. 피니어스는 거의 움직임이 없이 바닥에 누운 채 숨을 헐떡였다. 보보가 피니어스의 허리띠에 있는 칼을 꺼내 자기 왼쪽 팔뚝의 드센 검은 털을 밀어보았다. "칼날 좋다." 보보가 인정했다.

"칼은 돌려줘." 짐이 명령했다. 보보는 깜짝 놀란 듯했지만, 아쉬운 표정을 지으며 명령을 따랐다. 조/짐이 보보에게 칼과 새총을 돌려줬다.

✳

피니어스는 칼을 돌려받자 보보만큼이나 놀랐지만 표정을 훨씬 잘 감췄다. 칼을 받을 때는 위엄을 차리기까지 했다.

"이봐." 에르츠가 걱정스러운 말투로 말했다. "괜히 화나게 만들어서 미안해, 피니어스. 보보는 나쁜 녀석이 아니야. 널 데리고 오려면 이 방법밖에 없었어."

피니어스는 으레 세상과 맞부딪힐 때처럼 냉정한 자제력을 다시 회복하려 애썼다. "젠장." 피니어스가 혼잣말을 했다. 터무니없는 상황이었다. "됐어." 그가 퉁명스럽게 말했다. "너와 만날 생각만 하고 있었기 때문에, 무장한 뮤티들이 잔뜩 있을 거라고는 예상하지 못했어. 에르츠, 친구를 사귀는 취향이 독특하구나."

"미안해." 에르츠가 대답했다. "너한테 미리 경고를 해줬어야 하는 건데…." 그저 사교적인 거짓말이었다. "하지만 다들 괜찮은 사람들이야. 보보는 아까 만났지. 이쪽은 조/짐, 이분은 뭐랄까… 뮤티 중에서 일종의 장교 같은 분이야."

"식사 잘하게." 조가 점잖게 인사했다.

"식사 잘하세요." 피니어스도 엉겁결에 대답했다.

"이쪽은 호일랜드야, 알지?" 피니어스가 고개를 끄덕였다.

잠시 어색한 침묵이 흘렀다. 피니어스가 그 침묵을 깼다. "음, 자네가 내게 여기로 올라오라는 전갈을 보낸 이유가 분명히 있었을 거야. 그게 아니라면 그냥 장난을 친 건가?"

"당연히 이유가 있지." 에르츠가 대답했다. "나는⋯ 젠장, 어디서부터 이야기를 꺼내야 할지 모르겠네. 이것 봐, 피니어스. 넌 이 이야기를 믿지 않겠지만, 내 눈으로 봤어. 호일랜드가 우리에게 했던 이야기가 다 사실이었어. 난 조종실에 가보고, 별들도 봤어. 난 알아."

피니어스가 에르츠를 노려봤다. "에르츠." 그리고 천천히 말했다. "넌 제정신이 아니구나."

호일랜드가 흥분해서 말했다. "네가 아직 안 봐서 그래. 우주선은 움직여. 네 눈으로 봐. 우주선의 움직임은 마치⋯."

"내가 설명할게." 에르츠가 말을 자르며 끼어들었다. "내 말 잘 들어, 피니어스. 이 모든 것들에 대해 이제 곧 너 스스로 판단을 내리게 될 거야. 하지만 내가 본 것들에 대해서는 말해줄 수 있어. 이 사람들이 나를 무게가 없는 층에 있는 '선장의 베란다'로 데려갔어. 유리벽으로 된 선실이야. 거기에서 유리벽을 통해 엄청나게 커다랗고 검은 텅 빈 공간, 세상 어느 것보다 거대한 공간을 직접 볼 수 있어. 우주선보다 더 큰 공간이야. 그리고 밖에 불빛이 있어. 별들이지. 고대 신화에 나온 그대로야."

피니어스는 놀라움과 역겨움이 뒤섞인 표정이었다. "이 친구야, 논리는 어디에다 버린 거야? 난 네가 과학자라고 생각해왔어. '우주선보다 더 크다'니 그게 무슨 소리야? 그건 부조리한 언어 모순이야. 정의상 우주선이 '우주선'이고, 다른 모든 것들은 우주선의 일부분이야."

에르츠가 무기력하게 어깨를 으쓱했다. "내 이야기가 그렇게 들릴 줄 알았어. 나는 설명해줄 수 없어. 그건 모든 논리를 거부하니까. 그건⋯ 아, 이런 허프 같으니! 네가 직접 보면 내가 무슨 말을 하는 건지 알게 될 거야."

"정신 차려." 피니어스가 충고했다. "말도 안 되는 소리 하지 마. 실체는 논리적이거나, 존재하지 않거나, 둘 중 하나야. 실체는 반드시 공간을 차지해야 해. 네가 뭔가 엄청난 것을 봤거나 혹은 봤다고 생각하더라도, 그게 뭐였든, 그게 들어가 있는 공간보다 클 수는 없어. 넌 자연의 명백한 진실과 모순되는 실체를 내게 보여줄 수 없어."

"내가 말로는 설명하기 힘들다고 했잖아."

"당연히 설명 못 하겠지."

쌍둥이는 넌더리가 난 얼굴로 서로 속삭이다 말했다. "수다는 그만 떨어." 조가 사람들을 향해 큰 목소리로 말했다. "우리는 갈 준비됐어. 가자."

"그래야죠." 에르츠가 적극 동의했다. "피니어스, 네가 직접 볼 때까지는 참아. 자, 가자. 한참 올라갈 거야."

"뭐?" 피니어스가 따졌다. "이봐, 뭘 하자는 거야? 어디로 가는데?"

"선장의 베란다와 조종실로 올라갈 거야."

"내가? 말도 안 되는 소리 하지 마. 난 이제 내려갈 거야."

"안 돼, 피니어스." 에르츠가 반대했다. "이게 너한테 전갈을 보냈던 이유야. 네 눈으로 봐야 해."

"바보처럼 굴지 마. 난 볼 필요 없어. 상식만으로도 충분히 알 수 있어. 하지만…." 피니어스가 계속 말했다. "네가 뮤티들과 친근한 관계를 만들어냈다는 사실에 대해서는 축하해주고 싶어. 우리는 진작 협력할 방법을 만들어냈어야 해. 내 생각에는…."

조/짐이 한 걸음 앞으로 나왔다. "너희는 시간을 낭비하고 있어." 그가 냉정한 말투로 말했다. "우리는 위로 올라간다. 너도. 두 번 말하게 하지 마."

피니어스가 고개를 저었다. "그건 의문의 여지가 없어요. 우리가 협력할 방법을 찾은 후에 언젠가 시간이 되면 가기로 하죠."

호일랜드가 반대편에서 피니어스에게 가까이 다가갔다. "아직 이해를 못 하는 모양인데, 너도 지금 가는 거야."

피니어스가 다른 쪽에 있는 에르츠를 힐끗 쳐다봤다. 에르츠가 고개를 끄덕이며 말했다. "그렇게 됐어, 피니어스."

피니어스가 조용히 혼잣말로 욕을 했다. 조던님 맙소사! 도대체 무슨 생각을 하고 있었기에 이런 지경에 빠지게 된 걸까? 피니어스는 자신이 저항을 하면 머리가 두 개 달린 저 남자가 더 좋아하리라는 느낌을 뚜렷하게 받았다. 참기 힘들고 터무니없는 상황이었다. 그는 다시 혼잣말로 욕을 했지만, 최대한 고상하게 양보했다. "아, 그래, 어쩔 수 없군! 괜한 논쟁을 일으키기보다는 내가 가는 게 낫겠네. 자, 가지. 어느 쪽이야?"

"내 뒤에 딱 붙어." 에르츠가 조언했다. 조/짐이 미리 약속해둔 휘파람 신호를 크게 불었다. 바닥과 격벽, 천장에서 뮤티들이 불쑥불쑥 튀어나와 여섯에서 여덟 명 정도가 더 합류했다. 피니어스는 자신이 얼마나 조심성이 없었는지 깨닫고 새삼 소름이 끼쳤다. 일행이 올라가기 시작했다.

피니어스가 올라가는 일에 익숙하지 않은 탓에, 일행은 오랜 시간이 흐른 뒤에야 무중력층에 도착했다. 한 층씩 올라갈 때마다 중력이 서서히 줄어들면서 피니어스는 어느 정도 편안해졌지만, 그 편안함은 중력이 약해지며 느껴지는 메스꺼움 때문에 상쇄되었다. 피니어스가 우주 멀미를 심하게 겪은 것은 아니었다. 뮤티와 승무원들처럼 우주선에서 태어난 모든 사람들과 마찬가지로, 피니어스 역시 중력 감소에 그럭저럭 적응을 했다. 하지만 피니어스는 무모한 청소년기 이후로는 사실상 한 번도 위층으로 올라오지 않았기 때문에, 우주선의 축에 가장 가까운 층에 도달하자 몹시 불편해져서 앞으로 나아가기가 힘들었다.

조/짐이 나중에 합류한 부하들을 아래로 돌려보내고, 보보에게 피니어스를 데려오라고 지시했다. 피니어스가 손을 흔들며 거부했다. "갈 수 있어요." 그는 항의하면서 순전히 고집으로 몸을 억지로 움직였다. 조/짐은 그 모습을 지켜본 뒤 앞서 내린 명령을 취소했다. 긴 활공 다이빙을 연속으로 하면서 조종실이 있는 횡단 격벽 앞에 도착할 때쯤에는 피니어스가 상당히 회복된 상태였다.

그들은 먼저 조종실에 들르지 않고, 호일랜드의 계획에 따라 선장의 베란다로 곧장 이동했다. 피니어스는 그곳에서 보게 될 것들에 대해 마음의 준비를 했다. 에르츠가 혼란스럽게 설명을 해줬을 뿐만 아니라, 베란다에 도착하기 직전에 호일랜드가 들떠서 수다를 늘어놓은 덕분이었다. 호일랜드는 이 층에 도착할 즈음에는 피니어스에게서 따스하고 친근한 느낌을 받았다. 그는 자신의 이야기를 들어줄 사람이 있어서 너무 좋았다.

호일랜드는 둥둥 뜬 채로 다른 사람들보다 먼저 문을 통과한 후 허공에서 멋지게 회전을 했다. 그리고 선장의 안락의자 등받이를 한 손으로 짚으며 몸을 가눴다. 그는 커다란 전망창과 그 너머의 별빛이 가득한 하늘을 손으로 가리켰다. "저거야!" 호일랜드가 의기양양하게 말했다. "저거라고! 봐! 멋지지 않아?"

피니어스의 얼굴에는 아무런 내색이 없었지만, 그 찬란한 모습을 한참 동안 뚫어져라 쳐다봤다. "대단하네." 마침내 그가 인정했다. "대단해. 이런 건 난생처음 봐."

"'대단하다'는 말로는 부족해." 호일랜드가 따졌다. "'경이롭다' 정도는 돼야지."

"알았어. '경이롭네.'" 피니어스가 동의했다. "저 밝고 작은 불빛들, 저게 고대인들이 말하던 별이라는 거지?"

"그래, 그거야." 호일랜드는 약간 불안한 느낌이 들었지만 이유는 알 수 없었다. "그렇지만 저 별들은 작지 않아. 우주선처럼 아주 크고 거대해. 별들이 작게 보이는 것은 아주 멀리 있기 때문이야. 저쪽 아주 밝은 별을 봐. 왼쪽 아래에 큰 별 말이야. 저 별이 크게 보이는 건 가까워지고 있기 때문이야. 난 저게 '머나먼 센타우루스'라고 생각하지만…, 확신할 수는 없어." 호일랜드는 솔직하게 인정했다.

피니어스가 그를 힐끗 쳐다보고, 다시 그 큰 별로 눈길을 돌렸다. "저 별은 얼마나 멀어?"

"나도 몰라. 하지만 우리가 알아낼 거야. 조종실에는 그런 걸 측정하는 장치가 있어. 하지만 난 아직 그 장치들을 완전히 이해하지는 못했어. 그건 별로 중요하지 않아. 우리는 어쨌든 저기로 갈 거야!"

"뭐?"

"그래. 여행을 끝내는 거야."

피니어스는 멍한 얼굴이었지만, 아무 말도 하지 않았다. 그는 신중하고 정연하며 고도로 논리적인 사람이었다. 피니어스는 유능한 행정관으로서 필요할 때는 빠르게 결정을 내리기도 했지만, 천성적으로 그는 가능하다면 자신이 가진 자료를 차근차근 검토하고 평가를 마무리할 때까지 결정을 미루는 경향이 있었다.

피니어스는 조종실에서 더욱 과묵해졌다. 그는 귀를 기울이고 살펴보면서도 질문은 거의 하지 않았다. 호일랜드는 피니어스의 그런 태도를 개의치 않았다. 이것은 그의 상난감이고, 그의 기계이고, 그의 아이였다. 호일랜드는 그 모습을 본 적도, 들은 적도 없는 사람에게 보여주는 것만으로 만족스러웠다.

돌아가는 길에 그들은 에르츠의 제안으로 조/짐의 숙소에 잠시 들렀다. 피니어스를 데려온 계략이 결실을 맺으려면, 피니어스를 의형제로서 동일한 활동에 참여시키고, 그 활동을 수행하기 위한 계획을 수립해야 했다. 전례 없는 뮤티 지역 순찰을 통해 진실의 실체를 확신한 피니어스는 망설이지 않고 조/짐의 숙소에 들렀다 가겠다고 동의했다. 에르츠가 그들의 계획을 요약해서 설명하자 피니어스가 귀를 기울였다. 에르츠가 설명을 마쳤을 때에도 그는 입을 열지 않았다.

"어때?" 침묵이 너무 오래 지속되며 신경이 쓰이기 시작하자 에르츠가 물었다.

"내 의견을 듣고 싶은 거야?"

"그럼, 당연하지. 네 생각은 어때?"

피니어스는 에르츠의 말이 진심이며, 자신의 대답을 기다린다는 사실을 알아챘지만, 한참 시간을 끌었다.

"글쎄…." 피니어스가 입술을 오므리며 양손의 손가락 끝을 마주 댔다. "내가 보기에 이 문제가 두 부분으로 나뉘어 있는 것 같아. 내가 이해하기로, 조던님의 오랜 계획을 수행하려는 호일랜드 너희의 목표는 우주선 전체를 평정하고 하나로 통일할 때까지 이룰 수가 없어. 목표를 이루려면 승무원 지역부터 조종실까지 질서와 규율이 잡혀야 해. 내 말이 맞지?"

"그렇지. 우리는 중앙 동력실에 사람을 배치해야 해. 그렇게 해야…."

"잠깐만. 솔직히 말해서, 나는 조금 전에 봤을 뿐 아직 제대로 조사해 볼 기회도 없었던 것들을 이해할 능력은 안 돼. 그 계획에서 너희가 성공하려면, 공학팀장의 의견에 의지하는 게 나을 거야. 그런데 너희가 이야기한 사항은 두 번째 단계야. 넌 첫 번째 단계에 우선 관심을 가져야 해."

"당연하지."

"그렇다면 일단 첫 번째 단계에 관해 이야기해보자. 그건 공공질서와 행정 문제가 얽혀 있어. 그건 나한테 익숙한 분야야. 아마 내 조언이 유용하겠지. 조/짐, 내 짐작에 당신은 뮤티와 승무원 사이에 평화를 이룰 기회를 찾고 있는 것 같아요. 평화와 좋은 식사, 맞나요?"

"그렇지." 짐이 동의했다.

"좋습니다. 그건 오래전부터 저의 목표였어요. 많은 우주선 장교들의 목표이기도 하죠. 솔직히 말해서, 순전히 무력만으로 그런 목표를 달성할 수 있다고는 생각하지 않았어요. 저희는 힘들고 잔혹한 기나긴 전쟁에 대비해 단련해왔습니다. 신화적인 반란이 일어났던 시대의 조상들로부터 전해 내려온 가장 오래된 증언자의 기록에 따르면 뮤티와 승무원 사이에는 오로지 전쟁밖에 없었어요. 하지만 이게 더 나은 방법이죠. 저는 기쁩니다."

"그러면 너도 우리와 함께하는 거지!" 에르츠가 소리쳤다.

"진정해…. 고려해야 할 다른 일들이 많아. 에르츠, 너도 알고 나도 알

듯이, 그리고 아마 호일랜드도 알겠지만, 우주선의 장교들이 모두 우리에게 동의하지는 않을 거야. 그건 어떡할래?"

"그건 쉬워." 호일랜드가 끼어들었다. "그 장교들을 한 명씩 무중력층으로 데려가면 돼. 그들에게 별을 보여주고, 진실을 알게 하는 거지."

피니어스가 고개를 저었다. "넌 가마를 들고 올 가마꾼들까지 고려해야 돼. 내가 이 문제에는 두 단계가 있다고 했잖아. 그 문제를 이해할 수 있어야 동의하는 거야. 믿지 않으려는 사람을 설득하는 건 소용이 없어. 우주선이 하나로 통합된 뒤에 장교들에게 조종실과 별들을 경험하게 하는 게 훨씬 쉬울 거야."

"그렇지만…."

"피니어스의 말이 맞아." 에르츠가 호일랜드의 말을 막았다. "현실적인 문제가 시급한 때에 종교적인 문제까지 잔뜩 혼란스럽게 늘어놓는 건 쓸데없는 짓이야. 우주선을 평화롭게 만들기 위해 우리 편으로 끌어들일 수 있는 장교들은 많지만, 그 사람들에게 우리가 우주선이 움직인다는 개념을 털어놓으면 온갖 야단법석을 일으킬걸."

"그렇지만…."

"그 문제에 대해 '그렇지만'은 그만해. 피니어스의 말이 맞아. 이건 상식이야. 자, 피니어스. 설득되지 않는 장교들의 문제에 대해 우리는 이렇게 생각해. 첫째, 가능한 한 많은 사람들을 설득하는 건 너와 내가 할 일이야. 우리에게 대항하는 자들은… 뭐, 변환기는 항상 배가 고프지."

피니어스가 고개를 끄덕였다. 암살이라는 행동방침을 듣고도 전혀 동요하지 않은 듯했다. "그게 가장 안전한 계획 같아. 하지만 조금 어렵지 않을까?"

"그 부분은 조/짐 두목이 도와줄 거야. 우리는 우주선 최고 칼잡이들의 지원을 받을 거야."

"알겠어. 두목이 뮤티 전체의 우두머리인 거지?"

"왜 그렇게 생각하는데?" 조가 까닭 모를 화를 내며 말했다.

"글쎄요, 내 짐작에는… 내가 이해하기로는…." 피니어스가 말을 멈췄다. 아무도 그에게 조/짐이 위층 갑판의 왕이라고 말하지 않았다. 피니어스가 언뜻 보이는 모습으로 추정한 것이었다. 갑자기 몹시 불편한 느낌이 들었다. 괜히 합의한 건 아닐까? 이 머리 두 개 달린 괴물이 뮤티를 대표하지 않는다면 그와 협정을 맺는 게 무슨 소용인가?

"내가 미리 명확하게 이야기해줬어야 했는데…." 에르츠가 서둘러 말했다. "두목은 우리가 새로운 행정부를 세울 수 있도록 도울 거야. 그런 후에 우리는 칼을 들고 두목을 도와 나머지 뮤티를 평정할 수 있어. 현재 조/짐 두목이 모든 뮤티의 우두머리는 아니지만, 가장 크고 강한 패거리를 데리고 있어. 우리의 지원을 받으면 두목은 금세 뮤티 전체의 우두머리가 될 거야."

✳

피니어스는 새로운 정보에 맞춰 재빨리 생각을 수정했다. 뮤티 대 뮤티의 싸움, 사관후보생들이 약간 지원을 해준다면 괜찮은 싸움이 될 것 같았다. 다시 생각해보니, 즉각적이고 전면적인 휴전보다 그게 나을 것 같았다. 모든 과정이 끝났을 때, 관리해야 할 뮤티의 숫자가 줄고, 다른 반란이 일어날 가능성도 낮아질 것이다. "알겠어." 피니어스가 동의했다. "그러면… 그 후의 상황에 대해서는 생각해봤어?"

"무슨 뜻이야?" 호일랜드가 질문했다.

"너는 현 선장이 이 계획을 이행하는 모습이 상상이 돼?"

에르츠는 피니어스가 하려는 이야기가 무엇인지 알아챘다. 호일랜드도 어렴풋이 짐작이 되었다.

"그래서?" 에르츠가 말했다.

"누가 새로운 선장이 되어야 할까?" 피니어스가 에르츠를 똑바로 바라보며 물었다.

에르츠는 그 문제에 대해 지금껏 생각해보지 않았다. 권력을 차지하려는 유혈 투쟁에 의한 쿠데타로 이어지지 않으려면, 그 문제를 고민해 둘 필요가 있다는 사실을 이제야 깨달았다. 에르츠는 한때 선장으로 선임되는 꿈을 꾸었었다. 하지만 그는 피니어스 역시 그 길을 향해 가고 있다는 걸 알았다.

에르츠는 호일랜드만큼이나 우주선을 움직이게 만든다는 낭만적인 생각에 끌렸다. 그는 자신의 오랜 야망이 그 계획을 가로막고 있다는 사실을 깨달았다. 에르츠는 약간 아쉽기는 했지만, 오랜 꿈을 포기했다.

"네가 선장이 되어야겠지. 선장을 할 생각이 있어?"

피니어스는 정중하게 그 말을 받았다. "그런 것 같아, 네가 기꺼이 양보해준다면. 에르츠, 너도 훌륭한 선장감이잖아."

에르츠는 고개를 저었다. 그는 현재 시점에 피니어스의 전폭적인 협조가 절실히 필요하다는 사실을 완벽하게 이해했다. "나는 공학팀장이나 계속할래. 여행을 위해 중앙 동력실을 맡고 싶어."

"잠깐만!" 조가 끼어들었다. "난 그 생각에 동의 못 해. 왜 이 사람이 선장이 되어야 하지?"

피니어스가 조/짐을 쳐다봤다. "선장이 되고 싶으세요?" 피니어스는 비아냥거리는 소리처럼 들리지 않게 조심하며 말했다. 선장이 된 뮤티라니!

"허프 같은 소리… 아냐! 하지만 왜 네가 되어야 하는데? 왜 에르츠나 호일랜드가 선장이 되면 안 되는 거야?"

"나는 안 돼요." 호일랜드가 거부했다. "행정 관리를 할 시간이 없을걸요. 난 우주항해사잖아요."

"진지하게 말할게요, 조/짐." 에르츠가 설명했다. "피니어스는 우리에게 필요한 우주선 장교들의 협력을 이끌어낼 수 있는 친구예요."

"젠장, 협력을 안 하면 우리가 그놈들의 목을 베어버리면 되잖아."

"피니어스가 선장이 되면 목을 벨 필요가 없어요."

"난 마음에 안 들어." 조가 투덜대자, 짐이 조용히 시켰다. "조, 왜 이 문제에 흥분하고 그래? 우리가 그런 자리를 원하지 않는 건 조던님도 알아."

"당신이 뭘 걱정하는지 이해합니다." 피니어스가 예의 바르게 말했다. "그렇지만 걱정할 필요가 없어요. 제가 뮤티들을 관리하려면 당연히 당신에게 의지할 수밖에 없을 겁니다. 저는 낮은 갑판을 관리하며 제게 익숙한 일을 하고, 당신은 부선장이 되어 뮤티를 관리하는 거죠. 그 직책을 수행할 생각이 있다면요. 우주선에서 저한테 익숙하지 않은 구역과 알지 못하는 관습을 가진 사람들을 제가 직접 관리하려는 건 어리석은 짓일 겁니다. 당신이 그런 정도로 저를 도와줄 의향이 없다면, 저도 선장 자리를 받아들일 수 없습니다. 그 역할을 해주겠습니까?"

"난 그 계획에 전혀 참여하고 싶지 않아." 조가 반대했다.

"죄송하지만, 그렇다면 저도 선장 자리를 거부할 수밖에 없습니다. 당신이 그 정도로 저를 도와주지 않을 거라면, 저도 그 자리를 맡을 수 없습니다."

"아, 그냥 해, 조." 짐이 우겼다. "그 자리를 맡아, 당분간만이라도. 꼭 해야 될 일이야."

"알았어." 조가 항복했다. "그래도 난 마음에 안 들어."

피니어스는 조/짐이 자신의 선장 승진에 대해 명확하게 동의를 표시하지 않았다는 사실을 모른 체하고 그 문제에 관해 더 이상 언급하지 않았다.

방법과 수단에 대한 토론은 지루하므로 반복할 필요가 없었다. 에르츠와 앨런, 피니어스는 공격 준비가 완료될 때까지 평소의 주거지와 업무로 돌아가야 한다는 생각에 동의했다.

호일랜드는 그들이 고중력층까지 안전하게 내려갈 수 있도록 경호원을 파견했다. "너희가 준비되면 앨런을 올려보내." 사람들이 떠나는 참에 호일랜드가 피니어스에게 말했다.

"그래." 피니어스가 동의했다. "하지만 금방 올 거라고는 기대하지 마. 에르츠와 나는 친구들을 넌지시 떠볼 시간이 필요할 거야. 그리고 늙은 선장의 문제도 있어. 선장을 설득해서 우주선의 모든 장교들을 소집하는 회의를 개최하게 만들어야 해. 선장을 다루는 건 만만치 않아."

"그래, 할 일이 많네. 식사 잘해!"

"식사 잘해."

✳

선장의 지휘를 받으며 우주선을 지배하는 과학 분야 지도자들 전체가 모이는 일은 아주 드문 경우였다. 과학자들은 가장 문명화된 갑판에 있는 사무실들 바로 위층의 커다란 방에 모였다. 금속 세공사 '로이 허프'가 반란을 이끌었던 시대 이전 잊힌 세대들이 살아가던 과거에, 거대한 우주선을 설계한 자들의 계획에 따르면 이 방은 재미있고 건강한 운동을 즐기기 위한 체육관이었다. 하지만 현재의 이용자들은 그 사실을 전혀 알지 못했다.

피니어스는 겉으로 부드러운 표정을 짓고 있었지만, 우주선 장교들의 출석이 표시된 명단을 걱정스럽게 쳐다봤다. 이제 참석자가 거의 다 왔다. 회의 준비가 완료되었다는 사실을 곧 선장에게 알려야만 하는 상황이었다. 그러나 조/짐과 호일랜드에게서는 아무런 전갈이 없었다. 바보 같은 앨런이 말을 전하러 올라가는 길에 살해당한 걸까? 혹시 넘어져서 그 쓸모없는 목이 부러져버린 걸까? 아니면 어느 뮤티의 칼에 배를 찔려 죽었을까?

에르츠가 들어왔다. 그리고 부서장들 사이에 있는 자신의 자리를 찾으러 가기 전에 선장의 의자 앞에 있는 피니어스의 자리로 왔다. "어때?" 에르츠가 조용히 물었다.

"괜찮아." 피니어스가 에르츠에게 말했다. "그런데 아직 전갈이 오지 않았어."

"흠…." 에르츠는 고개를 돌려 참석자 중에 자신을 지지하는 사람들을 어림잡아 세어봤다. 피니어스도 에르츠를 따라 지지자들을 세었다. 다수는 아니었다. 확실히 과반은 못 됐다. 이렇게 급진적인 의견이 과반의 지지를 받기는 몹시 힘들었다. 그러나 이 문제는 투표로 결정되지 않을 것이다.

명단을 담당하는 직원이 피니어스의 팔을 살짝 건드렸다. "병가로 쉬는 사람들과 변환기를 관리하는 한 명을 제외하고 전원이 참석했습니다."

피니어스는 뭔가가 잘못되었다는 언짢은 기분을 느끼며, 선장에게 알리라고 지시했다. 선장은 여느 때와 마찬가지로 다른 사람들의 안락함과 편의를 완전히 무시하고, 자신이 내킬 때까지 꾸물거리다가 모습을 드러냈다. 피니어스는 지연되는 상황이 기쁘면서도 참담한 기분으로 그 시간을 견뎠다. 이윽고 늙은 선장이 당번병들의 부축을 받으며 어기적어기적 들어와 자기 자리에 털썩 앉았다. 선장은 역시 여느 때와 마찬가지로 회의를 빨리 끝내려 조바심을 쳤다. 그는 손을 흔들어 다른 이들을 앉히고, 피니어스에게 시작하도록 지시했다.

"아주 좋아. 피니어스 중령, 의안을 제출하게. 자네가 의안을 준비했지?"

"네, 선장님. 준비했습니다."

"그러면 의안을 읽게. 이봐, 어서 의안을 읽어! 왜 시간을 끄는 건가?"

"네, 알겠습니다." 피니어스가 낭독 담당 사무원을 돌아보며 문서 다발을 건넸다. 사무원은 곤혹스러운 얼굴로 선장과 피니어스를 힐끗 쳐다봤지만, 피니어스가 별다른 말을 않자, 건네받은 문서를 읽기 시작했다. "청원서. 원로회와 선장님께, 제9구역 마을 행정관으로서 고령이 되어 허약해진 브라운 중위는 모든 임무에서 풀려나 은퇴하기를 간청합니다⋯." 사무원이 계속 읽었다. 장교들과 부서에서 염두에 둔 추천자에 대한 내용이었다.

선장이 참을성 없이 자리에서 몸을 비비 꼬더니 결국 낭독을 중단시켰다. "피니어스, 이게 대체 뭐야? 일상적인 문제는 이 야단법석을 피우지 않고도 자네가 처리할 수 있지 않나?"

"최근에 비슷한 문제를 처리한 방식에 대해 선장님께서 불쾌하게 생각하셨던 것으로 이해했습니다. 저는 선장님의 특권을 침해할 의향이 전혀 없습니다."

"이 녀석이 말도 안 되는 소리를 하고 있어! 나한테 율법이 어떻다는 소리 하지 마. 원로회에서 결정을 하고, 그 결정을 내게 가져와서 검토받아."

"네, 알겠습니다." 피니어스가 낭독 담당 사무원에게서 그 문서를 받고 다른 문서를 줬다. 사무원이 읽었다.

마찬가지로 제3구역 마을에서 일어난 사소한 문제였다. 그들의 수경 재배 농지가 원인 모를 마름병에 걸렸다는 이유로 세금의 감면과 유예를 요청하는 내용이었다. 선장은 이 문제에 대해서는 더욱 참지 못하고 금세 끼어들었다. 그때 기다리던 전갈이 도착하지 않았더라면 피니어스가 회의를 계속 진행하기 위해 내밀 핑곗거리가 몹시 궁색해졌을 것이었다. 회의실 바깥에 있는 부하가 가지고 들어온 것은 그저 양피지 한 조각이었다. 양피지에는 딱 한 단어만 적혀 있었다. "준비." 피니어스는 전갈을 보고, 에르츠에게 고갯짓을 한 후 선장에게 말했다.

"선장님이 승무원들의 청원을 들으려 하지 않으시므로, 지체 없이 이번 회의의 본 의안으로 넘어가겠습니다." 그 말투에 감춰진 오만한 태도 때문에 선장이 미심쩍은 눈초리로 노려봤지만, 피니어스는 계속 진행했다. "수많은 세대를 거치며 수많은 증언자들이 승계되어 내려오는 동안, 승무원들은 뮤티의 약탈로 고통을 받았습니다. 우리의 가축, 우리의 아이들, 심지어 우리 자신까지도 끊임없이 위험에 처했습니다. 조던님이 만드신 율법은 우리가 사는 갑판 위쪽의 갑판에서는 지켜지지 않습니다. 선장님 본인조차 우주선 위쪽 갑판은 자유롭게 여행을 할 수 없습니다.

지금까지 조던님이 그렇게 정하셨다고 믿었습니다. 조상의 죄악을 아이의 피로 속죄하는 것이라 믿었습니다. 우리는 그게 조던님의 의지라고 배웠습니다.

저는…, 저로서는 우주선의 질량을 끊임없이 고갈시키는 상황을 쉽게 받아들일 수 없었습니다." 피니어스가 말을 멈췄다.

늙은 선장은 자신의 귀가 믿기지 않았다. 그러나 입은 믿을 수 있었다. 선장이 손으로 피니어스를 가리키며 새된 소리를 냈다. "지금 가르침을 부정하려는 거냐?"

"아닙니다. 가르침이 우리에게 뮤티들을 율법에서 제외하라고 명하시지 않았다는 주장을 하는 겁니다. 결코 그렇지 않았습니다. 제 주장은 뮤티들이 율법의 지배를 받도록 하자는 겁니다!"

"너… 넌 파면이야, 이놈아!"

"아니요." 피니어스가 대답했다. 이제 그는 노골적으로 건방진 표정을 지으며 말했다. "내가 말을 다 마칠 때까지 기다려요."

"저놈을 체포해!" 선장의 당번병들이 벌떡 일어서긴 했지만, 불편한 표정으로 우왕좌왕했다. 그들을 선발한 사람이 피니어스였기 때문이었다.

피니어스가 놀란 원로회원들을 향해 고개를 돌렸다. 그리고 에르츠와 눈이 마주쳤다. "그래, 지금이야!" 피니어스의 말에 에르츠가 자리에서 일어나 문을 향해 달려갔다. 피니어스는 계속 말했다. "여러분 중 많은 분들이 저와 같은 생각입니다. 하지만 저희는 그런 결과를 만들어내기 위해서는 싸울 수밖에 없을 거라 생각해왔습니다. 그런데 조던님의 은혜로, 저는 뮤티들과 접촉하고 휴전을 제안할 수 있었습니다. 뮤티 지도자들이 저희와 협상하기 위해 이곳으로 왔습니다. 저기를 보세요!" 피니어스가 극적인 몸짓으로 문을 가리켰다.

✳

에르츠가 다시 나타났다. 그의 뒤를 호일랜드와 조/짐, 보보가 따랐다. 호일랜드가 오른쪽으로 벽을 따라가며 회의실을 빙 돌았다. 뮤티들이 한 줄로 그의 뒤를 따랐다. 조/짐이 데리고 있는 최고의 칼잡이들이었다. 다른 줄은 조/짐과 보보를 따라 왼쪽으로 갔다.

조/짐과 호일랜드, 그리고 좌우에 늘어선 뮤티들 중 대여섯 명은 허리 아래까지 내려오는 조잡한 갑옷을 걸쳤다. 갑옷 위로는 우스꽝스러운 투구와 철망을 썼는데, 시야를 크게 방해받지 않으면서 머리를 보호할 수 있었다. 갑옷을 입은 뮤티들과 다른 몇몇은 듣도 보도 못한 칼을 들고 있었다. 어른의 팔 길이만 한 칼이었다!

장교들이 소스라치게 놀랐다. 그들이 사전에 경고와 지도를 받았다면, 뮤티들이 들어온 좁은 통로에서 침입을 막을 수 있었을 것이었다. 그러나 장교들은 지리멸렬하고 무력했으며, 그들의 최상층 지도자들이 침략자를 불러들인 상황이었다. 장교들은 의자에 앉은 채 이리저리 자세를 바꾸며 칼을 잡고 불안한 눈빛으로 이쪽저쪽을 힐긋거렸다. 하지만 먼저 나서서 행동을 펼치며 유혈이 낭자한 싸움을 시작할 사람은 아무도 없었다.

피니어스가 선장을 돌아보며 말했다. "어떡할래요? 이 대표단을 평화롭게 맞이하겠습니까?"

선장의 나이와 기름진 생활이 대답을 방해하는 듯했다. 다시는 어떤 대답도 할 수 없을 것 같았다. 하지만 그가 쉰 목소리로 소리쳤다. "저놈들을 여기서 내보내! 내보내라고! 너… 넌 이 일의 책임을 지고 여행을 떠나게 될 거야!"

피니어스가 고개를 돌려 조/짐을 쳐다보고는 엄지손가락을 위로 치켜들었다. 짐이 보보에게 뭔가 말했다. 그러자 칼 한 자루가 선장의 뚱뚱한 배로 날아가 손잡이까지 파고들었다. 선장은 비명보다 꽥꽥 소리에 가까운 괴성을 냈고, 얼굴에 깜짝 놀란 표정이 퍼졌다. 그리고 칼이 정말로 거기에 있는지 확인이라도 하듯 손잡이를 어색한 자세로 거머쥐었다. "반란이…." 선장이 말했다. "반란…." 그리고 의자에서 무너져 내리며 말끝이 흐려졌다. 그의 얼굴이 갑판에 묵직하게 내려앉았다.

피니어스가 발로 선장을 밀어내며 두 당번병에게 말했다. "밖으로 끌어내." 그가 명령했다. 당번병들은 할 일이 생기고 자신들에게 그 일을 시켜줘 다행이라는 듯 피니어스의 지시에 따랐다. 피니어스가 조용히 지켜보고 있는 대중을 향해 돌아섰다. "뮤티와 평화롭게 지내는 것에 반대하는 사람 또 있습니까?"

멀리 떨어진 마을에서 판사이자 영적인 조언자로 몽상하며 일생을 보낸 나이가 지긋한 장교가 자리에서 일어났다. 그리고 빼빼 마른 손가락으로 피니어스를 가리키며 분노한 얼굴로 흰 수염이 난 턱을 앞으로 내밀었다. "조던님께서 이런 짓을 한 너를 벌할 것이야! 반란과 죄악… 이 허프 같은 녀석아!"

피니어스가 조/짐에게 고개를 끄덕였다. 노인의 말이 목구멍에서 쿨럭쿨럭 쏟아져 내리고, 칼끝이 한쪽 귀 아래로 튀어나왔다. 보보는 만족스러운 얼굴이었다.

"자, 대화는 이 정도면 충분합니다." 피니어스가 발언했다. "나중에 수없이 많은 피를 흘리는 것보다는 지금 약간의 피를 흘리는 게 낫습니다. 이 문제에 대해 저와 생각이 같은 분들은 일어나 앞으로 나오세요."

에르츠가 앞장서서 성큼성큼 걸어나가며, 가장 확실한 자기 지지자들을 부추겨 함께 나갔다. 회의실 앞에 도착한 에르츠는 자신의 칼을 꺼내 위로 치켜들었다. "피니어스 나비 선장님께 경의를 표합니다!"

에르츠를 따라서 나온 지지자들도 달리 어쩔 도리가 없었다. "피니어스 나비 선장님!"

과학자들 중 반체제적인 합리주의자 단체의 중추를 이루는 피니어스 패거리의 건장한 젊은이들이 일제히 앞으로 나와 합류하며 칼끝을 높이 처들고 새로운 선장에게 환호했다. 아직 결정하지 못한 자들과 기회주의자들은 칼날이 어느 쪽을 향하고 있는지 보고는 허겁지겁 그 대열에 합류했다. 분할이 마무리되었을 때, 아직 뒤에 남아 있는 우주선의 장교들은 한 줌밖에 되지 않았다. 대부분 노인이거나 과도하게 종교적인 부류였다.

에르츠는 피니어스 선장이 그들을 쳐다본 후 조/짐을 향해 눈길을 돌리는 모습을 보았다. 에르츠가 피니어스의 팔을 잡았다. "저쪽은 아주 소수일 뿐이야. 사실상 무력해." 그가 지적했다. "저들의 무장을 해제하고 퇴임시키면 안 될까?"

피니어스가 에르츠를 퉁명스럽게 쳐다봤다. "저들을 살려두면 반란을 일으킬 거야. 나 혼자 결정을 내릴 수 있어, 에르츠."

에르츠가 입술을 깨물었다. "훌륭하네, 선장님."

"이 방식이 나아." 피니어스가 조/짐에게 신호했다.

긴 칼들 덕분에 일은 빠르게 끝났다.

호일랜드는 학살에 참여하길 주저했다. 호일랜드의 능력을 알아보고 과학계로 선발해준 마을의 과학자, 그의 오래된 스승 넬슨 대위가 그 집단에 있었다. 그가 예상하지 못했던 변수였다.

✳

세계 정복과 통합. 충성이 아니면 칼. 조/짐의 패거리는 피니어스 선장이 파견한 피가 뜨거운 젊은 후보생들의 지원을 받아 중간 갑판과 위층 갑판을 구석구석 수색했다. 본성적으로 개인주의적이고 자기 패거리 우두머리에게만 충성하는 뮤티들은 조/짐의 체계적인 전술에 상대가 되지 못했으며, 방어할 준비를 갖추기 전에 때리는 낯설고 긴 칼에 맞설 무기를 갖추지 못했다.

두 개의 현명한 머리가 있는 패거리에 얌전히 항복하는 게 낫다는 소문이 뮤티 지역에 퍼져나갔다. 항복을 한 자들은 좋은 식사를 할 수 있지만, 항복하지 않는 자들은 죽음을 피할 수 없다고 했다.

그럼에도 불구하고 길고 느린 과정이었다. 갑판이 너무 많았고, 어두운 복도들이 너무도 길었고, 진압되지 않은 뮤티들이 숨을 수 있는 선실이 셀 수 없이 많았다. 게다가 타격대가 뮤티들을 쓸어버리자마자 조/짐이 최대한 빨리 각 구역, 갑판, 계단통마다 경찰 순찰대와 내부 경비를 세워두려 했기 때문에 진행하면 할수록 더욱 속도가 느려졌다.

피니어스로서는 실망스럽게도 두 머리의 남자는 전투를 진행하는 도중에 살해당하지 않았다. 조/짐은 가지고 있던 책을 통해 장군은 전투에 직접 참여할 필요가 없다는 지식을 배웠기 때문이었다.

호일랜드는 조종실에 박혀 꼼짝도 하지 않았다. 그는 복잡한 제어만큼이나 난해한 우주선 탄도학의 방법과 원리를 숙달하는 문제에는 몹시 관심이 많았지만, 유혈이 낭자한 숙청과 관련된 모든 일이 불쾌하게 느껴졌다. 넬슨 대위 때문이었다. 폭력과 죽음은 호일랜드에게 익숙했고, 아래층에서도 흔히 일어나는 일이었다. 호일랜드는 넬슨의 죽음에 대해 개인적인 책임감을 느낄 정도로 그 노인을 매우 높게 평가한 것은 아니었지만, 그럼에도 그 사건은 막연히 불쾌하게 느껴졌다.

호일랜드는 그저 그런 일이 일어나지 않았으면 좋았을 거라 생각했다.

그러나 조종실은… 아! 조종실에는 인간이 정열을 쏟을 만한 무언가가 있었다. 호일랜드는 지구인이라면 불가능하다고 거부했을 과업을 시도했다. 지구인들은 성간 우주선의 조종과 운영이 매우 어려운 작업이라는 사실을 잘 알았다. 이보다 작은 우주선의 조종에 대한 광범위한 경험과 함께 진행되는 최고의 기술 교육을 이수해야만 이 우주선의 조종에 필요한 집중적이고 전문화된 추가 훈련을 받을 수 있을 정도였다.

호일랜드는 그런 사실을 알지 못했다. 그래서 그는 계속 진행했고, 되는대로 했다.

그런 시도를 하는 동안 호일랜드는 설계자들의 천재성에 많이 의지했다. 기계들의 제어는 대부분 쉽게 이해할 수 있도록 단순한 한 쌍으로 이루어졌는데, '가다-서다', '밀다-당기다', '위-아래', '안-밖', '켜다-끄다', '왼쪽-오른쪽'의 변형과 조합이었다. 진짜 어려운 부분은 유지와 보수, 정비와 교체였다.

그러나 우주선 뱅가드호의 제어와 중앙 동력 장치는 유지와 보수가 필요 없었다. 그 장치들은 전혀 복잡할 게 없었으며, 움직이는 부분이 없었고, 마찰도 없었다. 조절 범위를 벗어나지도 않았다. 호일랜드가 자신이 다루는 기계를 이해하고 수리해야 했다면 조종 시도는 엄두도 내지 못했을 것이다. 열네 살짜리 아이를 가족용 비행차에 태워서 동반자 없이 하룻밤에 1천 킬로미터를 날아가게 했을 때, 그 아이가 비행차에 손상을 입히거나 문제를 일으킬 방법을 찾아낼 확률보다는 비행 중에 과식으로 아플 확률이 더 높다. 비행차는 조종이 잘못될 경우 스스로 착륙해서 수리할 승무원에게 신호를 보낸다. 그래서 수리 담당 승무원이 중요하다. 어린아이는 비행차를 혼자 수리하지 못하기 때문이다.

그러나 우주선 뱅가드호는 수리할 승무원이 필요 없었다. 수송 벨트, 엘리베이터, 자동 마사지기, 자동취사기계처럼 별로 중요하지 않은 보조적인 기계들은 예외였다. 어쩔 수 없이 움직이는 부품을 사용해야 하는 기계들은 첫 증언자가 등장하기 이전에 닳아서 못 쓰게 되었다. 쓸모없어진 질량은 보조 변환기로 들어가거나 더 단순한 다른 용도로 사용되었다. 호일랜드는 그런 기계가 존재했었다는 사실조차 알지 못했다. 대부분의 선실에 달린 문이 제거된 상태가 호일랜드에게는 원래부터 그런 것이었을 뿐이므로 이상하게 생각할 이유가 없었다.

호일랜드는 우주선의 제어를 이해하려 노력하는 동안 두 가지 사실에서 도움을 받았다.

첫째, 우주선 탄도학은 매우 단순한 문제로서, 운동 제2법칙인 가속도의 법칙에 역제곱을 적용하는 것에 지나지 않았다. 우리가 쉽게 생각하기에는 전혀 그럴 것 같지 않지만, 그것이 진실이다. 잠재의식적이긴 하지만, 케이크를 구울 때 이보다 훨씬 더 많은 공학 지식을 필요로 한다. 스웨터를 뜨개질할 때는 이보다 훨씬 더 복잡한 수학적 관계에 대한 무의식적인 이해가 필요하다. 뜨개질한 의상의 위상수학 말이다. 그래도 직접 한번 해보라!

신경학이나 촉매는 복잡한 주제라고 할 수 있겠지만, 탄도학은 결코 복잡한 문제가 아니다.

둘째, 설계자들은 뱅가드호가 출발한 이후 수 세대가 지나기 전에는 목적지에 도착하지 않으리라는 사실을 명확히 알았다. 그래서 그들은 뱅가드호의 착륙을 지휘하게 될, 아직 태어나지 않은 조종사가 쉽게 이해할 수 있는 우주선을 만들려 했다. 설계자들은 뱅가드호 승무원들의 기술 문화에 이런 정도의 단절이 발생하리라고는 예상하지 못했지만, 제어 장치를 단순하고, 따로 설명이 필요 없으며, 바보라도 이용할 수 있도록 만들기 위해 최선을 다했다. 우주여행이라는 개념을 이해하는 똑똑한 열네 살짜리 아이라면 몇 분 내에 그 장치들을 이해할 수 있는 수준이었다. 그러나 우주선이 우주 전체라고 믿는 문화에서 자란 호일랜드는 그렇게 빨리 이해할 수 없었다.

그는 '천문학적 거리'와 '시간 계측'이라는 두 개의 낯선 개념 때문에 애먹었다. 호일랜드는 뱅가드호를 위해 특별히 설계된 지연 작동식 장거리 시차 관측 형태의 거리 측정기를 작동시키는 방법을 배워야 했다. 그리고 20여 개의 천체를 측정한 후에야, 그는 자신이 얻어낸 결괏값이 어떤 의미인지 전혀 이해할 수 없다는 사실을 깨달았다. 표시 눈금은 파섹 단위였는데, 의미를 알 수 없었다. 호일랜드는 성스러운 책들의 도움을 받아 그 결괏값을 자신이 이해할 수 있는 길이 단위로 변환하려 시도했는데, 그가 보기에는 확실히 틀렸으며, 불합리하다고 확신할 만한 숫자가 나왔다. 확인하고 또 확인했다. 그리고 오랜 시간 곰곰이 생각한 끝에 호일랜드는 의도치 않게 천문학적 규모에 관해 어렴풋이 이해하게 되었다.

호일랜드는 그 개념 때문에 놀라고 당황했다. 여러 밤 동안 그는 조종실을 멀리한 채 공허감과 의기소침에 빠져 지냈다. 호일랜드는 그 시간 동안 자신과 살림을 차릴 여성들을 살펴봤는데, 그가 오래전 조/짐에게 붙잡힌 이후로 이 문제에 대해 생각할 기회와 감정이 동시에 갖춰진 것은 처음이었다. 부인 후보는 셀 수 없이 많았다. 젊은 여성들이 수없이 많았을 뿐만 아니라, 조/짐의 군사 작전 때문에 과부들이 많이 생겼기 때문이었다. 호일랜드는 우주선의 새로운 조직 구성에서 자신의 지도자적 위치를 이용해 여성을 두 명 선택했다. 첫 번째 여자는 몹시 유능한 과부로서 남자에게 가정의 안락함을 제공해주었다. 호일랜드는 그녀를 중력이 낮은 위층의 새로운 집에 지내도록 하고, 그녀에게 행동의 자유를 주었으며, 클로이라는 원래 이름을 사용할 수 있도록 허용했다.

다른 여자는 뮤티로서 미숙하고 거친 여성이었다. 호일랜드는 자신이 왜 그녀를 선택했는지 스스로도 이해가 되지 않았다. 확실히 장점이라곤 없었지만, 그녀를 보면 즐거웠다. 호일랜드가 그녀를 자세히 살펴보는 동안 그녀가 깨물어서, 호일랜드는 반사적으로 그녀를 쳤다. 그 문제는 그렇게 끝났어야 했다. 그러나 나중에 호일랜드는 여자의 아버지에게 그녀를 보내라는 전갈을 남겼다.

호일랜드는 그녀에게 이름을 붙이는 문제에는 관심이 없었다.

호일랜드에게 시간의 계측은 천문학적 거리만큼이나 혼란스러운 개념이었지만, 정서적인 불편함은 없었다. 그 문제 역시 우주선 안에서는 그런 개념이 없었던 탓이었다. 승무원들에게 위상학적 시간의 관념은 있었다. 그들은 '현재', '이전', '이후', '지금까지', '앞으로' 같은 개념을 이해했고, '긴 시간'과 '짧은 시간' 같은 개념도 있었다. 그러나 시간을 측정한다는 개념은 이 문화에서 사라졌다. 지구에서는 가장 원시적인 문화에서조차, 비록 날과 계절 정도에 한정되더라도 시간을 측정한다는 개념이 있었다. 그러나 지구에서 시간 측정에 대한 모든 개념은 천문학적인 현상에서 기원했다. 승무원들은 셀 수 없이 많은 세대가 지나는 동안 모든 천문학적인 현상에서 분리된 채 살아왔다.

호일랜드의 바로 앞 제어 장치 위에는 우주선 안에서 유일하게 작동하는 시계가 있었다. 그러나 그 시계가 뭐에 쓰는 물건인지, 그리고 다른 계기판에 나타난 게 무엇인지 호일랜드가 파악하기까지는 아주 오랜 시간이 걸렸다. 그러나 그런 개념을 이해하기 전에는 우주선을 제어할 수 없었다. 속도, 그리고 거기에서 파생된 가속과 변속은 시간 계측을 바탕으로 하기 때문이다.

마침내 호일랜드는 이 두 개의 새로운 개념을 이해하고 몇 번을 곱씹었다. 그리고 이 개념을 염두에 두고 고대 책들을 다시 읽은 호일랜드는, 매우 제한적이고 이론적인 의미이긴 하지만, 우주항해사가 되었다고 할 수 있었다.

호일랜드는 질문을 하기 위해 조/짐을 찾았다. 조/짐은 노력을 기울일 의향이 있을 때 훌륭한 통찰력을 보여주었다. 조/짐이 피상적인 평론가로 머무른 것은 그에게 그럴 의향이 거의 없었기 때문이었다.

호일랜드가 조/짐의 숙소에서 막 떠나는 피니어스를 봤다. 피니어스와 조/짐은 뮤티 진압 작전을 실행하기 위해 자주 만나 논의했다. 둘은 의외로 마음이 잘 맞아서 서로에게 놀랐다. 피니어스는 유능한 행정가로서 자신의 권한을 위임할 줄 알았으며, 불필요하게 닦달하는 법도 없었다. 조/짐은 지금까지 그가 다뤄왔던 어떤 부하보다 유능한 피니어스를 볼 때 놀라웠고 기뻤다. 두 사람 사이에는 애정이 없었지만, 둘은 자신에게 필적하는 상대방의 지성과 강한 야욕을 알아보았다. 그리고 서로의 혐오스러운 취향을 존중하면서도 유감스럽게 여겼다.

"식사 잘하세요, 선장님." 호일랜드가 피니어스에게 공손히 말했다.

"아…, 어이, 호일랜드." 피니어스가 대답하더니, 고개를 돌려 조/짐에게 말했다. "그러면 결과 보고를 기다리겠습니다."

"자네한테 보고가 갈 거야." 조가 동의했다. "이제 겨우 낙오자 수십 명밖에는 안 남았어. 우리는 놈들을 사냥하거나 굶겨 죽일 거야."

"제가 끼어들어도 될까요?" 호일랜드가 물었다.

"아니, 난 곧 갈 거야. 이봐, 친구, 그 대단한 일은 어떻게 되어가?" 피니어스가 짜증스러운 미소를 지었다.

"뭐, 그럭저럭 잘돼. 느리기는 하지만 말이야. 보고해줄까?"

"서두를 필요는 없어. 아, 그건 그렇고, 내가 조종실과 중앙 동력실에, 실은 무중력층 전체에 뮤티와 승무원이 접근하지 못하도록 금지시켰어."

"그래? 무슨 이야긴지 대충 알 것 같아. 장교들 외에는 거기에 올라갈 필요가 없지."

"내 말을 잘못 이해한 모양인데, 전면 금지를 실시하면 장교들도 못

가는 거야. 물론 우리는 갈 수 있어."

"그렇지만… 그렇지만… 그렇게 하면 안 돼. 장교들에게 진실을 납득시킬 수 있는 효과적인 유일한 방법이 그들을 거기로 데려가서 별을 보여주는 거잖아!"

"내 말이 바로 그거야. 내가 행정부를 제대로 정비하기 전까지는 장교들을 혼란스럽게 만들면 안 돼. 그럴 경우 종교적인 논쟁을 일으키고 규율이 엉망진창될 거야."

호일랜드는 너무 화가 나고 아연실색해서 즉시 대꾸하지 못했다. "그렇지만…." 그가 간신히 입을 열었다. "그렇지만 그게 바로 핵심이야. 그걸 하라고 널 선장으로 만든 거잖아."

"그런데 난 선장으로서 정책에 대해 최종적인 판단을 내릴 수밖에 없어. 그건 이미 결정된 문제야. 내가 괜찮다는 판단을 내릴 때까지 조종실뿐만 아니라 무중력층 전체에 아무도 데려가지 마. 넌 기다려야 해."

"그게 좋을 것 같아, 호일랜드." 짐이 거들었다. "우리가 전쟁을 치르는 동안에는 괜히 문제를 만들지 않는 게 좋아."

"이건 확실히 짚고 넘어가자…." 호일랜드가 끈질기게 말했다. "이게 임시 정책인 거지?"

"그렇게 받아들여도 돼."

"그렇군…, 알았어." 호일랜드가 인정했다. "그런데 잠깐만…. 에르츠와 나는 곧 조수를 훈련시켜야 해."

"좋지. 후보를 골라서 나한테 알려주면 내가 임명해줄게. 마음에 둔 사람 있어?"

호일랜드가 생각했다. 그는 사실 조수가 필요 없었다. 조종실에 가속용 의자가 여섯 개 있긴 했지만, 일급 우주항해사의 의자에 앉은 한 사람만이 우주선을 조종할 수 있다. 중앙 동력실의 에르츠도 같은 상태였는데, 한 가지가 달랐다. "에르츠에게는 중앙 동력실까지 물건을 옮겨줄 짐꾼이 필요해."

"에르츠한테 그렇게 하라고 해. 내가 서류에 서명할게. 뮤티였던 이들을 짐꾼으로 쓰라고 해. 하지만 이전에 가봤던 사람들 말고는 아무도 조종실에 가면 안 돼." 피니어스는 반론을 묵살하듯 고개를 휙 돌리고 떠났다.

✳

호일랜드는 피니어스가 떠나는 모습을 지켜본 뒤 말했다. "두목, 난 이게 마음에 안 들어요."

"왜?" 짐이 물었다. "그게 합리적이야."

"그렇겠죠. 그렇지만… 글쎄요, 젠장! 어찌 됐든, 나는 진실이 누구에게나 자유롭게 열려 있어야 한다고 생각해요, 언제나!" 호일랜드는 몹시 당황하고 화가 난 듯 양손을 펼치며 이야기했다.

조/짐이 그를 의아한 눈빛으로 쳐다봤다. "그것참 재미있는 생각이네." 조가 말했다.

"네, 알아요. 상식은 아니죠. 하지만 그래야 할 것 같아요. 아, 뭐, 됐어요. 두목을 만나러 온 건 그 문제 때문이 아니에요."

"무슨 이야기를 하러 왔는데?"

"우리가 어떻게 해야…, 있잖아요, 여행을 끝낼 수 있을까요? 우주선을 행성에 닿게 하는 거 말이에요, 이렇게…." 호일랜드는 두 주먹을 하나로 모았다.

"그래, 계속 말해봐."

"음, 여행을 마치면 우주선에서 어떻게 나가죠?"

쌍둥이가 당황한 표정을 짓더니 둘이서 논쟁을 시작했다. 마침내 조가 짐의 말을 잘랐다. "잠깐만, 짐. 이 문제를 논리적으로 생각해보자. 우리는 우주선에서 나가기로 계획이 되어 있었어. 그건 문이 있다는 뜻이야, 그렇지 않아?"

"그래, 물론이지."

"여기 위쪽에는 문이 없어. 문은 아래의 고중력층에 있을 수밖에 없어."

"하지만 그렇지 않아요." 호일랜드가 반론했다. "아래층은 전체적으로 잘 알려져 있어요. 거기에 문 같은 건 없어요. 위쪽의 뮤티 지역에 있는 게 틀림없어요."

"그렇다면…." 조가 이어서 말했다. "문은 우주선의 앞쪽 끝에 있거나 뒤쪽 끝에 있어야 해. 그렇지 않으면 아무 데도 못 가니까. 뒤쪽은 아니야. 중앙 동력실 뒤쪽에는 단단한 격벽밖에 없어. 앞쪽일 거야."

"바보 같은 소리!" 짐이 끼어들었다. "거기엔 조종실과 선장의 베란다밖에 없어."

"아, 그래? 그럼, 잠긴 선실들은 어때?"

"그건 문이 아니야. 아무튼 바깥으로 나가는 문은 아니야. 조종실 뒤에 있는 격벽일 뿐이야."

"아냐, 멍청아. 바깥으로 이어진 문일 거야."

"멍청하다고, 어? 그 말이 맞더라도, 어떻게 그 문을 열 건데? 똑똑한 녀석이 대답해봐."

"그런데 잠긴 선실이라니, 그게 뭐예요?" 호일랜드가 물었다.

"몰랐어? 중앙 통로에서 조종실로 들어가는 문이 있는 격벽에 일곱 개의 문이 일정한 간격을 두고 있어. 그 문들은 우리도 아직 못 열어봤어."

"그렇군요. 어쩌면 그게 우리가 찾는 걸 수도 있어요. 가서 보죠!"

"시간 낭비야." 짐이 주장했다.

그러나 그들은 갔다.

보보도 함께 가서 그 엄청난 힘으로 문을 열려고 시도했다. 하지만 보보가 불룩하게 부풀어 오른 근육으로 힘을 써도, 문을 작동시키는 것처럼 생긴 손잡이는 꿈쩍도 하지 않았다. "자…." 짐이 다른 쌍둥이를 비웃었다. "봤지?"

조가 어깨를 으쓱했다. "알았어…. 네가 이겼어. 내려가자."

"잠깐만요." 호일랜드가 사정했다. "저 뒤의 두 번째 문 말이에요, 손잡이가 조금 틀어진 것 같아요. 저 문에서 다시 한 번 시도해보죠."

"유감이지만, 소용없는 짓이야." 짐이 지적했다. 하지만 조가 말했다. "아, 그래. 이왕 올라왔으니까."

보보가 다시 시도했다. 어깨를 손잡이 아래에 끼워 넣고 다리 힘을 이용해 밀어 올렸다. 손잡이가 갑자기 획 돌았다. 하지만 문은 열리지 않았다. "보보가 부러뜨린 모양이네." 조가 말했다.

"그러게요." 호일랜드가 그 말을 받았다. "그런 모양이네요." 호일랜드가 손으로 문을 짚으며 말했다. 문이 획 열렸다.

✳

문은 외부 우주로 연결되지 않았다. 이 세 사람은 외부 진공상태의 위험을 주의할 만한 경험이 전혀 없었기 때문에, 그 사실은 이들에게 다행이었다. 그들은 아주 짧고 좁은 전실을 지나 살짝 열려 있는 다음 문으로 갔다. 그 문은 경첩에 걸려 있었지만, 살짝 열려 있어서 어느 쪽으로도 고정되지 않았다. 아마 마지막으로 그 문을 이용한 사람이 금속 표면이 서로 달라붙어 꼼짝도 못하게 될까 봐 조심하느라 그렇게 놔뒀을 것이다. 하지만 그 사실을 알 수 있는 사람은 현재 아무도 없었다.

그 문은 보보의 괴력으로 쉽게 열렸다. 2미터 뒤에 또 다른 문이 있었다. "난 이해가 안 돼." 보보가 세 번째 문을 잡아당길 때 짐이 투덜거렸다. "대체 뭣 때문에 이렇게 문을 끝도 없이 연달아 만들어놓은 걸까?"

"기다려. 알게 되겠지." 그의 쌍둥이 형제가 말했다.

세 번째 문의 뒤는 또 다른 문이 아니라 방이었다. 선실이 잔뜩 있었다. 작고 특이한 모양의 선실들이 다닥다닥 붙어 있었다. 보보가 칼을 입에 물고 앞으로 쏜살같이 날아가 그 장소를 조사했다. 보보의 흉측한 몸뚱이가 우아하게 날아갔다. 호일랜드와 조/짐은 조금 천천히 날아갔는데, 그 장소의 기묘한 상태가 시선을 끌었다.

보보가 돌아왔다. 격벽을 발로 짚어 능숙하게 속도를 죽이며 입에서 칼을 빼고 보고했다. "문 없다. 더 이상 아무 데도 문 없다. 보보 봤다."

"문이 있어야 해." 호일랜드가 자신의 희망을 허물어버린 난쟁이를 화난 얼굴로 쳐다보며 우겼다.

둔한 보보가 어깨를 으쓱했다. "보보 봤다."

"우리도 살펴볼게." 호일랜드와 쌍둥이는 각자 다른 방향으로 날아가 조사 구역을 나눴다.

호일랜드는 문을 찾지 못했지만 훨씬 더 흥미로운 것을 발견했다. 이건 불가능했다. 호일랜드가 조/짐에게 소리를 지르려던 그 순간 자신의 이름을 부르는 소리를 들었다. "호일랜드! 이리 와!"

호일랜드는 마지못해 자신이 발견한 것에서 떠나 쌍둥이를 찾아갔다. "이리 와서 내가 발견한 걸 보세요."

호일랜드가 말하기 시작했을 때, 조가 그의 말을 잘랐다. "그건 아무것도 아니야. 저걸 봐." 호일랜드가 쳐다봤다.

"저건 변환기야. 생각하기 힘든 일이지만 변환기가 확실해." 조가 말했다. "말도 안 돼." 짐이 따졌다. "이런 크기의 선실에는 변환기가 필요 없어. 저거면 우주선의 절반에 동력과 불빛을 공급할 수 있을 거야. 호일랜드, 네 생각은 어때?"

호일랜드가 그 기계를 살펴봤다. "모르겠네요." 그가 인정했다. "그렇지만 이게 이상하게 생각된다면 내가 발견한 걸 보러 오세요."

"네가 뭘 발견했는데?"

"와서 봐요."

✳

쌍둥이가 호일랜드를 따라가서 작은 선실을 봤다. 한쪽 벽이 유리처럼 보였다. 유리 건너편이 막힌 듯 검은색이었다. 유리벽 앞에는 가속용 의자 두 개가 나란히 있었다. 의자의 팔걸이와 보조 책상은 주 조종실의 의자에 있는 제어용 불빛과 동일한 종류의 하얗고 작은 불빛들의 무늬로 덮여 있었다.

　조/짐은 처음에 아무 말이 없었다. 짐이 낮게 휘파람을 불었을 뿐이었다. 그리고 의자에 앉아 조심스럽게 제어판을 만지기 시작했다. 호일랜드도 그 옆 의자에 앉았다. 조/짐이 의자 오른쪽 팔걸이의 하얀 불빛들을 손으로 덮자 선실의 전등들이 꺼졌다. 그가 손을 들어 올리자 작은 제어판의 하얀 불빛들이 파랗게 바뀌었다. 조/짐과 호일랜드는 놀라지 않았다. 전등이 꺼졌을 때 이미 그들은 예상하고 있었다. 그 제어판이 조종실에 있는 제어판과 비슷했기 때문이다.

　조/짐은 이리저리 더듬으며, 앞에 있는 텅 빈 유리 위에 하늘의 영상을 만들어낼 제어판을 찾았다. 그런 제어판은 없었다. 조/짐으로서는 그 유리가 스크린이 아니라 실제 전망창이며 우주선의 선체에 의해 가려진 상태라는 사실을 알 길이 없었다.

　하지만 조/짐은 그 선실에 맞는 제어판을 작동시켰다. 그 제어판에는 '발사'라는 표시가 있었다. 조/짐은 그 표시를 무시했다. 그는 그 의미를 이해할 수 없었기 때문이었다. 그 제어판을 작동시켜도 별달리 눈에 띄는 결과가 나타나지 않았지만, 빨간 불빛이 빠르게 반짝거리고, 그 표시 아래의 투명한 판이 켜졌다. 거기엔 이렇게 쓰였다. '에어로크 열림.'

　조/짐과 호일랜드, 보보에게는 몹시 다행스러운 일이었다. 만일 그들이 지나온 문들을 닫았고, 소형 변환기에 동력으로 이용할 수 있는 질량이 단 몇 그램이라도 있었더라면, 그들은 여행준비가 안 된 상태에서 우주선의 비행정에 실린 채 느닷없이 우주로 발사되었을 것이었다. 그들이 주 조종실과 비슷한 것으로 이해했던 제어판은 비행정의 제어판이었다. 어쩌면 비행정을 조종해서 원래 있던 발사대로 돌아올 수도 있겠지만, 그런 시도를 하다가 박살이 날 가능성이 훨씬 높았다.

　그러나 호일랜드와 조/짐은 자신들이 들어온 '선실'이 비행정이라는 사실을 아직 몰랐다. 우주선의 비행정이라는 개념 자체가 그들에게는 아직 낯설었다.

"불을 켜요." 호일랜드가 요구하자 조/짐이 전등을 켰다.

"어때요?" 호일랜드가 계속 말했다. "두목 생각에는 어떤 것 같아요?"

"아주 명확해." 짐이 대답했다. "이건 다른 조종실이야. 우리가 지금껏 그 문을 열지 못했었기 때문에, 이게 여기에 있을 거라는 생각을 못 했던 거지."

"그건 말이 안 돼." 조가 반론했다. "우주선 하나에 왜 조종실이 두 개나 있겠어?"

"왜 한 사람이 머리를 두 개 가지고 있겠냐?" 쌍둥이 형제 짐이 논리적으로 반론했다. "내 관점에서 보면, 넌 확실히 정원 외의 잉여야."

"이건 다른 문제야. 우리는 그렇게 태어났잖아. 하지만 우주선은 우연히 생긴 게 아니라 계획을 세워 건설된 거잖아."

"그래서 어쩌라고?" 짐이 따졌다. "우리는 칼을 두 자루 들고 다녀, 그렇지 않아? 우리가 태어날 때부터 칼을 두 자루씩 들고 다닌 건 아니잖아. 여분을 만든 건 좋은 생각이야."

"그렇지만 여기에서는 우주선을 조종할 수 없어." 조가 따졌다. "여기서는 아무것도 안 보이잖아. 만일 두 번째 조종실을 만들고 싶었다면, 그걸 둘 만한 장소는 선장의 베란다야. 거기에서는 별을 볼 수 있으니까."

"저건 어떨까?" 짐이 앞의 유리벽을 가리키며 물었다.

"머리를 써." 그의 형제가 충고했다. "방향이 틀렸잖아. 저 유리는 우주선 안쪽을 향하고 있어, 바깥쪽이 아니라. 그리고 이건 조종실과 다른 장치야. 저기에 별들을 비출 방법이 없잖아."

"어쩌면 우리가 그런 제어판을 찾지 못한 건지도 몰라."

"설령 그렇더라도, 넌 잊은 게 있어. 소형 변환기는 어떡할 건데?"

"그게 뭐?"

"뭔가 특별한 목적이 있는 게 틀림없어. 그건 우연히 여기에 있는 게 아니야. 난 이 제어판이 그 변환기와 뭔가 관련되어 있다고 장담할 수 있어."

"어째서?"

"어째서라니? 뭔가 관련이 없다면 여기에 제어판과 소형 변환기가 왜 함께 있겠냐?"

어찌할 바를 모르던 호일랜드가 침묵을 깼다. 쌍둥이가 말하는 내용은 모두 이치에 맞았다. 심지어 서로 모순되는 것들까지도. 모든 게 너무도 혼란스러웠다. 하지만 변환기, 저 소형 변환기는…. "저기요, 이거 보세요." 호일랜드가 버럭 소리를 질렀다.

"뭘 봐?"

"혹시… 우주선의 이 부분이 움직일 수 있을 거라는 생각은 안 드세요?"

"당연하지. 우주선 전체가 움직이잖아."

"아니요." 호일랜드가 말했다. "아니요, 그게 아니에요. 그런 뜻이 아니라고요. 여기만 따로 움직일 수 있을 거라고 가정해보세요. 이 제어판과 소형 변환기가 있으면, 우주선에서 빠져나가 곧바로 움직일 수 있을 거예요."

"정말 괴상한 상상이네."

"그럴지도 모르지만, 그 가정이 맞는다면 이게 출구일 거예요."

"뭐?" 조가 말했다. "말도 안 돼. 여기는 바깥으로 나가는 문도 없잖아."

"하지만 이 선실이 우주선에서 빠져나간다면 문이 생길 거예요. 우리가 들어온 바로 그 길이 바깥으로 나가는 문이라고요!"

✳

마치 하나의 줄로 두 머리를 휙 잡아당긴 듯 동시에 호일랜드를 향했다. 곧 두 머리의 눈길이 마주치더니 논쟁이 시작됐다. 조/짐이 앞서 제어판으로 시도했던 실험을 다시 반복했다. "봤지?" 조가 가리켰다. "'발사', 이건 뭔가를 시작하거나 밀어낸다는 뜻이야."

"그러면 왜 뭔가가 시작되지 않는 건데?"

"'에어로크 열림', 우리가 지나온 문들이 열렸다는 뜻이야. 그게 틀림없어. 다른 문들은 전부 닫혀 있잖아."

"시도해보자."

"먼저 변환기부터 시동을 걸어야 할 거야."

"좋았어."

"너무 서두르지 마. 우주선 밖으로 나가면 돌아오지 못할 수도 있어. 우리는 굶어 죽을 거야."

"흐음, 잠깐 더 생각해보자."

호일랜드는 쌍둥이의 논쟁을 들으면서 제어판을 이리저리 기웃거리고 기능을 파악하려 애썼다. 의자에 붙어 있는 보조 책상 아래에 사물함이 있었다. 호일랜드가 그 안을 손으로 더듬자 뭔가가 만져져서 꺼냈다. "뭘 발견했는지 보세요!"

"그게 뭔데?" 조가 물었다. "아…. 책이네. 책은 변환기 옆방에 엄청 많아."

"무슨 책인지 보자." 짐이 말했다.

하지만 호일랜드는 건네주지 않고 책을 펼쳤다. "항해일지, 성간 우주선 뱅가드호." 그가 또박또박 읽었다. "2172년 6월 2일, 계속 순항 중…."

"뭐?" 조가 소리쳤다. "내가 좀 보자!"

"6월 3일, 계속 순항 중. 6월 4일, 계속 순항 중. 13시 보상과 처벌을 위해 선장이 승무원들을 집합시키다. 행정 기록 참조. 6월 5일, 계속 순항 중…."

"이리 줘!"

"잠깐만요!" 호일랜드가 말했다. "6월 6일, 04시 31분 폭동 발생. 당직 장교가 영상판을 보고 알아챘다. 하급 금속세공사 허프가 선장을 자칭하며 제어국을 포위하고 당직 장교에게 항복을 요구했다. 당직 장교는 허프에게 체포하겠다고 통보하고, 선장실에 신호를 보냈다. 대답이 없었다.

04시 35분. 통신 실패. 당직 장교는 세 명을 보내서, 선장에게 알리고 수석 감독관을 데려오고 허프의 체포를 지원하도록 했다.

04시 41분. 변환기 동력 꺼짐. 자유비행.

05시 02분. 앞서 보낸 세 명 중 한 명이자 당직 장교의 전령인 하급 승무원 레이시가 혼자 제어국으로 돌아왔다. 그는 다른 두 사람 맬컴 영과 아서 시어스가 죽었으며, 자신은 당직 장교에게 항복하라는 통지를 하기 위해 귀환을 허락받았다고 구두로 보고했다. 반역자들은 05시 15분을 최종기한으로 통보했다."

다음 줄에서 필체가 바뀌었다. "05시 45분. 우주선에 있는 다른 부서와 장교들에게 연락을 하기 위해 여러 번 시도했지만 성공하지 못했다. 상황이 이러므로, 적절한 업무교대가 없더라도 제어국을 떠나 아래층의 질서를 회복하려 노력하는 게 내 임무라고 판단한다. 우리는 비무장이기 때문에 잘못된 결정을 내린 것일 수도 있겠지만, 내게 다른 선택지는 없는 듯하다. 당직 장교, 삼등 조종사 진 볼드윈."

"그게 끝이야?" 조가 물었다.

"아니요." 호일랜드가 계속 읽었다. "2172년 (대략) 10월 1일. 이 날짜에 전임 하급 보급담당 시어도어 모슨이 뱅가드호의 선장으로 선출되었다. 이 항해일지에 마지막으로 기입된 이후 지금까지 엄청난 변화가 있었다. 반란군은 진압되었다. 더 정확히 말하자면, 그들은 비극적인 대가를 치르며 자취를 감췄다. 모든 조종사와 항해사가 죽었다. 혹은 죽은 것으로 판단된다. 적합한 사람이 남아 있었다면 내가 선장으로 선출되지 않았을 것이다.

전체 인원 중 거의 90퍼센트가 죽었다. 그 사람들이 모두 초기 폭동 당시 사망한 것은 아니었다. 반란 이후로 농작물이 재배되지 않아 식자재가 모자랐기 때문이다. 항복하지 않은 반역자들이 인육을 먹었다는 사실은 증거가 명백한 듯하다.

내게 시급한 임무는 승무원의 질서와 규율을 예전처럼 어느 정도 복구하는 것이다. 농작물을 심어야 한다. 우리가 열과 빛, 동력을 의지하고 있는 보조 변환기에 정식으로 위병을 배치해야 한다."

다음 기록은 날짜가 없었다.

"너무 바빠서 항해일지를 꾸준히 기록하지 못했다. 솔직히 말해서 날짜는 대략적인 수준으로도 짐작하기 힘들다. 우주선의 시계들이 더 이상 작동하지 않는다. 보조 변환기의 불규칙한 운용 때문일 수도 있고, 외부의 우주에서 들어온 방사선의 영향일 수도 있다. 주 변환기가 작동을 멈춘 이후 우주선을 둘러싼 방사선 차단막이 작동하지 않았다. 공학팀장은 내게 주 변환기를 구동시킬 수 있을 거라 자신했지만, 우리에게는 우주비행을 할 수 있는 사람이 없다. 나는 구할 수 있는 책을 이용해 독학으로 우주 항법을 배워보려 했지만, 관련된 수학이 매우 어려웠다.

새로 태어나는 아이들은 스무 명에 한 명꼴로 기형이다. 나는 스파르타식 율법을 시행했다. 그런 아이들은 살려둘 수 없다. 비정하지만 어쩔 수 없다."

✳

"나는 너무 늙고 허약해져서 후계자 선임을 검토해야 한다. 나는 지구에서 태어난 마지막 승무원이지만, 그런 나조차 지구에 대한 기억이 거의 없다. 부모님이 지구에서 떠날 때 난 다섯 살이었다. 나는 내 나이를 모른다. 하지만 나 역시 변환기로 여행을 떠나야만 하는 때가 머지않았다는 명백한 징후가 나타나고 있다.

사람들의 태도에서 이상한 변화가 일어나고 있다. 행성에서 한 번도 살아보지 못한 탓에, 시간이 지남에 따라 우주선과 관련이 없는 다른 무언가를 이해하는 것을 점점 더 어려워하고 있다. 나는 사람들에게 그런 것들에 대해 이야기하려는 시도를 그만두었다. 그것은 호의가 아니었다. 내가 그들을 무지에서 이끌어낼 수 있다는 희망을 잃었기 때문이다. 사람들은 어찌하더라도 고달픈 삶을 살아가게 될 것이다. 그들이 가진 것이라곤 농작물밖에 없기 때문에, 위층에서 아직도 번성하고 있는 무법자들의 약탈로부터 그 농작물을 지키기 위해 분투하고 있다. 그런 그들에게 더 나은 세상에 대해 이야기하는 게 무슨 소용이란 말인가?

나는 이 기록을 후계자에게 넘겨주기보다는 탈출한 반란자들이 남겨 둔 유일한 비행정 안에 숨기려 한다. 그게 가능하다면 말이다. 어리석은 바보가 이 기록을 변환기의 연료로 사용하려고 결정하지 않는 이상 오랜 기간 거기에 안전하게 있을 것이다. 당직을 서던 사람이 너무도 귀중한 마지막《지구 백과사전》한 질을 변환기에 집어넣으려는 것을 내가 잡았 던 적이 있다. 그 멍청이는 읽는 법을 배운 적이 없었다! 책과 관련된 규 칙을 정해야 한다.

이것은 내 마지막 기록이다. 나는 이 일지를 안전하게 보관하려는 시 도를 미뤄왔었다. 중력이 낮은 갑판으로 올라가는 게 너무 위험했기 때 문이다. 하지만 내 삶은 더 이상 가치가 없다. 나는 진실한 기록이 남았 다는 사실을 확인한 후에 죽고 싶다. 선장·시어도어 모슨."

호일랜드가 낭독을 마친 후 쌍둥이들조차 한참동안 입을 열지 않았 다. 이윽고 조가 긴 한숨을 뱉고 말했다. "그렇게 된 일이었군."

"불쌍한 사람." 호일랜드가 조용히 말했다.

"누구? 모슨 선장? 왜?"

"아니요, 모슨 선장 말고요. 다른 사람요, 볼드윈 조종사. 생각을 해 보세요. 그 사람은 허프가 바깥에서 지키고 있는 문으로 나갔잖아요." 호 일랜드가 몸서리를 쳤다. 호일랜드는 계몽된 사람이었는데도, 무의식적 으로 '저주받은 자, 처음 죄를 지은 자, 허프'의 모습을 조/짐보다 두 배 크고, 보보보다 두 배 강하고, 사람의 이빨 대신 짐승의 송곳니를 가진 존재로 머릿속에 그렸다.

✳

호일랜드가 에르츠에게서 짐꾼 두 사람을 빌렸다. 에르츠가 전쟁 중 죽은 시체들을 들고 와서 주 변환기에 연료로 넣기 위해 이용하는 짐꾼 들이었다. 호일랜드는 그들을 이용해서 비행정에 물과 빵, 저장용 고기, 변환기용 덩어리 같은 비축품을 준비했다. 호일랜드는 피니어스에게 그 문제를 보고하지 않았다. 실은 비행정의 발견 그 자체도 보고하지 않았다. 의도적인 이유는 없었다. 그저 피니어스가 짜증 났다.

그들의 목표인 별은 점점 더 커져서 구형의 모습을 볼 수 있었고, 너무 밝아 오래 쳐다보기 힘들 정도가 되었다. 별의 상대적 위치가 빠르게 변했다. 별은 천체투영관의 배경을 가로질러 움직였다. 제어하지 않고 그대로 놔두면, 우주선은 커다란 곡선을 그리며 돌아서 그 별에서 가속을 얻고 다시 어둠 속으로 날아갈 것이다. 이는 호일랜드가 지난 몇 주 동안 탄도학적인 요소들을 계산한 결과와 일치했다. 에르츠와 조/짐이 그의 계산을 검산하고, 그 터무니없는 해답에 만족하기까지는 더 오랜 시간이 걸렸다. 우주에서 랑데부를 하기 위해서는 가고 싶어 하는 방향과 반대로 힘을 가해야 한다는 사실을 에르츠에게 납득시키는 일은 더욱 시간이 걸렸다. 즉 빠른 속도로 날아가다가 그 자리에서 완강하게 버티며 브레이크를 밟고 추진력을 죽이기 위해서는 가고자 하는 방향과 반대쪽으로 힘을 줘야 한다.

에르츠는 무중력층에서 자유비행 실험을 몇 차례 해본 후에야 그 생각을 납득했다. 그렇지 않았다면 그는 최고의 속도로 별과 정면충돌하는 간단하고 편리한 방식으로 여행을 끝냈을 것이다. 그 후 호일랜드와 조/짐은 어느 정도 가속해야 뱅가드호의 속도를 죽이고 경로를 틀어 이심타원을 그리며 저 별을 공전하게 만들 수 있을지 계산했다. 그 후에 그들은 행성을 찾을 것이다. 에르츠는 행성과 항성의 차이를 이해하는 게 약간 힘들었다. 앨런은 전혀 이해하지 못했다.

＊

"내 계산이 맞는다면, 우리는 이제 곧 가속을 시작해야 해." 호일랜드가 에르츠에게 알려줬다.

"알았어." 에르츠가 말했다. "중앙 동력은 준비됐어. 시체를 2백 구 넘게 넣었고, 덩어리도 잔뜩 넣었어. 뭘 기다리는 거야?"

"피니어스를 만나서 가속을 시작하도록 승인을 받자."

"왜 그 녀석에게 물어봐?"

호일랜드가 어깨를 으쓱했다. "그 녀석이 선장이잖아. 알고 싶어 할 거야."

"그래. 두목을 데리고 와서 계속 진행하자." 그들은 호일랜드의 숙소에서 나가 조/짐의 숙소로 갔다. 조/짐은 거기에 없었지만, 그들과 마찬가지로 조/짐을 찾고 있는 앨런을 만났다.

"땅딸보 말로는 두목이 선장실로 내려갔대." 앨런이 호일랜드에게 말했다.

"그래? 잘됐네. 거기서 만나면 되겠네. 앨런, 이 친구야, 그거 알아?"

"뭘?"

"도착할 때가 됐어. 우리가 이제 도착하는 거야! 우주선을 움직이기 시작할 거라고!"

앨런의 눈이 동그래졌다. "우와! 지금?"

"선장에게 알리자마자. 너도 원하면 같이 가자."

"당연하지! 잠깐만 기다려. 집사람한테 말하고 올게." 앨런이 가까이에 있는 자신의 선실로 달려갔다.

"녀석은 그 여자한테 꼼짝도 못해." 에르츠가 말했다.

"너도 그런 때가 있을 거야." 호일랜드가 먼 곳을 보는 듯한 표정으로 말했다.

앨런이 금세 돌아왔지만, 깨끗한 옷으로 갈아입을 시간은 있었던 모양이다. "좋았어." 그가 흥분한 목소리로 말했다. "가자!"

✳

앨런이 자신감 넘치는 걸음걸이로 선장실을 향해 걸어갔다. 그는 이제 중요한 사람이 되었다는 사실 덕분에 의기양양했다. 친구들과 함께 행진하듯 걸어가자 위병이 경례했다. 난폭하게 취급받는 일은 이제 없었다.

그런데 문을 지키는 위병은 경례를 하긴 했지만 옆으로 비켜서지 않았다. 오히려 자신의 몸으로 문을 막았다. "이봐, 비켜!" 에르츠가 퉁명스럽게 말했다.

"네, 알겠습니다." 위병은 대답하면서도 움직이지 않았다. "무기를 주십시오."

"뭐라고! 나 몰라? 너 바보야? 난 공학팀장이야."

"네, 압니다. 무기를 제게 맡겨주십시오. 규정입니다."

에르츠가 위병의 어깨를 잡아서 밀쳤지만, 위병은 꿋꿋이 서 있었다. "죄송합니다. 누구도 무장한 상태에서는 선장님께 다가갈 수 없습니다. 예외는 없습니다."

"젠장, 뭐 이따위가 있어!"

"전임 선장에게 무슨 일이 있었는지 기억난 모양이야." 호일랜드가 낮은 소리로 말했다. "영리한 녀석이잖아." 호일랜드가 자신의 칼을 꺼내 위병에게 건넸다. 위병은 능숙하게 칼의 손잡이를 잡았다. 에르츠가 그 모습을 보고 어깨를 으쓱하더니 자신의 칼을 내밀었다. 몹시 풀이 죽은 앨런은 위병의 명줄을 끊어버리는 게 차라리 나았을 거라는 표정을 지으며 칼 두 자루를 건넸다.

피니어스는 조/짐과 대화 중이었다. 조/짐은 두 얼굴 모두 험악한 표정으로 그를 노려보고 있었다. 보보는 항상 가지고 다니는 칼들과 새총이 없으니까, 어리벙벙하고 발가벗겨진 것 같고 뭔가 허전한 것처럼 보였다. "그 문제는 끝났어요, 조/짐. 그게 내 결정이에요. 당신에게 그 이유를 기꺼이 설명해주긴 했지만, 당신이 좋아하든 말든 내 알 바 아니에요."

"뭐가 문제야?" 호일랜드가 물었다.

피니어스가 고개를 들었다. "아…. 어서들 와. 너희의 뮤티 친구께서 누가 선장인지 알고 싶은 모양이야."

"무슨 일인데?"

"저놈이…." 짐이 툴툴거리며 엄지손가락으로 피니어스를 가리켰다.

"모든 뮤티들을 무장해제하려는 것 같아."

"뭐, 전쟁은 끝났잖아요, 그렇지 않나요?"

"그건 동의할 수 없어. 뮤티도 승무원의 일원이 되기로 했잖아. 뮤티들에게서 칼을 빼앗으면 승무원들이 당장에 그들을 죽여버릴 거야. 이건 불공평해. 승무원들에게는 칼이 있잖아."

"때가 되면 그런 짓을 하지 않는 날이 오겠죠." 피니어스가 말했다. "하지만 나는 내가 원하는 시간에 내가 원하는 방식으로 그렇게 할 겁니다. 이게 첫걸음이에요. 에르츠, 넌 무슨 일로 날 보러 온 거야?"

"호일랜드한테 물어봐."

피니어스가 호일랜드를 바라봤다.

"너한테 알려주러 왔어, 피니어스 선장." 호일랜드가 딱딱하게 말했다. "주 변환기를 구동하고 우주선을 움직일 거야."

✳

피니어스는 놀란 표정이었지만 침착성을 잃지는 않았다. "네가 그 일을 연기해야 할 것 같아 유감이야. 난 아직 장교들을 무중력층까지 올려 보낼 준비가 되지 않았어."

"그럴 필요 없어." 호일랜드가 설명했다. "초기 방향 조종은 나와 에르츠만으로 감당할 수 있어. 하지만 우리는 더 기다릴 수 없어. 지금 당장 우주선을 움직이지 않으면, 너나 내가 살아 있는 동안 여행이 불가능할 거야."

"그러면…." 피니어스가 무덤덤하게 대답했다. "기다려."

"뭐라고?" 호일랜드가 소리쳤다. "피니어스, 여행을 원하지 않는 거야?"

"난 급할 거 없어."

"이건 대체 무슨 멍청한 소리야?" 에르츠가 따졌다. "왜 그러는 건데, 피니어스? 당연히 우주선을 움직여야지."

피니어스는 대답을 하지 않고 한참동안 손가락으로 책상을 두드리더니 입을 열었다. "여기에서 누가 명령을 하는 사람인지에 대해 살짝 오해가 있는 것 같으니까, 내가 제대로 알려줄게. 호일랜드, 네 오락거리가 우주선의 행정에 방해되지 않는 한 나는 네가 마음껏 즐길 수 있도록 봐둘 생각이었어. 너는 나름대로 매우 유용했으니까, 난 기꺼이 인정했어. 그렇지만 너의 그 미친 신념이 미풍양속을 해치고, 우주선의 평화와 안전에 위해를 끼칠 가능성이 있다면, 나는 엄중히 단속할 수밖에 없어."

호일랜드는 피니어스가 말을 하는 동안 몇 번이나 입을 열었다가 닫았다. 결국 그가 말을 쏟아냈다. "미쳤다고? 미친 신념이라고 했냐?"

"그래, 그랬지. 완전한 우주선이 움직일 수 있다고 믿는 사람은 미쳤거나 무지한 광신자이기 때문이야. 너희 둘은 과학자가 될 수 있는 훈련을 받았으니까, 나는 너희가 미쳤다고 간주하고 있어."

"조던님 맙소사!" 호일랜드가 말했다. "저놈은 자기 눈으로 봤잖아. 그 영원한 별들을 자기 눈으로 봤단 말이야. 그런데 저기에 앉아서 우리 보고 미쳤다네!"

"이게 대체 뭘 어쩌자는 거야, 피니어스?" 에르츠가 차갑게 물었다. "왜 이 난장판을 만드는 거야? 넌 아무도 속일 수 없어. 너는 조종실에 가봤고, 선장의 베란다에도 가봤어. 넌 우주선이 움직인다는 걸 알잖아."

"난 너한테 관심이 있었어, 에르츠." 피니어스가 에르츠를 위아래로 훑어보며 말했다. "네가 호일랜드의 망상에 맞장구를 쳐주는 건지, 너 자신도 망상을 하는 건지 궁금했거든. 이제 보니 너도 미쳤구나."

에르츠가 화를 누르며 말했다. "설명해봐. 넌 조종실을 봤잖아. 그런데 어떻게 우주선이 움직이지 않는다고 주장할 수 있지?"

피니어스가 미소를 지었다. "난 네가 겉으로 비치는 모습보다는 나은 공학자라고 생각했었어, 에르츠. 조종실은 거대한 속임수야. 너도 그 불빛들이 스위치로 켜지고 꺼진다는 사실을 알잖아. 공학으로 만든 아주 독창적인 작품이지. 미신을 믿는 마음에 경외심을 불러일으켜서 고대의 신화를 믿도록 만들기 위해 이용하던 장치라는 게 내 이론이야. 그렇지만 우리는 더 이상 그런 장치가 필요 없어. 승무원들은 그게 없더라도 믿으니까. 지금은 오히려 혼란을 일으키는 원인이야. 난 그걸 부수고 문을 봉쇄할 거야."

호일랜드는 그 말에 이성을 잃고, 마구 횡설수설 내뱉었다. 에르츠가 말리지 않았다면 피니어스와 드잡이를 했을 것이다.

"진정해, 호일랜드." 에르츠가 꾸짖었다. 조/짐이 냉정한 얼굴로 호일랜드의 팔을 잡았다.

에르츠가 조용히 말했다. "네 말이 진실이라고 가정해보자. 주 변환기와 중앙 동력 그 자체가 모형일 뿐이고, 우리는 절대로 그것들을 구동하지 못할 거라고 가정하자. 그러면 선장의 베란다는 어때? 넌 거기에서 별들을 봤잖아. 그건 공학으로 만들어낸 영상쇼가 아니야."

피니어스가 웃음을 터뜨렸다. "에르츠, 넌 내가 짐작했던 것보다 더 멍청하구나. 베란다에서 본 것 때문에 처음에 내가 어리둥절했다는 사실은 인정할게. 하지만 그걸 믿은 적은 없었어! 곧 조종실에서 실마리를 찾았지. 그건 환영이었어. 역시 솜씨 좋은 공학의 작품이지. 그 유리 너머에는 다른 선실이 있는 거야. 대략 비슷한 크기에 불을 밝히지 않은 방이겠지. 그 어둠을 배경으로 자그마하게 움직이는 불빛들을 배치해서 바닥이 없는 구멍처럼 보이게 만들 수 있어. 본질적으로는 그들이 조종실에서 이용했던 방식과 동일한 속임수야.

아주 명확해. 난 네가 그런 걸 알아채지 못했다는 게 오히려 놀라워. 눈에 보이는 사실이 논리와 상식에 반할 때는 그 사실을 정확하게 이해하지 못했다는 뜻이야. 자연에서 가장 분명한 진실은 불변하고 완전하며 완벽한 우주선 그 자체의 실체야. 그 진실에 반증하는 것처럼 보이는 사실들은 환영일 수밖에 없어. 그걸 알기에, 나는 환영 뒤에 감춰진 속임수를 찾았고 밝혀냈어."

"잠깐…." 에르츠가 말했다. "선장의 베란다 유리창 너머로 가서 네가 말한 그 속임수 불빛들을 봤다는 말이야?"

"아니." 피니어스가 인정했다. "그럴 필요가 없었어. 그렇게 하는 게 그다지 어렵지는 않겠지만, 그럴 필요가 없어. 칼이 날카롭다는 사실을 알기 위해 나 스스로 찔러볼 필요는 없잖아."

"그렇다면…." 에르츠가 말을 멈추고 잠시 생각했다. "너에게 거래를 제안할게. 호일랜드와 내가 미친 신념을 갖고 있더라도, 우리가 입을 닫고 있는 한 아무런 해악도 끼치지 않을 거야. 우리는 우주선을 움직여볼게. 우리가 실패한다면, 우리가 틀린 거고 네가 맞는 거야."

"선장은 협상하지 않아." 피니어스가 지적했다. "그렇지만… 그 제안을 고려해볼게. 이 정도로 하지. 너희는 가도 좋아."

✳

에르츠가 몸을 돌려 나갔다. 만족스럽지는 않았지만 일단 참았다. 그는 조/짐의 얼굴을 힐끗 보고는 고개를 돌려 말했다. "하나 더 말할 게 있어. 뮤티들에 대한 이 조치는 뭐야? 왜 조/짐 두목을 괴롭히려는 거야? 두목과 부하들이 너를 선장으로 만들어줬잖아. 넌 공정하게 처신해야 돼."

그 순간 피니어스의 거만한 미소가 굳었다.

"쓸데없이 참견하지 마, 에르츠! 무장한 야만인 집단은 용납할 수 없어. 그게 끝이야!"

"죄수들에게는 네가 원하는 대로 할 수 있어." 짐이 말했다. "하지만 내 부하들은 칼을 계속 가지고 있을 거야. 너를 위해 싸워준다면 그 친구들에게 영원히 좋은 식사를 제공하겠다고 네가 약속했었잖아. 그들은 칼을 계속 가지고 있을 거야. 이게 끝이야!"

피니어스가 그를 위아래로 훑으며 말했다. "조/짐. 난 오래전부터 좋은 뮤티는 죽은 뮤티뿐이라고 믿어왔어. 당신이 내 의견을 아주 잘 확인시켜주네. 당신에게 흥미로운 사실을 알려줄게. 당신 부하들은 이미 무장해제됐어. 그리고 죽었을 거야. 그래서 내가 당신을 부른 거라고!"

위병들이 밀려들어 왔다. 신호를 준 것인지 미리 준비된 것인지는 알 수 없었다. 불시에, 완전히 노출된 상태에서, 무기도 없이 붙잡힌 다섯 명이 정신을 차리기 전에 등 뒤에 무장한 위병이 각각 붙었다. "끌고 가." 피니어스가 명령했다.

보보가 낑낑거렸다. 그리고 조/짐을 쳐다보며 지시를 기다렸다. 조의 눈길이 보보의 눈과 마주쳤다. "위로, 보보!"

난쟁이가 위로 곧장 뛰어올라 조/짐을 잡고 있는 위병을 향했다. 보보는 자신의 등에 꽂힌 칼은 개의치 않았다. 순간적으로 주의가 산만해진 위병은 소중한 찰나를 놓쳤다. 조/짐이 그 위병의 배를 차고 칼을 빼앗았다.

호일랜드는 칼을 든 위병의 손목을 붙잡은 상태로 이러지도 저러지도 못하고 있었다. 조/짐이 위병을 칼로 찔러 그 상황을 끝냈다. 두 머리가 주변을 둘러보자, 네 사람이 뒤엉킨 모습이 눈에 들어왔다. 에르츠, 앨런과 다른 두 위병이었다. 조/짐은 얼굴과 몸뚱이를 꼼꼼히 확인하면서 칼을 신중하게 사용했다. 곧 그의 편만 남았다. "놈들의 칼을 빼앗아." 그가 하나 마나 한 명령을 했다.

조/짐의 명령은 높고 고통스러운 비명 소리에 묻혔다. 아직 칼이 없는 보보는 원시적인 무기에 의존했다. 그가 막 잡은 위병 얼굴의 반이 이빨에 뜯겨 피로 범벅이었다.

"그놈의 칼을 빼앗아." 조가 말했다.

"안 닿는다." 보보가 죄진 것처럼 말했다. 그 이유는 명확했다. 보보의 견갑골 바로 아래의 늑골 사이로 그 위병의 칼 손잡이가 삐죽 튀어나와 있었다.

조/짐이 칼을 조심스럽게 만지며 살펴봤다. 단단히 박힌 상태였다. "걸을 수 있겠어?"

"그럼." 보보가 얼굴을 찡그리며 툴툴거렸다.

"그 칼은 일단 그대로 놔두자. 앨런! 나랑 가자. 호일랜드와 에르츠는 뒤쪽을 맡아. 보보는 가운데에 서."

"피니어스는 어디 갔지?" 에르츠가 볼의 상처를 만지며 물었다.

피니어스는 사라졌다. 책상 뒤에 있는 뒷문을 통해 피했는데, 그 문은 현재 잠긴 상태였다.

✳

바깥 사무실에 있던 사무원들이 그들을 보고 흩어졌다. 조/짐이 바깥 문의 위병을 칼로 찔렀다. 그 위병은 호루라기를 입으로 들어 올리는 도중에 칼을 맞았다. 일행은 서둘러서 각자의 무기를 되찾고, 빼앗은 무기까지 함께 챙겼다. 그리고 위층으로 달아났다.

두 층 위에서 보보가 비틀거리더니 쓰러졌다. 조/짐이 그를 일으켜 세웠다. "갈 수 있겠어?"

난쟁이가 멍하게 고개를 끄덕였다. 입술에서 피가 흘러내렸다. 그들은 위로 올라갔다. 20층 정도 올라갔을 때, 사람들이 교대로 뒤를 받쳤는데도, 보보는 더 이상 올라가지 못할 듯했다. 하지만 이제는 중력이 상당히 약해진 상태라서 앨런이 힘을 내 그 묵직한 녀석을 아이처럼 들어 올렸다. 그들은 다시 올라갔다.

조/짐이 앨런과 교대했다. 그들은 계속 올라갔다.

에르츠가 조/짐과 교대했다. 호일랜드가 에르츠와 교대했다.

일행이 거주하는 숙소가 있는 층에 도착했다. 호일랜드가 그쪽으로 방향을 틀었다. "그 녀석을 내려놔." 조가 지시했다. "어디로 가려는 거야?"

호일랜드가 갑판에 부상당한 보보를 내려놓고 대답했다. "집이죠. 아니면 어디겠어요?"

"바보 녀석! 놈들이 우리를 가장 먼저 찾을 곳이 거기야."

"어디로 가야 될까요?"

"우주선 안에선 아무 데도 못가. 우리는 우주선 밖으로 나가야 해!"

"네?"

"우주선의 비행정."

"두목의 말이 맞아." 에르츠가 동의했다. "지금 우주선 전체가 우리의 적이야."

"하지만… 하지만…." 호일랜드가 항복했다. "성공할 가능성은 희박하지만… 시도는 해봐야죠." 호일랜드가 다시 집을 향해 걸어가기 시작했다.

"이봐!" 짐이 소리쳤다. "그쪽이 아니야."

"여자들을 데리고 가야 해요."

"이런 허프 같으니라고, 여자라니! 그러다 잡힐 거야. 시간이 없어." 하지만 에르츠와 앨런도 두말하지 않고 집 쪽으로 출발했다. "아…, 알았어!" 짐이 콧방귀를 뀌었다. "그래도 서둘러! 나는 보보와 있을게."

조/짐이 난쟁이에게 관심을 기울였다. 보보를 천천히 옆으로 굴려 조심스럽게 살펴봤다. 그의 피부는 창백하고 탄력을 잃은 상태였으며, 빨간 자국이 오른쪽 어깨에서부터 길게 내려왔다. 보보가 헐떡거리다 한숨을 뱉더니, 조/짐의 허벅지에 머리를 비볐다. "보보 피곤하다, 두목."

조/짐의 보보의 머리를 쓰다듬었다. "쉬어." 짐이 말했다. "아플 거야." 조/짐은 부상당한 부하를 살짝 들어 올렸다. 그리고 조심스럽게 칼날을 느슨하게 한 뒤 부상한 부분에서 빼냈다. 피가 콸콸 쏟아졌다.

조/짐이 칼을 살펴봤다. 강철로 만들어진 칼날의 길이가 치명적이었다. 칼을 보보의 상처에 대봤다. "보보는 일어나지 못할 거야." 조가 속삭였다.

짐이 그를 바라봤다. "그렇게 할까?"

조가 천천히 고개를 끄덕였다. 조/짐은 보보의 상처에서 뽑아낸 칼을 자신의 허벅지에 대보더니, 그 칼 대신 면도날처럼 날카로운 칼을 선택했다. 왼손으로 난쟁이의 턱을 받치고 조가 말했다. "나를 봐, 보보!"

보보가 눈을 들어 대답했지만, 소리는 나지 않았다. 조가 보보의 눈길을 끌었다. "잘했어, 보보! 힘센 보보!" 난쟁이가 그 말을 듣고 이해한 듯 웃었다. 하지만 대답을 하려 애쓰지는 않았다. 조/짐이 보보의 머리를 한쪽으로 살짝 돌리더니, 날카로운 칼날로 기도를 건드리지 않고 경정맥을 깊이 뺐다. "잘했어, 보보!" 조가 반복했다. 보보가 다시 웃었다.

눈이 생기를 잃고 호흡이 확실하게 멈추자, 조/짐이 일어섰다. 보보의 머리와 어깨가 바닥으로 굴러 떨어졌다. 조/짐은 발로 시체를 통로 옆으로 밀어내고, 다른 사람들이 떠난 방향을 쳐다봤다. 지금쯤 돌아왔어야 했다.

조/짐은 보보의 상처에서 뽑은 칼을 허리띠에 차고, 자신의 모든 무기를 느슨하게 풀어놓아 언제라도 사용할 수 있도록 했다.

✳

그들이 전력질주로 돌아왔다. "약간 문제가 있어요." 호일랜드가 숨을 헐떡이며 설명했다. "땅딸보는 죽었어요. 두목의 부하들은 더 이상 없어요. 아마 죽었을 거예요. 피니어스의 짓이겠죠. 여기요…." 호일랜드가 조/짐에게 긴 칼과 조/짐을 위해 맞춘 갑옷을 건넸다. 그 갑옷에는 머리 두 개를 덮을 수 있는 넓은 강철망이 달렸다.

에르츠와 앨런도 갑옷을 입었다. 호일랜드도 입었다. 여자들은 갑옷을 입지 않았다. 그들을 위해서는 갑옷을 만들지 않았기 때문이었다. 조/짐은 호일랜드의 젊은 부인의 입술이 이제 막 부어오르기 시작했다는 사실을 알아챘다. 강압적으로 끌려온 모양이었다. 그녀의 태도는 유순했지만, 두 눈은 이글거렸다. 나이 든 부인 클로이는 그런 상황을 대수롭지 않게 여기는 듯했다. 에르츠의 부인은 소리죽여 울었다. 앨런의 부인에게서는 남편의 당혹감이 그대로 묻어났다.

"보보는 어때요?" 조/짐이 갑옷을 제대로 입도록 도와주면서 호일랜드가 물었다.

"여행을 떠났어." 조가 알려줬다.

"그래요? 그렇게 됐군요, 그렇군요…. 가죠."

그들은 무중력층 바로 앞에서 멈췄다가 천천히 나아갔다. 여자들이 무중력 비행에 적응하지 못했기 때문이었다. 그들은 우주선 동체에서 비행정 격납고와 조종실로 분리되는 격벽에 도착해 들어갔다. 무중력층에 도착했을 때 조가 얼핏 머리를 본 것 같았지만 기습이나 매복은 없었다. 조는 짐에게만 그 이야기를 하고 다른 이들에게는 하지 않았다.

비행정으로 가는 문이 꼼짝도 하지 않았다. 하지만 그 문을 열어줄 보는 거기에 없었다. 사람들이 돌아가며 잡아당기느라 땀을 뻘뻘 흘렸다. 조/짐이 두 번째로 시도했을 때, 조는 쉬면서 짐이 근육을 제어하도록 내버려뒀다. 그들은 그 일로는 툭탁거리지 않았다. 문이 열렸다. "안으로 들어가!" 짐이 날카롭게 말했다.

"빨리!" 조가 다시 말했다. "놈들이 따라붙었어." 조는 형제가 힘을 쓰는 동안 계속 망을 봤다. 뒤쪽에서 들리는 고함 소리가 그의 경고를 확인시켜주었다.

쌍둥이가 몸을 돌려 위협에 맞서는 동안 남자들이 여자들을 안으로 밀어 넣었다. 앨런의 둔한 아내가 그 순간 넋을 놓고 비명을 지르며 도망가려 했지만, 무중력 때문에 헛수고가 됐다. 호일랜드가 그녀를 낚아채서 안으로 밀어넣고, 힘껏 발로 걷어찼다.

조/짐이 적들의 전진을 늦추기 위해 칼을 한 자루 꺼내 멀리 던졌다. 그 칼은 제 역할을 해냈다. 대여섯 명의 적들이 전진을 멈췄다. 곧이어 서로 신호를 한 듯 칼 여섯 자루가 동시에 허공을 가르며 날아왔다.

짐은 뭔가에 맞은 느낌이 들었지만, 고통은 느껴지지 않았다. 그래서 갑옷이 보호해줬다고 결론을 내렸다. "녀석들이 우리를 못 맞혔어, 조." 짐이 의기양양하게 말했다.

대답이 없었다. 짐이 고개를 돌려 형제를 바라보려 버둥거렸다. 조의 눈에서 몇 센티미터 떨어진 투구의 철망 사이에 칼이 꽂혔고, 그 칼의 끝이 조의 왼쪽 눈에 깊이 박혀 있었다.

그의 형제 조는 죽었다.

호일랜드가 문밖으로 고개를 내밀었다. "들어와요, 조/짐!" 그가 소리쳤다. "우리는 전부 들어왔어요!"

"안으로 들어가서…." 짐이 명령했다. "문 닫아."

"그렇지만…."

"들어가!" 짐이 몸을 돌려 호일랜드의 머리를 밀었다. 호일랜드가 고개를 넣자 문을 닫았다. 호일랜드는 칼과 축 늘어진 채 생기가 없는 얼굴을 얼핏 보고 깜짝 놀랐다. 그때 문이 닫혔다. 그리고 손잡이가 돌아가는 소리가 들려왔다.

짐이 공격자들을 향해 돌아섰다. 그는 발로 격벽을 박차고 날아갔다. 이상하게 다리가 묵직한 느낌이 들었다. 짐은 양손에 검이라기보다는 마체테에 더 가까운 팔 길이만 한 긴 칼을 움켜잡고 적들을 향해 돌진했다. 그를 향해 칼들이 날아와 가슴의 갑옷에 부딪혀 덜커덩거리고, 다리를 스쳐 지나갔다. 짐이 회전을 했다. 양손으로 넓고 어정쩡하게 휘두른 공격이 적에게 타격을 주었다. 그 적은 거의 둘로 잘렸다. "이건 조의 몫이다!"

그 타격의 반동으로 짐이 멈췄다. 그는 허공에서 몸을 돌리며 자세를 안정시키고, 다시 회전했다. "이건 보보의 몫이야!"

적들이 다가왔다. 짐은 칼이 뭔가에 부딪히는 한 자신이 어디를 때리고 있는지 신경쓰지 않고 넓게 회전했다. "그리고 이건 내 몫이야!" 적의 칼이 그의 허벅지에 꽂혔다. 그래도 짐은 속도를 늦추지 않았다. 무중력에서는 어차피 다리가 필요 없었다. "모두를 위한 하나!"

한 명이 그의 등 뒤로 다가왔다. 짐은 그를 느낄 수 있었다. 상관없었다. 그의 앞에도 다른 적이 있었다. 앞의 적은 칼의 맛을 봤다. 짐이 회전하면서 외쳤다. "하나를 위한 모…." 구호가 잦아들고, 공격이 중단되었다.

호일랜드는 눈앞에서 쾅 닫힌 문을 다시 열려 애썼지만 성공하지 못했다. 문을 열 수 있는 수단이 주어졌더라도, 호일랜드는 그 도구를 알아보지 못했을 것이다. 그는 철문에 귀를 대고 소리를 들었다. 그러나 공기가 밀폐된 문에서는 아무런 소리도 들려오지 않았다.

에르츠가 호일랜드의 어깨를 두드렸다. "가자." 그가 말했다. "두목은 어디 있어?"

"문 뒤에 남았어."

"뭐라고! 문을 열고 데려와!"

"그럴 수 없어. 문이 안 열려. 두목이 일부러 남아서 문을 닫아버렸어."

"그래도 우리는 두목을 데려와야 해. 피로 맹세한 형제잖아."

"내 생각엔…." 호일랜드가 언뜻 떠오른 듯 말했다. "바로 그렇기 때문에 두목이 남았을 거야." 그리고 에르츠에게 자신이 본 상황을 이야기했다.

"어찌 됐든…." 호일랜드가 결론을 내렸다. "그게 두목에게는 여행의 끝이었어. 돌아가서 변환기에 덩어리를 집어넣어. 동력이 필요해." 그들은 비행정으로 들어갔다. 호일랜드가 에어로크의 문들을 지나며 잠갔다. "앨런!" 그가 소리쳤다. "출발할 거야. 여자들을 다른 곳으로 안내해줘."

호일랜드가 조종사석에 앉으며 전등을 껐다.

어둠 속에서 호일랜드가 녹색 불빛들을 손으로 덮었다. 투명한 글자가 보조 책상에서 빛났다. '동력 준비완료.' 에르츠가 작업 중이었다. "자, 간다!" 호일랜드가 발사 조합을 작동시켰다. 잠시 후 비행정이 갑자기 불쾌하고 짧게 요동치더니 뒤틀렸다. 호일랜드는 겁이 났다. 우주선의 회전을 상쇄하기 위해 비행정의 발사 트랙이 기울어져 있다는 사실을 몰랐기 때문이다.

호일랜드의 앞에 있는 전망창에 별들이 반짝거렸다. 그들은 이제 자유였다. 움직인다!

그런데 보석처럼 빛나며 흩뿌려진 별빛들이 선장의 베란다에서 봤을 때나, 조종실의 벽에 비친 모습으로 봤을 때와 다르게 완전하지 않고 중간이 뚝 잘린 모습이었다. 그들이 근접한 항성의 빛을 받아 커다랗고 조잡하며 보기 흉한 물체가 희미하게 빛났다. 처음에 호일랜드는 그게 뭔지 이해하지 못했다. 곧 미신에 사로잡힌 경외감이 몰아치며, 자신이 보고 있는 게 우주선 그 자체라는 사실을 깨달았다. 바깥에서 바라본 진짜 우주선이었다. 호일랜드는 오래전부터 우주선의 실제 모습에 대해 머리로는 알고 있었지만, 그 모습을 실제로 본다는 상상은 해본 적이 없었다. 항성에 대해서는 상상해봤다. 행성의 지표면에 대해서는 그 개념을 이해하는 게 쉽지 않았다. 그러나 우주선의 외부 표면은 상상해본 적이 없었다.

호일랜드는 그 모습을 보고 충격을 받았다.

앨런이 그를 툭툭 쳤다. "호일랜드, 저게 뭐야?"

호일랜드가 앨런에게 간신히 설명했다. 앨런이 충격을 받아 눈을 껌뻑거렸다. "이해가 안 돼."

"신경 쓰지 마. 에르츠를 데려와. 여자들도 데려오고. 그들에게 저 모습을 보여주자."

"좋아, 하지만…." 앨런이 논리적인 통찰로 덧붙였다. "여자들에게는 보여주지 않는 게 좋겠어. 질겁할 거야. 여자들은 별을 본 적도 없잖아."

✳

행운과 공학적으로 훌륭한 설계, 그리고 약간의 지식. 좋은 설계와 그보다 열 배는 많은 행운, 그리고 적지만 소중한 지식. 행성들을 가진 항성에 우주선이 가깝게 있었던 것은 행운이었다. 보조 비행정을 탄 호일랜드가 속도를 늦출 수 있을 정도로 우주선이 낮은 속력으로 그곳에 도착한 것도 행운이었다. 그들이 굶어 죽거나 심우주에서 길을 잃어버리기 전에 호일랜드가 비행정을 다루는 방법을 어느 정도 익힌 것 역시 행운이었다.

그 작은 비행정에 엄청난 힘과 속도를 제공한 것은 좋은 설계였다. 설계자들은 개척자들이 항성계에서 멀리 떨어진 행성들을 탐험해야 할지도 모른다고 예상했다. 그들이 우주선의 비행정을 기획할 때는 안전 요소를 크게 잡았다. 호일랜드는 그 한계까지 비행정을 혹사시켰다.

그들이 그 항성계 행성들의 공전 면에 가깝게 위치했던 것은 행운이었다. 호일랜드가 간신히 그 자그마한 발사체를 급격히 가속해서 궤도를 그리며 뱅뱅 돌게 되었을 때, 그 궤도가 행성들의 공전과 동일한 방향이었던 것도 행운이었다.

호일랜드가 만들어낸 비행정의 이심타원이 거대한 행성을 따라잡아 마침내 그 행성을 눈으로도 식별할 수 있게 된 것은 행운이었다.

그런 행운이 없었다면, 곧 다가올 굶주림과 갈증의 위험을 차치하더라도, 그 항성계에서 알아볼 수 있는 행성에 다가가지 못한 채 모두 늙어죽을 때까지 항성 주위를 빙빙 돌았을 것이었다.

지구에서 상당히 많은 사람들은 지구 중심적인, 인간 중심적인 잘못된 사고방식 때문에 항성계를 입체적인 모습으로 상상한다. 그들은 태양계를 생각할 때 배경의 별들에서 멀리 떨어져 있는 태양을 사과 같은 행성들이 둘러싸고 도는 모습으로 상상한다. 발코니로 나가서 보라. 행성들과 별을 구별할 수 있는가? 금성은 쉽게 구별할 수 있을 것이다. 그러나 사전에 배우지 않았다면 용골자리의 일등성인 카노푸스와 금성을 구별할 수 있을까? 저기에 있는 작은 빨간 점은 화성인가, 전갈자리의 붉은 일등성 안타레스인가? 만일 당신이 호일랜드처럼 무지할 경우에는 어떻게 알 수 있을까? 안타레스를 행성이라고 믿고 돌진한다면, 당신은 손자를 볼 때까지 살아남지 못할 것이다.

그들이 맨눈으로 구형을 알아볼 수 있을 정도로 따라잡은 거대한 행성은 목성보다 컸다. 항성보다 더 젊고 큰 동반 행성으로서 장대한 거리를 두고 그 항성의 주위를 돌았다. 호일랜드는 속도를 죽이기 위해 여러 밤 동안 반대쪽으로 가속하며, 그 행성이 도는 경로로 비행정을 끌고 갔다. 충분히 가까이 다가가자 그 행성의 달들이 보였다.

다시 한 번 행운이 그를 도왔다. 호일랜드는 본래 그 거대한 행성에 착륙할 계획이었다. 그것보다 나은 생각을 할 수 없었기 때문이다. 만일 호일랜드가 그렇게 했더라면, 그들은 에어로크를 열기 직전까지만 생존했을 것이다.

그런데 호일랜드에게 질량이 부족했다. 우주선이 원호를 그리며 항성을 쏜살처럼 지나는 경로에서 비행정을 빼낸 후, 항성의 궤도로 비행정의 경로를 돌리고, 다시 거대 행성의 궤도로 들어가는 엄청난 임무를 해내느라, 호일랜드에게는 변환기에 공급할 질량이 부족했다. 그는 고대 서적들을 샅샅이 뒤졌다. 그리고 고대인들이 움직이는 물체의 법칙으로 적어둔 방정식들에 끊임없이 대입하고 또 대입했다. 끝내는 차분하고 인내심이 많은 아내 클로이의 성질까지 건드렸다.

결국 호일랜드는 해답을 구하지 못했지만, 그 귀중하고 대체할 수 없는 고대의 책들 중 일부라도 연료를 위한 제물로 바칠 수 없었다. 그랬다. 그들은 옷을 다 발가벗고, 칼까지 변환기에 바쳤지만, 여전히 책들의 질량이 필요했다.

결국 호일랜드는 거대 행성의 위성 중 하나에 착륙하기로 결정했다.

다시 운이 좋았다. 누구도 믿기 힘들 정도의 엄청난 우연으로, 그 행성의 위성은 인간의 육상 생활에 적합했다. 신경 쓰지 말고, 무시하고 넘어가라. 그런 환경의 조합은 애초에 그런 행성을 하나 만들어내는 수준이다. 우리가 발 딛고 있는 이 지구는 "그런 동물이 어디 있어!"라며 놀랄 정도로 풍부한 생물학적 다양성을 지닌다. 그건 확률적으로 불가능한 수준이다.

호일랜드의 행운도 확률적으로 불가능한 수준이었다.

✳

훌륭한 설계가 다음 단계를 맡았다. 호일랜드는 여유 공간이 있어 움직임이 자유로운 우주에서 작은 비행정을 조종하는 방법을 익혔지만, 착륙은 다른 문제고 까다로운 작업이었다. 뱅가드호가 설계되기 이전에 만들어진 비행정이었다면 호일랜드는 추락시키고 말았을 것이다. 하지만 뱅가드호의 설계자들은 탐험자들로부터 최소한 한 세대가 지난 후의 사람들이 우주선의 비행정을 조종해서 착륙하게 될 것이라고 판단했다. 미숙한 조종사들이 도움도 받지 못한 상태에서 착륙을 할 게 틀림없다. 설계자들은 그런 상황에 맞게 계획을 세워두었다.

호일랜드는 비행정으로 성층권을 뚫고 들어가서 의기양양하게 곧장 돌진했다. 그들 모두를 죽일 게 틀림없는 경로였다.

자동조종 시스템이 비행정을 넘겨받았다.

호일랜드는 분노해서 욕을 쏟아냈다. 그중 몇 마디는 전망창을 통해 비치는 위성의 모습을 감탄하며 바라보던 앨런의 주의를 끌었다. 하지만 그가 무슨 짓을 해도 비행정은 반응하지 않았다. 비행정은 스스로 정한 길을 고집하며 3백 미터 고도로 비행했다. 그 고도는 지형의 변화와 상관없이 그대로 유지됐다.

"호일랜드, 별들이 사라졌어!"

"알아."

"그렇지만, 아, 조던님! 별에 무슨 일이 일어난 거지?"

호일랜드가 앨런을 노려보며 소리쳤다. "나도, 몰라, 관심, 없어! 넌 바보 같은 질문 그만하고, 뒤쪽으로 가서 여자들하고 같이 있어."

앨런은 행성의 지표면과 밝은 하늘을 돌아보며 마지못해 자리에서 떠났다. 앨런에게는 바깥의 풍경이 흥미로웠지만, 그다지 경이롭지는 않았다. 경이로워할 능력을 이미 다 써버린 탓이었다.

호일랜드는 몇 시간이 지난 후에야, 그가 무시하고 있던 연이어 움직이는 제어 불빛들이 비행정을 착륙시키는 자동조종 시스템이라는 사실을 알아챘다. 호일랜드는 실험을 통해 자동조종 시스템의 존재를 알게 된 후, 착륙 장소를 엄밀하게 지정하지 않았다. 그러나 눈조차 깜빡이지 않는 자동조종 시스템의 입체적 카메라들이 시각적 데이터를 비행정의 '두뇌'에 공급하면, 아질량 장치들이 그 정보를 선택하거나 거부했다. 비행정은 풀숲에서 가까운 높은 초원의 완만한 경사 위에 사뿐히 내려앉았다.

에르츠가 앞으로 나왔다. "무슨 일이야, 호일랜드?"

호일랜드가 손을 흔들어 전망창을 가리켰다. "도착했어." 호일랜드는 너무 피곤해서 많은 설명을 해줄 수 없었다. 너무도 지치고 감정적으로 소진된 상태였다. 지난 몇 주 동안 그가 제대로 이해하지 못했던 싸움과 굶주림, 최근의 목마름, 그리고 지난 몇 년간 그가 불태워왔던 야망. 비행정이 막상 도착했을 때 호일랜드에게는 그 성공을 즐길 수 있는 여력이 거의 남아 있지 않았다.

어쨌든 그들은 착륙했다. 그들은 조던님의 여행을 끝마쳤다. 호일랜드는 불만이 없었다. 오히려 평안했고, 매우 피곤했다.

에르츠가 밖을 쳐다봤다. "조던님, 맙소사!" 그가 중얼거렸다. "밖으로 나가자!"

"좋아."

그들이 에어로크를 열 때 앨런이 앞으로 왔다. 그리고 여자들이 그 뒤를 따랐다. "도착했나요, 선장님?"

"조용히 해." 호일랜드가 말했다.

여자들이 비어 있는 전망창으로 몰려갔다. 앨런이 거드름을 피우며 부정확하게 창문 밖의 풍경을 부인들에게 설명했다. 에르츠가 마지막 문을 열었다.

그들이 킁킁대며 공기의 냄새를 맡았다. "차갑네." 에르츠가 말했다. 실제로 기온은 언제나 한결같은 우주선의 온도에 비해 약 5도 정도 낮았다. 하지만 에르츠는 날씨라는 것을 처음으로 경험했다.

"말도 안 돼." 호일랜드는 자신이 데려온 행성에서 잘못된 부분을 찾을까 봐 살짝 화가 났다. "그냥 네 상상일 뿐이야."

"그럴지도 모르지." 에르츠가 인정했다. 그리고 거북하게 침묵을 유지하다 덧붙였다. "나갈까?"

"물론이지." 호일랜드는 마음속에서 움찔거리는 거리낌을 억누르고, 에르츠를 옆으로 밀치며 약 2미터 아래의 땅으로 내려갔다. "어서 와, 괜찮아."

에르츠가 내려가서 호일랜드 옆에 섰다. 둘 다 비행정 가까이에 있었다. "크다, 그렇지?" 에르츠가 가라앉은 목소리로 말했다.

"뭐, 알게 되겠지." 호일랜드가 딱딱거리는 투로 말했다. 그도 에르츠처럼 막막한 느낌이 들어 안달이 났다.

"이봐!" 앨런이 조심스럽게 문밖을 내다보며 말했다. "내려가도 될까? 괜찮아?"

"어서 와."

앨런은 마음을 진정시키며 아주 조심스럽게 모퉁이로 내려와 그들과 합류했다. 그가 주위를 둘러보고 낮게 말했다. "어이쿠!"

✳

그들은 처음으로 비행정에서 15미터 정도 떨어진 곳까지 나아갔다.

그들은 불안감을 떨쳐내려 말없이 서로 꼭 붙어서 움직였다. 그리고 이상하게 울퉁불퉁한 갑판 바닥에서 발을 헛짚고 넘어지지 않기 위해 조심해서 발을 디뎠다. 그들은 별다른 사고 없이 해냈다. 그런데 그때 앨런이 바닥에서 눈을 떼서 위를 쳐다보고는, 난생처음으로 머리 위에 아무것도 없다는 사실을 알아챘다. 현기증과 함께 급성 광장공포증이 그를 덮쳤다. 앨런이 신음 소리를 내다가 눈을 감고 쓰러졌다.

"이 우주선 안에 뭐가 있어?" 에르츠가 질문하며 돌아봤다. 곧 그도 충격을 받았다.

호일랜드는 그 공포에 맞섰다. 무릎이 꺾였지만 버텼다. 호일랜드는 한 손으로 땅을 짚고 몸을 가눴다. 하지만 그에게는 오랜 시간 동안 전망창을 통해 바라봤다는 이점이 있었다. 앨런은 겁쟁이가 아니며, 에르츠도 아니었다.

"앨런!" 그의 아내가 열린 문을 통해 새된 소리로 불렀다. "앨런! 이리 돌아와!" 앨런이 한쪽 눈을 뜨더니 간신히 비행정에 초점을 맞췄다. 그리고 배를 바닥에 깔고 슬금슬금 기어서 돌아가기 시작했다.

"인마!" 호일랜드가 소리쳤다. "그만해! 일어나 앉아!"

앨런은 과장된 남자의 기세를 부리며 일어나 앉았다. "눈 떠!" 호일랜드가 말했다. 앨런이 조심스럽게 그 말을 따르다 허둥지둥 다시 감았다.

"그냥 앉아 있어. 괜찮아질 거야." 호일랜드가 덧붙였다. "난 벌써 괜찮아졌어." 그 말을 증명하기 위해 호일랜드가 일어섰다. 아직 현기증이 일기는 했지만 이겨냈다. 에르츠도 몸을 일으켜 앉았다.

✳

해가 상당한 거리만큼 하늘을 가로질렀다. 잘 먹은 사람이 다시 배고파질 정도의 시간이 흘렀다. 그런데 그들은 잘 먹지 못한 상태였다. 여자들도 밖으로 나왔다. 비행정으로 돌아가서 간단하고 편리하게 그들을 밖으로 밀어냈던 것이다. 여자들은 위험을 무릅쓰며 비행정 옆을 떠나려 하지 않았고, 옹기종기 비행정에 기대어 앉아 있었다. 남자들은 혼자 걸어 다니는 법까지 익혔다. 심지어 공터까지 갔다. 앨런은 비행정의 그림자에서 벗어나 50미터 이상 성큼성큼 걸어가며 과시할 생각은 없었지만, 여자들이 모두 보는 상황에서 몇 번이고 그렇게 했다.

앨런이 또 그렇게 움직이던 중이었다. 이 행성의 작은 토종 동물이 눈에 들어오자, 그의 호기심이 조심성을 넘어섰다. 앨런이 칼로 그 동물을 맞혀 쓰러뜨렸다. 앨런은 그 지점까지 재빨리 달려가서 살찐 포획물의 한쪽 다리를 잡았다. 그는 자랑스럽게 챙겨 들고 호일랜드에게 돌아갔다. "이것 봐, 호일랜드, 이것 봐! 좋은 식사!"

호일랜드가 바라보며 동의했다. 그가 이곳에 대해 처음에 느꼈던 이상한 공포는 마침내 머무를 집에 도착한 느낌, 따스한 느낌으로 바뀌었다. 이것은 좋은 징조 같았다.

"그래." 호일랜드가 동의했다. "좋은 식사. 앨런, 이제부터 쭉 언제까지나 좋은 식사하자."